两个女人的史诗

上

李浩 著

陕西师范大学出版总社

图书代号　WX22N1558

图书在版编目（CIP）数据

两个女人的史诗 / 李浩著. —西安：陕西师范大学出版总社有限公司，2023.8
ISBN 978-7-5695-2668-4

Ⅰ.①两… Ⅱ.①李… Ⅲ.①长篇小说—中国—当代 Ⅳ.①I247.5

中国版本图书馆CIP数据核字（2021）第233745号

两个女人的史诗
LIANG GE NÜ REN DE SHISHI

李　浩　著

出 版 人	刘东风
策划编辑	尹海宏
责任编辑	陈君明　陈柳冬雪
责任校对	王淑燕
封面设计	观止堂_未氓
出版发行	陕西师范大学出版总社
	（西安市长安南路199号　邮编 710062）
网　　址	http://www.snupg.com
印　　刷	西安市建明工贸有限责任公司
开　　本	720 mm × 1020 mm　1/16
印　　张	44
插　　页	2
字　　数	700千
版　　次	2023年8月第1版
印　　次	2023年8月第1次印刷
书　　号	ISBN 978-7-5695-2668-4
定　　价	139.00元（全二册）

读者购书、书店添货或发现印装质量问题，请与本公司营销部联系、调换。
电话：(029) 85307864　85303629　　传真：(029) 85303879

引 子

  我在宅子前,伫立了许久,将它从上到下,从下到上看了一遍又一遍,像是在释放我心底对它的牵挂,又像是用眼睛抚摸它古老的躯体,让它感受到我对它的思念。

  是的,它又苍老了许多。那墙面灰黑加深了,从檐里伸出的椽子已经发黑甚至腐朽;滴水檐处的瓦当,有几块已经破缺;厦坡上的枯草,一坨一坨杂乱地长着;山墙上因雨水的淋流,留下一道道长短不等的洇迹,很像老人的泪痕……

  但是,可以看出,它还是老样子,在它那浑厚挺拔的身躯中总是散溢出一股轩昂高贵之气和慈母般满满的温暖。山墙还是笔直笔直,像永远挺直着的不可能压弯的腰杆;二层阁楼木板墙面上两个四四方方的小窗子,像是眼睛,总是慈祥地带着笑容看着你;阁楼就像它的脖颈,把三角形的厦坡撑得高高的,你抬头望去,厦坡上的屋脊和屋脊两头的螭吻头,像是稳稳地镶嵌在高天中的龙首,直指着无际的长空,似傲笑,似吼啸……

  寂寥的空院荒草丛生,一阵风吹来,卷起几片落叶枯草,在空中打了一个旋儿,飘落在那两扇褐黑色厚重的枣木门下。门紧紧掩闭,被一把生锈的老式铁锁锁着,门的两只铁环一动不动地贴在上半腰。窗格子上糊的麻纸全部破损,残留在窗格子上的牙齿状纸头,在风中瑟瑟颤抖;门扇上、阁楼木板墙面上遗留的斑驳不堪的鸟雀粪便,似老人衣襟上擦不干净的饭痂子;窗子上端墙壁上传说是清光绪年间地震留下的两道斜斜的长长的青砖裂缝,似老人额头上沧桑的皱纹……它真是一位风烛残年、孤苦伶仃的老人啊!

  这些又使我心凄……

  我不由得鼻子一阵发酸,朝它靠近几步,在心里默念:老屋,我看您来了,在外几十年,从没有忘记过您。说真的,回老家的目的就是看望您。我又靠近它,将脸颊贴上去,用手摩挲着那涩涩的墙面,思绪也被拉回我的童年时代。

在我刚刚有记忆的时候,母亲曾在黑天将我带进老屋去见奶奶。

踏上老屋的台阶,感到老屋就是一座黢黑的大山;走进老屋,堂厅就是一个黑幽幽的山洞;推开老屋堂厅旁小屋的门,才流出昏黄的煤油灯光。我看见炕上坐着一位白白胖胖、白发稀疏的奶奶,活像是庙里的一尊菩萨。

我上炕,母亲留下一床被子走了。奶奶吱儿——吱儿纺线,转动的车轮在铜制高脚灯台里蚕豆大的火苗光照耀下,形成了一个长条状的黑影子,像鬼怪在老屋黑黢黢的墙面上不停地晃动。哇——我哭了。奶奶将我揽入怀中,纺线车停了,"鬼怪"也不动了。奶奶晃着身子给我讲傻女婿的故事。我在奶奶温暖的怀里咯咯笑着睡去,醒来阳光已经照得满屋亮堂堂,跳入我眼帘的是灶台上蒸气笼罩下的、煮熟剥去壳的白生生的鸡蛋,小压卷白馍和奶奶慈祥的笑脸。

老屋就是以高大、黑幽、昏黄,又温暖、亮堂的样子进入我的记忆,从此伴随我人生十四年的时光……

真正开始知道老屋一些事,是我懂事后的一次年节。

"腊月二十五,家家扫尘土。"这一天我像尾巴一样随在奶奶身后,不知是添乱还是帮忙,但我感到奶奶喜欢我跟在她身后。老屋坐北朝南,分堂厅和东、西间房。我和奶奶住在东间房,房内土炕靠窗子,占去室内一半,炉灶在东北角。西间房也有炕,但没有炉灶。"扫尘土"从东间房开始。奶奶先揭掉炕上的席子,又掀开炕上的几块长方形土坯砖,袒露出一条黑乎乎的充满烟灰的,连接着东北角炉灶和西南角烟囱的炕道。

"拿簸箕来,给我倒烟灰。"奶奶头都没抬指派我。我递过簸箕,奶奶一边清扫炕道内烟灰,一边唠叨着:"这炕道每年要清扫一次,扫过后风顺当,炉火旺,炕也热,烧水开得快,过年下煮饺①熟得快,不烂。"在那个年代,每年吃不了两次煮饺,特别是肉煮饺,那是孩子们过年最大的期盼。我倒烟灰的劲儿

---

① 煮饺:方言,饺子。

足,也快。"慢点!慢点!"奶奶不停地叮咛。

　　清扫好炕道后,奶奶没有马上盖上长方形的土坯砖,而是挪动了炕道靠烟囱底下的两块青砖,显出了一个洞,我感到惊奇。奶奶躬下身子双手伸进去,小心翼翼地从里面端出三个黑色大肚瓷坛子,挨个掂了掂,又摇一摇,里面发出金属撞击的声音。奶奶拔掉塞子,手伸进去摸了摸,随即里面又发出哗啦啦的金属声,她脸上浮现出放心、神秘、满足的笑容,然后她又将坛子放进洞里,扣上那两块青砖,拿扫帚来回在炕道里扫了几下。炕道恢复了原样,根本看不出有可移动的砖块。我专注地、静静地看着奶奶的一举一动,心里像装了一只小野兔咚咚咚地跳,可一句话也没有问。奶奶搬过长方形的土坯砖覆盖好炕道,铺好竹席,转过身子对我说:"宝娃,记着!不要给别人说,听到了吗?"我看着奶奶,她脸上没有平日里慈祥的微笑,那平静的脸上全部是信赖。我没有吭声也没有点头,而是直愣愣地看着奶奶。奶奶肯定从我的眼睛里看到了我孩童气的坚定,她摸了一下我的后脑勺,笑了。

　　我和奶奶"扫尘土"到西间房。这里放的都是一些杂物,炕上一边放一排小矮衣柜,柜门扇上有漆画,地上有一座嵌入背墙的古式大立柜。柜门上有硕大的黄铜制树叶状拉手,漆画画的是八仙过海、三娘教子的故事,柜子顶部边缘雕刻着腾云龙凤图。西边山墙上竖着一个上阁楼的木梯。奶奶整理杂七杂八的东西,把不用的让我放在院子,又把大小柜子擦拭得锃亮发光,漆画立马色彩鲜明,人物姿态可亲。奶奶打开嵌入背墙的大立柜双扇门,柜内两层,中间还有精致的小抽屉。两层都放着被褥和大小包袱,最底下是一个木箱,奶奶让我把新缝的被褥一件一件抱到东间房。我抱着散发出棉花香味儿的新被褥,心里全是过年的美滋滋。我回到大立柜前时,正巧奶奶关柜底的箱子盖,我好奇地伸手去揭,奶奶马上挡住说:"别动!"我停了片刻,转身跑了出去。

　　"扫尘土"扫进我脑子里一串串好奇和联想。

　　下午,堂哥找我"藏猫儿"。堂哥藏到什么地方,我都可以找到,该我藏他找了,我跑到老屋西间房,环顾四周,抓耳挠腮,真不知藏到何处。看着靠墙的大立柜,忽然,上午"扫尘土"时奶奶说"别动"的情景出现在我眼前。带着神秘和好奇,我向院子里的堂哥喊了一声:"藏——好——啦!"便麻利地打开大立柜底部的箱盖,像一只灵巧的小老鼠钻了进去,箱子黑得像一口大锅将我捂了个紧。听到堂哥开门进屋，接着是窸窸窣窣翻东西的声音，嘴里不停地叨叨"在什么地方呢？"我在黑暗中屏气狡黠地笑了。哗啦一声，大立柜的门扇被打开。我紧张极了，心都提到了嗓子眼儿，马上就要找到我了。突然，有人喊堂哥，堂哥跑了出去，屋内瞬间一片安静。

"别动"的情景，又在脑子里蹦了出来，我转动瘦小的躯体，用脚踢蹬四周的木板，靠墙的木板啪啦一声打开，"呀！"怎么是一间黑屋？我溜了进去。黑屋顶部有拳头大的几个光口，像鬼怪的眼睛在眨。真害怕。我立马退回衣柜，竖起木板，忽然听到外面有脚步声，以为是堂哥回来了。我静静地躺在箱子里，一动也不动。等呀……等呀……不知什么时候睡着了……

不知怎的，我的脚在地面蹬了一下就飞了起来，一蹬一蹬，再高再高，飞呀飞呀，与鸟儿同飞，与云儿相伴，俯瞰村子里的房屋、人、树木、骡马狗羊，一切都那么小，我想起了奶奶讲的小人国的故事。啊！我看到了堂哥，他正在鬼鬼祟祟地找我。好可笑啊！"哥——哥——！我在天上呢，你找不到我。"我极力地喊，可怎么也喊不出声，我很自得自己的本事，也嘲笑堂哥的笨拙……我不停地蹬脚不停地飞，在天空自由自在地翱翔，越过村子，越过田野，越过河流……我有本事了，我要告诉奶奶！兴奋高亢！脚蹬得更快了……突然，轰隆一声，空中一道闪电！我猛然从空中跌下来……"奶——奶——！"刺耳的一声尖叫，睁开双眼，眼前是奶奶惊讶的面孔和闪着亮光的煤油灯。"哎哟！我的小捣事毛①，怎么睡在这里？快来，快来看！"大爸大妈堂哥都凑了上来，一张张脸由惊变成笑。"要不是听见柜子里咚咚乱响，还真不知道他在这里，真是吓死啦！"奶奶惊奇地说。我才知道正是我梦中脚加快蹬踢要飞翔时发出的声响，使奶奶找到了我。

晚间，奶奶没提今天的事，我早早躺在新被窝里，身子底下暖暖的，不由想起炕中间那条黑幽幽的炕道，炕里面藏着的瓷坛子，也想起西间房大立柜中眨着鬼眼的黑房子……

"奶，那罐子怎么放在炕道里呢？你知道吗？大立柜里还有黑房子！"我在被窝里抬起头，面对着奶奶，满脸疑惑地眨巴着眼睛问。

---

① 小捣事毛：方言，捣蛋鬼，指小孩调皮。

奶奶笑了，没有直接回答，而是轻声慢语地说："这里原来是一座四合院，不，是由五座四合院连在一起的大院落，大院落后面还有一个很大的场院，场院里有磨面房、碾米房、牲口圈，占去了村子一少半，方圆五村都很有名……"奶奶像是说故事，有空闲就说，断断续续，一说就说了十几年，直到我离开奶奶，走上工作岗位，那些故事还常常萦绕在我的心中……

上　部

第一章

  汾河沿着吕梁山脉蜿蜒向南奔流而下，到临汾市以南十五里处，猛地向东绕过一个山梁，拐了一个大弯，画出一个大大的"U"字，又回到它的原道，欢快地流淌而去。

  在这个"U"字的左边沿，可以说是汾河的南岸，也可以说是汾河的东岸，坐落着一个村庄，名谓驿寨村。该村在二十世纪四十年代前还完整地保留着村人叫作城墙的村墙。墙是用胶土加麻丝夯实筑成，差不多有两层楼高；因取土筑墙，自然形成了一人多深的围墙沟。村墙的四角上矗立着四座翘檐似庙宇的两层高的村门楼子；村门楼子有两道四扇半尺厚的松木门，关闭每扇门需四个壮年男子；村内有东西、南北两条大街。村民有近千口子，80%以上是李姓。村子东门处有一座子孙娘娘庙，西门处有一座土地爷庙——村里人称东西庙。土地爷庙前有一座戏台子，戏台子前有一块空旷的场地，是村民聚会、娱乐的场所。村内十字路口处还建了一座三层高的钟鼓楼，站在顶层向外望去，村子四周一切动静尽收眼底；楼的顶层还安置了一面直径三尺的牛皮大鼓和一面两尺铜锣，一旦有危及到村民生命财产安全的事情发生，便会鼓锣齐鸣，村民随即关闭村门楼子坚固厚重的大门，驿寨村立即就形成了一个坚不可摧的土围子，村内的青壮年男子，也会抄起家伙齐上村墙。

  1948年3月，解放军要打临汾城，需要把驿寨村的四个村门楼子、东西庙、鼓楼全部拆除。听老人们说，在拆东西庙时，全村近千口人都跪在东西街道上阻挡，怕神灵怪罪。突然狂风大作，乌云盖天，雷声撼地，一道长长的闪电横跨长空，像要把天撕裂成两半。咔嚓一声巨响，村东门处的一棵一揽粗的大槐树冒了一股青烟就断成了两截，几乎同时东西庙的厦檐轰隆一声坍塌了。善良、淳朴的村民一声不吭回家了。"这是天意呀！拆吧！"事后村民都这么说。

此后，每年正月初一、初五、十五，村民们都要到东西庙旧址上烧香祭拜，一代代传承至今。若是从村子的北边来，彩绘大牌楼和牌楼中间那金光灿灿的颜体"驿寨村"三个大字，还有在牌楼后错落有序的青砖瓦房会一起撞到你眼前，它们在太阳光的映照下，辐射出令人迷幻的七彩光辉。今日驿寨村可谓：人丁兴旺，粮财满仓。

第二章

三百七十多年前，这里还是一片荒芜，只有一条出临汾城南门通往南方的官道，在官道旁盖着几十间瓦房，说是驿站，其实早被皇上下旨撤销了，成了客商、流民歇脚的客栈。不知什么时候，也不知道是什么人在官房周边又盖起了许多房屋和院落，于是，这里便很像一个小小的村落，但人们仍然习惯叫驿站。

在这些个岁月，干旱连年，民不聊生，盗贼蜂拥，兵荒马乱。

"李自成已经攻下京城了，当皇上啦！"

"明朝完了，皇上都上吊啦！"

"鞑子就要打过来了，哎呀！杀人如割韭菜！""北国鞑子占领了京城，李自成败了！"

…………

在流言的恐催下，逃难避乱的贫民，像失去蜂箱的工蜂，乱嗡嗡地向南涌流。

在逃难的人流中，夹杂着一支车队，有十几辆车，二三十号人，全部是客商装束，他们在赵城吃了早饭，一路没有停脚，过洪洞，绕临汾城东，随着难民人流在官道上向南疲惫地走着。

车队中一个骑着青鬃马有二十五六岁的年轻人，站在土坡上向南瞭望。田野里，割去麦子留下的麦秸茬子，东倒西歪，野草在其中肆意疯长，一阵风刮来，卷起一股夹杂着残草败叶的黄土。他撩起那青色的蒙着一层灰尘的战袍，拂去迎面来的黄土，又往后捋了一把被风吹到额前的头发，看着薄云遮挡住的黄昏的太阳，紧锁的眉间流露出几分忧伤和沮丧，想起这几个月来的落魄遭遇，自言自语："明朝难道真完了?!"随后长长叹了一口气，吐出的全部是不可思议和无奈。

他看见前面树丛中簇拥着些房屋，猛然想起什么，用皮鞭在马的屁股上轻轻打了一下。马没有反应，只甩了甩尾巴，仰了仰头。他又猛抽了一下，马耳朵也猛地一竖，他两腿一蹬，拽了一下缰绳，马蹄了出去，追上了车队领头的两个骑着马手操长矛的小伙子，嘀咕了几句，又回马向车队中央一辆马车奔去。

马车中人肯定听到了熟悉的马蹄声，马上的年轻人刚到，马车的窗帘已经掀起，露出一位面容有些浮肿，布满焦虑却仍不失雍容气质的上了年纪的妇人。年轻人在马上向前躬下身子说："娘啊！前面有些房屋，像是一个寨子，我们今夜就在那里休息好吗？"

"你看吧，我也想歇歇，展一下身子。"上年纪的妇人恹恹地说，像是回答，又像是吩咐，随即一阵紧促的咳嗽，年轻人刚想安慰几句，窗帘已经放下了。

车队拥进了这个"寨子"。

年轻人将妇人的马车引到一个院落前，停下，搀扶妇人下车说："娘，这里原来是一个驿站，前几年给撤了，我们寻了一个干净的院落，住一晚，明日南行。"妇人没有答话，随着他进了院落，坐定后说："秦儿呀！先给娘弄点水来。""娘，稍等，马上就来啦！"年轻人言语里有一些歉疚，顺从地回答，回过头朝外面高声问："水还没烧开？""马上就好，少爷。"外面应声回答。

"秦儿，我们出京城快四个月了吧，那些流言搅得我心里烦躁，也不知你父亲的消息。"年轻人听娘问父亲的消息，顿了顿，回答妇人："娘，我已经打听了，我父亲领兵去了河南和新立的福王会合，等我们呢！"他心里清楚，这是谎言，为了让母亲不担心，只能这样说。"是吗？我的身子实在……"妇人接着一阵咳嗽，气都难喘，憋得脸通红，把后面的话噎了回去。年轻人赶紧轻轻地拍娘的背，妇人稍稍喘过气，身子往后靠了靠，倦慵地问："你表兄弟他们呢？""我让他们安顿车队去了。"妇人微微点点头。这时，一个年轻女子端着一碗水进来，年轻人接过碗，吹了吹，在唇上抿了一下，说："娘，先喝点水，您躺一会儿，饭马上就好。"说着双手把碗端到母亲面前，转头对那女子说："给老夫人铺好床，让老夫人展展身子。"年轻人关切地望了望正在喝水的妇人，匆匆出了房间。

妇人看上去也就是五十岁开外，眼皮微微松弛，一双疲惫的眼睛，眼神显得凄凉而茫然。她皮肤原来很白，但因疲于奔波，脸色有些泛黄，且满布愁容，紧蹙的眉间老是筑起一道清晰的竖纹，像刻上去的。但她的举止言谈依然有力有节，内敛而适度。

她在年轻女子的服侍下又喝了两口水，就平平地躺下去，闭上眼睛说："你下去吧。"

她在马车内蜗蜷了一整天的身子骨一下松弛了下来，她感到骨架子散了似的有些微微、酥酥的酸痛，但又感到身体舒展的轻松，她长长地呼了一口气……

她就是大明琮王朱常泽的夫人——李氏。

第三章

　　李氏想歇息，平平展展躺在这里静静地什么都不用想地歇歇，可不知怎的，刚躺下就不由自主地胡思乱想，她发现越是累越是静，脑子越是不得闲。

　　此时此刻，眼前又浮现出今年元宵节晚上突变的情景，她克制自己不要再想，但不行，索性就去想吧……

　　正月十五闹元宵，王府内各屋门前、厅堂四角、房檐各方、长廊道里，挂满了形态各异的花灯，有鸟灯、虫灯、游鱼灯、走马灯、含珠腾龙灯、吐火麒麟灯、八仙过海灯、十二生肖灯……天还未黑，都亮了起来。府内上下闪闪熠熠，亮如白昼，五彩灯光让人目眩。府内不分老少，不分主仆，新衣鲜服，在灯谜间指指点点，嬉戏喧闹，热闹非凡。家宴也已摆好，等待王爷觐见皇上归来。

　　李氏搀扶着茂儿，众仆前呼后拥地来到前厅两个硕大的灯笼前，茂儿说："娘，这是儿子专门为母亲做的灯谜，请母亲猜，猜出儿可要得您的赏！"

　　她十六岁来王府，二十六岁才喜得麟儿，对儿子一直疼爱有加，此刻看着儿子喜洋洋的脸，心里甜滋滋的。她低头爱抚着依偎在身边的孙子的头，意思是，看你父亲是如何讨奶奶欢心！

　　她眼前是一个红彤彤的透着云纹图形的八角丝绸灯笼，上面用柳体楷书写着：

　　　　有衣拥田开口笑，澹静淡泊若水涽。　　　　　　打一字

　　另一个是淡黄洇绿渐变粉红的大蟠桃形灯笼，上面用魏体楷书写着：

　　　　戴仕怀功报育恩，开口步寸表孝心。　　　　　　打一字

她看看灯上的谜词，再看看茂儿那张神秘得意的脸，略加思索，心想，真是孝儿，虽文辞有些拙，但孝心彰显了，顿觉有股幸福热流沁入心脾，又化成了甜甜的微笑。她沉思了一下说："茂儿，母亲再为你这两个灯谜题一副对联如何？"

"太好啦！孩儿恭听！"茂儿博得母亲的欢悦，还有意外的收获，恭立一旁听母亲题联。

"元宵夜好月当空，儿借谜灯献辞，彰显孝心庭院福色；春宫游妙笑吐华，母得子孙祝语，报恩相昭高堂寿祥。"她不紧不慢道出。

"好！'福''寿'都被猜出，嵌于联中，妙极了！孩儿佩服！"茂儿向母亲投去崇敬的目光。

"夫人，该赏少爷啦！"周边一阵哄闹。

她疼爱地唤道："茂儿，过来，难得你的孝心，这串佛珠赏你，希冀你心中有佛，居家敬孝父母，与人慈悲为怀。"随即将随身三十多年早已盘得黑里透红略带紫色的菩提手串给了儿子。

她从来没有像今天这样幸福，感到浑身都绽放出"福""寿"的花朵。这时小孙子甜甜地叫了一声"奶奶"，这一声奶声奶气的"奶奶"使她有些陶醉，便弯腰抱起孙子，亲昵地唤"润润"并在孙子娇嫩的脸上轻轻地亲了下。她再看儿子和儿媳，也洋溢着笑容，周围一张张喜庆、羡慕、恭顺的笑脸，使她真的醉了，醉在儿女子孙天伦之乐中！醉在元宵佳节喜庆中！飘然，畅快，吉祥！

就在这个醉得喜庆、飘然、吉祥的时刻，老爷进了府门。他步履沉重，神色峻厉，眼神冷冷的，眉头紧皱，透出焦虑，对五光十色的花灯，连看都不看，径直走到夫人和儿子身边，瓮声说："到书房来！"

当大家在书房坐定，老爷的第一句话就是："明天收拾家里贵重的东西，搬家去南京，最迟五天后离开！"……冷峻的表情，生硬的语气，不容争辩的决定，对沉醉在喜庆、飘然、吉祥心境中的李氏，无异于晴天一声闷雷在头顶炸裂，震得她内心惶遽，一时不知所措。肯定是江山社稷遇上了危机，她小心翼翼地问："老爷，出事啦？"

从老爷嘴里才知道，李自成在西安已建立"大顺国"，贼寇声势浩大，兵分两路，向北京进发。李自成亲率的贼寇已占领山西，正顺着大同府、宣府一线直逼京城；贼寇首领李春亮攻下保定，京城岌岌可危。朝野上下惊慌无措，均无抗敌良方，几位老臣建议迁都南京，大多数王侯贵胄家眷年前就悄悄搬走了，住所都成了空壳，怕是京城都成了空壳……

"搬家！搬家！"这明明是"逃命"！那天晚上——正月十五，她彻夜没有合眼……

乱哄哄了六天，东西装了三十来辆车。从正月十八日起王府上下分批离京，有七八十人护卫。她李家的三个侄儿：李致禛、李致昊、李致胤带着大部分车辆和护卫先走了，说好在八达岭汇合。

她和茂儿是正月二十一日晚离开王府的。那天，老爷脸色凝重，再三叮嘱儿子："你一定要照顾好母亲和家人，不能有任何闪失！"她和老爷洒泪分手，低头上了马车，从轿车内看见茂儿叩首跪别老爷，起身上马，老爷身形伟岸，站在府门前的台阶上，向轿车挥手，一直站在老爷身后的小弟，揉着眼，也举手挥别……

这一情景已经定格在她脑子里，无数次显现，有时堵得她心痛，她很想拂去，她很想歇息一下，但无济于事……

李氏无可奈何地侧了身子，面对着墙。墙上有一道细细的缝隙，缝隙里，老有那么几十只蚂蚁，匆匆忙忙，进进出出，来来去去，不停不断，不知怎的她又想起五台山恰遇老和尚之事。

车队一路走走停停，躲贼兵避土匪，四月里才到五台山的一个小村，听到传言："京城失陷了。""皇上上吊了。明朝完了。"……她说什么也不相信，一个大明朝哪能说完就完呢？皇上肯定还健在，那么多将士还保不住一个皇上？明朝肯定在。

是四月初八上午，她和茂儿上五台山寺庙烧香拜佛。刚刚进山，探信的壮士报来了天大的噩耗：皇上三月十九日归天。皇上离宫时凄惨，下了最后一道诏书：

"……朕凉德藐躬，上干天咎，致逆贼直逼京师，皆诸臣误朕。朕死，无面目见祖宗，自去冠冕，以发覆面，任贼分裂，无伤百姓一人……"

这消息像一把剑搅着她的心窝，顿时让她悲痛得无法自控，就地朝北跪拜，掩面恸哭。她哭皇上英年早逝，哭皇上"任贼分裂，无伤百姓一人"的爱民慈仁之德，哭皇上家人的惨烈。哭着哭着她开始哭自己，哭自己和老爷的离别，不知老爷的一点消息，自己的颠沛流离，前景渺茫……哭得人人落泪，哭尽了自己两个多月来的孤独、苦难、漂泊、茫然……茂儿和众人百般劝说都无法扶起……

"施主，何事如此悲伤？阿弥陀佛！"像是从天外来的金铎之音，清晰明亮，滑入她的耳朵，又沁入了她的心里。她止住恸哭，抬头看见一位白眉银须，精神矍铄，目光炯炯，合掌于胸前的老僧人。老僧人看她满脸泪痕，怜悯地说："施主，老衲是前面寺中僧人，从此路过，见施主过度悲伤，方才发问，何不到寺中拜佛，得佛灵普度？"

她在茂儿和众人的搀扶护拥下，跟随老僧进山。

走了大约半个时辰，眼前出现一条石阶小路，直通被几棵古松柏簇拥着的朝南开的院门，门上端工工整整镌刻有隶书"無一寺"，门两边还刻着一副对联：

寺古僧闲心地清净云作伴
山深世远虑澹意惬月为朋

"無一寺"？她想起唐初禅宗慧能大师的偈语："菩提本无树，明镜亦非台。本来无一物，何处染尘埃？"又看了看门上的对联，觉得身上轻松了一些。

一个满脸稚气的小和尚开了门。进门是个不大的院落，院落顶头有座像农家三间住房大小的殿宇，坐北朝南，东西设偏殿，殿宇被院内的几棵松柏荫庇。松柏沧桑粗壮，坚韧挺拔，枝干遒劲，十分茂盛。不时从树间传出鸟鸣，慢节奏的木鱼声也悠悠地从檀香轻雾中飘忽而出，令人感觉真的到了"心地清净""虑澹意惬"之地。

在老僧的导引下，她迈入大殿，殿内供奉着文殊菩萨，她和茂儿烧香叩拜。当她头叩于地时，猛然想起洪武太祖爷当年在皇觉寺时，兵荒马乱，在寺庙再也待不下，便求佛占卜祷问前景，得大吉签符之事。太祖爷正是得吉签起兵得天下，现在也是兵荒马乱，遇难偶至此寺，何不在此寺求一签呢？

想到这里,她起身往功德箱内放了一锭银子,然后合掌于胸前,恭恭敬敬地面向老僧说:"长老,我本是信佛之人,今日是进山拜佛的,不料半路听到家中噩耗,顿处悲伤之中,幸遇长老,得以到贵寺烧香拜佛,我想再求长老指引,得佛光普度。"

"阿弥陀佛。我佛以慈悲为怀,请说吧!"老僧合掌,谦和地说。

"长老身居深山古寺之中,必是岩穴之高僧,一定潜研佛法,求高僧指条佛路,以解苦难!"

"施主,高抬了。老衲只不过是小寺中一僧人,不是什么高僧。不过,老衲这里有些签符,施主,请随我来。"

她随老僧绕过正殿,来到后院。后院实际上是两张席大的一块空地,靠东边有三间陈旧的瓦房,被寺墙围着,外面望不到尽头的林木把墙遮掩得断断续续,寺和林融为一体,清鲜的林木花草之气迎面拂来,恍入隔世仙境。她不由自主地深深呼吸,抬头看见房门两边挂着一副木底黑字的对联:

闭目静坐一炉香,息心翻读几卷经。

立马觉得浑身轻盈,精神了许多。

老僧推开房门,刚要请她和茂儿入门,又挡住,说:"施主,慢,当心,不要踏踩它们。善哉!善哉!"

她和茂儿忙止步低头,看见门槛下铺砖处有一条长长的缝隙,缝隙里有密密麻麻黑色的蚂蚁,它们在砖缝中进进出出,来来去去,顺着门槛,延续到门外靠山墙的一侧,像一条细细流动的小溪。她诧异,和儿子还是抬了脚跨了过去。

进了室内,她和茂儿坐定在蒲团上,环顾了一下:室中间设有一个简易的佛龛,内有一尊镏金菩萨像,菩萨像前小宣德炉里香炷燃着,青烟袅袅,檀香味弥漫在房间内。紧靠着佛龛的是一排用木板搭的书架,上面摆了些发黄的经卷。窗前有一张床铺和桌几,桌几上放着翻开的一卷佛经。这里真是"一炉香""几卷经",简雅的佛家之地呀!她内心感慨!

老僧跪在佛龛前,点燃一炷香,插在宣德炉里,又从佛龛里拿出一沓黄色的签符，双手捧在胸前，嘴唇翕动着，不知念叨些什么。然后他转过身来对着她和茂儿说："施主，这里有沓签符，请抽一张。"老僧把那一沓长方形淡黄色的签符递到了他们面前。她和茂儿对视了一下，双手接过签符，照着老僧的样子，跪在佛龛前，将签符合入掌中，举在额前，虔诚地在心里祈祷，希望抽到大吉的上上签，求她的老爷、她的儿女们、她的全家能得到佛光普照，平安到达南京。想祈求朝廷……可朝廷在哪儿呢？朝廷一下子变得虚幻、飘浮，像天上的一朵云彩，像物件儿的一个影子，她的老爷、儿女、家、车内的那些家当，才是她的依靠，她的命。她坚定了一个信念，重新祈祷了一番。向佛只求"唯一"：老爷、儿女平安！佛！一定要答应啊！

然后，她颤颤巍巍地将那一沓签符搓成一个扇形，先是将手移到扇形的头部，又犹犹豫豫地将手移到尾部，再移到中部，最后她从靠扇形前部小心翼翼地抽出一张签符递给了老僧。

老僧拿到她抽得的签符后，她的眼睛紧紧地盯着老僧的每一细微的动作，希望从其细微变化中提前捕捉到签符中的吉凶。但老僧那张脸和眼睛没有丝毫变化，像一尊塑像。

知道吗？符签是指引她走向吉祥，化解悲难之痛的全部期盼！但不知怎的，又有一种莫名的惶恐，假如签符中是……她的心猛烈地颤抖了一下，她不敢往下想，因太悚惧老爷、儿女、家的安危啦！悚惧家中的悲难继续加深，那不要了她的命吗？何苦要抽签符呢？她又不希望拆解签符，就让它永远地合在那里吧……

老僧还是缓缓地打开了那张三折式的签符，仔细地看。她屏住了呼吸，紧紧握住了茂儿的手，可以听到自己心脏"怦怦怦"跳动的声音，额上沁出了细细的汗珠。

"施主，你抽取了一个吉祥签符。"老僧面无表情，说话不紧不慢，像是诵经，又像是吐了一口气。

她听到了，听得非常清晰，悚惧的心一下松弛了。"什么？长老，吉签？"她好像不相信自己的耳朵。

老僧并没有回她的话，继续说："签中有佛意，请施主自悟佛愿。"将签符递于她。

她虔诚地双手接过签符，只见第一面写着一个大大的"吉"，盯了一会儿，心里有一股愉悦，看见中间工工整整竖写着：

　　　　　山河冥暗星斗移，顺应天时自圆满。
　　　　　遇泉驻足家兴隆，因缘成果万物生。

解签有两句话：适天应地，定心信佛。她思索，懵懂不解，恭敬地说："请长老赐教签符上的佛意。"

老僧转过身子，面向她缓缓地说："施主，牢记解签佛语：适天应地，自然圆满；遇泉驻足，光明成果。施主非陋俗之人，贫僧送施主几句话：君为天，民为地，天与地合而安，而生。自悟心性，圆满成果，随缘去吧！随佛缘去吧！大吉啊！"老僧说完，转身盘腿静坐在佛龛前，再不作声。

老僧释签之语，她是竖着耳朵在听，是张开五脏六腑在听，每句话都刻在了她的心里。她明白了，老僧的寓意就是一句：必须顺应现实，这都是因缘生成的果。她又回嚼老僧的赠语，"君为天，民为地，天与地合而安，而生"，意味深邃，"随缘去吧！随佛缘去吧！"去哪里呢？"遇泉驻足"泉又在何处？想询问老僧，见老僧如龛内的一尊菩萨，再无回应。

她再次打开签符，面对这首签诗，默默读了几遍，已能背诵。她翻到最后一面，有一幅画：下端正中有端庄立体梯形图，占据了纸面的三分之一，图正面书写着"泉"字，紧靠图边生长着一棵粗壮茂盛的大树，树根夸张虬曲纵横延伸得到处都是，在这些根上又生出密密的小树，它们生长得生动安然，她蓦然悟出：是一个吉签。我求的"唯一"是家要平安，这不是显而易见吗？那棵粗壮的大树，那些从大树根上长出的小树，不正寓意着人丁兴旺吗？不平安还能有小树的茁壮？她释然了，又翻到载有签诗的折页，"山河冥暗星斗移"，细思想，真是变天啦？心里有怪怪的伤感。"定心信佛""适天应地"是圆满，心里又好受了些。她又死死盯着"遇泉驻足"四个字，真的要在"泉"边扎根稳家、繁衍后代吗？……她想得有些烦乱，"随缘去吧！随佛缘去吧"，老僧的话响在身边。就顺应佛灵的安排吧！她把签符还给老僧，老僧静静坐着没睁眼……

回想起与五台山老僧的巧遇，她的心情仿佛轻松了许多，眼睛渐渐地蒙蒙眬眬起来……

她沿着一条河独自轻盈地行走，河水清泠泠的，欢快流动，潺潺有声，挑逗着阻挡它们前行的石头，溅起的水花像洒落的无数晶莹的珍珠；鱼儿在水中摇头摆尾，自由自在地游动，有的顽皮地跳出水面；岸边小草尖尖的，绿绿的，绒绒的，在微风的招惹下，整齐地歪着嫩绿的小脑袋，像向你殷勤地问候；河两边树林，蓬勃生动，不时传出雀鸟的鸣唱，脆亮动听；天蓝得透空，清亮高远，一朵白云悠闲游动，像一大团棉絮，白得纯粹，真想躺在其中美美地睡一觉。她仿佛是在画中，这景致就是为她而生……

"真美啊！"她想，"沿着河走，前面肯定是泉，有泉就有安家之处，就有平安的家。佛签上说'遇泉驻足家兴隆'，这肯定是佛指的路！"心情愉悦的她想跑，想跳……但马上又稳住。她是王妃，要矜持、庄重，但内心的喜悦，不知如何抒发，情不自禁地哼出了一段《玉芙蓉·喜雨》的散曲："初添野水涯，细滴茅檐下。喜芃芃遍地桑麻。消灾不数千金价，救苦重生八口家。都开罢，荞花、豆花，眼见的葫芦棚结了个赤金瓜。"走吧，快走吧，前边肯定有泉，那儿有新鲜五色的荞花、豆花，有金灿灿的赤金瓜，老爷、儿孙们都在那儿等待她呢……

"杏子！杏子！"

哦？这是她的乳名，谁在叫呢？只有爹娘知道，已有近四十年没人叫了……

她惊讶地望去，从云烟氤氲的树林上空飘飘而来了一位英俊的青年。他白衣白袍，白得生辉，白得虚幻，越飘越近。当白衣青年落地到她面前时，她"啊"了一声！这不是她的夫君吗？那面孔就是洞房花烛夜，他掀起她红盖头，相互对视时她看到的那张面孔，方方正正，生气勃勃，神神气气，却又有几分羞怯……他回来了，她激动不已，一下扑了过去，夫君扶住了她。

"杏子！杏子！"

她不答不应，而是紧紧地依在他宽厚的胸脯里蹭偎着，喃喃地说："告诉我，你再不离开我们！我太累！"她停顿了一下央求地说："我们和儿子一块寻找佛指的泉，一家子永远在一起，再不过那种离散颠沛逃难的日子啦……"

夫君双手捧起了她的脸庞，那令人心动的眼睛怜惜地静静地看着她。就是这双眼睛，燃起了她内心的希望，唤醒了她有了依靠的心灵，因那里蕴藏着她全部的爱。这几个月来的离散、思念和受到的种种磨难，一下涌上了心头，变成了委屈，泪水从眼睛里汹涌而出，从眼角顺着脸颊似小溪般流下，流入夫君捧着她脸的手里。夫君轻轻地抹去她的泪水，把她紧紧地抱在怀里，双手爱怜地摩挲着她消瘦的背，任她一耸一耸地抽泣……

她深深地沉浸在夫君的拥抱中，感觉着夫君从体魄中散发出的温热，聆听着夫君从胸腔中传出的突突突的心跳，她体会着，尽情地享受着，一股一股熨帖的热流从丹田处往上升起，渴望和夫君体魄中散发的温热融合，融合……他们默默静静地拥着……

"杏子！杏子！"夫君温情地唤她。她在他怀里呻吟着，头蹭了蹭，意思不让他说话。

"杏子！杏子！"声音嘶哑中带着凄凉，颤巍巍中带着悲伤。她抬起头，痴痴望着他。他也望着她，迟疑了片刻后说："杏子，皇上那里需要人，他很孤单……"她打了一个激灵，没等夫君说完下面的话就说："怎么？你还要走？"夫君哀楚地微微点了点头。

"不！不！你不能走！"她一把推开了夫君的拥抱，歇斯底里地哭喊起来，"皇上早死了，朝廷也完了！"她蓦然想起了老僧的话，继续说："夫君，我们已经不是王侯贵族了，是民！民与地合而安，而生。前面有泉，就有家了。皇上、朝廷与我们没有关系，皇上还会有新的皇上，朝廷还会有新的朝廷，你还不明白？老——爷——！""老爷"是她竭尽全身的力气喊出来的，是她向夫君的呼唤！向夫君的忠告！向夫君的哀求！

她又"扑通"跪在夫君面前，泪水满面，边哭边说："你知道吗？知道吗？我和茂儿这几个月是怎么过来的？我们躲避过贼兵的追杀，遭遇过土匪抢劫，受过伪侠士的欺辱……"她细数着颠沛流离的艰难经历，哭诉着一个女人本不应承担，但承担了又无人知晓的压抑和委屈……

夫君上前慢慢扶起了已经成了泪人的夫人，轻轻地用袍袖擦拭了她的眼泪，重重地将夫人揽入怀里，断断续续啜嚅地说："夫人，……这些我都知道……都知……泉就在这里……听我说，随佛愿吧！……日出而作……日落而息……随佛愿吧！"她意识到夫君即将离去，将他紧紧抱住，哀声直呼其名说：

"常泽，你忘了？你忘了你的'死生契阔，与子成说。执子之手，与子偕老'的誓言啦？"

"我何能忘！夫人，百岁之后，将归其居！"

她抬起头，深情又绝望地看着夫君，只见他眼泪像瀑布似的往下流，开始晶亮晶亮，后突然间变成了白色，一股一股往外涌，接着嘴里、耳朵里、鼻子里都往外涌，把他的面孔糊住了，形成一个白白的圆。她惊愕地失声喊道："夫君！夫君！你怎么啦?！"只见他飘飘而起，白色的衣袍撑开像一把巨大的伞，把她的夫君托起。她急切地去抓，但什么也抓不住，白袍和夫君已化作一团纯洁的白云飘飘而去，从那团白云中传出："夫人，随佛愿去吧。百年之后，将归其居……"她拼了命地对着苍天呼唤："夫君！常泽！常泽……"

她的呼唤惊动了外边的人，引起了一片慌乱……

第四章

秦儿，叫朱由茂，大明朝琮王的独生子。这几个月的"逃难"他没有任何思想准备。正月二十一日前，还是王爷的公子，身居深宅大院，侍从仆人如云，食珍馐甘香美味，穿貂狐绫罗绸缎，无忧无虑。正月二十一日后，他挑起了保护母亲、保护妻小、保护全部家当的担子，防贼兵，防土匪，防鬼神，现在又防鞑子，常常野宿于山野，饮食于荒沟。他恨不得头上长一圈眼睛，用不着转头便可看见周边的一切；恨不得有三个脑袋，昼夜轮流处理事情，安排进程。

逃难至五台山时，京城的消息越来越坏，最后明朝垮了。开始是贼兵追杀朱家，后来又传清兵追杀朱家。母亲在五台山烧香拜佛抽取签符后，他听从母亲的决定，随了母姓，改名为李有秦。

逃难几个月，他成熟了，没有了青春期的偏激，多了几分冷静与淡定；没有了昔日少爷的张狂，添了几分坚持与谨慎；没有了富家子弟的浮夸傲慢，有了许多忠厚与实际；没有了遇事的浮躁，变得镇定与从容。

现在，他已经养成了一个习惯，每到一个地方歇脚，必须做好两件事。首要的是，亲自安排好母亲、妻小的住处和那些只剩七八车的家当。这是他的家，他的全部；再就是，查巡好歇脚的环境和地形，兵书上言"明地形，知进退，胜之半也"。避难几个月来的惨痛教训证实了它的正确。他怎么也不会忘记，车队行进怀来县被贼兵堵截的经过，护卫惨死，财产被抢；还有在五台山境内被土匪袭击的遭遇，原本七八十号人只剩三十几人，家当仅剩这七八车。他不能不在乎地理环境，在太阳落山之前他必须熟悉这里的一切。

她安排好母亲后，看望了一下妻子和小儿的住处，向院门口守卫嘱咐了几句，急匆匆出了院门，去找他的表兄弟们。

进这个村落时，他曾赶马到车队前交代过表兄李致禛和李致杲，一定要把车上的家当分开藏存，一旦发生意外不至于全部失落，现在不知藏存如何？

李致禛、李致呆是他的舅表兄，大舅和舅母在一次盗贼抢劫时去世。官兵赶到仅仅救出致禛、致呆两个孩子。从此致禛、致呆便在姑父姑母家长大。当时致禛五岁，致呆三岁，他两岁，他们亲如胞兄弟。他还有一个十九岁的表弟李致胤，是小舅的儿子，前年小舅母患急病去世后，因小舅在京防军内任职，家中无人照顾，怕他荒废学业和武艺，就一直养在府上。兄弟四人同吃同住同习武。在表兄弟四人中，致胤最小，酷像小舅，牛一般壮实的身体，娃娃气的脸，令人很爱怜……这次离京，小舅和父亲受命担任京城南部的防卫，听说李自成的兵马攻破京城，父亲和小舅突围领兵南下了。

逃难的一路多亏了表兄弟三人的照应、护卫，他也深信了"上阵父子兵，打虎亲兄弟"这句真言，在怀来遭李自成贼兵围攻，若没有表弟致胤，后果不堪设想。当时天还没有亮，很黑，风沙很大，一名哨兵发现贼兵，他在紧急中和小弟致胤引诱贼兵往山里钻，让致禛、致呆兄护卫着母亲和妻儿老小从另一条路逃出。天麻麻亮，他和小弟致胤被逼进一个山坳里；贼兵头领坐在马上，龇牙咧嘴瞪着两只牛眼，狰狞可畏，大喝一声，挥起大刀"嗖"一下带风从他头皮上掠过，他还没来得及还击，又一刀从他头顶直直劈了下来，他已经感受到了死亡；就在这时，一个长矛尖头，从那大汉的胸前冒出，鲜血喷了一脸，大刀擦着他肩头"当啷"一声砸在地上，那大汉像头肥硕的野猪"扑通"栽下马来。这一枪正是致胤表弟刺的。没有了头领的贼兵被他们兄弟俩杀得七零八落……

他感激表弟的救命之恩，从此，他们哥俩心贴得更近。

想到这里，他骑马直奔东边致胤守护的场院。

场院门是敞开的，东边堆着一座长方形的麦秸垛子，垛顶两边斜坡用黄泥抹了，以防雨水浸入。麦秸垛子像一座矮房子，一边儿已经撕开，喂牲口用了。北边是一排客房，客房两边是牲口棚；牲口棚前面停放了几辆马车，可以看出，绝大多数是自己家的。

他进院，下马，对着院内喊："致胤，致胤。"随着喊声，从牲口棚里移出一座铁塔，一看就是表弟，他迎了上去。致胤叫了一声"哥"，站在跟前不吭声了，他身后带出了牲畜的浓浓的腥膻味，从牲口的打响鼻声，嚼草声，知道牲口已经上槽。

他笑了笑问:"怎么样啦?"

"好啦!"表弟显然知道问的是什么,果断地回答。然后将两只手相互搓擦了几下,把粘满手的饲料渣子搓掉,眼睛紧紧地盯着他。

"我查一下。"

表弟"嗯"了一声,算是回答。

从表弟"嗯"的回答声中,从他眼睛里闪烁的自信中,敢肯定,一切办得非常到位,否则表弟会支吾。在表弟的陪同下,从场院的东边到西边,从客房到牲口棚,从前院到后院都看了一遍,没有发现掩藏家当箱的任何蛛丝马迹。

他们兄弟俩站在院子里相互对视着,眼睛里完全是满意的光亮,但他还是觉得诧异,说:"那些箱子放在?"

没等他说出后面的话,表弟诡秘自得地瞟了一眼麦秸垛,凑在他耳朵上说:"麦秸垛里!"

他迟疑一下,恍悟,确实没有看出来,想问究竟,话到嘴边又改成:"我们到致祺兄、致杲兄那里去看看。"

在致祺和致杲兄那里,除致杲兄处有纰漏外,其他都做得滴水不漏。

随后他们兄弟四人开始巡查环境。

不知是何缘故,客商不在北边的临汾城歇脚,也不在南边的襄汾歇脚,偏偏喜欢在这废弃的荒野驿站歇脚,日久天长,这里也就成了客商、流民交易玩乐的场所。

有钱人发现了商机,先盖了房屋,为客商和流民提供方便,逐渐形成了东西建筑群,中间自然有了一条比一般村庄宽一倍的东西街道,以便于车辆转向、错行。街道两旁都是敞门式场院客店,其间偶然夹建了几座院落大户,一看就是殷富人家;在建筑群的西头,是一些简陋屋子,是雇工、伙计、流民所居。

顺街道出东口,可直接与官道相接;出西口有一条人、牲口、马车压成的乡间道路,直通汾河一个只有几块砖石砌的渡口;南北没有道路,但在荒草中有人七斜八横踩踏出的小道,像被捅乱的蜘蛛网,无规则地向外延伸出去,这是一个似村非村、似栈非栈的地方。

兄弟四人骑马朝街道东口奔去。东口靠里北边有一棵半揽粗的槐树,树干直直撑着翠绿茂盛的树冠，像一把巨大的伞盖，荫着喇叭形的出口。

兄弟们在树荫下停了片刻，催马冲出东口，越过官道，上了一个土坡，向东望去。眼下野草旺盛，与野草相接的是没膝高的青纱帐和割过麦子留有麦秸茬子的黄土地，一块块，一片片铺向山脚。远方有几处被树丛裹掩的村庄。在落日的映照下，青纱帐里泛出黛绿色的亮点，远处的沟沟坎坎清晰可见。有一条乡道在田野间，时隐时现，蜿蜒伸进山里，仿佛一条丝带与这里紧紧相系。往山的深处看，层峦叠嶂，邃远神秘。北边有一圆圆的山头，在圆山头前延伸出两条山梁，圆山头背后的山脊向南延伸，顺势形成一条雄厚的山梁，划了一个弧，与圆山头前伸出的两条小梁子相接。

致杲惊奇地喊了一声："嗯！你们看，前面这架山像不像一只卧虎？"

致禛同感，应道："真像，虎头抬得很高，威风凛凛。"

致胤看着没有吭声。

有秦静静地凝视着，绿色的野草，黛色的青纱帐，灰黄色的空土地，青色的卧虎山，真是天赐的自然色彩，确实美啊！但他心里想的是，若发生意外，这条通往山里的乡道可是有用之路啊！

表兄弟们被这里的景致吸引，痴痴地望着。远处竟然从平静空旷灰黄的田野里升起一股黄土色细柱，那细柱柔软得像天宫中飘出的仙女的黄色衣带，飘呀，飘呀，快到他们面前慢慢地落下，化作爽快的凉风，从他们身旁悄悄掠过。兄弟四人都感到浑身舒坦，心清神怡。在这炽热的五月天，真是天赐的凉风！不知他们中谁说了一声："真是个好地方啊！"

他们又驱马来到西出口。太阳即将落山。靛青的西山沉沉的，太阳的余晖把空中一排排有序的小薄云块染得鲜红，蜿蜒而上与天合一的汾河波光粼粼，像繁星，像银河，曼妙无比！弯弯曲曲的羊肠小道与汾河相结，砖石垒砌的简陋渡口旁停放着两只小船，似乎有两个人在闲游……

这里的地理环境基本清楚了，有秦想，空旷、平坦、易攻、难守，也难退。如何退？退中又如何隐蔽呢？这空旷平坦的地域，不是山丘地带呀。在贼盗蜂起的乱世，这么大的车队肯定被盯上了，今天必须在周边多散些护卫……一连串的问题在他脑子里纠缠着。

他紧锁眉头，把马缰绳往怀里一拉说了声："回！"大家都扭转马头。

"哥！你看！那里像是一条河！"致胤喊了一声。

顺着致胤手指的方向，大家向北看去，野草丛眨闪着水的亮光。他们到了跟前，不是什么河，是一股小小的溪流，浅浅地从驿站的方向流出，像一条蛇曲曲弯弯窜入野草丛中，估计归流于汾河了。

他们好奇地顺着小溪往上走去，发现一个池塘，有半亩地大小，周边用长条青石砌围。池塘里水清澈见底，能看到底部也是由大块石头拼接砌起来的。石缝中有几股汩汩地往上冒着的连珠水柱，连珠水柱涌出水面，成了晶莹透明的抖动着的泡泡。泡泡相互碰撞，游动，又散去，从池塘的西口，缓缓流入那条浅浅的小溪。池塘东边有一棵碗口粗的槐树，枝叶葱绿茂盛，树的枝叶间，不时传出几声喜鹊喳喳喳的叫声，抬头望去，繁茂的树叶间隐约可见鸟巢。

他们刚想离开，发现在池塘东边有一块石碑，碑上镌刻着一个大大的"泉"，颜体，工整敦厚，下方还镌刻着几行小字，他们下马仔细观看，是一首诗：

> 汾河抱清泉，远客攒此来。
> 夕照降树槐，栖鸟归家还。

诗谈不上雅，倒有些意思，没有落款，也没有立碑的年月，不知是何年何月何日何人为何事而写。他们兄弟都感觉有些怪。

有秦凝视着这个大大的"泉"字，又默默地读了一遍诗，仿佛是猛然想起了什么，翻身上马，招呼着表兄弟向母亲住处奔去……

在他脑海里，浮现出母亲在五台山無一寺抽取签符上的诗句："遇泉驻足家兴隆……"——"泉"，在他眼前不断显现。

第五章

有秦与表兄弟回到母亲的住处,屋内乱哄哄,不知道发生了什么事,他心里有些慌,拨开围在一起的下人,见母亲闭着眼,不住地呼唤父亲的名字。他将母亲从炕上抱起,急切地呼唤:"娘……娘……醒醒!"致禛、致杲、致胤也"姑母,姑母"地喊。

李氏慢慢睁开了眼睛,看到儿子和侄儿都在身边,梦中的情景又浮现在眼前,眼泪簌簌地流了下来……突然"儿呀!"凄惨地唤了一声,当即昏厥了过去……

这下急坏了兄弟四人。有秦喊:"快!快!叫赵师傅!叫赵师傅!"赵师傅是他们出京城带的郎中。

李氏突然急促地咳嗽起来。

"娘……娘……"

"姑母……姑母……"

"喀喀……喀喀……喀喀……"李氏一口痰吐出,接着是一口血,脸色变得有些苍白。兄弟四人一阵慌乱。

"赵师傅呢?怎么还没有来?"有秦大声喊了起来。

话音刚落,一位留着灰白山羊胡须清瘦的长者一步跨入了房间,嘴里不住地说:"来喽!来喽!"

赵师傅看了李氏苍白的脸和嘴边的血迹,说:"先端一碗淡盐开水,再拿一些蜂蜜来。"

赵师傅用干净的绢巾擦拭了李氏嘴边的血迹,在端来的淡盐开水中加了几勺蜂蜜,小心翼翼地端到李氏嘴边,用小勺让老夫人热热地喝了几口,老夫人咳嗽缓了下来,然后赵师傅才缓缓拉过李氏的手为她把脉。

半个多时辰后，赵师傅将有秦叫到厅堂说："少爷，老夫人的脉象沉而细，肺脉更甚，看来是长期劳心积疾。我这里有自制的枇杷清肺丸，滋阴清肺，止咳祛痰，先服用，早晚各一丸，用水煮成汤服用。每天早上一定要老夫人先空腹喝一碗淡盐蜂蜜水热热身子，可祛内寒，镇咳润肺，然后进食，饭后服汤药。我先回住处，再为老夫人开个方子，想办法抓几服药来。我每天巳时来为夫人把脉。"赵师傅留下用精美的木盒包装的丸药走了。

有秦没有离开母亲的住处，他让致禛兄一定多散些护卫，把大伙的食住安排好。

他要陪守母亲。他走进里屋，坐在炕沿上。母亲喝了淡盐蜂蜜水和药丸后，平稳了许多。他想起自离京这几月，母子相依为命，真是艰难困苦，母亲的思虑操劳并不亚于他。车队刚出京城，就传出有一支王爷车队带着家小财宝，越八达岭往大同方向去了。母亲一再叮咛要百倍警惕，但众人还是轻视贼兵、土匪了，在怀来县就遭遇了李自成一股贼兵的围攻。过大同时，众兄弟要走大道，认为走大道快，贼兵窝在城池不出来，土匪蟊贼不敢光天化日之下劫抢，出京走得慢，就是走山路的缘故；母亲坚决反对，说走山路可能碰到蟊贼土匪，凭着势力，他们奈何不了我们，走大道若碰上贼兵，后果不可预料，因为当时传言李自成贼兵已经攻下太原，山西已是李自成的天下。他们车队走了山路，不到一天，就听见山里的老百姓讲，有李自成的贼兵从大道浩浩荡荡北上了，这实实使他们兄弟四人浑身打寒战——避过了一难！快到五台山时和土匪相遇，母亲舍财，以一箱家当换得了过路的安全，避免了和土匪的一场恶战。上五台山母亲拜佛求签，果断给他改姓换名，并告知车队所有人统一口径，他们是京城有名望的富祥丝绸店的车队。李自成败北，大批贼兵往陕西撤退，他们的车队在阳泉山中躲避了几天，才上路到达这里……

此刻，他多么想将刚遇到"泉"的事，告知母亲啊！

他静静地看着母亲。母亲脸色苍白，平静、安详，眉却紧锁着，特别是眉间那根竖纹，不知隐藏着多少愁和忧。他顿时感到对母亲有一种愧疚，恨自己没照顾好母亲，使母亲病倒在这里，辜负了父亲的嘱托，一阵酸楚涌上心头。

"我哪里也不去了，就陪在母亲身边！"他暗暗想。

他又不由得想起父亲。自京城洒泪而别，听到父亲的消息都是凶多吉少。先是京城失守，父亲和小舅突围南下了；后又得知父亲和小舅在河北沧州与贼兵相遇，贼众我寡，兵力悬殊太大，仗打得惨烈，结果是全军阵亡；再没有消息，隐约预感不好。探子传回的消息都说，河南的局面极不乐观。河南变天，去南京那就难啦……这些实情都藏在他肚子里，独自担当。想起这些真不知在哪里落脚，哪里才是他们生存的地方啊！

他思念父亲。非常思念！如果父亲在的话，那该多好呀！……父亲的面容显现在他的眼前。父亲的眼睛总是亮亮的，胡须修理得齐齐的，声如洪钟，清晰，有磁力。他的笑声感人，让人畅快。父亲常对小辈们说："穿衣要整整齐齐，干干净净，说话要亮亮堂堂，清清楚楚，不要窝窝囊囊畏畏缩缩，这就是做人。"父亲是一位耿直磊落正派忠君的王爷，他老人家对朝廷的事从没有含糊过。这次父亲完全可随全家避难，但他听从了皇命，担任京城南边防卫的统领，结果败了……他不敢往下想，而那些根本不顾朝廷命运，将皇上的圣意全当耳旁风，全家早早离开京城，平安迁移南方的皇族显贵们，现在怕是一家一家正享受天伦之乐呢。忠君、勤政、爱民？唉！这是什么啊！他又想起父亲教他下棋，教他读书、骑马、舞剑，又为他成家完婚……有父亲在真好，有父亲在府上，上上下下一片祥和、欢快，其乐融融，父亲就是家里的长城，家里的太阳，家人的盔甲……

父亲您在哪里呀？帮帮咱们的家吧！父亲！父亲！他从心底呼唤着……

天已经黑了，他把思念父亲的情绪拉了回来，深深望了望母亲。此时，母亲静静地躺着，鼻息间发出均匀轻微的呼噜声。他没有让人掌灯，他需要这样的暗夜和寂静，因为在这个空间只有他们母子，仿佛长这么大，现在他才体会到了母亲的温暖，母亲的挚爱。他感到太幸福了。几个月的劳心、忧烦、惶恐、纷杂，在母爱里一下子化为乌有了，多想依偎着母亲呀……他又希望在这黯然寂静中，能邂逅父亲的灵魂，他们母子太需要父亲了，需要父亲的支撑，需要父亲的力量，更需要家人的团聚！团聚就是一种无比强大的力量！

有秦落泪了，他让眼泪静静地流到鼻翼，又顺着鼻翼的纹路流进了嘴角，咸咸的，他没擦，任它一滴一滴落在自己的膝盖上，洇透了他的袍衣。有谁可以理解他呢？这不是脆弱，是对母亲的依恋和愧疚，是对父亲的思念和牵挂，是他长期压抑的心情在母亲身边的释放和宣泄！

从记事起他没有流过泪，也从没有像今日这样强烈地依恋母亲，思念父亲。他太孤独了！感觉自己就是在浩瀚大海上的孤舟，茫茫无边，空空落落……

他不懂，原来那么一个车马盈门、轰轰烈烈、红红火火的家，突然一下子亲人离散，众人如惊弓之鸟，奔波无常……他苦涩地笑了……

院子里传来小孩和大人的哭骂声，他快快地走出房间，站在门口，在黑暗的灯影中看见院子的主人在大声呵斥他的孩子，孩子号哭，孩子母亲规劝着男人说："行啦！行啦……"随后，大人与孩子一起进了房间，在昏黄闪亮的窗户里，隐约传出了一家子吃晚饭又说又笑的声音。

他呆立在那里凝思，这就是家吗？有嚷有骂，有哭有笑，这些都掌握在自己手里。他突然想起，他们那个家完全是建立在朝廷和权势之上，朝廷大厦坍塌了，权势如云烟飘走了，家就没了，唉！他喟叹一声想道：严格地说，那不是家，只能叫居住地，朝廷、权势倒了，居住地就没了，只能依存于原来三十几辆如今只剩七八辆的车里，流浪于茫茫人海之中……

他感到家对他太重要了。什么是家？似乎清楚了，但还是很懵懂，反正家不能和权势有丝毫的瓜葛，有父母，有妻小，有房子，有土地，在这样的家里，才活得舒畅、轻松、平安。他确实没有感受过，但他现在非常向往！

他转身进了房间，揩了一把眼睛，对侍从说："掌灯！"声音不高，但很坚定。

灯将母亲的住室照得通亮，他依然坐在炕边沿，守护着母亲。灯使母亲的脸变得有些苍黄，显得格外虚弱。他心里有些慌乱。母亲动了一下，接着咳了起来，他急忙扶起母亲，给母亲背部垫了两床被子，随后对外招呼："拿一碗淡盐蜂蜜水来。"他又轻声问："娘！您好些了吧？"

"喀喀……喀喀……"回答儿子问话的是一阵咳嗽。

他急忙把端来的淡盐蜂蜜水送到母亲嘴边，李氏慢慢地喝了几口，咸甜交织热热的温开水顺着喉咙咽下，她感到有股温暖浸溢全身，舒服得很，嗓子眼发痒想咳嗽的感觉一下子被压了下去。

"秦儿！"她看着儿子虚弱地唤了一声，没等儿子答应继续说："我刚才梦见你父亲了！"

"哦？梦见父亲了？那是您思念父亲了！"

"秦儿，你没有什么事瞒着我吧？我感到你父亲的情况不好！"

他心里咯噔了一下，没有回应母亲的猜疑，只是望着母亲。

"在梦里，你父亲到我们这里来了，说他要随皇上去，我要留住他，他不答应，让我们'随佛愿去'，说'泉'就在跟前。我拉住他不放，他化作一团白云飘走了。我拼命地喊他！喊呀！喊呀！他在空中说'随佛缘去吧'，百年之后，归于其居。我再喊他就没回应。秦儿啊！你要赶快打听你父亲的音信！"李氏说着流下泪。

他听着母亲的叙述，他明白了刚才母亲呼喊父亲名字的原因，心疼地帮母亲擦拭了眼泪。他何尝不想将父亲的实情告知母亲，但母亲身子虚弱，要使母亲心情舒畅才是。

他立马想将今天查看地形，发现"泉"池的事告诉母亲，让母亲高兴，于是他亲亲地唤："娘！"李氏缓缓转过头看着儿子。"我和致祺他们今天巡查地形时，发现这个寨子里有一个泉池。"

"什么？你在这里见到'泉'啦？"李氏眼里闪出希望、惊奇的亮光。

"是的，就在这个寨子的西南方向。"

"你带我去看看，快……"李氏就要下炕。他马上挡住说："娘，你看看天色，已经亥时，天全黑了，再说赵师傅再三叮嘱我们，您不能受风，要静养，我让他们给您下鸡汤面吧。"

李氏躺好说："那么你说说泉是怎么回事？"他看母亲急切中带着兴奋的样子，心里也一阵喜悦。

随后他将黄昏时兄弟四人如何出东口，看西边，致胤发现小溪，追溯到泉池的经过，绘声绘色地讲给李氏。

李氏听得认真仔细，想得更深远，在还没有发现"泉"时，企望找到"泉"，渴望"泉"就在身边。"泉"真的在眼前了，她又犹豫了，家真的要安置在这荒芜之地吗？她总感到无数个不踏实。房呢？地呢？适合吗？安全吗？老爷满意吗？能在这里扎根吗？我们的乡土可在南方呀！她感到惶惑。

她又想，我们再不是什么王亲贵胄，是民，民就应以家为本，有一个安稳的家，才可以平安地活着，家对民就是天呀，安家对民就是天大的事！她不能轻易决定。

可是五台山無一寺签符上的诗句"遇泉驻足家兴隆"，还有签符上那"泉"字旁边画的大树，和大树根部长出的棵棵茁壮的小树；梦中老爷喊出的"泉就在这里"，"随佛愿吧"；秦儿和侄儿们今天发现的"泉"和泉池边石碑上的诗句……这一串串发生过的事都是真的呀！天意？佛愿？……难呀！要是老爷在就好了……

她感到胸口又有些堵得慌，一口气从气管冲出，咳嗽起来。有秦慌忙为母亲捶背，还好，咳嗽没有持续。不行！要再想想！李氏沉思着……

有秦看着母亲，随着他的叙述，母亲的脸色，从惊奇兴奋，到沉重凝思，现在母亲一言不发，好像思索着什么……

"娘！"有秦轻轻地唤了一声，母亲没应。

"娘——"有秦稍稍提高了声音。

李氏转过脸："哦！秦儿，我听着哩！去给娘下碗面去，娘有些饿。"

李氏再没有说什么。

第六章

第二天,天色还没亮,一阵急促的敲门声使有秦惊醒,开门进来的是探听消息的人。因为情况紧急,来人已经顾不得礼节,一步跨到有秦跟前,躬腰凑到他耳边说:"少爷,不好啦!鞑子兵马上就要打来啦!"

"什么?什么?你慢慢说!"有秦的神经一下子集聚到了一起,血"嗡"一下涌上头。

"鞑子马上就要打过来了,他们的兵马非常快,太原已经被占领,估计过不了几天就会直逼平阳,少爷!"探听消息的人说得真真切切,他听得也是真真切切。

惊雷似的消息。有秦蒙了,心一下提到喉咙眼儿,小腿肚子有些发酥,脚像是踩在棉花上,说话都在发抖。他问:"还……还有什么?具……具体的消息,有吗?"

"进入山西的鞑子,总领兵不是鞑子,是汉人马国柱。这个马国柱厉害,他不像鞑子杀人、抢掠,而是安抚、收买人心,占了一个地方,不准抢掠、杀人、奸淫,让百姓入田耕作,说三年不收粮,所以,鞑子兵几乎没有遭到抵抗,无论是李自成占领的城池,还是大明朝管辖的区域,纷纷开城投降,不像是打仗,而像是安置辖地。少爷,我是从灵石一刻也没停骑马赶回来的,咱们要赶快走啊!"探听消息的人倒像倒豆子似的,倒了个干净。

此时,有秦的脑子里成了一团乱麻,心里像塞了一把酸枣刺又乱又痛,对着打听消息的人挥了一下手说:"去!去!去!到致禛哥那里拿十两银子,继续探听鞑子的消息,越快越好,不要误事!"探听消息的人匆匆出去了。

有秦在外屋呆坐着,使劲让自己冷静下来。鞑子兵来得真快呀,我们必须马上起身,进东山,去济源,南行渡黄河,去洛阳,直驱南京。一刻也不能停！对！马上动身！

有秦忽地站起来，开门，想先叫醒母亲，刚到母亲的房间前，从里屋传出了母亲的咳嗽声。他停住了，迟疑了。要是马上动身，母亲身体能承受急行的颠簸吗？假如在急行中母亲有个长短，这一辈子怕……他不愿往下想。他又想到，若是现在立马动身，动静肯定很大，必然会引起人们的注意，有人报告给鞑子，能保证躲过鞑子的追击吗？要是鞑子追上，别说这几车的家当保不住，怕全家人的性命也难保啊！想到这里，打了一个寒战……不行啊！坐以待毙？这更不行。

他束手无策了，站在院子里，心急如焚，母亲、妻小、表兄家的家眷、那些家当，一大家都系于他一身呀。

他抬头望着黑洞洞的天空，有几颗星星在那里闪动着幽幽鬼光。真的没有办法了吗？难道天真要绝我吗？他默默仰头对着黑洞洞闪着鬼光的长空，从心底无声地喊出：苍天啊……

突然从院子外传来划破寂静长空的惊呼："抓贼！打贼！"接着是一片混乱。有秦急忙转身回屋，抄起长矛，带着护卫，冲出院子，正巧碰上表弟致胤带着护卫从东边赶来，他们在黑天里看见致禛、致杲和盗贼已打成一团。有秦和致胤也加入，将盗贼团团围住。只听到一个盗贼喊了一声："弟兄们，撤！从西边渡河进山！"盗贼猛烈地向西边冲杀。有秦随即也喊了一声："放他们一马！"但落在后面的一个盗贼被致胤一枪刺在了腿上，"唉哟"了一声，摔在地上。致胤一把将他从地上提起，抓个活口，其他盗贼向西窜去。

天已麻麻亮，他们兄弟四人马上在致禛兄西场院房间里审问受伤的盗贼。从其口中得知，车队从赵城吃过早饭就被他们盯上了，他们是平阳西山的一股土匪，老大是有名的黑二杆子。因为平阳黑道都知道有一支商队从这里路过，歇脚在废弃的平阳府驿站，黑二杆子想先下手为强，今晚派了他的结拜兄弟野猫带了十人来抢劫，没想到守护商队的人武艺如此高强。受伤盗贼苦苦哀求，求饶他一命，说："我是邻村的农户，这年头没办法，跟人家打劫，分些银两，养活家小。我死，全家老小五口都得死呀！"

有秦看他着实可怜又可憎，问他还知道什么。

他说："你们商队风声大，黑二杆子这次吃了亏，怕还会再来的。"他停了一下，带着一丝诡秘巴结地说："不过在这儿的邻村，也就是我们村有他一个相好的，这女人很爱钱，你们给些银两和金银首饰，我敢保证你们的安全——我就是这个女人引给黑二杆子入伙的……"他脸上那巴结人的笑容还没消退，致禛、致杲、致胤已经都满脸怒气，有秦也不耐烦地挥了一下手："行啦！行啦！"转过脸对着致胤说："小弟，让赵师傅给他敷些创伤散，再给他些碎银子，放了。"又对着盗贼厉声说："今日饶你命，从今以后改邪归正，不要祸害百姓，好好当一个庄户人，否则，下次碰到绝不饶命！"受伤盗贼千恩万谢，像捣蒜似的连连磕头，痛哭流涕。

致胤带受伤盗贼出了场院，有秦、致禛、致杲查了一番被盗贼袭击过的地方和东西，没什么损失。

天已经大亮，有秦告诉兄弟们，有紧急情况要商量。兄弟四人坐定致禛住处，有秦将夜间探听消息人所报告的鞑子兵要打来的事详尽地说了一遍，然后也把自己的想法和顾虑说了出来，大家都为之惊愕！

兄弟四人沉默了片刻，致杲瞪大眼睛急切地说："立马动身！没什么说的，钻山，鞑子追不上，过黄河就好了！"

有秦看了看致禛兄。致禛语气沉稳地说："鞑子兵打过来是天大的事儿，我同意致杲的想法。今天从盗贼嘴里得到的消息，证明我们车队已经引起各路蟊贼的窥视，从这一点上考虑，都必须离开这里，何况鞑子兵又打来了。还好沿途没有人把我们当成王爷避难的车队，只当成了商队，否则就更糟了。给姑母说清楚，立即动身是对的，只有离开才能避难。"

致禛兄的想法和有秦原来的想法不谋而合，一下子坚定了他立即动身的决心，看了一眼兄弟们，站起来说："立即动身，我告诉母亲。"

有秦回到母亲的住处，母亲刚吃过早饭，服过汤药躺下，见儿子急匆匆的劲儿，反而轻松地问了一句："闹贼啦？"

有秦简单地说了一下闹贼的事，也把鞑子兵要打过来的消息和他们兄弟四人商量的主意，都详细地告诉给了母亲。

李氏听了鞑子兵的事，眼睛一直平视着对面灰色的墙壁没吱声，但她心里已是波涛汹涌！

她对盗贼闹事并不在乎，今天天不亮，外面那一阵闹，她早就醒了，心里也很冷静。起床梳理，吃饭喝药，与平日里没区别。北国鞑子打过来了，不一样呀！鞑子觊觎的可是天下，不是钱物。要天下就得杀人，杀的首先是正统的朱家人。正统的朱家人死尽了，就等于灭了百姓希望，征服了百姓的心。想到这里，她的心昏暗极了，要保住儿子，还有侄儿们，就要果断决定：离开这里，快快南行，渡过黄河。儿子、侄儿的主意是对的，一旦暴露家底，后果就难预料了。

她抖擞了一下精神，对儿子说："马上动身，收拾东西，启程南行。到襄汾进东山，从济源渡黄河，去南京。"这时候她好像嗅到了南方家乡的泥土味儿，明白了，南方才是安家的理想之地。她又提高了声音，决然地说："告知致禛、致昊、致胤，收拾东西，离开这里，不能有误！立即！听到了吗？"

有秦看着母亲的精神气很强，说："他们已经收拾东西了。"但又担心地问了一句："娘！您的身体能行吗？"

"这时候离开这里是最重要的，越快越好，不用担心我，让赵师傅的车紧随着我，才五十几岁的人，我没事儿。"李氏这时候的声音稍稍有些颤，但又很坚定。有秦看着母亲激动的脸，微微红涨，仿佛什么病都没有，但是还是隐隐地担心，他对周边的人命令道："马上为老夫人收拾东西，车里铺厚些。"然后，出母亲的房门，急匆匆到妻子和儿子屋里去，前脚刚踏进门槛，就听见身后急切的呼唤声。

"有秦！有秦！快！有新的消息！"

他转过身来，看到致禛、致昊兄带着一个农户人，火急火燎地朝他喊。

有秦立即收脚转身迎了上去。致禛火急火急地说："我们到姑妈那里，一块儿说吧。"

他们进了李氏住屋，里面忙忙活活，乱哄哄。

母亲见儿子和侄儿的急切劲儿，还领进一个陌生人，知道肯定有新的情况，直接问道："有什么事？"

致禛揩了一把额头上的汗，指着呆站在那里，带着新消息的人说："南边探听消息的人回来了，有新的消息向姑母禀报。"

李氏带有命令的口吻说："有什么新的消息？说吧！"

探听消息的人往前跨了一步说："老夫人，北国鞑子派了一名叫多铎的鞑子带兵，还有吴三桂的兵，直逼河南，李自成贼寇二十万大兵集结在洛阳、潼关一带，严阵以待，必有一场恶战。"

大家听此消息，一下子噤声无语，面面相觑，缄默中积存起不安。

李氏皱眉垂下眼睑，凝重思虑；有秦愁容布面，深深慎思；致禛也勾头思考；致杲和致胤看看姑母，又看看有秦、致禛，又相互看看……

临近午时，五月的太阳似团火燃烧起来，烤得地面炙热，院里树上的蝉虫无休止"知了、知了"地聒噪……屋内燠热腾起……

致胤燥热地揩了一把额上的汗，甩在地上，说："姑母，走，快走，往山里钻，不走来不及啦！"

致杲也说："姑母，我看小弟说得对，钻山，进济源王屋山，瞅准时机渡黄河，比在这里等着强！"

李氏、有秦、致禛没有言语，大家又陷入了沉默……

"今日是五月初啦？"李氏问了一句与时宜不相关的话。

"姑母，五月十八。"致禛肯定地回答。

"刚好离五台山拜佛求签一个月，佛签上的话，你们都还记得吧？'遇泉驻足家兴隆'，解签还有两句话：'适天应地，定心信佛。'现在后面有鞑子兵，沿途又有盗贼，我一直在想动还是不动，动就钻山，不失为一条路，但动就要兴车动众，钻到什么地方，都惊动四邻六舍，人口难封，东躲西藏，离贼兵近，危险更要丛生，怕命就难保了。不动，外面传言我们是商队，车里是货物，是银两，还在猜想，这对我们有利，但是车里的家当一旦泄露，身份明了，也是性命难保。我想，如果把这些家当掩藏起来，比跑一路、躲一路、惹风声一路好得多。所以，我又觉得，不动为上，动为下。应在掩藏家当上下功夫，这也应了佛签上的话'适天应地'，'遇泉驻足家兴隆'——你们今天不是在这里发现泉了吗？我们就定心信佛吧！"李氏倒出了自己缜密思索后的结果，总觉得还有什么不妥，又加了一句："孩子们，你们再想想，这是关系一家人性命的大事呀！"

大家好像茅塞顿开。致胤马上应合姑母的话说："就是，我们现在不是藏得好好的吗？不动就是了。""不行，不行，鞑子兵来了要抢，要搜，要烧！我不相信有不抢、不搜、不烧的兵！"致杲急切地说。

"挖个洞，把东西放进去。"

"挖洞？得多少天？怕洞没挖成，鞑子兵来了。"

"有个现成的洞多好啊！"

"要是山里有个洞，我们把东西塞进去就是了！多好！"……

"吱——吱——吱——"一阵刺耳的猪叫，搅乱了大家的议论。兄弟四人走出屋，见院子的主人罗财主装了四车东西，正将自家养的两头猪往车上拉。

有秦疑惑地问："嘿！罗财东，您这是……？"

"哎呀！鞑子要打过来了，搬家，这里住不成了，听老人说，大明前，鞑子就来过，他们不是人，是畜生，是狼，杀人海了去啦！这里不要啦！躲命啊！我看你们不是也备好车了吗？"罗财主神神道道说了一堆。

听罗财主叨叨，有秦多了一个心眼儿，他谨慎地问了一句："敢问罗财东，家住山里何处呢？"

"就在东山里，过襄汾进山有二十多里地！罗山寺村，有名，村里有本事的人挖煤，我就是挖煤发的家。"罗财主心直口快，自豪地夸耀。他的女人在旁边拉了拉他的袖口，示意不要说那么多。罗财主反而不耐烦，甩了一下袖子，对着女人说："咋啦？怕什么？有秦几个小伙子一看就满脸善气，虽认识两天，却是信得过的人，他们买卖做得大，我们也做买卖，等天下太平了，说不定还打交道，我攀他们这棵大树呢！哈哈……是吗？有秦？"他对着有秦笑。

罗财主的笑感染了有秦和致禛，他们会意地对视一下也笑了。

致禛小声对有秦说："和罗财主商谈，把'家当'暂时放他家吧，咋样？""我看行。"有秦肯定地答道。

致禛当即对着罗财主笑道："罗财主哥，到我们屋里来，咱们商谈件事，行吗？"

"行！行！行！"罗财主爽快应着，边走过来边说："你们不要叫我财主财主的，我也没多少财，我叫罗八斤，就叫我八斤哥。"

罗八斤被领进李氏住屋，他见李氏斜躺在炕上，便礼节性地问候："婶子在啊？老听婶子咳嗽，好些了吗？"

李氏觉得此人挺厚实，欠了一下身子，笑着说："好多啦！"再没有说话，静着听。

坐定后，有秦谦和地说："八斤哥，有事想求你。"

"说吧，只要能帮上的，一定！"罗八斤爽快地说。

"是这样，我这里有几车皮货，本是送往西安，但听说李自成贼兵集聚洛阳、潼关一带，难以过去，鞑子兵又从太原压过来，货物一时半会儿出不去，要在这里待上几个月。为了保险，货物不被抢去，我们想暂时存放在贵府上，如何呢？"

致祺赶紧添了一句："房租银两，我们可以多付些。"

罗八斤完全没有想到是这码事儿，他脑子快速地思虑：说是皮货，谁知道是什么货，乱世千万别引祸到家；这几个小伙子是面善，底细知多少？知人知面不知心呀！……真是犯难了，就不该坐在这里呀。他支支吾吾地说："有……有秦……这位（他还不知道致祺的名字）……？我们山里的院子小……怕……怕放不下这么多货。"罗八斤僵硬带有几分卑琐地干笑了笑。

大家都停在那里。片刻，有秦说："八斤哥，你想想，看有什么地方可放货，如破败的寺庙或者山洞都可以嘛。"

罗八斤搓着双手，不好意思地笑说："我们村叫罗山寺村，可没有庙殿，说山洞嘛……我想想……"他猛地拍了一下自己的头，说："对啦！我们家有个废弃的挖煤深洞，你的货要是不怕潮可放进去，把洞口用石头堵住，保险着呢，旁边还有几间房子也可住人看守。"说完露出自然的笑容，如释重负。真正如释重负的是有秦兄弟们，当听到罗八斤说有一个废弃的挖煤深洞时，都不由自主地看了对方一下，脸上即刻扬起了喜悦。

李氏脸上也溢露出喜容，她想：可以张扬地把家当拉出去——发货，实把家当存入挖煤深洞，回来车是空车，这不真成了名副其实的商队了吗？她真像卸了负重的老马，长长地吁了口气。

她看着儿侄们，又和罗八斤谈了一些细节，并用五十两银子买下罗八斤现在的院落，算是对他的回报。他们不想要这里的房子，但关键是，要他必须保密。

罗八斤出去后，兄弟四人进行了分工。有秦和致胤在驿站照料母亲和各家妻小，致祺和致呆带领装好家当的八辆车，去罗山寺村掩藏。

"致祺！"李氏唤了一声，说："你们的车队不能和罗八斤的车辆同行，可先行,要以发货的名义,张扬地出驿站,但要严防跟踪监视你们的人,懂吗?"

致祺和致杲即刻会意。

坐人的八辆轿车留在了驿站,八辆拉着货物的车,在致祺和致杲的护卫下,浩浩荡荡出发了,而传出的风声是这支商队的货车向南县找货主交货去了。

第七章

黑二杆子真名郭志鸿，是原平阳府知府郭延儒的独子。郭延儒是万历四十二年进士，安徽亳州农家子弟，十年寒窗高中后，因朝内无人被外放云南一边陲小县任知县，十几年无人问津，似乎被朝廷遗忘。天启五年，独揽朝廷大权的司礼监掌印大太监魏忠贤，奉皇上命到云南边陲督查官军平息彝族滋扰之事。这事本与郭延儒一个小知县毫不相干，但他痴心于社稷安稳，写了《彝族治理策疏》递于魏忠贤。开始魏大内相不屑一顾，随手放置一边，闲暇之时阅后暗暗称奇，这等地老天荒瘴疫蛮夷之地竟有此人才，便当晚召见。魏忠贤回京当年将郭延儒调往内地任山西侯马知县，次年又擢升为平阳府知府。正值踌躇满志、官运亨通之时，皇帝崇祯继位。崇祯铲除魏忠贤，清除其死党，郭延儒受株连，死于东厂大狱，郭夫人自尽。父母双亡，留下十七岁独子郭志鸿。郭志鸿从小在广西蛮夷之地长大，壮实，不善读书，却喜欢与彝族子弟们舞枪弄棒。其父见状，利用任职之便，干脆请了彝族武林高手为师，指望其子日后效力军营，为朝廷建功立业，也好光宗耀祖。家里遭此大难后，郭志鸿痛恨欲绝，胸中仇恨的怒火熊熊燃烧，从此他自混于江湖，后与平阳府西山老牌土匪金大麻子相识。金大麻子见郭志鸿小小年纪武艺超群，剽悍凶猛，耿介率直，异常喜爱，对他家里遭的难，百倍同情与愤慨，自己身边无子，岁已六旬有七，遂收为义子。郭志鸿流浪了两年，从此有了家的感觉，他对金大麻子恭顺孝敬至极，二人如同亲生父子，金大麻子慢慢地也将山上的事务交由郭志鸿处置。郭志鸿事事都向金大麻子禀报，金大麻子愈加爱怜这小子，真有了晚年得子之感。郭志鸿对山上弟兄以义为重，有福同享，有苦同当，金银均分，奖罚理明，不徇私情，甚得人心，队伍越来越壮大，成为一支拥有三百多号人的不可小觑的队伍。他们窃官府，杀官员，抢豪富，打家劫舍，只要是财产无不抢夺，而且手段毒辣，行动快捷，神出鬼没。时间长了当地民众送郭志鸿绰号"黑二杆子"。他的名声很快威震平阳府一带，谁家小孩哭闹不止，大人只要说黑二杆子来了，马上扑向大人怀抱，哭闹即停。

崇祯七年，陕北义军集聚山西，黑二杆子趁机攻打了平阳府衙门，杀了衙门的大小官员，捞了官银几十万两，使山西巡抚官衙大惊。此时正值大将军曹文诏率官兵围剿义军，巡抚官员决心剿灭黑二杆子这股土匪，向曹大将军请命后便领了五百官兵，死死围住黑二杆子的巢穴，不到一天的工夫，金大麻子被杀，土匪歼尽，唯黑二杆子凭着一身的武艺，逃窜深山之中，从此销声匿迹，足足有七八年，没有黑二杆子的音讯。近两三年传出黑二杆子回来了，平阳府官衙、民众大为惊悸，很多富贵之家受其侵害。

有秦车队驻足驿站当晚遭到夜袭，就是黑二杆子跟踪谋划的行动。黑二杆子万万没料到会是这样的结果。

现在的黑二杆子已不是几年前了，变得老道，有城府，有思虑，有计谋。几年前他就是想报家仇，要杀当朝的官员，抢他们的财产，但是他发现这些官员像寄生在妖魔般庞然大物上的韭菜，割了一茬又长出新的一茬。他不怕那些似韭菜的官员，开始怕滋生韭菜的妖魔似的庞然大物。特别是山寨被剿，义父遭害后，他感到这妖魔似的庞然大物，说它存在，却看不见，说它不存在，又实实在在摆在你面前，无处不在；明明知道就是这个妖魔似的庞然大物，残害了父母、家人、义父，却根本无法抓住它。实际上，就凭你一个黑二杆子，哪怕十个、百个、千个、万个也奈何不了它，但它随时可抓住你，还管辖着你，奴役着你，压榨着你。从你身上奴役、压榨出的血，又滋养着这个妖魔似的庞然大物。除非它老死、病死、枯死、乱死。现在他亲见大明朝萎缩、枯竭、死亡，还有没有新的出现呢？他黑二杆子没有这个能耐组建，张献忠没有，李自成也没有，北国鞑子有吗？他说不清。家仇已经无主了，剩下的就是对亲人的思念。思念父母，思念义父，三十几岁的人了，没有为父母铺过一次被子，洗过一次脚，倒过一次尿盆……想起来愧疚、悲哀。他重新修缮了父母的坟茔，义父金大麻子的尸体没有找到，他将义父的遗物装进棺材，在西山义父住过的山寨堆了一个很高的坟堆，算是了却了自己的心愿。

他觉得现在蛮好，轻松，自在，为所欲为。但在夜深人静时常常莫名其妙地从心底生出一种落寞感和缺失感,而且这种落寞感和缺失感缠绕着他,使他感到压抑,有时厌烦,有时迷乱。野猫多次说:"黑哥,给你娶一位压寨夫人吧!"不行啊,有夫人就有儿女,能让自己的儿女还当土匪吗?他有个相好,是十九岁的寡妇,在河东柴村,人长得清秀白皙,善解人意,每次在她那里住几天,舒服温馨的蜗居,温婉柔顺的耳语,滑腻如脂的身体,酥骨销魂的快感,令他不想离开。这就是家吗?他太渴望了。一生为匪,有悖父母的夙愿,是大不孝呀!

今天他独自坐在红楠木雕花有豹皮衬垫的太师椅上,黑里见方的脸阴沉沉的,连漆黑油亮的胡须都在沉思,野猫禀报的情况,在他脑子里不停地转悠:他们没有发现商队的东西,护卫车队的人武艺高强,野猫和商队护卫交手,处于劣势时,商队首领居然喊了一声"放他们一马",使野猫和弟兄们得以脱身,丢失的一名兄弟不知死活……

他那两道浓眉紧紧拧成了一根黑色的绳子,横搁在双眼上方,眯缝着眼思忖:这伙人能喊出"放他们一马",看来有"得饶人处且饶人"的肚量,或许根本不想与人结仇;护卫商队的人武艺超群,肯定有意想不到的财富(来了十几辆车);还带了家眷……这都让他费解、狐疑。他很想会会这伙人,决定亲自带人下山走一遭。

太阳已经落下,橘红、紫红、黛青的余晖交织成的巨幅画面,固执地布在天空,预告人们明天又是一个大热天。

山里一个一拐一呻吟爬行的庄稼人,汗流浃背,气喘吁吁,他必须在酉时赶到山寨,见到黑二杆子。

这个爬行的庄稼人就是那个受伤的盗贼,姓柴名双合,不到三十岁,与黑二杆子的相好同村,家里确实连他六口人,父母、两个孩子、他和媳妇。他是黑二杆子相好的介绍入伙的,虽胆小,但真打起来还算凶猛。这次夜袭驿站,他不走运,挨了致胤一矛,幸运的是活着回到了家。到家后寻思来寻思去,不对劲,活着回来还带回二两银子,山规明示,私藏银两,超过半天,要砍手,他曾亲眼见过有私藏银两的兄弟被砍手的情景。胆小的双合带上银子,挂了个木棍,一拐一呻吟地在酉时前进山,想见到黑二杆子。

兄弟们见双合活着回来无不惊讶,野猫带他去见黑二杆子。双合掏出银子,战战兢兢地放在黑二杆子前的桌子上说:"黑哥,那伙人帮我包了伤,还给了我一些碎银,数数是二两银子,放到这儿……"双合一五一十地将昨晚询问他的场面叙述了一遍。黑二杆子像是听又像没听,只是怔怔地盯着放在桌子上的银子,从头到尾没吭声。这可吓坏了双合,双腿不停地抖动。黑二杆子猛地抬起头,看着双合,脸上露出笑容,温和地说:"双合,这银子是人家给你的,拿去吧!你运气不错,碰到好人啦!回家去,养好伤,愿意来再来。"

"这伙儿人非一般人啊!"这个想法在黑二杆子脑子里一闪即逝。

随后,他将野猫和两个亲信叫到自己的屋里,谋划下山再抢劫之事。

其实在他脑子里已有一个计划,把现有能用的人分成三拨:一拨人悄无声息地把哨卫扫清,可用七八个人;一拨人把那些稍有能耐的护卫封锁在房间,使他们的武艺无法施展,需十人左右;一拨人由他亲自率领,迅速搜寻财宝,也要十几人。子时出山,丑时到驿站,寅时行动,卯时必须返回,做到神捷鬼速。他很清楚,这是个大活儿,十几辆车除了十年前攻打平阳府衙门那次外,还没碰到过,机不可失,失不再来呀!乱世,抢了他们的财宝,他们何处去找呢?但也不能大意,行动不能有丝毫的失误,必须做到万无一失。

得了这批活后,真不想干了,把摊子交给野猫,自己和寡妇成个家,好好过日子,盖一个大院落。想到这里,他情不自禁地哼了一句彝族过节时的篝火舞歌曲。

当黑二杆子说出他的行动计划后,第一个提出质疑的是野猫:"黑哥,昨夜咱们才去过,今天他们肯定严防,大哥的谋划周全,是不是等几天,等他们麻痹了再行动。"

"你懂个屁!"黑二杆子反驳野猫的异议,"等几天早就走人啦,抢个尿呀!兵贵神速,人一天最困乏的时候是丑、寅时分,这时候我们只要像猫一样,没有不成功的。"他拿猫来讥讽野猫。

没有人吭声了,是沉思还是顺从,谁也说不清……

咚咚咚,咚咚咚。有人很谨慎地叩门儿,此时不是急事没有人敢打扰,山上人都知道这四人在屋内,必有行动了。

野猫打开门,进来一个矮瘦个子庄稼人,他蜷着腰,四十多岁,眼睛贼亮，脸有急色，他没有看屋内其他人，直接看向黑二杆子，黑二杆子先是一惊，会意，和谁也没吭声，起身同来人进了里屋。

这个瘦矮个子谁也不知他的大名，只知道他是"精猴子"，绰号与他的外表极其相似，猴精猴精，是山里的暗探，住在何处不知。

"黑弟，新情况。"他们还没有坐下精猴子就开腔了，"今天下午，驿站那伙人南行了，八辆车，有十几人护卫，只留了七八辆坐人的轿车，他们的车出站时，留守的十几个人把住驿站的所有出口，不让任何人出，听站里人说，到南方交货去了。"

"还有什么？"

"没有了。"

"他们交货肯定回来，回来立马送信，记住啦？"

"嗯！记住了。"

"你去吧！"一刻的工夫都没有，精猴子旁若无人地走了。

黑二杆子改变了抢劫那伙人的日期。

第八章

致禛和致呆是第三天从罗山寺村归来的。

兄弟俩气势威武，雄赳赳气昂昂，眼神里全是轻松胜利的光芒，很像凯旋的将军。见了驿站东口迎接他们的有秦和致胤，仿佛是久别重逢，热乎劲儿使周边护卫的小伙子们既感动又羡慕。患难之中见真情，何况患难与共的兄弟呢！

兄弟四人一起来到李氏的住屋。致禛、致呆见姑母的气色较前几日好了许多，脸色虽还有些苍白，郁悒没有退去，却微微有松宽愉色。致禛和致呆激动地唤了一声："姑母！"向前紧紧握住了姑母的手，望着姑母。李氏见儿侄们亲切喜悦的劲儿，就明白了，事情肯定办得顺利，但还是关心地问了一句："顺利吗？"

"姑母，您好多了，从脸色能看出。"致禛没有直接回答，而是像久日没见姑母，体贴地问候姑母的身体。

"吃了赵师傅的药，好多了，先不那么咳嗽了。"李氏说着往起挪动了一下身子，脸上透出安然的喜色，她很享受这一刻亲情融融的气氛。

致禛见姑母大热天还穿着棉衣，忧虑心疼地摸了摸，无奈地摇了摇头，心想，赶快将秘藏家当的事禀告姑母，使她老人家心里轻松才是。

"姑母，我们当天夜里跟罗财主到的罗山寺村，并没有进村，而是绕过村子直奔那个废弃的挖煤洞。洞有近二十丈深，下到底部有条平走的洞子……"致禛非常详细地像叙述一场战争经过似的，有声有色地说完掩藏家当过程后，李氏顿觉浑身像打胜一仗褪去盔甲般轻松，长长舒了一口气。

她刚想说点什么，有秦接过致禛的话说："我再告诉母亲和你们一件事。我叫那个被我们活捉的盗贼双合来了一趟，问了一些情况，知道那个夜袭我们的黑二杆子，是原平阳府知府郭延儒的儿子郭志鸿。郭延儒因是魏党，下狱而死后，郭志鸿小小年纪当了土匪。后被剿灭，多年没有音信，就这两年才又起来，势力并没有多大，三四十号人。我让双合给与黑二杆子相好的女人带去五十两银子，估计近些日子不会来骚扰我们，拿银子买安宁，有机会可结识，他总是官宦的后代，年已三十多岁，能消怨就消怨，比结怨强。"

大家都为有秦的举动投去赞许的眼光。这时的李氏心里畅顺得很，好像有了底气，她看了在座的孩子们一眼，兴奋地说："有秦，今天我们全家吃顿放心饭。让人去准备，跟我们一起来的老少们都吃！"

李氏和她的儿侄们对视，宽慰地笑了。

第九章

"鸿哥，"香枝在屋厅里边缠线边朝着躺在炕上的黑二杆子轻轻地唤了一声，"太阳都上头顶了，还不起来呀？"

黑二杆子在炕上"哦……哦……"了几声，慵懒地打了个哈欠，把粗布单子往头上一蒙，袒露着光光的身子呼噜呼噜又睡去了。

香枝从不叫黑二杆子"黑哥""二杆子"，而亲昵地叫"鸿哥"，她觉得"鸿哥"好听，大气，不像是土匪，也是她发自内心对黑二杆子的尊称和爱称。"黑哥""二杆子"——太不敬救一命的恩人了。

两年前，香枝和男人回娘家，她娘家是西山的，要过汾河。男人背上香枝，快到汾河中央时，忽然岸上的人朝他们使劲地喊："喂……喂……快往回返，发水啦！洪水头来啦……"她和男人只听到风和哗哗的流水声，男人还和她说了句玩笑话："香枝，背着你舒坦吧？"她拍打了一下自己男人的肩头，嘻嘻撒娇地说："好好背你的……"男人往上送了送香枝，乳房磨蹭得她心里痒痒，她搂紧男人的脖子说："水流得让我头晕……"流水就突然集聚起来，哗哗声倏忽变成了狗狂吠声，等他们明白过来已经来不及了，泥黄色的洪水浪头夹带着杂物一下把他们冲倒，她和男人喊了声"救命"，就被黄色的洪水卷走了……

蒙蒙中她被一只手拉住……

她醒过来，看到的是躺在身边的湿漉漉直条条的自己男人的尸体。她傻了，猛然抱起自己的男人，直愣愣、呆滞滞地看着，又摇晃着、拍打着，"背着你舒坦吧"的话音还萦绕在她耳边，怎么就阴阳两隔了呢？一个健壮的年轻人帮她把尸体往回拉时，她才哇地哭出来。瞎眼婆婆听到儿子溺死的噩耗，没哭出声，一头栽倒在院子，再没起来。香枝，十七岁的新媳妇，命如此地苦啊！

过门才两个月，家人命丧黄泉，剩下她孤零零一人。香枝捶胸跺脚地号啕大哭，咒骂天地不平，痛怜自己命苦。突然她的哭声戛然而止，瞪着呆滞含满泪水的双眼，四处寻觅，又发疯似的跑进里屋，抓起一根麻绳，往梁上挂。那位健壮的年轻人急忙一扑，抱住了她。顷刻，她柔软的溢透出清香的身体，使年轻人心里紧抽了一下。他把她强按在炕上，好言规劝。有两句话在香枝心里起了作用："弟妹，听我几句话，你还年轻，为死去的人伤心、发疯是憨憨，为死去的人去死就成了蠢猪，你活着就是神。"香枝真的不那么哭了，不疯了，也不要死了。

这个年轻人不是别人，就是黑二杆子，在岸上喊"洪水头来啦"的是他，救出香枝的也是他，他和他的几个兄弟与村里人帮忙，掩埋了香枝的男人和婆婆。开始，村里人都以为黑二杆子是香枝娘家人，后来才知道是救了香枝命的恩人。他们俩相好后，村里人也没说什么，反而同情长得秀美的香枝，这媳妇命苦，有人帮衬也好。再后来知道黑二杆子是土匪，就更没有人敢招惹了，日子一过就是两年。

那天，黑二杆子听了精猴子探听的消息，改变了抢劫驿站那伙人的日子后，就一直住在这里，已经三天了。温存，安逸，受活，让他不再思谋，把山里的事全部交给了野猫。

女人啊！真是铄金的火、穿石的水，香枝用炽热的感恩之火，融化了他那颗坚硬带蛮夷之气的野性之心，用真挚的柔情之水淹没了他那颗凶残的复仇之心。女人难道就是为征服男人而生？

晚上，黑二杆子和香枝相拥而睡。

"鸿哥，我的命是你捡来的，这辈子就为你活着，你不是说活着就是神吗？"香枝娇滴滴轻柔地耳语着。"是，你就是神，是我的神！"黑二杆子把香枝抱得紧紧的，香枝喘不过气来，攥着肉乎乎的拳头打着黑二杆子古铜色坚韧的胸膛。"我要死啦！我要死啦！松……松些……"香枝嗲声嗲气地喊着。

他们抚摸着，厮磨着，两人急促地呼唤着对方的名字，一次又一次携手爬向忘却尘间一切的你死我活的快乐的顶峰……轰然，飘飘乎俩人又跌落在软绵绵的谷底，他们汗淋淋地沉醉在满足、甜蜜、忘我、幸福之中，相互拥得更紧了，但安静了。柔和的明月透过窗子为他们盖上了细细的绸纱……

"鸿哥，你不要再害人命了，行吗？"像天籁之音。

"行，行，行，只抢钱财！"像信男在神面前的承诺。

"鸿哥，再抢一次算啦，咱们成家，行吗？"她深情地、轻柔地、甜甜地问。

"行，行，行！再抢一次，成家，成家！"他真诚地信誓旦旦地答。

"鸿哥，我们盖房子，有儿女，行吗？"她问后亲昵地直往他怀里拱。

"行，行，行，盖房子，有我们的儿女！"他应后固执地把她滑柔的身子往上搂。

他们又安静下来，心里都充满着对未来的憧憬。"鸿哥！"她在他怀里抬起头，柔柔地唤了一声，没等他应声，她又把脸紧贴在他结实的胸脯子上，像是对着他的心在说："鸿哥，你们不去抢驿站那伙人，行吗？"

"行，行……"黑二杆子顺嘴地答。忽地，他觉得不对，推开香枝的搂抱，两手往她细嫩圆润的肩头一搭，瞪大惊奇的眼睛："香枝，你说什么？"

"鸿哥，听说那伙人武艺高强，你真有个闪失，让我怎么活呢？鸿哥，我怕！我真的怕极了。"说着说着香枝啜泣起来。黑二杆子看着香枝泪汪汪的样子，丰腴的双唇微微地鼓努着，丰腴光泽的胴体一耸一耸地抽动，他心里一阵颤抖，把香枝爱怜地揽入怀中，上下摩挲着这滑腻、柔美的肌肤说："香，香，让我想想，让我想想……"别说二杆子真把香枝当神了，对香枝的话或多或少还是听，近一年来确实不伤害人命了，只劫富人的钱财，把抢来的银两交付香枝一部分，让香枝收起来，真准备成家、盖房子，人不能作恶太多啊！他常这样想。

这次决心抢这伙人是他的主意，土匪嘛，不抢还是土匪吗？不伤害人命已是好土匪啦，黑二杆子已把土匪分成好坏两种，把自己划入好土匪的行列。

"你真有什么闪失，让我怎么活呢？"这钻心的真情真爱的表达，直碰他的心房，使他着实心痛。可能是年龄真的大了，十年前他不怕什么"闪失"，他黑二杆子在心里没有"死"这个字，只有"仇""杀"。三十好几了，让香枝影响的就想有个家。常言道：三十而立嘛！那些文人胡说八道，非说"立"是立身，要这样我早立了，二十岁就"立"了，当土匪也是立呀！文人都错了，"立"就是"立家"。三十岁是个界，三十岁的人还没个家，就是活着的野鬼，像自己一样，不就是一个飘游的野鬼吗？"立身"是文人的说辞，"立家"是我黑二杆子的说法。有家的人，才是活人！不知怎的，现在的黑二杆子对家如此痴想！神——女人，女人——神，神的旨意，女人的旨意，承诺太多，"闪失"不起了。

驿站这伙人诱惑太大了，他断定这伙人有让人意想不到的财富。不能改变初衷！为"不闪失"，为香枝这尊神，不能莽撞行事才是对的。想得他头疼，蓦地想起这伙人"放他们一马"和给受伤的双合包伤、给银子的义举，何不以感谢他们这次义举的名义，会会他们？见识见识他们的武艺，"不入虎穴，焉得虎子"，摸摸虚实，再下决断。这样一想他轻松了许多，天快亮了才蒙眬入睡。香枝缠着线，见太阳影子已到了门槛前，晌午了，该做饭了。她到立炉①拿起和面盆，在面缸里掏了两碗白面，又从挂着的竹篮子里拿出几个鸡蛋，抓了几把花生米，准备为自己的男人——鸿哥，擀面，炒鸡蛋，炸花生米，烫一壶酒……忙活得满院子飘着香味。

"嫂子！嫂子！真香！做什么好饭呢？"双合虽比香枝大，但知道她和黑二杆子的关系，甘心屈从地叫嫂子。

香枝一听就是双合，没出立炉回答道："双合哥呀！炒菜，拌面。"

双合走到立炉门口，双手撑着门框，看着风箱板上摆着的韭菜炒鸡蛋、炸花生米，抽了一下鼻子，压低了声音说："给黑哥说了吗？""说啦。""我黑哥呢？""还睡着哩！"香枝没有抬头，只顾手插在面盆里和着面……

双合转过头朝向屋里，见窗户开着，又转过头问香枝："叫黑哥吗？"

"叫啊，饭马上就好了，你也在这里吃。"

双合蹑手蹑脚，走到窗口，隔着窗子往里看看，见黑二杆子蒙着头，睡得正香，迟疑了一下，然后拘谨地轻轻叫："黑哥……黑哥……"

这时站在立炉门口，两手是面的香枝笑了，说："哟！你使点劲儿，猫哼的！能叫醒呀！"

随后，她朝着窗子喊："鸿哥！鸿哥！吃饭啦！"

---

① 立炉：临汾人将厨房叫立炉。

黑二杆子嘴里不知嘟囔句什么，揉着惺忪的睡眼坐起来，看见窗口的双合，有些微怒气的脸紧了一下。双合赶紧赔着笑说："有新的情况！"

　　"你说吧！"

　　"去南边的人和车都回来了！"

　　黑二杆子忽地爬起来说："双合，你等一下。我洗脸。你嫂子已经做好了饭，在这里吃，慢慢说。"

　　屋厅方桌上摆着韭菜炒鸡蛋、炸花生米、凉拌葱丝芫荽、炒咸菜丝，还有一只锡制酒壶、两个小酒盅。

　　菜残盘狼藉时，黑二杆子和双合脸上都挂着酡红，有些彼此不分。

　　香枝进到屋厅，看见他们的样子，怔了片刻，说："嗯，给你们下面吧？"

　　"等等，我们再碰一盅！"黑二杆子举着酒盅，望着双合。

　　双合应和着，但还是很拘谨地说："再碰一盅，再碰一盅。"

　　"双合，你说的对，去会会他们，结识结识，放长线，放长线……"黑二杆子口齿有些模糊地说。

　　"黑哥，你说怪不怪？他们做生意，带一大家子人干什么呢？"

　　"我……我也一直……直想呢。"黑二杆子又神神地看着双合，"来……来……碰了这一盅吃面……"

　　"碰……碰……黑哥，我先去驿站约约他们？"双合试着问了一句。

　　"行……行……你下午就去约，说我明天上午登门拜访。"

第十章

吃过放心团聚饭，已经是半下午了，从东山冒出一团厚厚的白云，伴随一阵阵的东南风翻滚着，膨胀着。太阳已经偏西，后晌的热人还能承受。李氏和他的儿侄们都在她的住屋拉着家常，因为将那些家当暂时藏了起来，他们心里宽慰了许多，可是家常话里还是透露出不少忧虑和不安。去向仍是无法解开的心结。他们想，无法南行暂且留在此地已成现实，但要留多长时间，一个月？两个月？半年？一年？两年……谁也说不清，只能等天意了。李氏非要去看泉池，儿侄们还是劝住，觉得再等几天，等她咳嗽好些再去。

正当此时，柴村的双合一瘸一拐地来了。

他局促卑贱的神态着实让人生厌，但讨好的笑容中总是透出农户人的忠厚和朴实，又令人怜悯。他今天来，主要是传口信，说黑二杆子明天上午定来拜会有秦兄弟们，还要备送薄礼，理由是有秦兄弟们"放他们一马"是难见的宏量，为双合看伤送银两是少见的仁善心。说得有秦兄弟们心愉颜悦，觉得此时结识这样一伙人也算是奇运。为此，让双合传话回去，定在此恭候黑二杆子，有秦也真想以远方之友来访不亦乐乎的心情接待他们一番。

双合像完成一件壮举，一拐一瘸欢心地走了。李氏却脸绷得很紧，严峻地说："你们都在，我告诫一句：土匪就是土匪，不要想几件仁善之事就能改变他们的劣性，你们了解他们多少？万万不可掉以轻心！用约会、送礼、结交等手段麻痹对方，在兵家是常见的，土匪也可用，不要被迷惑，更要加倍警惕！哨卫夜间更要多布一些，有秦、致祺你们多操心，让妻小都住进一个院，由致杲、致胤护着。"

李氏的告诫让有秦兄弟们心里紧了许多，也理智了许多。

也真让李氏说着了。当晚，从东山冒出的那团厚白云，翻滚、膨胀成银灰色,实实布满了天空,黑得出奇,淅淅沥沥竟飘起了小雨。鸡叫头遍后,一伙人身着黑衣袒露右臂,手持大刀或长矛,鬼祟地顺着墙根摸进驿站,正好被巡视哨卫的致祺发现。他未动声色,屏气紧靠墙根警觉地观察,开始还以为是鞑子兵,但见这伙人摸进他们的西场院,人数有二十几人,才确定是盗贼,立即唤来哨位护卫,让马上告知有秦、致昊、致胤,让他们带护卫包围西院。

不到半刻工夫,有秦、致昊、致胤带着二十多名护卫逼近西场院。黑衣盗贼发现动静,欲退出场院,有秦大喝一声:"盗贼哪里走!"随即,护卫们也喊道:"不要放走盗贼!不要放走盗贼!"二十几名黑衣人被围了个严严实实。黑暗中,双方各执刀枪对峙着,并没有厮杀。有秦厉声喊道:"你们这伙蟊贼,谁是头儿?出来说话,要不一个也别想活着出驿站。"说话间,他持手中的钢刀,打了个"封身砍喉"的套路。这是朱家琼王刀法的一招。只听见钢刀嗖嗖几声,和他对峙的蟊贼随着刀声"啊"一声倒在有秦的脚下,刀已经到了那个盗贼的喉脖。冰凉的刀刃使那盗贼吓成了一摊软泥,嘶声喊:"爷爷饶命啊!爷爷饶命啊!"这伙农家出身的土匪,哪见过如此利索的手脚,个个吓得腿肚子像筛糠一样抖动起来。此时,他们中间一个瘦高个盗贼竟然喊道:"兄弟们,给我砍!冲出……"后面的话还没有喊出来,致胤端着长矛,闪电般冲了过去。瘦高个盗贼还没反应过来,自觉头顶挨了一下,扑通倒在人群中央,长矛已死死顶住了他的心口,还想喊什么,致胤的长矛往他的心口顶了顶,刺进了肉里,他急忙双手紧紧握住长矛头:"爷……爷……爷……,留命……留命……"见此情景,盗贼们咣当、咣当……把手中的武器全撂了,都耷拉着脑袋,被雨淋得像落水狗一样,跪了一地,求饶声一片,又都指向了瘦高个盗贼:"他是头儿……他是头儿……"

雨停了,天已亮,朵朵银灰色的云团在湛蓝的天空游动,太阳在游动的云团空隙闪耀,天空已被雨水清洗过,鲜亮剔透,天地间涌散出的一股股泥土拌调着草木香的气息,使人闻都闻不够……

虽然有秦兄弟们从凌晨让土匪们搞得忙活到现在,但个个像这清晨的天气,鲜亮、阳光、神气。他们来到李氏住屋请安,禀报捉拿土匪的事。

李氏直问他们:"是黑二杆子一伙的吗?"

"是。"有秦答道。接着又说:"是黑二杆子的拜把子兄弟野猫和山上的老三带二十二人来的。"有秦又顿了一下说:"那称野猫的土匪,还真像只野狸猫,圆圆的脸,圆圆的鼻头,圆圆的眼,稀疏的几根胡子向外撇着,眼里总冒着贼光,瘦瘦高高的。当时,他还想动作,让胤弟一脚踢头倒地,一矛尖掏心,吓得直叫爷,尿了一裤裆。"

说到这里,大家都乐了。致禛说:"这些土匪都是农户家人,没有什么功夫,又都怕死,吓唬一下都被拿下了。"

李氏满脸挂笑问:"人呢?"

"只把野猫和那个老三留下了,现在在牲口棚捆着哩,其余的都放了。"

李氏"哦"了一声,又问:"没问他们,怎么黑二杆子没来?"

"野猫支吾说不清,一会儿说守山,一会儿说不在山上,老三一声不吭,只是长吁短叹。那些农民土匪,他们根本不知黑二杆子在什么地方,一问三不知,只听了山上老二野猫的指令。"有秦答着母亲的问话,说到这里也有些生气,继续说:"黑二杆子上午不是要来拜会我们吗?看他来了如何说这件事,他不来就什么都不说了,要是再来决不轻饶,事不过三!"有秦脸都有些涨红。

李氏点了点头,看着儿侄们的精神气,心里有无限的熨帖,刚想说几句褒奖的话,进来一护卫说:"老夫人,少爷,有人求见,在门口等着哩,还吆了一头大肥猪。"李氏他们都怔了怔,心想,是黑二杆子来了。

"有秦、致禛,你兄弟俩见见他,致杲、致胤陪我在这里说说话儿。"李氏做出了安排。

有秦、致禛腰间都挂着剑,矫健地出了院门。只见门口西侧站着一大汉,盘子大的黑脸上布满了浓密坚硬漆黑油亮的胡须,犍牛似的两只眼睛闪烁着凶光,两道黑眉根本不是眉,是黑胡须长疯了在牛眼睛上的延续;他身着薄薄的浅青色战袍,手腕处use用黑色的黄缎包边绸带紧扎着,腰间翠绿色玉带格外显眼,还挂了一支宝剑,剑鞘是黑色牛皮镶嵌红黄两色宝石,银花锁边,脚蹬一双崭新的黑缎面黄绸包边儿的靴子。一看这大汉的穿戴就是精心打理过的,身旁站着双合,双合的一边是一头哼哼唧唧的大肥猪。

有秦、致禛和黑脸大汉对视,双合急忙躬腰向前一步,带着卑笑面向黑脸大汉,又把手掌引向有秦说:"黑哥,这位就是我给你说的那位有秦大……大……"

他本想说"大侠",觉得不合适,又改称"大壮士"。他继续说:"就是他说放咱们一马,这位是……"他看着致禛,又转过来问有秦。"哦,他是我表兄致禛。"有秦有些应付,没有说出姓李,他心里总想着凌晨土匪袭击的事,很不舒服。

双合又看一下黑脸大汉,对有秦和致禛谦恭地说:"这是黑哥……不对,这是黑二……"他尴尬地嘻嘻直笑,又改口说:"这是郭……郭志鸿……"不知后面如何称呼,卡住了。黑脸大汉急切地接过话来,抱拳向有秦、致禛拱起,放声说:"有秦兄、致禛兄,我姓郭,名志鸿,老父起的名,盼儿鸿志冲天,但没想到当了土匪,山里弟兄称我黑哥,地面上喊我黑二杆子,哈哈,哈哈……"

从黑二杆子铜钟般的话声中,可看出此人率直爽快的性格,只是脸上总是流溢出戾气。接着他充满豪气却自责地说:"前几天我冒犯了有秦兄、致禛兄,你们的宏怀,我敬重,本应早来拜访,一来自感愧,二来琐事缠身,不能如愿。今备一头肥猪,望兄不要见笑,我郭……志鸿一片诚心,猪是吉祥,肥猪多多吉祥!哈哈……哈哈……"黑二杆子又是一阵大笑。

有秦和致禛心存戒心,但还是抱起了拳,拱了拱,浅浅一笑。有秦说:"鸿兄,久仰,久仰!您太客气了!我们进院里坐吧?"

他们在院内椿树下石凳石桌前坐定,有人上了茶水。

黑二杆子已经感觉出有秦、致禛隐隐的寡淡,知道他们还为前几天的事耿耿于怀,干脆敞开胸怀,先开了腔说:"有秦兄、致禛兄,我今日来,专为赔不是的,前几天的冒犯实在惭愧!"说着抱拳向有秦、致禛一揖。"今后绝不会有冒犯之事,就是地面上那些乌龟王八也不会来,相信我黑老兄,哈哈……"

有秦欠欠身子,算是还了礼,带几分揶揄道:"鸿兄,你的礼薄意厚,你的承诺让我们受宠若惊。"有秦顿了一下,斟酌措辞说:"鸿兄几次光顾我们借宿之地,惭愧的是我们呀,家资太薄,实实没银两奉送。有来有往礼也,君子也;有来无往非礼也,非君子也。看来我们兄弟是无礼又非君子也。呵呵……呵呵……"显然,有秦的话和笑有讥讽之意。

黑二杆子听了这莫名其妙并带几分哂笑的话,心里有一万个不痛快:算上今日来,共两次,何为"几次"?什么"来""往""礼""非礼""非君子"的?觉得茫然听不明白,不像昨天双合说的那样,说有秦兄弟很乐意结识,并答应盛情相见。今日是上门赔不是，他们兄弟绝不应如此待人呀。不让进屋就算了，还用语言讥刺。从没有受过人话的黑二杆子，瞪起圆眼。

双合在旁站着，见此气氛十分惊惑，忙站起赔着笑脸说："有秦兄、致祺兄，我黑哥今日来实实是来赔不是，他敬佩有秦兄的胸怀和菩萨心，更想见识见识二位老兄的武艺，结为好友，别无他意，别无他意。"

双合的话稍稍缓和了气氛，但有秦、致祺心里头并没有释然。为此，有秦挑明了说："鸿兄，我可挑明家底了，我们是从京城避灾逃难的客商，鞑子占领了京城，无法做生意了，带着家眷和一批货，准备去西安，再转南方，不料李自成贼兵封锁潼关，没法走了，前几日把货物存入南县朋友家，准备在此地住些日子，太平了再走。我们这里有维持家计的银两，不多，也有上千两，就凭你们手下几十位农户汉子出身的土匪，要拿走这些银两，怕是痴心，所以我们最好是井河水不犯，各走各的道。"有秦的话情理分明，声音都提高了。他抬头看见那棵椿树上，有几只麻雀叽叽喳喳，聒噪不停，突发奇想，说了声："看树东枝头那只麻雀的头，着！"话音刚落，只听嗖一声，他的剑从腰间像镖一样飞出，麻雀应声落地，剑的尖正中麻雀的头部，院内的护卫一片喝彩。

黑二杆子顿时瞪大了牛眼，忽地从座椅上站起，惊讶中流露出敬畏。有秦见状，朝黑二杆子笑着压了压手，示意坐下，说："鸿兄，听我把话说完，再让你见两个人。"

黑二杆子一头雾水，又坐下，双合在旁也呆住了。

"鸿兄，"有秦变得温和起来，"嗯，昨天下午双合传你的话，说今日你来访，我们兄弟高兴啊！实实准备了一番。"说到此，他喊了一声："来人！"对来人说："你将准备送给鸿兄的礼品拿上来。"

不多时，两人手捧着两匹鲜红的绸缎，还有一支玉簪、一只金簪上来。有秦指着这些礼品说："鸿兄，这些都是为没过门的嫂夫人准备的，还给你准备了一把短剑，在家母那里放着，一会儿拿来，另有一桌丰盛的酒席。"说到这里，略停顿了片刻，有些怨气地说："鸿兄，你是官宦家子弟，令尊大人也是一贤臣，只因受魏党案的牵连，屈死狱内，你为匪也是被逼上梁山。我想，令尊大人对你的'仁义礼智信'的教诲你不会忘记吧，不能为匪后把做人的大道都搁置一边吧？"有秦又停顿一下，继续说："鸿兄，你决不应一面约期和我们见面，一面又夜间偷袭，使我们兄弟受辱。"

说到这里，黑二杆子似乎已经明白了什么，猛地站了起来，高声脱口喝道："你说什么？"他让有秦的话奚落得一阵阵惶惑和愤懑，两道粗浓的黑眉已拧成一条绳横在那双牛眼上，满脸坚硬的胡须都在嘎嘎作响，狰狞和凶恶之光从牛眼中射出："有秦你再说一遍！"

有秦没理睬黑二杆子愤怒的吼喊，而是厉声对外喝道："带盗贼上来！"

四名护卫把捆绑得结实的两个身着黑衣袒露右臂蜷曲低头的汉子往地上一推，黑二杆子一看，浑身抖动了一下，认出是他的拜把弟兄野猫和山上的老三，愣在那里片刻，问道："怎么回事？"

"你问他们吧。"有秦正襟危坐铿然答道。

经黑二杆子亲自鞫问，弄清了其中的原因。

昨天上午，驻扎在驿站的精猴子，窥见有秦车队南归，下午进山告知黑二杆子，此时也正是双合从柴村到驿站，传话于有秦黑二杆子要来拜访之时。精猴子不知黑二杆子不在山上，进山后已天黑，野猫见的他。野猫得到消息，自以为有秦车队肯定带回银两，是个好时机，机不可失，便自作主张，要带人下山抢劫。当时山上老三和老四畏于"私自下山抢劫要砍掉双手"的山规，不同意。野猫自恃是黑二杆子拜把兄弟，硬是带人下山，老三碍于野猫的面子随之前往，故发生了凌晨抢劫有秦兄弟之事。

黑二杆子听后，闷火噌噌噌往上涌，有秦刚刚那些奚落的话，不停在耳边浮响，那条似绳子横搁在牛眼睛上的浓眉，突然撕成两段，牛眼瞪圆，发红，像两团火在燃烧，胡须参成了刺猬。只听"哗"一声，他从腰间抽出宝剑，直朝野猫刺去，刹那间，又是"当"的一声，剑头被有秦的剑截住，碰出火星。随即，有秦一扑拦腰抱住了黑二杆子，黑二杆子自以为个儿高，体壮如牛，力大无比，挣扎了几下，可如何也动弹不得，使他暗暗吃惊！耳边听见有秦急切地说："鸿兄！鸿兄！息怒！息怒！都怨老弟误怪鸿兄了！"

致禛向前也握住了黑二杆子拿剑的手："鸿兄息怒！"

野猫已经吓成了一摊泥，跪在地上求饶："黑哥！黑哥！留命！留命！"

双合呆滞地站着，脸色煞白，腿抖个不停，他从没见过黑二杆子如此大火气。

黑二杆子被有秦和致禛强按在石凳上，野猫痛哭流涕地喊："看我娘的面子，留我一条命吧！"

黑二杆子不由得想起十几年前，是官兵围剿他们山头的那天夜里，他亲见义父被杀，自己凭着凶猛和武艺高强杀出了重围，但在官兵的追杀下，跳下了不知深浅的悬崖，虽然逃过了官兵，却被摔得几处骨折，昏死过去，一匹恶狼正要撕咬他时，山里小伙儿崔娃子赶走恶狼，将他背回自己的家，救了他一命。崔娃子父亲早逝，和娘相依为命。在崔娃子家养好伤后，崔母询问了黑二杆子的身份来历，知道了黑二杆子的家境遭遇和被迫为匪后，老人家流下同情悲伤的泪。从此黑二杆子成为他家的一员，他认崔娃子母亲为干娘。

崔娃子和他结拜为兄弟，每天早晨，黑二杆子教崔娃子习武，然后上山采药草，侍奉干娘。正当日子过得和和睦睦、顺顺畅畅之时，干娘突然发病再没起来，从此，哥俩没了主心骨，没了依靠。大前年，哥俩回到平阳西山，拉起杆子，操起了黑二杆子的旧业，立了山头，当起土匪，想在天下大乱之时捞些钱财。这崔娃子机灵、敏捷、凶狠，又跟黑二杆子学了些武艺，慢慢地，山头上土匪都叫他野猫了，也都知道他和黑二杆子的关系。

想到这些，看见野猫跪在他面前哭着喊着那熊样，黑二杆子脑海里又浮现出干娘那张干瘦布满褶皱的脸，露出笑容时是那样慈祥、可亲、温暖、和善。他在心里叫了一声"干娘！"重重地将剑扎在地上，右手扶着剑柄，左手狠狠地砸在自己的膝盖上，那张黑方脸仰起，无奈地长长叹了一声。

他定的山规如何施行？山规不施行，山头如何立得住？

谁不知黑二杆子是言行一致的人，此事传出去还怎么混江湖呢？

他想，虽是土匪，在江湖上也是义信为首，我黑二杆子从未办过如此窝囊之事。

是香枝这位女神的旨意在作怪？对，是她！自己渴望和她平安地在一起！

这伙人有他们的特别之处，和别的富户不一样，自己还是想结识他们，有欲不刚呀！

…………

什么乱七八糟？糨糊似的装了一脑子，梳不清，理不明……回山上再说。

有秦、致禛也有些局促起来，尴尬地向前扶住正在沉默的黑二杆子，不知说什么。黑二杆子站了起来，回应地握住有秦兄弟的手，先摇了摇头，满怀歉意地说："有秦兄、致禛兄，你们是大家，我黑二杆子管教无方，认识你们是我的大幸。不留啦！今日一定回山。"

他转过身朝着双合道："双合，带着这两人回山。"

黑二杆子死活不要有秦送的任何东西，有秦、致禛已知无法留住黑二杆子，一直送到驿站的西出口，看着他们沿着蜿蜒的羊肠小道上船渡河，大家在朦胧中招手，黑二杆子一行消失在西山沟坎之中……

正是这次送别，无形中改变着什么。他们不自觉地拆除了隔在彼此之间身份、财富、见识的那堵墙，都为对方在心里留出了一分地。他们一别好多年，没有见过面，但奇怪的是他们之间的情分在各自心中那一分地中不断滋长。

第二天，有秦让双合给黑二杆子带去一封长信，随信的还有礼品和二百两银子。信大意是：鸿兄仕宦之家出身，应懂处世之理、为人之本、求利之道，处世切勿忘"仁义"二字，"仁"爱人也，"义"情也。无爱无情何为人？为人以善为先，对他人善，他人必善待于你。人间相善，你有何忧？求利之心人人有，但必讲礼、信、智。礼为知矩、知度、知正。非矩之利、非正之利，万万不可伸手。信为诚实守信，是获利之基。又规劝黑二杆子弃匪道，早日走上正道。

第三天，双合到驿站给有秦送来黑二杆子的回信，并将银两悉数奉还。信中说："二百两银子绝不收，心领了。绸匹、首饰替香枝收下，万分感谢！短剑收下，会永不离身，似有秦老弟时时伴随。我已做出决定，弃匪为人。"信最后说："汗颜立于天地，更惭立于弟。弟言铭记，励奋自立。今生有幸，感戴弟一片赤心，知命随天矣。"

有秦双手拿着信双眼潮湿……

在信中，黑二杆子给有秦推荐一人，姓党名晋五，是他在江湖中相交十几年之友，为人忠朴、赤诚，江湖交际甚广，必有用处，绰号精猴子。他住在驿站西边简陋的居屋内，已捎信给他。有秦想起近几日发生的事，恍然。

双合说："那天从驿站回到山里，一路黑二杆子没说一句话，第二天早上，他带领山头的弟兄们，焚香烧纸，拜天地，当场斩割了野猫和老三的一缕头发，算是惩戒，后把山里藏存的银两分给了每位弟兄，中午吃了顿饭，散伙了。第二天他独带了野猫回到香枝那里。让我今后不要再叫野猫野猫喽，改口叫崔娃子。听说崔娃子救过他的命。他接了礼品和信。晚上，他让崔娃子叫我到香枝那里，交给我信和二百两银子，让我亲自交给你。我来驿站前到香枝家，本还想问些事儿，门锁了，邻居说一大早就走了，驾马车走的，黑二杆子、香枝、崔娃子都走了，像是出远门。"

隔了段日子有传言有人在南县看见他们了，去南县啦；在黄河边见到了，他们捕鱼种田呢；陕北那里有股土匪是黑二杆子，进了东山，去了河北……

传闻很多，有秦兄弟只有一个心：愿他弃匪归本了。

第十一章

鞑子兵要打过来的传闻,一天比一天紧,驿站里所有住家都惶惶不安,另有家院的人已经逃了,往日驿站人马沸腾的热火劲儿,像被一场猛雨浇熄了,冷冷清清,空空荡荡,狗都懒得吠一声。

半晌午的太阳已经很毒了,清晨那点儿凉气,被驱赶得无影无踪。有秦擦着额头上流下的汗,踩着自己的影子,朝驿站的西头走去。

他心事重重,鞑子兵不知哪一天降临,反正快了,听说进山西的鞑子兵是由一汉人带领,不杀人、不放火、不奸淫,谁信呢?自古到今,视兵为野兽,特别是乱世的兵,不作恶,除非狗不吃屎!一大家子都操京城口音,不用查都知道是外地人,如何掩饰呢?必须有一人出面抵挡。他蓦然想起黑二杆子信中说到的住在驿站西头的精猴子——党晋五,便去找他。

有秦到驿站西出口几次,从没留心过西头的住家,只知是个穷户,今天站定在这里,才认真打量。这里都是土坯房,有几户是乱砖破瓦搭建的单间房,院子柴草扎围,一小块一小块,随地方便而建,又矮又瘪又乱,猛地看去,像是野地里的坟丘,冷清,凄凉。

他犹豫着走到一扇枣刺扎成门的家户前,朝院内喊:"喂!喂!喂!有人吗?"回答他的是只小黑狗的狂叫。小黑狗的两只三角眼上方,各有眼大小的黄色块,四蹄也是黄色,龇露出了雪白的小獠牙,不凶,反而像笑,他也乐了。见它乖巧的长相,便亲昵地"嘚嘚嘚"几声。它不叫了,摇起了尾巴,斜着头,眨巴眨巴水汪汪亮晶晶的三角眼,好奇地看着他。此时,院内的那间破砖烂瓦搭建成的房门开了,不是走出,而是移出一个瘫子老人,满脸的皱纹,像蜘蛛网,白发因污垢成了灰色,披盖住他的半面脸,衣袍脏得不知底色,围在腰间,瘦骨嶙峋的上半身折出的层层干皮袒露着,几只苍蝇爬在他头上,几根稀稀拉拉的胡须挂在深陷瘪凹的嘴旁和下巴颏。那只小狗很懂事,赶紧跑到他跟前摇尾哼哼唧唧地蹭舔着他的脸。瘫子老人问:"你找谁?"

"我问党晋五,大叔!"有秦礼貌答。

"哦!五子呀!他就住在我后面的院子里,听口音是外地人吧?京腔。"说完对有秦笑了笑。

有秦心里紧了一下,对老人也笑了笑,说:"谢您老啦!"怜悯心让他从身上掏出一些碎银说:"这里有些碎银,放在门边儿了。"随即离开,朝后面的院子走去,听见老人的声音从身后传进他的耳朵:"谢啥哩!就是问个人家嘛,你拿走!你拿走!我不要!我不要!"还伴随着小狗稚嫩友好的叫声。

他径直来到后院,院子与前边迥然不同,半人高的夯土院墙,一人多高的院门,两扇灰黑色的门紧闭着,隔墙探望,三间土坯房堆在那里,门闭得死死的,没一点活气;院子靠西边墙有一间土立炉房,墙壁上挂了几件笼篦子和铜勺子;院子里草长得很旺,静静的,连只鸡也没有,从院子里的草被踩出的小道可猜出里面有人住。

有秦没有敲门,隔墙朝里喊了一声:"有人吗?"没人应。又喊了一声,再喊一声。觉得是空的,转身想离开。"吱扭"一声,土坯房门开了。有秦转身,在黑洞洞的门里现出一位哈着腰的矮个子中年男人。他的脸说圆可有点儿见长,下巴微微向上翘,圆溜溜的眼睛陷在眉骨下方,一眨一眨很亮,没几根胡子,不仔细看,以为没有,头发随意地挽起在头顶结扎了一个疙瘩,乱蓬蓬的。中年男人瞧见墙外的有秦,立即露出满脸的笑,因笑脸上皱纹突现,有秦心里想真是一只猴子!

"请问,党晋五在家吗?"有秦问。

"鄙人正是!鄙人正是!"那人笑得更开了,哈腰快步顺着院子的小道走来。

门开了。"请进!请进!"他没有问来者是谁,显然心里知道,探子嘛!早就认识了,但还是做出了假惺惺的样子:"请问?您是……?"

"哦!我是郭志鸿的朋友——李有秦,是鸿兄让我有事请教于您。"有秦答,很有礼节。

"哦!哦!知道了,知道了!快进屋里坐!"他做恍然大悟的姿态,热情地将有秦让进土坯房内。

猴子屋内还算整齐干净，很简易，屋厅中间，靠墙有一个小方桌，小方桌两旁各放一把靠背柳条编制的座椅，桌上是一只粗糙的陶制水壶，墙上有一条幅行草书写着："结庐在人境，而无车马喧。问君何能尔，心远地自偏。"有秦看着条幅，心里有股清淡之感，因而心生感慨地说："党兄是个淡泊之人，有陶渊明的诗句，这院和屋，清雅得很呀！"心想此人还是读书之人。

"什么呀？你说墙上挂的那些字？那是我在平阳城街头一老者手中讨要来的，只觉好看，并没有细看过上面写些啥，笑话我啦！笑话我啦！"说着提陶壶，为有秦倒水，"老弟，坐，坐，坐下说话。"猴子面色不自然地一笑。有秦没有觉得什么，反而认为此人还算实诚，随着猴子的谦让他坐在矮椅上说："党兄，志鸿兄有信儿吗？"

猴子一下子神色凝重起来，低下头长叹了一口气，停了片刻缓缓地说："没有，一直没有，走前一点预兆也没，说走就走了，走得没有影儿，没有音儿，我们十几年的交情啦。"有秦没有吭声，听他倾吐对黑二杆子的埋怨和担心。

"我们是在崇祯二年腊月十五在贾庄集上认识的，忘不了！快过年了，家里杀了口猪，膘一拃厚，想卖个好价钱，好过个年呀。谁知近响午，来了一个黑小伙子，高个子，还带了四五个汉子，扛起我的猪肉就走。旁边的人都散开了，我紧追着不放，听人说那是黑二杆子，心里知道碰上阎王爷啦！我抓住那伙人不放，结果被打翻在地。看着抢走的猪肉，不甘心呀！跺着脚跳起骂道：'日你八辈子先人，你爸冤死啦，去抢衙门，去杀官呀！抢穷百姓是什么东西。'这一骂他停住了，转身瞪起亮得出奇的眼睛，凶得怕人。我心想完了，轻者皮肉之苦重者死在今日了。当时，我豁出去了，站定在那里看着他。没想到，他到了我跟前，眼里全是泪，吼道：'你刚才说什么？说我爸冤死的？冤死的？两年了，第一次听到有人说我爸是冤死的！'他又对着天，厉声喊了声：'冤……'给我扔了一锭银子走了。有人说，他那天真抢了一个县衙，杀了一个县丞。

"我家也住西山，不知怎的他打听到我家的住址，让我入伙，我没有入。他隔些日子给我家里送些银钱，我实在过意不去，心里也怕，帮他盯了几次活路。我又不想声张，他就在驿站选了块地方，给我盖了这座院子，让我专盯驿站的活路。后来他被官兵杀败了，足足有十年的光景没露过面，就是近三年才犯乱起来。

"有秦老弟，我在这里西场院当伙计，你表兄的马就是我喂的，你们在这里的动静都是我进山送的信儿……唉……"他好像有愧意，又说："黑二杆子从不亏待我，山里除他外都不知道我在什么地方住，后有一个外号叫野猫的知道了我和黑二杆子的关系，但他也不知道我住什么地方，大名叫什么，黑二杆子实实是个守信、讲义气的人呀！怎么一下子就没影了呢！"

猴子说着悲痛起来，眼泪簌簌而下。

有秦静静地听完他的倾诉，并没有过分惊奇，因为黑二杆子在信中已略有叙述，但他还是为他们之间的情义感动，微微点头，然后说："党兄，你也不用太伤心，他们必定是三人一起走的，只会好不会有什么不好的，我想他们一定会平安的！"

猴子说到这里，已经缓过神儿，面带喜色地说："但愿如此，但愿如此。嗯！有秦老弟，你到我这土坯房肯定有事儿，就说吧，志鸿老弟走时已捎信给我，他说你胸怀大，武艺超群，不是一般人。我是种地的，没什么本事，可有一颗真心，是志鸿老弟交代的，我听他的话，有秦老弟你只管吩咐！"

有秦听了他知情知礼知义的话，感到农户人能说出这样的话，不能不说是一个精明的人，心想，今后要在这住一段日子，真需要这样的人。他将辎子兵马上要来，如何应付，要在这里住些日子还要办什么事，希望他能替自己办些事情，等等，都说给了他听。

他们俩一直说话到吃晌午饭时分，猴子要留有秦吃饭，有秦见他一人冰锅凉灶，邀猴子到东头和他一块进餐。猴子说："有秦老弟，莫啦，各自吃吧，机会有的是，我下午在家等你。"有黑二杆子的引见，两人谈得很顺畅。猴子交心地撂给有秦一句话："有秦老弟，我晋五会无二心地听你的，放心好啦！"

在党晋五的帮忙下，有秦兄弟近几天办了件大事。先是买下了致祺和致胤所住的两个场院。这是党晋五的主意，他说不知住多久，出租金不如趁乱世人心惶惶买下合算，今后离开，可以卖掉，等于存银子。再是由党晋五出面，在周边村子收购了一批麦子，足够一大家子吃到明年收麦。党晋五又按致祺的主意，摸清了驿站的住户和人口，这里住有十九户，六十四口人，除去有秦一大家子三十一口外，实际驿站现剩下三十三口人，绝大部分是穷苦人——在客栈场院干活的伙计。驿站的富户人家都逃离了，只剩几户。有秦家此时成了特大户，在特大户撑腰下，党晋五已经成了为驿站出面办事儿的头面人。

第十二章

昨天，不紧不慢下了一整天的雨，早上晴了，天空清亮清亮的，草木格外鲜绿，太阳温和，热消去了一半，三五只鸡在潮湿的路边儿执着地刨着，几只麻雀蹦蹦跳跳围在鸡身边，不知谁家的狗悠闲迷茫地坐在那里。真是一幅安谧祥和晴雨农庄图。

趁着难得的好天气，有秦兄弟们搀扶李氏到驿站西南角的泉池边走了一番，了了老夫人的心愿。

回来躺在炕上歇息的李氏，心绪却还沉浸在清澈的泉池和那棵茂盛的槐树的环境之中。她一直在想：是巧合还是天意呢？天下竟有这样的巧合吗？最后她还是信了五台山佛签上的谶语。"信"太伟大了，也掺杂着可怕，它可成为人活着的精神支柱，可产生让人行事的信心和力量，也可使人痴迷、疯狂一生，到孤独衰老时，黑夜吞没了星辉，没有光芒，才觉枉度一生。幸运的是，我们的主人公是前者。此时的李氏兴奋中充满了对未来日子的憧憬，白皙的脸上活泛起来，有了些隐隐的红润，像是年轻了许多。她深呼吸了一下，端起送到面前的莲子桂肉汤碗，呷了一口，说："致禛、致杲、有秦，把孩子们都叫来，我想热闹热闹！"

"姑母，午饭马上就好，您老跑了一上午，歇息歇息，吃过饭睡一觉，再叫那些小东西过来热闹吧。"致禛关切地说。

李氏没有说什么，伸展了一下身子，靠在被子上，把两只手任性地放在后脑勺，自言自语，又似问她的儿侄们："你们信不信？这是天意吧？"

有秦、致禛、致杲、致胤都怔在那里，瞬间又似明白过来，相互对视了一下。

"姑母，是天意！"致禛明白了姑母的心思。为让她老人家愉悦，用肯定的语气回答。

李氏安心地闭上眼睛,停了片刻,又问:"赵师傅和那个叫什么……晋五的回来了吗?"

有秦回答:"娘,没有呢。快了吧,大早就出去了。"

李氏又忧虑起来,不由自主地又咳嗽起来,儿侄们起身扶她,咳嗽没继续,她狠狠地说道:"这害死人的鞑子呀!……"

是呀!从探听消息人禀告鞑子兵要打过来,已经过去十三天了,仍不见鞑子兵的影子,多么希望没有鞑子兵这码事!这只是心愿,心愿和现实相差十万八千里,有时还背道而驰呢。现实既定真不如早一天到来,日子拉得长,那是对其中人的一种残酷煎熬,李氏这一大家子人此时就处于这种煎熬之中。

睡了一觉,李氏精神清爽得很,三个孙子已坐在她的身边。润润是有秦的儿子,最小,非要让奶奶抱,"奶奶!奶奶!……"奶声奶气地呼唤着,两只稚嫩小手夅起,娇嫩红润的小脸蛋,黑明珠似的眼睛,李氏心疼地将他搂进了怀里,摇动着身子。有秦、致祺坐在炕下的凳子上笑了。

李氏陶醉在天伦之乐之中,轻、慢而有情地说:"来来来,我给你们讲个故事!"致祺的儿子瑞文已经六岁,懂事地双手托着下巴,趴在炕沿,忽闪着双眼盯着李氏;致杲的儿子瑞瑜紧紧依在李氏的腿上,抬起小脑袋,渴望的样子使人心疼,他比润润大一岁。

"这个故事的名字是'孔子学琴'。"她挨个看了孙子们一下,心里装满了幸福,"很古很古以前,有一小国是鲁国,鲁国有一位好学的年轻人,姓孔——"小瑞文急着说:"奶奶,奶奶,他叫丘,孔丘,孔丘,我爸教我啦!"惹得致祺、有秦都笑了。

李氏高兴地说:"对对,我小文文说对啦,他叫孔丘,他特别爱看书,把周边村里的书都看完了。那时候的年轻人,不但要看书,还要学琴,学礼,学艺,学好多好多。孔丘就拜鲁国最有名的琴师师襄为师,天天学习,苦练琴艺。孔丘也很灵,聪明,十天就弹会了师傅教他的曲子。师襄笑着说:'孔丘啊!你好聪明,我可以教你其他曲子、技巧了。'孔丘这时很认真地说:'师傅,这首曲子我虽然能弹下来,但是我还不知道曲子的意思呢。师傅,您再教教我吧。'师襄看着这位好学的青年,就留他,继续教他。孔丘苦练,师傅耐心教导,孔丘渐渐明白了曲子里的意思，弹得好听极了，师傅都感动了。可是，孔丘还不满意，说：'师傅，我想知道写这首曲子的人。'师襄看着年轻人，满意地点了点头：'行，行，行！'孔丘就跟着师傅学呀，练呀，弹呀。有一天孔丘兴奋地对师傅说：'师傅，师傅，我知道了这个人，曲子里有这个人，他高高的个头儿，眼睛可有神了，气度如君王，对对对，是周文王，是周文王，没有人能写出这样的曲子来！'师襄竖起大拇指说：'真不简单呀，这正是周文王写的曲《文王操》。你好学，将来了不得呀！'这位叫孔丘的青年就是后来的孔子。"

润润嚷嚷起来："奶奶讲的啥呀！我听不懂。奶奶！再讲一个，再讲一个！"

"我再讲一个，给我润润讲一个。"李氏摸着润润的头乐呵呵地说。

正在这时，有人在屋门口闪了一下，像是赵师傅。有秦走了出去，他看见党晋五也在，知道有情况，进屋没有打搅李氏和孩子们的乐趣，把致禛叫了出去，他们四人到了有秦住屋的客堂。

"少爷，鞑子兵已经占领临汾城啦！"还没有坐下，赵师傅急切地说。

这一天真的来了。有秦、致禛的脸一下子紧绷起来。

"赵师傅，您慢慢说。"有秦竭力使自己平静下来。

"我们上午进了城，没想到满街都是长辫子兵，心里怕极了。街道上还安静，没乱，但行人稀少得厉害，看上去都急匆匆的。店铺都开着门，我们到药铺，也没受到阻挠。顺便问了一下药铺的伙计，他们说，鞑子兵是昨天天刚有点亮气儿进的城，没受到丝毫的阻拦，就住进了平阳府衙门。开始还有些乱，后来贴了满街的布告，好多了，就成了现在的样子。布告的意思是：让百姓不要惊慌，必须开店铺门，不准乱窜，听鞑子兵的命令，而且还叫鞑子兵不准烧、杀、抢、奸，违者斩。我抓好药赶紧往回赶，晋五也没敢再办其他事。"

刚说到这里，突然，从街道传来了一阵急促的马蹄声，随即是狗吠鸡飞，人群纷沓。有秦和致禛唰啦站了起来，惊悸得脸色变白。

"致禛哥，你带着晋五兄出去，看是鞑子兵吗？我到母亲和孩子屋去。"有秦紧张地说。

致禛和晋五急匆匆走出大门。

致禛和晋五出去后，有秦和赵师傅对视了一下，不约而同地说："鞑子兵来啦！"

有秦和赵师傅到了李氏的住屋，见李氏把三个孩子紧紧抱在怀里，惊恐的眼神仿佛在询问："鞑子兵来了？"有秦反而镇静得很，说："娘，赵师傅和孩子们就在这里，我出去看看！"

此时，街道上传来了"当……当……当"敲铜锣的声，伴随着晋五的喊声："村里人听着，不论男女老少，都到街上来！""当……当……当"，"村里人都听着，不论男女老少，马上都到街上来……"

当有秦和致杲、致胤、妻小跨出院子大门时，惊呆了，街道上一片红色，在后半晌阳光的照耀下，红得刺眼，红得血腥，红得令人心惊肉跳。那片红色是由一个个活动的红色柱子汇成，红色柱子就是鞑子兵，他们红盔红甲，战马的笼套、鞍鞯、披挂的护甲也是鲜红鲜红……（后来知道是鞑子兵的镶红旗）有秦发现了鞑子兵头后的长辫子，以为是尾巴，脑子里瞬时闪出魑魅魍魉！

有秦盯着这片血红，头有些发晕，眼前慢慢模糊起来，忽见从那片血红中突出一团火，他摇了摇头，定了一下神，睁大眼睛，原来是一名年轻的红衣军官，盔顶上的红缨子似火苗随风窜动，手持弯刀，不停地挥舞，在战马上喊道："听着，你们听着，这里有朝廷的告示，仔细看看，照告示行事。还有军令，旗兵扰民者，鞭笞一百，扰民耕作者鞭笞两百，有烧、杀、抢、奸者格杀勿论！"讲完后和哈腰点头的晋五说了几句，只见挥了一下手，喊了一句什么，街道上那片血红，似团火，随风消失在村东口外的官道上。但留下两名鞑子兵，随晋五向西头走去。

驿站人原来的惧怕刹那间变成了惊奇和疑惑，开始呆呆地站在原地不动，眼光随着那片血红漂流出东口，又移送留下的两名鞑子兵和晋五消失在西头，确认没有了鞑子兵，人们围到了张贴的"告示"前面。不识字的，致禛为他们说了说告示的大意：各村民登记造册，七日内将册送至县衙；村民要安心农田耕作，不得误稼穑；百姓开垦荒田，开垦的荒田归开垦者所有，三年内蠲免一切赋税和劳役；半年内严禁集市交易，一年内不准离开住地，三月之内削发留辫子，换穿清朝服饰。违上述规定者流放，服劳役，图谋不轨者斩。

告示后盖有山西大清朝巡抚马国柱的大红印。

太阳已经压到山顶，斜射出的光芒把天空中的瓦块云照染得像刚才的鞑子兵队伍，鲜红鲜红的，一直压过李家兄弟的头顶。他们兄弟四人，木桩子似的站在告示面前,身影拉得很长很长,一直拉到东口外。

茫然?彷徨?无奈?

晋五在两名鞑子兵的催促下,要在当日把驿站所住的百姓名字、家户都写出来,再按家、按户登记完。当写村名时,不知如何下笔,不能写"驿站",这不是村名呀。问了有秦,回答的先是"驿站村",但仍觉不对,这不成了客栈吗?最后有秦肯定地说"驿寨村",山"寨"的"寨",这里离山也不远呀!

从此,这里所住的十九户人家,六十四口人有了正式的村名——驿寨村。李氏一大家子成了驿寨村的首批村民。是天意?是佛愿?反正留在了有泉的地方。

第十三章

　　第二年开春，李家兄弟要在这里开荒种田了。党晋五帮他们购买了农具、庄稼种子，兄弟四人带领年轻的护卫、侍从和村里那些能干活的单身汉，二十几号人冲进了驿寨村周边的荒草荆棘，一蓬蓬的荒草荆棘倒下，露涌出一片片田地，播种下庄稼。

　　时间过得很快，中秋节的前一天，原先登记过驿寨村人口的那两名鞑子兵来了，他们拿着临汾县衙的公文，穿着九品官服，找到党晋五告知：县衙有令，丈量百姓开垦的土地，发地契。晋五和这两个鞑子很熟了，他们为李家兄弟丈量开垦的荒地，共计三百八十五亩八分地，种庄稼二百一十一亩三分地。李致禛按了手印，签了字，领到盖有县衙大印的地契。

　　中秋节的晚上光风霁月，李氏一家子，在院子里摆桌陈物烧香祭拜月亮神，祈求带来好时运。祭礼毕后，李氏饶有兴致地问："昨天丈量了多少地呀？"

　　"姑母，丈量了三百八十五亩八分地。"致禛赶忙答道。接着兴奋地补了一句："还发了盖有县衙大印的地契，这些土地永久归我们了！"

　　"哦……"李氏略有所思，带有一丝讥嘲，"永久？"但没说出，嘴里却问了一句关心的话："庄稼长势好吧？"

　　"今年风调雨顺，庄稼长势，听晋五说，是近几年少见的好庄稼！"有秦高兴地说。

　　"晋五呢？他给我们帮忙不小呀！"

　　"母亲，中秋节，让他回家团聚去了。"

　　团聚，中秋节是个团聚的节日，李氏的心抽动了一下，"每逢佳节倍思亲"，"遍插茱萸少一人"！一缕思念涌上心头！李氏仰头望月，自己的夫君和小弟，此时此刻在哪儿呢？她面有忧伤之色，缄言无语。

一阵秋风，将院子里几片椿树叶子旋起，凉气弥漫。儿侄们立马搀扶簇拥着李氏回屋。文文、瑜瑜、润润三个孙子又缠着奶奶讲月亮、嫦娥与小白兔的故事，才使李氏从思念忧伤中回过神来。

第二天，有秦兄弟四人和党晋五都站在村东庄稼地头，看这旺盛茂密的玉米，玉米棒子像腆肚临盆的妇女，有的玉米棒子已经沉甸甸地挂吊在秸秆上，像已经呱呱落地的婴儿；高粱穗子像披头散发的少女，弯着腰垂着红艳艳的大穗子，羞涩得抬不起头；谷子一片金黄，穗子粗壮得像狐狸尾巴，在刮来的秋风面前，齐刷刷地掀起一层层波浪。

看着眼前的丰收景象，他们心里都仿佛被蜂蜜浸泡过，脸上都挂着笑。有秦走过玉米地，掰下了地头的一个玉米棒子，剥去衣皮，裸露出颗粒饱满黄灿灿的金体。"哈哈，看看，像不像洗衣服的木棒杵子，剥玉米籽，没有一斤，也足有八两。哈哈……"他掂着手中的玉米棒子说。

致祺顺势接过有秦手中剥去皮的玉米棒子也掂了掂，看着晋五笑着说："晋五兄，你是种庄稼的老手，估估，咱们这玉米、高粱、谷子能收多少石？"

党晋五瞟了瞟长势喜人的庄稼，略略思索了一下，说："看这些庄稼，看不够！喜人呀！现在咱们这样算：玉米、高粱按每亩三石算，谷子按每亩一石算，玉米、高粱一百五十亩，谷子将近五十亩。玉米和高粱产量差不多，这算下来，三五一十五，一三得三加一得四，玉米和高粱这块可打四百五十石，谷子五十石。哎呀！今年秋粮至少收五百石！"

晋五很内行地把收成变成了具体的数字，摆在李家兄弟面前，着实使他们振奋。所以，先前眼里看见的是庄稼的丰茂，不具体，现在算出的是五百石呀！山似的粮食已经堆放在他们的脑子里。这几个月来辛劳的酬报让他们非常舒坦。大家不约而同开心地笑了起来。

"我说，少爷们，收秋后，赶季节一定要种上麦子，把那些没种庄稼的地也种上麦子，毛四百亩，明年麦收也可达毛百石以上呢！"晋五看着四位少爷的高兴劲儿，又为他们描画出丰收的前景。致胤高兴地说："这么多粮食，往哪儿放呢？"

致杲带有几分戏谑的口吻说："发愁吧？吃不完会发霉的，我的弟呀！我们不会卖掉吗？哈哈哈……"

"对对对！今年丰收了，我们可以卖粮呀！"有秦兴奋地说。

致祺接着说："晋五兄，你是本地人，交际广，到时就要你给咱们卖粮了。"

晋五圆圆的眼珠子转了几下，看着兄弟四人的高兴劲儿，也不愿扫大家的兴，马上笑呵呵地说："各位少爷这样抬举我，我试试看吧。"随话又冒出一个讨好的主意："要是能在临汾城里开一家粮店就好啦！"

"好啊，太好了。晋五兄，就劳您多操心，在城里租房也可以，买房也可以，开个店。致祺哥，你看晋五兄这个想法行吗？我们就不愁粮食卖不出去，即使将来离开这里，再把店房卖掉，也不会赔本，像现在我们买这里的院子一样。"有秦赞同，又把头扭向致杲、致胤，意思是："你们看呢？"致杲、致胤也高兴地点头赞同。

致祺把目光移到晋五的脸上，恳切地说："这就看晋五兄的喽！"

"那我尽力试试看吧！"晋五谦诚地应下了为李家在临汾开店的事。

临汾城东西街繁荣热闹，店铺鳞次栉比，货色齐全，人声鼎沸，熙攘非凡，平阳府衙在街道的西头，临汾县衙在街道的中段。这天，秋高气爽，党晋五一大早独自进城，先到了府衙，他远房表兄在里面当差，他想找找路子，看城里什么地方有可租或者卖的街面房，没想到表兄到吉县县衙办事去了。吉县离府城一百多里山路，不知何时回来，他百无聊赖地到临汾县衙门前，看着门两旁张口似笑的石狮发呆，后悔自己多嘴，更厌烦自己显摆，何必应承李家卖粮开粮店的事儿呢？显摆往往是自找苦吃。又想到这是黑二杆子托付的事儿，人还要讲情义嘛！尽力跑吧，总会有办法，真成了对自己也有好处。他突然想起在县衙当差的常到村里办事的那两个鞑子来，他们原来是兵，现在一个当了县丞，叫怒赤，还起了一个汉人名字——张文章；另一个当主簿，叫哈图。何不找他们？也许有办法。

党晋五离开石狮子，直进县衙，谁知被门口的衙役粗野地拦住："干啥！干啥！进你家院子呀？去去去！"衙役胖而高大，胖得没了脖子，活像一口三尺瓮上扣了醋坛子，把他推了个趔趄。他正要发急，可一想这是衙门，真是晕了头，马上点头哈腰赔笑："嘻嘻！老爷，我找县丞张大人，嘻嘻！"

"人不在！"生冷硬的三个字，从瓮上的醋坛子里蹦出。

党晋五仰视着这口高粗瓮似的衙役,马上明白过来,将几块碎银塞他手里,毕恭毕敬地说:"老爷,喝茶去,喝茶去!"

"你等着!"还是生冷硬的三个字,高粗瓮却往衙院移去。

晋五又自叹了一声,土匪要"买路钱",衙役要"买门钱"!

当那口瓮又出现在晋五面前,蹦出五个字:"不在,出去了。"他本想再问去哪里了,但瞥见那高粗瓮的脸,张开了嘴没有发声,却在心里骂道:"日你娘!我几块碎银多买了两个字!"转身,愤然离开。

他鬼使神差地来到贡院巷有名的申家饺子铺前。

据说这家饺子铺开于大明万历年间,当年这里住着一个寡妇和一个小男孩,是东山富家申氏的小妾和他的小儿子。申家老爷晚年纳一小妾得子本是大喜事,但喜得过了头儿,死于得子当天。正室认为小妾和这小婴儿是丧门之星,随便在城中贡院巷买了一间陋房,将母子赶出申家大门。小妾心劲儿要强,正巧三年一次的府试在贡院巷举行,参加府试的生员无处吃饭,小妾腾出房间为他们包起饺子,无意中得到银两,随后干脆把房间收拾一番,摆出两张方桌,做起饺子生意。她长得清秀,对人也热情,饺子包的皮儿薄馅儿足,鲜香可口,价钱适中,人们一传十、十传百、百传千,城里人都知道贡院巷申家小妾开的饺子铺饺子好吃,人气越来越旺,生意红火,财门大开。小妾又在原房基础上加二层,并购买了后院,雇了店员,增加了花边饺子、鸡心饺子、菱形饺子、蛋皮黄金饺子、寿星饺子、诞辰饺子……生意越做越细,越精,越活。

她把挣来的钱拼命用在对儿子的培育和读书上,儿子也争气,二十出头高中榜眼。申家小妾筚路蓝缕创业的心劲、守贞育儿的操守品行,在平阳府乃至山西省传开,时任大明首辅的申时行听此传闻,查属实,加之同是申姓,为弘扬仁慈的社会之德,传承百姓耕读的民风,他亲书了"申家饺子"匾额。这一下轰动了平阳府,申家饺子铺宾客猛增。近五旬的申家小妾劳累难以支撑,在京城官运亨通的儿子忽然辞官回到老娘身边,孝养母亲,永不做官,直到老娘寿终正寝。儿子接手饺子铺,人气一直很旺,但白吃赊账的人也多了起来,所欠银额大得惊人,他为饺子铺写了一副对联:

君有金千山,没带银钱免进,

尔能辩万口，说通老天不赊。

对联挂出，白吃赊账的人没了，生意还是红红火火，经久不衰，至今已有近六十年历史了。

党晋五抬头看这副对联，感到情寡义薄，但细想写的也对，这两种人实在可恶，再细想世间就是这两种人霸道，他们有钱、有权能辩，自己属哪种人呢？没钱，没权，但还算能说会道，暗暗地把自己划入能辩之列。想到这儿，抬脚要进饺子铺，还是下意识地摸了一把腰间，有秦给他的银子还有，挺了一下哈着的腰跨进饺子铺门槛。

门口的小二戴黑色丝绸瓜皮帽，脑门光光，拖了一根长辫子，白色粗布上衣，黑裤子扎裤脚，白底黑面鞋，满脸堆笑地问："老爷，几位？"

他没吭声，伸出食指照直而进。

"一位——！"小二朝里拉长声调喊道。

一个打扮一模一样的店员喜庆地迎面而来："老爷，这边坐。"把他引到靠窗的桌子。他无意中朝邻桌看了一眼，发现那正是张县丞鞑子。他长袍短褂，拖根长辫子，独坐饮酒。

"哎哟！张大人！在这里碰见您啦！"晋五急忙惊喜地起身作揖，"张大人，我正想找您！"转身对店员喊道："店家，二楼给一个雅间。"又不容商议地拽着张县丞往二楼走去。

他们俩坐定雅间，晋五点了两荤两素四盘凉菜，烫了一壶杏花村的上等老汾干，起身恭敬地为张县丞斟上酒，自己先举起盅说："张大人，我先敬您！"

两人举起酒盅碰了一下。只听吱儿一声，放下酒盅，晋五忙殷勤地往张鞑子盘子里搛了一块鸡肉说："吃菜！吃菜！"

举杯推盏，不多时辰两人不知不觉舌根发硬，头昏脑涨起来，话语飘飘如云。

"我说，张……张大人，您……您到平阳……以……来，我……我对……对您如何？您……您说……您说……"晋五仗着酒给的胆量放肆地和张鞑子拉近乎。

"没……没得说。我看……看你猴……猴精，但是你……你挺实在……"张鞑子眼睛通红通红。他又说："我……我们满……人到这里不……不容易！

我……们同乡……乡都……都死……行啦！不……不说这些。"张鞑子揉了揉眼睛，"晋五兄……我……我认你……你这个汉人朋……朋友！来来……来，再碰一下！"他举起手中的酒盅。

晋五也举盅相碰，他巴不得和张鞑子搭上关系。

"张大人，这……这酒是……上等的陈年老汾干，您……您大人多……喝几盅，我……我心里明白，您……您也不容易。今……今后，我……我就是……是您的马前卒。不……不对，按你们满……满人说法……是……奴才！哈哈……"

"哈哈……"张鞑子听完晋五的话，心里舒坦，他把手向晋五招了一下，意思让他凑近些。晋五忙将头伸了过去。他继续说："哎！我告……告诉你，南……南方还在打仗，明……明朝还没完……完。马上要老百姓缴军……军粮，每个人……人头一斗，你……你晋五……五要出力，先……先把驿寨村的收……收齐。"

听到鞑子这一消息，晋五赶紧举盅说："张大人，没……没问题。来，干！"

晋五赔着笑说："张……张大人，您……挣银子的机会到了！"本想说"捞银子"，觉不妥，到口边改为"挣银子"，好听。他试探张鞑子，见张鞑子充血的眼睛慢慢流溢出贪欲之色，晋五才开了腔："您到各村收购军粮，要先查清人数再收，收不能说收一斗，要说一斗半，全县5万人口要多收多少粮？这样下来您把多收的粮卖掉，张大人，您不掏一文钱，要挣多少银子？这就是您对朝廷效劳的辛苦费呀！嘻嘻！"说完晋五的猴眼睛眯成了一条线，浮现出得意的笑，希望得到赞赏。

张鞑子先是侧了侧头，想了想，血红的眼睛猛地一亮，像开出花，他说："你晋五……脑子真……真活，条……条多，灵！"自饮了一盅酒，顺手搛了一小块炒鸡蛋，举在嘴边没有往里塞，思索。突然，抬头盯着晋五说："老兄……"张鞑子变换了对晋五的称呼，显出了亲近，晋五心里欢喜了一下。"老兄，你的主意好，可那多出的粮……粮卖给谁呢？几万石的粮……粮放在哪儿呢？放到朝廷粮库，那不是白费劲儿啦！"晋五像是安排好的，就等张鞑子这话，又装着思量，端起酒盅自饮，放下酒盅说："我想，不一定对，你把多余的粮卖给知心知底的人，必须是知底细的自己人，要不传出去会坏了张大人的前程。"

"你……你说的都对,谁要……谁要这么多粮食干什么呢?"张鞑子鼻子尖红得仿佛涂了胭脂,沁出细细的汗珠,极不耐烦地说:"你让……让我……我开粮店?"

张鞑子最终上了晋五铺好的道儿,但晋五仍像恍然大悟一般轻轻拍了一下桌子说:"张大人,对啦!您不开粮店,可帮自己人开店呀。"

此时,张鞑子似乎有些清醒,警觉地问道:"你……你让我帮你……帮你开店?"

晋五马上摇了一下脑袋,挂满谦卑的笑意说:"好我的张大人,我一个种庄稼的汉子,哪有银两呀?"他自然地往前凑凑说:"说到这里,我要说我们村那位外乡人。他今年刚落户驿寨村,开了很多荒地,也种了二百多亩的庄稼,您丈量土地时还记得吧?前几天他找我说,等秋收后,帮他联系卖粮的事儿,今天我找你,就想让您找些路子。这人像是很有钱的人家,人也实在、老实。这不,说到这啦,张大人,我思量,您利用您的路子,帮助他开个粮店,还不容易,他还不得感激死你。他这里又没熟人,还不得依靠您这棵大树吗?到时,把粮卖给他,还有什么说的,拿您的银子保险着呢!说不定他每年还要孝敬您银两呢!这不一举两得?当然我也可以帮您找郭家庄的醋作坊和东山的酒坊掌柜,让他们买您的粮。"他有意停顿了一下,接着说:"但他们都是老生意人,肯定奸诈,不保险!"

晋五确实能说会道,这段话诚恳、实在,既为张鞑子找到买主,又为李氏兄弟开粮店找到门路,似乎又帮张鞑子选了醋,酒作坊可买他的粮,但又彻底堵住了这两条路子,说他们"老生意人,奸诈,不保险"。

鞑子听了晋五的话,也觉得中恳、真实、可信,立即让他联系李氏兄弟,表示一定把开粮店的事儿办成。

俩人笑眯眯,醉蒙蒙,端起酒盅又碰了一下,吱儿一声。晋五随后兴致勃勃地喊了一声:"店家,上两盘花边胡萝卜羊肉饺子。"

"花边儿的?""高兴呀!"俩人笑了起来。

第十四章

李家粮店选址在申家饺子铺旁边，五大开间，并带一座很宽敞的后院。选定后，有秦、致禛专在申家饺子铺宴请了张鞑子，晋五作陪。那天，他们四人在二楼雅间，觥筹交错，酡颜悦色，你言我语，谈笑风生，花边饺子吃得是心满意足。这下，可算得上是李家兄弟结交上了临汾道上的朋友，但有秦和致禛总有屈辱之感，像是在心里塞了一把蒿草，堵得慌。

回驿寨村李夫人炕前，兄弟俩压抑的屈辱心绪，在酒劲儿的催挤下，一下子从心底喷发出来，跪在炕下痛哭起来。

李氏靠躺在被子上，静静地看着儿侄悲屈的样子。西斜的阳光透过窗子，散照在她那淡定自若的脸上，真像一尊开了光的菩萨。

自五台山无一寺抽佛签到现在，发生的许多事情，她已经觉出因缘成果、顺应圆满的佛意，心想，孩子们年轻，日子落差太大，对发生的一切，嘴上虽也认命，但还是难平心气。要接受现实，过这个坎，怕还需些日子的磨切。

她心疼地唤了一声："秦儿，禛儿，起来吧。"话音刚落，突然咳嗽起来，慌得兄弟俩爬起来要扶她，李氏摆了摆手，让他们坐下，心里想给他们兄弟再说点什么，顿了片刻，待缓过气后，缓缓地说："秦儿，你去把杲儿、胤儿唤过来，再拿些香烛和黄表纸。"有秦迟疑了一下，出去了。

兄弟四人齐刷刷站在炕下，李氏挨个满眼宠溺地看着他们，边下炕边说："去，你们搬张桌子，放在院子里，面朝南，摆上祭品香炉，今天我们一块儿祭拜先祖。"

"娘，今天是什么日子呀？"有秦疑惑地问，其他兄弟也都疑惑地看着姑母。

李氏没有回答他们的话，慢悠悠地往外走。"去吧，摆上祭先祖的物品！

把孩子们也叫来。"她坚定地吩咐。

在李氏的带领下，众人点燃香烛，烧燃黄表纸，一大家子面向南方，三跪九叩首。夕阳从屋檐、树梢间射下，斑斑点点散在他们身上，又闪烁出星星光亮，斑斓多彩。香烛的烟雾在夕阳中缭绕，祭拜先祖的儿孙们顿生庄重敬穆之心。

李氏跪在桌前，抬起头，眼望烟雾缭绕的香烛，肃穆地说："列祖列宗，您的不肖子孙，在远乡晋土祭拜你们了！不能回乡祭拜，切肤刺心之痛啊！但殷殷心怀，戚戚思情，永怀先祖！古人云：天下之事不可为也，因其自然而推之，大道也。今祭拜列祖列宗，诚告子孙心事。避难至此，唯顺应大道，秉其要义，才能取得圆满。今定居于此，恐也是列祖列宗之心怀吧？吾辈要念先祖之恩德教诲，传承光大，谨记厚德待人待世，延衍后裔，使如树木繁茂；谨记以仁、义、诚、信、勤求利，建家、兴家、旺家。列祖列宗：尔后辈定抱德扬和，积惠重厚，累爱袭恩，同万物融和，世代永盛不衰！"

祭拜先祖后，李氏同儿孙回到住屋，确实有些累，脸色苍白，有秦兄弟搀扶着让她斜躺在被子上。她要儿孙们围坐在身边，深情地看着自己的至亲后辈们。此时，李氏感到自己真是一匹老马！是带领一群小马驹从荒野奔向坦途的老马！她已经看着这群马驹子长大，将来还要看到他们个个成为独自跨越荒野穿越昏暗的骏马。此时，她觉得必须给他们说活人的道理，抛弃过去那些虚幻的东西。

人来世上不易，活一生更不易呀！开天辟地有人以来，无能计数，彪炳青史者有几人？古人云：黄河之水，五百年清一次，必出神人也。难！真理也！由此可见，世上所活之人都是平凡之人，平凡之人的活法就是先要有一个安稳的窝。这也是这次奔波避乱最刻骨铭心的感受。孔子也说，修身、齐家、治国、平天下。家也放在了先，没有说，先平天下，最后修身，家对活人是第一位的，家安稳了才能修其身正其心。正心，就是要人明天地之大道，识局势之变化，立善爱人之心，辟兴家之途。今天祭拜先祖不就是这层意思吗？想到这里，她强打精神，两手撑起，将疲倦的身子向上耸了耸，慌得有秦、致禛急忙向前。她摆手让他们坐下，缓缓地说："去，让文文、瑜瑜、润润到他们母亲那里，我想跟你们说会儿话。"

小孙子们出去后，屋里安静了下来，李氏看着他们兄弟四人正襟危坐期待的样子，心里有一股暖流。她轻轻地问了一声："孩子们，今天为什么祭祖呢？"

兄弟四人相互看了看，微微摇头，有秦想说，嘴唇嚅动没出声。

"今天我高兴，你们选定购买了开粮店的房子，为建设这个家又打下了一个基础。现在有田、有房、有店，家就要建起来了，我高兴，高兴啊。所以就要告知先祖，他们这股流散的子孙，有了家业，存活了，家道要中兴了。"说得上心，她眼睛里噙着泪花。她的话中包含着她的心劲和对儿侄们殷切的期待，这些话深深地感染着每位儿侄的心，他们都情不自禁地站起来，深情地唤："娘——！""姑母——！"

"但，我还有忧虑啊！"

兄弟四人犯疑起来，又坐下。

"今天，有秦、致禛和张鞑子、晋五一起喝酒啦？是不是尊贵的王公之后竟和他们同流，感到屈尊受辱？"老夫人的问话，有秦、致禛都心动了一下，没等到他们说什么，李氏又说："孩子，我觉得从出京城那一刻，我们就再不是王公人家了。是逃难的人，甚至不如原来住在这院子里的罗八斤。从住在这里买下这座院子，才往平民堆里挤呢。你们年轻，不明白，以前你们过的日子都是权势给你们的，不是自己的，对你们的教诲都是有权势的处世为人之道，没有了权势，一切成了虚空。孩子们，这是我最大的忧虑。你们回来委屈地痛哭，知道吗，你们哭的是虚无的权势和尊贵，它们像水泡一样早已破灭，像云烟，飘没了。如今，你们的妻儿老小、买下的这院子、粮店、开垦的田地、地里那些庄稼才是真实的！"李氏说到这里，情绪有些激动，等平静下来又说："刚才祭拜先祖时，我想到古人的一句话：天下之事不可为也，因其自然而推之。这是天下大道，你们要明白，局势变化是自然推之，顺应局势方可圆满。违逆局势，必遭祸殃。我们是何等人，只能顺应天之大道。活在平民堆中，追求平民活人之法，这不是屈尊，这是归真。"李氏说完这番话，仿佛松了口气。兄弟四人像是在炎热的太阳下喝了一瓢井水，浑身凉爽、清明。见李氏舒了口气，有秦忙说："母亲，您歇一歇吧，我给您端碗茶水去。"

"我是有些疲累，你端碗茶水来，我还想说说话，难得今日有心情。"老夫人缓缓地说。

有秦端来茶水，老夫人呷口茶后，靠正了身体，拉家常地说："平民的活人之道以家为本，人为家而活，有家者为人，无家者何为人？白活一生。为家而活，必走耕读、致富、立志之路。耕读，耕是务本，适时辛劳种田，喜庆丰收满仓，衣暖食足，儿女满堂，孝敬父母，悌爱兄弟，全家和睦，其乐融融。读是修身，读圣贤书，明天地之道，知人间事理，辨世间善恶，怀善良之心待人，行善良之事处世，明明白白，磊磊落落一生。致富，《论语》里面有两个故事还记得吧？"老夫人自问自答接着说："一次，子贡发现一块美玉，忙问孔子，把这玉收藏起来呢，还是找个识货的买主卖掉呢？孔子急不可耐地说：'卖掉，卖掉吧！我等买主。'又有一次，孔子与人谈财富，他竟然说：'富而可求也，虽执鞭之士，吾亦为之。'孔子说如果财富取之有道，当执鞭人也可以。"李氏轻松地笑了起来，引来一阵咳嗽，儿侄们也笑了。她接着说："孔子是何等人，求财富的心有之，所以他说'富与贵，是人之所欲也'。求富之心天经地义，家有钱粮，家人才会过得宽绰、顺畅、舒畅、敬爱、亲善、和睦，为人处事才能有道德、仁爱、礼义。贫穷终日，无以充饥糊口，何谈人质人品。但取财富必有其道，同言仁、义、礼、智、信，取财要仁爱在先，情义在先，制度在先，智敏在先，诚信在先，锱铢求利必循其道，违道万不可伸手。立志，人云志唯功名，谬说。建家、兴家、旺家、发家，也是志。人一生有一个富裕之家，儿孙满堂，畅快顺心，足矣，也是志。功名可遇不可求。功名！唉……"她长长叹息了一声，接着说："孩子们，功名在权势面前，似乎是冬天的雪，洁白无瑕，高尚无比，但经不起太阳光照，一照必显露出乌七八糟龌龊卑劣之物。功名，唉……"最后，她语重心长地说："发家致富，人之正道也。你们开始结交当地人，这是致富的开始。不过，张鞑子多收军粮是不义之举，你们私下要多贴补百姓一些！"

　　有秦、致禛、致杲、致胤静静聆听着李氏的殷殷教诲，郁悒的心绪似听了佛咒，神奇地松开……松开……又似久旱的禾苗得到雨露，慢慢地展开……展开……原来紧皱愁苦的脸一下子展平了。李氏看到儿侄们的变化，自己的心神也松弛了，想着应为孩子们做些什么。略思忖，挪身下炕。有秦、致禛忙着搀扶。"有秦，你拿笔墨纸去，我想为你们的粮店写副对联。"她吩咐道。

　　没等有秦动身，致禛急忙说："姑母，我去拿，我去拿。"

宣纸铺在客堂的方桌上，研好了墨，儿侄们围在方桌边，老夫人提笔，思忖了片刻，左手将右边衣袖往上稍稍拉住，将笔在砚台里濡湿，然后胸有成竹地在宣纸上写下：

菽稷麦谷，仓满籔盈；
仁义礼智，准正衡明。

欧体，楷书，肩架端严，字骨峻逸，方圆秀美。儿侄们不由得喝彩。
"开业选个黄道吉日，多请些人，热闹些。"李氏说。儿侄们频频点头。

第十五章

李家粮店开业之日,定在九月十五。

九月,季秋,古书曰:季春大出,季秋大内。春种大忙,秋收喜悦。九月十五,正是金匮星值日的日子,黄道吉日。

这天,李家粮铺五间连排的大屋,窗棂全部是褐色油漆,锃光鲜亮;黄中带红的底色,金边金字的"李家粮店"匾牌高悬在门楣上,灿灿耀眼;李氏书写的对联,镌刻在两条紫檀木板上,挂在檐前的楹柱上,翠绿色的欧体,在紫檀木黑的衬托下更加秀美;匾牌上用红绸带结的大红花醒目夺人,悬下的红色绸丝带,在微风中徐徐飘动。雨后天晴的旭日朝辉映落在装扮一新的五间门面上,使这场面显得格外华贵喜庆。

粮店内五间隔墙全部拆除,形成一个大厅,墙面用纯白石灰粉刷,还有上等的雪白麻纸糊窗,开阔、敞亮、畅快;厅内设有面粉柜、米黍柜、豆类柜、生熟食柜、收银柜。米黍柜中有稻米、小米、糯米、小麦、玉米、高粱、谷子、黍子等,豆类柜中有黄豆、黑豆、绿豆、红豆、豌豆等,面柜中有麦面、玉米面、绿豆面、高粱面、黄豆面等,生熟柜中有新加工的宽细面条、新蒸的白馍馍和黄澄澄的玉米面窝头;柜仓和斗、升量器是清一色的东北红松木制作,全部镌刻"李家粮店"字样;收银柜设在南边,紧靠其边有一小过道,直通后院的掌柜室和一间客房,客房是为购粮大户所备,后院还设有粮库和伙计住房。

店里有十五名伙计,大厅内有十名,专侍候来铺子买粮的顾客,后院五名,四人负责打扫各个房间、库房和院落,还有一名专管做饭,他们都来自车队的护卫。伙计穿戴照搬申家饺子铺伙计的装束,黑裤子,扎裤脚,白底黑面圆口布鞋,粗布白衫,黑绸面瓜皮帽,长长的辫子拖在背后,为干活方便,都把辫子扎进后背腰间,他们站在柜子旁边,个个精神抖擞,生气勃勃,喜气洋洋。

开业在巳时，店门面的中央摆了一张矮式大方桌，方桌上前方有一宣德香炉，中央堆放了一只刮得白净净肥大的猪头，猪脸上密深的皱纹延眼展开，额上有珠子大的红点。猪头周边摆有盛满五谷纯粮的盘子和馍馍白而丰圆中央点红的馍盘；再往后，中间敬放有一尺高的赵公元帅彩色塑像，他笑眯眯的慈目向下俯视。围绕大方桌的地面上，排列红艳艳的鞭炮阵。

辰时五刻，由二十人组成的锣鼓队，"咚咚，锵锵，咚咚锵锵"，开始喧闹起来，四方的市民早早集涌在贡院巷的李家粮店门前，黑压压一片：有的是为粮店赠品所至，他们从两天前街道张贴的李家粮店开业告示看到，开业日凡买粮店货者可得一升麦面赠品；有的是被锣鼓声所吸引；有的就是为看粮店开业的派头。他们接踵摩肩，踮脚仰看，议论纷纷。

"这家粮店子门面够宽啊！"

"怕是平阳府最大的粮店啦。"

"气派！气派！"

"那对联是啥意思呀？"

"是说他们店卖粮公平、明白、不坑人。"

…………

李氏兄弟为粮店开业忙了近一个月，事无巨细。先是粮店由谁掌管，有秦和致祺不可能，李家的大事都得他俩定夺，就是粮店粮的收购，大宗量的出手也需他俩筹划。最后决定由致胤掌管，晋五理账，门面的收拾和后院怎么使用，都依了有秦的主意。粮店开业要请哪些人费了脑筋。平阳府的知府难以请到，但师爷要请；临汾知县好请，他是汉人，听县丞张靰子的话；用粮大户必须请，如醋作坊的掌柜、酒作坊的掌柜、城里大酒楼的掌柜；另外要请的还有地面上的缙绅、名流，以及东山的罗财主八斤、柴村的双合。李氏兄弟粗算了一下，有一百多人，宴请决定放在申家饺子铺。宴，不能只是吃，要结识八方人士，官道、商道、文道，通衢四方，有一个好的开端。

昨天兄弟四人从睁开眼忙到后半夜，上午将张靰子请到粮店后院，合商敲定宴请的府县官员、缙绅名流，发了红色的请柬，中午他们要了申家饺子铺的炒菜、饺子，在一起喝酒。送走张靰子，兄弟四人摆柜装粮，布置门面，致胤让粮店的伙计穿戴好试演卖粮的过程多番……鸡叫了头遍，才倒在后院的床上合眼。

睡梦中院子里传来窸窸窣窣的声响,有秦爬起推门,一股凉气,原来空中淅淅沥沥扯起了雨丝,他对今日的开业有些担心,默默念了一句:"但愿早晨天就晴了。"由于太困,关上门回来,和衣就睡了。

"来客人啦!"

有秦被这一声惊醒,先拉起窗子看天。天空瓦蓝瓦蓝,东方霞光四射,清鲜的气息扑面而来。有秦不由得说:"晴啦!"兄弟四人忙理衣迎接来客。

来的不是别人,是东山的罗财主八斤,他拉了一车的红枣,红彤彤地放光。兄弟四人既惊喜又纳闷。八斤说:"老弟们,老哥想来想去,给你们拉了一车红枣,真心盼你们兄弟早早红火起来,车载一样进财呀!车和骡子都是铺子里的啦!"说完八斤爽朗地哈哈大笑。

兄弟四人不知如何表达谢意,四人八只手都赶过来要紧紧握住八斤哥的手。开业之日大早,迎来的是八斤哥!是一车满满的吉利和祥瑞呀!

兄弟四人清服打扮,长袍短褂,脚蹬清式绣花靴子,梳得黑光发亮的长辫子拖在背后,喜气洋洋地站在"李家粮店"匾牌下。特别是粮店少掌柜致胤,一件青色隐花绸袍着身,外套一件浅蓝色锦丝短褂,腰间系根丝制红色缨子,上悬挂有翠玉佩件,青蓝底黄色绣花的马蹄袖掩着手背,润泽的面容闪耀着兴奋的光芒,顾伟青春,器宇不凡,再不是从前的憨壮少年了。

锣鼓喧闹,人群沸扬,忽从祝贺签字桌传来一声:"喜迎临汾知县周国栋大人!"接着又一声:"喜迎临汾县丞张文章大人!""喜迎临汾县衙主簿哈图大人!"

兄弟四人急忙喜盈盈地迎了前去,拱手作揖。这是第一批客人,是他们的老熟人。

"喜迎郭家庄郭掌柜!"

"喜迎隆盛饭庄赵掌柜!"

"喜迎尧城书院院长王仕修先生!"

…………

不多时匾牌下方站满了前来祝贺的嘉宾。

"恭迎平阳府何鸿烈师爷!"

随着喊声传来，引起一阵哄然。只见一位面容清瘦、头辫灰白、胡须稀疏、穿戴整洁儒雅的老者，笑呵呵慈眉善目地走来。兄弟四人和知县、县丞、主簿等各嘉宾都迎了前去。"何师爷来啦！""何师爷来啦！"众人好像在相互传告。何师爷仍是笑呵呵拱手，带了几分官方语气对李家兄弟说："庆贺！庆贺！你们兄弟为平阳百姓办了件好事！办了件好事！"他迎面又握住致胤的手，上下瞅了个遍，爱怜地说："年轻啊！年轻啊！前途不可限量！"又温情地拍了拍致胤的手。

"喜迎钟楼粮铺掌柜张掌柜！"

"喜迎……"

…………

巳时到，站在"李家粮店"匾牌下方的晋五鼓足劲，扯圆嗓门高喊："李家粮店开业大典开始！"他把"大典开始"音拉得很长。

顿时，锣鼓咚锵声、鞭炮噼啪声汇成强大的洪流，腾空而起。鞭炮燃起的烟雾氤氲，缭绕在赵公元帅像周边不散，神秘、瑞祥……

"李致胤掌柜敬拜天、地、财神！"晋五又一声高喊。

致胤在锣鼓鞭炮喧闹中，接过点燃的香炷，高高举起作一揖，上香宣德炉，三跪九叩，将一盅酒举过头顶。"敬拜天！"晋五高喊，致胤把酒洒在地上。再举起一盅酒，晋五高喊："敬拜地！"致胤将盅中酒洒在地上。他再举起一盅酒，随着晋五"敬拜财神"的喊声，把酒缓缓洒在赵公元帅像前。

"请平阳府何师爷上香！"

何师爷一直注目致胤祭拜，不知怎的他特别喜欢致胤，见他祭拜完走过来，刚拉住致胤的手想褒奖两句，就听到请他上香。他先是一愣，转而兴奋劲儿起，整理衣襟，肃穆地上前，接过燃香，走到香炉前，高高举起，思忖片刻，蓦然高诵：

拜天地，敬财神，厚德行善，货实公明，宵旰图强，日蒸昌盛。

上香，跪拜。兄弟四人、来宾、市民一片喝彩。

"请何师爷、致胤掌柜揭彩！"

何师爷又是一喜。致胤早已向前搀扶住他，很显然何师爷很受用致胤的"搀扶"。一老一少缓步来到"李家粮店"匾牌下，慢慢拉下悬挂在匾牌两旁的红绸丝带。一瞬间，锣鼓、鞭炮又一次腾起……

"请贵客入席！"

致胤搀扶着何师爷，来宾也簇拥着他向申家饺子铺走去。

"开——业——啦——！"从粮店内闪出一个小伙子，兴致高昂地喊了一嗓子，市民一下子从四方涌向粮店……

第十六章

又是一个晴天,红彤彤的太阳悬挂在正空,暖洋洋的。都快进入腊月了,天气一点儿也不冷。"喳喳喳、喳喳喳",一群喜鹊在院内的椿树上喧闹。

"姑母,席都摆好啦!就等您入座呢!"致呆毕恭毕敬搀扶起李氏。

今天是致呆次子满月,没有请外人,李氏一家人在一起庆贺。这是他们这一家人到驿寨村,自把八车家当掩藏后心里宽慰聚集一次后,第二次喜庆聚集,李氏显得很精神很开心。

李氏被搀扶着进了致呆住屋的堂屋,看见一家子都站在摆满香喷喷热腾腾菜肴的席桌边,笑盈盈等她入席,她还没有坐定就满脸喜悦地说:"一上午喜鹊闹枝头,喜!喜呀!呆儿,快把孩子抱来,让姑奶奶亲亲!"

致呆的妻子闻声从挂着棉布帘子的侧屋出来,头上还缠捂着蓝色的月子布带,抱着大红花丝绸小棉被紧紧裹着的婴儿,缓步走到李氏跟前,柔柔地说:"姑母,请您看看您的孙儿!"

李氏轻轻往下扯了扯盖在孩子脸上的棉被角,露出孩子细嫩、圆嘟嘟的小脸。他甜蜜蜜地睡着,长长的睫毛盖在下眼睑上,红润的小嘴蠕动了一下,晶莹的小鼻孔均匀地呼出一股奶香。她爱怜地轻抚婴儿的头,在小孙子脸上用嘴柔柔地贴了贴。她刚要拉上被子,文文、瑜瑜先跑了过来,嚷着"让我看看小弟弟!""让我看看小弟弟!"润润也从他母亲怀里挣脱跑过来嚷着"我也要看小弟弟!"

"哎呀!哎呀!轻点!轻点!别吵醒小弟弟,你们看!你们看!"李氏笑呵呵地说。三个小脑袋都好奇地凑上来。李氏静静地看着孩子们的热闹劲儿,心里有说不出的舒坦。

"行啦,行啦,看够了吧?小弟弟要睡觉呢!"李氏轻轻向上拉了拉棉被角。三个小家伙还不情愿。她顺手把润润抱起在他脸上亲了一下，乐呵呵地说："小弟弟像你伯伯，像你伯伯，呵呵……呵呵……"她喜得嘴都合不拢，转过来对致呆媳妇说："快回屋里去，这里酒味太大，别把孩子熏着！"

"润润，快下来，到你娘那儿去，别把奶奶累着。"有秦说。

润润在奶奶怀里不情愿地扭动了一下，要从奶奶怀里溜下来，却被李氏抱住了。"就这样，就这样好着呢。"

这时，致呆端起酒杯，恭敬地举在李氏的面前说："姑母，您以茶代酒，我先敬贺您老人家又喜得孙子！下来孩儿还有一个请求！"

"哦？"老夫人呷了一口茶，欢喜地看着致呆。致呆说："姑母，请您给您这小孙子起个名！"说罢，期待地看着姑母。

"哦？"李氏先怔了一下，立马说："行！行！你让我想想。我们家已到'瑞'字辈，瑞文——瑞瑜——"

她蹙眉，轻轻按了一下鬓角说："这孩子，是在有泉的寨子里生的，泉是江河之源，《易经·蒙卦》中有：'山下出泉，蒙；君子以果行育德。'古人把钱也称泉，财之义。致呆，这孩子取名泉，瑞泉，李瑞泉，好！"李氏宏论了一番，又加了一句："泉，也记住了我们在这里安家的年份！"显然，她非常满意这个"泉"字。一家子也都"好！""好！"地称赞。

致呆兴奋地举起酒盅："姑母，感激姑母给孩子取了这么好的名字！我喝了！"他仰头，把酒倒入嘴里，深情地又叫了一声姑母说："姑母，我替李瑞泉，感谢奶奶为他取名！"李氏兴致一下高涨起来，端起了酒盅。有秦和致禛急得向前阻止："娘，使不得，这万万不可，您的身体比天大，我们替您喝！"说着有秦接过了老夫人手中的酒盅，致呆急得抢着说："姑母，您以茶代酒，以茶代酒！"

"好！好！好！难得今天高兴！"她看着有秦："你替我喝了李瑞泉这盅酒！"自己举起茶盅，一家子茶酒碰到一起，碰出的是高兴和欢快！

老夫人放下茶盅，看坐在她侧面的小侄儿致胤，笑呵呵地问："致胤，我们的少掌柜，你的粮店开得怎样啦？"

致胤慌忙站起离座，到姑母面前跪下，说："侄儿致胤，向姑母大人禀报！"

致胤的做派，先引起大家一怔，接着一片欢笑。李氏捂嘴后仰笑着说：

"胤儿当少掌柜当出名堂啦！快快坐回禀报，哈哈……哈哈！"

致胤还是恭敬地跪拜了姑母，坐回座位认真地说："姑母，粮店开业到今日已经三个月多一天，可说旗开得胜，真像罗财主开业日送来的一车红枣，枣（早）红起来了，财以车进！"李氏听着侄儿的禀报，喜得呷了一口茶。

致胤继续说："我们用挣来的银子，在东场院盖了三座粮仓，把我们秋收的粮都存在那里，有秦哥、致禛哥还收了不少粮食，三座粮仓堆得满满的，有一千多石。我们还和几家用粮大户签订了契约，按月为他们放粮，送粮到家。店里有一笔大宗买卖是和平阳府的朝廷储粮仓做的，卖给他们三百多石，这是何师爷牵的线，还有一笔买卖有秦哥正和洪洞酒坊谈着呢。"

李氏听到致胤提到"何师爷"这三个字，脑子即刻兴奋起来，因为她已听到何师爷对致胤很看重的传闻，也知道何师爷有一独生女，孩子的婚事在她心头是压过一切的大事。所以，她截住了致胤的侃侃禀报，说："胤儿，你停一下，我问你一句话。"

致胤停了下来，迟疑地看着姑母，以为自己什么地方说错了，等着姑母问话。

"胤儿！"李氏亲昵地唤了一声，"听说这何师爷很看重你，想将她的爱女许配给你，是真的吗？"

姑母忽然这一问，致胤脸腾地红了，真不知如何回答，腼腆地唤了一声："姑母！"接着支支吾吾地说："怎么说呢？孩儿的婚姻大事要姑母做主，孩儿不敢自作主张！"羞涩地低头不语。

李氏刚想问有秦，他嬉笑着先开腔："母亲，何师爷是仕宦读书人家，住在临汾鼓楼西何家胡同。他父亲曾任过河中府知府，就这个独生子。何师爷中举后几次进京应考都不中，眼看是知天命之年了，心灰意冷，在家闲读，后到尧城书院讲学，是平阳府名流。崇祯十六年平阳知府聘他为幕僚，怎奈时运不佳，不到半年患病，只能在家休养。不过，这又是他的时运，躲过了李自成贼寇之乱。鞑子来了，又聘他为知府师爷，他开始不肯，有伯夷叔齐之节操，不食清食。"

"那怎么现在成知府的师爷了呢？"李氏打住了有秦的话，不解地问。

"娘，这里还有一段传闻，且听儿慢慢道来。"

"哟？你还卖关子？"李氏故作惊讶。

有秦清了清嗓子说："据说，有一天，老举人梦见自内长出一老树，枝头有新芽，醒后生念头：必测一字。盥洗后，拿过《诗经》闭眼随意翻开，展在眼前第一行诗是'无折我樹杞'。樹？与梦相应，测'樹'字。'樹'五行为木，他是水命，水生木，老樹生在院内……蓦地醒悟：老樹吾也，本义立，新芽出，内有食（内含'豆''寸'，食也），有为家之生机出仕之意，所以平阳府再次请他时，年过花甲的何鸿烈举人答应了。"

李氏咂嘴笑说："啧啧啧！都是老举人编撰出的世语新说，真是口嚼干山楂——酸多甜少。不说他了，是读书人家。他女儿怎样呢？你见过吗？"她问有秦。

"有次我到他家谈朝廷平阳粮仓买粮之事，无意中见到了何夫人和他女儿一面，只是点头致礼，没说话。长得倒是清秀，文静娴雅。老举人身边无子，不惑之年后才得此女，视为掌上明珠，因喜读《西厢记》，为女起名何小莺，从小随父识字断文习诗，随母针黹女红，达理贤淑。何师爷为给此女择婿也费尽心思，不知何因，看上了咱致胤，自粮店开业之日见过致胤后，十天半月就到粮铺看致胤，不是闲聊，就是请吃饭，择咱致胤为婿的心意已经很明了。和他谈买卖时，总要问咱们家在京城的情况。"

李氏马上警觉起来，问："你如何回答？"

有秦感到母亲的警觉，谨慎地答道："我坚守在五台山的说法，说我们家原是在京城开丝绸店的，李自成贼寇抢掠了店铺，就举家逃出来了。"

李氏又问了致胤，致胤也说坚守了五台山的说法，她松了口气，又回到了胤儿的婚事上来，不由想起小弟，忧伤在心。她看了胤儿一眼，孩子是英武的美男子，宽宽的天庭，挺直的鼻梁，饱满的地角，那双黑得发亮的眸子，透着坚定和自信。他平时不爱说话，但要张口，眸子一闪一闪，鼻翼微微内收，纯正的京语，吐字清晰，浑厚有磁力，自然使人心生爱怜和信任，现在他那羞涩腼腆中流溢出向往的样子，令人疼爱。李氏心想，孩子的终身大事，自己要做主了！于是她问了致胤一句没头没尾的话："胤儿，你呢？"

致胤一愣，不知该如何回答，嗫嚅地说："我听姑母的，听有秦哥的。"

有秦知道致胤弟答非所问，赶忙说："我想致胤肯定没见过何小姐，老举人家里规矩甚严，他何能见？"

致胤知道自己答错了，羞笑着说："我真没见过那女子。"

李氏也笑起来，她明白了，说："有秦，致禛，你们和老举人挑明这事儿吧，咱们男子家，主动些，核一下致胤和那小女子的八字，相合的话，聘请媒人，登门提亲！"

一家子都为致胤高兴，在李氏的提议下，都举起面前的酒盅，她也举起了酒盅，有秦刚想阻拦，她说："今天是双喜临门，胤儿，你替姑母喝了这盅喜酒。"

"喳喳喳……喳喳喳……"，院内椿树上的喜鹊又一阵喧闹。

第十七章

郭家醋坊的郭掌柜胡乱扒了几口饭,就向牲口棚走,看车架好了没有,他想今天无论如何要见到李掌柜。前两次走李家粮铺的后院,见的都是那个小个子账房先生晋五,他哈腰点头,眼睛眨巴眨巴的,给人一种不实诚、日弄人的感觉。他总说掌柜不在;向他买粮,他说,困难,要四五石,可以,再多就要掌柜说话了,库里也没有。郭掌柜怎么也不相信。李家粮店势大着呢!他们村还有三座粮仓,听说装得满满的。

他走过自家醋房发酵场,站住了,场里大口发酵瓮都空着,一排排,一排排,像张着庞大的口仰着头要食吃的老人。五十多口瓮都空了,再没粮往里添,作坊真要停了,看得他心里发慌。

去年秋季,该死的鞑子,不让老百姓卖粮,要收缴军粮,那时多亏李家粮铺卖给他一百多石高粱和稻米,使醋坊能维持到今天。按常规,过年后可收到粮食,可这老天爷旱呀,记得还是李家粮店开业的前晚上,稀稀拉拉飘了几滴地皮湿的雨星,到现在算起来快五个月了,雪雨未见。已经快进二月了,麦苗应活起来了,可还黄扁扁死怏怏地贴在地上,有谁敢把余粮卖出呢?还是要找李家粮店想办法。

他下意识扬起头看了看晴朗的天空,埋怨了一句:"老天爷!你老人家怎么连一坨白云也没有呀!"

起得早的几个伙计来打扫发酵场,见掌柜在看天,笑呵呵地讨好问候:"掌柜的,您起得早啊!粮食什么时候到呢?前几天把发酵好的醋瓢子翻到淋醋房了,这些空瓮该添粮发酵啦!"

"是啊!急着呢!粮马上就到。"他还想多说几句,可心里和瓮一样是空的,低头拍了几下棉袍子,心事重重地离开了发酵场。

车已经驾好，还是那匹老白马驾辕。他向前爱惜地在马头上轻轻拍了拍，老白马通人性地点了点头。赶车的小狗子，一溜小跑地把上轿车的凳子搬来。他撩起袍角，扶着车帮子要上车，回头看了一眼，牲口棚旁成品醋库房门紧锁着，叹了一下说："进城，还到李家粮店。"

郭掌柜的轿车在半尺厚的土路上奔驰，扬起一团土雾。坐在车里他颠簸着，想起父亲临终的情景。老人家浑浊无光的眼神四周寻觅，又握住他的手，颤巍巍地说："有才啊！醋……醋坊是你……你爷创下的家……家业，要承受下来，做……做好，不……不要像你弟……你……你……弟……弟……"他心里清楚得很，父亲有两件事放心不下，一就是醋坊，三代人创下的家业呀！再就是弟弟，他临终前四周寻觅，就是想看自己的小儿子在不在。父亲咽了气眼睛还睁着，当他闭父亲眼时，他的手湿了，因为父亲眼窝里全是泪。他兄弟二人，父亲认为他老实肯干，让学做醋，管醋房大大小小事；弟弟脑子灵活，管卖醋，可卖出的银子老收不回来。那年，也缺粮，是没银子买粮，父亲急了，亲自上"欠户家"要银子。结果"欠户家"的醋钱早就付了，是弟弟赌了、嫖了。弟弟知道事情败露，一跑了之，至今没有音讯。当时多亏父亲平日里为人忠厚，热心帮衬邻里，才赊账借邻里百姓粮渡过了难关。今年又缺粮，原因是战乱，鞑子收军粮，天又旱，李家偏又把市面的粮霸住了。难道今年真过不去了？他心里深深揪了一下！后悔！后悔得想抽自己！李家粮店开业宴席上，李家兄弟在知县老爷还有那个张县丞的催哄下，非要和用粮户签什么契约，说今后用粮都由粮店供应，粮价比市价低一成。酒坊、小粮铺、饭铺，还有那些小醋坊，都签了，所以，他们现在都不缺粮，听说月月把粮送上门。当时让他签，他没吱声，心想，多少年来都是到农户家买粮，何必脱了裤子放屁，让我们都依靠你李家，这不是想霸市吗？不信地里的粮食都姓李。结果现在真的姓李了。当时要也签契约也不会有缺粮这事了。唉！……李家这么爱霸市，没有李家粮店哪有缺粮这号事？爷爷手里，父亲手里，我也活了五十多岁，哪一年为买粮犯过难，发过愁？就是这李家，真恨死他们了。他又想起五大间库房里堆满了大小醋坛子，过年前卖了一阵子，现在卖不动了，说是天旱，老百姓心里慌，节俭钱要度灾年呢！醋卖不出，哪有钱买粮呀。

"老爷，到啦！"

赶车的狗子挑开车帘告诉他，打断了他的苦闷。他起身走出轿门，看见李家粮店的后院门紧闭着，脑子立刻浮现出那个哈腰点头的小个子管账先生，顿生厌恶，停了瞬间，放下了轿门帘，扔给赶车的狗子一句："拐弯，到他们粮店门面去。"

轿车折回到贡院巷里。他自言自语道："我今天非见到你李致胤掌柜不可。"

车在李家粮店二十丈开外停下，他独自步行到粮店门面前，抬头看悬挂在门面正中的"李家粮店"匾牌，似乎没有开业那天闪闪发光，木木的，却深沉得很，稳重得生了根，门上挂着两片深蓝色的棉布帘子。他掀帘进入粮店大厅，暖暖的，有几个市民在买粮，一个伙计见他进来，像见到熟人似的笑脸迎过来。

"老叔，您想买点什么？"

"哦！我看看。"他应付着，走到高粱柜仓前，抓起一把高粱米看，扭过头问一直跟在他后面的伙计："小伙子，这多少钱一斗？"

"一百八十文。"

"呦！这么贵？"他确实惊讶，记得去年市面价才九十文，今年贵了一半。

"看老叔，就不是做这些小事儿的人，都涨了几天了，看这天气怕还要涨哩！"

"还要涨？"他的声音有些高，那年轻的伙计见他满脸狐疑又加几分怒气，仿佛是做了什么对不起他的事情，忙赔着笑说："不过，要得多的话，可以让！可以让！"

"让多少？"

"买一石以上，可让三十文。"

"哼……哼……！"他冷笑了一下，又说："要是要上百石呢？"

"哎呀！老叔，小的可做不了主了，像您这样的要粮户，要到后院和我们掌柜谈。"伙计心想，这可是位大买主，要稳住，又忙讨好地说："今天我们掌柜刚好在，我领您见我们掌柜。"这时他才想瞧一瞧跟在身后的伙计，回头看，小伙子挺机灵，眼睛不大，秀气的鼻子嵌在圆盘脸中间，薄薄的嘴唇扇动出蛮好听的京腔。他感激小伙子说出的帮忙的话，轻轻地问了一句："小伙子，你叫什么？"

伙计被这一问，愣怔在那里，开店几个月没有人问过他的名字，真不知如何回答。他微笑狐疑地盯着这位"老叔"。这位老叔木讷的脸上有灰尘，两眉蹙着，两道清晰的法令纹从鼻翼伸向下巴，嘴角顺从法令纹稍稍向下，厚厚的唇干裂发白，灰白的胡须有些乱，整个人显得忧愁、焦虑。伙计产生了同情心，笑呵呵地说："老叔，小的姓赵，名山，大家都叫我山子。"

"好！山子，领我见你们掌柜吧。"郭掌柜以长者的信任拍了一下山子的肩膀说。

下午粮铺上板后，赵山独自无事到鼓楼闲转，恰巧碰上了郭掌柜和儿子郭成尚为鼓楼饭店送醋出来。他们一眼就瞧见了山子，非请山子吃饭，表示对山子引荐粮店掌柜的谢意。郭成尚上前拉住赵山的胳膊说："我父亲一直说你人和气、善良，还让我学你呢！走走走，就吃顿饭嘛！"

赵山实在难以拒绝父子俩的盛情，便和郭家父子坐进了鼓楼饭店的雅间。

菜一般，凉拌猪耳朵、羊杂、拍黄瓜、红烧汾河鲤鱼、东坡肉、肉片烩豆腐、炝藕片，酒是东山酒坊酿的平阳烧。

郭成尚把起烫好酒的铜酒壶，绕到桌子边，给山子斟满一盅酒，自己端起一杯，非常诚恳地说："赵山兄，咱俩不知谁大，但看着你就年轻，来，我替家父敬你！"

赵山慌忙站起，脸窘促地红了，很恭敬地说："少爷，不敢，不敢，我才十八岁！"

"我比你大多啦，二十八岁，名唤成尚，你是小弟！接酒！接酒！"成尚笑呵呵地看着赵山。

"山子，不是你的引见，怕我们醋坊真难住啦！这也是老叔敬你的！"郭掌柜老成地说。

赵山被郭家父子的真情感染，端起酒盅。他看着盅里的酒腾起一丝热气，袅袅绕在鼻尖，觉得有微微香，将酒盅放在唇边，猛地吸了进去。啊……辣……热，他憋住，用手捂着嘴像咽一块不适应嗓子大小的东西，提了一下脖子，又使劲抿了一下嘴，酒终于咕咚流入嗓子，划出一道辛、辣、热的酒渠。

看到赵山憋红的脸，郭家父子笑了，忙说："吃口菜，吃口菜。"

这是赵山平生第一次喝酒，十三岁被卖进王府，五年见过无数次喝酒的热闹场面，但他从不沾酒，这是王府总管给下人们定的规矩，怕酒后惹出事儿。

王府总管当时见他灵气，精明，留他在身边干杂活，为他起名米生。这次逃难，李氏为他改名赵山，开粮铺挑选他当了大厅的主管。他满腔热忱地将郭掌柜引荐给掌柜，事后却遭到掌柜的训斥："不懂规矩，不识高低。"他一肚子委屈和气闷，刚才碰到郭家父子，实在不愿上来，但脸皮薄，心眼实诚，就和郭家父子坐到了一起。

赵山放下酒盅，见眼前摆了好几盅热腾腾的酒，忙难为情地摆手说："掌柜老叔、成尚兄，我喝不了，不行，不行。"

"我们这里人的酒规矩，请人喝酒，必先敬六盅，这是实诚，看小弟真不会喝酒，算了，给你减半，吃口菜，再喝两盅就算了！"成尚一边解释一边给赵山搛了一块羊肝。赵山将羊肝塞在嘴里，想压压酒的辛辣味。

"山子小弟，来，兄弟陪你喝。"成尚又举起了酒盅。

"来来来，山子，老叔看见你就亲，我也陪你喝！"郭掌柜也端起了酒盅。

赵山在情义难辞的气氛中，和郭家父子连喝了两盅，开辟出的酒渠适应了，酒没有了原先的辣，反而感到香、热，热力直往头上涌，涌得头蒙蒙的，心里突升起一股要强的念头。自己是李家粮铺的人，是京城王府的人，怎能畏缩在小地方人面前。他端起酒盅谦和恭敬地说："掌柜大叔！我敬您老一盅！"他把"小的"改为了"我"。

"哎呀！好好好！我喝、我喝！"郭掌柜接过酒，痛快欢喜地放在嘴唇边，只"吱儿"一声便喝了个净。

"成尚兄，我也敬你！"

"山子弟，咱俩就不互敬啦，为我们的相识，咱哥俩好好碰一盅！"说着成尚和赵山的酒盅，当，清脆地碰在了一起。

"山子，吃菜，吃了咱叔侄俩碰一下，碰后我再慢慢给你说。"郭掌柜为赵山夹了一块东坡肉，看着赵山把肉吃了，端起了酒盅。赵山再没有推辞，可有些迟疑，不知这位掌柜要"慢慢"说什么，他恭敬地举起酒盅，在郭掌柜酒盅的下半腰轻轻碰了一下，喝了，然后眼睛怔怔地盯着郭掌柜。

"山子！"郭掌柜情义深长地先唤了一声，"在你的引荐下，我见了你们掌柜，费了很大的口舌，他才给五十石高粱。贵啊！你猜多少钱？六钱！贵得吓人。但没有办法呀！"郭掌柜摇摇头，继续说："五十石高粱只够两次发酵，四十天后又没粮了，咋办？还得跑你们的粮店，山子，叔难呀！"说着自饮了一盅，重重地把盅子搁在桌子上。

赵山看郭掌柜紧紧锁住的眉，不知说什么好，粮店明明有粮，不知何因，不能满足郭家的需求。粮店的摊子大，用粮的地方多，掌柜肯定考虑的多，再说郭家又没签契约，怎能先满足他们？想到这里要接受上次"引见"的教训，不能说三道四，自己也是粮店的人。想到这些，他在安慰的语气中带了几分维护其主的意味，浅浅一笑，温和地说："大叔，粮总是买到了，能过一关算一关，以后无非就是多跑几次嘛，能买到粮就行。我们掌柜也不容易，你想，外地人在这里开店，各路神各路仙，不拜到行吗？也难呀！不说这些了，来，我们三个碰一下。"

三人碰后放下酒盅，成尚赶忙为赵山的盅里斟满酒。

赵山觉得刚才的话有些生硬，忙又加了一句言不由衷的话："大叔，以后有用着我的尽管说……"话音刚落，又觉后悔，上次不懂规矩的"引见"，不是受到掌柜训斥了吗？自己又叹了口气，在心里自己安慰自己：酒桌上的话何必当真？说说而已。

郭家父子却为之感动，成尚立马举起酒盅说："为赵山弟的情意、善良干一盅！你这个朋友我交定啦！"他们干了。

郭掌柜也举起酒盅："山子，老叔为你这忘年交高兴！你年轻，掌柜器重你，前途大着呢！今后为我们露点消息就可以了，和叔干一下。"赵山又干了。

酒在山子嗓子里开辟的酒渠彻底畅通了，辛辣没了，感到的是香，是需要……他浑身发热，脸面发烧，眼睛发迷，头脑发涨，恍惚，飘然，亢奋……一种欲念即起，想喝，想说，尤为想哭，他打了一个很响的酒嗝。

他也不那么拘谨了，反而感到自己就是老大，抄起筷子，直捣那条还没动过的红烧汾河鲤鱼，攥起一大块塞在嘴里，慢慢地咀嚼，仿佛在品尝，喉结很夸张地上下移动后，迷蒙着发红的带有股自傲神气的双眼，盯着郭掌柜说："大……大叔，这鱼烧得味……味道差……差远了，我……我们王府……府上那厨子……厨子烧……烧的松鼠鱼才……才叫……叫那个棒呢……！哈哈哈……"他大哭起来。

郭家父子看着赵山通红通红的娃娃脸,知道他已经喝多了,对他刚才说的话懵懵懂懂,有些想笑。郭掌柜十分关切地说:"孩子,你喝多了,歇一下,我们吃碗肉丝刀削面。"

"我没……没喝多,今天高兴……高兴,来来……最后……最后碰……碰一下,吃刀削面……面。"赵山举起面前的酒盅。

成尚迟疑地看了父亲一眼,缓缓举盅,三人碰了,喝了。

"哈哈……哈哈……"赵山大笑,"告诉你……你……你们,粮店开业……开业那天你们醋坊不签……签契约,缺……缺粮了吧?……傻帽了吧……哈……哈……"操的京腔,带有讥语。

郭家父子一头雾水,深感狐疑,没有打断赵山的醉话,急切想听到下文。

"告……告诉你们,李家势大……大得很,才来不……不到一年,把平……平阳府的粮……粮全霸了,盖冒……盖冒啦!叔……叔……,我实话……告诉你们,这种霸……还……还不如李……李家在京城……京城的一毛……"赵山顿了一下,凑到郭掌柜耳边喷着酒气继续说:"叔……叔,要和李家……李家拉上关系,不拉今后真……真不好说,我赵山……"他拍了自己的胸脯几下,"可告……告诉你大叔啦!哈哈……哈哈……"放纵地大笑起来,拿起酒盅仰起脖子倒在嘴里。

放下酒盅,赵山迷蒙的酒眼,直愣愣地看着郭家父子,突然哇一声哭了,哭得稀里哗啦,边哭边说:"我苦啊!命……命苦啊!十三……十三岁……被大伯卖……卖进王府,现在……逃难……逃难……到这里……这里,爹……娘……啊!命苦啊……啊……啊!"赵山哭着哭着睡着了。

郭家父子蒙了,迷惑,蹊跷,猜疑……

第十八章

五十石粮顶了四十多天,又没粮了,郭有才去了粮铺三次,都空手而归。

他今天刚跨进自家堂厅门槛,就摘下黑府绸瓜皮帽子,狠狠地往靠背椅子上一摔,一屁股坐下,憋着气,又有几分可怜地骂了一句:"日你奶奶李家,真的要我的命呀!"抓起桌上锃亮的白铜水烟袋,本想拔出烟芯杆吹一下,不知是何缘故却猛地吸了一口,浓郁的油烟水吸了一嘴,"呸……呸……呸……"直吐。里屋的夫人听到动静,赶紧下炕,掀帘,恰巧看到自己当家的尴尬的一幕,"呀呀呀!我的当家的,你这是咋的啦?"随即端出碗净水,让当家的漱口,又端出一铜盆热水,让洗了洗脸,就从桌子上拿过水烟袋,颠着小脚,进里屋拾掇去了。

儿子成尚听到父亲回来的声音,从自己东房里三步并作两步地进了堂厅,急火火地说:"父亲,买到了?……"看老父亲的脸什么都清楚了,后半截话憋了回去,心想,都三次登粮铺门了,这次怎么又白跑了?随后说:"给您冲一壶花茶?怎么回事,不是说好的吗?""谁知他们日的什么鬼?老说粮没到,鬼才信呢!"说着接过儿子倒的一小碗茶水喝了一口,抹了一把嘴。老夫人走出里屋,把擦干净的水烟袋和点燃的纸捻子递给郭老爷。他从水烟袋烟盒里捏出一小撮烟丝,捏成小丸蛋,按进烟杆子里,把燃着的纸捻子对在烟芯杆上"咕噜噜……咕噜噜……"抽起来,烟雾从他鼻孔和嘴里喷出,似喘粗气的老牛。他拿出烟芯杆,对着烟芯杆屁股"噗"猛吹一下,烟灰从烟芯杆里射出,划了一条弧线滚在堂厅的砖地上,像是被烧焦的昆虫冒着青烟。他随手又从烟盒里边捏烟丝边说:"日他奶奶,这驴日的李家不知日的什么鬼!……"没说出后面的话,只听"咕噜噜……咕噜噜……噗……"接着说:"说是从河北进粮还没有到,我根本不信。听赵山说,驴日的正在跟赵城张家谈供应粮的事,契约都快签了，这是没粮吗？"说到这里，啪一声，重重地将水烟袋往桌子上一放，愤愤地说："赵城张家代代都是坏尿，肯定在李掌柜那里垫咱们的乱砖瓦块啦！"说到这里，郭掌柜想起三十六年前一桩事，他那时刚刚进醋坊，帮爷爷和父亲干活，不到二十岁。

万历三十七年，过年不久，在民间突兴起饭前喝口醋之风，说醋可以化食、解毒、健体、治百病、长寿，一时饭前喝醋之风迷漫全国，人人喝醋，顿顿饭喝醋，宴宴桌上喝醋，喝者智，不喝者愚，文仕圈里喝醋者有学问，百姓堆里喝醋者精明，连叫花子怀里都揣着醋壶。这股喝醋风，据说是万历皇帝导发。过年，万历帝高兴，多吃了几口年夜饭，第二天引起积食腹胀，食量减少，太医用尽药方，不见好转，精神日渐萎靡。一日早上，宫女将一小碗醋误为汤药送于帝前，皇帝昏昏沉沉喝下觉不对味，发现是醋，大惊，认为前朝宫女弑君之事再发，立即要将宫女凌迟。宫女喊冤，大臣要查幕后唆使之人，随即将其打入锦衣卫死牢。谁知皇帝中午进膳，食欲大开，食后也没有积食腹胀之感，精神明朗。万历皇帝还算明君，即刻传旨亲鞫宫女，结果实属宫女误醋为药治好了皇帝的病。经太医确定，醋确有消食健胃、解毒散瘀、除疲抗衰之功效。宫女无意中用山西醋治愈了皇帝的病，皇帝大喜，擢升宫女为内宫膳食局女官，山西醋为御醋。之后，万历皇帝进膳前必食醋一小勺。此事传出宫后，百姓如法而行，由此大明天下掀起喝醋之风，山西的醋也威震四海，名扬天下。

平阳府临汾城东郭家醋坊，早在大明隆庆年间建成，生意一直平平淡淡，这一年喝醋风刮起，醋坊由原来的五口发酵瓮，一下子增至二十口瓮，醋还是供不应求，白银也哗哗流入。就在此时，郭家远房亲戚，赵城张庆兴登门，非要让将做醋之法传授于他，还要郭家帮办醋作坊。郭家厚道，还真帮张家建起醋作坊。开始两家相睦和谐，互通有无。可张家醋就是卖不过郭家，郭家也上门调整过做法，认为赵城水有问题。张家却猜测郭家没有传授真法，积怨在心，恶念遂起。一次郭家暂缺醋曲，借用了张家两车，使用后，郭家的二十口瓮中醋糟全部发白生蛆，臭气熏天，郭家近两个月无醋可卖，五十石高粱米成为粪土，后得知是张家有意在醋曲中掺和了盐和碱。郭家上门问缘故，张家没有丝毫愧疚之感，反咬一口说郭家诬陷了他。郭家一气之下，拿上张家借给他们剩余的曲告到衙门。张家在衙门使了钱，官司打了近一年，不了了之。郭家用了两年光景才使醋坊恢复原样,而喝醋之风已飘然过去。从此,郭、张两家算是结下了仇,代代相传。

那年,郭有才年轻,刚入道,但也真切地看到醋坊遭暗算后的颓败和父辈为复原醋坊的艰辛过程。在他心里,张家的根子是恶的,是以怨报德之家。现在,在缺粮的节骨眼儿上,张家出现了,真是冤家路窄。

他想,前几次到粮店尽管卖给的少,还算有,但张家出现就停了,张家肯定使了坏李家粮店才不卖粮给郭家,再没粮,醋坊真要停产了!在爷爷、父亲手里,即使受到张家的暗算,也没有停过呀!再想想庄稼地里不死不活的麦苗,清明节都过了,还是快快的没有返青的样子,醋坊这次如果因没粮而停,何时能开?他不敢往下想了!额头上渗出密密的汗珠。粮!粮!粮!醋坊!醋坊!醋坊!……"嘭"一声,他攥紧的拳头在桌子上狠狠地砸了下去,桌上的水烟袋被震倒,一只装着几根香炷的瓷花瓶滚下桌子,先掉在左边的靠背椅上,又翻滚到砖地上,却没碎,是花瓶底先着地,后又倒在先着地的香炷上。老夫人赶紧拾起花瓶,扶起水烟袋,擦了擦小茶碗里溅出的水,小心翼翼又心疼地唤着:"老爷,老爷。"成尚不知所措地站着不敢吭声。

"你们出去,出去,让我一个人坐会儿!"老夫人听到这粗暴的喊声,先一怔,然后拉着儿子退出了堂厅。

堂厅即刻沉入幽静,郭有才的心里空洞洞的,空得仿佛没有了五脏六腑,只剩下一张人皮,如果人皮没了,这不是鬼吗?是应做一次鬼。他脑子里浮现出赵山的话,"王府","逃难","这种霸还不如李家在京城的一毛",还有赵山那纯正的京腔。难道李家真是从京城逃出来的朱皇帝后人?传说从京城逃出的皇家后人已散在民间,这李家就是一股吗?满洲鞑子一面大用明朝的官员,一面又追杀朱家后人……他心里猛地闪出一个可怕的念头:报告衙门,赶走李家。想到告官、捕人、审问、拶刑、杀人,——都将由自己引起,不由打了一个寒战!郭家辈辈人都没有干过伤天害命的事呀!这样的鬼不能做。不就是缺粮吗?他又想李家和郭家也没有什么过节,更谈不上怨恨,李家开业时还上过礼银,一个买粮,一个卖粮,他们也没有必要卡郭家醋坊呀?李家也可能真的缺粮,他们摊子大,签的契约多,不能违约吧?但就怕张家这恶棍垫砖瓦片子,坏了我郭家的名声,李家有粮也不先卖给郭家。不行,再走一趟,问个究竟,或许有办法,哪怕少买一点呢，使醋坊不至于停下来。他倏然闪出一念，那只瓷花瓶从桌子上掉下来，竟然没有瓶？这是好兆头！想到这里，他轻松了许多。

"成尚，成尚。"他慢声慢调地唤儿子。

儿子搀着他娘惴惴不安地进了堂厅，疑惑地看着父亲那张有了宽松之色的脸。

"我说，醋最近卖得咋样呢？"郭有才很和缓地问。

成尚见父亲问的是生意上的事，心里安稳了，忙答："父亲，近些日卖得还可以，库房压的醋能出去一半，可能是过清明节的原因吧！"

成尚的娘见此情景，喜得忙说："老爷，你们说，我给你们换壶茶去！"

"不啦，你给我们弄饭去，我和成尚到淋醋坊去看看。"

"行。"老伴爽快地应了一声，便召唤用人去了立炉，心里想，只要老爷不发愁就行！

谈了近一个上午，契约总算签了，弄得好一年可卖二百石粮，赚十两银子，利真薄呀！李家粮店的掌柜李致胤看着那张麻纸签的契约，苦涩地浅浅一笑，仔细再看。

契 约

平阳府赵城城南张家醋坊向平阳府临汾城贡院巷李家粮店购粮约：

一、李家粮店每月卖给张家醋坊十石高粱米、五石大麦，每月初五，由李家粮店雇车送至张家醋坊粮库门前，雇车费用由张家醋坊当天支付；

二、张家醋坊收到李家粮店粮后，当日结账，不得拖欠粮店粮钱；

三、张家按低于市面粮价一成二结算李家粮店粮钱；

四、李家粮店没有按约定日期将粮送到张家醋坊，李家粮店按张家醋坊每日所产醋量的双倍赔偿；

五、张家醋坊拖欠李家粮店粮银钱，李家粮店有权断绝卖给张家醋坊约定粮，张家醋坊不得有异议，且张家按第六条规定赔偿数赔付李家；

六、一方若有意停止契约，务必提前三个月告知对方，双方不得擅自停止契约执行，违者按结算粮总银两十倍赔偿对方；

七、李家粮店从三月起正式向张家醋坊供粮。

两家严遵契约，若有异议，酌情商谈，商谈不通，讼官衙断。

平阳府临汾城贡院巷李家粮店掌柜　平阳府赵城城南张家醋作坊掌柜

李致胤（印章）　　　　　　　　　　　张会平（印章）

签约地点：临汾城贡院巷李家粮店

签约日期：乙酉年二月二十二日

红殷殷的朱砂泥印章、手印，十分醒目。致胤想，这份契约真费神，从谈起到签订，足足有一个月的日子。张家醋坊掌柜张会平太难缠，送粮雇车费用非让粮店承担，粮店卖一石粮才挣三十文，若承担送粮费用，就成赔本卖粮了。最后不送粮了，改由张家到粮店拉粮，可张会平又算了一下，这样做，费人、费钱、费工，最后还是承担了送粮的费用。凡和李家粮店签约户，买粮都以低于市面价一成结算，张会平非要低于二成结算，最后让成一成二。

致胤又反复看契约第三条，忽觉有欠妥之处，忙对着晋五说："晋五兄，你再读一下第三条，像有欠妥之处。"晋五接过契约，看不出有什么不妥。

致胤说："按低于市价一成二结算，市价谁定？这里没有说清楚，张会平是个绝顶精明的人，真怕他在此条上做文章。"

晋五马上警觉起来，拿着契约，蹙着眉说："掌柜的，您这样一说，还真是有些欠妥，如果他要按赵城市面价结算，有意控制压低赵城粮价，我们非吃亏不可！我看这张会平是个鬼鬼。"他盯着那张契约没有放松。

"当时要是加一句，'按临汾县衙提供的市面粮价为准'就好啦。"致胤来回踱着，不自觉地拍了一下自己的后脑勺。

"掌柜的，有了！"晋五眼睛一亮，"签契约的地点是李家粮店，当然要以临汾城的市面价为准。退一步，两家冠名都是平阳府，也是要按平阳府市价结算，不可能是赵城价。"

"最好不要出这些麻烦事情。"致胤听了晋五的话放心了些，但是心里还是在打鼓，悻悻地说了一句。

晋五也嘟囔了一句："这份契约不应该签。"

是的，按晋五的意思，应舍弃，但致胤想的是，拾到篮里都是菜，积少成多嘛。想到这里致胤稍有些宽慰，把契约放在桌子上，来到柜子前，取出一坛杏花村的老汾干和两个酒盅，斟满："晋五兄，来，碰。"将一盅酒递于晋五，这是他们的规矩，每签成一份契约，总会碰一盅酒。

刚放下酒盅，门帘儿掀起来，进来了城东郭家醋坊掌柜郭有才，他们俩对视了一下，致胤礼貌地招呼郭掌柜说："叔，坐，坐，坐。"

晋五赶紧倒茶水，哈腰说："郭掌柜，喝茶，喝茶！"

郭掌柜连看都不看晋五端来的茶碗，坐下赔着笑对致胤说："掌柜的，能不能给我们挤出二三十石粮，你可不能让醋坊断气！"似乎在央求。

致胤看着郭有才那张发愁的老脸，思量，昨天来过，今天又来，确定他们醋坊缺粮紧迫，同情地安慰道："大叔，昨天不是说清楚了吗？粮食回来先给你们醋坊，就这几天，等等！"

"李掌柜，发酵瓮已经空出十几天了，我昨天下午到淋醋坊转了一圈，再有七八天就全都停了，李掌柜，你摊子大，哪怕先挤压出来十几石呢？实在没办法啊！"

致胤对郭掌柜老汉央求的诉说真不知如何应对，动了恻隐之心！但要拿粒粒粮食说话，难呀！有秦、致禛大哥去河北购粮近一个月，捎信回来说这几天粮就到，他的心里也急呀！转过身又思量如何应对这老掌柜，怔着没说话。

致胤默言无语，老掌柜认为李掌柜被他说动，继续唠叨："李掌柜，当时，我要和你签了契约，你现在不是还得卖给我们粮吗？你就当我们是签了契约的醋坊吧。"他太得意这段有道理的话了，你李掌柜顺水推舟给我挤出十几石粮就行了。

谁知致胤没有按他的话意去理解，反而引起对老掌柜当初不签约的回忆。当然现在不能再提，但很有必要对老掌柜的话做一番解说。致胤刚刚因老掌柜可怜巴巴的央求产生的那点恻隐之心不翼而飞，换了一种心理对待老掌柜。

致胤温和地说："郭掌柜，您要签了契约，粮店理所当然要如数卖给你了，不让你操这份心，这是规矩，是诚信。现在不是不卖给你粮，但如果卖给你粮，就必使签契约户有可能买不到粮。要是有粮，卖给你多少都可以，现在粮店也缺粮，我们要先满足那些签约户，这是诚信！郭掌柜，你也明白这个道理。"

一个心眼儿要买粮的郭掌柜，并没有理解致胤讲的道理，但从话中听出的意思是粮店有粮，就是不卖给他，和签契约没多大的关系。挤出十几石能影响粮店什么诚信不诚信？他忽然想起，李家粮店刚开业时，自己一下子就买了一百石的粮食，还不是为了你粮店。现在你粮店大了，成气候了，称霸了，左一个契约，右一个契约，左一个诚信，右一个诚信，难道一点情意都没了？我的老脸已经在你粮店晒了三次了！真是不值！他像只老公鸡气呼呼地呆在那里。

无所适从的郭掌柜瞟见桌子上一张麻纸写着"契约"二字，下有密密麻麻的小字，再仔细看，有"平阳府赵城城南张家醋作坊"字样，像被蝎子蜇了一下，惊觉起来，再往后看，有"张会平"三个签字，脑子里开始嗡嗡嗡作响。怪不得，刚才进门打照面儿的张家年轻的孙子张会平得意的样子，又想到李掌柜刚说的"没有多余粮"，没粮怎么又新签契约呢？还是有粮。我待他李家也不薄呀，为何就不卖给我粮？这张老脸真不值钱？气人！欺人呀！顿时脸涨得通红，郭掌柜忽地拿起那张麻纸，在致胤面前晃了晃，激动地说："李掌柜，没粮！没粮！这不，你们又和赵城签约了，给我挤十来石粮，都不卖，和你们要签契约，你们一推再推，李掌柜，我哪里得罪了你们李家？你们欺人啊！"麻纸在他手里抖动，话音节节攀高。

致胤被郭有才的话噎得实实的，愣在那里半天，心想，刚才脑子里盘算如何先挤出十几石粮给他，这老汉岂有此理，我和谁家签约和你郭家有何干系？再说是三月才供粮，有粮何不供粮？也不看，竟说我欺人！冷笑了一下。粮店开业半年来，自己牢记姑母之嘱、长兄之托，以仁义取财，以诚信交人，以平等贸易，何时做过欺人之事。蓦地，他又想起张会平的话，"和郭家打交道要谨慎，郭家先辈诬陷过张家先辈用坏醋曲使坏"。这郭有才竟是此等人！随即，心头大气，嘴角微微颤抖，从椅子上站起，尽量压住胸口闷气，缓缓地一字一顿地说："郭有才！"他已经从"大叔"到"郭掌柜"再直唤出比自己大出三十几岁的郭家醋坊郭掌柜的姓名。"听着，你酿醋，我卖粮，各做各的生意，各走各的道，相互不犯边界；我卖粮签契约，不必听谁的，卖给谁我情愿；你卖醋，我更不想知。你买粮酿醋，可到任何粮店去买，平阳府粮店几十家，太原更多，我们不管。你现在来我们粮店买粮，欢迎，你要买几升几斗，请到门面大厅去买，要买上十石粮，本粮店没有那么多，听清了吧？晋五，送客！"出口后，致胤实觉得生硬绝情了，但说出的话，泼出的水，已无法收回。

要了一辈子面子的庄稼汉小作坊主郭有才蒙在了那里，他满怀买粮希望而来，没想到是这样的结果。"送客"——像无情的鞭子抽在他那颗年迈的心上！不就是想买十几石粮吗？至于这样抽我吗？心里像堵了一大块石头，沉重！沉重！压得他迈不出离开这里的脚步！

晋五猫着腰去扶他，他眼一瞪，射出的光怕人。

他昏昏沉沉坐上回家的轿车，脑子塞的全是李家粮店掌柜严肃厌烦的面孔，还有像鞭子抽出的"送客"……"送客"……"送客"的声音！断了，彻底和李家断了！

他痴痴呆呆望着神龛里醋祖黑塔神像，黑塔祖神眼瞪得很圆，眼睛里是一颗珠子，亮得让人生畏，又给人信心。郭掌柜回来就到黑塔祖神像前烧香跪着，香炷青烟缕缕，默默祈祷祖神保佑郭家过了这一难关。明天赶快去霍州、太原买粮。

他不知怎么写就的告发信，写完他愣愣怔怔地看着麻纸上那两行字：李致胤李致呆李致禛甲申年五月到驿寨村，口音京腔，是朱皇家后人，李家粮店伙计赵山为证。涉及赵山的字又被用墨笔抹了。已是掌灯时分，在昏黄的油灯下，他紧锁着眉，蹙得眉间鼓起一个疙瘩，不能牵连赵山这孩子，帮过忙哩，他在心里想。

他清楚告发信送出的后果，他李掌柜不是说各走各的道吗？他霸了平阳府的粮食，没有郭家的活路。如此断了，没有了牵挂，把李家赶出平阳府。信不能送县衙，送府衙。他如此思谋着。

他又犹犹豫豫起来，他太知道后果了，太可怕了，昏黄的油灯摇曳起来，晃得他眼睛发花，眼前一片模糊，揉了一下眼睛，还是模糊，无名火起，"啪"，把笔摔在麻纸上，洇一个大大的黑团……

第十九章

　　一顶蓝呢小轿在城南的官道上向南快奔，惊得路旁叽叽喳喳的麻雀耷的一声飞得老远，轿子的主人何鸿烈还是火急火燎地催轿夫："快！快点！快点！"

　　何师爷是先去的李家粮店。他径直推开致胤的房门，尽管晋五点头哈腰在后面说："何师爷，掌柜没有来，大早晨从驿寨村押着粮车去了城东醋坊和酒坊。"他还是在屋里转了一圈，出门，脚还没踏进轿门槛，急火火地说："快！城南驿站。"他还是沿用的老名字。

　　他在轿里脑子一直翻腾：李家真是朱皇家后人？

　　今天大早他迈进知府签押房，知府梁飞归绷着脸递给他半张麻纸。他接过后看见上面那行字，不禁大为一惊，手脚都在颤抖，强迫自己镇静下来，略加思索，漫不经心地把半张麻纸放回文案，浅笑着说："东翁，这种首尾不明、没有落款的信，凭京腔、往来的日期，说是朱皇家后人，再没有佐证，难以让人信服。我思虑一是李家做生意得罪了谁家，有诬陷之嫌，可再等等，看有没有证据来。二是这种首尾不明之信件，可理，也可置之不理。理，可派人密查，有头绪后，方可行文上报，可得上司赞誉，办事缜密；不理，束之高阁，若是真的，还会来新的信，再查不迟，若假，这说法自然消除。东翁，现是朝廷稳固之期，切不可多事，平静无事就是政绩啊！"

　　知府听了这语重心长的忠告，特别是尾语中的"稳固""平静""无事""政绩"，颔首采纳了他的主张。随后，何师爷以夫人染了风寒为由，告假出了府衙。

　　何师爷这时，在轿里仔细回忆着和李家相识的前前后后，包括每个细节。这李家办事气派，出手阔绰，交往仁义，感觉有修养，有学问，有礼节，是大家之风；可是，从李家人言谈之中，又没有朱皇家后人的一点蛛丝马迹，口口声声称自家是京城福祥丝绸店王府井街分店的主家。一般大的商贾之家，也有这样的风范呀，他不自觉地轻轻摇了摇头，自言自语："不像！……"

他又想起去年腊月初五爱女订婚日。那天长空万里无云，清蓝得诱人，太阳毫不吝啬地把光暖洒得满地都是。他们心也像天空一样亮堂，像太阳一样暖和。全家三口到驿寨村，李家一大家在村东口迎接。女儿小莺那天穿一件红牡丹花丝绸连衣裙，映衬得白皙的脸庞十分红润，两弯淡淡蛾眉下一双大眼似两泓清澈的泉水，眉眼间总是微微流溢着羞涩的笑。真是一朵含苞待放的花儿，纯净，明洁，可人。李家老夫人，一见就喜爱得不得了，拉着女儿纤细娇嫩的小手没有放下，问这问那。小女总是微笑着，敬爱温和地答，或"嗯"，或点头，或摇头，没有一句多余话，显得礼貌，懂理，亲人。何李两家订婚喜筵设在李氏堂屋，一直到太阳西照才散罢。当时酒喝了不少，他看着爱婿李致胤相貌英俊、风姿潇洒，爱女小莺清秀可人、娇美如仙，真是天地相合，天生一对，从爱女眉间透露出的喜容羞涩，可知女儿满心愿意。

他长长叹了一声，不相信有这档子事，心里烦乱极了。致胤是他一眼就看上的，自己眼睛不会错，女儿有依靠，自己这把老树根也就有了依靠！这……这不可能……肯定李家得罪了谁家啦。

他蓦然想起在女儿订婚筵席上，李家老夫人穿着带有红梅花刺绣的锦绸棉袄，中间嵌着熠熠闪光的金丝线，这样的做工只有杭州皇家织造局方可制造，难道李家真是朱皇后人？心中又冒出恐慌中带有欣喜的奇怪念头。女儿配与前明皇家后人也是值得炫耀的事。他又想，福祥丝绸店的主家，什么样的丝绸买不到？不管是真是假，此事非同小可，必须告知李家，早做准备，有事儿消事儿，有灾消灾。

"老爷，到了。"轿夫停轿告知何师爷。何师爷跨出轿门，走得急踩着袍子的前襟，打了一个趔趄，轿夫扶了一把。他急匆匆到了李家门前，将门板拍得急。

开门的是致杲。他看见何师爷急呼呼的样子，吃一惊："哟！何叔，您怎么……？"

后面的话还没说出，何师爷一把推他进了院里，急切地说："你姑母在家吗？快！有急事相告！"

有秦是昨天上午押着五十辆粮车进的驿寨村。致禛哥没有一同回来，后面还有一千石粮食要陆续拉回，高兴得致胤向老太太不住唠叨："这下可好啦，可好啦，不担心啦，人情账可还了，顶到麦收没问题啦。"

当天五十辆车的粮进了粮店的账，前三天和城东郭家醋坊掌柜闹出的不愉快一直像一把蒿草堵在致胤的心里，回想起来还是自己太年轻气盛，郭掌柜说的那些话不还是想买粮吗？哪里来的恶意呢？反而是自己说的那些话太绝情，是自己的过错啊！

自己说过，粮回来先给郭家醋坊，要说到做到，这也是诚信。他要亲自把粮送到郭家醋坊，消除和郭家的小过节！他思量着，一句话多交一个朋友，一句话也可堵绝一条路，做生意嘛，多一个朋友多一条路不更好吗？要那些面子、虚荣、夸耀有什么用？生意讲的是仁义、诚信，那天太稚气啦！一定要亲自送粮到郭家！

今天，大早他就让赵山将四十石粮分四辆车装好，郭家醋坊和东山酒坊各两车，刚吃过早饭他就出发奔城东郭家庄，然后再进东山酒坊车掌柜那里，车掌柜已经约他多次了。

赵山押着粮车，致胤专门骑了匹枣红色的骏马，觉得吉利。

他们没有走官道，而是出驿寨村东口上坡，沿着村与村相连的乡道，过贾舍村，穿方村，估计巳时可到郭家庄。致胤想，交付给郭掌柜粮，喝口茶，向郭掌柜道歉，上路，再翻过两个山梁就可到东山酒坊，午时和车掌柜喝酒，完成送粮，酉时可返回粮店，稍加歇息，带上有秦哥从河北带回的翠玉镯子去何师爷家，将玉镯送给未过门的小莺，今天是她的生日。想到这里他心里美滋滋的，浑身发热，笑了，催踢了一下枣红马的肚子，一溜烟儿蹿了出去。

"掌柜的，我们粮车赶不上啊！"赵山喊道。

致胤在马上回过头瞧一眼赵山，飘出一串"哈哈哈"的笑声，笑声在空旷的田野返青的麦苗间回荡……

巳时赶到了郭家庄，致胤下马把缰绳拴在树上，兴致勃勃地来到郭家醋坊发酵场。

发酵场周边，两棵桃树花开得热烈，真是红一树春闹人呀。发酵场一口口空瓮恓惶地摆了一排排，像在不停地发出饥饿的呼喊。这般景象与盛开的桃花极不相称。

致胤看了一眼，心中充斥着一种复杂的激动，向对面屋子大声喊道："有才叔！有才叔！"

不知是致胤声音的振动，还是刮来一股风，桃树上的花瓣纷纷落在空洞洞的发酵瓮里——粮来啦！就要填满吃饱了！天花散开喝彩！

他又喊了一声："掌柜叔！"

从对面的屋里走出郭有才的儿子郭成尚。他裹了件黑粗布的棉袍子，致胤刚想拱手叫一声"有才叔"，对面先热情地开了腔："哎呀！是李掌柜。贵客，你怎么有闲空登我们的小作坊，快快快！过来屋里坐，喝茶！"成尚拱手作了一揖就把致胤往屋里请。

"成尚兄呀！"他忙拱手还礼，绕过桃树，来到成尚面前，继续说："有才叔呢？粮店外购的粮回来了，昨天上午到的，和有才叔说好，粮回来先给你们醋坊送二十石，这不，昨天下午过的账，今天上午我就送来了，说了就要算数。"

"李掌柜，及时呀！蒸料房都停了十几天了，我正在那里清扫呢，你的粮就到！我爸这两天急得到处转，去了霍州、灵石，都空手回来，今天一大早就出门，不知道哪里去了。李掌柜先进屋喝茶，今天就这儿喝酒，说不定我爸一会儿就回来。"

"成尚兄，酒就不喝了，有才叔回来，一定告诉一声，那天在铺子里说那些话是我的错，我年轻不懂人情世故，惹有才叔生气了，今天送粮上门，算是负荆请罪！呵呵……"致胤笑着爽快地说。

真诚恳切的话，让成尚深深感动，他向前紧握致胤的手，半天不知道该说什么才好，最后说："李掌柜，你说到哪里了！说到哪里了！"

正说着，赵山赶着两辆车，已经到了。致胤上前摸着车上装粮的袋子说："成尚兄，今天拉的全部是高粱，下次给送些大麦。赶快卸车吧，我刚才路过发酵场，看见那些空瓮，让人心慌！"

"李掌柜，这粮账……？"成尚忙问。

"哦！让赵山留下，按老规矩结账，粮价赵山告诉你，这次收的粮便宜，粮价也降了些，我还要到东山酒坊车掌柜那里送粮，就不多留啦！成尚兄。"

说完他走到枣红马前，成尚说了一句："真是匹好马！"致胤拍了拍马脖子，跨上马背，向成尚一拱手说："成尚兄，一定来粮店喝酒！我等你！"用鞭子在马屁股上轻轻拍了一下，两腿一夹，出了郭家庄，往东山酒坊送粮的车队去了。

东山酒坊掌柜——车志成，别看长得小鼻子小眼小个子，却是一位豁达爽快之人。见致胤亲自押车送粮上门，热情得像他酿的酒，充满热辣甘香的激情。

"哎哟！我的李掌柜，小老弟！真把你盼来啦！"车掌柜热情地说，"粮？让他们去卸，嗨！过什么，麻烦！你说多少就多少，账，叫他们到账房去结，我们到后堂去坐！"

"这羊是我们自己养的！菜是我们自己种的！酒是我们自己酿的！这几坛烧酒，是经我爷手放进山洞里的，年份五十年以上！今天不醉不放你走！走时将这两坛酒带上，带上！"

这顿饭吃得致胤天旋地晕，离开东山酒坊时太阳已经偏西。他醉醺醺的，翻身上马，车掌柜非派人送他，但他谢过好意，拱手告别。

迷离离望着越来越远的车掌柜，心里想，真是一位情深意长的朋友！若不是要去送玉镯，真愿酩酊大醉于坊上！

三月的天，临汾盆地平原间麦苗、树木、花草早已春色盎然，但山里还是一片灰黄萧条，料峭的春风卷起一层层黄土，把那些枯杨秃椿吹得东摇西摆，飒飒直响。

致胤搂着枣红马的脖子，脸伏在柔软的马鬃上，在山坡上"嘚哒，嘚哒"地慢行。一群不知什么鸟从他头顶掠过，"叽喳叽喳"地聒噪。他又摸了一把怀中揣的玉镯，心里涌起一股热流，脸微微发烧，放开马的脖子，两脚狠狠地夹踢了一下马的肋胸。枣红马受到刺激，撒开腿向山梁上冲去，再跨越一道山梁就是平原，临汾城也就在眼前了。今天一定把玉镯送到小莺手中！他甜甜地笑了！

致胤伏在奔驰的马背上，耳边风声呼呼作响，风中的细沙土粒溯在脸上，感到隐隐的寒痛。翻过了山梁，他有意放慢马，用手搓搓脸耳，忽然远处山坳里隐隐约约传来吵闹声和女人的哭声。开始他不以为然，后来发现越听越不对劲，好像是女人被拉扯的呼救声。他在马上手搭凉棚往山坳里望去，山坳深处悠悠暗黛，但树丛中影影绰绰有人纷乱晃动。猛然，女人的呼救声变得撕心裂肺，他再没有犹豫，拍马冲了过去。

远远就见几个庄稼汉模样的汉子，正在拉扯一个姑娘，姑娘被他们拉拽得头发蓬乱，衣衫不整。有一穿戴讲究的男人蜷曲着身子躺在草地上，一辆黑骡子驾辕的简易轿车，斜斜地停在山路一边儿。到了跟前，致胤翻身下马，大声喝道："放——开——！"

炸雷般的喊声，震得那些汉子不由得放开姑娘，转过头见是一位骑马的年轻人，立即又"卷土重来"。

"鸡巴！哪儿来的狗耗子？不想活啦？关你的尿事呀！"

出来说话的，像是他们的头儿。黑豆子似的眼睛贼亮，闪着凶光，两条半截眉分得很开，像断了身的毛毛虫爬在黑豆子眼上方，鼻子也小，鼻孔却毫无羞耻感地朝着你，煞白的脸盘子很宽，个头不高，很胖，像一揽粗的木桩子蹲在那里。

木桩子移到致胤面前，用冷酷的黑豆子眼瞅着从马上下来的怒气冲冲的年轻人，瞟了一下他牵的枣红马，然后轻蔑地嘻嘻一笑说："你想管是吧？好啊，拿银两来，不多，二百两，我们这几个穷兄弟等钱养家呢！"说完凶狠狠盯着致胤。

致胤是不想惹事，心想只要救得这位姑娘，息事宁人也好，习惯性地摸腰间掏银子，才发现自己今天走得急，没带银两，抬头对面前的汉子说："好汉！如果你信我的话，把那姑娘放了，明天我保证把银两送到这里！"他顿了一下，又说："我把这匹马押给你们，明日保证把银子送来！"

那粗木桩子汉子听了，从鼻孔里挤出冷笑："哼哼！你听！你听！这鸡巴毛猴子是个外路梆子，京城的吧？你那马值二百两吗？哈哈！"仰头讥讽地大笑，也引得其他人的一阵哄笑。接着说："哄人是吧？还嫩着哩！"他稍顿了一下说："外路梆子，小毛猴子，你可是自己送上来的。"他转头指点了三个人："你，你，还有你去，把那马给咱们牵过来。"又对致胤说："小毛猴子，你可以走了！这里没你的事儿啦！"

说着那三个汉子一起上来要牵马，可是三个人掰致胤的手要拿走缰绳就是掰不开，心里发虚。致胤心中的怒火一直在燃烧，强忍着在原地没动。三人见掰不开他手里的缰绳，猛地转身，两人扑地抱致胤的两条腿，一人从后面抱住致胤的腰，想把他按在地上。致胤心中的怒火噌地冒出，听他"嗨——"了一声，抬脚踢出，把抱腿的汉子踢出五六丈远，几乎同时顺势手伸向身后，猛地夹住了抱他后腰汉子的头，躬腰将那汉子摔过肩，再往前猛摔去，只听扑通一声，将那汉子平展展仰面拍在地上，"唉哟！唉哟！唉哟！"呻吟着打滚。

看到眼前这一幕，木桩子一身冷汗，惊愕在那里，半晌不吭声，黑豆子眼滴溜溜乱转，心里思谋着：这外路梆子真有手段。瞬时变脸向前一步，拱了一下手，诡诈地嘻嘻一笑说："小伙子，行！好身手！是条汉子！我看，咱们要真打起来肯定是两败俱伤，我们这些穷兄弟也是要钱不伤命。碰到了你这观音菩萨，这姑娘和这男人得救啦！我们依你说的，这匹枣红马先归我们，明儿上午原地等你的二百两银子来换马。"

致胤略加思量，舍财救命，息事宁人，爽快地答道："行，那你们牵走。"说着，把缰绳往那伙人中间一扔。

那伙人放开了姑娘，牵上马，又赶上那骡车，木桩子打了一个口哨，喊了一声："走！"一伙人嘀嘀咕咕地往山里走去。

姑娘被两个大汉放开后，哭喊着扑到躺着的男人身上，直喊："哥——！哥——！"

致胤急忙上前扶起男子，定眼一看不禁大为惊愕！啊！原来是申家饺子铺申玉生掌柜，急切喊道："玉生兄！玉生兄！"

申掌柜慢慢睁开眼，迷惑艰难地说："怎么……怎么……是你？"

正当此时，"哗"地冲过来五名汉子，从致胤背后将他仰面死死翻按在地上。

"哼！哈哈……"一阵自得的狂笑，是木桩子那该死的汉子，又听他嘲讽地说："外路梆子，就你那点能耐差得远呢，你想能便宜你吗？你搅了我们的好事，今天你也得出血，不拿三百两银子来，别想从这……"还没说出后面的话，但见致胤双腿屈起，脚底猛地往地上一反蹬，来了个虎背挺腰，"嗨——"一声大喝，忽地跃起。死死按他的五个汉子，没有防备，全都仰面躺在了地上。跃起的致胤，似雄鹰叼羔，两臂伸展开，双手就是锐利的铁爪，呼呼带风，从空中直扑在那里说话的木桩子大汉，双手迎面抓钳住他的双肩提起，双脚狠狠地直踹他的心窝。听那大汉"哇"一声，"嘭"，像粮口袋似的被撂趴在地上，嘴中喷出一口鲜血，抽搐抖动起来。

那些倒在地上的汉子见此状，脸霎时惨白，怔了一下，撒腿就跑，比兔子窜得还快，很快消失在大山深处。

致胤拍了拍双手，看了看大山深处，嘴角挂着轻蔑，冷冷笑了两声，又走到躺在地上的木桩大汉身边，在他屁股上狠狠踹了一脚，他"哎哟"了一声。致胤心想这家伙真结实，还活着。

然后，他来到申掌柜身边，申掌柜已经清醒，问来由，才知他们兄妹往年都随父亲回东山申庄，和族人同去祖坟扫墓。今年清明间父亲身体欠佳，忌讳参与这样的祭仪，今日兄妹劝阻了父亲，由他们代父进山，回了申庄扫墓。祭祖毕后，兄妹又和同辈的弟兄们吃饭喝酒，到后半晌，起身驾车回城，当走至此山坳丛林处，突然跳出五六个劫道的恶人，要过路钱，申玉生身上未带多少银两。恶人不知怎的知道他们是临汾申家饺子铺兄妹，声称不拿二百两银子休想走人。申玉生答应，但恶人要扣留妹妹，拉扯中，申玉生被打昏在地，正在拉扯申妹进山时，碰巧致胤救了他们。

申家兄妹万分感激致胤的搭救。致胤十分谦和，笑着说："玉生兄，现在不说这些话，我们赶快离开这里。"

致胤和申家妹妹搀扶申玉生坐在轿车里，由申妹照顾，又将枣红马拴在轿车后面，由他赶车上了山梁。

太阳已经落山，靛蓝色的余晖勾勒出临汾城黛青的轮廓，清晰展现在致胤眼前，他摸了摸胸前的玉镯，心早已飞到小莺的身旁。

第二十章

他们进临汾城,天已全黑,街上空无一人,街两边门面房里点着灯,灯光从门缝里射出,照在街面上,恰似闪动的银河。

致胤将申家兄妹送到饺子铺前,望了一眼自家的门面,没有进去,而是兴冲冲驱马直奔鼓楼西何家巷。

致胤将马缰绳往树上拴住,抬头看何师爷家的院门,不大,两扇黑漆门紧闭,门框两边蹲着石鼓,两层青石阶,顶部有伸出的带瓦的门檐;过年时贴的红对子和彩色门神像还像刚贴上时一样。

这座院他熟悉,今年大年初二拜年来过,现在周边安静得连虫鸣声都没有。他举手刚要叩门环,又放下,犹豫了,心想现在肯定过戌时了,岳父一家都已歇息了吧,明天再来!

走下台阶,他又返回,今天是小莺的生日,玉镯一定要送到她的手里!

"当当当……当当当……"他叩响门环。

开门的是老仆人,一见是姑爷致胤,脸马上充满了惊色:"啊!姑爷呀!快进来,老爷还没有睡呢!"

何师爷在堂厅听到是致胤的声音,忙跨出门槛。致胤刚叫了一声"岳父",就被拉进堂厅的椅子里坐下。何师爷将今天早上在府衙签押房看到告发他们是朱皇家后人的信,又如何到驿寨村把此事告知他姑母,详细说了一遍,最后又叹口气说:"本来让我说服了知府,放下了,谁知午饭后发生了意想不到的变化。通判到签押房办事,瞅见了那半张麻纸的告发信,马上向梁知府进言,这是大案,只能信其有,不能信其无,把人先押起来。当时知府要听我的主意,我说:'捕风捉影办案,不是知府大人的风格。若是,可获上司的赞誉;若不是,让同僚知道了,反成为他们讥诮攻讦的把柄。朱家后人何能落脚在平阳府？本就是痴人说梦之事！稳妥起见，还是暗查为上。'通判却提出，可以借查外迁人员来源之名，请他们一人来府问讯，府里再派人进京暗查。我最后说：'官府不能行公文，等有了眉目再行文告于上司，这样进退自如。'知府采纳了我的意见，即刻下令派了巡捕头到驿寨村，听说带回李家一年轻人，我还以为是你，正着急呢！"

致胤听到这突如其来的事，骇然失色，蒙了！脸紧绷着，汗珠在额前渗出，他不知如何办，也不知什么地方出了错，现在唯一能做的是尽快回到驿寨村，见到姑母和有秦哥。

何师爷看着致胤惶悚不安的样子，心里已清楚了七八分，开始七上八下起来。一份是惊，朱家后人如何能落脚在这里？想不来。奇！奇啊！这又是哪股的后人呢？一份是惧，总是与一大家人性命相关，还有女儿的终身！不由得一抖，打了个寒噤。还有一份暗喜，前明的举人，居然与前朝皇亲贵胄结为姻亲，不能不让人暗暗欣喜。他何某人有眼啊！再有一份是忧啊！他已经把信儿传给他们，李家如何应对呢？会出纰漏吗？李家能逢凶化吉吗？他实不愿往深里想了。自己总算是在官场，不是已经将事先压了下来吗？这后面如何帮呢？束手无策呀！

要知道内幕！对，知道他们李家的真相！问清来由。他看致胤这孩子，是个诚实、有心的年轻人，问问他。

"岳父大人，既然有这么多事，我得立即回到姑母身边。"致胤倏地站起来，满脸愁容地要告辞。

何师爷镇静地压了压手，用充满亲人般情感的目光，深深地看了一眼致胤，缓缓地说："胤儿，我问你句话，你一定要给老夫诚实回答。古人云：遇事，诚，解也。诚是对自己亲人而言。孩子，你们李家是朱皇家的后人吗？"

这句话如千斤铁锤砸在致胤心上。他对视着何师爷那渴望、和善、慈父般的眼神，没办法欺骗他！

寂静了片刻，致胤站起，到何师爷面前，慢慢跪下，双手搭在何师爷的膝盖上，双眼含泪，泪花背后透出对对方的信任和寄望。他说："岳父大人，我不能欺您老人家！不能欺小莺！我们是朱琮王的后人，是在李自成贼寇还没占领京城前逃出的……"

虽然，何师爷已经有了七八分的答案，当亲耳听到"朱琮王后人"时还是惶惧地一颤。但他还是稳住了，继续静静听着致胤诉说朱家艰辛的逃难过程。

最后，致胤说："岳父大人，我母亲谢世，是姑父姑母养育了我，父亲随姑父，在河北沧州遭遇鞑子兵围攻，已不在人世，自去年腊月初五订婚后，我就视您老人家为父亲。"说完，抽动着身子像孩子般趴在何师爷膝上"呜呜呜……"低声啼哭起来。

质朴、信赖、真实的倾诉，诚挚、纯真、动情的表露，儿子对父亲般的依赖，感动了老举人，他老泪纵横。何师爷颤抖的双手捧起致胤泪涔涔的脸，轻轻擦拭，爱怜地扶起跪着的致胤说："孩子！"女儿小莺这时突然从侧房里出来扑通跪在他面前，仰着满是泪水的脸，后面还跟着她母亲，央求着说："爸！爸！你要想办法救致胤！想办法呀！他有什么好歹，我就不活啦！"

何师爷疼爱地扶起女儿："傻孩子，我能不想办法吗？他是我选中的女婿呀！""去，到母亲那里，把脸擦擦！"深情地拍着女儿的手。

致胤看见小莺泪盈盈秀美的脸庞，又惊又惜又喜又爱，真想一扑将她搂在怀中。他忙从怀中摸出玉镯，双手捧在何师爷面前，声音有些颤地说："岳父，这……这是我送小莺的生日贺礼！"他又把玉镯捧到岳母面前。岳母指着女儿示意，他赶紧捧到小莺面前，温情脉脉地说："小莺，给你的生日礼！"小莺水汪汪眸瞳羞涩地流波，颦眉微微含笑，收下了玉镯。致胤激动得心都要蹦出来，深情地望着小莺。

何师爷看着这对恩爱的年轻人，心里充满慰藉，不由得憧憬自己老两口安详的晚年。

他亲切地对着致胤说："胤儿，你坐下，听为父再说。"致胤坐下。

"今天怎么这么晚到这里来呢？"

致胤将大早上从驿寨出发，送粮城东醋坊、东山酒坊，如何解救申家兄妹之事说了一遍，然后说："回来太晚了，到门口犹豫了，但今天是小莺的生日，这玉镯今天定要送到小莺手里。"最后这一句感动着何师爷一家。何师爷由衷地点点头，心里暗喜，洵属可贵！洵属可贵呀！女儿的终身可以放心了！

何师爷"哦"了一声，回过神，又语重心长地叮咛说："孩子，记住，你们李家就是京城福祥丝绸王府井分店的主家，是遭京城变故后逃出来的，这是你以前告诉我的，今天你姑姑也这样说，这是真真的真事！告发的那封信，没有证据，全是猜测，不能定案，再把今天下午事态发生变故的原因告知你姑母。"他停顿了一下又说："今天我问你是朱皇家后人的话，千万不能告诉你姑母，若告知，你姑母就没了底气，切记！切记！"

片刻后，他又说："呃！今天搭救的申家兄妹，那家女子，是平阳知府二公子没过门的媳妇，今年正月里才定的婚，他肯定要答谢，到时候我会从中说话。"

致胤点头应允，站起来说："岳父、岳母，我要回驿寨村去了。"然后深情地看了一眼在母亲身后的小莺，算是告别。

到了院门口，何师爷又附耳对致胤说："一定告诉你姑母，那封信是诬告，没证据，我会想办法的！"致胤点头，跨马匆匆离去。

致胤下马急切地推开门，护卫院门的人差点仰面倒在地上，定睛一看是致胤，急忙说："掌柜少爷啊！快到老夫人堂屋去吧！"

他跨进堂屋，但见灯光通明，姑母正襟危坐在方桌旁的椅子上，有秦坐在她的右下手，致呆媳妇彩云抱着几个月大的孩子坐在她的左下手，不住地哽咽，见他进屋，都不禁一惊。

有秦站起来关切地问："小弟，怎么这个时候才回来？让大家一直提着心。"

"姑母，大哥，二嫂，我下午往回走，在东山的山坳里碰到几个劫道的恶人，正抢劫申家兄妹，我打走劫道恶人，搭救了他们，就晚了，又到何师爷家给小莺送了生日玉镯，听何师爷说咱家事，回来晚了，让姑母操心了。"致胤自责地说。

"胤儿，不知我们招惹了哪路恶人，从哪儿来的信儿，告发了我们是朱皇家后人。下午太阳偏西，来了几位衙役，你有秦哥不在，把你二哥抓走问讯去了，现在还没有回来。"姑母心情沉重地说。

"姑母，我离开何师爷家时，他让我转告您一句话：那是没有证据的诬告，他会想办法的。"

老夫人略一思忖，又问："他没再说什么？"

他说："那半张没有头尾的告发信，本来被他压了，今天下午是府内一官员在签押房看见了,就向知府进言……"致胤一口气详尽叙述了何师爷告诉他的事情滋生、突变的原因,隐去了告知何师爷自己是朱家后人的事。

老夫人陷入沉思。这梁知府看来是一个没有主见之人,她太清楚在权力至上的官场中,这种人是最卑鄙、最恶劣的,是害人精。他们的卑鄙、恶劣和害人,都在于他们的没有主见。为了名誉,为了头顶上的缨帽,哪管证据有否?完全可以凭空捏造。无以计数的冤屈之案,不就是这样出现的吗?这也是贪呀,比那些贪金银的官员更坏。但凡这类贪名誉的无主见官员,哪个又不是贪财者呢?想到这儿,李氏在心里说:"看来又要破财了,舍财保平安是老理儿呀,有何师爷在衙门帮忙,定能好些。"想到此处,她强打起精神,看着致胤说:"上午,给家里人又说了一遍咱们李家是福祥丝绸王府井分店的主家,主店在棋盘街,店老掌柜叫李兆海,李自成贼寇攻占京城后,店铺被抢劫一空,老掌柜被杀害,李家分散逃出,五台山拜佛后,遵佛愿落脚安家于此地。记住!至死不变!"

致胤连连点头。

"明日,粮店照常营业,心里有冤怨之气,但不能有丝毫的惶惧之神!"

致胤挺了挺胸脯子。

李氏转过脸对着有秦慎重地说:"有秦,致杲今天很难回来,你明日,什么也不要干,到府衙找到何师爷,一定要请出梁知府。我们是买卖人,说买卖离不开金银,带上十两重的金锭,先给他一锭说是见面礼。半张没首没尾没证据的麻纸,就说我们李家是朱皇家的后人,笑话!想办法见到致杲,看关在什么地方,不能让致杲受一丁点委屈!"

她安慰致杲媳妇,温和地说:"云儿,致杲不会有事,我们是按佛指的路来到这里,佛定庇护着咱们。放心歇息去吧!"又转过头问:"胤儿,还没吃饭吧?让他们给你弄点饭。有秦,你也去歇息吧!我在这儿坐坐!"

李氏稳稳地坐在椅子里,一只手臂自然地放在方桌上,泰然自若地看着前方,在灯光的映辉下,如一尊神。

那日大早,郭有才来到平阳府衙前,两扇红色的宽大门刚打开,他就向前把那半张麻纸写的告发信,战战兢兢地递给站在门前的衙役手里,转身头都没敢抬，像贼一样匆匆逃走，听身后在喊："喂！哪个村的？叫什么？"他没有理会。他心里慌得要命，心跳得很急！他想能发生什么样的结果呢？唯一的希望是让李家粮店离开临汾城，特别是那位颐指气使的掌柜李致胤。千千万万不要全家都坐大牢，血溅刑场！我的老天爷啊！他的头猛地晕起来，不知是腿软还是地软，脚底像踩在软绵绵的醋糟上，跌跌撞撞往前走着。

他的轿车停在离府衙足有一里地的鼓楼侧边，没敢往前赶，不想让人知道他是谁，也不想让赶车的狗子知道他去干什么，现在怎么走也难以走到车前。

街道两边店门零星打开，伙计们忙着卸门板，郭有才发现这些伙计相互招呼着，好像还用手指他，又聚在一块儿瞧着他叽叽咕咕议论着，他脑子不禁想：难道他们知道了？告发这件事自己谁也没告诉，连家里人都没有说，肯定是那该死的衙役告诉他们啦！心里一阵乱，加快了步伐。

他来到轿车旁，抓住车帮子，心虚得很，不由自主地偷偷往后瞄了一眼。街上行人多了起来，但见人人脸都生冷得很，用鄙夷的眼神瞟他，指指点点，蓦地他心中一阵鼓槌乱敲，慌乱顿起，觉得砖铺的街面晃悠，鼓楼倾斜，往这边儿坍下来，精神恍惚了一下，整个身子软在车帮旁。

"老爷！老爷！怎么啦！怎么啦！"赶车的狗子慌忙扶起他，急切地喊着。

几位好心人围上来，帮忙将郭有才抬进轿车。他微微睁开眼，见有陌生的脸面，立马瞪大眼，惊恐地说："他们知道啦！都来指责我来啦！狗子！狗子！快离开这里！快！"

狗子松开车闸，"嘚"一声就将车往回赶。

出了临汾东门，狗子觉得老爷太怪了，往鼓楼西去时好好的，回来成了这样。他把车停在路旁，掀开轿帘往里瞧，只见老爷斜躺着，脸色煞白，眼睛紧闭，嘴里喃喃地说："都知道啦！都知道啦！我不是那个意思……"

狗子惊慌起来，急忙"嘚驾！嘚驾！嘚……"把车赶得飞快，往郭家庄驶去。

到了郭家院门口，车没有停稳，狗子跳下车，对着院子喊："少爷！少爷！"干活的伙计见他急火火的样子，说："少爷在蒸料房呢！"

狗子同几个伙计将郭有才抬进屋，急忙又往蒸料房跑去。

蒸料房里热气腾腾，几口大铁锅里水沸滚着，生出的雾气弥漫得宽敞的蒸料房白茫茫，影影绰绰可见伙计们忙碌着，有的在烧火，有的在淘粮，还有几位正用硕大的藤条勺,往圆木笼里舀淘净的高粱米,准备上笼开蒸……

狗子朝着白汽蒙蒙的蒸料房里喊:"少爷!少爷!"

"来了!来了!"成尚从蒸汽房中冲出。他用手掌揩了一把额头上的汗,忙问:"咋啦!老爷回来了?"

"快!走!老爷像是病了!"狗子拉住成尚的手就往家跑。

进了家门,成尚看见躺着的父亲脸色苍白,眼睛闭着,眼角边有一颗泪。他心里紧了一下喊道:"父亲!父亲!"没有吭声,他又附在父亲耳边,轻轻地唤着:"父亲!父亲!你在家里的炕上呢。"

郭有才像是听到了儿子呼唤,嘴唇嚅动,含混不清地说:"都知道啦?都知道啦?"

成尚诧异,见母亲坐在炕沿啜泣,安慰说:"母亲!不要紧!父亲这几天心里急,累的。"转过身吩咐下人说:"去端碗热水来,放些红糖,让老掌柜喝口甜水。"他又对狗子说:"狗子,赶快去东边请郭大爷来,快点儿!"

郭大爷是郭家庄很有名望的长辈,八十岁开外,早年在太原府衙医房帮忙,长年累月,耳濡目染,也懂得一些行医的学问,年事渐高,回村后,常为乡亲瞧病,慢慢有了名。他银发白眉白须,容色红润,精神矍铄,刚跨进堂屋门槛便问:"成尚老侄子,怎么啦?"

成尚忙迎上去,恭敬地扶住郭大爷说:"大爷,您看看我父亲,好好地成了这样!"

"来来来!我看看!"

说着进了里屋,成尚搬了杌子让郭大爷坐下。

郭大爷看了看郭有才的脸色,缓缓抽出手,轻轻放在郭有才的手腕处,闭目把脉。稍后,郭大爷仰头大笑,高声道:"没病!没病!"他把郭有才的手塞进被子,掖了掖被角,又拍了拍躺着的他,意味深长地说:"老掌柜啊,心底太强,想得太多,成尚都快三十啦!交给他去干,你也该享几天清福了!"

躺在被窝里的郭有才翕动了一下嘴唇自语:"都知道啦!都知道啦!"

郭大爷出屋,到了堂厅,对着成尚和她母亲忧心地说:"夫人,成尚,听我说,老掌柜没病,又确实有病。说他没病,是说他五脏六腑好好的,脉象如鼓突突,比年轻人脉象跳得有力;说他有病,是说他脉象沉、浮、滞,近些天来，肯定精气神儿不强，吃饭不香，睡不好。"

"郭大爷，您说得太对了！他根本不想吃，经常天都快亮了，一个人坐在被子里不睡……"成尚妈揉着眼说。

"夫人，这是心病！"郭大爷继续说，"这种病好治也好治，难治最难治，我刚才在他面前大声说'没病'，是给他治病哩，心病在哪里？你们家人应该清楚，说话做事都往他心上去，病慢慢就好了，说不到心上就难了！因为解不开心里的疙瘩，这种病没有药方，药对这种病没作用，要说药方就是：宽心！"

他想了想又说："夫人，成尚，我给你们说个偏方，你们照着用，行不行还要看你们家人怎么说，怎么做。说对了，做对了，加上偏方，过些日子，自然就好啦！偏方很简单。一是喝，找一些小酸枣，捣碎，再寻些枣核，捣碎，在鏊里炕焦黄，不是焦黑，每次抓一小把捣碎的酸枣，再抓一把炕焦黄的碎枣核儿，切五片老参，添三碗水，在药锅里熬成一碗；滗入汤碗中，加一勺蜂蜜，睡觉前半时辰喝下。二是做，睡前四肢平展仰躺，浑身放松，大笑五声，平静后，慢慢深吸气到底，再慢慢呼出，反复十下，闭眼睡觉。"最后郭大爷还是忧心忡忡地说："夫人！成尚！人活一口气呀！"说完，快快地走了。

郭有才确实没病，郭大爷走出里屋，不知怎的，他一下清醒了，围着被子坐起来，听见郭大爷和家里人在堂厅里喊喊嘈嘈说个不停，不好意思出去。自己本来没病吧？就是心里烦躁……刚想着，成尚和他母亲掀门帘进来，看他坐在那里，不禁惊讶！

郭有才先开腔问道："郭大爷走啦？"

"老爷没事啦？刚才把人吓坏啦！你还说胡话哩！"成尚的母亲说着用手背揉擦眼里的残泪，带有一丝笑。片刻，又殷勤地问："都中午吃饭时候啦！老爷，你想吃啥？我去做，擀面炒菜？削面炒菜？烙葱花软饼炒菜？要不包胡萝卜羊肉饺子？"

"行啦！行啦！啥都不想吃！你就要烦死人是吧？"郭有才忽然声音高得吓人，成尚的母亲被莫名呵斥，怔呆在那里，委屈的泪簌簌地往下掉。成尚心疼地上前搀扶住母亲。

郭有才真有病了，让郭大爷说着了：心病。此时此刻他心里慌乱到极点。先是焦虑满怀，能赶走李家吗？赶不走，若传出信是自己写的，会引起人们的讥笑和谩骂吗？人们怎样看自己，还敢和自己交往吗？往后自己家的醋能卖出吗？卖不出醋作坊不是在自己手里垮了吗……更要命的是畏惧，李家十几口子要投入大牢，岂不成了震惊临汾乃至山西的大案？他心里颤抖，腿发软，感到天旋地晃。悔呀！悔得肠子都青了，太轻率、浮躁、冲动了！焦虑、畏惧、悔恨交织在一起，紧紧捆扎住了他的心，又慌又怕又烦又乱！老婆殷勤的关心加剧了他的错乱，向自己最亲的人发怒，成了他的宣泄途径。

成尚见父亲如此，还是听了郭大爷的话，要拣父亲爱听的说。他知道父亲近日为了粮食急得上火，现在粮食解决了，要告诉父亲，让父亲高兴，所以他搀着母亲坐在炕沿边儿，温和地说："父亲哪儿来的那么大的火？看把母亲吓得，她是关心您呢！"

郭有才脸色稍有些松弛。

"父亲！我告诉你件好事，我们有粮啦！"

郭有才的眼睛微有舒展，升起一丝渴望的兴奋。

"今天半晌午，李家粮店粮车拉来二十石高粱。"郭有才的脸倏然变色，透出一股紧张和迷惑，急切地问："什么？什么？你再说一遍？"成尚哪里知道父亲的心境，只当父亲没听清，为此，非常肯定地说："父亲，今天是李致胤掌柜亲自押车送来二十石高粱，还非要我给您带话，说那天是他的错，粮食昨天上午回来的，今天先给咱们送来。"

郭有才听得真真切切，一股血冲上头顶，"嗡"一下，好像有人在自己头上敲了一闷棍。他瞪大眼睛，痴痴地看着成尚，嘴里嘟囔着："不……不……不……不可能……不能这样！"就窝蜷着倒在炕上。

接着是成尚急切的呼唤声和凄怆的哭声，只听"快叫郭大爷！快叫郭大爷！"一片杂乱。

郭大爷诊脉后说："急火攻心，中风啦！再不要气他啦，让他静躺着，按我的药方，赶快抓药。几天后，会醒来，可，……身体不全啦！就是一口气啊。"郭有才紧闭双眼平躺着，不紧不慢打着呼噜，不时从嘴角流出涎水，老夫人含泪帮他擦着。

第二十一章

　　李氏独自在堂厅里静静地坐着，虽然，她刚才有板有眼地对接下来的事做了安排，表面上看起来泰然自若，但心里还是惶惶不安。

　　上午何师爷急火火来报信，听后着实让她心惊肉跳，差点昏过去，担心的事终于发生了，但皇家的镇定，长期形成的持重，让她并没有显露出来。她说了句："是吗？亲家！李家就是李家，怎么就成了朱家？……"诧异，反问，倒使何师爷怔愣了，忐忑的心安定了些许，寒暄了几句就走了。

　　现在她的心里依旧翻江倒海。她想，有何师爷在衙门里，致胤搭救了知府的儿媳，加上打点，能摆平这事儿吗？全家三十几号人能统一口径吗？能信得过这些人的嘴吗？这封信敢说不是他们中哪位写的吗？非小事啊！这可紧系着家人的性命！想到这里，她浑身不由得颤抖，胸口猛地一揪，一股热气急往上涌，连连咳嗽了几声，吐出一口鲜血！下人慌了神，赶紧叫来有秦。

　　有秦进门，见堂厅地上一摊血迹，惊愕地向前扶起李氏："娘！娘！这是怎么啦？快回屋里吧！"转身问："老夫人喝药了吗？""少爷，夫人喝过药了。"下人忙回答。

　　"快给老夫人端碗参汤来，别忘了加勺蜂蜜。"下人急匆匆出去端了碗参汤进来。

　　有秦服侍母亲半躺在炕上，盖好被子，接过下人端来的参汤，小心翼翼地送到母亲嘴边。李氏喝了一小口，缓缓推开，望着儿子，郁郁地说："这是天大的事儿！万万不可掉以轻心呀！"又干咳了几声，吐了口痰，仍带有血丝，慌得有秦说："娘，叫赵师傅来吧！"李氏摇摇头，接着说："要买通梁知府，这是主要之人！"停了片刻，又喟然自叹地说："儿啊！我们母子相依为命啊！"李氏自感心力交瘁，将全部希望寄托在儿子身上。

"我们母子相依为命啊！"有秦听后，心里一阵酸楚！想起逃出京城时父亲的嘱托。那时，他是恐慌的、愁郁的、迷茫的，懵懂中感到有重任，但心里还是靠着母亲。今天母亲说的话，让他深感责任比天大。如今，他已没了一年前那种恐惧、忧愁、迷乱，于此事，虽也有过恐惧，但一闪即逝了。事已经发生，成为事实，如果一味惧怕、苦闷、埋怨，只能是坐以待毙，要是弄清真相，冷静分析，镇定思考，缜密谋划，完全能走出险境。想到这里，他深情、坚定、信心十足地对母亲说："娘！儿深知此事关系我们母子和一家大小性命，怎能掉以轻心呢？娘！听儿说，这封告发信，既然知府的通判已知道，就等于全衙门的官员，乃至上头的官员都知道了，这就必须要有一个结论；要结论，就必须勘查，这是事态的严重一面。但是，如何勘查？派哪个官员去勘查？勘查回来如何报告？这是关键，也是我们对应、化险为夷的穴位。但这最关键的是定勘查官员的人，也就是娘说的梁知府。要打点他，打通他，一切都通了。何况那是一封没真凭实据的信，在这种情况下，梁知府既可捞银子，又可落人情面子，加之致胤有搭救他儿媳之功，我相信完全可打通他的路子。娘！这个穴位点准，点扎实，我们家上空这朵乌云就能打散。您老人家不用操那么多心！"最后，有秦加重语气，攥紧拳头使了一把劲说："娘！相信儿子吧！"

李氏听着儿子掏心论理的话，深感儿子确实成了家里的顶梁柱，她爱昵地看着儿子，生出无限的信赖和依靠，眼里噙满了喜悦和幸福的泪花！

翌日，吃过早饭，有秦、致胤兄弟俩并肩骑马向临汾城奔去。他们到贡院巷分手，致胤去了何师爷家，有秦到自家的粮店。

"哟！有秦老弟！有些时日没有来铺子了。快坐！我去弄早饭。"有秦说已经吃过。"哦？这么早就在村里吃啦！我去沏茶。"晋五格外殷勤兴奋地招呼。

"晋五兄，"有秦唤了一声，从和晋五认识即日起，他们就以兄弟相称，"你坐下，不要忙！咱们有些日子没在一起拉拉话了，是吧？"

晋五恭敬地为有秦倒了一杯茶，坐在了有秦的下手，说："现在您忙啊！哪有闲空呢？看这天旱的，朝廷不断收军粮，百姓没有余粮卖，粮店里每天出粮不下十几石，这粮店里的粮不得你筹吗？还有村里那一摊子，哪样不得你操心？想起来这些，你年轻人的担子重着哩！"

有秦看着晋五那微微上翘张合的薄嘴唇，心想，晋五说的虽是奉承话儿，但也是实话，难得他的理解。一个农家汉子，真是有心人，想让他回村，把村里那一摊子事儿管起来，但粮店刚刚开业，也需要这样的人管账，致胤总还是经世处人浅，再帮一段日子再说吧！又想到，晋五没提昨天发生的事，看来他不知。算啦！不告诉他了，便随便问了句："晋五兄，家里还好吧？有什么难处吗？"

"没有！没有！店里每月领的银子足够家里花费了，前天回村，就是你老弟押粮回来的上午，我为铺子里过粮入账，下午顺便也回山里看看，家里好着哩！"

"晋五兄，我让致胤给你捎过话儿，让你把家搬到村里来，多方便呀！把你在村里的院子拾掇一下，从粮店账上给你支十两银子先用着，不够再支。"有秦说。

晋五立刻激动地说："够啦！够啦！足够啦！麦收前就搬过来。"有秦对他这么好，他不禁想起有情有义的黑二杆子。说起村里的院子，他又想起一件事儿："有秦老弟，你记得在我院子前住着的那个瘫子老人吗？"

有秦似在回忆，说："记得啊。"

"前天我回村，回院子看看，路过他房子时，他叫住我，让我一定告诉你，他有一件东西要交给你。"晋五说。

有秦惊奇地问："你没问他是什么东西？"

"没有问，这个人很怪，我耳朵灌了不少他的传说。"晋五来了兴头，眉骨下那对圆圆的眼睛眨巴起来。"听人说这老人是一个……"

正当这时，致胤兴冲冲挑帘进门，说："哥！走！雅间已经订好了，就在申家饺子铺，梁知府马上就到。"

兄弟俩急匆匆走了。

雅间在申家饺子铺的二楼尽北头的两大开间餐厅里，进门有一镶嵌玉石的折叠式漆雕屏风，绕过屏风，眼前是一张宽大的边沿镂空雕刻花纹的黄花梨八仙桌，并有同样木质的扶手靠背椅，每把椅子配有靛青色红碎花的绸面丝里软坐垫，桌椅擦拭得油亮油亮，天然的木纹曲线流畅，坚实、稳重、古朴、高雅之气便从这色泽、木纹中显出来。在八仙桌后，有客人暂息闲谈间，里面陈列的也是清一色的黄花梨木桌椅，分有主位和宾位，软坐垫是红色紫蓝碎花绸面。茶具清一色景德镇烧制，雪白底面上画了一枝梅花，上落着一对欢鸣的喜鹊。

进餐间和暂息闲谈间墙上悬挂有名人字画，太阳光透过两扇宽大的窗户将整个餐厅照得通亮。

有秦和致胤在堂倌引领下进了雅间，接迎他们的是申掌柜和一穿戴讲究的精精神神的年轻人。申掌柜身体没恢复，他强撑着热情地向有秦、致胤拱手一揖，接着介绍那个年轻人。有秦他们才知道年轻人是梁知府的公子梁向文，梁向文认识了搭救他大舅兄和未婚妻的致胤后，撩起袍子便要下跪拜谢。慌得致胤扶住说："使不得！万万使不得！折煞我！碰上了哪有不救之理！都是应该的，应该的！……"相互又寒暄了几句，他们才走进暂息间。楼道传进堂倌招引客人的声音："在这间，在这间……"

话音刚落，阔步迈进一个老者。只见他身穿玄色府绸长袍，外套褐红色天青缎镶边儿的坎衫，腰间系一条酱色锁玉的带子，看上去脸有些浮肿，嘴周围留有三绺稀疏灰白的胡须，头后拖根短细的灰白辫子，两眼炯炯，神采奕奕，大腹便便，后面跟着何师爷。他一进门便官气十足地问道："英雄呢？英雄呢？"

暂息间的人们慌忙局促地起身走出，心里都知道是梁知府到了。

梁知府站在大家面前，申掌柜扶着后腰，一手拉过致胤说："知府大人，这位就是搭救我们的英雄致胤，还是李家粮店掌柜呢！"

致胤说："见过知府大人！"欲上前行大礼。梁知府忙扶住，审视了一下致胤，笑呵呵地说："不必，在这里不要拘礼，还要大谢你呢！"

申掌柜又介绍了有秦。

随后，大家进入暂息间，梁知府照直坐入主位，然后招手道："都坐，都坐，不要局促。"

一个精干整齐的年轻堂倌上来给每位客人沏茶。梁知府手搭在盖碗儿上没有端，又审视了一番有秦和致胤，见他们兄弟面相端庄，鼻正目明，透出俊秀英武之气，心想，是可亲可爱的年轻人啊！

其实，今天梁知府不想来，上午坐进签押房有一杯茶的工夫，儿子向文进来请他赴自家准备的答谢饭局，问儿子才知李家人致胤"搭救"之事。这玉生父亲有病没法去，想让他代表家中长辈当面谢恩。但因李家是朱家后人之案尚未查明，是真是假总应避嫌才对！但有恩必报是为人之道，自己又代表梁申两家的长辈，不能不去。正在犹豫之时，何师爷进来，便问了一句。何师爷肯定地回答："去啊，于公于私都应去。于公，一可弘扬见义勇为之精神，二可亲临李家人面前，巧问案中之事，三可显东翁为官仁义之节操；于私，搭救了自家人，长辈哪有不去之理？不去，传出去反而令人讥笑！"听了何师爷的话，觉得很有道理，便决定赴宴。随后，他又和何师爷处理了几件要紧公事，便拉着何师爷一起来了。

这时，他面向坐在他左边的儿子，温和地说："向文啊！你站起来，向搭救了你舅兄、你媳妇的恩人行跪拜礼，以表谢恩！"

慌得致胤起身，面向梁知府一脸窘迫，又过来劝阻向文，连连说："知府大人！使不得！使不得！"

"有何使不得？你搭救了他的亲人，理应受拜！"梁知府如此算是答复了致胤的"使不得"。

接着，梁知府以指派下属的口吻说："玉生，把准备的答谢礼品呈上来！"

但见五名年轻的侍女鱼贯而入，她们分别捧着红、青、紫三色三匹绸缎和两件临汾有名的枣木雕刻：一尊坐莲观音像，一尊挑灯读《春秋》的关公坐像。

有秦、致胤两兄弟不禁瞠目惊讶，不住摆手说："知府大人！我们受不起！受不起！"说着，有秦和致胤双双跪在梁知府面前。

梁知府起座，扶起兄弟俩，不容推辞地说："这是应该的。若是他们兄妹没有这样的礼节，不！应该说，若我们没有这样的礼节，就太不懂世间保德报善之理了！收下！收下！"

有秦此时看着礼品，脑子一转，用谦让的语气说："知府大人，情意我们领了，这两尊枣木雕像，栩栩如生，喻义精深，可时时督促我们修身养性，生意场上，不要忘了忠义，行于德善。这些丝绸嘛，我们本是做丝绸生意的，知府大人，我们就不……"

没等有秦说完，梁知府截住他的话，干脆地摆摆手："不行！不行！这是情意！情分！是报答！不是丝绸！懂吗？年轻人！呵呵！"爽直地笑着说。

梁知府坐回主位，恢复了那严肃深沉的官场仪态。他端起盖碗茶，左手托底，右手掀盖碗，轻轻在茶汤面上拨了拨，微微一吹，呷了一小口，缓缓放下，整整坐姿，舒了口气，接着有秦刚才的话随意问了一句："你们不是开粮店卖粮吗？怎么是做丝绸生意的呢？"

有秦欠了一下身，向梁知府拱手一揖，面露悲戚之色，慢慢答道："知府大人，说起来凄凉伤感！我们本是在京城开丝绸店——福祥丝绸店，有些名气，总店在京城有名的千步廊——棋盘街二胡同口，分店在王府井纱帽胡同口，主家就是我们，正当生意兴隆之时，李自成贼寇攻陷京城，我们的店也被抢劫一空，我们兄弟和母亲连夜逃出，父亲至今没有音信……"说到这里有秦哽咽，难以说下去，但自觉心里有些莫名地发紧……

致胤觉察到有秦的紧张，接过有秦的话继续说："全家逃至五台山，听说李自成贼寇败北，即想返京城，可又听说清兵入关进了京城，不知前路如何，拜佛抽了一符签，受佛祖指引，南行，后落平阳此地，为了生存，操起了生意行当，卖起粮来，无奈啊！"

梁知府仿佛受了感染似的，关切地问了一句："粮食生意做得如何？还顺当吧？"

有秦心头一宽，带有谢意地回答："承蒙知府大人的关心！难呀！天气大旱，朝廷收军粮收得紧，老百姓哪有余粮卖给我们？店里粮缺，客商天天来要买粮，我们心里急呀！前几天我们到河北采购了一批粮食，稍缓减了压力。"说到这里，有秦稍一停顿，换了口气，深情地叫了一声："知府大人！"然后站起，恭敬地向梁知府作一揖，继续说："我们落脚大人您辖制的地盘内，您就是我们的父母官，我们真希望能得到您的惠泽和佑助，化解遇到的困难。"

有秦本想以"困难"为契机，将话题切入当前最大困难——那封告发信上，谁知梁知府心里已经有了打算：经过一阵子闲话唠叨，感到两位年轻人，条陈明晰，语见诚实，大致知道了李家来历，只需派人进行勘查，即可了然。梁申两家谢恩的礼品也已经奉给，不想在他们的"困难"上纠缠，尽快结束闲聊。估计午时已过，该入座进餐了。于是梁知府爽快地说："好说！好说！有什么困难，你们告知玉生一声。"随后，他又面向申掌柜问道："准备好了吗？上菜，今天我高兴，想和年轻人多喝几盅。"说着面对有秦、致胤兄弟爽朗一笑，在座的也都附和地笑了。

何师爷一直沉默不语，静静观察，由他们兄弟重托，自己导演了这场戏。开门锣就是"致胤搭救了申家兄妹"。要不，商贾人家何能请出从五品的知府大人。照他们兄弟的想法，今天在饭桌上搞定梁知府，提出要求。他却认为，饭桌上先拉近与梁知府的感情，隐约表明心意即可，要办的事下面运作。年轻人啊，心太急了。梁知府是何等聪明之人！官场泡了几十年，经了三个皇帝，两个天朝，已腌得透透的了。你刚提出困难，他就推得干净，说让你告诉玉生，看似答应，似乎亲近，实把你拒之门外，马上又转开话题——"上菜"，绝顶的智慧之招。何师爷陷入沉思，如何走下一步？

只听申掌柜恭顺地回答："准备好了！"随即他转身对一直站在他身后的年轻堂倌吩咐："去，上菜吧！把我珍藏的那一坛六十年汾酒端上来。"

须臾间，酒菜摆了满满一桌，珍馐美味，应有尽有：春燕归家——木瓜燕窝，哪吒闹海——鱼翅碗，鲤跃龙门——清蒸黄河鲤鱼，贵妃醉酒——酒腌活虾，瑞兽呈祥——宫爆鹿肚，丹凤朝阳——清蒸全鸡，苏武牧羊——红焖羊肉，孙猴出山——油焖猴头菇，八戒喜婚——红烧猪肉，雄狮酣睡——红烧瘦肉团，众星捧月——蒸肉丸豆腐碗，仙姑逢故友——蘑菇香菇汤，西施浣纱——菠菜粉条汤。菜名文雅，菜肴夺目，使人眼花缭乱，应接不暇。

大家兴冲冲分宾主入席，箸起箸落，觥筹交错，几巡过后，都有了几分酒意。

坐在梁知府左右的有秦和致胤，频频敬酒，梁知府欣然受用，几个回合后，梁知府酡颜光彩照人，侃侃而谈起来。

"年轻人！"他睁着血红的眼睛，看了看有秦和致胤，很近乎地叫了一声，"今天在座的都是家里人，鸿烈老兄也不是外人。"又瞟了一眼何师爷。何师爷心里一紧，以为他要挑明什么事，却见他接着说："你们做生意好啊！我也常给玉生说，做好生意，继承先祖的遗志，辞官不做，归乡孝敬父母。现在就是专心包好饺子，日进银两，衣食不愁，阖家安详，天变地翻，与我何干？哈哈哈！"仰面放声大笑。

申掌柜刚想举盅附和几句，他又感慨地继续说："官场！"轻蔑，冷冷地一笑，说："龌龊恶毒构陷，折腰酸牙奉迎，提心吊胆沉浮……鬼场！魔鬼之场呀！"他勾下头，独自饮尽一盅酒，似乎陷入沉思，似有万般的苦闷和憎恨，但他猛地抬起头，血红的眼睛里闪烁着自夸的光彩，大谈起自己的为官之道。"吾乃万历三十八年的进士，算起来三十五六年官场生涯，经三朝两天朝，梁某人岿然不动，呵呵……"不咸不淡傲气地一笑，"吾为官一生很注意处世、处事和处人。处世，看风使舵，道也，随波逐浪，随机而变；处事，看菜起箸，智也，动静进退，明哲保身；处人，心口分二，善也，人难识真，知面非心。细想人生在世，无非就是处世、处事、处人，为官尤是。那些鸿论，应天适时，继圣承贤……"又是一声放纵的仰面大笑，有汗珠从他油光发亮的胖脸两颊蚯蚓似的流下。致胤殷勤地掏出丝绢递给他。梁知府收住大笑，变成谢意的微笑。

有秦感到这位知府不是那种没有主见者，是城府中带有几分轻狂，真诚中带有几分狡黠，精明中带有几分诡谲，想趋言奉承几句，嘴唇嚅动了几下，没张开口。

此时，何师爷开了腔："两位年轻人！听了申掌柜说致胤搭救经过，甚为佩服你的武艺，更敬佩你的品性！来，和老夫碰一下！"何师爷实在不愿听梁知府自傲、市侩、世故的为官之道，转了话题。

有秦、致胤毕恭毕敬站起与何师爷碰盅喝了酒，还没落座，何师爷说："年轻人，梁大人也很佩服你们的武艺，有一想法，不知二位意下如何？"

有秦和致胤不约而同看了一下梁大人，只见他也一脸疑问地怔着。"请何师爷讲。"有秦爽快答道。

"二位可否收梁大人公子向文为徒，和你们学习武艺？"

话音还没落尽，梁大人喜上眉梢，忙说："就是！就是！鸿烈兄说得对。致胤，你和向文年龄相仿，你就教他习武，可以吧？"这时的梁大人全无一点官气，完全是一位为子求教的父亲。

致胤马上满口应承："可以！梁大人，谈不上教，我们一块儿习武。但习武辛苦。我每天都是卯时起床，练至辰时，已成习惯，不知向文公子可否？"他转向梁公子。

向文格外兴奋，忙说："致胤兄，行！一定行！"又谦虚地说："我可什么也不会啊！"稍顿片刻，又很恭谨地问："致胤兄，你属什么？生日几月？"

"哦？我是天启癸亥年五月初九生，属猪。""嘿！我也是癸亥年，同庚，生日小你五个月，十月初五。你是大哥，又是师傅，致胤大哥，请受小弟一拜！"说着离座，绕桌来到致胤跟前就要磕头拜师。

致胤已站起，忙扶住，坚决不让，说："向文弟的心意我领！领啦！"也改了称呼，"这样，你给我斟盅酒，我们一碰，就算在一起练武啦！"

在座的一致赞成。

两位年轻人站在那里，都有谦谦君子样，都将酒盅高高举起，庄重地"当"一碰，仰头一饮而尽，随后右手"啪"的一声握在一起，嘴角都使劲抿了一下，相互激动地对视，传送出信任和情分。大家都为之感动和高兴。

"何老兄，我突然想起一件事儿！你小女是否婚配？我不知怎的，越看致胤小伙子越爱，器宇昂扬，英武明亮，若你小女没有婚配，致胤没有订婚，我做主，为你们两家做媒如何？我提得唐突，致胤贤侄，可和家中母亲商量，回个话儿？"

何师爷笑了，致胤感激地向梁大人深深作了一揖，有秦的心松快得都要蹦出一舞。他高兴地说："梁大人伯！"有秦也改变了称呼，"我弟没有订婚，若何师爷伯能看上我弟，梁大人做媒，我可替家母应下这门婚姻！"他们三人心有灵犀，都没有说出致胤和小莺订婚的事。

"向文，给大家斟上酒，我们这一大家干一盅。"梁大人提议，只见他油光发亮的脸闪着光，又转过头面对致胤说："你要请我这媒人喽！等着喝你的喜酒哦！"

只听"当当"的碰盅声，在座的人们脸上都挂着轻快真挚的笑容。

大家刚放下酒盅，山子在堂倌引领下慌慌张张进了餐厅，哆哆嗦嗦地告诉有秦："少爷，赵师傅在店里，说……说夫人病……病倒了！"

有秦、致胤脸色突变！

有秦和致胤跨马出临汾南门，往驿寨村奔去。母亲病得怎样呢？他不敢往深里想！早上离开时不是好好的吗？他心里一阵阵地惶恐！母亲信任重托的眼神浮现在脑子里。他猛然勒住缰绳，对致胤说："胤弟，你马上转身回城找何师爷，想办法让致杲兄回家。"他从怀里掏出一锭金子："你带上这个，交给何师爷，他肯定有办法！"

有秦忐忑不安地推开母亲的房门，见母亲后背垫着被子斜躺在炕上，像是睡着了，三个媳妇都在身边。他发现母亲苍白憔悴的面容带有青色，一阵心酸不由自主地涌上心头，嘶哑但又很轻地叫了一声："娘！"

母亲慢慢睁开疲倦的眼睛，有秦急忙向前握住了她的手，心里咯噔了一下,手这么凉,又关切地问:"娘!你怎么啦?冷吗?"

"秦儿,不要紧,我心里急,不自觉突然昏厥过去了,吓坏了她们!"李氏指着媳妇们说,"赵师傅急啦!就进城了。娘没事,走不了!"接着又问:"今天事办得怎样呢?"

有秦知道母亲的心一直绷得很紧,有块沉重的石头压在她的心头,所以,赶紧高昂爽朗地回答:"很好!"然后激动地详细叙述和梁知府进餐的经过。听得李氏脸上徐徐有了宽慰之色。最后,她感叹地说:"这何师爷老夫子,还真是有智慧有心的人呀!"

正当此时,外面传来了马蹄声,接着是急促的脚步声。门开了,跨进屋的是致呆。李氏一怔,旋即坐起身子伸出双手,连声唤:"我的呆儿,我的呆儿……"

致呆在炕下一跪,起身迎向姑母伸出的双手,哭着扑入姑母的怀里,小孩子似的"呜呜"哭了起来。李氏紧紧抱住致呆,拍抚着他的背,说:"我的儿,你受苦啦!你受苦啦!"老泪横流。在座的人都抹着眼泪。

致呆揩了一把泪,亲切问:"姑母,你可好吧?"帮她擦着脸上的泪水。

"好着哩!好着哩!"李氏挂泪笑盈盈地说,"你没有受苦吧?"

"姑母,没有受苦,开始在府衙一间闲房子里,昨天和今天上午他们都问的一个事儿:咱们家在京城的情况。我说是开丝绸店的,因遭难逃到此地。今天上午听一名衙役说,准备送我到洪洞大狱,下午,这不,致胤把我接回来啦!"

正说着,外面又传来了马蹄声,大家都不由得惊诧,片刻后,听院子有人谨慎低声地喊道:"有秦老弟!有秦老弟!"

有秦听出是晋五的声音,立马出门。晋五身边站着一个近六十岁的老者,身穿堇色薄棉绸道袍,戴一顶黑色瓜皮帽,浓眉下两眼有神和善,三绺整齐的灰白胡须,很儒雅,恭敬地看着有秦。经晋五介绍,才知道是梁知府让何师爷带来的为他母亲治病的郎中,有秦急忙敬重地向郎中深深一揖,表示感谢。

晋五又说:"何师爷让带话儿,让你放心地为母亲瞧病,这也是知府的话;他和知府有事要办,回头他会前来看望夫人。"有秦会意地点点头。

第二十二章

晋五推开栅门，迎上来的还是那只可爱的"四眼"小狗，它欢蹦地吠了几声，不停地摆着尾巴，亲热劲儿让人惊讶！这小畜生还认识我们？有秦想，他爱怜地在它头顶抚摸了两下，又轻轻地拍了拍，算是对它热情迎接表示的谢意！

"神叔！神叔！窨窝①都三竿子高了，还不出来晒暖呢？"晋五高声喊着，和有秦朝半掩着门的烂砖头垒起来的房子走去。

"神叔"是晋五对瘫子老人的尊称，人们根本不知老人姓甚名啥，只知他的绰号——"神手"，据说神手年轻时，只要看上你身上的物件儿和银两，没有拿不到的，只需贴近你身子一下，物件或银两神不知鬼不觉地就成了他手中之物。

传说，在万历五年夏，慈圣皇太后前往京城昭宁寺还愿敬香礼佛，在两百多人的肃卫仪仗队簇拥下，皇太后走出豪华十六人凉轿；神手突然拥出观望看热闹的人群，好似紧张脚绊了一下，蹭了一下皇太后的身子，"扑通"跪在皇太后脚下，像鸡啄米似的直叩头，口中不住念叨："转世观音菩萨，发发慈悲，赐孩儿口饭吧！"几个护卫架住了他。当时宫里上上下下也都说她是"转世观音"，皇太后看是个孩子，听到这孩子嘴里也念叨这话，没有气恼，依然端庄温和，缓缓柔声唤她的贴身宫女："容儿，赐这孩子一顿饭。"神手就利用"蹭"李太后身子眨眼的工夫偷走了李太后身上的香包和两块玉佩。当时，他年仅十二岁，管不住口，四处炫耀，京城官方悬赏缉拿，是他师父领他逃之夭夭，由此得名"神手"，扬名天下。

---

① 窨窝：方言，意为太阳。

晋五和有秦推门进屋，冲鼻而来的是陈、酸、霉、臊、腥混杂的味道。但见神手老人平躺在炕上，听到动静气力微弱地欠了欠身，他那白里发灰的长发像衰败日久漂浮在水面上的芦花，四散在仰着的脸的周边，有几缕胡乱粘贴在脸上，一床被子破成几团发黑的棉絮盖在他瘦干的身躯上，那几团黑棉絮感觉是长在沉木上的黑蘑菇。半晌午，太阳从窗户纸破洞投进几缕阳光，照在老人的脸上、破棉絮上，这里活是一座刚发掘的古墓，令人发怵，心里发凉。

晋五和有秦还没来得及唤老人，四眼急切地趴在炕头，哼叽叽地舔舐老人的耳朵和脸颊。

"神叔，神叔，我给你把你要见的有秦老弟叫来啦！你听见了吗？"晋五走近炕沿，对着老人的耳朵高声说。

老人仿佛受到了刺激，欠着身子想坐起，晋五忙向前轻轻摁住。"神叔，你就躺着，就躺着！"还是高声地说。

有秦自寻了一张杌子坐在炕沿边，一股浓浓的尿臊味袭来，下意识低头，见一只盛满黄褐色尿液的黑瓷盆子。晋五也看见了，忙端了出去。四眼很温顺地卧在杌子边，眨巴着两只三角眼，不时看着有秦。

老人还是慢悠悠侧过身子，面向炕沿儿，从他被子里散发出一丝热烘烘的汗酸臭。有秦微蹙了一下眉。老人缓缓睁开被无数的细褶皱和眵目糊紧锁的双眼，看了眼有秦，眼里透出一丝亮光，翕动深陷的嘴唇讷讷地说："你来了，我等你有些日子了！"两滴浑浊的泪越过眵目糊，越过褶皱，越过鼻梁落在被子上，很快浸没了。

有秦心头一酸，立即朝门外喊："晋五兄！晋五兄！"晋五进来，"去，到家里给神叔下一碗面，再拿几个馍来！"

有秦握住老人的手，不禁心头又是一颤，感觉自己握住的是一根早已干枯的树枝！

"汪……汪……"四眼龇出獠牙冲有秦的手咬来。有秦忙放开手。老人露出笑容，柔和地对四眼说："别，别，这是我叫来的一个大好人！"四眼仿佛听懂了话，收起了龇出的獠牙，脸很难看，三角眼吊着不停地睃有秦。老人抬眼，带着歉意对有秦说："这小畜生很护主，护家，哪怕屋里一根柴棒，没有我发话，谁也别想拿走，它会不要命地扑咬。"很微弱地笑了两声。

有秦低头看四眼，它卧在地上，头搭在前爪上，耳朵在抖动，好像在静听主人的夸赞。

"老人家，您叫我来……？"有秦刚开口，晋五端了一碗热腾腾的炒鸡蛋拌面进来。炒鸡蛋的香味顿时充满了陈旧死气的屋子，还有一篮子白馍馍。

"神叔，趁热吃吧！"说着，晋五把面碗放在炕沿边。

老人撑着身子，趴在被窝里慢慢地往嘴里扒面，没牙瘪陷的嘴上下蠕动，四眼扒在炕沿边痴痴地看。

有秦环顾起这间用破砖烂瓦垒起的房子。墙壁黝黑，凹凸不平，赤裸着一块块破砖的碎体，砖缝里插了几根柴棒，挂着破柳条筐、簸箕、乱布条等杂物；灶炉在西北角，一口铁锅敞开着，没一点热气；进门靠东墙放了两个破了口的小瓮和瓷盔子……这瘫子老人是如何生活的呢？谁管呢？他是如何活到八十多岁的呢？他要给我什么东西呢？他能有什么东西呢？……有秦思索着。

"哗"一声，打断了他的思绪，回头看，见老人把多半碗面条倒进了地上的一个破碗里，四眼赶紧"吧嗒吧嗒"地吃起来，老人心满意足地看着它。

"五子，你过来，你看房檩上挂着一卷被子，取下来。"老人在床上叫晋五。

这时，有秦和晋五才发现房子前檩上悬着黑乎乎一卷东西。晋五搬杌子踩在上边，正当举手勾攀时，吃面的四眼忽然扑过来咬住了晋五的裤脚，晋五一闪，身子晃了晃。老人慌忙呵斥道："四眼，过来！过来！吃你的面！是我让拿的，畜生！"四眼不情愿地回到破碗边继续"吧嗒"起来，但眼睛不住地斜晋五。

那卷被子，上面足有半寸厚的尘土，黑黝黝的，看不出本来颜色。"五子，你打开。"随即老人长叹一声，若有所思，"唉！这卷被子挂了少说也有十五年啦！"

晋五拂去尘土，发现被子上有老鼠咬烂的洞，惊讶道："哟！有老鼠洞！"

"怎么？老鼠爬上去了？"老人吃惊担心地问。

"像是。"晋五答道。

"快打开看看里面的东西。"

解开绳子，被子是四折卷起来的，展开，鲜艳的红锦绸面子，白细粗布里子；再翻，一团白棉絮中有几条肉乎乎的小老鼠在蠕动。"呀！一窝小老鼠！"晋五惊喊一声。

老人闻声发急，忙往起坐，有秦向前安抚住说："神叔，不用急，再翻翻看。"

晋五把那几条肉乎乎的小老鼠连同棉花团朝门外抛去。四眼随着棉絮团追了出去。

在棉被里有一个砖块大小的用黄油布包裹着的东西，表层被老鼠啃咬烂的地方，浮着许多碎屑。晋五小心翼翼掀开黄油布——里面是一本装帧精美的书，青蓝色的绫子装裱封皮，檀木条装订。

有秦拿过书翻看，书的纸张出自安徽宣城，而且是用糯汁调浆，有宋书的典型特点；文字不是刻印，是手书，蝇头小字，飘逸秀美，很见功底。此书很有可能是宋人誊抄的手写本，可惜的是，书的封面和扉页被老鼠咬烂，不知书名和誊抄人的姓名。粗略翻阅了一下，有秦抬起头，转向躺在炕上的老人，见老人脸上活泛了些，从殷切的眼神可看出，老人想让有秦有个惊喜。有秦说："老人家，这书有年代了，至少上百年。可惜书皮被老鼠所毁，不知书名。粗粗翻了一下，全部写醋的来历、酿造、种类、用料、作用……，这样的书从没见过，是个宝书呀！"有秦略带了夸张。

老人显然得到心满意足的结果，露出了笑容，旋即又陷入沉思。

二十年前，神手的三个徒儿在吃酒铺子里为他过六十岁寿辰。其实，他不知自己是何年何月何日降生人间，成年后，师父告知他身世，说自己是在京城崇文门内马匹厂旁边的草丛发现的他。中午师父闲逛，竟然有只野狗往草丛里伸头，又机警躲出。他好奇，上前察看，竟发现一个一两岁的小男孩，只穿一件肚兜，脏兮兮，奄奄一息。师父鳏居，将他抱回，养活了。于是，抱的那一天就成了他的生日——隆庆元年八月初六。

师父从不让他叫自己爹，一直叫师父，师父的话"一日为师，终身为父"。他三岁开始跟师父练两种功：轻功、夹功。教的方式很笨，轻功就是从半尺深的坑里往上跳，再跳下去。后坑挖到一尺深，二尺，三尺……直到五尺。师父要他跳上跳下不得有声响，平时走路也不得有声。十二岁时，两三丈高的墙，他跃身如飞而过，房顶上行走如燕子掠过悄无声迹。一想起夹功就令人毛竖起，骨发冷，他最怕练此功。三岁时，师父让他用食指中指从碗中夹铜钱，再用筷子夹起铜钱放入碗里，上午练，下午练。一年后，碗里水换成了开水。又练了一年，碗换了锅，水换成了油；烧得冒烟的油锅里，放五枚铜钱，旁边放一碗冰冷的水，上午必须把钱用手指夹出。手往冰水里一涮，带水的手指，往油锅里一伸，"滋啦"一声，油星四溅，闪电般夹出铜钱，手指起了无数个燎泡。师父说："不快，快就没有燎泡，练到没泡就出师了。"说着他自己手在冰水过了一下，只听"滋啦"的同时，铜钱"当啷"掉在地上，手指完好无损。从五枚铜钱练起，十枚二十枚，最后，练到五十枚铜钱从油锅里夹出，手指毫发不伤。一练五年，出师了。练筷子的夹功，也是从夹铜钱练起，后改夹师父抛扔在空中的纸片儿、铜钱、豆子、米粒；又练夹空中飞舞的虫子、蜜蜂、苍蝇、蚊子……一夹一个准。有一次，和师父在一家小吃铺吃饭，苍蝇乱飞，他和师父比起用筷子夹苍蝇，一会儿工夫，桌子上两堆苍蝇尸体，让旁边人瞠目发呆。

　　早上卯时起床，练轻功到辰时，早饭后练指夹功，下午练筷夹功，苦得他跑了，不练啦，又回来。师父从不打他，因为视他的腿和手如他的命，惩罚办法是往鼻子里灌辣椒水，只三勺，那滋味儿，那难受劲儿，无法言说。只要见师父端辣椒水碗，他马上跪下来求饶，此时师父会说一句话："屎孩儿，艺高压死人呀！"

　　"屎孩儿"是师父叫他的名字，也是一生中唯一的名字。师父在他躺下睡觉时，总是爱抚地摸着他头说一句话："不知哪个坏种，把孩儿像屙一泡屎一样，扔在草丛里了，屎孩儿，快长大吧！"屎孩儿名字由此而得吧？

　　十岁出道，随师父伸手偷银两，偷物品，百伸百有，从未失手过，同道人羡慕得很。十一岁就有人叫他"屎师父"，此时他才真正懂得师父说的"艺高压死人"的含义。师父的心啊！

　　最有名的一次，就是那次偷皇太后的香包和玉佩，用筷子夹苍蝇之手速，剪掉了悬挂香包和玉佩的缨带，用油锅里夹铜钱之神速，将香包和玉佩揣入怀中，再跪倒在地高喊："转世观音菩萨，发发慈悲，赐孩儿口饭吧！"因此一举得"神手"之名。斯时，京城五城兵马司指挥王篆率巡逻兵缉拿他。有一次，天麻麻黑，神手被兵卒围堵进一胡同，两头是官兵，他翻身一跃，飞上二丈高的院房，踩着房梁跑得无影无踪。最后，他还是把香包和玉佩放在五城兵马司衙门前，在师父的带领下，飞越京城城墙，飘落于应天府——南京。

　　从此，师徒二人一直在南京、镇江、苏州、杭州一带活动。师徒二人吃饱全家都饱，轻松自在，不亦乐乎！记得万历十六年鬼节的夜里，二人潜入杭州知府的院子里，盗走了几十锭金子。这意外的收获，使他们兴奋至极，连夜走水路向苏州奔去。谁知行至半路，巡江官兵查船，师徒各带两锭金子跳江逃走，说好在虎丘山会面，可神手到了，却不见师父的面。他等了半个月，不见人，返回城去打听，没有师父的下落，也没有官兵在江面、陆地上抓住盗贼的音讯。从那天起，师父就像天上的一丝云彩，飘得没有了踪影。他哭他喊，他四处找，发誓不找到师父下落决不寄生于世。天意不让他死，万历四十二年在镇江遇到一流浪的小男孩，见面就叫他爹，半步不离他，机灵，有眼色，特别是那双透亮透亮的有点发黄的眼睛，会说话。神手回到住处，小男孩忙着打洗脸水，站着小板凳做饭，晚上给他揉腿捶背，陪着说话。后来，神手又收养了两个男孩，像当年师父教他一样教他们轻功、夹功。一晃，十几年过去了，先收留的小男孩儿二十二岁了，是大徒儿；最小的徒儿也十八岁了；二徒儿估摸也有二十岁了。

"光阴似箭！真快呀！还没活呢！六十岁啦！"神手自饮了一杯酒，喟然自叹。他清清楚楚记得师父的一位老兄弟说过这样的话，当时不理解，现在理解了，人生短啊！

徒弟三人听到神手的感慨，看着他郁郁寡欢的样子，他们对视了一下，大徒弟举起酒盅，非常孝敬地说："爹！今日是您的六十大寿，高兴才对，从今天起您就在家待着，什么活也别干了，由我们兄弟三人养您老人家！为您的六十大寿干一杯！"

"对对对！大师哥说的对！师父不要想那么多。咳！今日有肉今日饱，今日有酒今日醉。您收养了我们兄弟，给了我们重生的机会，我们兄弟三人养您老！谁要变心，就叫龙击死！"二徒弟发毒誓，眼泪都出来了，也举起酒杯。

小三徒弟见两位师兄都发誓孝敬师父，自不知如何说，离座趴在地上，"嘭、嘭、嘭"磕了三个响头说："我若不孝敬您老，让我死在江里喂鱼。"

神手欣慰地看着徒儿们，心里涌起股暖流。"看你们三个，我没有说你们不孝敬我，我是嫌我老得太快啦！来来来！碰一杯！"神手笑着说。

兄弟三人一齐举杯，同声道："师父寿比南山，福如东海！"师徒四人"当"一声，酒杯碰到了一起，仰脖，见底，吃菜。

稍停，大徒弟挤了挤眼睛，"嘻嘻"坏笑了两声，亲敬而又诡邪地说：

"爹！今儿晚上要让您老开心。我提议，我们哥仨请您老到秦淮河去玩，打肉橛子去！"

二徒弟听了极喜，急不可耐地说："好！好！好！听大哥的。这份银子我出。师父，人活一生就是快活，您的六十大寿，越快活越好。您放话呀？"他盯着神手。

三个徒弟里就数小三徒弟油滑鬼气，平日里什么地方都去。他小眼睛乱眨巴，说："不去秦淮河畔，那里的窑姐被公子王孙豪门巨商子弟惯坏了，假惺惺的高贵，又是对诗，又要听曲儿，套路太多，银子花得太多，弄不好还瞧不起我们，快活不了，反而惹满肚子气。我说个地方你们保准赞成——秦淮河凤凰桥上行一里多路，那里有个'窑子船'如何？"

"不行！不行！去那地方对不起师父，花银子就花银子，我们玩高贵的。"二徒弟连连摆手。

"嗨！二哥，皇帝的女儿，状元的妻，叫花子的老婆一样的屄，什么高贵不高贵。我去过，在船里搂着小娘们，钉着肉橛子，晃晃悠悠，那感觉真好！像在天上！美极了，师父去那里！"

神手被徒儿们撩拨得浑身燥起来，思忖片刻，说了声："走，窑子船。"

大明到天启年，熹宗皇帝痴心于拉锯推刨，不理朝政，阉党魏忠贤一手遮天，朝野只知忠贤，不知有熹宗，把国家搞得乌烟瘴气，日渐衰败。但南京秦淮河畔莺花事业却越发蓬勃。沿秦淮河凤凰桥往上走一里多地，有一小码头，河滩宽敞些，到了残阳败落，黑暗降临之时，河岸边总停泊十几艘船，做起皮肉营生。后来，船慢慢多起来，现在每晚停船百艘，而且，船与船舷上搭条木板相连，上船后如走平路，可到任何船只上。每艘船的船头和船艄撑起竹竿各悬挂两盏西瓜大的红灯笼，就成了私男淫女苟合交媾的欢快之地，名声慢慢地驰骋于市民之中，虽没有秦淮河莺花之地灯火辉煌，莺歌燕舞华贵，但这里每当船上红灯笼悬挂，星星点点一片，极有银河降落人间之感。船里的野女盼野牛踏板踩船，到船舱共享人间快活。不过这里的野牛都是军中小卒、衙门里的皂吏、抬轿的轿夫、官雇的役工、人堆里跑的小偷、乞丐……人们习惯将此地称窑子船。

斯时，红灯笼已经悬起，半天空被染得红彤彤一片，师徒四人嘻嘻哈哈刚踏上河滩，各船前来拉客的老鸨、徐娘、小厮，一窝蜂地涌上来，叽叽喳喳一片的奉承讨好之语。

"老爷，到我们船上，刚来的杭州妹子。"

"客官，你这身板硬朗，快到我们船上去。"

"少爷，来啦！老熟人，走走走，玉姑娘正等着你呢！"

"哟！哟！哟！看上去就是有火的人，我们船上的姑娘最会消你的火了！"

…………

小三徒弟是个贼鬼，他来过，知道套路，回头朝这群人大声呵斥道："去去去！让开！让开路！我们看货钉橛子，要上船。"当人群让开后他嘟囔了一句："真是一群骚母狗！"回身扶住神手说："师父，咱上船去。"

师徒四人踩板上了船，见每艘船船头红灯笼下都或站或坐着两三位姑娘。他们来到靠里的一艘船上。船头只坐一位姑娘，穿得很薄，袒胸露肉，浓胭脂厚粉，摇首弄姿。驻足看了片刻，二徒弟伸手去掀船舱的挂帘，被站在旁边的老鸨扯着鸭子般的嗓门喝住："哎！哎！哎！没来过呀？看不见灯笼在船头放着哩！真是一根浑肉橛子！"二徒弟梗着脖子想发犟，被小三徒弟拉住了："二哥，二哥，别别别！这里的规矩是，只要船头悬挂的灯笼卸下，放在船头，就是船舱里有人钉橛子；船上两头四盏灯都悬着，代表船舱是空的；还有，不能随意掀船舱的帘子。"

二徒弟听后，缩了缩脖子，咧了一下嘴巴，还做了一个鬼脸，站在神手身边不作声。

他们又顺着船舷搭的板子，来到靠河心的一艘稍大的船上。河里的水无声地流淌，船上灯笼的红光映在水波上，闪烁迷离，瞧去有些眩晕。此时，有三个姑娘一拥而上，一股浓浓的胭脂味也扑面而来，四人都不由得往后倾了一下身子，一位近三十岁的鸨母忙挡住了姑娘，扭腰伸出了兰花指，轻声嗔怪她们："干吗呢？干吗呢？往后站！站好喽！"又嬉笑着对他们师徒说："让客官好好看看你们！"

只见红灯笼映照下个个红扑扑的脸蛋，都蛮讨人喜爱。一个年纪稍大，约莫有二十岁，好看的一对圆鼓鼓奶子半露，丰腴白皙的肌肤在薄如蝉翼的丝绸衣裙下看得清楚。一个看上去最小，顶多十五六岁，削肩、鸭蛋儿脸，她却是半挑逗半认真，娇滴滴地说："老爷，侬是初出道，嫩得像成熟的樱桃，吃起来又甜又酸！"还有一个，憨憨地抿着红润厚厚的小口，嗲声嗲气一声一声地叫："老爷——！老爷——！"那双眯眯眼里流出的淫欲能把人融化。三个徒弟都把手按住裤裆，窝着腰看神手。

神手还半眯着眼看三个姑娘，宛如在品味鉴定眼前的古董瓷花瓶，他摇了摇头。二徒弟有些急了，窝着身子带着企求声调说："师父行了！"指着那个鸭蛋儿脸姑娘："这个最小，师父您老人家受用，可滋阴补阳，您老能长寿！"

"去你的，你懂个屁！师父看这些婊子要往骨子里看，你以为嫖，撩起尾巴一看是母的就上呀？"神手狠狠地瞪了二徒弟一眼，"走，到别的船上看看。"说完转身离开。

三个徒弟屁颠儿屁颠儿跟在神手后面，神手还喋喋不休慢条斯理地说："老子一生没家，就是游鬼，逛窑子嫖娘们，比你们吃的饭都多。看这些玩意儿，一看眼，二看腿，再看脸色和奶奶。你们说的那个最小的实际年龄最大，眼里有青色，眼角有细纹，只是胭脂抹得厚，腿叉得开，奶子都裂到腋窝了，她是条千人上万人钉的老船。"徒弟三人都撇了撇嘴。

他们从这艘船上到那艘船，硬是没有神手中意的，急得徒儿们心如猫抓，他们又回到了河滩。

神手有些心灰意冷，寻思自己真老了，啥都衰老了，往年不是这样呀！也想起有些日子没有逛窑子了，老啦！老啦！自叹老迈，可身后还有三个徒儿哪。

"哟！这么快就回来啦？没称心的？"尖细的半是讥笑半是关注的问话，使神手朝着声音望去。但见一双手交叉着搭在丰满的胸前，头梳理得整齐油亮，插着金钗，还别着红艳艳一朵花的姑娘，小巧玲珑的嘴巴往里微微收着，看上去顶多二十五六岁，她眯着淫荡的眼睛，不住瞟他们师徒，还没等师徒回话又说："一百多条船，把你们看花了眼，你若信得过我，跟我来，保准你们满意。"用又是商量又是安排的口吻说。

他们师徒居然跟着这位年轻的鸨母朝左手最边的船走去。

这里船上的红灯笼都悬着，年轻的鸨母转身狎昵地一笑："老爷，你就到这艘船舱里，这是三天前从镇江来的小娘子。"又对着三位徒弟，手指三艘船，"那！那！那！你们三个上船，看你们钉橛子的本事了啦！"

小三徒弟还是鬼气，把手一摆："别别别！等一下，说好钉橛子的价钱！"

年轻的鸨母坏坏地一笑说："这位老爷二十个铜钱，你们各十个，共四十个，不贵吧？"

小三徒弟轻蔑地笑了笑。

神手掀起船舱的细篾竹帘子，见船里有个身着粉色绸裤子、浅绿色绸裰子，曲腿坐着穿绸面绣花鞋的小脚姑娘，勾着头一声不吭。他脱鞋下船舱，慢慢坐在姑娘面前，见她肩头一耸一耸哭泣，纳闷，缓缓扳过她的肩。这姑娘说不上漂亮也说不上丑，没有涂脂抹粉，泪水含满眼眶。这地方怎么有这样的人？神手很疑惑，便同情地问："姑娘你怎么啦？"

问话刚落，她泪水簌簌连珠落下，仰起挂满眼泪的脸，瞪着神手说："你是来钉橛子的吧？来！来！你钉吧！钉吧！"说着就脱起裤子。

神手蒙了，急忙阻止住她："姑娘，等等！你不像这里的窑姐，听那年轻的鸨母说，你是三天前来的，能告诉我你是怎么来的吗？"

姑娘两只手来回在眼窝上抹了抹，抬头看了一下神手说："说有什么用呢？我都成了这样了。"又抽泣起来。

"总比憋在心里好受吧。"

她犹豫了一下，眼泪又哗哗流出，起身给神手磕了个头说："老爹呀，我好命苦呀！"说着竟号啕起来。

神手忙扶起姑娘说："别哭！别哭！外面听见不好，你起来慢慢说。"

姑娘哭诉，原来她是被好心婆婆拣起的女婴，养到十一岁，婆婆离世，当家的老伯把她卖给镇江米醋庄老板家当丫鬟，庄老板家卖院子住进南京夫子街丁字巷后，她随老板来南京。十五岁那年，一天夜里被老板糟蹋了，一占就是两年。她也希望生一子半女为妾，可就在八天前，不小心打了一个宋代耀州窑烧制的尿壶，遭了一顿毒打后，被卖进窑子。她死不接客，就在三天前才被送到船上。说到最后，她哭道："他好狠心呀！老爹！我命苦啊！"

神手听得浑身打哆嗦，腮帮子一鼓一鼓，太阳穴的青筋突突跳，咬着牙说："姑娘，他叫什么？丁字巷第几个家院？"

"老爹，你问这个干什么？"

"姑娘，老爹为你报仇啊！告诉你吧！我是贼，偷了一辈子。"

姑娘用手背揩了两把泪，脸腾地活泛起来说："在丁字巷里路北第四家，进门一进三院，他住在前面院子北房东间屋里。他家的财钱就在中院北房堂厅挂有松鹤画背后墙上小窑洞里，有一天，我进门送茶水，亲眼见他和他父亲揭开画从小窑洞里拿银子……"

"他叫什么名字？"

"胡自高！"

"噢！大户，有名，镇江有名的醋庄老板。姑娘，十天后我再来见你！"说着掀帘跨出了船舱，抬头见三个徒弟和那个年轻的鸨母面带喜色看着他。

"给人家钱了吗？"神手很严肃地问徒弟们。

大徒弟仍笑着说："这不都在等您老人家吗？"

二徒弟忙从怀里掏出小布口袋，拿出一把铜板，数了四十枚交给鸨母。鸨母把铜钱装入口袋。这时，小三徒弟在船舷一个趔趄，差点掉到河里，鸨母忙扶了一把，小三徒弟嬉笑连连道："谢啦！谢啦！"

师徒回到住处，小三徒弟从怀里掏出来一小口袋铜钱，一晃一抛，说："师父，师哥，船上钉橛子一般是五个铜板，那鸨母居然敢问我们要十个。看，我一晃她一扶，我一掏一谢，她的钱加一支金钗成了咱们的啦！"

徒儿三人得意地笑着，而神手一直在谋划。

第二十三章

师徒四人在丁字巷胡自高家院落周边勘察了六七天,并溜进去过两次。

胡家院确实是三套院子串联,后有一个小花园,围墙大约丈五高,院落东边房墙与邻院房墙紧靠,西边有一条逼仄的里弄,接夫子庙后街。后院住的是用人、杂工、家丁,胡自高住在前院,中院里住着他父母。前院中院堂厅中间墙都挂有中堂画,前院中堂画是虎啸龙泉;中院堂厅宽敞,中堂挂松鹤图,靠西墙有一博古架,上边摆放了瓶瓶罐罐。胡自高每两天回来一次,每次回来,都先到他父母屋里问安,到晚上又要独自和父亲坐一会儿,没发现从中堂画背后小窑洞拿东西,但从中院堂厅的摆设和那姑娘的诉说,可断定放财物的小窑洞在中院。他们决定偷盗胡家院。

八月十三,煦日高照,天空透亮得像一块没有瑕疵的玉石,明朗清爽。到吃下午饭时分,从西北方游离出一块铅灰色云团,接着一块一块云团集聚,不到一个时辰,把天封闭得严严实实,随即抽起雨条子,哗哗啦啦下个不停,整个南京城笼罩在蒙蒙雨雾之中。

"天助我们!换衣服。今天胡老板不在家!"神手说。他们师徒换上了一身黑衣,扎裤脚,绑紧手腕,软底黑布鞋……

子时,雨已停了,天黑得出奇,像一锭墨,偶尔听见秋虫在砖缝草丛里发出小心翼翼的鸣叫。南京城死寂得似一座荒野的坟墓。

只有四个鬼影子在飘忽,穿街过巷,飘至丁字巷胡家院西边逼仄的小里弄。两个黑影留在里弄,两个黑影从胡家后花园丈五高围墙飘进,然后推开后院的门,从房里传出人深睡的打鼾声。有人说话,黑影倏地贴在墙角处,原来是有人说梦话。黑影去推中院的门,门紧关着。忽闪一跃,两个黑影先后扒住房檐的椽头,轻巧地翻身上了房顶,然后飘落在中院,摸进北房的门。这两个黑影是神手和他的小三徒儿。

这时，小三徒儿从怀中掏出一小壶水，往门扇上下轴处注了一股水，掏出小薄刀，轻轻拨开门闩，一推，门无声无息地开了。小三徒儿守在门外，神手溜进去直奔中堂画，揭开画一摸，平展展一面墙，什么也没有！心里一紧，难道在前院？那姑娘说谎？忽听门外"喵……喵……"有猫叫声，一惊，闪进方桌底下。

一急促的脚步声临近。发出脚步声的人问：

"嗯？爸……爸……，怎么没关门呀？"

屋里含糊地答："自高呀？我……我可能忘啦！怎么这么晚回来了？"

"爸，你睡，爸！有点急事，连夜赶回来，拿点银子。"

"我睡啦！""嗯！"

来人是胡自高，他窸窸窣窣点着了灯，神手在方桌底下，手紧握一把短刀。见他站着揭开中堂画，不知动了什么机关，听到墙壁有细微的"吱扭"一声，接着是银两的碰撞声。又拿出什么东西，随即是翻书声，接下来无声，像是在看书，神手在桌子底下一阵暗喜。约半个时辰，胡自高把书放回墙壁，"噗"一声，他站起吹灭灯，闭门走了。

方桌底下的神手衬衫已经被汗水浸透，听到门外两声蛐蛐叫，长出了一口气，钻出方桌，急切地揭画一摸，墙面还是平平！他急得满墙乱摸，中堂画发出"刺啦刺啦"声响。屋里传出老人的说话声："怎么还没走啊？""唉！就是有事，睡吧！"是老太太应和的劝说，接着是"唰唰""沥沥"的小便声。

神手静钉在原地没敢动，一直听到屋里传出均匀的呼噜声。他又摸了一遍墙面，仍没有发现什么，此时，窗户透进丝丝阴亮，把他吓了一跳。原来是月光，天晴了！堂厅摆设隐隐约约现出，中堂松鹤图很显眼，博古架上的瓷瓶幽幽可见。神手心想，时分太长啦！干脆摘了这幅中堂画，拿几件古董走人。他踩上方桌去卸中堂画，画的挂带系得太死，他猛拽了一下，忽然听到墙壁处"吱扭"一声，心头震得血要往外喷，撩起画一看，一个小窑洞。他激动地往里伸手，凉冰冰是金银锭子！他从怀里拿出布袋，借着月光往里装，还摸到一个木盒子，也装了进去，背着袋子就往外走。

"哗啦啦啦……！"一串清脆的水壶滚动的声响！原来神手出门急，踢倒了进门时往门轴注水，放在门边的那只小水壶，声响在寂静的夜里震天响。

"自高，干什么呢？"从屋里传出老人清晰警觉的问话，见没有回音，立即变成了高喊："有贼！贼！"旋即，另一屋里也传出尖细年轻女人的喊声："打贼！打贼……！"

神手把布袋抛给小三徒儿，小三徒儿三两下将袋子捆在背上，开通往后院的院门。后院的家丁、用人、杂工已醒，打贼声喊成一片，破门而出。师徒二人退回院里，北房、东房已亮起灯，神手急说："上房！"师徒二人翻身跃上了房顶，神手被房顶雨水一滑，向后仰去，幸亏被小三徒儿拉住。

明晃晃的月亮，把天地照得雪白。打贼、捉贼声响彻前后中院。忽有人喊："贼在房顶上！在房顶上！"

师徒仓皇窜入中院西房后坡，看见大徒弟、二徒弟黑影在下边喊："快跳！快跳！"

二话没说，师徒先后跳下。只听神手"啊"一声，半坐在地上，小三徒儿急忙去扶，神手"唉哟"一喊！里弄丁字巷出口传来"捉贼"的喊声。大徒弟眼疾手快，没管太多，背起师父对师弟们喊："快往后街跑！"师父四人鬼影似飘入月夜中，无影无踪了。

师徒四人回到住处。神手背部一动疼得要命，感觉下身不听使唤，躺在床上还好受些。他强忍着疼把徒儿们叫到床前，查点了袋子里的金银，再打开木盒子，有十几张银票和一本薄薄的漂亮的书，经过清点，他们大为惊愕！

神手说："光是这些银票就够杀了我们四个人的头了，别说金银锭子。不过这些金银够我们花一辈子喽！把银票全烧掉，那是祸根。记住：明日开城门，雇轿，一早赶快离开南京，胡家肯定报官，官兵要全城进行搜查，明日不离开要再想走就很难了。我们过江到北方去，江南混不成了。"

真让神手说准了，第三天，南京官衙就贴出缉拿盗贼的告示，告示上说镇江醋庄胡家被盗，是近几十年来南京发生的大案，举报者有重赏。整个南京城按门按户进行搜查，出城门的人逐个搜身。

神手没忘记承诺，指使小三徒儿冒险去赎那位被胡自高卖给窑子船的姑娘，得到的消息是：姑娘向衙门告发，她曾接待过四个人，很像衙门通缉公告里说的那四个人，并向衙门详细描述了他们师徒的模样。官衙依据姑娘的描述画出了他们师徒的相貌，已发往镇江、杭州、苏州、扬州一带，搜捕形势越发紧迫。那姑娘得了一笔重赏，自赎出窑子船，不知去向。

一月后的一天，神手师徒在徐州府一小镇上发现贴出抓捕他们的画像和告示，躺在床上的神手，把徒儿叫到身边，沉重深情地说："徒儿们！你们看见镇上贴的画像和告示了吧？看来我们师徒缘分已尽，再不能一起混了，在一起迟早死路一条。为了活命，今天必须各奔东西，我现在还走不动，你们大哥先留在我身边，小二小三你们逃命去吧！"

二徒弟、三徒弟听后哭成泪人，跪在地上嚷着争着要留下，不走，说死都死在一块儿！

神手反而笑着说："傻话！都要活着，必须活着！要不，我们盗这些金银干什么？"接着又说："这些金银，均分四份，咱们各拿一份，那本书就留下。你们要想在道上混，我管不着；不想混，你们反正也没名字，找个地方落身，立个名，成个家，站入真正人的堆里，这些金银也够你们一辈子花了。去吧！立即离开这里。听话！最后听师父一次话！"说着也哽咽起来。

二徒弟、三徒弟趴在地上重重地给神手磕了三个响头，哭着离开。他和大徒儿也悄悄离开此地。

两年后，神手和大徒儿漂流于洛阳城，他已能拄着拐杖艰难行走。一天，他和大徒儿在一家酒肆喝酒闲聊，听旁桌议论说镇江醋王胡自高向全国发出寻书的帖子，说丢失一本《醋经》，有拾到归还者定有一万两银子重谢。

大徒儿没告诉神手，把他们留的那本书拿到一家古玩铺子去认定，回来高兴地告诉神手："爹！我们那本书就是胡老板要找的《醋经》，一万两银子哪！我去兑换。"

神手随即十分惊讶地问："你如何知道？你又不识字！"

"我上午到古玩铺去了，让他们看了一下说的，而且说，这本书是从一个南北朝时很有名的书上抄下的，那本书叫……叫什么？没记住，抄写的人叫吴镇，说是元朝有名的画家。"

神手听后，脸变得煞白，拿起拐杖急匆匆地说："徒儿，现在我们离开洛阳城，马上！一刻也不能停！不走就来不及了！"

他们师徒雇了辆马车，听神手的话，出洛阳西门，又拐向北面，渡黄河，进入山西王屋山一带。

就在当天下午，洛阳官衙的捕快冲进神手师徒的住处，扑了个空。随后，往陕西潼关追。

他们又逃过一劫。

他们在山西的大山里，混了一两年的日子，兵荒马乱，最后落脚在平阳府这座无人管问的废弃的驿站这间简陋的房子里。大徒儿一直陪着他，一次雨天他上茅房滑倒，从此，再没有站起。他把那本书让徒儿用床新被子卷起，挂在房檩上。大徒儿已经八天没回来了，也不知何因。

"汪汪汪……呜……，汪汪汪……呜……"四眼在屋外疯狂地嘶叫，打断了神手的沉思，说："赶快出去，有生人来了！"他又用尽全力，但声音依然微弱地朝外喊："四眼，四眼，回来，回来！五子你出去看看。"

晋五领进的是衙门来的两名衙役，四眼站在神手炕前，鼻子里发出"呜呜"的不满声。

"你们谁是屋子的主人？"其中一个小个子方脸的衙役厉声问。

"什么事？"有秦起身，高出衙役一头，字正腔圆地反问。

两名衙役一愣，心想，京城的人？马上和气地说："是这样，我们霍州县衙巡捕抓住一名四十多岁偷衙门银库的盗贼，他说他老爹住在这里。我们来，告知一声，再问他叫什么名字，他说他没名字，担心的是自己的老爹，还是个孝子！"

神手眼里流出一连串的泪水，哆哆嗦嗦地撑起身子，说："我……我的孩儿啊！狗改不了吃屎呀！他是我……是我收养的流浪孩儿，从小……从小连爹娘……都没有，哪……哪有名字啊？"他仰起那张被蜘蛛网似的长发罩着的嶙峋黝黑的脸，眼里流露出哀求的浊光，说："大……大人，放了他……他吧？可怜……可怜这孩儿！"

衙役硬生生地说："难，他犯的是大罪！"

老人沮丧地瘫在被子里，想起了他师父叫他的名字，带着哭腔，沙哑地说："就叫……就叫他'屎孩儿'吧，我的——屎——孩儿——啊！"凄惨地长长地哀号了一声。

屋里的人都怔怔地看着神手,四眼也伸脖子"汪——呜——"了一声。

晚上,有秦在油灯下拿着神手老人给他的这本《醋经》发呆。

上午送走那两名衙役后,听老人唠唠叨叨叙述了这本书的来历,深感老人恓惶奔波传奇的一生,真像他所说——"游鬼"啊!要不是下肢瘫坏,真不知他现在会游在哪儿。现在他的屎孩儿没了,可怜啦!为此,他叮咛晋五一定派一专人照顾老人的吃住行,谁知老人在世还有多少日子呢?

他把这本书翻看了两遍,确实是个专用经典书籍,自己从没见过,也没听说,酿醋还有这么深的学问。

突然想到致胤说过,郭有才醋作坊,贡了一尊叫黑塔的神像,当时觉得怪,现在从书里得到证实。原来黑塔是古代中兴国发明酒的杜康的儿子,他率族人移居现在的镇江一带酿酒,觉得酒糟扔掉可惜,就存在瓮里浸泡,时间一长,再加酒坊事多,就忘了。有一天,黑塔突然想起之前浸泡的酒糟,一开瓮,一股从未有过的香味扑鼻而来,浓郁的香味诱惑黑塔尝了一口:"啊!酸甜兼备!"便贮藏起来作为调味浆。这种浆叫什么呢?黑塔一算,从浸泡到开封共二十一日,又是酉时开封,便取二十一日加酉,命名为"醋"。从此做醋的后人,就把黑塔贡为醋祖——醋神。

书中五卷将制醋方列二十二种,很细,玄之又玄,如秫米制醋方:

七月七日取水,置瓮于屋下作之,大率麦䅉一斗,水一石,秫米三斗,……随瓮大小,以向满为限,先量水,浸麦䅉讫。然后净淘米,炊而再馏,摊令冷。细掰曲破,勿令有块,一顿下酿,更不重投。又以手就瓮里,搦破小块,痛搅,令和如粥乃止。以棉幂口,一七日,一搅;二七日,一搅;三七日,亦一搅;二十一日成熟;一月日,极熟。后掬入滤器,成醋……若用湿器咸器内瓮中,则坏醋味也。

"收醋卷"中曰:"头醋滤清,煎滚入坛,烧红火炭一小块投入,加炒小麦一撮,封固,永不败,陈醋也。"

全书共二十卷:黑塔卷、制作卷、收醋卷、调味卷、药用卷、功效卷、选用卷……明示此书抄自南北朝一部名著《齐民要术》，另收集了民间制醋技法，是本有用的书。好书！绝顶的好书！此书手笔，如真像老人说的，出自元朝吴镇之手，就成了值钱的古董。可惜有残，被老鼠咬了，作为残的古董放在手中又有何用呢？他又想到开醋坊的郭有才。随后，他把书拍抖了一下，放置架板上，自言："等什么时候送给郭有才。"

此时，昏黄的油灯闪晃了一下，自家那件"朱家后人"之事涌上心头，单从能将致呆放回看，不会有大事，但也应让致胤回来一趟，问问梁知府那里的情况。于是他把晋五叫来，吩咐了一番，才拖着疲惫的身子，回屋休息。

第二十四章

那日梁知府从申家饺子馆出来,太阳已稍有偏西,暖风拂来,吸了一口气,很清新舒服,坐在轿里感到这顿饭吃得愉悦,还给儿子交了一个同龄的教头,李家这两个小伙子他很中意。

进了府衙,儿子搀扶着他躺在后院寝室铺有被褥的竹榻上。还没半个时辰,他突然清醒过来,穿便服坐在了签押房,拿出了那半张麻纸:

"李致胤李致呆李致禛驿寨村甲申年五月到口音京腔是朱皇家后人"

字歪歪斜斜,没有句读,老百姓口气。他把半张麻纸放在文案上,又翻出李致呆的口供看,勾头思索。本是无关紧要的事,和何鸿烈老夫子已商谈过,搁置一边,偏偏死心眼的通判看到,非视为案子,说朝廷刚站住脚,得防患于未然,真是小题大做。今天饭桌子上,李家小伙子的言行谦恭、和顺,没有一点点的皇家气质。

"大人!大人!"书办推门进来,轻轻地唤。

他回过神来,抬头问:"什么事?"

"何师爷来了。"

"快!让他进!"

何师爷进来,看见梁知府文案前放着那封告发信,还有李致呆的口供,心怀疑忌。

"东翁,看出点什么来啦?"何师爷笑着问。

"没有,你坐。就那么别别扭扭二十八个字,怎么也看不出'朱'字!"他自嘲地笑,停顿了一下,带有探讨口吻地又说:"今天反复看,告发人怎么也不应把李致胤这小掌柜放在头一名,令人不解,我想很有可能是卖粮或者买粮与李致胤发生纠葛,引发此信。李家真正掌柜是李有秦,可信里没有他的名字,可见，此人与李有秦不熟悉，这里面有诬告之嫌！"

"东翁，你揣测在理。就事而论，疑点太多了，根本不成为案子，不过此事自发生以来，我一直在思考。"何师爷说到此稍一停顿，很谨慎地问："老夫可否问一句话？"

"老兄，你问吧！"

何师爷走到签押房门口，朝外面的书办说："我和梁大人商量一件事，暂不要打搅，如有来人稍等片刻。"随手把门关上，坐下后问："东翁，是何年及第？"

梁知府诧异地答道："万历三十八年。"

"老夫是万历三十一年中举，都算少年得志。一个大明举人，一个大明进士，老夫打一妄语，若李家真是朱皇家后人，该如何处置？"何师爷这一问如劈天惊雷。这梁知府忽地站起，脸色突变，下意识瞟了一下门口，惊栗地盯着何师爷；又坐下，容色徐徐松弛下来，思忖着。签押室静极了。他又满脸狐疑地审视何师爷，冷冷地问："李家真是朱皇家后人？"

何师爷轻松地笑了一下："东翁，你错解老夫的问话了。'若是'——是'假如'，老夫真实的心思是：若有凿凿证据，证明李家是朱皇后人，东翁！决不能落入你手中处置！大明进士，如何能加害朱皇家后人？在士林中无颜呀！更何况这封二十八个字、根本无丝毫证据的告发信呢？能在你手中了结，尽快了结，决不能节外生枝！若在东翁手中造成留名史册的'朱皇家后人'冤案，这可是千古骂名啊！"

何师爷诚恳的良善之言，不亚于刚才的问话，震得梁知府心魂不住地颤抖。"颜面""青史""千古骂名"……，何鸿烈这老夫子言之有理啊！我知道自己无伯夷、叔齐不食周粟之节，为苟活于世，供事清廷，已辱没了读书士人的节操，更无孔圣人提倡的"不降其志，不辱其身"的品性；但，人不能丧失起码的良心吧？如真把李家在我手定为朱皇家后人，我得到清廷之褒奖，不但我将留下千古骂名，让子孙后代也无颜面对世人呀！他沉思了一会儿，又望着何鸿烈，幽幽地问："依老兄之见呢？"

"依老夫看，事已到此地步，过程必须走。派能知东翁心之人，到京城逛一圈，找几个京城市民，集几张证言，成文，查无实据，商讨一次，结案归档。"何师爷缜密知心地说。

梁知府又陷入沉思。

"何兄！"梁知府很亲近地称呼何鸿烈，又温和坚定地说："知我者莫过何兄了，我现在决定，派你带一官员进京勘查此事。"

"东翁，为了你老夫可进京，随我者是何人？通判决不可，平阳府面上的事，也离不开通判大人，我想……"何师爷从座椅上站起来，踱了几步接着说："东翁，老夫看李家兄弟和临汾城县衙的满官张文章、哈图关系不错，抽其中一人随同，他们是满官，再合适不过了！"

"就这样定了。你和李家兄弟商谈一下，看谁去合适，再告知县衙，明天上午在这里议事；进京勘查之事，赴京官员参加，让通判、同知、书办也都参加。"从梁知府布置差事的语气中，显然他已心里有数，松驰下来。

何师爷这时心劲与梁知府一样，宽松了许多。他将手揣在怀里，笑呵呵地走到梁知府文案前，掏出一锭金子塞给他。梁知府先是惊疑，后又缓和下来问："老兄，这是啥意思？"

"是李家兄弟让我送给你的，说他们的事儿让你费心了。"

"怎么能这样呢？不能收，千万不能收，人家还救过咱家人的命呢！"

"收下吧，是那小掌柜致胤返回来，一定让我给你的，他说在桌子上不好给，这些生意人有的是金银，小伙子也很真诚，不收他们的心反倒不安宁了。"随后，何师爷又问："东翁，致杲还是先让回家吧。"

"暂放回家，你去办吧！"

何师爷转身去开门，又被梁知府叫住："等一下，你再把府里那位郎中叫过来，告诉他，就说我说的，让他去驿寨村为李家老太太诊脉看病！再给有秦带话，让他放心为母亲瞧病！"

何师爷一刻也没停，先放了致杲，叮咛致杲先回村去见姑母，她心急着呢，然后找来郎中领到粮店，让晋五骑马带郎中回村，并带去梁知府的话，他又和致胤商谈事，让张文章还是哈图随他进京，最后觉得县丞张文章是合适人选。

次日，梁知府、同知、通判、临汾县衙县丞张文章、何师爷、书办坐定府衙签押房，会商进京勘查李家在京城的踪迹，判定其是否朱皇家后人。

梁知府向通判点了点下巴，示意让他说。通判简要说了今日会议的内容，又拿出那封告发信和李致杲的口供，给了同知大人。同知翻看后又给了临汾县丞张文章。

张文章拿着这半张麻纸一看，又看致杲的口供，眼前立即想起李有秦去年秋季为贪军粮和他争一二成利的事，心里讥笑有秦唯利的小家子气，现在怎么成了朱皇家后人？他无法把李家兄弟和"皇"字相并，就这几个字？太可笑啦！为此他直接说："梁大人，恕我直言。李家我了解，他们来驿寨村，开荒种地，收捐军粮，开粮店，就是一家子唯利是图的生意人。"接着，他把麻纸抖动得"哗啦啦"直响，接着说："就这半张麻纸上的几个字，李家就成了朱皇家后人？哈哈！抬高李家啦！进京找谁？有线索吗？在京城见一个人，就问'你认识李致胤吗？''你认识李致杲吗？'傻吧！"他轻蔑地大笑。

在座的官员被他一问一笑，弄得目瞪口呆，面面相觑，默不作声。

通判见满族官员在上级官员面前如此放肆妄为，不懂礼节与规矩，暗暗慨叹人家是满官，光是一个"满"字就压好几品。他停了片刻，清了一下嗓子，心存芥蒂，面带讥笑，话中带刺地说："今日知府大人会商进京勘查李家之事，并非评议此事。此事关系我大清安稳，为臣者，孰轻孰重，张大人应会掂量！"

张县丞压根儿没理会通判大人的讥诮，反而大咧咧地说："知府大人，同知大人，通判大人，我可陪何师爷进京，还可顺便会会故朋，但事先必须告诉各位大人，京城非前朝的京城。现京城实行旗、汉分城立制，就是说分内外城制，内城居住的都是皇室、八旗的王公贵族，汉人无论官民一律迁出内城，居住外城。内城是：东朝阳门、西阜成门、南正阳门、北安定门之内。李致杲口供中那些地方今非昔比，都在城内，棋盘街是吏、户、兵、刑、工六大衙门之地，王府井居住的是皇亲国戚，如王爷、贝勒、贝子，通判大人如何查？"

通判张口结舌，同知大人嘴唇翕动没有作声。何师爷听后暗暗叫好，嘴上两绺灰白胡须微微抖动了一下，眼睛看着墙壁上悬挂的"宵旰图治"条幅。梁知府从开始就板着脸缄默无言，好像在宣示他的职权。

通判真气恼了，看了一眼知府和同知两位大人毫无表情的脸，又看了何师爷不经意的样子，再看张文章颐指气使的神气，乜斜了张文章一眼，愤愤地说："依张大人的高见，我们不用进京勘察，就可结此案了，哦？"

张文章即刻瞪起双眼,刚要发作,只听梁知府对着通判狠狠地"嗯——?"了一声。

谁都不说话了,静了顷刻。

何师爷语气慢悠悠地说:"张大人说的,不无道理,二十几个字就对李家进行勘查,着实轻率和荒唐,也不合朝廷政律。但事已到此地步,通判大人为朝廷安稳着想,是为官的职责,京城变化为勘查带来难处,知难而进,表明了平阳府对朝廷的负责和忠诚。"

何师爷侃侃而论,意思就是一个:还是听从知府的旨意——进京兜一圈——勘查。

梁知府最后说了一句话:"就这样定了,何师爷和张大人回去准备,后天在知府办理勘合,进京,勘查一定要精细,周密。"

第二十五章

一大早，致胤骑着那匹枣红马往村里去。朝阳染得正在拔节的麦苗一片橘红，微微风起，掀起层层橘红色的波浪，几只燕子"啾啾啾"贴着麦田欢快地一掠而过。此时致胤的心情就像那几只小燕子。

他想起昨天晚上和何师爷在申家饺子铺吃花边饺子的情景。何师爷绘声绘色叙述了府衙会商进京勘查的经过，虽有炫耀自己智慧过人之意，但也让自己实实掌握了梁知府的真实心意和进京勘查的意图，得快些把消息告知姑母和有秦大哥。

想到这里，他情不自禁地拍了拍心爱的枣红马的脖颈，轻轻夹了下它的肋腰。枣红马似通人性，摆了两下尾巴，撒开四蹄，升腾起一溜尘烟，风火轮似的向驿寨村飞奔而去。

致胤推开院门就喊："姑母，姑母！"

从屋里传出"哦！哦！哦！"的回应。

有秦听到声音从东屋出来，见致胤兴冲冲的劲儿，就知道定有好消息。

兄弟俩进了李氏的住屋。李氏刚喝了一小碗红枣小米粥，围着被子坐在炕上，脸上泛着红润，见儿侄们进来，满脸堆着笑容。

"姑母，您老安好？"致胤先问安。

老夫人宠爱地看着侄儿，眉梢喜得生花，连连说："好！好！好！"转头对侍女说："小桌子不要撤，快给我儿盛碗小米粥，这小米里加红枣好喝得很。"

"姑母，我回来前在店里吃过，不用啦！"

他转身拉了一把杌子坐下，有秦坐在炕沿，侍女一看有事，起身往门外退。有秦叮咛一句说："把门关上，不要打搅我们。"

致胤看了看有秦，又看看姑母说："有秦哥让晋五捎的话捎到了，没有新消息所以昨天没有回来。"随后，他将何师爷如何说服梁知府改变心意，何师爷如何送梁知府金锭，知府如何会商勘查之事，如何选定何师爷和张文章县丞为勘查人员，何时动身进京统统详细说了一遍。

姑母听后很有感触地说："何老夫子，不愧为大明的举人，看来梁知府还是位有良心之人，真把他错看了！"

有秦沉思了一下说："要请他们吃顿饭，还要给他们带些盘缠。得马上给致禛哥写信，让他暂停卖粮，到京城接待他们。"

李氏忙插了一句："一定告诉致禛，在京城千万不要去见熟人。"

有秦重重地点了点头。

"有秦哥，我再告诉你件事！"致胤说，"我们初五给赵城张家醋坊送的粮，今天初九了还没有结账，送粮当天他们说管账人家里有急事不在，但至今没信儿。"

"先把这事放放，当前重大的事，是衙门内因那封信引起的事端。赵城的事不怕他赖账，下次不给他送粮，他还必须赔损失。"有秦信心十足地说。停顿了一下，又说："上午你就回城，约何师爷、张文章、哈图，说晚上咱们在申家饺子铺请他们，提前订个雅间。哦——！还有一件事，我获得了一本《醋经》的书，对咱无用，送给郭家醋坊肯定有用，你回城顺便给他们带去。"

李氏在炕上再没有说什么，可心里宽慰，浑身松活得很，很有点儿昏昏欲睡的感觉，眯上眼⋯⋯

中风的郭有才三天后起床了，全家都高兴。但再不是风风火火健壮的老汉了，左腿左手都不听使唤，嘴角向左软塌塌耷拉下来，把左眼也拽动了；整个左脸皮松得如块皱起的抹布，左嘴角滴滴答答流着口水。老伴儿要给他脖子上系块帘帘，但他脾性要强，就是不让，所以他的左前襟老是一块泅湿着。

今天上午，他拄了根拐杖，在老伴和用人郭婶的照顾下，坐在院子门口晒太阳。老伴儿回屋去了，因来回过道的人都要问候他几句，心里烦，举起拐杖一步一撂左腿，碰着吊在胸前无知觉的左手往蒸料房拐去。拿着块白粗布的郭婶每每给他擦拭流下来的口水，他总要不满地瞪她一眼。他内心不服呀！自己怎能成了废人？多会儿让人如此服侍过？虽不满郭婶的殷勤，但口水无知觉地流下，他没办法啊！

蒸料房里白腾腾的热气，从窗子、门、房檐椽间缝隙中往外涌，一看就知道醋坊是开着的。

郭有才站在蒸料房门前，看不够地欣赏着这从缝隙中涌挤出的一团团活生生的热气，翻滚着升腾着，飘向无际的远方。他仰头看清朗朗的天空，懒洋洋的太阳，舒了口气，自语："和（嘴发音露气，把"活"发成"和"）着哩！"口水流出，郭婶忙向前擦了一把，他狠狠剜了她一眼。

他拄实拐杖，撂起左腿，拐了几下，郭婶急忙推开门。他们进了蒸料房，干活的伙计见是老掌柜，稀罕地围上来问这问那，欣慰引起的酸楚，不由得湿了郭掌柜眼眶，忙说："起（你）……起……起们……看（干）……看（干）和（活），我……好着哩！"郭婶赶紧擦流下的口水。

成尚急忙跑过来扶住他说："父亲，跑到这儿干啥？郭婶，快扶我父亲出去，这里水多，小心滑倒！"

郭有才没听儿子的话，站着不动，看着伙计们忙碌，心里舒坦啊。又往前拐了一步。

"笃笃！笃笃！"郭掌柜不住地用拐杖戳地。成尚看他父亲生冷的脸，又看拐杖戳的地方，发现有几粒高粱米，明白了，忙朝里喊道："二猴子，过来！把这里洒落的粮食扫净。当心些，不要糟蹋！"再看父亲的脸，活泛了。

成尚硬是把他父亲搀到门外，仰面看天说："太阳多暖和。郭婶，你让我父亲在太阳底下慢慢活动。"

"嘚嘚嘚嘚……嘚嘚嘚嘚"清脆的马蹄声传来。

正在太阳底下一撂一拐活动的郭有才顺声抬头望去，一眼就认出是致胤少掌柜，像久别的亲人相见，激动地向前撂腿，差点摔倒，郭婶忙搀住，他想热情地唤"李掌柜"，但嘴不听使唤，一串串口水流出，一股说不出的羞愧、亏欠感猛冲心头，眼眶里涌出泪水。

致胤翻身下马，到了郭有才面前，惊讶得瞠目结舌，紧紧握住他的手，连连问候："掌柜叔！掌柜叔！您这……？您是什么时候病的呀！"

郭有才这时泪水、口水止不住地一齐流下。郭婶忙给她擦，像哄孩子似的说："老爷，别哭！别哭！"

"鹅（我）……鹅（我）……都（对）……都（对）……不起哇！"号啕起来，

身子像筛子抖动着。

老伴儿听到哭声颠着小脚跑出来，见一位穿戴讲究牵枣红马的年轻人搀扶着老掌柜，忙让郭婶去叫儿子成尚去，接着对泪流满面的郭有才说："老爷，不要动心！不要动心！郭大爷不是千叮咛万嘱咐要你静心养吗！"

成尚来后他们坐定堂厅，致胤询问了郭掌柜的病情，才知道是他送粮那天下午就犯的病，看着坐在方桌边的痴痴的郭掌柜，歉疚地说："掌柜叔，最近家里有烦心的事，也没来看望您老人家！"

听致胤说"家里有烦心的事"，郭有才像被毒蝎子蜇了一下，斜歪着的脸猛地一抽动，右眼睁大，身子前倾急切地问："沙（啥）……沙（啥）事？"一连串口水流下，站在他身后的老伴儿边擦边说："慢着说，你急啥哩？"

致胤长长"唉"了一声，说："不说那些事！我今天进城绕道来，给你们送一本书。"说着从怀里掏出那本《醋经》，双手捧给郭有才说："这是我有秦哥得到的，他说对你们有用，让送给你们。"

当他颤巍巍接过书，翻了几页，惊得张大斜嘴，口水滴成一条线，"醋经……醋经"，奇怪！说得很清楚，下边又露着气激动地说："喝（好）……父（书）！跑（宝）……父（书）！"

他又递给了成尚，成尚翻开一看，兴奋地嚷道："李掌柜！太感谢了，听家父说过，做醋的人都知此书，得此书，酿出的醋天下无双。宝书，宝书啊！"那高兴的劲头真不知说什么好！最后深深感慨地说："李掌柜！你们李家什么都想着我们呀！"

成尚的话，狠狠揪了郭有才的心。他情不由己战战兢兢地问："李……长（掌）亏（柜）！掐（家）……里……吃（出）……沙（啥）……事啦！"口水又流了一串串。

致胤疑惑地望着郭掌柜，老伴在旁为郭掌柜擦了一把口水说："他爸问你，家里出啥事啦？"

"对，家里出啥事啦？我们能帮上忙吗？"成尚急切地诚心问。

致胤稍思顷刻，说："不知谁给府衙写了封告发信，说我们家是朱皇家后人。衙门的人三番五次到家询问，我哥致昊还被衙门拿去过，姑母因此事也病倒了。无心做生意，折腾得家里上下不安宁，这不，衙门又要派人去进京勘查，烦死人呀！"接着又愤愤地说："不知得罪了哪路神仙，不说啦！成尚、叔、婶子，让叔好好养病，过两天我再来看叔！"

说完，致胤转身急匆匆地走了。

可郭掌柜一直痴痴坐在靠背椅子里，动也没动。老伴儿见状，面对着他说："老爷，老爷，人已经走——啦——！"郭掌柜仿佛没有听见，呆呆地看着那本《醋经》。此时，儿子说的"你们李家什么时候都想着我们呀"反复飘入耳中，这句话何止是鞭子，就是一把钢刀层层割着他的肉心！泪水、口水从斜眼里、左嘴角流下，黏附在稀松的胡须上，又顺着前襟掉下……

三天了，郭有才没说一句话，睡了吃，吃了坐着流口水，痴痴地看那本《醋经》，再睡。

"不会说话了，病重了！"

叫来郭大爷，看后说："心气憋得，好生照顾。"

请来城里郎中，诊脉后说："阴郁太重，吃药看看。"

老伴儿啜泣着和郭婶为他缝寿衣，儿子成尚请来木匠为父亲割寿板，说是冲冲。

又有谁揣摩到郭有才老掌柜的心气憋在何处？阴郁有多重呢？一本《醋经》送来了他那封告发信的恶果！也带来了李家对人的赤诚心意！更无情地揭掉了他老实人的面皮，袒露出见不得人的狭隘小人的丑态。

他想重修自己的魂魄，赎回罪过，但如何收回那封信，拯救对李家酿成的灾难？这成了勒在他心头的一根绳索。这根绳索有无数只手在拉，越勒越紧，胸口憋疼得终日难忍，心一直颤抖。有时头脑蒙蒙昏沉，眼前浮动着致胤披发垢面罪枷加身的影子，一老妪的脸被被褥盖着，头顶忽闪着盏油灯，凄凄惨惨；有时胸口抑郁堵憋，他想进衙要回那封告发信，可要回信就是诬告，要获罪蹲大牢呀！胆小、懦弱袭来，自己周身发软。又想到自己老实、厚道、淳朴的形象将毁于一旦，有什么脸见村人？儿女子孙又怎么活人？

勤劳老实了一辈子的郭有才呀！被他狭隘的心胸酿成的灾祸，折磨得没法安生一刻。

他在愧疚、懦弱的折磨中昏昏沉沉度日，也不知道有多少天。他忽然想到死！就是在中风最重时，他都没有想到过死，相信自己肯定能活，阎王不会收他，现在真想死！死了便可以一了百了。

死了能"了"吗？灾祸不是还存在吗？

心上的绳索被狠狠拽了一把，他的心猛烈地抽搐，——不！不！还李家一个清静！还我忠厚、老实庄稼人醋坊主的品性！写悔罪书，送进衙门！此念头刚出，勒在心头的那根绳索松了，憋堵、抑郁的感觉好了些许。

下午饭，郭婶一筷子一筷子地喂了他一小碗汤面，高兴地对夫人说："夫人，老爷今天吃了一碗面！"郭婶给他擦了嘴，要扶他到院子里走走，被他挡住了，嘴里露着气说："桥（叫）……青（成）……尚来。"

"说话唎！说话唎！"郭婶惊喜地嚷，老夫人欣喜地颠进来，看着自己掌柜的，揉去夺眶而出的喜泪，摆手推着郭婶："去呀！去呀！叫成尚来！"

成尚跨进屋里，惊异地看着自己的父亲。郭有才先流出一长条口水，露着气说："肯（给）……拿吃（纸）笔来。"

一头雾水的成尚，把一整张纸铺到方桌上，笔和研好墨的砚台摆好。

郭婶搀扶着郭有才拐出里屋，一看方桌上，就"哦……哦……，出（扯）……出（扯）……盼（半）……盼（半）……"不满漏气地嚷。

成尚急得听不明白，老夫人听着看着，蓦地一下明白了说："我的儿呀！你父亲只要半张麻纸，让你扯开。"

郭有才点点头，再没有"盼……盼"地发声。

成尚铺好半张麻子，压上镇尺，郭有才右手哆哆嗦嗦举起笔，蘸了墨汁，先是在麻纸上端正中间写了核桃大的"悔书"两个字。

成尚满脑子疑惑惊奇地看着他爸。

郭有才凝思默虑片刻，另起一行，一口气写下去："三月初六给衙门说李致胤李致杲李致禛是朱皇家后人的信是胡捏我悔过愿以醋坊一半家业赔李家郭有才三月初九。"

成尚当即瞠目惊愕，惊恐惶怵凄惨地喊了一声："父亲——！"

郭有才随着儿子的喊声，抬头，用迷惘却真实的眼神看了儿子一眼，手中的笔"叭"落在地上，地面砸出一个不规则的黑团，他软瘫在靠背椅里，头慢慢耷拉到一边，眼泪、口水一条线地滴在那黑团上，浸泡得黑团变浅变淡！

"父亲！……父亲！……"

"老爷！……老爷！……"

"老爷！……老爷！……"

成尚、老夫人、郭婶乱成一团，他们把郭有才抬到炕上躺平，只见他脸色青白，喉咙呼啦啦像拉风箱。

郭大爷诊脉后，无奈地说了一句："准备后事吧，老爷心事太重，心太强，害了他呀！"

老夫人听了号啕起来，郭婶也跟着一抽一抽地啼泣。

成尚有点急："母亲！母亲！别哭了，父亲的寿衣在什么地方呢？"

老夫人清醒过来，含泪忙到另一屋的大衣柜里翻起来。

成尚又叫来几个伙计，将郭有才的寿板抬出，油漆，裱糊，又让伙计去唤族家的大爷、大伯、大叔等至亲，商量父亲的后事。

五天后，郭有才在阴凉的黑夜亥时咽了气，走得极平静，连回光返照也没有，徐徐地不喘气了，像是沉沉地睡了，永久地睡了，真像他想的：死——了百了啦！不过他坚守住了一辈子老实、忠厚、淳朴的品性。

说也巧，李有秦今天在驿寨村也忙碌着一人的丧事。

晋五是半晌午回村看自家北房改建过程的，路过神手老人的住房时，四眼小狗"汪——唔——汪——唔——"悲戚地哀叫，他惊疑地打开栅门，随四眼进房，发现神手老人已经脉断气绝，慌忙告诉有秦。他们问照顾老人的用人，说早饭还喝了一小碗米汤，吃了一个馍馍，好好的。有秦叹息了一声："老了！"

他们找了一副像样的棺木，装殓了老人，当天就埋葬在村南李家的麦地里，坟头朝北。有秦说，还让老人向着京城吧！

先给老人立了个木桩，上写："京城神手之墓"，旁有一行小字："一生游荡于城镇人堆之中，享年八十有一，卒于乙酉年三月十三巳时三刻。"

立桩完毕，太阳已经落山，天色发暗，坟前燃过的纸片在烟雾中悠悠飘起飘落。四眼小狗仿佛清楚，一直跟在有秦和晋五后边，不管人们如何推揉它，它嘴里凄切哼哼，仿佛哀求别让它离开。众人只好随它去。

半月后，为神手老人立石碑时，人们发现四眼的尸体平展展躺在坟堆的旁边,十分惊叹!亦挖坑将四眼埋在老人身旁,并让石匠在石碑上凿出"四眼"作陪。

郭有才的丧事很简单,儿子成尚没请四方人士,只是族人、亲近的邻居参加,第二天便入土为安了。

"头七"上午,成尚拿着父亲那半张麻纸的"悔书",到临汾城李家粮店,找到李致胤为李家赔罪。李掌柜看着"悔过书",愣怔在那里,半天没说话。他想起和掌柜叔因粮而发生的争嘴,想到自己送粮日那封告发信的出现,想起自家上下的恐慌,想到掌柜叔的发病……,心突然悬在半空,小腿肚子不由自主地哆嗦起来。只见他粗大的喉结滑动了几下,嗓子干涩,喑哑地说:"成尚兄!让我为叔烧炷香磕个头吧!"

何师爷和张文章进京城逛了一圈。

何师爷登西山游览几大寺院,又凝神伫立在当年几次参加科举的旧地,似有感悟,吟了一首小诗:

悠悠人生路,忽兮黑成白。
天地仍辽阔,知兮早归来。

张文章看望旗里亲友兄弟,整日花天酒地,无不欢快,自然是致禛的安排。

当然,他们也遵照梁知府授意的"精细、周密"的勘查,收取了十几个人的证言,证实李家确为京城开丝绸店的生意人,自李自成攻破京城后落败,不知流向何处……

昨天,他们回到临汾。何师爷工工整整写了"精细、周密"的勘查结论,今天上午和张文章到府衙签押房交差。

梁知府拿着何师爷的结论看后,也确信了李家为生意人,褒讲了几句,正想何时会商此事,书办进来,拿了半张麻纸的悔过书交给梁知府。他立即翻出另半张麻纸的告发信,结果一看,笔迹无二,他胖脸上的胡须瑟瑟抖动,愤怒地说:"儿戏!儿戏!视衙门为儿戏!来人!"书办进来。梁知府声色俱厉地说:"去,派人将郭有才拿来!"

"大人,送这信的人就在大堂前跪着。"

梁知府又惊讶地问:"怎么?"

书办说:"跪着的人是一身重孝,说他是郭有才的儿子,郭有才三天前去世了,信是郭有才死前写下的,他要代父领罪。"

梁知府从座椅上站起,面容冰冷,瞧了一眼何鸿烈,是问他如何处置。

何师爷这时才拿起那张悔书,透出心里一块石头落地的宽慰,思索后说:"东翁,此案可按肇事者遗愿判。儿子还是个孝子,能把悔过书交来,诚实之人,先让他回去吧!"张文章一丝冷笑挂在脸上,没有吭声。

梁知府颔首,坐下。

第二十六章

　　八旗军队打过江南，围歼朱明南朝的残余力量，清廷在中国北方大地站稳了脚。满人还算英明，先推行休养生息政令，减免赋税和劳役，使人心安宁，民居安生；吸用汉官，采纳汉官韬略，使前明仕族得以稳定；科举制恢复，让天下举子看到了他们光宗耀祖的前途，学子们安静了，天下算是太平了！

　　李家经过"朱皇家后人"风波后，地地道道成了流落在山西平阳府的京城福祥丝绸店的后人，安静地生活着。

　　他们趁朝廷政策宽松，利用梁知府的官场关系，在太原开了一家粮店分号。李致胤和何小莺完婚后，赴太原经营，他的徒弟梁向文跟随。何师爷辞了衙门的差事，携老伴，随他的爱婿也到太原生活。致禛在河北收粮，地面都称他为禛粮王，顺势又在保定开了一家粮店分号。临汾主店由致杲经营，罗八斤成了粮店账房主管。晋五回村，跟随有秦成了李家的总管家，穿梭于临汾、太原、保定之间。

　　郭有才制造的"朱皇家后人"风波，府衙依了他的遗愿，判定郭家醋坊一半财产归李家所有，郭家人再不负罪。

　　李家坚决不应，可郭成尚三番五次，"负荆"至李家院门，说若不依是推他至不孝之地，百事孝为先，这是他父亲的临终遗言，不可违迕；若不依，是推他为不法之民，行事需"合大旨，知大略，明正律"，这是官衙的法令，不可悖逆。如此一来，反倒李家不仁、不义、不道了。无奈之下，李家兄弟商量后，说可答应郭成尚请求，但李家要真银投入郭家醋坊，仍由郭家经营，得利只占三成，认为这样才可消除夺他人家财之嫌。郭成尚不应，两家多次交谈，最后，李家拿出二百两真银，红利占四成五，郭家醋坊更名为"平阳醋庄"，出醋为"平阳陈醋"；郭成尚是主掌柜，李有秦为大掌柜，主管销售和账目，平日里由赵山代理。随后，平阳醋庄经过半年的修整，地盘扩大。遵《醋经》制醋之法，增建了熬醋房，扩建了淋醋房，改瓮淋为木池滤醋；发酵场可拥有五百口大瓮；蒸料房增建了五间；平阳醋庄出的醋，全部由专门烧制的有"平阳陈醋"字样的一斤、二斤、三斤、五斤、十斤褐色小口瓷坛包装。现在，平阳陈醋产量翻倍增长，李家各粮店都设有陈醋柜，平阳陈醋销往山西各府县，河北保定府一带都有平阳陈醋的身影。

李家粮醋两业兴隆发达，真应验了临汾李家粮店开业时，罗八斤送的一车红枣，红火起来了，财源滚滚，日进斗银。

顺治五年十月初一，山西各知县衙门前张贴了一张盖着府衙大印的告示，告知人们：两年一次的醋王评赛又要举办了，评赛日期是腊月初一，在平阳府城——临汾尧王庙举行。十月初一至腊月初一两个月准备时间，为做醋者留出了两次酿醋的机会（每次酿醋时间为二十一天）。评赛的醋类两种：陈醋、家醋。要求各府县有一官员主管。经过村、县、府比出的前三名，再层层推荐，最后各府比出前三名，推荐在省进行评赛；腊月初一，省里邀专业名流大师评赛出全省的陈醋王、家醋王。

告示像在茫茫飘舞的鹅毛大雪里放了两响蹿天炮，在空中一闪一响，"叭——咚——"那声响的波浪，涌进了山西的各个角落。民众活跃了，涌动了，兴奋得奔走相告，在城乡的巷街、饭庄、酒肆，私语着，喧嚷着。

"喂！老兄，又比醋王啦！你醋坊要参加呀！"

"哎！从崇祯十六年到现在，六年喽！还以为失传啦！今年恢复比醋王，还是官办！""开始比醋王知道吧，还比家醋呢。做醋吧，反正过年要做呢，不图争什么王呀，帅呀，图热闹！我参加，看谁家的醋做得好，呵呵！"

村民已经开始洗碗刷锅地洗做醋的家伙，他们清楚村里比醋王红火啊！到那天，村里的年轻小伙姑娘们嬉闹着；小媳妇儿拿着鞋底鞋帮抽着针线，叽叽咕咕欢笑着；老头呢，含着烟袋锅子，冒着团团轻雾；老婆子们踮着小脚，张着嘴张望着，都聚在戏台前看热闹。做醋的女人们扭着屁股乐滋滋地捧着自家装醋的坛坛罐罐，嘻嘻哈哈地把坛罐往桌子上一放，就等村里的族长、长者、村长品尝。当族长或者村长扯着嗓门喊出，今年村里的醋王是某某时，当得到醋王称号的女人拿上装着十斤麦子的口袋，身披一条红绸子时，锣鼓鞭炮声齐响，每个村民都在呼号，尽情发泄这一年的欢快、疲倦、苦闷。这是过年前的热闹红火啊！真正忙活的是大大小小醋作坊，谁家不想争个醋王？这是向民众宣扬自家的醋呀。得了这样的名号，人们喜欢，醋好卖，这是银子，能发财呀！

平阳醋庄专门组织了一帮人，在成尚的带领下，专门制作参赛的醋，有秦为他们加了工银。今天是他们制作第二批参赛醋的开瓮日，有秦也来了。成尚瞧了一下日暮太阳的影子，正在酉时上，他开始掀封盖在发酵瓮上的泥巴，顺便向站在身旁的有秦说："李掌柜，离省里评赛送醋日还有几天？"成尚一向都这样称呼有秦。论年龄他比有秦年长两三岁，称有秦弟，有不尊之嫌；有秦财力比他强得多，称有秦兄，太卑琐，已为不尊；人家就是掌柜，李家的大掌柜。

有秦看着成尚蜷伏在瓮上掀泥巴，黑色的棉袍上、两只手上全是土灰，消瘦的侧脸棱角分明，他有一种说不出的同情，这两个月来确实辛苦他了。他温和地答道："成尚兄，来得及，还有六天呢！"他停了一下又说："哦，我把专门为参省里评赛烧制的印有'平阳陈醋'字样的细白蓝花瓷葫芦形醋坛运回来了。"

"有多少个呀？"

"多着呢！我烧了一窑。"

"太好啦！好马配好鞍，秀美姑娘要艳丽的衣裳衬，我们的好醋就是要好坛装！呵呵……！"一串爽朗的笑声。

"嚯！好冲啊！味道正极啦！你到跟前闻闻！"成尚刚掀开瓮上泥巴的一道缝，就被发酵瓢子冲出的味激起了浑身的兴奋。

有秦被成尚情绪感染，急忙凑上去，一股浓浓的酸甘夹杂着淡淡的臭迎面冲来，他往后仰了一下，感慨地说："哇！好！好好！浓冲得很！"

成尚对身后的狗子说："去，赶快拉到滤醋房，把醋瓢子放进一号木池旁的那两个小淋醋瓮里淋。"

他随后又掀第二瓮的封口泥巴……

这两瓮发酵的醋瓢，成尚是原原本本遵循《醋经》制醋法操作的。一瓮取水于东山石缝里的泉水，一瓮取水于天水——阴历十月二十一下了场大雪，有心的成尚收集了两瓮雪水；用粮是精选的当年收的高粱，醋曲是他家祖传的老曲；发酵期，用谷糠闷出，从不见明火加温；醋瓤酉时入瓮，黄胶泥封口，七日酉时开封一搅，二十一天后酉时准时开瓮。如此操作，冲出了这浓浓的味道，使成尚信心百倍。他对着有秦喜气地说："李掌柜，只要熬好醋，我们醋庄肯定是今年的醋王。"

他非常清楚，熬醋是进一步提高醋的品味的重要一关，弄不好全盘皆输。他一定要亲临熬醋现场，选锅、添加作料都要亲自过手。想到这里他转过身说："李掌柜，我们先到滤醋房，再到熬醋房看看去，必须看着他们。"

改建后的滤醋房是长排式，内并排有五个一丈见方的木制滤醋池。木池三面有三个孔，成年累月往缸里滤滴着醋。缸满后，立即推入相通的熬醋房，经过加料熬制后，装坛出庄，销于天下。

他们推门进入滤醋房，往右手拐，直接来到一号滤池右侧，见狗子正往另一小淋醋瓮里放醋瓢，有一小瓮已装好。

但见装好的小瓮口内，有一块和瓮内口大小相同的圆木板，上压一块灰白的油亮光滑的石头，小瓮正往下边的缸里滴着醋。

这种淋醋小瓮，是家户作醋的器具。它的特别处，是瓮靠底部边沿有一小拇指大小的孔，孔里塞一根分多叉的芦苇秆；瓮内醋瓢里的醋，在圆木板上石头的压力下，通过芦苇秆不断滴往下边缸里，直到滴不出。将这滴出的醋收集起，这是头遭醋，是最好的醋；然后再往瓮里加水搅匀，放上木板压石，再滴，收到的是二遭醋。一般只滴三茬，也有滴四茬、五茬，那是昧良心的醋作坊主的做法。

成尚走到正在滴醋的小瓮边，拿起一个小提子，对着芦苇秆接了几滴，递给有秦说："李掌柜，你尝尝，这是最纯的头遭醋，泉水醋，下一瓮的发酵瓢子是天水醋。先尝这一瓮。"

有秦接过小提子，见内清澈见底的琥珀色的醋，先抿了一下，酸香扑鼻，没有了臭味，微咂了一下，喉结一动，眼睛眨了眨，回味顷刻，仿佛受到刺激，夸张地嚷道："嘿呀！太好啦！我从没有吃过这么好的醋！酸香酸香！太好啦！太好啦！"

成尚拿着小提子，自己接了几滴，抿进口，沉思感受这醋的味道，然后说："李掌柜，这泉水醋是和井水做的醋不一样。好！但清甘有余，酸味有些太直，不够厚重和柔和。要再有点麦香、兰香就更好啦！这要在熬醋中提升。"

有秦佩服、敬重地望着成尚，见他清瘦的脸颊透露出韧劲和自豪，闪动的双眸里流溢着刚毅和自信，由衷地说："成尚兄，醋王非你莫属！非你莫属！"

两个掌柜会意地对视了一下，仰头爽朗地笑。随后成尚对有秦说："李掌柜，你事多，就不要陪我了。我要到熬醋房去选锅，配熬醋时要加的佐料，还要看着熬，还要……"

有秦信任、深情地看着成尚，不知怎的想到两个人。一是神手老人，他披发黢黑枯瘦的面容，手捧着《醋经》，眼贼亮，无悦、无忧、无愁；一是郭有才，老掌柜的容貌模糊不清。突然郭掌柜变成成尚蜷伏的满是土渣的身躯——勤劳、执着、实诚……

成尚的身影已消失在去往熬醋房的拐角处，有秦伫立在原地没挪脚，在心里呼了一声：醋王，醋王啊！……

第二十七章

尧王庙门楼前有一块很宽敞的空地,尽西头坐落着一座据说是元朝的戏台,几棵秃槐败柳单薄而坚定地驻守在那里。枯枝上挂着几片黑黄的叶子,在西北风拨动下抖动着,一群绒球似的土色小鸟在树间落下又飞起,带得一片黑黄叶子悠悠飘下。有些砖砾垒起的堆,凌乱地散布在四周,几块砖头冷冷地躺在空地中间。前几天下的那场大雪,还没融尽,像人们在背阳处抛扔掉的乱白布条。偶尔有几位老人缩脖揣袖掖着香烛迈向庙门,烧香祭拜尧王,萧瑟,冷清……

每逢初一、十五的集市,正月十五的庙会,这里就会改容换面。

逢市,戏台周边的树干上拴满了骡马、牛羊、猪狗,旁边鸡鸣鸭叫,紧挨着摆的是犁铧耙齿、镢锄锨镰等各种各样的农具,接过来摆的是粮、棉、布以及锅、碗、瓢、勺、盆等杂物,然后是白菜、红萝卜、葱、蒜、粉条、羊肉、猪肉等食品;在庙门楼旁摆的全是古瓶古罐古壶古字古画等古董;空地里那些冰冷的砖头则用来摆摊儿,卖羊杂、羊汤猪肚、豆腐脑、炒凉粉、鸡蛋醪糟、肉臊子刀削面等小吃。一大早,方圆五村的人们相互吆喝着:"走,上尧王庙赶集去。"步行的,骑骡马的,坐轿车的……像小河流水,流向这里,不多时,就集成了人的湖泊。他们相互擦肩膀,蹭屁股,踩脚跟地拥挤着。叫卖声、讨价声、欢笑声、咒骂声、孩子的哭喊声、大人的呼唤声,杂乱地掀起红红火火热闹的波浪。

正月十五的尧庙会的热闹劲儿就不是湖泊的波浪,而是海洋的巨浪。从正月初十唱大戏直到元宵节,还有形态各异的各色灯笼集聚这里,使整个宽广的场地如火焰般燃烧。大人们牵着孩童在其间穿梭,选买心爱的灯笼。人人就像引到了吉祥的火种,欢天喜地地带回家,点亮门户。十五闹元宵,周边村子里的锣鼓队、社火队、秧歌队从卯时就开始往这里蜂拥。朝阳从东山升起，光芒从背后推出，洒在花花绿绿老老少少的人群中。锣鼓队开始登场。各村敲各村的锣鼓点，接着相互对敲，越敲越响，越敲越猛，咚锵的节奏，快得似马蹄声，响得似雷声，直敲得对方锣鼓节奏点乱了套，胜了！我们胜利了！然后胜者败者的锣鼓手们，发疯似的将鼓槌，锣槌抛向空中，发出"哦——哦——"的狂嚎，再寻对手敲。直敲得人人汗流背倾，赤膊露胸，敲得个个心花怒放，情满意足！在锣鼓队发狂发疯之时，旱船的媳妇们踩着锣鼓点跑，社火的汉子们扛着童子装扮的古老故事的人物杆子颠，秧歌队踏着乱弹的调子扭。看热闹的人们情不自禁也加入了！整个场子里的人都疯狂了！扭呀！跑呀！跳呀！唱呀……就像一大锅翻滚的沸水！是人群的海洋在热闹狂风的掀动下，翻起红火的巨浪！晚间，尧王庙里的大殿，古老的树木、门楼、戏台上都挂起了一串串红色灯笼，上有各式各样的谜题，男男女女、老老少少在灯的世界静思、凝想、交谈、嬉闹、嗲骂、调笑……忽然，有人高声喊道："放起火啦！"人群便随声附和："放起火啦！放起火啦……！"场地里的谜灯片刻间被人们抢摘一空。四周一股股火"刺——刺——"冲天而升，火药味登时弥漫了全场。随后，只见一条二十来丈的火龙，在头戴龙帽，几乎赤裸上身，举着硕大火球杆子的壮汉引领下，蹿入场内。火龙围绕场子转了几圈，又交叉着舞，忽地腾空而起，喷吐出长长的火焰；忽地舒展开，点头温顺和悦；忽地盘踞场地中心，龙头高高昂起，又喷出长长的火焰。此时，人们都疯狂了，呐喊着！吼叫着！跑向龙头，拼命蹦，拼命跳，够摘龙须。听说今天摘到龙须者，今年全家祥和！干事即成！一年顺当！人们以这样红火热烈的方式，迎来崭新的一年！

  今年腊月初一，是逢集市的日子，却也成了省巡抚衙门评赛醋王的盛日。

  为迎此日，已唱了三天大戏，热闹了三天。今日戏台前挑檐下斗拱头上悬挂了一块足有三尺宽两丈长褐色的匾牌，上书金黄色"评赛醋王"四个大字，戏台前两旁楹柱挂着一副对联：

酸咸苦辣甜五味醋为首
闻看品尝赛几番君是王

演戏用的幕布、氍毹原封不动地铺着。靠后猩红色幕布前有一张方桌，上贡着黑塔醋神像。戏台前沿摆了一排方桌，方桌的一边有一摞精纯白瓷小杯子，另一边有一只海瓷碗，桌子右下边还有一只铜洗面盆。戏台左前沿临时搭了一座木梯，供人们上下。戏台下前方整齐地摆放了三排座椅，前排座椅还布了高脚茶几；座椅后右侧竖了两根柱子，上钉着很长一个蓝底红字牌子，上写着这次评醋王请来的名流。

旭日东升，朝霞铺满宽广的场地时，皂隶穿戴整洁，腰挂弯刀，将戏台周边清理得干干净净，然后木桩似的站了两排，闲人不敢迈前半步。

成尚三天前接到鲜红的帖子，告知腊月初一辰时末前，务必赶到尧王庙戏台前，参加醋王评比。当日他将此事告诉了有秦，今天他们俩辰时半就赶到这里，在旁边的小吃摊上喝了碗热乎乎的羊汤，各吃了一个火烧，悠闲地来到书写有参评醋王的名流牌子前看，见上有：

    皇宫御膳房御厨：索里哈博

    京城朝阳门外悦朋酒楼掌勺大厨师：钱生福

    南京秦淮河大酒楼大厨师：杨有财

    太原杏花村酒楼掌勺大厨师：吴春生

    五台山斋食房大厨师：明悟师傅

    杭州西湖淮扬饭庄厨师：孙明生

    镇江米醋庄大掌柜：胡自高

有秦的眼光停留在最后一位名字上，默思了半晌，总觉得在什么地方听过。

"二位老爷！请这边坐！"一个衙役看见成尚手中红色的帖子，很恭敬地向前招呼他们俩。

有秦的默思被打断，和成尚被安排在第二排中间的座位。

刚坐不一会儿，突然，身后人群一阵骚动，他们俩也站起来转身向后望去，只见一位头戴蓝色涅玻璃顶子，摇晃生光，身穿八蟒五爪宫袍，罩雪雁补服，外披一件紫色斗篷的人，在一群官员和随从簇拥下，出尧王庙门，说笑着朝这边走来。

听走动的衙役们窃窃私语，主持这次醋王评赛的布政使大人，还有府衙的大小官员，邀请来的评醋王的名流，刚才从尧王庙后门进去，祭拜了尧王，游览了庙宇出来，评赛醋王马上就要开始了。

有秦目迎着这群官员，待那群人走近，不禁心头一紧，蓝顶子布政使大人是梁飞归?!那张浮肿的大脸盘上的胡须已经发白，步履缓慢，细算他也已是六十往上的老人啦!有秦心头的兴奋瞬间变成莫名的厌烦，复又坐下。

一众官员在他前面一排依次落座，梁大人居然连看都没有看他一眼。随从的官员中他看到张文章大人和哈图大人，他们的顶子也升了格。

张大人一扭头发现了有秦："嗯！有秦掌柜！也参加醋王评审？"

"张大人，近日可安好？我是来参赛的。"有秦很有礼貌地答话。

这引起了梁大人的注意。扭过头见了有秦，眼里一怔，缓缓略带几分温和地说："欸！是有秦！你们做的醋也参赛喽？"

有秦起身，向前倾了倾身子，很恭敬地回答："是的，梁大人！没想到在这里见到大人！托您的洪福醋做得很好！随后给大人送几坛。"加了一句巴结的话，自感心里似醋一样酸。

"好好好！"梁大人再没有说话，恢复了严肃。

张大人也坐正，端起盖碗茶，脸朝向梁大人不知说着什么。

此时，从戏台左边的幕布里走出一位高个头，穿酱色长袍套黑色绸短褂，黑油长辫子过腰，脑门剃得发亮，眉眼棱角分明英俊的年轻汉子，即本场醋王赛的主持人，他面带喜色，对着台下看热闹的黑压压的民众高声喊道："乡亲们，山西省醋王评赛开——始——！"

话音还没落，鞭炮响成一片，"咚——砰——，咚——砰——！"二雷子炮在空中炸开，锣鼓队齐发，强有力的"锵锵"节奏声响，震得人心激动，全场爆出雄壮的呼吼。

台上的主持人始终是满脸的笑，环顾着欢快的民众。停了片刻，他高高举起双手，往下摆动。锣鼓停了，民众慢慢静下来，只有鞭炮还零星地响着。

"恭请参评醋王大师祭拜醋祖——黑塔醋神，行进品醋，评出醋王！"年轻汉子又高声喊道。

坐在前排椅子上的七名评醋王的名流站起，个个衣冠整齐，踩着戏台前沿的木梯登台。上台一位，主持人便为民众介绍。

民众踮脚引项仰头往台上看，开始涌动起来，衙役们挽起胳膊挡住往前拥挤的人。

有一位耆老引人注目。他个头矮小，戴一顶鲜红的丝绸瓜皮帽，帽顶缀有一颗生光的玛瑙珠，前沿镶了一块方形的绿莹莹的翠玉，猩红的绒斗篷外拖一根灰白短细的辫子，脸色苍白清洁，皮肉松皱，眼角自然下垂，成了三角眼，但眼珠子时时透露着精明的光亮，稀拉拉的几根白胡须一动一动，和搀扶他的衙役说着什么。

"镇江有名的米醋庄老板——胡自高先——生——！"年轻的汉子拉着长调介绍。

台下一阵"嗡嗡"声，啧啧称赞！胡自高老先生的三角眼瞪成了圆形，和善地回应台下的民众，微笑着深深地向台下作了一揖。

随后，七位评醋王人士站在黑塔醋神像前，在胡自高先生引领下恭恭敬敬地上香、敬酒、磕头，仪式完毕。

年轻的汉子高声对着台下民众喊道："评赛家醋醋王开——始——！"

只见十名精干整洁的小伙子，每人手端一模一样的黑色小瓷坛，精巧玲珑，走向台前，按瓷坛外张贴的一至十的编号顺序放在方桌上后离开。

这些小瓷坛里装的是评醋王参赛者做的醋。参赛者的醋按规定日送至后，在官员的监督下装进这一模一样的小瓷坛，在坛底贴上醋主的名字、编号，再加封黄麻纸，盖官印，登记造册。评赛这一天再将装醋的小瓷坛摆上桌面，评醋王人士当众品尝，然后写出自己认为的醋王的坛子编号，投入桌子旁边放的大海碗内。随后有三名衙役检验碗内编号，得编号多的坛子的主人为醋王，当场拆掉坛底的封条，露出坛底户主的姓名，再查造册登记的姓名，两相对照无误后，高宣醋王产生。

此时，评醋王人士从桌子旁边那一摞纯白的小瓷杯子中各拿一只，依次从小瓷坛里倒醋品尝，品尝一坛，漱口换杯，再品尝另一坛。

宽广场地上万名民众张嘴仰望，没一点声响。

戏台上的衙役给评醋王人士各发了一张小方纸，他们之间没有交谈，各自在小方纸上写上自己心目中醋王的坛号，放进大海瓷碗内。

上来三名年轻的衙役，面向台下，并排站在大海瓷碗前。第一个衙役从碗里捞出一张纸片，看着高声念道："四号！"将纸片递给第二名衙役，第二名衙役看了纸片又高声念："四号！"念完递给了第三名衙役，第三名衙役看了一下也高声念道："四号！"以此方法检查大海瓷碗内的票。第一名衙役收起所有纸片，重新又看了一遍，统计各坛得票数，然后抬头对着台下大声喊道："七号醋坛得票四张！三号醋坛得票两张！四号醋坛得票一张！"

年轻的主持人从桌子上拿过七号醋坛子举起，高声宣布："七号醋坛主人是'家醋醋王'！"

台下的民众已经开始嚷嚷起来："七号！七号！……"

主持人将醋坛底子朝着台下民众，撕掉黄色的盖有官印的封条，显出坛底贴着的姓名，又拿出登记册，让检票的三名衙役对比查看。然后他们齐声喊出："家醋醋王是：清徐县东韩村韩——生——财！"

顿时，鞭炮声和民众的呐喊声连成一片。

主持人对着台下前排座椅中的人喊道："哪位是韩生财？哪位是韩生财？上台来！"

只见一位直鼻、大眼、厚唇，黑里透红四方脸的中年庄稼汉子"噢——"了一声，从椅子上跳起，三步并作两步蹿上戏台。他眼睛睁得似牛眼一样圆，不住地放射出难以自控的欢喜光芒。

主持人忙将一条红丝绸披到他身上，又双手赠给了他一尊半尺高的黑塔木雕神像。他兴奋地把神像高高举起，仰脸张口吼了声戏里大花脸不着调的梆子："没想到，我老韩坐在了金銮宝殿！"

这引起了全场上万民众的哄笑！旋即，台下民众不约而同地高呼："再唱一句！再唱一句……"

主持人笑盈盈地走到戏台前，又一次举起双手，不住地往下摆动，民众慢慢安静了下来。

他接着高声喊道："开始评赛今年的'陈醋——醋——王——！'"

十名衙役每人端一坛醋放在桌子上离去。评醋王人士拿起杯子甩里面残留的水迹，准备开坛倒醋。这时，戴红瓜皮帽的耆老挡住了，说："停！停！"转身对着主持人谦和地说："请换干干净净的杯子，里面不能有一点点水迹和杂物。"主持人听了脸上先是一惊，又急忙对后台喊："换杯子！端新杯子上来！"

没等片刻，两名衙役端出两摞纯白色的小瓷杯。

评醋王人士依次拿起杯子看了看，放心地遵照先前的方法，开坛品尝起参赛的陈醋。

耆老品尝了九号坛的醋，闪了闪眼，品味，用清水漱口，吐进桌子底下放的铜面盆里，又拿起一只干净的杯，再从九号坛里倒一杯，慢慢品尝，三角眼里闪了一下不易察觉的光亮。漱口，换杯子，品尝十号坛里的醋。

七位评醋王人士写白纸片单子，一张张纸片落入大海瓷碗中。还是那三名衙役走向大海碗前，开始检票。全场民众屏住了呼吸，瞪圆了双眼，都知道这是最有分量的"王"。

"三号。""三号。""三号。"

"九号。""九号。""九号。"

"九号。""九号。""九号。"

"九号。""九号。""九号。"

台下的民众开始"哄哄哄"地嘈杂起来。台上的衙役继续检票："九号。""九号。""九号。"

民众突然激情高涨地齐声喊："九号，九号！……"

…………

激情高涨的喊声淹没了衙役的检票声。

只见主持拿过九号坛子，底部朝着台下，将黄色的封条撕掉，往空中抛去，封条像彩带随风飘扬。三名衙役拿出登记册与坛底姓名相对时，台下民众呼喊声戛然而止，场上鸦雀无声……

主持人、三名衙役齐声喊："今年'陈醋醋王'是：平阳府的平——阳——醋——庄——！"

民众轰动，"哦——！哦——！哦——！"一声高过一声，一波高过一波，一浪高过一浪！

"陈醋王"是咱家门口的！尽情蹦跳吧！放开喉咙吼叫吧！

锣鼓队猛烈地敲打，那声音已经压过了鞭炮声。小伙子们敲吧！发疯地敲吧！敲出平阳府民众的心声！敲出平阳民众的威风！民众自动让出了一大块儿空地，两人抬的大鼓围成了一个大大的圈，鼓手、锣手、钹手，集聚在鼓的周围，抡圆带红绸的鼓槌，举高铜锣，张开尺半的大钹，"咚咚……锵锵……！咚咚……锵锵……！"强而有力的节奏，震得天地欢快地颤抖！震得人心开了花！天地人相会，热热闹闹，喜气洋洋！

今天天气格外晴朗，长空湛蓝清澈，悬着的红红的太阳，像是也浸入了民众的激奋之中，亮亮的，鲜鲜的，暖暖的。

有秦和成尚的手早已紧紧握在了一起，他们眼里都饱含着深情喜悦的泪花，脸上挂满了幸福的笑容。

"郭成尚！郭成尚！平阳醋庄掌柜郭成尚上台来！"主持人对着台下高声呼唤。

有秦从激动中反应过来，推成尚赶快上去，成尚推有秦上去……

张文章起身转过头，拉他们俩都上。梁大人也回过头说："你们俩都上去！"

主持人也随即唤道："两位掌柜的都上来！"

有秦和成尚携手跳上了戏台，主持人给他们披上红绸。耆老走过来，握住了有秦和成尚的手，三角眼看着这两位年富力强的醋王，操着浓重的南方口音说："侬（你）们的醋做得好！好！好！比我做的醋好！"连说出了三个好，又说："我们能坐坐吗？"

有秦和成尚急忙恭敬地答道："老前辈，能！太能啦！"

梁大人微笑着走过来，将一尊黑塔神像郑重地递到有秦和成尚手中，语重心长地说："庆贺你们两家的同心合力！同心合力！"

激动的有秦和成尚把红绸在戏台上拉开，像升起了一道彩虹，又合力高高举起黑塔神像。

台下欢快的呼喊和强有力的锣鼓点，不知什么时候变成了"咚咚——醋王——"，"锵锵——醋王——"。

人们的呼喊声和锣鼓声，像刮起的一阵阵狂飙的旋风，把"醋王"旋上了长空，飘舞，回荡……

有秦怎么也没有想到，他母亲——李氏也坐着轿车来到现场，目睹了这振奋人心的场面。

庆贺醋王评赛成功举办的筵席设在申家饺子铺二楼聚仙阁雅间。布政使梁飞归大人，平阳知府张文章大人，临汾知县哈图大人，七位评醋人士，家醋王韩有才、陈醋王郭成尚、李有秦聚在一起，在梁大人的主持下，大家频频举杯推盏，颂辞恭语，附和连连，满堂欢悦，笑语飞扬，直到夕阳透进聚仙阁雅间，人人脸上闪光生霞，才散去。

斯时，聚仙阁暂息间里还剩有梁大人、张大人、镇江米醋庄老掌柜胡自高和陈醋王成尚、有秦。梁大人坐在主位，呷了一口茶，环顾在座的一眼，最后把眼光落在张文章脸上，缓缓地说："张大人，劳苦功高！醋王也被贵府摘取，是全平阳府民众的荣耀，也是你张大人的荣耀嘛。"

张知府急忙欠身，双手一拱，真诚谦卑地说："平阳民众的荣耀是真的，功高应是梁大人在职时治理有方，为民操劳，让平阳百姓家底厚，民安人乐，百业兴隆，卑职是个沾光者！"

梁大人微微笑了笑说："张大人，你赶快写个实体文报上来，要让天下人都知道我们山西的陈醋。"

他又把目光对着镇江米醋庄老掌柜胡自高老先生，尊敬又略带有浅浅的使人不易觉出的自得说："胡先生，您不是要和平阳醋庄两位年轻人说什么吗？我把他们俩都留下了。"

胡老先生贪了几杯汾酒，苍白的脸变得红润，三角眼也睁得圆亮，但有些发红，他没有顺着梁大人的话立即和有秦成尚攀说，而是由衷地说了句："山西的汾酒真好！真好！真好！"又是三个好。胡老先生的语言习惯，也是南方生意人恭维人的习惯。不过，汾酒后味醇香，令他兴奋，洒的热力冲得他眩迷。

说完真好后，胡自高那双圆亮有些发红的三角眼，盯着有秦和成尚，像是要从他们心里窥探出什么秘密似的，谦恭地说："年轻人，你们做的醋真好！真好！真好！不愧为醋王！酸中有清香，酸中有厚重，酸中有柔和；有南方醋的清香，又有北方醋的厚重，特别是你们醋中那种说有却无，说无却有的麦香味儿，太好啦。能说说你们制作的方法吗？"胡老先生说完呵呵地笑着，满怀希望地看着两位年轻人。

有秦和成尚迟疑地对视了一下，又看见梁大人看他们，有秦说："成尚兄，你就说说吧，我们还想得到老前辈的教导呢。"

成尚的脸顿时红了，从没有在这么多人面前说过话，面前又有蓝顶子、水晶顶子官员，他喑哑地说："我……我说不好。"

张大人说："喝口水，慢慢说，不要紧张。"成尚端起茶杯"咕嘟"一口，感觉嗓子顺畅了，鼓了鼓气，说："老前辈，我们也没有什么，就是严格按得到的一本古书上说的方法做，又在熬醋配加佐料上动了脑子，也没有什么。"胡自高三角眼闪电般一亮，略带急切地问："能告诉我什么书吗？"

"《醋经》。"

"《醋经》？胡自高的心重重震动了一下，惊讶地睁着眼睛盯着成尚，脑子里浮出大大的问号：这是我们家丢失多年的那本《醋经》吗？其实，在戏台上品尝他们九号醋时，就感觉到此醋不像往常的北方醋，有特别的胜人之处，想肯定有高人指点，现在明白了，可他急切想知道的是……"

成尚继续说着："我们一丝不苟地照书上的制作法下料、配曲、发酵，又在用水和熬醋上动脑子下了功夫，用的是山泉水。"

"郭掌柜，你们这本《醋经》是家传的呢，还是从什么地方得来的？"胡自高并没有完全听成尚后边的话，迫不及待地问书的来历。

成尚马上把目光送给有秦，说："这本书是我们李掌柜从一位叫什么……？"

"唔——！叫神手的老人手里接过来的。"有秦接了话，略回忆了一下，"这本《醋经》还真有些传奇呢……"当他讲述到神手当年盗窃时，蓦然张口愣怔在那里，脑子里快速闪出：戏台前蓝色牌子红字的"胡自高"和神手说的"胡自高"，两个"胡自高"合在了一起，惊奇地从嘴里蹦出："老先生！胡老先生！您就是住在南京城里的镇江醋庄胡自高老板?！"

胡自高几根雪白的胡须在微微地抖动，三角眼里已经在突如其来的惊喜催促下，涌满了泪水，颤巍巍地说："正是！正是！正是！正是鄙人胡自高呐！找了二十多年啦！"

老人激动得浑身发颤。有秦和成尚忙向前抚慰老人，有秦说："胡老前辈，物是谁的就应归谁，这是天理！"

梁大人看着这场面，笑呵呵地说："胡老先生！胡老板！您应该高兴啊，看来您到我们山西是天意啊！"

有秦对成尚说："成尚兄，你骑马回庄，把书拿来，物归原主，还给胡老先生！"

胡自高心情已经平静下来，缓缓地说："李掌柜，郭掌柜，不急！不急！不急！我明天想看看你们的醋庄，可以吧？"停顿了一下说："李掌柜能把神手的故事讲完吗？"

有秦讲了神手老人的一生，最后伤感地说："神手老人已过世五年了，晚年挺可怜，孤苦伶仃，就埋在我们村里。"

胡自高老人神色不明地说："我想看看这位神手老人！"

第二天下午，胡自高从平阳醋庄出来，在有秦和成尚的陪同下，来到神手老人坟前。

他默默地凝视着面前这小小的土堆，只见上面满是荒草，那些枯黄曲卷僵硬的草叶子，在野风吹动下摇曳；石碑旁有棵一人多高的柏树，里面不知躲了只什么鸟儿，冷不丁"唧唧"一声；无力惨淡的昏黄夕阳罩住这里，一片孤寂、凄凉。

无法想象埋在这里的人的样子，瘦小，似猴子？长条，似野猫？飞鬼，似夜鸦？反正是个贼！贼！贼！当年胡家被盗，醋庄差点毁了！今天仇人虽阴阳相隔，也恨得心里发痛！胡自高真想扒出神手尸骨，碾为斋粉，扔到江里喂鱼！他的腮帮子鼓得老高。

他摸到怀里刚才有秦归还的《醋经》，心想，万幸这个贼没有毁掉这本书，还送给了有用的人，使它在这里扎了根，也是他无意插柳所得功德。

胡自高注视身旁的有秦和成尚，心中感叹：多好的两个年轻人啊！醋做得好，人品端正，仁义！上午看了他们的醋作坊，真好！真好！真好！宽大的滤醋大木池，熬醋房里铁、铜、沙泥质地的各种样式的锅，熬醋时加佐料的配料间，确实让人眼前一新。他知道醋中的清香无非熬醋时加些兰草和桂花、桂皮，但醋里粮食香味如何进入呢？试过多年没成功，反倒使醋涩了。小伙子告诉他：熬醋到了快出锅，将大麦粒温火炒焦黄，大麦味四溢，投入锅内，滚两滚快捞出，入味恰好，奇特！奇特！奇特啊！当他们捧出《醋经》时，自己拿出了一万两银票，说是赎回此书。有秦笑呵呵轻描淡写地说："胡先生，一个铜板都不要，要钱是欺天啊！"

"嗖——"一声，柏树里那只孤单的鸟儿飞走了，随即飘落下一根小小不灰不白的羽毛，打断了有秦的冥想……

他缓步到杂草簇拥着的发灰的不太高的石碑前。

"胡先生，他一生没有名字，只好在石碑上刻了'京城神手之墓'几个字。"有秦边说边拔一把枯草擦"神手"两个字。石碑上风干的野鸟粪便和一层浮土纷纷扬扬，"神手"模模糊糊可见。

往下看又有一行小字，胡自高不禁一惊，疑惑地问："还有陪葬者？"

"哪里呀！四眼是一条狗。"有秦忙解说。

"哦？"胡自高更犯疑了。

"神手生前养了一条狗，因狗双眼上有黄点，像眼睛，就叫它四眼。神手老人对四眼太好啦，他吃什么四眼吃什么，他没吃的，四眼得吃。神手去世后，这条狗不吃不喝不离坟堆，就死在这里。大家都觉得它是只忠诚的好狗，就埋在主人的坟里了，刻了这行字。"

有秦说完，胡老先生"噢——"了一声，心里暗暗叹道：这贼有善性啊！又想，贼可能老了，人常说，返老还童嘛！童——人之初，性本善。人老就归于人之初——善也。想起怀中的《醋经》，胡自高敬诚地说："李掌柜，郭掌柜，我为这贼，不不不！为这神手老人烧一炷香！他的功德是把书保留下来了。"

胡自高对着神手老人的坟，把香炷举得高高，算是一拱，插进石碑前松软的黄土里。香炷燃起袅袅青烟，在石碑边缭绕。胡自高没磕头，也没有作揖，面容肃然，直直地在坟前站着，自言自语道："再恶的人也有一点点善心呀！"

三天后，胡自高在知府租用的客馆里亲手抄了一本《醋经》，送给了平阳醋庄。

有秦和成尚送别他回南京时，老先生一再说，回南京后，他要刻印《醋经》送天下的醋作坊。

第二十八章

初一那天，李氏还是没有听从儿子有秦的规劝，自作主张乘车去了尧庙，看了评赛醋王的全过程。儿子高高举起黑塔神像，全场轰动了，民众震耳欲聋的欢呼声，令她的心都要跳出来。儿子就是神啊！她高兴啊！高兴得眼泪糊住了眼睛！不知怎的她的心底又涌出莫名的伤感和酸楚。特别是儿子和成尚携手跑上戏台时的高兴劲儿，一点王公贵戚少爷的味道都没有了，成了普普通通民众中的一员。她放心了，这放心里裹着伤痛！

热闹散去，她目送儿子和那些官员离去，蕴蓄着满怀的熨帖，饶有兴趣地走到尧王大殿。宽大阴森的大殿内，一股寒气袭来，她禁不住打了一个寒战，两个丫头搀扶着她焚香，祭拜了尧王。

李氏本已戒酒多年，但在晚饭时，在高兴和放心的心绪鼓动下，她热热地喝了两小盅，舒坦安恬地睡去。

快五更天，李氏犯病了，猛烈的咳嗽声惊醒了睡在东房的有秦，他披着衣服来到母亲的住屋。

见母亲脸憋得通红，一口紧一口地咳，痰里又见了红，忙惊惶地叫来赵师傅。诊脉后，赵师傅告诉有秦："夫人今天去尧庙吹了寒风啦，回来又喝了两盅酒，冲了肺管，病犯了。现先熬两丸止咳养肺丸，喝下压一压咳嗽。天亮后，我进城抓药，先喝几服药看。目前还不打紧。"

李氏吃了几天的药，病不见好，反而重了。半夜、早上两阵咳嗽总是带血，令人心悸。有秦搬进母亲住房日夜守候。

致杲请来了知府衙门的那位郎中，看后说："老太太的肺病久了，痼疾啊！脉象让人担心。"开了几服药走了。

没几天，李氏水谷生厌，眼窝下陷，面色白中泛青，整日咳嗽不断，还不时吐血。

有秦预感天要塌下来了。他把晋五叫来说:"晋五兄,老太太的病天天加重。你骑快马去太原,让致胤和他媳妇、孩子赶快回来。再快马去保定,叫致禛哥赶回,越快越好!"

他独自坐在外屋,又听到母亲干咳,心烦、忧愁、惶急,真后悔告诉母亲赛醋王的事。到尧庙送参赛醋王醋的那天,他兴奋得像孩子,到了母亲房间说:"娘,那成尚小伙子真行,陈醋做得棒极了!我带回了一坛,您尝尝。"

说着打开坛子,酸香味四溢,倒了一小酒盅,端到李氏面前说:"您抿一点点就可以了,别凉着,在嘴里温温再咽。"

李氏乐乐呵呵地接过醋盅,对着小盅,鼻翼微微一蹙。"哟!味儿真好!是不一样!"又浅浅地抿了一点点,频频称道,"呀,这醋好哇!没尝过这么好的醋,比过去进贡的醋好!酸,一点儿也不冲,厚厚实实,后味还有些香甘。"

"成尚鼓着劲儿非拿醋王,我看这醋就是王!"

"你们什么时候赛呀?"

"腊月初一。我们已经接到参赛的红帖子了,就在尧庙戏台子,上午巳时开始。"

"那天,我也去!"李氏来了精神。

有秦愣了,思忖一下,笑嘻嘻地央求道:"娘,您老可不能去,天气忒冷,到时候人多乱杂,若您老人家受了风寒如何是好呢?"

李氏答应初一不去,可她还是去了。怕犯病,却怕啥来啥!

李氏又是一阵干咳。有秦急忙进屋,见母亲气短难受的样子,心里既担心又心痛,默默地祷告老天爷,保佑母亲平安吧!

致胤是腊月十三上午到的家,还带了一位太原有名的郎中。

李氏见到小侄儿和媳妇小莺,还有两岁的小侄孙子,一高兴又引起一阵儿咳嗽,嗓子发出"吱啦啦"的哮喘声。致胤握住李氏的手,直唤:"姑母!姑母!……"

太原的名郎中给李氏诊过脉,到屋外慎重地对有秦和致胤说:"老夫人的脉象轻浮无根,如风吹毛,咳中带血,咳喘气逆,脸色苍白带暗,身热难退。

少爷，我开一方子，如身子两天内能退热，或许能躲过此难。药是治能治好的病的药啊！"

他们清楚郎中话中的意思。致胤也搬进李氏的住屋，依偎在了姑母身边。

致禛是腊月十七回来的。一推门，见姑母闭眼躺在炕上，呼吸急促，消瘦的颧骨凸显，脸色发暗，嘴唇灰紫。几个月没见，她变得如此衰弱，不禁一阵酸痛，蹑步轻走到炕沿。李氏好像有感应，慢慢睁开眼，见是致禛侄儿，弱声亲昵地唤："我的儿！……"同时伸出了手，致禛急忙紧紧握住姑母的手，感觉冰凉，心里一紧，心痛地问："姑母，好些了吧？"

"哦，好些啦。我想你啊。你媳妇和文文回来了吗？"李氏眼中含泪，气息虚弱地问。

"姑母，都回来了。让他们来？"

李氏摇了摇头，四周看看，见他们兄弟全在，无力地说："你们兄弟都回来了，我这次犯病……感觉不好……人总归是要走那条路……有些事要给你们说。"

兄弟四人心一下提了起来，都往李夫人身边围过来。

"孩儿们！我们随佛愿，到此地六年了吧？"她没等孩子们回答，继续说，"你们创下了家业，站在了平民之中，成了其中一员，我高兴啊！放心了！记住。这一切都是佛的旨意啊！"

说到这里她想坐起来，用了一下劲，往起抬头，急得有秦赶紧唤："娘，您想怎么？想坐起吗？"

她微微点了下头，有秦小心翼翼地把手伸到母亲背后扶起，致禛拿了两床被子垫好。李氏半卧在被子上，抬头闭眼虔诚地默默地在心里念道："阿弥陀佛！阿弥陀佛！……"

停了片刻，她睁开疲惫的双眼，断断续续地说："你们……你们四人要团结，维护……维护好这个来之不易的家。自……自古至今，没有不变的王朝，但……但唯家不管赵钱孙李不变……不变！家……家是民不变的天！这是人的本道啊！遵人道，立家为天。要告诫子孙……告诫子孙！"

兄弟四人频频点头。李氏将目光送给致禛问："禛儿，咱家那几车家当藏得还好吧？"

"姑母，好着呢！我们在那山洞口边盖了三间房，里面住着我们的人，他们在那里开荒种田。致杲隔几天要去看看，保险着呢！"致禛凑到姑母耳边轻轻地告诉。

李氏接着说："那几车家当有秦和致禛主持，分成五份，你们四人每人一份，那一份分给跟随咱们到这里的人，使他们成家有个底子。"说完闭上了眼，靠在被子上。

刚歇下，猛地抬了一下胸，张大嘴想咳，半天没有咳出，憋得脸通红，嗓子里长长"吱——"了一声。慌得兄弟四人直唤："娘（姑母）！娘（姑母）！……"

她无力地摆了一下手，等安稳了，慢慢地说："这会儿，你们把孩子们唤来，让我瞧瞧！"

致胤转身出去，不一会儿，侄媳妇和孩子们把屋里挤得满满的，多了些活跃的气氛。

李氏安静地挨个儿看，面容慢慢地舒展开来，虚弱却又欣喜地对大孙儿说："文文，这孩子几个月没见长高了。十二岁了吧，读什么书呢？"

瑞文有些腼腆，红着脸说："姑奶奶，我开始读《论语》了。"

"哟！开始读四书五经啦。《论语》说的是做人处世的道理，古人半本《论语》治天下呢！好好读，要背诵，你爸像你这么大就能背了。读书要活，不能板，记着！"谆谆教导。

"姑奶奶说的是，孙儿一定铭记！"瑞文恭恭敬敬地答。

李氏满意地微微颔首，看见瑞瑜依在他母亲身边，问致杲："杲儿，给瑜瑜请先生了吗？"

致杲忙答道："姑母，让他在城里尧城书院读书呢！"

瑞泉挤到了瑜瑜前面对着李氏叫了声："姑奶奶！"小羊羔似的嫩嫩的叫声，令李氏怜爱，她唤："泉泉！来来来！姑奶奶抱你！"说着伸出手。小泉泉急切地爬上了炕，拉住姑奶奶的手。泉泉母亲急忙说："姑母，您太累了，不要抱他了。"泉泉不情愿地噘起了小嘴。

"泉泉的名字是姑奶起的，泉泉，记着你姑奶，哦！"

小泉泉对着姑奶奶重重地点点头，两行泪珠滚下来。

"小莺，你过来，让我看看小源源！"她招呼抱着她最小侄孙的媳妇。小莺抱着小源源急忙向前给姑奶奶看。小源源不懂事，反身搂住了她母亲的脖子。李氏笑了，疼爱地伸了伸手摩挲小源源脸蛋儿说："源源，这名字起得真好，源——泉相依。举人就是举人。你一定代我向你父亲道谢！"

小润润——李滋润——李有秦七岁的儿子，她的嫡孙，一直默默地站在那里看着奶奶，脸上挂着清亮清亮的泪珠。

"润润，过来，让奶奶抱抱你！"

听到奶奶的呼唤，润润叫了声："奶奶！"便爬上了炕扑进李氏的怀里，呜咽起来！李氏爱怜地紧紧搂住他，抚慰着他的头，隔了一会儿，捧起小孙子的脸，替他揩了揩满脸的泪水，深情慈爱地说："记住奶奶的话，听父母、伯父、叔父的话。要读书，读书可明事理。一生立身要厚善，行事要规矩，要以家……为……为本……"一连串的咳嗽。小润润急切地呼："奶奶……奶奶……！"小手不住地替奶奶抚顺着胸脯。李氏脖子一伸一伸难受地喘息着说："让孩子们……回……回去……吧！你们兄弟留下！"说完闭上眼睛，无力地靠在被子上，泪水从眼角沁出，像蚯蚓往下游延，嗓子里"吱——吱——"响，艰难地喘息着。

"娘！您累了，歇会儿吧！"有秦心痛地说。

李氏微微摇了一下头，抬起那劳累的眼皮，有气无力地说："有一件事必须交代。我……百年后，一定……一定简葬，就那口柏木寿板。内穿七件寿衣方可！切不可有任何奢侈物放入棺板内。德弥厚葬弥薄，知愈深者葬愈微。无德寡和之人，才奢侈厚葬，结果必带来被掘发之祸。厚葬我也不得安生。切记！切记！"她稍停顿，接着说："把我安置在村东边儿高处，面朝东方，我……我等你……等你父亲……归来！你父托梦说：'百年之后，归于其居！我相信！'你们要……要记住！"

兄弟四人悲痛地齐声答道："娘（姑母）！我们记住了！"

李氏把事情交代完了，轻轻地闭上了眼睛，沉沉地靠在被子上。

天变了。灰蒙蒙的云，慢慢悠悠地覆盖了天空，西北风不紧不慢地刮着。先是碎米一样的雪粒儿撒下，不一会儿，变成片片雪花飘扬，接着是鹅毛大雪，随即鹅毛聚在一起，扯棉絮似的一团一团旋转落下。铺天盖地，浑浑噩噩，苍苍茫茫。

李氏的病一天重似一天，喝了太原名郎中开的几服药后，仍不见轻，身上的热也没有退，从昨天没进一滴水，时而清醒，时而迷糊，脸也开始浮肿。"男怕穿靴，女怕戴帽。"有秦兄弟四人心神惶恐不宁地守护在母亲（姑母）身边，一刻也不离开。

他们默默地看着自己慈祥又坚韧、善良又坚毅，识大体，明事理，可亲可爱可敬的母亲（姑母），现在，平展展躺在炕上，闭着眼，脸色苍白浮肿发青，呼吸紧促，喉咙里发出"吱——吱——"的声音。令人难以忍受地心痛！他们谁也不敢往下想。母亲（姑母）可是他们的主心骨，背靠的大树，心目中的天呀！

李氏突然慢慢地睁开感觉有些憋涨的眼睛。

"娘（姑母）！"兄弟四人立刻急切地呼唤！

李氏无力地瞅瞅，儿侄们都在，像是松了一下喉咙，却又猛地一堵，不由得咳嗽起来，一口带血的痰吐出，有秦急忙擦洗，叫端来一碗老参汤。李氏没有摇头，他赶快一勺一勺地喂了少半碗；她喝后，清醒了些许，直直地看有秦。

"茂——儿——！"

李氏突然虚弱悲戚地呼唤他已经被迫遗忘了六年的乳名。有秦心里一哆嗦，酸痛得像是被谁狠狠揪了一把，滚烫的泪水涌出，嘴唇微微颤抖地蠕动着，深深地呼："娘！"

李氏又瞅她的侄儿，"禎儿——！杲儿——！胤儿——！"凄酸地唤着。

然后，她慢慢伸出枯瘦、惨白、冰冷的手，儿侄们争相握住，马上感觉到了母亲（姑母）握他们手的力量。片刻后，李氏断断续续地说："人活于世……善为……首，积善……之家，必有……余……庆。你……们……一定……要团结……团结……，看……看好……这个家。"稍微停了一下，接着说："你们……兄弟这辈儿……不要……分家，记住！"说到这里，他们兄弟感觉母亲（姑母）的手紧握了一下。

"娘（姑母）！您放心！我们记住了！"他们各应答着。

这时，李氏的手缓缓地松开了。浑浊的眼泪顺着浮肿的脸流下，口一张一张急促地喘，喉咙里"吱吱"声成了"咕噜咕噜"的堵塞声。有秦兄弟急忙贴耳呼唤："娘（姑母）！娘（姑母）！娘（姑母）！"

李氏吃力地抬起眼皮，手指炕角放着的黑色长方形漆画小箱子。

有秦拿过箱子，母亲偏过头，有一句没一句地吐豆子似的说："里面有你父亲……和我的……画像，还……有一块……块……玉……佩，另……一块儿在你父……身上……"说着手落在箱子上。

有秦打开箱子，拿出父母的丝绢彩色画像，端详片刻，又拿起玉佩仔细看，是一块青玉龙首玉佩。单见龙首，嘴吻微张，杏目长眉，头部生角；下方一串环纹，环内一舞人，长袖拂过首，喜笑颜开，姿态舒展流畅，满玉谷文收边；玉质水润透亮，冰洁无一点瑕疵。他心里立刻明白，这是父母的信物。他望着气息奄奄的母亲，再看看手中青白光洁无瑕的玉佩，心里呼了声"父亲——"，泪簌簌流下。

外边传来零星的鞭炮声响。

母亲喉咙里"咕噜"了一声，很弱、微细，却像巨雷声劈在了有秦兄弟四人心上！

李氏睁开了双眼，浑浊黯然无光，四处张望，兄弟四人急切地呼唤：

"娘（姑母）……！"

"娘（姑母）……！"

但见母亲李氏嘴唇微微翕动，他们紧紧贴上去，只听她气若游丝地说："寻……父……，家……，寻父……寻……"咕噜，吐出微微一丝气，头无力地缓缓歪到枕边……

"娘——！"

"姑母——！"

兄弟们悲切地撕心裂肺地呼唤！

屋外回应他们的是一阵阵噼里啪啦的鞭炮声……

今天是腊月二十三，村民开始放炮送灶王爷升天了。

第二十九章

有秦兄弟和他们的媳妇含泪遵循母亲（姑母）的遗愿将其入殓。

灵堂设在了北房的厅堂。油亮漆黑的柏木棺周边用金粉勾画着龙凤，棺头金粉"寿"字，垫起与桌一般高，放在厅堂中央。灵柩前挂了李氏的彩色画像，上方白绫中"母仪永存"四个字十分醒目。紧靠棺材堵头前一大碗油里燃着长明灯，拇指大的火苗忽闪忽闪的，照着李氏的画像。灵柩两旁悬着从房顶拖地的几条白绫幡，前放了三张方桌，直伸到厅堂门外，上边摆满了祭品。方桌上的高脚锡制烛台上燃着六支粗壮的白蜡烛，光亮映得整个灵堂通明。方桌前堆放了大如鼎的铁香炉和一灰黑色的瓦盆，铁香炉里成把的香炷烧着冒出一丝丝青烟，幽幽地飘摇，瓦盆内黄表纸燃起的火焰一股一股地腾起。厅堂大门被三朵硕大的白花装饰，两旁挂着白绫，上面写着有秦追思母亲的挽联：

养育恩德如山似海嗣后永存
教诲箴言刻骨铭记世代承传

灵堂气氛凝重、肃穆，跨进门槛，不由得令人对逝者心生敬仰、思念。

有秦大早把大捆岁寿纸挂在院门上，一阵风刮来，吹得岁寿纸"哗哗"作响，从院墙上刮下的积雪扑了他一脸一脖子。他仰脸对着白茫茫的雪天，两行泪顺着脸颊流下，突然悲凄地大喊一声："娘——！"

致禛、致杲、致胤将昏厥在雪地里的有秦抬回家。他醒来后走进灵堂，见母亲可敬可亲的画像，在昏黄的长明灯上方忽闪，不由想到母亲和自己重壤永隔，强烈的悲痛又涌上心头，扑通跪倒在灵柩前，叫了声"娘"，"哇——"地号啕大哭起来。

致禛、致杲、致胤抹着泪将有秦往起拉，致禛哽咽着："秦弟！秦弟！起来！现在有很多事要办呢，姑母的灵壤需请风水先生，殡葬怎么办，讣告怎么发……，秦弟，这些都要你操持啊。"

说着他和致杲、致胤又都跪在灵柩前痛哭起来。

有秦悲伤茫然地看着跪在身边的兄弟，哭着长号了一声："致禛哥，娘没了，我们怎么办呀……"兄弟四人痛哭，抱成一团。

晋五头上、腰间扎了白布，连鞋面也是白的，跑前跑后忙碌着。

院子里搬了十几张方桌，便于前来吊丧的亲朋好友坐息、喝茶、吃丧席。

巳时，响乐班子已在院子里"滴滴……嗒嗒……咚咚……"没有间歇地吹奏起来。村里邻居络绎不绝地来到灵堂前祭奠李家老太太。

午时，和尚、道士敲着、吹着响器"叮叮……当当……嗡嗡"为老太太做起法事。

院子里挤满了村民，灵堂里、方桌间，换香火、剪烛头、焚纸钱、倒茶水的人跑来穿去。

致杲请来了风水先生，遵循老太太遗言，灵壤选定村东边高坡顶上。然后十几人开始挖箍灵室。

悲哭、喧闹、纷杂混交在一起，按照当地风俗办理着老太太的丧礼。

殡葬是在老太太殁的第三天。封口日，天阴得很重，停了的雪又飘了起来。

辰时开始做法事，二十四名和尚身披袈裟，鱼贯进入灵堂，站成两排向老太太遗像合十恭敬地鞠躬，然后缓步到灵柩周围，盘腿趺坐。只听一下沉重的木鱼声响后，和尚们便同时哼了起来，浑浊的、低沉的、苍老的、细微的声音融合在一起，时高时低，时长时短，像是背诵经文，又像是唱歌，给人一种虚幻超脱之感。

接着，道士们身着黑色道袍进入灵堂，到祭桌两旁，神情肃然地闭着眼，敲着手鼓，敲着云锣，敲着铃钟，敲着梆子；吹着笙，吹着笛子，吹着箫。敲响器的道士拉着长调唱着，器乐声、唱和声，汇成令人心悲的洪流。

斯时，一把把香烛插进铁香炉，一沓沓黄表纸在瓦盆里燃起，檀香味的青烟在灵堂内外弥漫，与空中飘舞的雪花缠绕在一起升腾，又落下……

法事完毕，和尚、道士退到院内方桌上喝茶。灵堂里传出一片呜呜咽咽悲悲切切的哭声。

"孝子上香烧纸，祭——灵——!"主事的中年人站在祭桌前，扯着嗓门对着院子高声喊道。

顿时，响乐班子奏起乐来。低沉的锣鼓点儿，婉转悲哀的板胡、二胡曲子，悠长、凄凉的唢呐调子，以及灵柩周边传出的哇哇的哭声，霎时把人们带入更深的哀伤悲凉之中。

有秦头扎长长白布，一身土布白衣，披着麻织片子，腰间系了条草绳，手里拖根用白布条缠的高粱秆扎成的哭丧棍，在俩人的搀扶下，脸仰着，嘴张着，眼闭着，鼻涕眼泪地一口一个"娘——"号哭着。他从灵柩边来到祭桌前，把哭丧棍靠在一边，接过一把点燃的香烛，举过头顶拜了拜，然后插入铁香炉，两眼木然地看着母亲的画像，"咚"一下跪到地上，不住地磕头，磕一下，哭喊一声"娘!"搀扶的人拉着他的胳膊说："烧纸!烧纸!"他展开黄表纸往黑瓦盆儿里放，茫然地望着燃起的火焰，头又磕在地上呼唤："娘——娘——!"

"拜土地爷①——!"主事人又是一声高喊。

搀扶的人从灵桌上取过李老太太的牌位递给有秦，他一接过母亲的牌位，便紧紧搂在怀里，像是抱住了母亲，又像是扑入母亲的怀抱，跪在祭桌前凄哀地唤："娘!娘!娘!……"

人们将他搀起，他又跪下，跪下又搀起，哭着不愿离开，最后是硬拉扯着搀扶出的院门。

一阵裹着雪的风刮来，有秦赶紧将母亲的牌位紧紧揣进衣服内，像是生怕母亲受了风寒。他跌跌撞撞，身后跟着十名道士，敲打吹拉着钟鼓法器乐，踏着厚厚的积雪，顶着凛冽的风雪，往村西口走去。

院子里祭灵继续进行着。

李家男人们祭灵结束，儿媳、侄媳等依序祭灵。

---

① 拜土地爷是当地殡葬日的风俗，由逝者的孝子或至亲，端着逝者的牌位，在埋葬逝者这一天，由道士陪伴到村土地庙里拜土地爷，祈求土地爷给逝者一席之地。如没土地庙，可由道士前一天在村西口空地选一块地代之。

开始封口①了。

只听主事人高声喊:"开——棺——!"

顿时,吹鼓手们、道士们一起奏乐,和尚们双手合十嘴里不住地嗡嗡念诵。亲人们"呼"地爬到棺口,要见李氏最后一面。"娘——""姑母——""奶奶——""姑奶奶——"哭喊声一片。

有秦要尽最后一次孝——为母亲洗脸。搀扶他的人,见他泪人似的,叮咛说:"少爷,你一定要忍住,千万不要把眼泪滴在老夫人身上,这对后辈人不好!"

有秦强忍着剜心的悲痛,趴在棺口看着母亲,她安详地躺着,仿佛恬静地睡了;脸色苍白,嘴角微微上翘,溢出一丝宽慰。他感到母亲的衣服有些松,探进手轻轻掖了掖。

"少爷!请给老夫人洗脸!"两位大婶,一位递上一条白绢巾,另一位端着一盆温温的清水。

有秦拿着白绢巾在温水里浸了一下,颤抖地将白绢巾碰到母亲苍白的脸上,心里猛地一抖,眼睛即刻模糊了,他急忙用手一抹。

"盖——棺——"的喊声袭来!

有人马上把有秦架着离开棺口,他一下子急了,一边挣脱,一边悲切地哭喊:"娘——!我还没给我娘洗呢,让我再看一眼我的娘——!"

搀架他的人眼睛湿了,放开了有秦。他扑着爬到棺口,用绢巾小心翼翼地为母亲擦洗,生怕将母亲惊醒。从额面到眼窝、鼻翼、脸腮……洗着,洗着,他的眼泪涌出,他用手抹了一把,对着母亲轻轻地唤:"娘,娘,娘。"静静地。他抹了把眼泪,又急促地唤:"娘!娘!娘——!您答应儿一声!您的命好苦啊!我的娘啊……"有秦从棺口旁慢慢溜下,昏了过去。

人们一阵慌乱,把他抬进里屋炕上,掐人中,额上溻湿毛巾,他慢慢苏醒过来,睁开眼睛,听到院里传来震天喊声:"盖——棺——封——口!"

有秦在炕上凄惨地呼号:"娘——!"

"嘭……嘭嘭……嘭……嘭嘭……"在亲人们的一片哭喊声中,六块用红布裹包着的木楔被木榔头无情地砸了下去。棺盖封口了——固定住了,李氏和

---

① 封口:将棺材盖儿用寿钉固定。

她的所有亲人永远隔离了！

午时到。

"移——灵——！"

随着主事人的喊声，鞭炮响起，吹鼓手、和尚、道士，吹敲着手中的乐器走出院子，站在街道两旁吹敲得更加起劲。李老夫人的灵柩被移放在街道中央，朝向东方，上面覆盖了一块巨宽的刺绣有龙凤图案的黑色绒布，十六名壮小伙儿卫士似的站在周边。灵柩后是一张祭桌，上面摆了香炉和长明灯，香炉里冒着袅袅青烟，长明灯粗大的灯头迎击着风雪的袭扰，强力地摇摆着。祭桌两旁放有用五颜六色彩纸糊制的金童玉女、金山银山、金盆银盆、宅院楼阁、车辆阔轿、骡马牛羊……一直延伸到灵柩前。祭桌后跪了一长串身穿白衣的李氏的至亲，前面是有秦、致禛、致杲、致胤，后是她的孙子辈，再后是儿媳、侄媳。他们一手持哭丧棍，一手持上挂着灵幡的高粱秆，哭声不断。有秦面前黑灰色瓦盆里黄表纸不间断地烧着，瓦盆和灵桌间燃了一堆火，烧着李氏生前用过的枕头和衣物，吐出的火苗在风中一蹿一蹿，像万分悲伤的手，不自觉地挥动。

主事人见灵柩已移放稳，送丧的至亲跪到位置，吹鼓手、和尚、道士，吹吹打打已站在了灵柩前方，一切都就绪了，他站在灵柩边，面向送丧的人群，仰头对着雪花纷纷扬扬的天空，双腿一屈，猛地伸直脖子，响亮地喊出了长调：

"起——灵——喽——！"

那声音在阴沉的雪天中不住飘荡……，高昂却又悲凉……

声调刚落，十六名壮小伙儿扛起抬灵杠头，齐喊："嗨——！"灵柩缓缓离地。

有秦在"起灵"声起的刹那间，高高举起面前的瓦盆，悲恨地将它"啪"地摔在地上，摔得粉碎，瓦盆中的黑纸灰即刻变成烟团，喷了他一脸一身，他喊声："娘——啊！娘——啊！"便大哭，送丧的人群中随即翻滚出一波哭浪……

鞭炮声又一次响起。鼓手站在灵柩前面，双臂夸张地挥扬，敲出强烈的节奏，震得树枝上的雪扑簌簌落下；两位唢呐手吹出的曲调亮彻、婉转，显得更悠远、更悲凄，与送葬人群的哭声交合。一股强劲的风，在满天飘着的雪片中卷起，随着灵柩缓缓向前移动，越卷越猛……

亲人啊！人生如此地短！儿孙们想感受您的温暖，您却驾鹤仙去。

亲人啊！您回回头，再看您的儿孙们一眼吧！他们渴望再唤你一声娘！一声姑母……

亲人啊！您放慢一点脚步，儿孙们还有好多知心的话想对您说。来世，您仍是我们的娘和姑母……

亲人啊！您听好了！您的儿孙们已成长为匹匹骏马，定继承您的佛心、善心，在广袤的人世间驰骋……

漫天的雪花，迷茫地飘着，圆圆的纸钱，散乱地在风雪中舞着，雪白的灵幡，哗啦啦地响着，唢呐的调子，婉转、悲哀地在长空中打着旋飘着。送丧的人群似一条白色的长龙，哀恸地在茫茫的风雪中向村子东口外移动，慢慢地，越移越远，越小，最后缩成一个小白点……

驿寨村东口外高坡顶处，多了一座足足有丈余高的坟丘。大雪已经将它覆盖，与周边融为一体，白茫茫一望无际，坟丘上的灵幡在风中展开扬起……

古人云，与地合，生也，存也。

李氏安葬在这片土地上，李家与这片土地合生了。

灵堂已经撤除，丧宴也已散去，帮忙的邻友忧伤地告别。

兄弟四人怀念母亲（姑母），悲痛的心情依然沉重。

今天是母亲（姑母）的"四七"。上午，他们在坟上立碑、烧香烧纸，悲痛地哭了一场，现在坐在母亲（姑母）躺过的炕上，围着一张小炕桌，谁也不说一句话，但大家都知道彼此心里的思念。

有秦的手一直摩挲着母亲留下的那块玉佩，仿佛心疼地抚摸着母亲苍白的脸颊，像是母亲还躺在这里。他将玉佩拿到眼前，定定地看，哀怨地说了一句："怎么人生如此地短呀，说殁就殁了！"抬起头，眼里满是泪水。"母亲同我们奔波了几千里来到这里，刚刚稳住脚，家业有了起色，她老人家就走了，老天爷太不公平！"他接着说。

有秦的感慨引起致昊的沉思，致昊哽咽地说："我们兄弟是在姑母怀里长大的，还没有孝敬她老人家呢！"说完趴在小炕桌上呜咽起来。

致祺说："想起七年来，风风雨雨，沟沟坎坎，没有姑母，哪有我们的现在啊！她老人家真是操碎了心。现在这个家业都是姑母用她老人家的心血灌铸的呀！"

"我的哥！她老人家的恩德说不完。我说：为姑母盖座祠堂，让她老人家永远受到我们、我们的子孙的祭拜！"致胤满怀着对姑母的感恩之心说，随后抹了一把眼泪。

致胤的话音刚落，致呆激动地说："对对对，小弟说得对，盖祠堂，里面再塑上姑母的像，我们随时都可看到她老人家。"

兄弟四人对视，沉思片刻，致禛老成持重地说："有秦弟，小弟说得对，为姑母盖祠堂、塑像都是我们的心愿，追思姑母对我们归本为民、以家为天、修善处世的教诲。她老人家是我们的根本。我觉得盖祠堂，不如为姑母修一座庙。"致禛想得深远，祠堂是同血缘族人共同祭祀祖先的地方，他和有秦毕竟不是同族，所以盖祠堂不胜修座庙，更能表大家心意。

有秦听了他的话，激动地说："致禛哥说得对，修庙！这个村是我们来了建立起的，空地多，母亲是世上了不起的母亲，让我们的后人祭拜，让世人祭拜！"他又略思考了一下，继续说："一年时间修庙可以，清明前选地方，清明后动工，母亲一周年，我们一起在庙里祭拜！"

"银子有问题吗？"致禛问。

"哥，银子不成问题。大家知道，这五六年粮醋生意，已经有近十万两银子的底子。母亲还给我们留了七万多两银子——她老人家说要盖一座大院子，让咱们都住进去，儿孙们围在她的身边，其乐融融……"说到这里，有秦喉咙发紧，鼻子一酸，哽住了。

"有秦弟，一定完成姑母的心愿，盖一座大院子，我们兄弟都住进去，给姑母专留一进院落，过年过节，带儿女围在姑母的房子里，团聚、吃饭。"致禛似安慰，又似设想地说。

有秦揉了揉眼睛，微咳了一下，清了清嗓子说："修庙的事交给致呆兄和我。我想。地方圈得大些，先修一座塑母亲像的主殿，节省银子，偏殿暂不盖，留下位置，就叫'子孙娘娘庙'吧！"

大家都称赞这个名字，是世世代代子孙的母亲！

有秦不停地捏抚着手中的玉佩，心意沉沉地说："母亲临终时说寻父，我有一想法，在沧州再开一粮店分号，便宜咱们到民众中打听父亲和小舅的消息。"

说到这里，坐在炕沿的小弟致胤啜泣起来。大家都清楚他的心思。致禛将手搭在他的肩头，深情地说："小弟！我这几年在河北收粮，没有哪一天不把姑父和叔父的事挂在心上。告诉大家，就在我回家的前两天，刚在沧州打听到有位明军的老兵还活着，听说住在沧州的东南山林之中，不知是真是假。我急得往家赶，没有来得及打听。在沧州开分号是对的，可深入民众了解更多线索。"

"哥，今年我和你一起去找那位老兵。"致胤抬起头说。

"你孩子还小，在太原听我的信儿，到时你再来。"

"哥说得在理。我和致昊兄在家修庙，你们俩在外打听消息，寻回父亲和小舅。母亲还有一心愿，就是咱们藏在东山山洞里的那些家当，拉不拉回来？"有秦说。

"暂时不动了，拉回来，还要藏。我看，等有了大院落，提前建个藏放的地方再拉回吧。"致禛说。

大家赞同了。

太阳渐渐落下了，有秦对门外喊了一声："来人，给我们掌灯，再热一壶酒，炒几个菜来……"

第三十章

致祯和他的伙计怏怏地坐在客栈住间里的桌子前,喝着闷酒——今天又白跑了一天。

他和家人告别,回到保定粮店第三天,就带着三个伙计来到沧州,连钻了两天的东南山,今天总算找到老兵的住地,但是已人去房空。他们站在由石头块子和树枝乱草搭起的茅草屋前,愣了半天。茅草屋前有一个桌面很平整的石桌,周边有用作小凳的石块,旁有一架枯藤,房后山坡上有一块种着麦子的田地,麦苗儿还软软地趴在地皮上,荒凉、孤寂、恓惶……

他们向山民打听,说住在此处的人病了,三天前被几个小伙子抬走了。他们再问,山民只知屋里住的是一个前明的老兵,从不与人来往,很孤僻,偶尔能见到他的身影,也总是低着头,驼着背,拖着沉重的瘸腿,无视周边的一切,叫他也不应,近两年,不知从哪里来的几个小伙子前来照应,其他便什么也不知道了。

"掌柜,要不行,咱们明儿个先预定卖粮户吧?等收麦子时再来打听。"有一伙计抿了一口酒,犹犹豫豫地说。

致祯没有吭声,一直在思索。他在想,那几个小伙儿是老兵的什么人呢?老兵得的什么病呢?现在住什么地方?他知道多少当年明军的情况?老兵为什么守在这里不走呢?肯定有使他放心不下的事。想到这里,他的心不禁紧了一下,端起酒杯一饮而尽,心想:"不行,明天还得上山!"

"别打啦!别打啦!救救我呀!"院里传来一个小男孩凄惨的哭喊和打人声。

他们几个开门,只见一个十三四岁的男孩儿,满脸是血,正被三四个比他大一些的小伙子用鞭子抽打,男孩满地滚来滚去,哭喊着。

致祯刚要迈步上前阻拦,被伙计拦住说:"掌柜,出门多一事不如少一事。"说着便将致祺往房里拉。

突然，被打的男孩哭喊着钻进了他们的房子里，后面的小伙子追上来，站在门口的致祺挡住了他们。

"让开！让开！"小伙子们嚷嚷起来。其中一个稍大一点儿的瞪着眼厉声嚷道："让他出来！我们之间的事，和你不相干。你们住店的，别找不自在！"

钻进屋里的男孩子在里面苦苦地哀求："大叔！救救我吧！"

致祺站在门口，睥睨着那几个半大的小伙子，冷冷一笑："嗬？口气不小！说吧，什么事？值你们三四人打他？"

"他欠我的银子不还！"他们中有人硬硬地回了一句。

"欠多少？"

"六两。"

"如何欠这么多？一个小孩儿！"

"这你管不着，不还就往死里打！"

说着他们要往里冲。致祺把那稍大一点儿的小伙子往外推了一把。这时院子里已围了一大群人，这帮小子嚷得更凶了。

致祺回过头问男孩："小子，他说的是真的吗？""不是真的，我只欠他三两，他非加三两的利息。那三两也是他们让我赌，输给他们的。"男孩抹着鼻涕眼泪委屈地说。

致祺看着男孩满脸是血，思忖了一下，对堵在门口的那帮小伙子说："好啦！我替这孩子给你们六两，马上从这里滚开！"

那几个小伙子没想到银子来得如此容易，怔了一下，又死皮赖脸地嚷："不行！不行！再加一两，白折腾了半天呀！"

"你们几个太坏啦。人家是住客，好心帮你们和解，你们倒敲诈起人家来。不给！不给！"围观的人们愤怒地说。

他们见群情激愤，怕一会儿连一两银子也拿不到，便梗起脖颈说："六两就六两！"

致祺怒视着他们，见院子中央有一块砖，说："给了银子，如若再看见你们打人，让你们看……"只见他一个箭步跨出，人们不由得往后退让。他两臂伸开，一只脚将那块砖"嗖"地踢到半空，"噌"地跃起，一拳把砖打得粉碎。

他又在空中接过一块四溅开的碎块儿，顺势瞄准往树上投去；"扑啦"一只小鸟落地。围观的人们瞪目愕然，不禁喊出：

"呀——"

"好——"

那几个小伙子惊愕地张着嘴，呆在那里，一动不动。伙计给了银子，他们转身跑得无影无踪。

伙计给小男孩儿洗净脸。致祯见他面容白净，双眸里透着精灵气，有几分喜欢，给他换棉衣袍时，发现他身上没伤，惊奇地问："小子，他们没伤着你？"

男孩忽闪了一下眼睛，哭丧着脸，急着说："他们把我……我鼻子打出血，我便满脸抹了把，吓唬他们，想让不打我，谁知他们挥着鞭子抽我。大叔，你看我屁股，你看我屁股。"说着撩棉袍，往下脱裤子。致祯忙挡住："呵呵！算啦！吃了饭，赶快回去，恐怕家人正担心你呢。今后不要赌了，不要惹事！嗯？"

男孩像头小饿狼，"呼哧——呼哧——"地把桌子上的饭菜吃去大半，然后用双手来回抹了抹嘴，站起来嘻嘻一笑，一溜烟儿蹿出客店的院门。

客栈老板点头哈腰跨进房间，躲躲闪闪又讨好地说："掌柜的，这话本不想说，但为住客着想，我还是多嘴啦，只当是我提个醒。今后，这类事少管，他们打一会儿，自己没趣就散了。"

致祯和他的伙计听迷糊了，回想着刚才那几个小伙子打人和小男孩嘻嘻溜走的样子，自觉有些怪异，也感到了不舒服。致祯无所谓地微微摇摇头，浅浅一笑，说："老板，谢谢喽！你给我们弄几个菜，再烫一壶酒来！"

第二天，蒙蒙春雾把沧州罩了个严实，空中弥漫着柔柔的潮气。他们几个吃过早饭，钻进雾里，往东南山赶去，一路行人稀少。

"掌柜，我们今儿个是到老兵的茅屋呢，还是寻找周边的山民打听？"一个伙计喘着粗气，小心地询问致祯。

"先再到老兵茅屋看看，或许能发现什么，再问问周边的山民，打听当年打仗的地方。"致祯答道。他抬头观望山路，浓浓的雾气，茫茫无边，影影绰绰中被雾气缭绕着的枯树枝一动也不动，不时传来几声尖利、瘆人的鸟叫，致祯不禁心里发怵，握紧手中当拐杖的木棍。

"掌柜，前面是个岔路，我们走上还是走下呢？"走在前面的伙计问。

致祺犹豫了。他想，先前进山没有岔道啊？走错了进山的路？又想，也可能昨天进山没记清。上路肯定是进山，下路是出山，所以他说："走上路。"

路时窄时宽，茂密的树林里，幽幽吐出一团团白雾。

突然，雾团里蹿出一头牛犊般大小的野猪，看到人群猛地站住了，鼻孔里喷粗气，两颗暗白色的獠牙张扬着，肚皮上流着血，血红凶恶的眼睛死死盯着挡住他去路的这几个人。致祺和伙计们一下子蒙住了，他们清楚这蠢畜生野性的厉害。他们听见它鼻腔里发出"哼吱，哼吱"的声响，同时，它低闪着头直向一伙计猛冲过来。伙计吓得仰面倒在地上。在这千钧一发的时刻，致祺一个箭步蹿出，两手正好牢牢拽住了蠢畜生的两条后腿。它"吱——"一声嚎叫，回头要撒野行凶，致祺顺势提起它的后腿往后直拖，蠢畜生长鼻子擦着地，"吱吱"哀声乱叫。三个伙计拿着手中的拐杖在它头上乱打，致祺此时运了下气，"嗨"了一声，将近200来斤的野猪挥在半空，猛地"嘭"摔在旁边的一块石头上。野猪即刻直挺挺摆在地上，长鼻子里、嘴里直往外冒血，四蹄抽搐起来，被吓倒的伙计捡起一块儿石头，狠劲地砸在野猪硕大的脑袋上。

他们大口喘息，从树林里钻出两个年轻人。他们高高的个头，手执钢叉，身穿灰黑色的羊皮袍，漆黑的辫子缠绕着脖子，紧绷着脸，瞪着乌亮的双眼，站在死野猪前，一言不发。

愣怔了片刻，致祺看看两个年轻人，温和地说："二位兄弟，这是你们追杀的野猪？"

或许是致祺问话和善，两个年轻人紧绷的脸松活了，圆瞪的大眼柔和了许多。其中一个答道："我们跟它一个晚上了，将它堵截在一个洞里，刚才给了这畜生肚子一叉，正追它呢，没想到这野畜生栽到你们手里了。"

"哦？是这样。我们是来这里收粮的商家，路过碰上了，帮你们忙了！"

致祺的话，令他们万没想到，准备争辩一番的想法烟消云散，反而谦和起来："大叔，不能这样，我们带刀哩，来来来！给你们割去两条后腿。"

"哈哈！买粮的商家，扛着血淋淋的野猪大腿，别人见了，会把我们当成卖肉的！哈哈！……"致祺爽朗地笑着说。

一个年轻人手在前额摸了几下，显出实在不好意思的样子。致祺刚想开口安慰他们，另一个年轻人真诚地开了腔："大叔，你们看太阳，快到晌午了，前面没路，你们还得往回返，我们家就在那边，请大叔到我家，给你们煮新鲜的猪肉吃，如何？"

说到这里，致禛抬头看了看天，半空里悬着蛋黄色的太阳，奋力地抗拒着雾气的侵袭，一会儿暗淡，一会儿闪出无力的黄光，一会儿似烧红的鏊子。雾气早已散去，他定睛朝前看去，不远的前方，竟是峭壁，果真没了去路，两边是密密匝匝的树林……

致禛思忖了一下，心想，行，随他们去，也可顺便打听一下老兵的线索，便笑着说："好吧，也近晌午了。"

年轻的兄弟俩和致禛及伙计们一起抬着野猪，回转来到山坡旁的一小院门前。院里传出狗吠，刚开门，一条黄狗挡住了致禛他们。一年轻汉子忙拦住："去去去，这是客人！"听了主人的呵斥，黄狗夹起尾巴，瞪了一眼致禛，即刻回头，鼻子翕动，尾巴摇晃，欢快地舔食起野猪鼻嘴里的血。

"奶奶！来客人了！"一年轻的汉子朝着院内三孔窑洞唤叫。

随声，从窑洞棉门帘里走出一位白发苍苍的老婆婆，瘪嘴眯眼，看见致禛他们，立刻笑呵呵地说："这么多的客人呀！"

"奶奶，是这位大叔和三位大哥帮我们打死的这头大畜生。今天，咱们请他们吃肉喝酒。我们剥这畜生的皮，割肉。"兄弟俩将野猪放在院里的石头上，朝着致禛他们说："大叔、大哥，你们窑里坐，我奶奶可喜欢有客人来，吃她老人家做的饭。"

"我孙子说得对！快快快，这几位好汉，窑里坐！"老婆婆笑呵呵地撩起棉帘子，将致禛他们让进了中间窑洞。

窑洞里的摆设非常简易，中央一矮方桌，周边有蒲团，靠墙有缸。烧得红旺旺的木炭，将窑里烤得暖烘烘的。老婆婆拎起坐在火盆上开得"嘟嘟"的茶壶，乐呵呵地给致禛他们每人倒了碗茶，说："好汉，难得进我们窑里来，先喝茶，我给咱煮肉做饭。"老婆婆乐得合不住嘴地出去了。

过了大约两个时辰，一大瓦盆煮好的热腾腾的大块大块的野猪肉端上桌来，还有一大盘儿冒着热气的黄灿灿的玉米面窝窝头。老婆婆提了一铁壶酒往木炭火盆里一卧，喜笑颜开地说："好汉们，先拿个热窝头就着肉块子吃，压压饥,酒热了,咱们喝酒吃肉!"抬起头,她又对着两个孙子说:"你们快给好汉们摆上酒碗呀!"

老婆婆的热情似铁盆里的木炭火,让致禛心里暖暖的,也不生分了。经过这一阵子折腾,他确实饿了,拿起一个窝头,拣起一块肉大口大口吃起来,不由自主地说:"老人家!饭菜真香!"

"大叔,多亏了你们出手,要不,还真不知什么时候才能吃上这香喷喷的肉呢。再次感谢各位大叔了!"坐在致禛旁的小伙子说。

"小伙子,说哪里话,谁碰上也会帮的。"致禛嚼着窝头和肉笑着说。

"那可不一定。这里的规矩,谁最后打死猎物,猎物就归谁。好心的人,顶多给你分一小部分。"小伙子解释道。

致禛才想起,两个小伙子出现时瞪圆眼睛看着他们的神情。

"哟,酒热了!"小伙子忙拎起盛酒的铁壶,"大叔,来!满上酒。这是我奶奶酿的,粮食做的,可香了!"说着将热喷喷的酒倒入面前黑色的小瓷碗里。满窑顷刻被酒香弥漫。

"大叔,还有这三位大哥,端起酒碗,我们兄弟敬几位!"两个小伙子已经把碗举在了致禛面前。

老婆婆也乐呵呵地端起了碗,说:"好汉,端起!热酒暖身子。虽是开春了,山里寒气还是很打人的,快!我老婆子也敬你们!"

致禛看着老人家爽朗、慈祥、可亲的神态,不由想起姑母弥留之际嘴里嚅动出"寻父"一语的悲痛情景,眼里湿了,强笑着端起酒碗:"来,老人家,小伙子!喝!"一下将酒倒进嘴里。

放下碗,致禛说:"老人家,肉也吃着,酒也喝着,还不知小伙子的尊姓大名呢?"

老婆婆喜滋滋指着小伙子说:"这个叫黑大,那个是黑小,黑大二十,黑小十八;姓赵,先人说,我们是赵国的后人。"

说到这里,致禛再看两个小伙子!黝黑的面孔,他们就是两头雄壮的小黑犍牛,由衷羡慕地说:"真是两个好小伙子啊!他们的……"

老婆婆立马抬手挡住了,脸沉重下来,若有所思地独自端起碗,抿了一大口酒,然后说:"我知道好汉要问的话,告诉你们吧,我们祖孙三人已经在此相依为命生活了七年啦！唉，不提过去的事啦！"

"怎么？你们祖孙三人？……"致禛惊疑地问，心想："七年啦！"和七年前发生在这里的明清大战有关吗？

老婆婆被细密皱纹网住的眼闪烁了一下，问了一句："你们不是满人吧？"

能这样问话吗？致禛也被这问话惹得勉强地笑了。他轻言细语地说："老人家，我们是保定李家粮店的商家，总店在山西平阳府，在这里收了好几年的粮啦，怎能是满人呢？告诉您吧！我们想打听一人，听说这里住着一位前明军的老兵，不知老人家可听说过没有？"

老婆婆眯缝的眼睛凝重起来，欲言又止，端起酒碗"咕嘟咕嘟"喝了两口。致禛怔怔地看着，佩服老人家的酒量，顿了一下，又说："老人家，七年前这里发生过明清军大战，结果明军大败，听说没一个活的，就逃出一个老兵，还住在沧州。说实话，我的一个亲人就在明军里，想从老兵那里打听当年的情况，找到亲人的遗骨。"致禛说着动了心，嗓子都有些发涩。

致禛的话勾起老婆婆悲痛的回忆，瘪陷的嘴唇直哆嗦，泪水浸满了眼眶周边的褶皱，抽噎着说了一句："七年前……，惨——呀——！他爷、他爸妈……不能说呀！"老人家哽住了。黑大、黑小急忙为奶奶捶背，只听老婆婆喉咙里"咕——"一声吐了口长气，然后含泪一字一句，诉说了七年前明清大战的悲惨情景。

从老婆婆家的小院下山，往东拐，再下去近三里路有一条沟，沟的东顶头就是见天的山崖，从山崖顶部流出两股水，不大，断断续续，特像人的两行泪水，当地人称泪人崖。水顺着沟底向西流，有两里多路，又蜿蜒南下，淌不到黄河就干了。为此，人们将这条沟叫泪人沟。当年，从京城败逃出的一股有三百多人的明军，沿沧州城西边的官道入泪人沟，计划顺沟南下，没料行进到沟的尽头，遭遇多于几倍的清兵堵截。清兵将他们追杀至泪人崖下，无出路的明军与鞑子兵展开了惨烈的激战，喊杀声，烈马嘶叫声，刀枪碰击声几里外都听得清清楚楚。山户人惊恐得如同自己的胸膛随时会被刀枪刺透，战栗的心沉沉、惶惶，默默期盼着这场厮杀早早结束。整整一天一夜，天快亮了，激战的声响稀落了，平静了。可是没半天的工夫，突然，又传来了喊天呼地、哭娘叫爹的撕裂心肺的号哭声，那号哭瘆得人头发根子爹起，树叶子纷纷落下，天地昏暗。后来才知道那是鞑子兵砍杀受降的 100 多名明军官兵——他们发出的哀号！第二天，老婆婆的丈夫和儿子非下山看看，天黑了还不见回来。儿媳妇去找，下山没多远，碰上了搜山的鞑子兵。儿媳凄惨的呼救声，令老婆婆心惊胆战，觉出事情不妙，惶恐地将两个孙子藏在放菜的地窖里，自己往外跑去，却被搜山的鞑子兵逼回院里。五天后，她在山里找到了丈夫、儿子、儿媳的尸体。

窑洞里木炭火"噼啪……噼啪……"烧得红旺，铁壶里的酒冒着热气，祖孙三人悲愤的呜咽声在窑里回荡……

致禛早就沉入其中，想到姑父和叔父肯定殉难泪人沟了，泉涌似的泪水落入酒碗，他忽地端起酒碗，跨出窑门，"扑通"跪在院子中央，面向南方，仰头直视亮闪闪红通通的太阳，高高举起酒碗，长长哭喊了一声："亲——人——哪——！"把酒洒在了面前，重重地连磕了三个头。转身，黑大、黑小和三个伙计也在他身后跪着。

回到窑洞，老婆婆悲愤地说："快一个月，死人的气味熏天，每天夜里鬼哭狼嚎，没有人敢跨入泪人沟一步。后清廷派来一位汉人知县，这位知县是个善官，他指派衙役和兵丁挖了十个大坑，才把可怜的明兵入土。可泪人沟没有一天安宁过，夜深总能听到冤屈亡灵的哭嚎——成了真正的'泪人沟'了！"

老婆婆揉揉她那核桃皮似的眯缝眼继续说："三年后的清明节，有一瘸子老汉到那里烧香烧纸，这一开头，好心的山里人，慢慢地每逢节气，总有人去沟里烧香、烧衣、烧裤，泪人沟渐渐安静了。"

致禛听说"有一瘸子老汉"，急切地问："老人家，瘸子老汉是不是当年逃生的明兵呢？"

没等老婆婆说，黑大开腔："大叔，就是死里逃生的明兵，山里人都说是。他当年装死，夜里才从死人堆里爬出来逃掉的，隐在了山里。他一直偷偷到泪人沟烧香烧纸。六十岁冒一点，也就是这两年才传开，山里人叫他瘸兵，住在西头的秃山下。"

"离这里远吗？"致禛急忙问。

"不远，从这里往回返，有两里来路，再上山，翻过山梁就到。大哥，喝酒吃肉，一会儿我兄弟俩领你们去。"

饭后，致禛他们在黑大黑小兄弟陪同下，返到岔路口，黑大黑小让靠右路上山。斯时，致禛才发现还有一条上山的路。实际这是三岔口，因上午雾大没看清。进山没多远，致禛恍然大悟，停住说："黑大，这条路我认识，昨天我们去过。今天上午雾大没看清，走错路，结识你们一家，缘分！你们兄弟也忙，快回家照顾奶奶，就送到这里吧。"黑大笑着说："大叔，我们兄弟没啥事，就陪你们去，也想见见瘸兵。"

他们一行六人爬上山坡，绕过一座山梁，对面西半山腰显露出瘸兵的茅草屋和枯藤。致禛指着说："黑大黑小，你们看见前山腰的茅草屋了吗？那就是瘸兵的家。"

兄弟俩手搭凉棚张望，黑大说："看见了，大叔。你们看前面的山怪吧，只有它不长树，旁边山的树长得都旺盛，所以它叫秃山。"

"看看看！掌柜，房子边有人！"有一伙计惊讶地指着说。

致禛定睛看去，果然，影影绰绰有几个人晃动，即刻兴奋地说："快！就是有人，可能瘸兵回来了！"

他们赶到茅草屋前，从里面出来几个小伙子，致禛一下惊呆了，原来是昨天在客栈打人的和被打的几个小伙子。

致禛盯着他们。还是那个小男孩儿，脸色从慌乱、尴尬恢复了机灵气，忸怩中夹着赖皮劲地嘻嘻一笑："大叔，怎么在这里碰到你们？嘻嘻嘻……"

致禛满脸厉色，没有出声，脚步一直逼着他们后退，脑子里浮现出昨天客栈院子里那场打人的闹剧，他心想，这伙小东西是街道上的混混？来这里打劫老兵的东西？想到这里，怒火不禁而起，喝道："一个也不要放走！"

三个伙计、黑大、黑小把几个小伙围住。致禛又喝道："把他们拥进屋里！"

这几个小伙子，亲眼见过致禛的厉害，又加上身材魁梧的黑大、黑小，不由得浑身哆嗦起来，挨打已逃脱不了了，纷纷跪在地上哭丧着脸连连求饶："大爷，饶过我们吧，饶过我们吧！银子我们还您！"

致禛厉声喝道："老实说，你们来这里盗什么东西啦？"

稍大一点儿的小子仰脸答道："大爷，我们哪是盗东西的呀！是帮李大爷拿他的东西的。"

致禎觉得有些奇怪，追问："什么李大爷？"

"就是住在这里的李大爷呀！"

致禎心头一震，心想，李大爷和瘸子兵是一人吗？于是，又问："说清楚点！"

"这房子里住的瘸子老人，姓李，我们叫他李大爷。"

"人呢？"话音没落尽致禎就逼问。

"最近病得很厉害，我们前两天把他抬到城里他家了。"那个男孩又说："昨天，在客栈院子里以打人为名，骗你们的银子，就是为给李大爷抓药用。我们都很穷，没钱为李大爷抓药，他病得很重呀！银子买药花了一两，还剩五两，还你们。"说完呜呜地哭起来。

致禎听了他的诉说，惊急得心怦怦地跳，没理银子的事，急问："拿什么东西？拿到了吗？快带我们去看看你们那位李大爷！"

这几个小子扬起脸，疑惑地盯着致禎。

"快呀！起来！起来！都起来！东西拿到了吗？带我去见李大爷，我会叫最好的郎中给他看病的！"致禎急得边一个一个往起拉他们边说道。

精灵鬼气的男孩答道："东西没有找到，是一张图。"他的黑眸子一闪，接着又反问："大叔，你们找大爷干什么呢？"

"通过他找我们的亲人！快带我们去！"致禎急得眼里像闪着火花。黑大黑小在旁也急得对视一下，黑大操着沧州地方腔说："他们都是好人，就是想找亲人，快带他们去吧！"顿了一下，发狠地说："再不去，过后，小心把你们全骗了！"

他们从致禎问话的含义、焦切的表情、昨天那么快地给他们银子，还有两个当地人跟着，判断致禎他们不像是歹人，顾虑渐渐消了，但还是警觉地交换了眼神，稍大一点的小子说："好吧，我们马上带你们去，但有一个要求，只带这位大叔一人去。"他抬了抬头，用下巴示意致禎，"其他人回客栈等着。"

心急火燎的致禎立即答应了他们的要求。

致禎和这几个半大小子，进了城东墙根下一座颓垣断壁的院落，推开一间土瓦房扭曲的门扇，一股浓浓的中药味冲鼻而来。左边靠窗有一大土炕，上躺着盖着破棉被的老人，大炕顶头灶台上堆放了大小不等的药包，屋内簸箕、筐、缸、瓦盆凌乱不堪。

致禎回头看了一眼男孩，低声地问："这是你家？"他点了点头。"炕上躺着的是你们说的李大爷?"他又点点头。

　　致禛轻手轻脚地到了炕前,单见炕上躺的人,黑黝黝瘦得窄条条脸被七参八竖的灰白胡须遮盖着,眼睛陷成两个小坑窝紧闭着,没有留辫子,稀疏的白发卷曲散乱地围在头边。他定定地看,心不禁提到了喉咙眼。是他?不敢相信!又细细地看,就是他,就是他!虽然瘦得脱了形,但大的模样没有变!鼻翼右边那颗豌豆大的肉瘊子没有变!活着的竟是他老人家!?两行泪不由自主簌簌流下。男孩莫名地看着这位大叔,小心翼翼拉拉他的袖子问:"是他吗?"致禛没有吭声,只是微微点了点头,又摇了摇头。男孩眼瞪得更圆了。点头,肯定了小男孩的问话;摇头,是自己深深的感慨。不可思议,他活着,线索有了!

　　他趴在老人耳旁,咬着唇轻轻地叫:"长贵,李老三,老三,给禛少爷备马,备马!"致禛再也忍不住了,抽泣起来。

　　老人像被什么蜇刺了一下,"呼"地坐起来,看着面前流泪的中年男子,用劲揉揉眼睛,定睛细看,浑身不由自主地颤抖起来,嚅动嘴:"少爷?真……真真是少爷?"然后张大嘴"哇"一声,抱住了致禛,趴在致禛肩头边哭边说:"可等着你们啦——"致禛也紧紧地搂住老人。

　　突然,老人家手松开了,身子慢慢地往下溜。致禛心一下感觉不好,赶紧放平老人,见他嘴歪斜到一边,左手还紧紧攥着致禛不放,圆睁着眼睛啜嚅着说:"王……爷……,图……图……"再说不出来了,嘴一张一张。致禛着急地喊:"去!去!叫郎中!叫郎中!"

　　两个小子转身跑了出去,不一会儿带进一个郎中。郎中诊脉后摇摇头,冷冷地说:"心急,血冲头了,怕出不了三日,准备后事吧!"

　　老人真的没熬过三日。第三天,血红夕阳落下时,他突然睁开眼,死死盯着致禛,张开嘴,想说,发不出声,把左手抬得老高。急得致禛不知如何是好,硬是看着他的手慢慢落下,殁了。

第三十一章

致祺寻人将老人的灵柩移进了秃山他的茅草屋里，计划找到王爷——姑父的遗骨，一起搬回山西驿寨村李家的坟地。

他们在茅草屋内祭奠了老人后，围坐在茅草屋前。枯藤架旁的石桌边，和煦的阳光直直照下，拓拍出每个人的影子。几个半大小子揉着红了的眼，黑大黑小和三个伙计神情肃然地看着致祺，致祺紧紧拧着双眉忧伤地沉思。

老人叫长贵，在家排行老三，是王妃李氏的远亲，家贫投奔王府，被指派在马厩喂牲口。有秦、致祺、致呆小时常去马厩玩耍，那时老人正值中年，也喜爱小孩，少爷们来玩长贵就陪他们兄弟骑马，少爷们就直呼他"长贵""老三"；等长大更是如此，"长贵，给少爷备马！""老三，给少爷备马！"早成为习惯。如此，长贵反倒觉得主仆间很亲近，每每听到少爷们使唤备马，总是乐呵呵高声道："少爷，马来喽——！"当年他完全可随王妃避逃，可他随王爷去了。

那天，致祺靠近老人耳边，亲切地呼唤，可想象老人听到这熟悉的呼唤，持日已久盼家人、等家人的心境，是何等激魂夺魄呀！可他却在见到家人的悲喜交加中走了。

此时的致祺，面对老人突然离去，寻亲线索突然中断，心中既悲痛又焦虑。他深深地叹息，微微地摇头，老人弥留之际的情景一直在眼前浮现：老人嗫嚅着"王……爷……，图……图……"；老人睁大的眼睛，张开的嘴，高高抬起的手……老人弥留之际要交代什么事情呢？猛地像想到什么，问那个稍大一点的孩子："梁子，李大爷让你们找的图拿到了吗？"

这几天在一起，致祺已经熟悉小男孩叫牛娃子，十三岁，父母早已去世，留给他一座破院落；高一点儿的叫锁住，十五岁；脸长一些的是栓子，也十五岁；稍大一点的孩子叫梁子，比锁住、栓子大半岁多，成熟些。他们住得相近，家境都很贫寒，整日厮混在一起。两年前清明节，他们一同跑到泪人沟拾供食吃，无意中在土堆里拔出一把锈迹斑斑的长剑，又用剑刨土，发现了几枚铜子，来了劲，喜悦地狂挖，结果挖到了白煞煞的骷髅！他们受到惊吓要逃窜，却被正在烧纸的瘸子老人呵斥挡住了，非让他们把尸骨埋好。相持之下，他们想教训瘸子老人，没想到，瘸子老人三下五除二把他们几个整趴下了。他们感到老人没有用劲，知道老人无意伤他们，便都立马翻身跪了一排，梁子带头央求："大爷！教我们本事吧！""去！把你们挖出的尸骨埋好！"他们规规矩矩照办了。老人喜爱孩子，从此他们便混在了一起。

老人教他们拳术，他们陪老人说话；老人讲过去发生的事，他们帮老人种庄稼。今年，老人病后，孩子们一直照料，前几天病得起不了床，他们才抬老人下山……

梁子听致禛问他便答："大叔，图没找着。大爷说在炕席下边，可翻遍了，也没找到。"毫不含糊地答道。

"再找找，看有没有？"

几个小子又进了茅草屋，致禛又开始思索。蓦然，老人睁大的眼睛，高高抬起的手浮现在他脑中，他站起返回屋里。炕上已翻得乱七八糟。他抬眼朝四周墙壁瞧，柴火熏得黑黢黢的石块凹凸不平，感觉每块石头缝间都可塞下图。他想起老人高高抬起的手——嗯，肯定在一人抬手高的石头缝里。窗子上沿的石头缝？容易被风雨打着，不可能。门顶的石头缝？他摇摇头，同样不可能。炕上、灶炉旁的石头缝间？对！一定在那里。

"梁子，不要在炕上翻了，你带你的伙伴在炕旁的一人高的石头缝里找。黑大黑小你们和我的几个伙计在灶炉旁墙的石头缝里找。一个石头缝一个石头缝地找，一个也不要落下！"

估摸一个时辰了，众人把每个石头缝都掏了个遍，什么也没找到。他们懊丧地出屋坐在石桌边。梁子又折回屋内，跪在老人灵柩前，沙哑着嗓子喊道："大爷！您老人家说的那图在哪里呀？显显灵吧！"说着他还不住地叩响头。

致禛进屋拉梁子："起来，我们到外面坐坐。大家还没吃午饭呢！准备下山吧！"

"大叔，不找啦？"梁子疑惑地看着致祺。

"找，一定要找到！把茅草屋拆掉也要找到！这是大爷的遗愿！"致祺坚定地说，没有挪脚步。他看了一圈黑黢黢凹凸不平的石头块垒砌的墙面，猛然，把眼睛盯在了门背后，人抬手高处的一处石头缝里插着一截竹竿，上挂了些乱布条子，他心头不禁一震，急忙喊道："梁子，把门背后石头缝里塞的那截竹竿拔出来！"

梁子轻轻一拔那竿子就出来了。竹竿只有半尺来长，大拇指粗，朝里一头用乱布塞着，拉开塞着的布，里面还塞着灰白的布。梁子掏出一抖，啊！就是一张图！他兴奋极了！致祺接过布图，喜悦地跨出屋门，还边喊着："图！图！找到啦！找到啦！"他把那张图平展地铺在石头桌上，大家都围上来。布图有人脊背那么大，上有用锅底黑灰画的密密麻麻、大小不一的叉叉、方块、三角、点点、条条、道道。大家面面相觑，谁也说不出这些代表什么意思。

致祺小心翼翼叠起布图，展了展身子，凝视远方。越过密密层层直指向天的树木秃枝，沧州城雉堞隐约可显，一团白云飘浮在城的上空。

"回城！"致祺声音洪亮有力。他们精神盎然地向山下走去。

致祺把自己关在客栈的住房整整一上午，眼一直盯在布图上。贯穿布图中央有一条粗些的曲线，左头一横线挡住，连着横线上有两行米粒大小的点点，另一头向上拐去，无限伸出去；中央曲线上方有七个大方框框，下方有三个；下方的一个大方框处一条曲线向下延去，沿曲线周边画了三个三角，其间夹带着许许多多叉叉，数数共三十一个，还有五个小方块，顶头画了一个被小叉叉紧围的大圆圈；上方从左边数，第一个大方框处有一条曲线向上；紧靠着带两行点点横线边沿伸出布图的左端，线被密密麻麻的小叉叉、小方块包裹着。

他细细琢磨、思索，似乎明白了一些。中央那条曲线肯定是山户人家老婆婆说的泪人河，带两行米粒大小点点的横线就是泪人崖；沿线周边十个大方框，很可能就是埋明军尸骨的土坑。但令人费解的是，伸向上下的曲线，是河道？山路？指向？那些叉叉、三角又是什么呢？特别是下方曲线，顶头画的大圆圈醒目，总感到是李老三的用心所在，与王爷——姑父相关？致祺心里疑惑，明日！明日必须亲自去泪人沟里实地勘查，对！带黑大黑小兄弟还有梁子几个小伙一起去，还想问问梁子那几个小伙子情况。想到这里致祺对外喊道：

"来人！"

"掌柜，有事情吩咐？"一个伙计推门进来问。

"把梁子、牛娃他们几个叫来，一块儿吃晚饭。然后，你再到黑大、黑小家走一趟，就说，明儿个上午，在泪人沟见面。我们一块儿实地勘查布图。"

这几个小子真能吃，饭量顶得上致祯他们两顿的饭量。致祯怜爱地摸了一下牛娃子的头："吃饱了吧？"牛娃子抬起头忸怩地笑笑，也摸了一下自己的头："大叔，再吃一个馒头吧！"

"哈哈……！再上一盘馒头，切二斤牛肉。在我这里一定要吃饱，正是长身体的年龄。下来还要问你们事呢！"致祯仰头大笑着说。一个伙计也笑着出去端馒头和肉了。

风卷残云似的，半杯茶的工夫，几个小子将馒头和肉吃了个精光。致祯看着两只空空的盘子，再看看几个小子鼓鼓囊囊蠕动的嘴，笑着亲切地问："这下饱了吧？再给你们上肉和馒头？"

"大叔，饱了，饱了，都撑了！"精灵鬼气的牛娃子拍着肚子说。

"好，擦桌子，我们说事情。"

致祯把布图铺展在桌子上说："小子们，过来，你们都去过泪人沟，看看这图，认认这图上画的这些和泪人沟的什么地方像。"他指着图上左边的横线和中央的曲线，"这要是泪人崖，那么这条曲线就是泪人河喽，可是上下的曲线你们看是什么呢？"

几个小子眨巴着眼，相互傻傻地看看，一脸茫然。一条横线，一条曲线，怎么就是泪人崖和泪人河呢？他们如何也联系不到一块。

"想想，沟的两边山里有没有河或者山路？"致祯看着这几个小子茫然的脸，笑着问。

你摇摇头，他点点头，又看看图，没人答一句话。过了一会，牛娃子仰脸双眸闪了闪问："大叔，沟的两旁都是山，上山的路好多好多，是哪一条呢？"

我问他们，他反问我。致祯笑了。

"大叔，我们到泪人沟去一趟，不是什么都清楚啦！"牛娃子吧嗒着薄薄的嘴唇继续说。

"好呀！咱们说好，明早上你们起早，在这里吃早饭，我们一起到泪人沟。"致祺笑着吩咐他们。

玩是半大小子的天性，听说带他们去泪人沟，个个扬起了兴奋欢欣的笑脸。

"我想再问问你们，李大爷有没有给你们说，他到泪人沟为谁烧香烧纸和泪人沟发生的事？"

"说了呀。这里人都知道，在好多年前，明朝的军队和清朝的鞑子兵在泪人沟打过仗。据说打得可凶啦！鞑子兵胜了，杀了几百名明朝官兵。我娘还给我说，泪人沟常闹鬼。就是最近几年，好人过节气，到那里烧纸钱、烧香，现在好多了！烧纸钱、烧香还是李大爷起的头呢！"牛娃子又咋咋呼呼说了一堆。

梁子还是老成一些，等牛娃子咋呼完，不紧不慢地说："大叔，李大爷给我们说，他是趁黑从死人堆里爬出来的；天亮实在爬不动了，浑身刀伤，疼得昏过去，是一老一壮两个汉子将他抬进小山洞，撕衣服包了伤口。他醒来要问究竟时，突然听到鞑子兵的动静，那两人忙给大爷脱了衣服，扔了三个窝窝头，盖上乱树枝子跑开了。但不一会儿听到有人惨叫，大爷流了一天的泪。天黑了，大爷吃了窝窝头，身上的血不流了，有了一些力气，刚想起身，又听到有女人的惨叫，没有敢动，一直等到深夜，他才换上那两个人脱下的百姓衣服，挂了根树枝，拖着受伤的腿，一拐一瘸地往深山逃。翻过两个梁子，碰到一老人，救了他。"

说到这里，致祺想起黑大黑小一家，开始救李老三的肯定是黑大黑小的爷爷和父亲，可后来救李老三的老人是谁呢？于是问："那老人呢？"

"那老人收留了李大爷，就是秃山现在李大爷住的屋子的主人。一年后，老人得病去世了，是李大爷埋了他。"梁子答。

致祺陷入沉思。梁子看了一眼他，问："大叔，你想什么呢？"

致祺像没听到梁子的问话，按自己的思路问："你们没有问过，大爷为什么一直待在这里不走呢？"

梁子说："我们问过李大爷的家，他说他的家人都散了，这里埋着他一个亲人，不能走啊！他还说过，他的家人肯定会来找他。"

梁子停下，直直看着致祺："大叔，您就是他的家人吧？"

致祺点点头，眼眶里已饱含了泪，问："他没说过这里埋的亲人吗？"

"说过。他说那支明朝军队就是他的亲人带领的。和鞑子兵打呀，打呀，鞑子兵越打越多，为了不让鞑子兵逮住，领头的亲人换了士兵的衣服，准备杀出重围，攀泪人崖逃走。同在一起的还有领队的一位至亲，领头的亲人挡住围上来的鞑子兵，让他的至亲先上了泪人崖，而他被几十支箭射中倒下了，李大爷也被刀砍倒……"

致禛"噌"站起来。梁子惊得一下子停住，愣愣地看着他。

"李大爷说的，另一亲人上了泪人崖逃走了？"致禛瞪大眼问。

梁子摇摇头说："不知道。李大爷只说攀上了泪人崖旁的山坡，可能逃走了吧！"

"李大爷的亲人中箭遇难了？"

梁子点点头。

"埋在什么地方？"

"大爷没说过。"

梁子回答了致禛的问话，顿了一下又说："唔，大叔，大爷还和沧州一高个儿黑汉子来往，不过不知怎的，近期没发现那汉子。他肯定不知道李大爷殁了，如果他看见李大爷的灵柩，必定找我。"

"还认识一人？"致禛定住了，心里问，思度良久没有吭声。最后他说："天不早了，你们几个回家吧，记住明天早上，我们一起去泪人沟。"

淘气的牛娃子扮了一个鬼脸："大叔，记住啦！"

几个小子走后，致禛又想起梁子刚才的话，李老三的命还是黑大黑小爷爷父亲救的，他们家有恩于我们啊！于是，他叫来一个伙计吩咐："去，到街上丝绸店，为黑大黑小还有老奶奶扯春夏秋冬四身绸缎衣料，裹一个包袱，里面放十两银子。哦！一定再买十几把香烛和黄表纸，准备两把铁锨，明日上泪人沟都带上。"

第二天，致禛一行人来到泪人沟。他惊呆了。

眼前大小不一的圆圆的白色石头，铺满了宽阔的沟底，拥挤地排列到尽头，白汪汪一片。石间挤出细细的清澈的水，偷偷摸摸地流淌着。半晌午朗朗的阳光洒下，闪耀出千万道光芒。他惊呆了。他从没见过如此景观！这气势多像威武冲天的军队。致禛瞬间惶恐起来，觉得眼前拥挤的圆圆的白石头，像一个个白煞煞的骷髅，偷偷摸摸流出的水幻变成人血……即刻，刀光剑影，混乱厮杀，浮现在致禛的脑海。静默的天地间，突然间风声四起，人吼马啸。致禛呆呆地凝视着。

"大叔！"

他没有吭声。

"大叔！大叔！大叔！"牛娃子连连呼唤。致禛回过头，瞧了一眼他那闪亮的眸子，眼微微地抬了一下，问："什么事？"

"我们往前走呀，你怎么站着不动啦？"牛娃子看着致禛那凝定的神态，疑惑地问。

"这细细的流水，就是泪人河吧？"致禛并没有回答，却反问道。

"是呀！"他歪头点了点。

"泪人崖，还有多远？"

"往上走，两里多地吧！"

"往下走呢？"

"往下走一里多，你往下看，就往南拐了，再走一大截子，出了沟就是平川，再往前走又钻山了。"牛娃子边说边指给致禛看。

此刻，布图上中央曲线与眼前这条似河非河的流水合并，清晰地呈现在致禛的脑子里，同时，他也明白，此时他们处的是泪人河北岸。

他们边走边观望。沟宽有半里地，两旁山坡坍塌的切面有一人多高；山坡密集地覆盖着树木，虽已是三月，但树上还是枯枝败叶，其中偶然有一簇簇黛绿的松柏。尽头已清楚可见，有一堵望天的峭壁。看到这里，致禛不由叹息，心想，这里真是堵歼敌军的最佳战场呀！可以想象当年姑父和叔父所带明军的悲惨遭遇。他心里伤痛，步子缓慢下来。如今，他们脚下踩的何止是石头呀，这是前朝勇士们壮烈坚硬带血的头颅！致禛心绪沉重地问："梁子，李大爷在什么地方烧香烧纸呢？"

"大叔，再往前走走。"梁子回答。

顺着沟的北岸走了不到一杯茶的工夫，梁子说："大叔，就在这儿。你看，这一片石头少，长的都是草。听大爷说，下面埋的是明朝军队将士的尸骨。"

致禛凝神伫立在这片荒草面前，稍停了一会儿，神情肃然静穆地说："往草中培几锨土，我们在这里烧香烧纸。"

正说着，从山坡树丛中钻出黑大黑小。他们跳下坡沿，来到致禛面前。致禛便问："兄弟，这里就是埋人的地方吧？"

兄弟俩看了看眼前这片在风中摇曳着的荒草，肯定地说："对着哩，大叔，这沟里满是石头，只有埋过人的地方石头少，草多。"

他们点燃香炷，焚烧黄表纸，股股青烟打着旋儿悠悠腾升。跪拜后，致禛沉默良久。

这沟里掩埋着三百多名忠诚之士呀！他们都曾是活生生的人，由于天的变幻，硬被另一群人视为敌人，残忍地砍死、刺死、射死，和父母、兄弟、妻子、儿女阴阳永隔，不知他们的姓名，不知他们的籍贯，白骨留在此沟，魂魄成野鬼，这怕是世上最可怜的一群生灵了！

致禛长长叹息，举头往沟的上游望去，隐约可见三片荒草地，在正午的阳光下，泛着金色的光彩，辉煌壮丽。今天，在这片片泛着金色光彩的荒草前，烧香拜灵，寄托后人的敬仰之心，让忠诚之士升天安息！

他想，此时完全可以找到黑大黑小奶奶说的掩埋明军的那十个土坑，他也明白了布图上的十个方框的含义。

他们来到了泪人崖下，抬头望去，从顶天的峭壁上端流下两股清水，岩石嶙峋，流水躲躲闪闪从岩石间流淌而下，真像是人的泪水。水常年流淌，浸得整个峭壁湿漉漉黑黝黝，滑腻光亮，背阴处的苔藓无赖地紧贴在峭壁上，从岩石缝隙生长出的棵棵树干上柔媚的毒蕈星星点点。树干上悬挂着串串藤条，像千年老人的胡须，在微风中拂动。突然从他们身后卷过一阵风，摔在峭壁上又折回，撩起流淌的"泪水"，洒在致禛身上，凉冰冰，阴森森，让他打了个寒战。他在心里沉吟道："泪人崖呀，泪人崖！就是你断了三百多明军和我亲人的生路啊！"

他伫立观望峭壁上伸出的树干、藤条，想起梁子说的李老三的话，若是真的，叔父就是从峭壁旁边陡坡攀登逃生的，叔父还活着？他心中升起热乎乎的希望……

他想，布图左边那条带两行小点点的横线就是泪人崖，横线旁向上的曲线是叔父逃生的路线无疑了。

他不由自主地向泪人崖峭壁南边走去，想离叔父逃生的地点近些。走近，他抬头望去，但见峭壁南边的坡很陡，近于垂直，岩石突兀，树木虬怪，荒草丛生；再往上看，顶部树的枝丫密密交织，似嵌在碧蓝天空中的石纹。一只老鹰忽地振翅高飞，翱翔回旋。他在心底呼唤："叔——父——！"

陡然，人影在眼前浮动，陡坡上一群明军士兵恐慌、混乱，你攀我推，他爬我揉，不顾一切地拼命往不知去路的山崖上攀爬……一个士兵中箭，又一个士兵中箭，从陡坡上滚下，幸免的士兵继续攀住树枝，扒住草根，没命地往上爬……

坡底，有一位穿着士兵服装的老将军，和他的几十名亲兵奋勇挥动着手中的刀、剑、长矛，砍倒、杀死、刺穿一批一批冲上来的鞑子兵。鞑子兵喷出的血，染红了他的脸目、胡须、胸襟、腰腿，完全成了鲜红的血人；像一团熊熊燃烧着的火焰，四处滚动，滚到哪里，哪里的鞑子兵便化为灰烬，"嗖嗖……"，几十支魔鬼之箭射向他，他缓缓地熄灭了……

霎时，泪人崖下，乃至整个泪人沟一片凄惨、怕人、黑暗的寂静。峭壁旁陡坡的树杈上，连根拔起的草丛上，到处悬挂着、横躺着明军的尸体，沟底，断头残肢的明军、鞑子兵的尸体横七竖八，有的尸体还往外淌着鲜血……泪人崖真的哭了，蒙蒙细雨落下，峭崖顶端淌出的泪水稀里哗啦地奔流，与泪人崖下亡灵流出的血混合，汹涌地翻滚……

"掌柜！"

"大叔！快来看！"

一阵喊声，使致祺从幻想中醒来，忙回头瞧去，见那群小子正围在一片荒草旁指手画脚地嚷嚷。

"掌柜，快来看，我们在草丛中发现一只生锈的刀柄。"他的一个伙计朝他喊道。

他快步过去，蹲下，拨开覆盖的荒草，握住生锈的刀柄用力往起拔。没想到，"嘭"一声，拔出了半截刀，他定睛看，是鞑子兵的弯月宽刀。致祺让伙计们用铁锹往下挖，惊讶地发现，那半截刀在一具没有头颅的尸骨的锁骨和肩胛骨上卡着。他脑中闪出，鞑子兵砍了这位士兵的头，刀又从他的肩胛骨捅入胸膛；或者刀先从这位士兵的肩胛骨捅入，同时他也把刀捅入鞑子兵的心脏，而另一个鞑子兵砍了他的头……致祺心里一紧，后背感到冰凉。他不由得悲愤而起，猛地夺过伙计手中的锹，蹲下用锹头慢慢拨开尸骨边的土，再用手轻轻扒，仿佛生怕把尸骨弄疼。整个尸骨露出，他取出了剩下那半截儿刀。他把刀拿在手中，悲愤地一节一节地掰，似乎要让这半截刀在他手中化为齑粉。接着，他缓缓地说："把壮士的尸骨掩埋好吧！轻着点，让他安静些！"他像一位郎中刚刚为受伤的士兵敷上药，包扎好伤口，心里充满了同情，吩咐他的伙计。接着又说："在这里烧香，祭拜亡灵！"

随后，他们又在沟的南山坡底下发现了六块荒草地，都一一烧香烧纸祭拜。

布图上的十个方框终于得到证实。但，布图下方大方框处一条向下延伸的曲线在哪里呢？这条曲线顶头儿连着的那个周边有许多小叉叉的圆圈又在哪里呢？那个地方肯定与姑父相关！

致祯跨过泪人河，向北山坡底走去，来到他们烧过香的第一片荒草处。往山坡望，茂密的树林切断了视线，没有山路，也没有沟渠，这条曲线指向什么地方呢？他在坡底走了几个来回，突然回过头看着黑大黑小问："兄弟，上边有路或者沟渠吗？"

"没有。"黑大肯定地答。

"那你们刚才是怎么钻出来的？"

"林子里每棵树、每块石头、每个坑坑洼洼，我们都熟得很。您要钻进去，肯定迷路，不知东西南北。"黑大笑着说。

致祯沉默了片刻，仔细地看图。曲线是从第一个大方框向下延伸的，这曲线周边的三角、叉叉、小方块是什么呢？"每棵树、每块石头、每个坑坑洼洼……"，黑大的话响在了耳边。对！可能是！他兴奋起来，高声叫："梁子，牛娃子，你们几个爬上坡去看看有没有大石头块、坑沟。"

几个小子爬上去，在坡上、树林边沿寻了几圈，站在坡上傻乎乎地相互看。梁子说："大叔，上边儿到处都是坑坑、石头块，您找的是哪个呢？"

梁子这一问，致祯也笑了。他和黑大黑小爬上坡一看，也傻眼了。梁子问得对呀！他无奈地摇了摇头，无语良久。此时太阳已经偏西，他顿感疲惫与饥饿，于是说："我们回城。"

黑大看着致祯说："大叔，我们钻进林子，翻过梁子，就是那天打野猪的路，离我家不远了。奶奶还在家等我们呢！不进城了。你们大伙儿干脆到我们家吃饭吧。"

"这次不去啦。"致禛笑着说。又转身对一伙计说:"你随他们兄弟去,把我们孝敬老奶奶的东西,亲手交给奶奶。"

黑大黑小兄弟见是一个包袱,心中起疑。

致禛说:"兄弟,这是给奶奶的。过几天我还要专门登门看望奶奶呢!告诉你们吧,李大爷能活到现在,还是你们爷爷父亲救的呢。"

"什么?……"兄弟俩更弄不明白了。

"说起来话长了,我拜谢奶奶时说吧!这包袱里是给奶奶买的四季衣料,还有些银子,你们一定要带给奶奶!"致禛说得有些动情,"我一定要代表李大爷登门道谢救命之恩!"

"大叔,我们和奶奶等着您!"兄弟俩向致禛一拱手,和那伙计一起钻进林子。

在回城的路上,致禛一直在想,这几天发生的事让他心里五味杂陈。前明的老兵—瘸兵—李老三—布图—泪人沟祭拜亡灵—叔父逃亡路线—布图上那些未解之谜—姑父就在咫尺……姑母,您的遗愿定能实现!对,要尽快把这一切告诉有秦和致胤他们。

第三十二章

驿寨村东门的大槐树枝枝努出了娇嫩的淡黄色的芽,在朝阳的沐浴下仿佛散发着春香。一群麻雀兴奋地从中飞起,朝着刚刚升起太阳的方向飞去,在清澈的天空绕了一个大圈,"哗"又落回大槐树,各自悠闲地伸伸小爪爪,展展灰花色的小翅膀,用玉般的小巧尖尖的喙梳理羽毛。

有秦一大早迎着朝阳来到大槐树前,瞧了一眼树间欢跳鸣唱的小雀,嬉笑着自语:"春天好啊!"然后,深深舒了口气。

他转身观望眼前拆出的一片空地,地里堆放着锨、镬、推车、红松原木、青砖绿瓦、白灰……开春了,要给母亲修庙了。白石灰画出的长方形大殿的根基线,在朝阳下格外醒目,此时,它的中央用土堆起了丈余见方三尺高的开工祭台,祭台前面有取土形成的土坑,其中竖立着凿刻着"基"字的石块……此刻他想起昨天上午设计人员让他审看的绘制大殿的图,脑子里徐徐矗起一座大殿:清一色坚固的青砖墙,红色的门窗,红色的楹柱,层层彩绘的斗拱五颜六色,前檐下接连梁柱的横木上画出的瑞兽在云中飞舞;四角挑檐高高翘起;厦坡盖上绿色的琉璃瓦,在阳光下熠熠生辉;悬在殿前檐下正中的是金黄色的"子孙娘娘庙"五个大字……大殿高大,庄重,典雅,就像母亲。

他忽然想到,大殿门前应有一副对联。他苦苦思索对联该有的寓意:胸怀宏宽,惠泽百姓,上联是:"求娘母惠子孙户户兴旺。"下联呢?风水先生的话在耳边悠然响起:大殿的高、宽、长尺寸数都应与天地和,与鬼神通,避灾趋吉。下联有了:"拜天地泽百姓家家安康。"

他自己笑了,摇摇头感到不满意,想着有好的到时再改。

"大掌柜!大掌柜!"晋五弓着腰上前叫有秦。不知是什么时候改的称呼,有秦可能也欣然接受了,他此时正在沉思之中,没有听见。晋五提高了声调:

"大——掌——柜——！"

这一声将有秦吓了个激灵，转身说："哎呀，晋五兄哇！吓我一跳！"

晋五上前笑说："大掌柜，我已把开工仪式各项事情准备停当，时辰到了，请进入工地吧！"

有秦再往工地看去，开工祭台上摆满了供品，地上还放了一只大红花公鸡，好几排红艳艳的鞭炮围着开工祭台，工地里已站满了施工的民工和看热闹的村民。

有秦神气轩昂，阔步到开工祭台前。晋五踮起脚凑在有秦耳边说："大掌柜，时辰到了，开始祭拜天地神祇吧！"

有秦庄重地点了点头，整衣敬穆地站在祭台前。

他从晋五手中接过一把点燃的还冒着火焰的香烛。

只听晋五高声喊道："拜——苍——天——！祈求保佑施工盖庙顺顺利利！"

有秦仰头注视碧蓝透亮的天空，太阳金光万丈，他将香烛高高举起，深深拱了三拱，插入祭台松软的黄土里；端起祭台上的一碗酒，举起向天，拱了三拱，然后使足力气，扬向天空，星星点点的酒珠即刻闪出一道彩光；随后，纳头，三跪，九叩首。

"拜——土——地——神！——祈求保佑，施工盖庙平平安安！"

"拜——各路——鬼——神！——祈求保佑，施工盖庙稳稳当当！"

有秦烧香祭酒磕头后，听见鸡的叫声，晋五已将大红花公鸡拎到有秦面前。他让有秦用右手提公鸡的双翅根部，再用小拇指把公鸡一条腿往后死死勾住，后用左手揪住鸡的大红冠子，用劲将鸡头往鸡背部拉，鸡的长脖子露出。晋五拿刀将公鸡脖子猛地一抹，一股鲜血喷出。他领着有秦围着祭台左三圈右三圈地跑，大红花公鸡的血已流尽。有秦将公鸡猛地抛向看热闹的村民，引起一阵哄抢，谁抢到大红花公鸡，今年可是大吉（鸡）呀！

"开——工——喽！"的声音在长空回荡。

同时，一排排鞭炮"噼里啪啦"地炸开，瞬间浅蓝色的烟雾腾起，从中冲出几个光膀子疙瘩肌肉凸显的小伙子，他们和有秦、晋五挥舞铁锹，眨眼工夫，祭台土堆连同祭品全部填进基石坑，基石坑平坦了，基石埋严实了，人们的心也安定了，施工盖庙也就稳当顺利了。

再看工地，已经开挖大殿的根基了。民工们纷纷抢起镢头，挥起铁锹，推起车子。泥瓦匠大工指派着小工泅青砖，和石灰；木匠拿起墨斗，滚动起圆木，扯线放墨，锯子拉起，锛头举起……工地上瞬间沸腾起来。

有秦看着这一派热火朝天的景象，脸上绽放出笑容。

跟在有秦身后的晋五奉承地说："大掌柜，照这样的干法，我看八月十五前准保完工！"

有秦微笑着点了点头，蓦然想起什么，神色肃然地转身问晋五："晋五兄，昨天下午不是说送娘娘庙里女神塑像小样吗？送来了吗？"

"昨天上午就送来了。当时你正忙着审看大殿的图纸，下午你又去定大殿的位置，没敢打搅。神像的小样在老夫人住屋堂厅里呢。"晋五恭恭顺顺地回答。

"走，我们去看看。"有秦说着往回走。

有秦进了母亲住屋堂厅，感觉闪了一道彩光，跃入眼帘的是方桌中央半尺高的彩色女神塑像。但见女神白白净净，双目炯炯有神，细弯的眉毛微微蹙着，像正在为子孙后辈谋划前景；嘴角稍稍翘起，又似满怀喜悦；笔直秀美的鼻子端庄地嵌在鸭蛋脸庞正中，鼻翼略有一点收敛，给人以宽厚和慈爱之感；头戴凤冠，身着红色凤袍；左手怀抱一个眉清目秀的小男孩，右手拿一枝带叶的柳枝，高高举起，腿上坐着两个穿有红肚兜淘气的小童子，背上爬着玩拨浪鼓、露着调皮样的男孩。整尊神像端庄，面容慈祥，稳坐在青粉红色的莲花中。像！太像母亲了！这塑像一下子触动了有秦思念母亲的心绪，泪水不住地在眼眶里打转转，母亲临终时"寻父……寻父"的嘱托在他耳畔旋绕，他情不自禁地说了一句："也不知致禛哥在沧州那边打听得怎么样啦？"

晋五没有听清，迟疑地问："大掌柜，你说什么？"

"哦！"有秦定了一下神，抹了一把眼睛，"我看整体还可以，就是神态上少了一点点坚定。眉间应展开一点，因为看上去忧虑稍多了一点。在神像的两边再塑两对手执拂尘，手拿用器的侍女。"

正说着，院里传来致杲喊他的声音："有秦！有秦！"

"喂！我在这儿呢！"有秦答应着跨出母亲的屋门。致杲高扬着手中的信封，兴冲冲地走来："有秦，致禛来信啦！小弟也来信了！"

有秦急忙接过信，转身回屋，坐在椅子上仔细地看。致杲进屋就看见放在桌子上的女神塑像，惊喜地说："这像塑得太好啦！像姑母！有秦，我进村口，看见工地热火得很呀！"

有秦一直在看信，没有吱声。看着看着他脸上徐徐有了笑容，脸颊却挂上了两行泪珠，嘴里喃喃说道："啊，没想到是李老三！小舅可能逃生了！……"

致呆听到说"李老三"和"小舅"，惊奇地看了有秦一眼问："你说什么呀？"

有秦揩了一下泪，把信交给致呆说："你看！"又拆致胤的信看。

致呆接信看了一会儿，惊喜地呼出："叔父可能逃生了？有可能还活着！有秦，走，我们马上去沧州，看看那个泪人沟！"

有秦将致胤的信看完放在方桌上，在堂屋踱了几个来回，却问了一句："致呆兄，你看这尊塑像如何？哪些地方有不满意的？"他让致呆看桌上的塑像。

"好！太好啦！把姑母塑活了，慈祥可亲，姑母身上这几个小孩儿真是可亲可爱！"说了一串儿的好。

有秦从桌子上又拿起致胤的信，说："致呆兄，小弟在信里说，他听致禛哥说小舅可能逃生啦，激动得都睡不着，非要到沧州去，还说在太原等我们。但家里这大摊子非常重要，离不开人呀！我想，你先留到家里管着，我和小弟去沧州，等有了准信，你再起身，如何？"

致呆看着有秦，坚定地说："可以，你给我交代一下，赶快放心地去吧！"

有秦又将目光倾注在女神塑像上，心里默默地说："母亲，我一定把父亲寻回来。"

有秦和致胤在太原会合，兄弟二人直奔沧州去找致禛。此时兄弟三人和梁子、牛娃子两个小子，还有致禛的几个伙计在城隍庙旁一家饭铺里吃饭。

今天上午，他们几个一直在泪人沟里转。致禛是和梁子、牛娃子你拉我推，攀树抓草爬上的泪人崖旁的陡坡。坡上边长势疯旺的杂草、荆棘和密集的树枝交织在一起，不时透溢出浓郁的草木怪味。他们往里钻了几十丈远，发现了一把腐草紧紧包裹着的锈迹斑斑的明军腰刀，他们断定从这里有逃生的明军士兵。难道父亲真的还活着？致胤心情万分复杂！他跳上一块巨石，向远方望去，树林层层，山峰连绵，遥远的天际，云气氤氲，有一座泛着淡青蓝光的峻峰在闪耀……他不住地在心底呼唤："父亲——父亲——"

有秦、致禛心境迷茫，他们在北坡转了半个晌午，就是找不出布图上通往曲线指示的有叉叉围着的大圆圈路线。

有秦抿了一小口酒，手不由自主地叉在腰间，紧紧捏摸母亲留给他的那块儿双龙首玉佩，眉眼一下拧在了一起，低头自语道："布图上那些叉叉、三角、是什么意思呢？"

致胤有些郁闷地撂了一句："不行的话就满山找，不信找不到！"

"哎哟！那可不行！在沟里看上面是土坡，进去是山坡，大得很！"牛娃子似大人的样儿，拧起了眉头说。

"你们不是说，李大爷还认识一个高个子黑汉吗？一点儿也不知道他住什么地方？"致祺问梁子和牛娃子。

他们同时瞪着迷茫的大眼，摇摇头。

"我看这样。"致祺抬起头，先对他的几个伙计说，"你们从今天开始，到认识的几个大户家订购麦子，再预定他们的秋粮。"随后面对有秦和致胤，"明日，我们三人带上这几个小子，上秃山李老三住屋祭拜老人！在那里留张纸条，写上咱们的住址，那个高个子黑汉子如果去看望老人，看到我们留的纸条，兴许会找咱们，咱就在这里等他，我估计他和老人有更深的交情。"

"对！祺哥说得太对啦！来了两天了，该去祭拜老人。祺哥，我还想去拜见黑大黑小家人。"有秦接过致祺的话说。

"要去拜见，上个月我在这里，去过两次，给黑大黑小兄弟的奶奶扯了新衣料，离开沧州时给他家又留了百十两银子，他们是恩人呀！"致祺边吃饭边说。转过头见牛娃子放下了筷子，笑了笑说："再来一碗面？"

牛娃子的头摇得像拨浪鼓，说："大叔，不啦！不啦！"又拍拍肚子，嘻嘻地说："撑死人啦。"

梁子揩了一下嘴说："大叔，饱了！"

付了饭铺的饭银，他们一会儿就到了大街。只见行人车马熙熙攘攘，商行店铺鳞次栉比，货摊担郎吆喝此起彼伏。有秦颇有感触地说："哟！这条街比临汾鼓楼的东西街都繁华热闹。祺哥，找家布绸店铺，给这两个孩子扯身衣料吧。"他看着梁子、牛娃子的褴褛衣衫说。

致祺说："全沧州就数这城隍庙热闹……"后面话还没说出，就听见"让开！快让开！马惊了！快让开！……"前面有人惊恐地大声呼喊……顷刻间，大街上男人高喊，女人尖叫，向两边闪开；货摊倒翻，一片混乱，一匹青灰色烈马，仰头参鬃，奋撒四蹄飞奔而来，后面几个小伙子扬起手臂惊呼追赶。

有秦见此状，往后撒一步，一个箭步跃出，腾空拽牢了马的笼头和缰绳，双脚死死蹬地，惊马将他拖出二三十丈远。马终于喷着响鼻儿停住了。他紧紧地握住笼头，用手轻轻地抚摸烈马宽厚的脖颈，马惊恐圆亮的大眼缓缓地放出了柔和的亮光。

后面追上的几个小伙子，气喘吁吁，点头哈腰地道谢。为首的小伙子精干机敏，二十来岁，忙一迭声地说："大哥，大哥……谢了！谢了！这畜生，我们刚拉它出来遛，谁知从墙上飞出一只大红公鸡，恰巧落在它的头上。这畜生嘶叫了一声，惊得挣脱人撒开四蹄儿跑了出来。这不，多亏了大哥您拦截住了，否则真不知会闯什么祸呢。谢了！大哥，谢了！"

有秦谦和地向前，刚把缰绳递给小伙子，马一声长啸，前蹄猛地高高跃起，小伙子吓得往后退去老远。有秦急忙用力拉紧缰绳，"吁——"一声，马又安静下来。

"哎呀，大哥！我们也不溜这畜生了，看来这马与大哥有缘，劳驾大哥帮我们把它牵回马厩吧。这畜生烈得很，只听我们掌柜的，没想到还认您。我们家也不远，瞧，您看，挂着招牌的布匹店，就是我们的店。"小伙子央求有秦，抬起手指向前方。

有秦顺着小伙子手望去，隔一条街，靠街北边不远处，有一面深蓝底白字的招牌旗子，在微风中摇摆。回过头说："禛哥，我们就帮他们把这匹马牵过去，再在他们店里给梁子和牛娃子买两身衣服吧！"

还没等致禛答话，小伙忙讨好地笑着说："好，就在我们店里买，我让老板娘给你们算便宜些。"

致禛也笑了，点了点头说："走，我们到他们店里看看。"

有秦牵着马和布店伙计一起来到有三间房宽的布匹店门口，招牌上写着"鸿枝布匹店"。致禛、致胤和梁子、牛娃子、几个伙计说笑着进了店门。有秦牵着马绕过店门，在那个领头儿小伙子的带领下，拐进了小胡同。

没走几步，又拐入能进大车的敞开大门，里面是干干净净宽敞的土院子。有秦在小伙子的指领下将马牵往院西边的马厩。他拴好马，刚迈出马厩的门，见从北房跑出一个虎头虎脑的六七岁的小男孩，嘴里嚷嚷："赵叔！赵叔！我要骑大马！我要骑大马！"

被称为"赵叔"的小伙子，就是那个领头的年轻人。他向前抱起男孩儿，哄着说："呀呀！小少爷！今天这马不听话，我可不敢让你骑，等你爹爹回来再骑。哦！"

"不不！我不嘛！……"小男孩在"赵叔"怀里踢蹬着脚嚷嚷，撒起娇来。

"石头！石头！别闹了！别闹了！"从北房里传出细亮的女人声。

随声，北房帘子掀起，闪出一位靓丽的少妇。她看上去也就二十五六，青蓝色的丝绸大襟衫子，衫子右肩处有一颗盈透的绿色翠玉纽扣尤为醒目；黑油油发髻梳理得一丝不苟，有一挂串的银钗，斜斜插入后发髻上，随着她身子摆动，银钗上的挂串不停地摇晃；光洁的前额下，闪动着诱人的亮晶晶的双眸；坚挺丰满的胸脯随着她的话音起伏，散发出勃勃生动的气息。

"哟哟哟！石娃，我的捣事毛①，别闹啦！等你那野老王子②回来，领你骑，快回屋里看小弟弟去。"一口正宗腔的山西平阳府话。

"赵叔"将石娃递到少妇怀中时，"当啷"一声，从男孩身上掉出一支短刀刀鞘。少妇往地上一看，往石娃屁股上拍了一下，嚷道："哎呀，捣事毛，叫你不要动你老王子这东西，你又动了，摔坏了，你老王子不揭了你的皮！"

姓赵的小伙子赶紧从地上拾起刀鞘递给少妇。

突然，有秦眼前"霍"一道亮光，刀鞘上竖着镶嵌的五颗红宝石闪得他心一紧——这是自家的短刀刀鞘啊！世上共有三把这样的短刀，父亲、母亲、我各一把。当年在平阳驿站为了交友，自己那把给了土匪头子黑二杆子鸿兄。这少妇的平阳府口音，眼前短刀刀鞘……难道这是黑二杆子鸿兄的家？想到这里，有秦心"怦怦"跳，他向前，对着少妇浅浅一揖，恭敬地问道："敢问嫂夫人，您可是山西平阳府人氏？"

少妇抱着孩子，先是一愣，两颊腾地飞起两朵红云。她定了定神，迟疑地说："哦，我是山西平阳府人啊！你是……？"

---

① 捣事毛：山西平阳府方言，指调皮、捣蛋的小孩。

② 老王子：山西平阳府方言，指父亲。

姓赵的小伙子在旁忙说:"老板娘,刚才咱掌柜的那匹马惊了,冲到了街上,多亏这位大哥一把截住了,力气真大,要不就闯祸了!"

有秦没有理会小伙子的话,听了少妇的回答,心里暗暗惊喜,他肯定这十有八九是黑二杆子鸿兄的家,接过少妇的话,笑着说:"嫂夫人,我也是平阳府人,家住在驿寨村。"

少妇疑惑地顿了一下,又摇摇头,谨慎地说:"你的口音不对呀?"

有秦还是笑着按自己的思路继续往下说:"你家住在柴村,你的大名唤作香枝,你家当家的大名郭志鸿,平阳府人叫他黑二杆子,你村还有一村民叫柴双合。"

少妇慢慢地醒悟了过来,眼睛一下子睁瞪得多大,惊喜地大声嚷道:"呀——!您是驿寨村的李有秦大哥!?"

有秦也惊喜地点点头。

"哎呀呀!怎么在这里碰到大恩人啦!我们没有见过面,鸿哥可常常说起您。老说,不知什么时候报答恩人呢?这是天意啊!要是鸿哥知道了,他肯定喜得都能蹦到天上去!"少妇一连串说了这么多,眼里满是泪花。

真是山西平阳府人啊!从她的话里,淋漓尽致地显露出质朴、醇厚、爽快的性格。有秦心里涌出了亲切感,顺着她的话问道:"嫂夫人,志鸿兄到什么地方去了呢?"

"有秦大哥,别再'嫂夫人,嫂夫人'的,你就叫我香枝妹子,这样才是咱山西人。鸿哥今年过年刚过破五①就和崔娃去南方了,说到云南给店里进云南的蜡染印花布。这不,都几个月啦,提前回来的人说,就这两天回来。"香枝激动地告诉有秦黑二杆子的去向。

站在院子里的几个小伙子傻傻地看着,不知如何是好。姓赵的小伙子还是机灵,忙说:"老板娘,还不赶快让老乡屋里坐,喝茶呀。"

香枝这才从惊喜的迷梦中清醒,忙不迭声地说:"有秦大哥,快快快!屋里坐,屋里坐!"说着满脸堆着笑打起帘子。

有秦略微一思,说:"嫂夫人……,唔,香枝妹子,今天就不坐了,致禛

---

① 破五:山西平阳府人称正月初五为破五。

哥也来了。我们住在紧靠城隍庙东边的客栈里。"

姓赵的小伙子立即插话说："知道，知道，就是安居客栈，是一家老店啦！"

"对，对，是安居客栈，志鸿兄回来告诉他，我们在那里等他。致祺哥正带几个人在你们店里给两个孩子扯衣料呢。"有秦说着就要告辞。

香枝急着说："有秦大哥，等等，我也到店里去。"她把石头往姓赵的小伙子怀里一塞，又往石头屁股上一拍："去，和你赵叔玩，到马厩看大马去。"随后她扯了扯衫子的前襟，两手向后捋了捋并不凌乱的头发。

"走，有秦大哥，到前边儿去。"有秦要拦，香枝又说："别别别，我不去，一来对不起大恩人；二来鸿哥回来非骂死我不可。快！走走走！"

有秦没有拦住，香枝颠起小脚，一扭一扭到了门面店房。她见了致祺、致胤高兴得又是一番谢承，又为梁子和牛娃子各扯了两身秋冬衣服。致祺说牛娃子没爹娘，聪明机灵，是否可在布店打些杂，香枝二话没说收了牛娃子，并说也可收梁子。可这小子犹豫了，要听他父母的话，香枝没有勉强。随后有秦他们告别，回到客栈等待黑二杆子鸿兄的归来。

第二天下午，黑二杆子和崔娃到家了。他们的车还没有完全停住，香枝兴奋地将有秦兄弟来沧州的事告诉了她的鸿哥。黑二杆子听了此消息，高兴得浑身发颤，对着崔娃大声喊道："崔弟，赶紧把这几车布卸进库房。香枝，看着搬，在账本上记清楚，不清楚的问崔娃，颜色、花型、面幅，都不一样。我现在就去见有秦兄弟。"

香枝心疼地说："我说鸿哥，你得洗洗脸，喝口水，看看你的石头吧！石头整天嚷着要爹爹呢。"

黑二杆子根本没有理香枝的茬，又喊道："秋生，秋生！跟我走！"原来那个姓赵的小伙子叫秋生，他跟在黑二杆子屁股后面，大踏步地朝城隍庙方向迈去。

进了安居客栈的门，迎来的是店主人王老板，他笑盈盈地说："哟？郭老板！稀客啊！今天您怎么有兴致登我们小店的门槛？是住店还是找人？"

"我找山西平阳府来的客人，他们住在哪个房间呢？"黑二杆子兴冲冲地问。

"山西的客人？看郭老板高兴的样子，您的尊贵的客人，他们来了六七个人呢！住在后院，全包了，我带您去！"

王老板恭顺地将黑二杆子带进后院，轻声和气地对着院内的北房喊道：

"山西的客官，有客人来访！有客人来访！"

北房没有动静，却从东房门里闪出客栈跑堂的伙计，躬了躬身子，恭敬地笑着说："老板，院子里一个客人都没有，我正在房间扫地抹桌椅板凳呢！"

"你知道客人干什么去了？什么时候回来吗？"

"哟，小的不知道。您不是常说，不能和客人拉话，更不能问客人这些吗？"

"去吧，去吧，忙你的去吧！"王老板有些不耐烦地向他的伙计摆了摆手，回过头朝着黑二杆子耸了耸肩，说："郭老板，您看……"黑二杆子与王老板对视了片刻，扭过头对身后的秋生说："秋生，你赶快去衙门旁的迎春酒楼，找他们刘老板，就说我要订一间宽敞的雅间，晚上请贵客。让他们拿出酒楼的招牌菜，准备两坛山西汾酒。去吧！"

他看着秋生急急火火出去，又对站在他身旁的王老板笑着说："王老板，请给我打盆热水，我在你这儿洗洗脸，如何？从云南回到家还没来得及洗就来了。"

王老板先顿了一下，马上改为高兴情愿的样子，笑呵呵地说："按规矩，不住店是不许进入客房的，可在沧州，谁不知您郭老板呀！"说着叫出正在打扫房间的跑堂伙计："去，你赶快给郭老板打盆热水，放进套间的堂厅，服侍郭老板洗脸，再给郭老板沏一壶上等的茶水。去，快去！"

黑二杆子洗完脸，坐定端起茶碗喝了一口。突然听到院子里一阵纷沓声，他激动得站起，心怦怦地跳，两步跨到客房门口站定住了。进院子的有秦、致禛、致胤见客房门口的黑汉子一下子也站定住了。他们怔怔地发呆，没有言语，没有呼唤，只是静静地凝视，泪水情不自禁地在各自眼眶里滚动……驿寨村院里椿树下的初见、猜疑、对决，驿寨村西口的和解、真诚地告别……一幕幕闪电般在各自脑子里闪烁，为对方留在心底深处那份情感复活了！喷发了！他们似乎同时向对方徐步靠近，似乎同时将手重重搭在了对方的肩膀上，似乎同时深深唤出："有秦老弟！""志鸿兄！""是你吗？""是您吗？"……

黑二杆子拭了一下泪水迷蒙的双眼，扬起浓黑的眉，笑呵呵地说："真是有秦老弟啊！这位是致胤弟喽！不是在做梦吧？我刚从云南到家，听香枝说你们到了这里，高兴死我啦！我已经在迎春酒楼订了一桌席，走，我们都到那里叙话！"他还是那种不容人争辩和推辞的性格。

第三十三章

紫红的夕阳，照着迎春酒楼的雅间。雅间里只有有秦兄弟三人和黑二杆子，他们脸上洋溢着喜悦和兴奋的神情，频频举杯庆祝老天赐予他们兄弟的邂逅。

几圈酒后，有秦很想知道黑二杆子不辞而别后的经历，便饶有兴趣地问："志鸿兄，你当年不辞而别，人们猜测四起啊！说你到陕北拉起了山头，还说你在黄河边捕鱼种田，说你走南县钻东山隐退山林……多着哩，但就是没想到你能在河北沧州安家，做起布匹生意了。说说，怎么到的这里？志鸿兄，哈哈……"说完他松快地笑着，不可思议的目光又透出几分钦佩，紧紧盯着黑二杆子。

黑二杆子也自得地笑了，独自端起酒喝了，放下杯子，长叹了口气，深沉起来。他不紧不慢道："老弟兄们，七年来不易呀！"他恍惚回到七年前，稍一沉默，接着说："我常常思想当年，离开你们院子，我们挥手告别的日子。当时，我的心里真是又憋、又气、又痛、又乱，比那汾河发洪水翻滚得都厉害！"

有秦兄弟仿佛也回到了当年，默默听黑二杆子诉说。致禛听完很感慨地说："当时，我们兄弟误会了志鸿兄，很是歉疚！觉得鸿兄是可交的好汉，真心想留你啊！"有秦也连连点头。

"你们兄弟的真情实意我清楚，但你们哪里能理解我呀！有些事难啊！就说崔娃，救过我的命，他娘是我的干娘，老人家给了我十年的母爱，临终时让我照管崔娃，我答应了。按山规，私自下山，要砍掉他的双手，能吗？砍了就是没照顾好崔娃，大逆不道啦！不砍队伍咋带？土匪这行，没有严厉的惩罚，带不成！不抢你们，道上就说你软蛋；抢，你们仁义、宽宏，我还是人吗？我这脑子里像开了锅的水，翻腾呀……我在回山路上一句话也没说，回去后又一个晚上没闭眼，最后决定：不干了！所以，第二天，我把全体人叫到一块儿平分了山上的金银，吃了散伙饭，我和崔娃回到了柴村，和香枝过日子。但真的回来后，又空落啊！怎么过？土匪的名声断不了，香枝也觉得名声不好，特别是有秦老弟的那封信，要我弃匪为民。怎样断土匪的根呢？决定离开平阳，到人们不知我底细的地方重新扎根，香枝也同意。"

说到这里，有秦又问："志鸿兄，你怎么能到河北沧州呢？"

黑二杆子又喝了一杯酒，说："到什么地方真成了事。想过跨黄河，到陕北立山头，反正是乱世，但是你老弟信中的话要我'弃匪为民'……'弃匪为民'，像鞭子一样抽打我！"说到这里，他用感激的目光看着有秦。接着说："香枝的眼泪也不让我过黄河。我猛地想到父亲的同年，我父亲在侯马任知县时，他来过，说在保定府衙任职，于是我决定投奔他。我到保定一打听，说那人被指派到沧州任职。我又急忙赶到沧州，再一打听，说前两天被押往京城，说他写过反清诗文。我一下子抓瞎了。当时已经是深秋，天气很冷，香枝又有身孕，显怀了，不能再颠簸了。我就租了居安客栈的后院，也就是你们现在住的地方，心想等香枝生了孩子再做打算吧。我还请了个老妈子。"

"那后来呢？"有秦问。

黑二杆子挂着得意神色笑着说："真是'山重水复疑无路，柳暗花明又一村'，天无绝人之路！有一天，香枝非要吃西瓜，深秋了到哪里找西瓜吃？但要安慰香枝啊，得去找啊！为了她肚子里我的儿子，出去找！"

有秦兄弟三人不约而同地都笑了，笑里透溢出敬佩，还有几分调侃，这么个汉子，对香枝却是如此柔顺和钟情。

黑二杆子根本没有在乎他们兄弟调侃的笑，继续说："我出客栈大门，顺着城隍庙前的街道一直往东走，都这时候了，连西瓜毛都没有。走到就是我们现在布店的前面，从里面传出惨烈的叫声和打闹声。随即从店门扔出一位六十来岁、穿戴还算周正的老汉，接着从门里又跌跌撞撞扑出一个老太婆，扑倒在老汉身上。然后从店里冲出几个人上去对着老汉和老太婆就拳打脚踢。你们知道我这人的脾性，眼里哪容得下此等事，向前阻拦规劝。谁知这伙人仗着人多，非但不听规劝，反而辱骂我。我一怒之下，三拳两脚便将他们全打翻在地。哈！此时从店里走出一位三十几岁的壮汉，睥睨着我嚷：哪个纥子的货，竟敢在此撒野！说着便给我使起招来。这小子还真有两下子。十几招后，我使出云南师傅传授的虚顶掏心招，一拳打得他趴在地上起不来了。"

"好好好！"有秦兄弟连声叫好，"来来来，喝一杯，这号人该打！"

大家放下杯，黑二杆子精神抖擞，黑红的脸庞油光油光，眼珠子黑亮黑亮，短须在宽厚的嘴唇上随他言语而抖动。"好什么呀？把事情闹大了！我惹的是沧州地盘上的老大，真名叫栋才，因是歪脖，开始人们叫他歪把子，后来歪把子打遍沧州无人敢惹，就被称为歪霸。第二天下午，歪霸带了十多个人直奔居安客栈。客栈老板吓坏了，急忙告知我，我和崔娃一人腰里缠了根软铁鞭迎了出去，刚走出后院就碰上了。那伙人'哗'地散开，歪霸站在中间。我一看这架势，今天非打不可了！否则香枝生孩子都不得安生。想到这里，我给崔娃使了个眼神，意思是先捉王。我二话没说，只轻跺了一脚，我们一起抽出软铁鞭，直取歪霸。谁知这家伙根本不禁打，三鞭两脚便被我和崔娃拿下，其余小喽啰哪经得起崔娃的铁鞭抽打，屁滚尿流地逃出店门。我想，必须制服歪霸不可，便让店老板搬了一把椅子，我坐在歪霸面前，他的双腿已被我的软鞭抽断。"

黑二杆子稍停顿了一下，喝了口酒，润了嗓子又接着说："其实，让我碰上歪霸打布店老汉的那天，是他去霸占老汉布店的。这家伙也是开布店的，先前强行批给老汉他库房积压的几百匹花布，说好卖掉给钱，结果变卦了，向老汉要现银，老汉没有，便欠着，利滚利翻了倍，老汉还不起，于是他就去霸占老汉的店，恰巧遇上了我。沧州杀出了程咬金，他哪里能忍下去，聚集他的小喽啰，想杀我的威风，没想到又被拿下。这下我在沧州名声大震！没几天，那布店的老汉找到居安客栈，非把店盘给我，说：'这世道乱，买卖做不成了，歪把子再来找我咋办？'这不是'花明又一村'来了吗？"他独自得意地笑了，有秦兄弟也都投去了钦佩艳羡的目光。

"这是大事，盘下店不就等于在此地安家了吗？"他接着说，"我就和香枝、崔娃商量了多次，看了老汉店的地方。何况那会儿我们也没有地方可去，就买下了老汉的店和后院，也做起了生意。和歪霸一样了，他霸我，我还想霸他呢！一城容不得二霸，我和崔娃先用土匪的做派和习气做起买卖，吃掉了歪霸，让他返归为歪把子，把他撵出了沧州城，他的店也归了我。哈哈！这'一村'明吧？"他不由自主地举起了手中的酒杯。

有秦、致禛、致胤一直听着他的侃侃而谈，见他踌躇满志地举起酒杯即刻应和。有秦笑着说："志鸿兄这'一村'明！来得奇，来得是时候，志鸿兄也该发了！"

黑二杆子放下杯，哈哈大笑，说："我那儿子石头来得更奇！"

这么一说，有秦兄弟三人都瞪起了双眼。

"一天，我和香枝、崔娃正商量买布店的事，一颗小石头破窗纸飞进屋内，掉在炕上。我立即跳出房子查看，原来是几个小男孩儿玩耍小卵石子，不小心扔进屋里。我让小孩子小心点，便返回房间。咳！你们说奇不奇！此时，香枝叫喊起肚子疼，要生了。我让崔娃赶快去请接生婆。哈哈！香枝给我生了个男娃，健壮结实，我就起名'石头'，大名郭石玉。取自《诗经》'他山之石，可以攻玉'。你们看，你们看，我有福吧！哈哈……"他放声朗笑起来。

大家也都因为他得儿子这段故事欢欣地笑了。

有秦脑子里立即闪出腰间挂着短刀刀鞘虎头虎脑唤作石头的小男孩，感叹志鸿离开平阳来到沧州心灵和物质上都获得了无上的满足！沧州是他的福地呀！

这时黑二杆子两道黑眉突地扬起，眼光闪亮，厚大的方嘴一张："唔？我的老弟们，光听我一个人讲了，是什么风把你们兄弟刮到沧州？使我们兄弟在此相聚呀？"

有秦与致禛对视了一下，说："致禛兄你说吧！"

致禛就从二月底来沧州说起，刚说到李老三去世时，黑二杆子脸色突变，"啊"了一声，惊愕地张着嘴半天不说话。有秦惊疑地问："志鸿兄，你这是怎么啦？"

"有秦，致禛兄，你们说的秃山老人，是我在这里认识的李大哥。这么说，他殁了？！"黑二杆子豆大的泪珠滚下。

有秦、致禛、致胤都心中轰然一热，同时都在脑子里一问：难道黑二杆子就是牛娃和梁子说的李老三认识的那个高个子黑汉吗？

有秦急切地问："志鸿兄，你怎么认识李大哥的呢？"

黑二杆子并没有应有秦的话，揩了一把眼睛，手在自己眉间狠狠拧着，低头悲伤地自言道："我去云南前去看他，见他身体不好，还说等我回来。大哥！你怎么就走了呢？"他抬起悲伤的脸问致禛："老兄，李大哥埋在什么地方？"

致禛说："志鸿兄，我为老人买了沧州最好的寿衣和寿棺装殓，没有下葬，灵柩还放在他住的屋里。我们准备带回山西平阳下葬。"

黑二杆子疑惑地问了一句："刚才听致禛兄说的意思，你们很早以前就认识李大哥？"

他们都沉默了。停了片刻，有秦缓缓地说："老兄，我们也没有什么好瞒你的，刚才致禛兄也说了，来沧州就是要寻找……"

就在此时，"吱儿"雅间门开了，进来的是酒楼刘老板，他满脸堆笑地对着黑二杆子说："郭老板，秋生要找你说话。"

"进来说吧！"

秋生已在刘老板身后，听到黑二杆子许可，赶紧挤进门说："掌柜，夫人打发人来说，石头哭着闹着要您呢！怎么哄都不行。"

有秦听了秋生的话，自己再没往下说，立马站起举酒杯提议："志鸿兄，我们就到这里，你回来连脚都没歇一下。来来来，我们共同干了这一杯，赶快回家，香枝嫂子想你啦！"

黑二杆子也站了起来，大家举杯碰了，一饮而尽倒过杯。黑二杆子有点醉意，身体略微晃了晃，秋生赶快向前扶住，但被他推开说："我……我没醉，今天是我一生中最高兴的一天，云南的事儿办得顺利，回来就见到了我一直日夜思念的有秦和致禛老弟……高兴……高兴……高兴！你们明天，要陪我一块……一块儿上秃山，我要拜祭……拜祭李大哥！"

有秦和致禛赶紧向前一边儿一个人扶住黑二杆子。有秦说："对对对，明天一定一块儿去拜祭李大哥，早饭在我们那里一块儿吃，志鸿大哥！"有秦不自觉地把"志鸿兄"改成"志鸿大哥"，又亲切了一层，或许有秦也有了醉意。

翌日，吃早饭时，黑二杆子已向有秦兄弟讲说了他认识李老三的经过，有秦也述说他们来沧州寻找亲人遗骨的前前后后。虽没有告知他们和李老三的真实关系，但黑二杆子明白李大哥对有秦兄弟找到亲人遗骨的重要性，便告诉了他们李大哥每逢清明节都要进山给他的亲人烧香烧纸的地方，说自己也去过两次。有秦兄弟听后大喜，李老三认识的那个高个子黑汉竟是黑二杆子，真是"踏破铁鞋无觅处，得来全不费工夫"，热泪瞬间盈满了眼眶。有秦颤抖地又唤了声："志鸿大——哥——！"黑二杆子看着他们兄弟动情的样子，也满怀深情地说："我们先一块儿祭拜李大哥，随后就去找李大哥烧香烧纸的地方！"

黑二杆子、有秦、致禛、致胤四人迎着朝霞，出了沧州城，往东南山走去。

来到三岔路口，那可怜巴巴的半截树干跃入黑二杆子眼睛。他愣怔在那里陷入回忆。

他想起七年前的深秋那一天。那天，天刚麻麻亮，儿子响亮的哭声吵得他怎么也睡不着，干脆爬起来到城隍庙前练了一阵子软铁鞭的套路。太阳光刚刚镀到屋脊上，他心里泛起一阵阵高兴——就是这几天，买了一家布店，又得了儿子，要改变命运了！他内心的勃勃之气向外喷涌，催促得他抬起脚步，轻盈地向前跑去。

他突然发现，路中央坐着一匹似小牛的灰狼，幽绿的眼睛射出凶光。他定住了，不禁背上泌出冷汗，手搭在了腰间软铁鞭的手把上。人兽对视片刻后，灰狼前脚怒气冲冲地刨起来，扬起一股股黄土，然后仰头"呜"地嚎叫了一声，便闪电般地扑了过来。他没想到如此迅猛，迅速向旁跨了一步，虽躲过了它的恶扑，但灰狼的前爪却将他的裤子"嗞拉"撕开一道长口子。他火气顿生，抽出软鞭向灰狼扫去，只听"咔嚓"一声，一棵碗口粗的杨树"哗"一声断倒在路上。那匹狼居然又反扑过来，他趁它反扑之势未定，铁鞭直抽它的头，但倒地的杨树枝子挡了一下，鞭头还是落在狼的头上，劲头小了许多，但还是听它惨叫了一声，身子一摇晃，转身踉踉跄跄地向树林里逃去。他感到这只狼逃不了多远，也钻进林子追了上去。

"志鸿兄，你在想什么？"有秦见黑二杆子在发呆，便问。

黑二杆子回过神，没有即刻回答有秦的问话，却紧走了几步，手扶住那半截子已干枯的树干，若有所思地对有秦兄弟们说："当年就是在这里碰到的狼，正是这棵树挡了一下，才没有使狼一鞭毙命，它跑了很长一段山路，让我认识了李大哥。"

大家继续赶路。

"当时，我一心想追上那只狼，想着打死它好给我儿子做一张狼皮褥子呀！"黑二杆子边走边说，"这狼的命还真硬，翻过一道山梁，朝秃山跑去，到一座茅屋旁倒下了。

一行人听黑二杆子说着，不知不觉已翻过山梁，秃山半腰熟悉的茅屋、石桌、此时已葱绿的藤架已清晰可见。但大家的心情却不由得沉重起来。

黑二杆子脑子里又浮现出当年的情景。他跑到狼倒地的地方，从茅屋里走出一位五十多岁的瘸腿汉子，后面还跟着个驼背老人，汉子与老人对视了片刻，瘸腿汉子问："是你打死的？"

多像有秦兄弟的声音——京腔，随即他产生了亲切感，赶紧和气地答道："我在山下打的，一直追到这里它才倒下。"

汉子向前提起狼的耳朵说："哟，是只母狼，少说也有八十多斤，能剥一张好皮，可惜正值深秋，毛没褪净，脱毛。小伙子，我帮你剥皮。"说着便转身又面向驼背老人说："大哥，把我的短刀拿来。"

那汉子接过驼背老人手中的短刀，对黑二杆子说："去，墙根下有一块石板，搬几块石头垫起来，把狼放上去剥，皮毛不会弄脏。"

黑二杆子叠好底座，搬了几下石板，竟没搬动。汉子撇撇嘴笑，动手要搬。黑二杆子恼了，运了几口气，"嗨"一声，将石板搬起稳稳地放在叠好的石底座上。那汉子将狼提起放置在石板上，三下五除二剥了狼的皮，那速度和利索劲儿，令黑二杆子联想到"庖丁解牛"的寓言故事。随后，汉子顺刀在狼的后腿割下一块肉，转身进了茅屋，不一会儿工夫，端出一碗狼肉丝面。这是我有生以来第一次吃狼肉，从此便和这瘸腿汉子交上了朋友。

有秦他们来到了茅屋前，推开陈旧的两扇门，黑漆漆的棺柩霍然显现。黑二杆子热泪盈眶，蒙眬间像是李大哥笑容可掬地站在那里，每次来他都是这样的神态；瞬间眼前的李大哥病态忧容，拄了一根棍子，将他送出并叮咛："郭老弟，云南路远，山峭林深民野，当心些。我没事，等你回来……"可是……可是……黑二杆子悲切地唤了一声："大哥——！"便跪下烧香烧纸，"呜呜呜"哭出了声。

祭拜了李老三，黑二杆子和有秦兄弟悲痛地坐在石桌边沉思着。黑二杆子悲戚地说："李大哥是我来沧州地面儿结识的第一个朋友，我隔几天便带上酒肉粮食骑马上秃山，就在这石桌前与他酣饮畅谈。于是，我知道了他是明军的幸存者；知道了他是把头塞在被剖开的明军士兵肚里，又把流出的肠子搭在脖子上，才躲过鞑子兵的残杀；知道了他和这茅屋的主人，也是收留他的老人，夜晚一同偷摸着从泪人沟背出他的亲人——他跟随多年的将军的遗体，埋葬在了后山的山梁上；知道了他住在茅屋里，就是为守着将军，死守着，也是等待着！"

有秦兄弟听着听着潸然泪下。

致禛眼前立马出现了他见到老人时，老人激动急切吐出的心声——"可等到你们啦！"——这句话反反复复在他耳边回响。

有秦喑哑着嗓子说："老人心里知道我们会来的，会把他带回家的！"

致胤看着黑二杆子，急切地又像是央求地说："志鸿兄，现在还早，你领我们到埋葬老将军的地方吧！"

黑二杆子站起，朝秃山东面望去，那里被苍翠茂盛的丛林覆盖。"有秦老弟，走！就从这里走吧。"

在黑二杆子的领引下，有秦他们钻入葱密的树林。黑二杆子凭着他的记忆，带领大家下到一个山梁的顶部，转寻了足足有半个时辰，就是没找到记忆中的地方。

"有秦，你把那张布图给我。"黑二杆子真有些急躁了。

"致禛哥，你把布图展开。"

致禛急忙从怀里掏出布图展开在一块石头上。他们都围上来。

"志鸿兄，中间这条线是泪人河，这面是泪人河的南岸，下面是北岸，这些都被证实了。"致禛指着布图向下的曲线，"这条曲线联结的大圆圈处，肯定是掩埋亲人的地方。"

黑二杆子紧拧着黑眉听致禛说，仔细看布图，谨密地琢磨，又竭力回忆陪同李大哥进山烧纸扫墓的情节。

结识李大哥的第二年，两位落居在沧州城的外乡人，已成为莫逆之交。鬼节（农历十月一日）的前几天，他俩在石桌前畅饮时，李大哥让自己鬼节前一定帮他在城里买冥钱、冥衣、香烛、黄表纸，说冬天来了，他要给将军送过冬的银子和衣物。那天自己来得特别早，不但带来了祭物，还带来了酒肉菜等祭品。然后随李大哥进了树林，绕走了好大一会儿，来到了一个坟堆前。记得坟堆在山梁顶部的南边，坟堆的左边有一块镶在山坡上的巨大的石头，靠巨石长有一棵大海碗口粗的柏树，坟堆周边有许多小柏树，像是才栽不久。自己和李大哥肃穆地站在坟堆前，端详了片刻，不禁心里一动：这棵柏树就是将军的帅旗，那块儿坦露出山坡的宽阔石面，简直就是将军的书案，坟堆像是将军稳稳坐在山坡顶，朝向太阳，意志坚定，神采奕奕！自己不由感慨自言道："好风水啊！"李大哥说："这是在第三个山梁上，是高山，后面没山梁了！"他明白李大哥话的寓意，"是高山"，三个字说得多么响亮！

想到这里，他蓦然醒悟。布图上曲线周边三个三角代表三道山梁，靠近那个圆圈下方的方块是那块巨石，那些叉叉是柏树，巨石旁不是也有一个叉叉吗？他兴奋地喊了一声："明白啦！明白啦！"

有秦、致禛、致胤都惊奇地看他。"有秦，图上的'三角'是三道山梁，叉叉是柏树，方块是露出山坡的石头。我也记起来了，我们站的这里是第二道山梁，往后山走还有道山梁，将军的坟墓就在那道山梁上。跟我走！"黑二杆子激动地说。

他们按图上指向的叉叉寻找柏树；发现一棵，顺着柏树的方向往前望，不远处又有一棵；跑过去，前面还有一棵，还有一块巨大的石面，和图上的方块相吻合……

他们一直沿着布图上的叉叉——柏树、方块——露出地面的石头往前跑。黑二杆子记忆中的巨石、粗壮的柏树出现在眼前，由一棵棵柏树守望着的长满青草、荆棘的坟堆也稳稳地坐在那里。

"有秦老弟，就是这里，没有错！"黑二杆子坚定地说。

有秦、致禛、致胤兄弟三人，默默地围着长满青草的坟堆转了两圈，肃然站定在坟堆的下首，沉默着，内心却百感交集。坟头上的青草、荆棘在微风中不停晃动，周边鲜绿的柏枝随风闪闪泛出白光。兄弟三人积压在心头多年深深的怀念如暴发的山洪倾泻而出，涕泗滂沱，跪伏在坟前，大声呼唤着亲人……

黑二杆子默默站在一旁，泪水禁不住悄然滚下。

半个时辰过去了，黑二杆子把他们兄弟一个一个拉起，语重情深地说："老弟，我们找到了掩埋你们亲人的地方，现在回城赶快准备吧，买口上等的柏木寿材，选个好日子，启墓重新装殓。"

有秦揉揉泪眼，定定地看着前方，突然一缕缕阳光破云而出，穿过茂密的树枝，散在青草、荆棘、柏树以及他们兄弟的身上，斑驳陆离。仰头，太阳已经偏西。但他们心里还是沉沉的，这难道是灾难中的幸运？悲痛中的喜幸？不幸中的万幸？……有秦心想，母亲的重托总归得以实现，心里一下放松了许多。此时此刻，有秦的心就像破云而出的太阳，亮堂了起来。不知怎的心里又涌出一阵悲痛，眼里又一阵发涩……

他又看着坟堆上晃动的青草、荆棘，仿佛它们都在向他微微地点头，轻声地安慰："你来了，我们就放心啦！"他在心里回应："父亲，您托梦于母亲'百年之后，归于其居'，儿子从没有忘记过，您就要与母亲团聚了！"

铅灰的厚厚云层又遮住了太阳，压得人喘不过气，天似乎要喷发出巨大的怒气才能摆脱这沉重的云层。

有秦兄弟三人，托黑二杆子雇用了十几名壮小伙子，抬上上等柏木棺，棺内装了加厚的内里丝绵杏黄色绸面的被褥，黑二杆子不知从哪里还弄来了两丈有余的杏黄色的绸子，也放在棺内。

一大早，一大群人就出了沧州东门。他们兄弟三人，迈着沉重又急促的步子往东北后山三道山梁爬去。

有秦手中紧紧攥握着母亲临终留给他的双龙首玉佩，沁出了汗水。他相信父亲胸前定有相同的玉佩，身上还有那把刀鞘上镶着五粒红宝石的短刀。此时的他，脑海里不住地闪现着七年前父亲和他离别时那副凝重却又轩昂、自信的神态，他不敢想父亲已是埋在泥土里的白森森的一堆尸骨。想着想着他眼睛潮湿了，泪珠一滴一滴无声地随着他的脚步散落在上山的路上。

天空慢慢飘起了细雨，柔柔地扬洒着，山林蒙蒙，坟堆仿佛坐落在虚幻神秘的世界。

他们在父亲坟前燃起香烛，香灶青烟袅袅消入雨气。焚烧的黄表纸灰在细雨里随风沉沉地飞上半空，又落下来。兄弟三人跪在坟前，悲切地唤出：

"父亲！我来接您回家了！"

"姑父，我们来接您回家了！"

他们三人起去坟堆表皮的青草和荆棘，壮小伙们飞快地往下挖去。挖了约半人深，发现厚厚的柏树枝条，有秦让停手。他轻轻跳下，接过锹，把柏树条上的土轻轻地一锹一锹铲出，然后将柏枝一层一层揭起，揭了一层又一层，心里不住地感动于李老三的忠心。揭了有半尺厚他已经能感觉出尸骨，他突然停住了手，默默地蹲在那里，一动不动。此刻，怕和痛涌上心头。怕看到父亲已干枯的尸骨；痛再也没有了活生生的父亲了！……

"有秦，有秦，你怎么啦？"致禛问。

有秦仰起挂满泪水的脸，致禛一切都明白了，再也没有问。大家都静静地等待。柔柔的细雨还在轻轻地飘扬，似在悄悄抚慰着他们悲痛的心灵。

"有秦，轻轻地揭吧！姑父在等待和咱们见面，等着我们接他回家呢！"致禛含泪哽咽说。

有秦抬起手侧身去揭柏枝，却又犹豫地停住了。

他把手收回来，移到柏树层的中间位置。他一枝一枝揭去柏枝，惨白的胸骨袒露在他的眼前。他心里一阵阵发紧，哆嗦着拂去一层层细土，深嵌在胸、肋骨里青绿玉佩边角光润一闪，他浑身突然一震，用手指抠出周边的湿土，颤巍巍地将玉从胸、肋骨间夹出，和一直攥在手中的双龙首玉佩相并，丝毫不差。有素只觉得浑身轰地一热，万般伤痛即刻涌上心头，"哇——"的一声后，长长唤了声："爹——！"整个身扑倒在了尸骨上，号啕大哭起来。也许因为激动，也许因为悲痛，竟昏厥了。

致禛和致胤见此情景，急忙跳下墓坑，和小伙子们把昏厥的有秦抬上墓坑，平放在旁边的巨石上。有秦两手攥握着那两块双龙首玉佩贴在胸前。

雨突然急骤起来，像滂沱的泪水……

致禛和致胤含泪在滂沱的雨中，把姑父的尸骨一块一块安放在内里铺有杏黄绸面褥的棺内，盖上杏黄面被子，还覆盖上那块儿杏黄色绸布。

他们做好一切后，搀扶起悲伤过度的有秦，心痛地说："秦弟，我们已经装殓好姑父的尸骸，你看看吧。"

有秦昏沉无力地扒在棺沿，眼前一片金黄闪闪。他刚伸手去接遮着头部的黄表纸，致禛挡住了说："秦弟，在姑父的腰间发现了一把五星短刀，是放在棺内，还是留在你的身边呢？有秦转身接过短刀搂入怀中，点了点头，泪水涟涟。

致祯让盖上棺。此时，雨不紧不慢地下着。泪水和雨水从他们脸庞不住地流，致祯和致胤扶着有秦，沿着山路，返回预先就商议好的地点。他们之前商议暂把王爷的灵柩放置在秃山李老三的茅屋内，与李老三同屋。等安排就绪后，回山西和李氏王妃合葬——"归于其居"。

第三十四章

有秦悲伤过度，加之雨水浇淋，病倒了。黑二杆子请来了沧州最好的郎中为他诊治。郎中总说有秦没病，是悲伤积郁所致，调养几日即刻好转。但已半月有余，汤药喝了数服，未见明显效果。有秦一会儿清醒，一会儿迷糊；昏迷时，嘴里含糊地唤着："……爹……娘……！"他那悲凄的样子，使人心酸掉泪。致禛踌躇了几日，实在耐不住了，回保定府另请郎中。

黑二杆子见此情景，也焦心忧虑，坚决让有秦和致胤搬入他的后院北房西屋内。同进入一门，黑二杆子两口子日夜照料，一日三餐都由香枝亲自下厨精心调制，没两日有秦的病竟略见好转。

一日半晌午，太阳悬挂在碧明的半空，热气慢慢泛起。致胤和黑二杆子见有秦精神头儿像天气一样好，便领他上街散心。

他们走到城隍庙前，见围了一大圈的人，"好""好"的喧闹声迭连传出，便紧步凑向前观看。但见一位年轻的和尚，身穿浅灰色的僧衣，棉白布紧缠着小腿，扎着手腕，在练拳术，虎虎生风。

有秦和致胤专注地看那和尚的一招一式，不约而同地说出："李家六十四套拳！"同时，二人都产生了疑问：这和尚如何会？

致胤凑到有秦耳边悄悄地说："有秦……"

"再看看！"有秦会意地点了点头说。

年轻和尚练完拳后，擦了把额头上的汗，又捡起身旁的一根丈余长的棍棒"呼呼"有声地耍了起来。他娴熟的套路赢得全场人连连叫好。一会的工夫，和尚大汗淋淋。

致胤说："有秦哥，他耍的这套棍棒，是李家的枪法，虽不精通，但套路还真没有偏差。他是如何得到的呢？我们李家枪法从没有外传过，我去问问如何?"有秦转过脸点了点头。

致胤退出人群,舒展了一下筋骨,把前袍襟往腰间一掖,辫子在脖间绕了两下,牙咬住辫梢,便"嗨"一声,腾空跃起,过了围观人的头顶,稳稳地落入人圈内。和尚先是一愣,但很快镇定了,知道来了一高手,可他的脸只是略微抽动了一下,那是一丝让人不易发现的不屑一顾的冷笑。致胤"呼"地两臂一伸,两脚像硕大的铁锁坠地,"嘭嘭"两声,又收回双臂,在眼前"嗖嗖"交叉后又延伸出去,这一套拳看得人眼花缭乱。他打的是李家套拳第十一套"泰拳"拳路。接着"嗯嗯"一阵风起,一只脚直向和尚的头顶压来。和尚见势不妙"呼"一声,抡起手中的棍棒一挡。"当——咔"一声,棍棒成了两截。围观的人们先是惊叫,见二人没有受损,热烈地叫好。围观的人们自动向后退让,场地旋即扩大一圈。和尚倏地绷紧全身,挥起两截断棒,直取致胤的头部。致胤知道和尚这是虚式,往后紧退了一大步。只见和尚两棒忽地展开,闪电般地向致胤心窝捣来。这是李家枪法中的"压顶掏心"套路。致胤曾在驿寨村打土匪野猫时用过。他随即打出了李家套拳第三十五套"晋拳",右脚一蹬,单脚"噌"地跃起,躲过了和尚掏心,反而双手压住他的断棒,顺势左脚直踢和尚的心窝。致胤深知这一脚的厉害,当脚临近和尚的心窝时,脚尖儿一变,踢在了和尚的左肩上。和尚"哎哟"了一声,失去了平衡,斜着身子向后倒去。致胤急收住拳路,向前扶住了和尚。围观的人疯狂地鼓掌叫好。

此时,有秦和黑二杆子围了上来。致胤扶着年轻和尚猛点了几个穴位。和尚身体随即颤动了几下,挥动了几下左臂,除微有一些痛痒外,别无其他不适。致胤忙合掌躬身歉疚地说:"师父,失敬了!失敬了!"

年轻和尚心里清楚遇上高手了,也非常恭敬地双手合十在胸前,低头虔诚地说道:"阿弥陀佛。我本循师父教诲,每日必练十遍六十四套拳路和枪法,不料遇到壮士这样的高手,请多多指教!"

致胤和有秦听到"师父"二字,对视了一下,致胤急切地想知道根由,于是问道:"师傅,我想问……?"

"哦!致胤弟,暂且让师傅安神,不如邀师傅进一家茶屋,和师傅坐叙如何?"有秦明白致胤想要问的话,自己也迫切想知道,但心想在这里一时半会儿也说不清,不如坐下慢慢说,于是挡住了致胤的问话。他又转向年轻的和尚:

"师傅，你看如何？"

年轻和尚定神瞧瞧三位衣冠整洁的壮士，除了高个子黑脸汉子外，这两位算得上举止文雅，犹疑的神色慢慢散去，也真心想求教于致胤，便答应了有秦的提议。

他们来到一家茶屋，黑二杆子点了壶上等茶水，并几样素食点心，大家坐定，让茶倌退去。黑二杆子先为年轻和尚斟上茶水，然后再给有秦、致胤和自己斟上，客气地说："师傅，请！"

和尚脸微微一红，局促腼腆地端起茶杯呷了一口，放下。

有秦放下茶杯，温和地说："师傅，我们邀您喝茶，实在有些唐突，但见师傅这么年轻，有如此精炼的拳路和枪法，仰慕呀！"

和尚忙欠欠身子，说："哪里！不敢！不敢！"很恭敬地脸朝向致胤。接着说："这位壮士的拳路才是精妙老道，我实在不该在……"

他本想说前辈，但看致胤面相年轻，改口为"实在不该在大哥面前献丑！"

致胤见和尚称自己为大哥，仔细地打量起他。这和尚脸庞黑而粗糙，几个米粒大的小痘痘显出年轻人的活力；那双眼睛炯炯有神，又透溢着丝丝忧虑；刚刚剃过的头泛着青光，配上一身浅灰色的僧衣，显得老气横秋；只有嘴唇周边的一圈淡淡的有些发黄的绒绒胡须，告知人们他还是个娃娃，顶多十八九岁。

致胤谦和地笑笑说："师傅，像您这样年龄能练就这样的武艺，真是令人佩服。您的拳法比枪法更胜一筹。这拳法六十四套，对应《易经》六十四卦名称，亦取六十四卦卦名，拳法套路也与卦意相通，要精通拳法套路还务必精读《易经》。如刚才，我上场打出的是第十一套'泰拳'，泰卦上坤下乾，'小往大来，吉亨'。看似弱小往外走，实是刚强大而来。两拳忽闪在胸前几下，下个箭脚直取你头部，你若来不及抵挡，重者倒地毙命，轻者倒地昏厥；若挡，看来何方，你若当头横棍而来破了我的拳法，并使出'压顶掏心'的狠毒枪法，我接着得打出第三十五套'晋拳'。晋卦上离下坤，上火下地。我从地上跃起，火从拳燃，就势抓住你的双棍，后脚的火踢出，直捣你的心窝——要命的套路，这是晋卦爻辞中的'晋其角，维用伐邑'。呵呵……"

和尚听得专注，向往，惊讶，不由自主兴奋地站起："呀，这么深奥！我师父还没教我呢！"接着又懊丧地自叹了声："我根本不认识字呀！"

"这不要紧，也不难，您师父定会教您。但您的师父是哪位？可以——？"致胤并没说透，但他要问的话已很显明。

听到这话，和尚一下蹙起眉头，露出忧愁的神态。他端起茶杯，"咕嘟咕嘟"几口喝了个干净。黑二杆子提起茶壶给他斟上，和尚手捂在茶杯上，深深地叹了口气，使茶桌上的人们陷入疑惑，盯着他沉默着。

和尚缓缓地问了一句令在座的人都惊愕不已的话！

"三位壮士，你们可知七年前在这里发生过一场明清之战吗？带领明军将士的是何人？他们现在的下落吗？"

屋内一切声音都消去了，凝固了……在座的人急切地期盼和等待着和尚的下文……

"我师父就是带领那支明军幸存下来的将军，他已出家，如今是山东沂蒙山广慈寺院的僧人，法号惠宇。两月前师父箭伤复发，重疾缠身，行动不便，我受他的嘱托，十天前离开师父，到此地代师父祭拜七年前战死的将士亡灵。我昨天到这里，才打听到泪人沟的位置，今天早上，本想练完拳和枪法，直奔泪人沟，完成师父的心愿，赶快回到师父身边。师父说等我，可我担心师父的身体呀！"说着亮晶晶的泪水溢出眼眶。

和尚的话是夏天的惊雷，震蒙了有秦和致胤。他们听得目瞪口呆。他们不敢相信和尚的话，又不敢不信，仿佛坠入了虚虚幻幻的梦中，又仿佛升腾在飘飘忽忽的云中……

有秦心悬空，发慌，他怔怔地盯着和尚，沉沉地问："师傅，您能说得详细些吗？如，您是怎么认识您师父的？您师父给您说了他那些事情吗？不瞒您说，我们也是来这里祭拜在泪人沟阵亡的明军将士的。佛家讲缘，咱们定有缘！"

和尚静静看着眼前问话的人，听到他们也是来这里祭拜阵亡明军的，觉得亲近了许多，揉一下挂泪的眼睛，抿了一口茶，思忆着。

"四年前的冬天，飞飞扬扬的大雪不紧不慢地下了有十几天。没膝的雪将大地封得严严实实，白茫茫天地一色，刺得人眼疼。那时我十四岁，没爹没娘，没兄弟姐妹，三天没吃一口饭，跌撞着过沂河，想进沂蒙山里的广慈寺院讨口饭。谁知刚进山门，一阵卷着雪的狂风将我掀倒，又饥又冻的我昏死在山路上。

惠宇师父下山发现了冻僵的我，便将我背回寺院。大家看着只有一丝气息的我，都说不行了，但在惠宇师父的精心照料下，我竟奇迹般活了。从此我更离不开师父，师父求寺院住持收我为寺院弟子。我入了佛门，取法号绍兴。我们师徒同住一铺，吃斋念佛，师父又每天教我六十四套拳法和枪法，我照料师父的日常起居生活，我们情同父子。

"两月前，师父突然病倒在铺上，一病不起。就是十天前早上，师父在铺前才给我讲，他的病是腰背部几处旧箭伤复发，怕不久就要离世了。我一下傻了，眼泪簌簌地流。师父说，有些事要给我说，说自己是出家人，本应身外无心，心外无物，物外无色；无心于事，无事于心，六根全无，四大皆空，但多少年来一直想以无心了却遗留之事，可没修炼到家。反过来一想，世上又有几位出家人能真的做到空无挂碍呢？自己从病后思量至今，决定给我说他的身世。还说自己有一心愿，要我替他了却……"

茶屋的气氛真的凝固了，凝固得似一块坚冰，寒得令人发颤；又凝固得似抽掉气体的真空，憋得令人窒息……致胤哽咽着，有秦的泪水在眼眶里打着转转，黑二杆子两道浓眉拧成了疙瘩。

绍兴和尚刚落下话音，致胤已无法控制自己的情绪，号啕大哭，边哭边大声说："绍兴师傅，我就是您师父的儿子啊——！呜呜……呜呜……"

致胤从绍兴和尚口里知道父亲拖着几处箭伤的身子，逃往山东，在山民的救护下，几经周折，落脚到了沂蒙山的广慈寺院，从此远离了红尘。但他忘不掉沧州之战的亡灵，他思念自己的亲人和儿子。他感到自己圆寂的日子不远了，向他的徒儿倾吐了压在心底的心愿。绍兴和尚当日即起身赴沧州。

绍兴和尚也被致胤的话惊到了，心想天下居然有这样的奇遇？合掌念："阿弥陀佛！"

有秦含泪搂住致胤的肩头，一阵阵悲伤！又一阵阵喜悦！他不知用什么话安慰小弟。黑二杆子感叹不已，提起茶壶为绍兴和尚斟满茶，连连说："师傅，喝茶！喝茶！"

一直搂着小弟的有秦，转过脸，突然朝绍兴和尚问了一句："绍兴师傅，您能讲一下惠宇师父的模样吗？"

绍兴和尚即刻明白有秦发问的用意，神态笃定地指着致胤说："这位壮士和我师父酷像。师父病后，我为师父梳理他那白花花胡须时，发现师父的下巴颏右边有核桃大一块黑记……"

说到这里，有秦举手挡住了绍兴和尚的话，眼泪止不住地流下，拉住致胤朝向绍兴和尚说："绍兴师傅，您师父就是我小弟的父亲，我的小舅。万分感激您这几年对他老人的照顾，又千里迢迢奔赴此地了却他的心愿，又无意中让我们有了他老人家的讯息！请接受我们兄弟一拜！"说着和致胤纳头便拜。

绍兴和尚慌得向前扶住："阿弥陀佛！万万不可！万万不可！小僧能见到你们，这是惠宇师父修来的，是佛缘。我是师父的徒儿，师父是我的救命恩人、再生父亲，两位壮士就是我的兄长，哪能这样呢？我做的一切都是应该的。那是佛意，佛的慈悲！"

致胤满脸挂着泪，央求有秦："有秦哥，我要随绍兴师父去山东见父亲！现在就动身，现在就动身啊——！"

"去！小弟！现在就动身！随绍兴师傅去山东！这里的事我们安排，我们也听你消息。我和致禛兄随后就到。"有秦抚着致胤肩膀说。

绍兴和尚怔怔地看着兄弟俩悲痛的样子，缓缓地说："两位长兄，师父心愿：祭拜泪人沟阵亡的先灵，我还未了结呀。"

黑二杆子立马起身说："绍兴师父，现已临午时，若不在意，请到陋舍吃午饭。午后，我们陪师父同去祭拜先灵，如何？"

后响，他们一同前往了泪人沟祭拜，又前往了秃山李老三的茅屋，祭拜了王爷。第二天，黑二杆子牵来了两匹快马，和有秦送致胤和绍兴和尚到城外官道，看着他们俩扬鞭催马而去……

第三十五章

小舅真的还活着，而且知道了他的行踪，有秦身体好了大半。次日，致禛带领着保定的郎中也回到沧州，听到叔父的消息后，惊喜得热泪盈眶，非要前往山东不可。有秦劝说，等小弟有了回信一同前往。

致禛带回的郎中为有秦诊脉后，说从脉象上看，有秦没有大碍，但阴气过重。随后，询问了有秦启移父亲遗骨的经过，得知有秦在坟坑中过于悲伤，且被滂沱大雨浇过，所以阴气侵身。郎中开了三服药后，说有秦须在大太阳底下，亲手将父亲的旧坟地修复，且立上石碑，以此祛阴张阳，再服汤药，三日后，必气畅精旺神盛——殊不知这是郎中治病之法。还在病中的有秦，亲自修坟必大汗淋漓，而且精神必得到宽慰，再服调理汤药，本就无大病，精神何能不好？

第三天，阳光热烈，有秦和致禛进山，有秦独自将父亲的旧坟修复，并立了一座石碑，上刻了"将军之墓"四个字，没刻何人何年何月立石碑。若干年后，后人慢慢称后山三道梁为将军梁。

回来后，有秦服了郎中开的三服汤药，果真身体恢复元气，精气神比过去更加健旺。

这日天气格外晴朗，热得早，出外待不住。有秦、致禛和黑二杆子坐在他家后院北屋的堂厅品茶聊天。

黑二杆子笑嘻嘻拿出一小巧的青花瓷罐，说："两位老弟，今天让你们品尝我存的贡茶。这是老兄这次去云南进印花布，路过成都，一茶庄朋友送我的太湖洞庭山的明前碧螺春，你们品品这上等贡茶！"

说着他亲自掌泡，点沸水洗茶，续水，温杯，然后将茶倒入三只洁白的梨花茶盏。只见半盏碧绿的茶汤，微微在盏内漾动，丝丝缕缕的香气，即刻弥漫堂厅。黑二杆子推指了一下茶盏，自得地说："老弟，请品茶！"

有秦一直含笑注视着黑二杆子沏茶的程式，见他做得十分妥帖细致，遂拿起一只茶盏，送到鼻尖底下闻了闻，充满享受地说："这香味是清雅。"然后呷了一口，含在嘴里润了片刻，再慢慢吞咽下去，咂巴了一下嘴，悠悠地说："这茶入口又绵又柔，吞肚中，清清爽爽香气浮上来。志鸿兄，这果然是极品呀！"

致禛也端起茶盏小小抿了一口，咽下，嘴咂巴咂巴，然后附和着说："好茶！好茶！"放下茶盏，由衷地说了一句："志鸿兄，茶艺精道。现在生意做得有板有眼，红火得很！这些日子，我已看到，沧州就属中西街人气旺，志鸿兄在这条街东中西位置，三个布绸店铺，沧州城百姓的穿衣都让志鸿兄包了。呵呵……"

黑二杆子很受用致禛的这句话，开怀大笑起来，自得地说："哈哈哈，沧州城，还有城外百姓男男女女、老老小小衣料都是我'鸿枝布匹店'出去的。我的生意做到山东德州啦。哈哈！"一阵爽朗的笑声。他又往茶里续水，给有秦、致禛盏里续茶，继续说："这几年做生意，我悟出了一个理儿，那就是做买卖和当土匪差不多。"

这句"理儿"，让有秦和致禛的茶盏停到了嘴边，睁大眼睛想听他说下去。

"你们不要这样看我，听我说，土匪是抢钱，买卖人叫赚钱；土匪是明火执仗地抢，买卖人是绞尽脑汁地赚；土匪有山头、地盘，买卖人有店铺、市面；土匪有喽啰、队伍，拉出去就是势，买卖人有伙计、人手，招呼起也是势；土匪的山头地盘是拼杀来的，买卖人的店铺、市面是挤霸来的；土匪和官衙勾结，官衙罩着，暗里分银子，买卖人没有官衙支撑，没有官员掺和，不给官衙和官员送银子就活不长。你们说，土匪和买卖人有多少区别？你们不要摇头。土匪和买卖人也有区别，区别是，土匪让人害怕、憎恨；买卖人令人看重、恭敬。我也知道他们看重我、尊敬我，不是因为我郭志鸿身后有白花花闪亮亮的银子。但有银子的感觉真好！哈哈……"

黑二杆子的侃侃宏论，哈哈的笑声，着实让有秦和致禛惊叹不已，愣了半天没有说话，何能将土匪和生意人视为同类呢，这是谬说。土匪心如豺狼，行似虎豹，是社会中的害群之马；生意是天下百工之一，生意人以劳作于物服侍百姓生存而取利，讲的也是仁义礼智信，取财有道呀！生意场上虽也有奸诈之徒，但少之又少，早晚也要受到天罚的。想到这里，有秦语重心长地说："志鸿兄，这几年，你的生意做得顺当，也悟出了道理。可要做得长远，自己的市面扩展得大，生意场在道行上要遵诚、信，行为上要循智、仁，最忌奸、诈、骗、欠。鸿兄，土匪和生意人绝非一类，你那个理儿，生意起步时尚可，但非生意场上的长远之道啊！"

黑二杆子自在山西驿寨村与有秦相识，便极为敬重他。近些日子，渐渐得知有秦的身世，更是崇仰。他刚才听着有秦的话，就像当年读有秦的信，思量了半天，口里喃喃自语道："长——远——之——道——！"他"咚"一声把茶盏按在桌子上，声调也高了，爽朗地笑了，然后道："有秦老弟，你说得对，生意要做长远，不能有匪气。看来我要……"

"嘚嘚嘚嘚……嘚嘚嘚嘚……"传来马蹄的声音，接着店伙计掀起竹帘进来说："掌柜，那位小和尚来啦！"

大家忽地站了起来，黑二杆子用询问的眼神看着有秦和致禛。有秦急切地说："快快，让进来！"

进门的绍兴和尚大汗淋淋，见了有秦也顾不得礼节，慌急地说："兄长，我师父要见您，师父病得厉害呀！"和尚眼泪汪汪地说。

黑二杆子见状，叫店伙计打来一盆热水，说："绍兴师傅，别急，擦把脸慢慢说。"并介绍了致禛。

绍兴和尚拿毛巾胡乱擦了一下脸，端起茶盏一口气喝了个净光。黑二杆子急换了杯子倒满，和尚端起"咕嘟咕嘟"两下喝完，抹了一下嘴说："师父见到致胤泪止不住地流，断断续续说了很多，当听到致胤大哥说到你们，就让我马上动身，一个劲儿说：'快去，快去，我……我来不及啦！来不及啦！'我一刻也没停，跑了一天一夜，中间只在德州吃了口饭……"

听完，有秦和致禛一脸的急促神色，转脸对黑二杆子说："志鸿兄，你马上为我们备两匹马，我们立刻动身去看小舅！"

黑二杆子转身出了屋门，一盏茶的工夫，牵回了两匹马。

"快响午了，吃过午饭起身吧？"黑二杆子脸绷得很紧，问有秦和致禛。

"不啦，现在就走。"有秦不容分辩地说。

"现在动身，下午就可到山东的德州，在那里吃饭，休息一下，然后接着赶路,明日上午就可到师父身边。"绍兴和尚急急切切地计划着。

他们三人刚跨上马,从店前门跑来了在这里当伙计的小牛娃。他手里扬着一封信喊:"大叔,大叔,您的信!"

黑二杆子接过信,递给了马上的有秦。有素拆开信略看了一遍,又递给致禛,说:"致杲来的信,说家里在村东口地里为父亲搭了一座灵堂,问我们什么时候到家,娘娘庙已立木①……"

致禛把信递回有秦,正好有秦也看他,四目相对,彼此会意,有秦说:"我们去见小舅,一刻也不能耽误!"随后,向黑二杆子拱手说:"鸿兄,拜托你一事,一定派人送信山西,告诉我致杲兄,让他即刻赶往沂蒙山广慈寺见叔父!"

三匹马,风驰电掣般冲出去……

血红硕大的太阳,压在连绵苍茫的群山山顶,给郁郁葱葱的山林染上一层闪光的金红,眨眼工夫金红褪去,成了淡粉色,渐渐又变成紫色、青黛色的暮霭。三匹快马踏着青黛色的暮霭,在天断黑后,冲向了超尘绝俗的沂蒙山广慈寺院。

至寺院山门,绍兴、有秦、致禛翻身下马。清脆的木鱼声、浑厚的鼓声,隐隐从顶天的松柏、大殿的影子间,随着淡淡的檀香雾气,悠悠地飘出……神圣、不可亵渎的庄严感从四周袭来。

有秦和致禛紧随绍兴东拐西绕来到一小院内,见小院的西房闪动着昏黄的烛火。

"两位大哥,你们在院里稍等一下,我进去告知师父一声。"绍兴和尚轻声说。

他进去不一会儿,从房门内闪出一个身影,是致胤,他一下扑搂住有秦和致禛,从喑哑的嗓子里叫了一声:"哥——!"便啜泣起来。有秦和致禛紧紧搂住小弟,轻轻摩挲着他的肩头。

致胤抬起满是泪水的脸,看着两位哥哥说:"父亲刚刚睡着,他就是想见你们。我们进去吧。"

房子里摆设很简易,靠背墙是一排铺着席褥的炕,顶头有放衣物的矮小的

---

① 立木:盖房子的结构木架已经建立。

木柜，上有一盏油灯，炕下放着一双圆口僧人布鞋。昏黄的灯火忽明忽暗地洒在靠墙半躺在炕角的老和尚脸上，已是大热天了，那老和尚还捂着被子。

有秦和致禛轻步走近，细细地看着老和尚，他们不敢相信眼前这位干瘦如柴、胡须似荒草的老和尚是自己的亲人。当年的李将军，银白色的盔甲，红色的斗篷和盔顶的红缨穗随着风飘展，棱角分明的脸上绽放出不可侵犯的神态，那是何等轩昂、潇洒、威武、神气呀！他们不禁心头一颤，鼻子一酸，眼泪奔流而下，竟哭出了声。

哭声惊动了躺着的老和尚，他眼睛慢慢地睁开，没有过分的激动和呼唤，只是静静地看着眼前这两个孩子，眼睛没有眨一下，但两颗豆大的泪水缓缓流出，像蚯蚓爬行在满是皱纹的脸上……

有秦和致禛一下子上炕跪着，孩童般依偎在了老和尚胸前，两个七尺男儿大声恸哭。老和尚从被中抽出颤巍巍的双手，搭在了两个孩子背上，抚摸着，许久许久……

"秦儿……禛儿……"老和尚虚弱地轻声唤。

有秦和致禛在他怀里抬起挂满泪痕的脸，凝视着亲人，轻声回应："小舅！""叔父！"

"看见你们安好，我这颗心放下了。致杲还没到？"

"小舅！致杲就这几日到。"有秦忙答。

听了有秦的话，老人深深地叹了口气，稍微顿了一下说："你们兄弟办了件大事，王爷最终回家了！李老三是大恩人，一定要安顿好！"

有秦连连含泪点头。

老人又看炕沿边的致胤，深情地说："唉！我就是没见到我的小孙子！"

致胤立即答道："父亲，我马上回山西，带您的孙子和儿媳一块儿来！"

老和尚微微地笑了一下，说："不用了。胤儿，你也上炕来，我有话说。"

三个孩子亲亲地跪围在了老和尚的身边，他爱抚着，看着，喜悦、幸福的泪水使枯树皮似的脸上泛出了光泽，眼神在皱巴巴的纹褶里闪亮，白胡须在嘴唇的翕动下微微抖动。他说话和缓，但从缓慢的语速中，可以感受他内心的愉悦："胤儿、秦儿、禛儿，我感觉这就是在家里，就缺杲儿啊！"说着脸上浮出带泪花的笑容，三个孩子也笑了。四人即刻沉醉在这劫后余生的家的温馨气氛之中。

宁静地享受了片刻家人陪伴的温馨，老和尚慢慢地说："孩子们，能有你们围在我身边，我心里舒坦……我知道我的大限将至，你们不要难过。看看看，把眼泪擦掉，听我和你们说说话。"他喘了口气，接着说："老父已是出家人，本应心境无事，一切皆空，可人非石木。在我大限之前，佛祖慈悲，让你们来到我身边，我不能不告诫你们一些做人处世的道理。这几年，我只看了《华严经》，虽还是似懂非懂，但在方丈师父释教下，知道这其中讲了两个法理：空和缘，万法唯心，法界缘起。唯在新生，万物为空；因缘而合聚，因缘而消散；万物相容则生，相依则存。老子也有一句：知其雄，守其雌，为天下溪……"老和尚喘吁紧促起来，稍停了一会儿，有秦三人还仰着脸想继续听他教诲，他却微弱地说了一句："孩子们，今天我们一家人就睡在这炕铺上。徒儿，你也睡在这里，你也是我的孩子，他们都是你的长兄。"说完他无力地闭上了眼睛。

老和尚想说的都说了，听起来语无伦次，佛道混杂，但细细嚼，便知晓惠宇和尚想告诫他的后人：要以平和的心态处理发生的每一件事，要用以柔克刚的方法处世。

绍兴和尚听了师父的话，赶紧上炕铺被子，惠宇老和尚睡在了中间，致胤和有秦紧挨着惠宇和尚，一左一右，再两旁是致禛和绍兴。

老和尚很快就打起了呼噜，他和家人，和他的孩子们在一起，睡得踏实，心满意足。

有秦他们万万没有想到，老和尚这一睡，便永远安详、平稳、满脸平和地睡下去了……

次日大早，是绍兴发现师父已经圆寂。致胤、致禛、有秦含泪静静看着自己的父亲、叔父、小舅。他的面容平静、安和、慈祥。由致胤为老人梳理胡须，洗脸。

正当此时，绍兴推门进来说："长兄，方丈法师来了。"

话音刚落，方丈法师身披红色袈裟，带领十名僧人鱼贯而入。他们向致胤、致禛、有秦躬身合掌道了声："阿弥陀佛！"跌坐在惠宇周边，嗡嗡嘤嘤念起了经。

近几天，惠宇身边发生的事，也惊动了方丈，他略略知道了惠宇的身世，不由得肃然起敬。

做毕佛事，方丈起身合掌胸前，面向致胤、致禛、有秦，平和地说："惠宇已随缘而顺寂，乃春秋代序，愿诸位施主节哀。惠宇乃本寺院比丘，欲依法荼毗。诸施主乃惠宇法眷，不知有何意念？"

致胤看了看致禛、有秦，致禛又看了一下有秦，他们对视片刻。

"方丈法师，"有秦恭恭敬敬地说，把致胤往前推了推，"他是惠宇师父的爱子。我和他（指致禛），是惠宇师父的外甥和亲侄，我们愿听方丈法师的。致胤你说呢？"

致胤忙合掌含泪说："我父已圆寂，全听方丈法师的。"

致胤凑到致禛身旁说了几句，致禛从靴筒里掏出一张一千两的银票，恭敬地双手捧上说："方丈法师，这是惠宇师父荼毗之典的香火钱，也是我们晚辈的心愿，务必收下！"

方丈法师的眼睑微微动了一下，说："施主有施善之愿，老衲替惠宇收下。"他轻声中透着威严唤："智圆！"

一直站在方丈法师身旁，胖脸白净，身材高岸，宽肩粗腰，披着灰黄色袈裟的和尚，向前一步躬身合掌，看着方丈法师恭敬地应着："师父！"

"你负责操办惠宇的荼毗盛典！"致胤、致禛、有秦感觉到了方丈法师后面几个字的重音。

临近中午前，智圆法师引领十名僧人，又为惠宇做了两遍佛事，亲自带着几个小沙弥，在致胤、致禛、有秦面前，为惠宇沐浴更衣，装殓入寺院的往生龛内，抬进后院的归西堂。

归西堂正门上方黑匾中端端正正书写着黄色的"归西堂"三个大字，楹柱上挂着的仍是黑底黄字的对联："伏愿西方乐好去，面礼弥陀化涅槃。"堂内无多余摆设，空荡荡的，给人一种冷寂和阴森之感。惠宇的往生龛放置在归西堂的中央。龛前祭桌上摆满了供品、水果、茶水，香烛燃起，香雾弥漫，一下子增添了哀伤亡气。

龛下放了几个棉蒲团，致胤、致禛、有秦一身白丧服，还有绍兴，都跪在蒲团上。致胤已哭得眼睛红肿，两位哥哥一直心疼地搂着小弟的肩膀。他们通宵达旦守灵七天了。

按佛丧礼仪，三天封龛，七日荼毗。有秦请求方丈法师等等致杲，几日仍不见，于是今日封龛荼毗一并举行。

一大早，绍兴为致胤端来一碗面糊糊，亲切地叫了声："大哥！"致胤仰起悲戚的脸，看着绍兴和那一碗热腾腾的面糊糊，泪从眼窝里不断地流出。

"大哥，喝吧！这是智圆法师关照专为你做的，里面有鸡蛋花和嫩菜叶。他说今天是惠宇师父的荼毗日，怕你撑不下来，你几天没怎么吃东西了。"

致禛和有秦抚摸致胤的肩头，有秦疼爱地劝说："小弟，喝了吧！这是智圆法师的慈悲！"

致胤端过碗在自己嘴边儿停了停，抿了一口；有秦巴眼看着，将碗又往上拥了拥，致胤又喝了一口，然后把碗递给绍兴，无力地摇头说："我实在喝不下去，心口是堵的。"说着眼泪扑扑往下滴。

有秦看着小弟消瘦、憔悴、悲伤的样子，爱怜地说："小弟，小舅已经安详地走了，你不能这样，身体垮了，对得起小舅吗？来，把这碗糊糊喝了！"

致禛接着劝说："小弟，今天可是叔父的荼毗日，看你虚弱的样子，能撑下来吗？要有意外，可真对不起叔父呀！听话，撑着把糊糊喝了！"说着，致禛从绍兴手中接过碗又送到致胤嘴边。

在两位哥哥的劝说下，致胤闭着眼鼓着腮帮子，硬是喝了半碗多。

太阳刚刚照射在归西堂的下檐，方丈法师身披盛典时的红色袈裟，手握佛杖，率全寺僧人缓步进入院内。

跪在惠宇往生龛旁的致胤兄弟急忙起身，来到门前，院子里已站满了身着灰色僧衣的僧人。他们合掌躬身恭敬地向方丈法师齐声道："阿弥陀佛！"

方丈法师面庞慈祥、平和，微微抬了一下皓眉，单手并指举在胸前回了声："阿弥陀佛！"随即，稳稳地唤："智圆！"站在他身旁的智圆立即恭顺地向前一步，看了一眼，方丈法师微点了一下头，示意开始。

随即，智圆法师缓步走到供桌前，庄严地望着惠宇师父的往生龛，双手紧紧地合并在一起，举在胸前，微微低头，待维那上香、进茶水毕，他深沉地念："阿弥陀佛！本寺比丘惠宇，圆寂于顺治七年五月九日卯时末。惠宇师父一生功德无量，修炼成果，今日荼毗，步入西方，终化涅槃。"

刚落下话音，笙篁吹起，钟鸣鼓响，丧乐顿起。此时，从院子里的僧人队伍中走出两排僧人，他们个个面容悲戚、庄严，步入堂内，肃静地站在惠宇师父往生龛旁，诵起了《心经》和《往生咒》。嗡嗡的诵经声，从堂内掀起，一时院内众生也诵起，融合为一体，形成了宽厚、低沉、有力的嗡嗡声。这声音像万鼓齐敲，似闷雷滚滚传来，震得整个归西堂、院内大地在抖动，使悲痛的人心发颤……

几名小沙弥搀扶着致胤、致禛、有秦按俗家施主礼仪上祭惠宇师父。

因在佛家之地，致胤压抑着心头的悲痛，从胸腔里发出阵阵吭哧吭哧的哽咽，宣泄失去父亲的伤痛，跪拜、上香、敬茶、焚纸……致禛、有秦依序祭拜。

诵经声徐徐落下，智圆法师转过身，面向方丈法师，音调拉得很长，低沉敬畏地道："舵——主——，为惠宇……"

"叔——父——！"突然，撕心裂肺的哭唤声惊动了院内所有僧人。只见一个三十多岁的汉子，身着浅蓝色府绸单长袍，身后拖着的长辫已经散开，满脸的尘土，跌撞着扑了过来。

跪在父亲往生龛旁的致胤兄弟听哭喊"叔父"，知道致杲到了，急忙起身迎了出来，有秦、致禛也跟了出来，兄弟四人扑抱在一起，哭成一团。

院内的僧人都为此情动容落泪。稍停片刻，智圆法师走到拥抱在一起的兄弟面前，说："施主！施主！施主！"

有秦忙答礼："法师！这位施主是惠宇师父的侄儿。"

"是，是惠宇师父的侄儿，我们就等他！"

"请这位施主，观惠宇师父的法容，惠宇师父封龛的时分已到。"

两名沙弥掀开龛盖。有秦和致禛搀扶着致杲到龛前。致杲看见叔父躺在狭窄的龛内，在土黄色僧服的衬托下，消瘦苍老，面色蜡黄，但神态安和。他轻轻地叫了声："叔——父——！"泪珠涟涟。

有秦为致杲腰间、头上扎了白色丧布，他们陪致杲祭拜完后，兄弟四人跪回龛旁。

"舵——主，为——惠宇——封——龛——！"智圆拉长低沉的声音。

方丈法师执佛杖，缓步来到供桌前，单手合指，念道："阿弥陀佛！"将一条写着梵文的灰白色的布搭在佛杖上，隔着供桌用佛杖将布条儿平平展展铺在了惠宇师父往生龛的腰部，龛封住了。

此刻，堂内和院内的僧人又一起诵起经文，嗡嗡声再次响起。片刻后，嗡嗡声变成柔和圆润、声调平和的《西方赞》歌声：

> 西方端坐更古今，真空主，法王身。无生老母放光明，谈妙法，说三乘。七宝池中现金身，无为法，现世尊。九品莲花度众生，开天地，立乾坤。四回上下彻底清，优谈花，接善人。文殊合掌见世尊，威音外，恒古今。不生不灭独为尊，宾用主，主用宾。神通变化天外行，狮子吼，震雷音。日月循环转法令，又无影，又无形。镜中照出本来人，无极体，太极身。巍巍不动自然成，智慧刀，斩无名。六根清净针对针，无名火，烧自身。本性如是合大乘……

声音催得人泪水直流……

余音在归西堂久久萦绕不散……

方丈法师走近往生龛，手中的佛杖高高举起，"哗哗啦啦"在手中转了三圈，往地上一杵，稳稳地庄重地念道："普周法界，究竟不离当处；透过本来一着，犹如月印三潭。本寺比丘惠宇七年前剃度，独念《华严经》，佛性深缜，是日圆寂，生缘已尽。惠宇师父，大梦俄迁，诸行无常，以寂为乐，愿西方好去。今日惠宇师父荼毗之典，须仗大众称念其佛号！"

后句高昂，他举起佛杖"咚"猛击往生龛顶部，高喊："起——！"

十名年轻沙弥将惠宇的往生龛抬起。堂内院里众僧朗朗齐喊出："惠宇，惠宇，惠宇……"

由僧人组成的丧乐队，笙篁钟鼓等法器又一次齐鸣……

紧随在惠宇往生龛后的致胤、致禛、致杲、有秦都有小沙弥搀扶，在他们后面紧跟着的是一直呼喊着"惠宇"佛号的寺内众僧，长长的佛丧队伍在沂蒙山中蜿蜒向广慈寺化身窑走去。

"惠宇，惠宇……"的佛号，在沂蒙山上空悠悠飘荡，飘得很远、很远……

化身窑在离广慈寺不远的一小山峪的崖壁上，两层阁楼高，上下有两个门洞，里面一空到顶，顶部有直径五尺见天的圆孔。荼毗圆寂的比丘时，干柴从窑洞底部一直垛放到二层洞口，圆寂比丘从上层门洞平放至干柴上，然后从底层门洞点火，火焰即刻烧起，顶部圆孔向上抽风，火越烧越旺，圆寂比丘肉身三时辰即化，待窑内凉却后，在下层门洞收敛骨灰舍利子。

茶毗惠宇的佛丧队来到化身窑前平地上，寺内沙弥将惠宇往生龛从窑上层门洞放置在窑内干柴正中。致胤、致禛、致杲、有秦跪在窑下层门洞前的供桌两旁，众僧合掌肃穆地站在供桌前，面向窑洞，口诵佛经，发出低沉的嗡嗡声。

智圆法师步出众僧，合掌肃敬地站在供桌前，维那上香，他闭目念《往生咒》，然后仰头对着化身窑大声道："惠宇师父，生死交谢，寒暑变迁。其来也，电掣长空；其去也，波登大海。诸行无常，寂灭为乐！"然后庄重地接过熊熊燃烧着的火炬，对着天空"呼呼"作响地画了一个大大的圆圈，又大声道："惠宇师父，既随缘而寂，依法茶毗，化苦行之身，入涅槃之境。愿惠宇师父慧镜分辉，真风散彩，菩提园里，开敷觉意之花，法性海中，荡涤心尘之垢——！"

随话音落下，火炬划出一道弧，投入了窑中，"轰"一声响，火光一闪，他又高喊："烧——！"

站在供桌前的众僧立时应和高声喊："烧！烧！烧！………"十声后，嗡嗡嘤嘤又唱起《西方赞》。

佛丧乐队的法器再一次齐鸣。

跪在供桌两旁的致胤、致禛、致杲、有秦面朝窑洞，放声恸哭，一个劲儿地磕头。

火焰从窑的上下门洞、顶部的圆孔口"呼呼"往外蹿涌。

惠宇师父的躯体在烈烈火焰中，在儿侄们的哭唤中，在悠悠的《西方赞》佛曲中，得以分化，散彩，超脱尘埃，入涅槃之境了……

人生仿佛在化生窑中生现，燃起，蹿涌，又渐渐泯灭，化为白煞煞一堆灰骨。

三时辰后，致胤从智圆法师手中接过一只黄金镶边银光闪烁的精致方盒。

"施主，进去吧，惠宇师父的骨舍利子静躺在那里，收入龛盒内，寺院为惠宇师父立骨舍利塔！"智圆法师的话，低沉、庄重。

高阳透过翠柏苍松枝叶的间隙，照射在新建的骨舍利塔上，新净的青色砖被抹上一层黄灿灿的金色，光彩耀眼，玉蝉"知了！知了——！"地鸣笛，莺雀"啾唧——啾唧——"地歌唱……

新建的骨舍利塔前摆满了各式各样素食供品，一把把香炷正在燃着，股股青烟在塔周身缭绕，焚烧的纸幡化作片片黑蝴蝶，在山风里翩翩飞舞。

跪在塔前的致禛、致杲、有秦抚摸着伏地一抽一抽痛哭的小弟致胤；绍兴小和尚面对塔跪着口口声声哭呼："师父！师父！您应一声徒儿……"

近中午了，太阳直照，他们兄弟默默无声地围坐在塔前不愿离去。

致胤满脸悲愁，无意顺手拔断了一根青草，咬在嘴里"噗"地吐出，蹙起双眉，戚戚地说："哥，你们回去吧。父亲出家，我不能守孝三年，但一定在这里守够四十九天，每天我要来塔前烧香烧纸！"

大家没有说话，伤痛侵袭着每个人的心。

停了片刻，致禛瞅瞅小弟致胤，又看了看有秦说："有秦，我看小弟说得对，让他在这里和叔父待四十九天。我们赶回沧州，赶快扶姑父灵柩回家！"

致杲接着说："致禛哥说得对。今日是叔父的'二七'，小弟要在这里守'七七'的制。你们回沧州，我从这里回山西，姑父灵棚上的柏枝都枯了，还要更换。姑母的庙已经立木，正在交紧处。"

有秦思忖了一下，对着致胤说："好吧，你留下，一定保重身体，'七七'后，你直接回山西，我们都等着你！绍兴小弟！"他转过身叫身旁的绍兴："你大哥就要你照料啦！"

绍兴庄重地点点头，嘴蠕动了一下，但没说话。有秦从他那庄重的点头，理解了他的意思。

他们正说着，寺院的两位小沙弥进来，恭敬地说，"诸位施主，方丈法师、智圆法师备了佛宴等你们呢！"

他们兄弟急忙站起，有秦看致禛问："东西准备好了吧？"

致禛看了一下靴子筒，肯定地颔首……

第三十六章

"二狗,别下来!别下来!金转,快再给二狗递两把柏枝。"

晋五急躁地嚷,见金转把柏枝递给了梯子上的二狗,又嚷:"扎到你左手那边儿,对对对!在靠角角往下一尺!对啦!对啦!扎结实。"

晋五往外走了几步,回头看着灵棚的柏枝全部换成新鲜、墨绿的柏枝子,左右歪头看看,带着满意的笑。"二狗,下来!金转,别瞪着眼!还有你们几个,搬梯子上去,拆那个灵棚上的蔫干柏枝子。"他用头点了一下旁边的另一个灵棚,"较劲干,赶太阳直了换完。晌午饭是猪肉片子烩粉条子白菜,白馍馍。"

他清楚地知道,对着老夫人的坟,换好新鲜柏枝的灵棚,是放大掌柜有秦父亲尸骨棺材的,旁边正在拆蔫干柏枝子、准备换上新鲜柏枝的灵棚,是放老夫人一位远房亲戚老人棺材的。

从三月份大掌柜走以后不久,四月就搭起了灵棚,到现在又过一个月了。前些日子,致杲掌柜走了一趟山东,说是看他失散多年的叔父,回来后愁眉不展,动不动就发脾气。两天前,接到大掌柜的信,说这两天两个棺材就回村。致杲昨天告诉他,今天要把两个灵棚的柏枝换成新鲜的。他天不亮就带人进东山砍了几车的柏枝,不知这两天两副棺材能不能到。

"晋五兄,换得怎样了?"

致杲的话打断了他的思索,忙转过身,致杲已站在他身后看二狗他们拆换柏枝,脸绷得很平。他立马堆起笑,哈腰说:"掌柜,你看,一个灵棚已经换好了,这个晌午饭前肯定能换完。"

"行,后晌一定要把供桌也摆好。"

"掌柜,那白布上写的对子挂起来吗?"

"挂起来,一切都要收拾停当。喂,晋五兄,还有桌子上的供品、香烛、纸幡都备好了吧?"致呆转过脸很郑重地问。

"这些都备好啦，就是两副白布对子不知如何挂。"

晋五觉得自己的问话很没用，眼神恭顺，可怜兮兮。

"哦?"致呆不可理解，"给你说'扶灵柩哭父千里，子嗣寻高堂数载赤心；跪坟棚心吐万语，椿萱归同室永固大孝'这副挂在我姑父的灵棚上。'拭泪唤老三，仁举情恩深似海；仰敬悼老人，铭记厚德重如山！'挂在旁边这个灵棚上。"

晋五显得更可怜了："掌柜的，我不识多少字呀！"

"呵呵！"致呆轻轻一笑，稍微一想，说："行啦，下午一切干完叫我，今天要把一切准备好。"

话音刚落，盖庙工地管工匠的金祥气喘吁吁地跑来，还没站稳就说："掌柜的，哟，管家也在。快！到庙那边去，来了两个衙役，拿了一张纸，厉害得很，让停工，不让干啦！"

致呆心里"咯噔"了一下，觉得有些意外。在村里盖庙，已告诉县衙，庙的图样都交给了衙门，他们也下了文书，怎么又阻挡了呢？晋五也疑惑地看着致呆。

致呆略顿了片刻，对着晋五说："走，回村，你上去看看他们是什么意思。"

交代完就快步往村里去。晋五回头："二狗，金转，还有你们几个晌午饭前干完，听清了吗？"说完紧跟致呆回村。

致呆走到大槐树下停住，见原来热火朝天的工地已经停下，大工匠已经下了架子，小工们挂着手中的工具呆若木鸡，两个衙役各牵一匹骡子，手中不停地晃摇一张纸，嚷个不停。

晋五紧走了几步，笑眯眯哈着腰迎了上去："两位爷，我是管家党晋五，什么事劳驾爷到我们这荒野小地方来了？嘻嘻……"

两个衙役横了一眼眼前这个小个子管家，一个衙役便道："有人把你们告到衙门了，这是文书，叫你们掌柜到衙门走一趟。"随手把纸扔了过去。

晋五忙从空中接过文书，茫然地斜眼看大槐树下的致呆，见他没有动静，拿起文书看了半晌，只认出了"赵城"两个字。他抬头一脸笑，对着两个衙役迟疑地问："二位爷，赵城?"

"对，我们赵城县衙的，有人把你们告在那里啦！"

晋五一下子收回一半的笑，说："二位爷，别急，我们肯定听衙门的。临汾县衙给我们下了盖庙的文书，这……这……要是临汾县衙的爷来了，见我们停工了，问罪下来，啊……啊……？"

两个衙役听了这猴似的小个子管家结结巴巴软中带刺的话，立马眼睛瞪得像牛蛋大，张口呵斥道："说的是狗屁话，我们赵城的官老爷就管不住你这临汾的百姓啦？你今天开工试一下！"

"爷……爷……！看你说到哪里啦！别气着！请到卑屋去喝茶，喝茶能消气！"

两个衙役已听出这小个子管家"能消气"中的意思，张了张嘴，没说出什么，但狠狠瞪了晋五一眼，迎来的却是晋五半笑不笑的脸。晋五向前一步接过了他们手中骡匹的缰绳，扔给了站在一旁的金祥，顺手把那张公文也交给了他说："去牵着牲口打个滚，饮饮它们，让大家先慢慢干着。"

两个衙役刚想发作，晋五连拉带推地把他们往屋子的方向带。

在槐树下的致呆看到这一幕，露出一丝笑容，随手接过金祥递给他的赵城县衙文书看，脸色又绷了起来。

真是一杯茶的工夫，赵城两个衙役在晋五的陪同下走在村子的街上。他们接过缰绳很严肃地对晋五说："别干啦！听见了吗？"跨上了骡子，可没向工地看一眼，出了村东口，直奔官道往临汾而去。

晋五赶紧向致呆跑去，致呆想开口说赵城衙文书的内容，觉得像是给晋五禀告，有失身份，开口就问："晋兄，我们买盖庙用地时，银子都给清了吗？"

"掌柜，全部付清啦，刚才两个衙役给我说啦，那都是胡说八道，栽赃诬告！"

"留下咱们买地的字①了吗？"

"没有，当时买得急，都是乡里乡亲，说好了付银子算数，谁搬得快，还多付一成呢。"晋五眨巴了一下眼，像想起什么："对啦，掌柜付银子时都让卖家签字按手印儿了。"

致呆思忖了片刻，觉得今天这事有些蹊跷，我们李家也不可能办那样的事，赵城衙门怎么能管到临汾的地盘？看来这事不那么简单。进城！只能进城

---

① 字：买卖契约书。

找哈图知县，问清里面真实的因由。于是，他对晋五说："我现在就进城，家里的事你办好，灵棚是头等事。啊！"

晋五不住地点头……

晋五仰脸看头顶的太阳，不由得抹了抹脸上的汗，又朝村东口望去，见换灵棚柏枝的小伙子们嬉笑着走过来，晋五先问："你们换好啦？"

"换好啦。"他们齐声回答。

"金祥！金祥！"晋五扯着嗓子朝工地喊，金祥跑过来，"去，你带二狗他们吃猪肉片子烩粉条子白菜，白馍尽他们吃。"又对着二狗几个小伙子说："吃完饭到掌柜的院子里找我，去去去，跟着金祥吃肉片子去。"

致杲等晋五安顿好，说："晋五兄，跟我来，灵棚上的白布对子我给你分一下，后响一定挂好。给你分好，我就进城去了。"

大红鏊子似的太阳已经偏西，但一点也没有减弱它发出的炙热光芒。二狗、金转这几个小伙子光着粘满柏枝碎叶的膀子，汗顺着脊梁往下流。他们已经将供桌摆好，白布对子也挂了起来，又挑了几桶水，往灵棚柏枝上洒了，柏枝子马上鲜亮了。

晋五站在旁边看着，白布对子被风刮起，他叫二狗："二狗，你们把布对子的下沿埋在土里压住。"压住后，他再站在远处看着两个灵棚，白布对子平平展展，字也看得清楚，墨绿的柏枝子衬托着，真气派。可他定眼看灵棚前那两张供桌，恍惚中灵棚里有了棺材，被柏枝和白布对子框着，心一动，真想哭……

他心里变得沉沉的。看那几个干完活的小伙子在灵棚嬉闹，没好气地喊："别闹了，金转！还有你，就是你！"他指着正拦住金转后腰准备摔跤的敦实小伙子："你俩留在这里看着，供品、香烛、纸幡都在，看好喽！看不好，揭你们的皮！"

金转和敦实的小伙子都缩着脖子伸了一下舌头，钻进了灵棚。

"其余的跟我回村。"晋五想哭的心绪还没回过来，生硬地说。

还没走到村口，就听到了高叫："谁让你们干的？停下来！""都下来，停工！停工！""听到了吗，再干把你们带进大牢！"

…………

晋五心急起来，快步走到工地边缘。但见四名衙役都拿着黑红间色的衙门水火棍，指手画脚地喊……

"老爷！老爷！我来了，有话好说！有话好说！"晋五急切向前，又是哈腰，又是作揖，一看有上午来的赵城那两个衙役，马上捣蒜似的走向前一个使劲地作揖，"爷！爷！这是怎么回事？不是……不是……？"

"'不是'什么呢？不是不让你们干吗？你们怎么又干起来啦？"一个赵城衙役对着正在作揖的晋五呵斥。

"我们两个是临汾县衙的，给你看这个！"一个中等个身材敦实的年轻衙役，手里拿着一张纸给了晋五。

晋五接过没看，抖了一下，心想，这下没辙了，县（现）官（管）来了，抓瞎了，先停工吧。致呆掌柜不是进城了吗？肯定找衙门去了，等回来再说吧！想到这里，他仰脸："金祥！金祥！……"喊了几声。

金祥已被衙役手中的黑红水火棍吓得躲在砌起的半截庙墙后边，听到管家的叫声，探头探脑地应："管家，我……我……"

"出来，看你那怂包样子，还五尺汉子呢。让工匠停下手里的活，小工打理一下工地，灰往起堆堆，砖瓦摆好，整理完让大家休息。工银照付。"

金祥照管家的盼咐安排。晋五看见工匠在洗涮泥瓦刀，收起工具，小工们忙活着整理工地上的灰和砖瓦，回过身笑呵呵哈着腰朝衙役说："这下行了吧？我们听衙门的。闲了，走，四位爷，到我家喝茶？"晋五这次喝茶的后边没带"能消气"三字。他清楚这次不是仨瓜俩枣可应付的，必须掌柜出马。

听喝茶，赵城两个衙役眼神一亮，应声道："走，品党管家的茶去，老兄！"说着去拉临汾县衙的衙役。

"不啦，要赶回去交差，县老爷说等着呢！"

那位敦实的年轻衙役拒绝了，但赵城衙役的手并没有收回。

正在工地扯拽着，罗八斤骑马跑过来了。他下马把缰绳递给站在那里的金祥，迎着晋五走去。四个衙役八只眼也扫了过来，临汾那两个衙役先迎着开了腔："哟，是罗账房？"

"哦？是你们俩来办差呀！"罗八斤的话使衙役怔了一下，像是他事先知道。罗八斤又接着说："事办得看来顺利，喝杯茶再走吗？"

"不啦，回头我们在城里喝，哈图老爷交代让办完差立即返回。"

说着四个衙役骑上牲口而去。

"晋兄，大掌柜让问灵棚都收拾好了吧？"罗八斤根本没问工地的事，直接问的是灵棚。

"大掌柜回来啦？"晋五先是一惊讶，然后说："好啦！"

"大掌柜和致祯掌柜上午就回来了，先在粮店歇着呢。两个灵棚都好啦？"八斤不放心地又问了一句。

"两个灵棚都好了！供桌、献饭、香烛、纸幡都备齐全了。"晋五表功似的说。

"老兄，家里这摊子真够你忙活。"八斤脱口肯定了他的表功，接着又说："两辆灵车都在城东官道旁停着。咱这里的风俗不是不让死在外面的人白天进村，也不让在村里搭灵棚嘛，尸骨更不行了。听大掌柜说，灵车子时前到坟上灵棚，反正老兄你要准备停当。嗯，对啦，你还要安排十人的住处。"

"还有十人的住处？"晋五不解地反问了一句。

"对，这十人是护送灵车的。听他们兄弟说，全是当初西山土匪黑二杆子的人。"八斤神秘兮兮地说。

晋五一听"黑二杆子"血都往头上涌，脸涨红了，激动地问："什么？黑二杆子？"

"对呀！怎么啦？看你的样子！"八斤诧异地问。

"他来啦？"

"是他派的十个人。你怎么脸都红了，害怕他？"

晋五平静下来："不不不，我感到奇怪，多少年都没他的音讯了，怎么又出现了？"说着脑海里浮现出一个黑脸大汉的身影，鼻子里酸酸的，暗自一叹：有情有义的汉子呀！稍微沉思，抬头说："罗兄，到我那里喝杯茶？"

"不啦，这段日子粮店的事情多，他们兄弟刚到，又有那么多人，还有灵车，得回去安排，要赶回城里。"说着，从金祥手中接过缰绳，抬腿就要上马。

晋五急切地上前拉住马的缰绳说："慢着，回城一定给致呆掌柜说，赵城衙役带了临汾的衙役把咱们盖庙的工地停啦！"

"知道了，一定。"罗八斤跨马出了村口。

晋五还没从思想黑二杆子的心情中出来，送走八斤，下意识地叫"金祥……金祥……"金祥着急忙慌地跑到他跟前，猴精的晋五蒙了半响，金祥恭顺地叫了声"管家——"他才缓过神,说了一大堆整理工地的事。说完后,他背着手,低头,心事重重地出了村东口,朝灵棚走去。

已快到丑时。一阵子忙乱后,有秦兄弟三人一身缟素,跪坐在父亲(姑父)灵柩下铺的麦秸秆上。他们兄弟将妻小送回村,准备为父亲(姑父)守灵三天。成十支粗壮白色蜡烛的光柱,照得灵棚通亮通亮,也落在他们兄弟悲戚的面容上,大家都沉默着,没有人吭声。

半天,有秦缓缓站起来,说:"哥,看看老三老人吧!"

他们三个肃穆地站在老三灵前,蜡烛通明,香烛烟绕,供品鲜亮。有秦看着老人那宽敞漆黑的写着大大金黄"奠"字的棺头,又看挂在灵棚两旁白布上的对联,怀着深深感恩的心情道:"拭泪唤老三,仁举情恩深似海;仰敬悼老人,铭记厚德重如山!"他心想没有老人的厚德之举,哪有父亲的回归!哪能见到小舅呀!泪水涟涟……

他从供桌上拿起一把香,对着蜡烛燃起,作揖,上香,认认真真三跪九叩首。致禛、致杲依次上香,磕头,叩首。

他们回来,跪在父亲(姑父)灵柩前。

"有秦,他们把咱告到衙门,盖庙的事停了。今天下午,嗯,不对,昨天下午,我见了哈图知县,说全是诬告,他说一定要把案子移到临汾衙门断。"致杲突然说。

有秦定了一下神:"我刚到,没想到会出这样的事,只因当时买地心切,有的没写下契约。但每个卖家都按了手印。咱们从没有亏过人,移到临汾衙门断案是对的。听说是代告,不知是赵城何人?"

"是一位姓张的,叫什么……?哦,——会平!"

有秦沉思,急速地在脑子里搜索,实在不知是何人。"先办丧事,等父亲入土为安后,我和致禛哥请哈图知县,这事不应成事,致禛哥,你说呢?"

致禛点点头说:"咱先要把证人证据找实在,这最重要,告咱们的人真恶!也不知得罪的是哪路鬼?"

第三十七章

"升——堂——啰——!"一声高喊,接着,"咚咚咚"堂鼓三声,八名手执黑红间色水火棍的衙役"噢——"一声震天吼,凶神恶煞地站在大堂两侧矗立的巨大的"肃静""回避"牌子下面,雁字排开。

哈图知县身着五蟒四爪官袍,头戴一顶簇新的素金顶大帽子,后垂长长的发辫,威严地坐上官案。他右手握住惊堂木,稳稳支在官案,紧靠他握惊堂木手的前方是插满火签的盒子,左手平放在官案上,腰板挺得很直,背后映衬着波涛澎湃中升起的整面墙的红太阳。红太阳顶端"明镜高悬"匾尤为醒目,显得威严、神圣,一股子凛凛权势向众人压顶侵来。

大堂前的空地上,党晋五、张会平站在那里不安地瑟瑟发抖。

衙门外看热闹的人头攒动,踮脚引颈往里观望。人群中有秦、致祺和驿寨村一竿子证人都在。

哈图的眼睛扫视了一下,见一切就绪,向一直站在官案右侧、帽上插有雉鸡尾翎的衙役严肃地点了一下头,只听衙役喊道:

"带驿寨村强买霸占土地盖庙一案人等,上——堂——!"

大堂上气氛立时紧张起来。上来的党晋五、张会平战战兢兢刚刚站定,两旁八名衙役从喉咙里发出猛虎般沉闷的"威——武——!"声,"嘭嘭咚咚……"衙役手中的水火棍在地上乱杵。帽上插雉鸡尾翎衙役厉声喝道:"跪下!"

他们俩应声"扑通"跪倒在地,打筛子似的哆嗦起来。

接着是寂静,静得使人心里发毛。张会平和党晋五总感觉堂上那位官老爷的眼睛、衙役的眼睛不停地在自己背上扫来扫去。

"张会平!"突然一声,打破了使人心悸发毛的寂静。跪在地上的张会平浑身抖动了一下,不由得双膝往前移,高声喊一句:"大人!"

"本官问你话，你如实回答。"哈图知县正言道。

"大大大……大人，小的……知知……道……"张会平下牙嗑着上牙战战兢兢地回答。

"你家住什么地方？"

"回大大……人，我……我家住……赵城南，沟子村。"

"在家干什么？"

"我……我在家开了一个小醋作坊，做醋。"

"你做醋，何因替张怀亮打起官司？"

这时的张会平平静了些许，回答堂上官老爷的问话流畅了。

"大人，张怀亮系我族服内的一位伯父，年迈，瘸疾缠身，无儿无女，伯母去世那一年，也就是前明崇祯九年离开沟子村，买了当时驿寨一小院，清闲独居在那里。今年二月间，伯父的小院被临汾驿寨村李有秦强买贱买霸占去为其母修庙，他们将我年迈的伯父赶回沟子村，沦落为飘荒之人。是可忍，孰不可忍！小的懂仁孝之道，深恨不善之举，愿代伯父状告李有秦不仁不善之恶行，替伯父讨回公道，让李家还老人院落，让李家人受清廷律条惩治。求大人做主！"

张会平不紧不慢地说了一大堆。

"好！好一位有仁孝之德的人！"张会平的话刚落，哈图知县洪亮地说。

听了县老爷的话，张会平抬头瞅了一眼堂上哈图威严的眼神，即刻又低下了头，但心中溢出了一丝喜悦。

"本官问你，你说李有秦强买贱买，霸占了你伯父的房院土地，你有何证？"哈图知县接着问。

"大人，我把证文都交衙门了。我伯父房院与李有秦盖庙用地较远，但被霸占。李家说买房院为四十两银子，实际只付了二十两，房院就被拆掉。大人，请严办这种败坏社会风气的恶行。"

"本官再问你，你是今年二月几日见你伯父被李有秦赶回沟子村的？"哈图知县接着问。

张会平停顿了一下，支吾答道："我是……我是……，大人，我已将呈文交至赵城衙门。"

"要让你当堂回答！"哈图知县厉声呵斥道。

张会平抖了一下，忙说："大大大……人，是……是二月二十一日，我想起来了，是二月二十一日，从那时，我一直伺候着伯父。"

"是真？"

"是！"

"书办，让张会平画押。"

坐在官案左边小长条桌子后的书办站起，走到张会平面前。张会平颤抖着双手接过书办递给他的供述纸，粗略地看了一下，签字画押。

书办刚坐回位子，哈图知县又不紧不慢地问："张会平，本官再问，你明知李有秦强买贱买张怀亮的院落之事，发生在临汾县衙管辖之内，为何不到本衙来告，却告于赵城县衙？"

张会平一下噎住了，心里不由紧张起来，半天没有回答上来，刚要张嘴只听见："凭你违规告状，按清律先杖责二十再问事由。"

他听到火签盒火签碰撞的声音，忙抬头，见县老爷的手已经搭在火签上，"大人……大人……，饶饶饶小的，小的知错了！"他边结结巴巴地说，头边在地上磕得"嘭嘭"响。

"先给你记下这二十杖！"

"谢……谢大人……大人……！"张会平额上满是渗出的汗珠。

"在下面的可是李有秦？"哈图看着堂下的党晋五问道。

听到问话，跪着的党晋五立马直腰低头回答："小的不是李有秦，是李有秦家的管家，党晋五。"

"大胆！"只听惊堂木"啪"的一声响，"李有秦何不出堂？将此人轰出大堂！"随着呵斥声，哈图已从火签盒抽出一柄火签。

"大大大……人，大大大……人，小的有要事向大人禀报！小的有要事禀报！禀报的事与本案关系极大，可证张会平全是诬告。再是，小的这里有我家主人李有秦患病的药方和托小的出堂的手书，请大人过目。"党晋五一口气说出，已经吓得大汗淋漓，一摊泥似的伏跪在堂下。

哈图知县在堂上向书办点头，书办从党晋五手中接过药方和李有秦的手书递上，他看了片刻，抬头厉声问："你有何证说张会平诬告？"他把火签插回签盒。

"回大人的话，这里有一本李家买房院，卖家领到银两的详细签名按指印的账本，可知张怀亮卖房院领到银两的实情，也可证张会平刚才大堂上的说辞都是诬告；再有，我家主人兄弟已到赵城沟子村找到了张怀亮本人，不时可到。还有一事小的可否先禀于衙内大堂上？"

"你说！"

"顺治二年春季，正值青黄不接，又临大旱，正是堂上这位张会平，和我家粮店签了供粮字据。我当时是粮店账房，粮店按字据给他家醋坊送粮，而他家不结账，反诬告我家粮店欺诈他的银两，他败了官司，被罚了银子，打了板子。大人，此人是赖皮，请大人明鉴，还我家主人清白，使我家主人为母修庙，行孝道的事，早日开工！"

"顺治二年之事已断明，与本案无关。把你的账本呈上来。你说找到了张怀亮，几时可到？"哈图知县的口气平和了。

"回大人，不多时。"

哈图知县没有太在意党晋五的回话，而是一页一页来回翻党晋五呈上堂的账本。他突然厉声问道："党晋五，账本是你亲笔所记？"

"大人，是小的一笔一笔亲自所记，不敢有一点马虎。"

"那么，为何其他家户都是正月底和二月初领到卖房院银两，唯有高、张两家是三月？"

"回大人，高、张两家在盖庙所用地边沿，当时不准备再要地了，盖庙之事也于二月二十日开工，这两家见我们买房院地给的银两多，还在村西边给卖房院的人盖新砖瓦房，便三番五次缠着我家主人买下他家的房院。高、张两家，一是患有小儿麻痹加驼背的高智柱，再就是张怀亮。我家主人发了善心，才买下他们都是三间土坯房的院子。谈买卖房院已是二月底，他们两家搬出院子，已进入三月，所以，付他们银子的日子就推后了。"

"党晋五，有买卖房院的字据吗？"

"回大人的话，没有。因当时是修庙起地基的时候，忙活得很，心想不亏不健全的人和老人，图省事，就没签字据。买他们房院都是四十两银子，扣了盖新房院的二十两，实支付他们银子二十两。给他们在村西边盖的带立炉、院墙、院门的三间青砖瓦房已成，高智柱已住进新院落，近一个多月却不见张怀亮老人。说是回赵城老家了，谁知他托张会平这个无赖把我们告到了衙门！"

"大人！我说的是实情吧？李家欺诈了我伯父二十两银子，霸占了院落。"张会平急不可耐地在大堂上嚷道。

哈图知县在堂上威严地长长"哼——"了一声。

两旁衙役齐吼"噢——！"手中的水火棍杵得地"咚咚咚咚"乱响。

张会平马上伏地跪着一声不吭了。

大堂上宁静了片刻。哈图知县声调提高了，带着冷笑又问："买四十两，实给二十两，不是欺诈是什么？用二十两银子盖带立炉、院墙、院门的砖瓦房院子，可能吗？你又有何证说你们新盖的那院落是为张怀亮所盖？"

党晋五一下子被县老爷的问话顶住了。因没有立字据说不清，慌了神，嘴不听使唤，牙花子打起架来："大大大……人，我们……我们为因盖庙而搬家的家户都在村西边盖了新砖瓦房院，只只……只收砖瓦木料费，人工费免了，都算进了盖庙的人工费之中了，所以便宜得多。这里有……有其他买卖房院的字据，上面说得很清楚，可从旁证实！"说着，他忙不迭地从怀里掏出几张纸来，双手哆嗦着捧过头顶，说"请青天大……大大老爷明察——！"

哈图知县冷冷地看向堂下跪着的党晋五手里捧着的那几张抖动着的纸，缓缓地说："其他买卖房院的字据，只能证实'其他'，和张怀亮无关，大堂上已证实，李家四十两银子买下张怀亮的有三间土坯房的院落，有张会平大堂上的陈述，有李家管家党晋五亲笔记的账本和其陈述……"

党晋五越听越憋屈，大喊："大老爷——！冤——啊——！"

衙役们的水火棍"咚咚咚"乱杵地，又共同齐吼出"噢——！"

党晋五根本没有在乎衙役的吼叫，又喊了一声："冤——！"

哈图知县见状，大声喝道："有何冤情！大呼衙堂之上，说！"

"大大大……大人，我们向张怀亮买房院二十两是实情，但我们用二十两银子为张怀亮盖了一座新院子也是实情呀！大老爷要明察啊！"

"你有何证？"

党晋五张口结舌，脸憋得通红，最后憋出一句："大人，和……和张怀亮同天领到卖房院银子的同村高……高智柱可证，他已搬进了新盖的院子，给张怀亮盖好的院子在那里空着哩！"

大堂上静了片刻，哈图知县大声道："传驿寨村村民高智柱上堂！"

"驿寨村村民高智柱上堂！"

不一会儿工夫，只见一个躬身右手杵在右腿膝盖上，一走右腿带着脚在地上画一个半圆，整个身子再往前一晃的小个子往大堂拐来。当此人站定大堂时，哈图知县定睛一看，这小个子还是个驼子，看上去五十岁往上；脸微黑，下嘴唇过长，不注意还以为是伸出的舌头，但眼睛闪亮有神。

帽子上插雉鸡尾翎子的衙役喝道："跪下！"这人根本没理会，只眨动了一下闪亮的眼睛，不慌不忙拿开杵着右膝盖的右手，和左手抱拳，往堂上一揖，右手又杵着右膝盖说："吾乃驿寨村村民高智柱，字澹草，前明天启五年生员，一生游历山川，前明崇祯十五年落脚驿寨村闲住。愿听知县大人询问。"

哈图知县见状忖度了一下，此人是前朝有功名之人，没有再追究他衙堂上的律礼，稍稍温和地说："是读书之人！本官只问你高智柱，你可见到张怀亮从李家领取卖房院的银两？扣掉二十两银子，为你们盖新砖瓦院子，是不是实情？要如实陈上，有半点虚假，读书人可明了律条无情！"

高智柱听罢，仰头哈哈大笑两声。"澹草在衙外已闻多时，如此简略之案，何劳费精熬神。吾有一手书，烦县大人过目。"说着从怀里掏出一张纸，轻蔑地呵呵一笑。

书办立即将高智柱手中的纸递给哈图知县。哈图知县细读，又翻出案卷中的一张纸，两张对了对，从书办那里要回张会平和党晋五大堂上的陈述，又详读，缓缓抬起头，眼中像是冒出了火花，狠狠地叫了一声：

"张会平！"

"小小……小的在。"张会平心里也狠狠地抖了一下。

"本官问你，你伯父张怀亮三月初六从李家领取卖房院的银两二十两，你何在大堂上陈述，在二月二十一日在沟子村见到你伯父，并伺候他？"

"这……这……"张会平一下慌了神。

"你伯父卖掉房院，就没离开驿寨村，一直和高智柱住在一起。这里有你伯父于五月二十八日离开驿寨村时留给高智柱的一封手书，上面明明白白写有卖房四十两，李家扣银二十两，为他盖砖瓦院子用。若盖好院子，他还没从老家回来，托高智柱代收……"

还没等知县说完，张会平大声疾呼："老……老爷，冤……！高智柱所出手书是李家伪造之书啊！"

"大胆！敢在大堂上呼叫，还不赶快认罪，还能少挨杖责！高智柱递上的手书，本官已和你伯父写的状书查对，出于同手笔迹。要抵赖，不成！"哈图知县已是愤怒难忍，大声喝道："衙役！"

八名衙役齐声吼："在！"

"咆哮公堂，抵赖实情，先杖责二十！"说着便抽出一支火签高高举起……

"大——人——，张怀亮已在衙门外等候！"衙门口衙役对着大堂喊道。

哈图知县迟疑了一下，收回手，将火签按在官案上："传！带张怀亮上堂！"

"传——，带张怀亮上堂！"

张怀亮已是花甲之人，花白的胡须和辫发都很零乱，穿一件黑色粗布夹长袍，干瘦苍白的脸上满是疲倦、憔悴、幽怨，踉踉跄跄上了公堂，"扑通"倒地，叫了一声："老——爷——！"便抽泣起来。

张会平见到自己伯父，愣了片刻，忙移膝上前扶老人，谁知张怀亮看了一眼，甩了一下胳膊，歪斥了张会平一脸。

"你是驿寨村村民张怀亮?"哈图知县问。

"小小小……老儿是！"

"你告李有秦强买贱买你的房院，可是实情?"

"大大大……人，老爷，小小……老儿知……知错了！都是我那远侄张会平，非说李家欺诈，他说别人家都是实给了卖房院的银两，还盖了房院，李家欺我年迈，哄骗我。说我和李家没有字据，他和赵城衙门的人熟，告了李家不仅可要回扣除的二十两银子，还可多要一些。只因小老儿鬼迷心窍，贪图银两，错怪了李家。小老儿知罪了，愿受公堂责罚！"说完不住地号哭。

"张怀亮，这么说你知罪?"

"按清廷律，诬告，轻者杖责四十，重者边陲劳役一年。本官看你已过花甲之年了，受人教唆，也已知罪，轻罚你，杖责二十。这已不能再轻了。"哈图知县把一直按在手下的火签"啪"抛在了大堂地上，一伙衙役上前要拖张怀亮执行。

"大人……大人……，张怀亮已知罪，他年老体弱，肯定受不了这二十杖，饶了他吧！"党晋五忙"嘭嘭嘭"磕起头来。

哈图知县稍微顿了顿，说了声："慢"！然后很温和地朝向张会平，"张会平！"这温和里却透溢讥诮和严酷，"你刚才在公堂上说你是懂仁孝之道的人，现在本官满足你的仁孝之心。衙役！把张会平拖下去，替他伯父领受二十杖。"

张会平刚想张嘴求饶，就被如狼似虎的八个衙役拉到大院行杖刑，只听堂院里传来"啪——啪——"击打屁股皮肉之声和张会平"哎哟……哎哟……"的号叫声。

刑杖完后，两个衙役把张会平拖上大堂。张会平屁股上的血已渗出长袍，他趴在地上哭着求饶："老……老爷，饶……饶了小的吧！老爷……饶了小的吧！"

"刚才杖责你，是替你伯父的，让你行了仁孝之道。现已查明，你记念旧怨，教唆你伯父诬告李有秦。清律明昭：最轻杖责四十，本地劳役一年；加上刚才咆哮公堂，抵赖实情的二十杖。衙役！拖下去再杖六十！"哈图知县厉声喝道。

张会平听到六十杖，哭号起来："老爷……老爷！小的知罪！小的知罪了！饶了小的吧！"

哈图知县看着张会平的样子，说："念你刚说的'知罪'二字，减去二十杖。拖下去，杖责四十！"随即把火签抛到大堂地上。

衙役们将连哭带号的张会平拖了下去。

随后哈图知县庄重地整理了一下官服，坐正堂上，高声道："张会平代张怀亮告临汾县驿寨村村民李有秦以修庙为名，强买贱买张怀亮房院一案，本堂已查明，纯属诬告。张会平、张怀亮已得到清廷律的惩罚，驿寨村村民李有秦复工修庙！退堂——"

第三十八章

不知不觉已是深秋,村东口大槐树的叶子扑簌簌落了一地。红暖暖的太阳从虎头山顶慢慢爬出,给落叶染了一层金色。秋风徐徐拂来,金色的落叶不安宁地拥挤着,一会儿向前移,一会儿向后拥,像是争先恐后观望着什么。

娘娘庙就在前方,今天是铺琉璃瓦的日子。工匠们上工都很早,听说中午吃席,人人都干劲十足。阳光照射在忙碌于庙宇厦坡工匠们的脸面上,他们像一朵朵向日葵,散发出金色的喜悦和活力。

不知谁在庙宇厦坡里高唱了一句:"我上殿来,要把皇上见,看赐老臣何以——封——赏!"

檐下面的小工喊道:"注意啰!看着!皇上给的封赏,两页瓦——!""嗖!"两页瓦抛上。

"接着啰!再赏呀!"厦上的小工紧紧抓住瓦喊。

"日——,给三页瓦!接着!"

"收到!赏多少,我们就能铺多少!"

随即,厦上厦下的工匠欢笑声成一片。

"唱归唱,笑归笑,手里活别停,中午的饭席、酒在等着呢!"金祥在地面喊叫。

"好——!"大家欢快回应了一声。

"下边的听着,来几兜子灰。"厦坡一小伙子喊道。

"来——啰——!"

一兜子灰摇晃着往上吊去,刚到厦檐一挤,从兜里挤出一坨灰泥,恰巧落在下边小工前额上,他用手一抹……

"哈哈……花脸!花脸!"

又是一片轻快爽朗的笑声。

当太阳光撒满庙宇厦坡时分,东边少半个坡已经铺满。

有秦在晋五的陪同下,踩着朝阳迈进刚刚盖起的庙门,他觉得庙的门槛稍有些低了,但又感到这是民间通俗的门槛,便宜善男信女烧香求拜,应低些!

"大掌柜,大家干活的劲头真大。太阳才一竿子高,靠东的厦坡已经快铺满了!"金祥喜盈盈地迎上来说。

有秦定住,满意地点了点头,深情地望向眼前这座已经矗起的庙宇。他在心里想着,看来平地抬高三个台阶是对的,显得整个庙宇巍峨高大。他不禁心里暗暗念道:"母亲!我要让后人敬仰您的厚德,荣享到您的惠泽,永世不忘您的恩情!"

想到这里,他兴致勃勃地向庙厦走去。到了庙厦下面,他看见小工们往厦坡上扔瓦,就从小工手中接过两页瓦,使劲向上抛去,只听他喊道:"接着!"上面的小工应道:"着,大掌柜!"大家连连叫好。他拍拍手中的土说:"今天饭席上,我向你们敬酒,大家好好干!"

他和晋五又跨进庙宇大门,见画工们个个在架子上聚精会神地给梁柱斗拱彩绘,一帮泥匠工们忙忙碌碌砌垒娘娘女神像的基座。

晋五在有秦身边说:"大掌柜,这是娘娘女神像的基座。"

"下面的暗室打扫干净啦?"有秦问。

"前几天就打扫干净了,封了口才让这帮人垒的娘娘神像基座。"

有秦点头,见旁边有一大堆用黄油布覆盖着的红色胶泥,晋五忙凑上去说:"这是塑娘娘神像用的胶泥。"

"唔!"有秦从胶泥堆里抠出一块在手中把玩,说:"这胶泥不错啊!"

"大掌柜,你知道这胶泥谁送的?是张会平夜儿个上午用几辆车拉来的,说一定要大掌柜收下。这可是在赵城东山洼里挖的,上等泥!"

有秦怔了一下,立即把手里的泥摔在地上,沉思了片刻,叹了口气,说:"张会平呀!干什么事情都想贪小利,把别人当成憨憨,心不正。先前和我们粮店订了供粮契约,就图一石粮几文钱的小利,结果官司败了,偷鸡不成蚀把米,不反省自己,还记恨。这次想钻空子,害我们,给赵城衙门使银子,又败了,挨了板子，罚了劳役，赔了夫人又折兵。人啊，贪小利，必有大亏。再说回来，人与人间的怨恨，宜解不宜结。我到县衙找了哈图知县两次，总算解了他的劳役，要不他此时还在洪洞烧砖瓦，官窑里干苦役呢！"

"是的，还是大掌柜大人大量呀！"晋五眯着小圆眼赶紧讨好了一句。

有秦捡起扔在地上的那团胶泥，又在手里捏弄了几下，塞回了胶泥堆，说："晋五兄，得饶人处且饶人。活人的路，会越走越宽。这泥官价是多少银子？你派人把泥银送给赵会平，他也是小户人家。"他停顿了一下，又说："知道吗？刚才听说是他送来的泥，我嫌弃这人，怕玷污了娘娘神像，不想用他的泥。反过来想，他有改过感恩之心送来泥，我再把泥扔了，传出去，怨恨又积了。银子一定给他，咱是从他手里买的泥，他的好心我有秦领了！"

晋五有感而发地说："大掌柜，你真是有量心善的大好人！"

"晋五兄，大好人不敢当，要不会飘落在驿寨村？不过想做大事的人，人还是要常积善、常改过。'过则勿惮改'，古圣人说得好啊！人在做，天在看。这次和张会平的官司看似我费了些银两，但平阳人都知道我李家是好人，娘娘庙盖起来香火肯定旺！"有秦的兴致有些高，声调也提高了。

"大掌柜，这次官司也多亏致胤掌柜回来得是时候，否则，还真不知道张会平在上沟村还有别的住处，张怀亮就难找了，官司……"

"哈哈……！"有秦仰头大笑，"晋五兄呀！官司，官司，官在前，官老爷说了算呀！当时在堂上把你吓得大喊冤！不过也好，人家哈图知县，接到案子立马派师爷实地勘查得一清二楚，就是当时找不到张怀亮也不打紧！"

"官司，官司……"晋五喃喃地自言体味，蓦地拍了一下自己的大腿，"对呀！官司，官司，官就是拿事的。好官可把案判正，瞎官可把案判错！听说哈图升成平阳知府了。"

有秦纠正他的说法："判我们案子时人家就是知府了，因临汾知县未到，还没摘他临汾知县的印。"

他们正聊着，金祥急匆匆走来："大掌柜，管家，外面有一壮汉，骑着骡子，非说要见大掌柜。"晋五询问地看了有秦一眼，有秦说："走，我们去看看。"

"大掌柜！哦，管家！"他们刚走到庙门口，一个洪亮的声音就先传来。

大家定睛一看，是留守在罗山寺村山里煤窑洞口的李大壮。

有秦愣怔了一下，但他没有先开口，因晋五在身边，有些事他不见得知道，知道也是似是而非，他永远记着母亲生前教诲他的一句话："君不密则失身。"该密的事还是要密的！其实他心里很急，没事，大壮不会到这里来找自己！

李大壮是何等聪明，他马上又开了口："大掌柜，时间长了，想给您禀告一些事儿。"

"怕是想媳妇了吧？"有秦戏笑的话一下子逗乐了晋五，大壮腾地红了脸。大壮上个月才成的亲，娶的是李夫人的丫鬟，有秦做的媒。有秦还在村西头给大壮盖了一院瓦房。

有秦看了看大壮的神态，他那胖圆的脸很平静，眼里没有惊悸，但是有一丝忧色，所以，他便说："走，到我的院子里去。"转身又对晋五说："一会儿，我要是有事没到，工匠们的中午饭席，你代我多敬大家几盅酒，最好让大家在三日内把庙厦的琉璃瓦铺完，也赶快把塑像的匠人叫来，开始塑娘娘神像。"

一直快到中午了，他才从院里送出大壮，说："去，回去看看你媳妇，天黑前赶回罗山寺村就行。事我知道了，明天我和致呆掌柜进山看看。"

他看着远去的大壮，从大壮拖在屁股后的长发辫欢快的摆动，可以看出小伙子愉悦的心情。

这小伙子是他和母亲从王府带来的人手。当年致禛和致呆兄带七辆车南行罗山寺村，到罗八斤废弃煤窑山洞秘藏那些"家当"时，就选定他为留守煤窑洞口的头目。他们走的前一天，有秦单独把他叫到自己住房，再三叮嘱他，一定守住放在煤窑洞里那些"货"，如果遇到事，四个字"无声干净"。当年他只有二十岁呀！七年了，没出丝毫的差池。别看大壮长得身高马大，憨憨的，走路老是攥着拳头，一摇一摇，像随时要打架似的，很彪悍，但心思很细腻。他领着五个小伙子在煤窑洞口盖起房子，打起院墙，将煤窑洞口圈在了院内。他们还开垦了荒地，种粮、种菜、养猪，自食其力，简直就是一户人家。他们不和罗山寺村人来往，就是罗八斤家一年也去不了两次。

记得是顺治三年的深冬，雪下个不停，子夜时分，一伙人摸进院内，正值他起夜发现了，他立即叫醒伙伴，透过窗子小孔观察。白皑皑的雪中闪动着人影，他数清共有六人，手中都提着明晃晃的长刀。他们打开煤窑洞口，用绳子放下去两人，看来这伙人是为"货"而来。俩人留在洞口，俩人提刀守住了他们住房门口。大壮看准时机，和他的伙伴破窗而出，闪电般解决了门口的贼人，洞口两个贼人见状，扭头夺门要跑，其他伙伴儿早就封住了院门，贼人围在院中，大家定睛一看，其中一个贼人是从王府随李夫人逃出，前年失踪的小子。大壮即刻明白了一切。这个背弃主人的无忠无义小人！怒火顿起，二话没说，举刀砍去。只听那人叫了一声"大——"，"壮"字还没等出口，刀已砍断了他的脖子。剩下的贼人跪在雪地磕头求饶。大壮将他们粽子似的捆了个结实，连同那三人的尸体扔进了煤窑洞，又把洞口封得严严实实，隐约可听见洞里传出来救命声，真是"无声干净"。事后大壮禀告他，他也出了一身的冷汗。还有一次，是去年，没几天就是年节了，又一伙人半夜闯入，直奔猪圈。大壮明白这伙人的心思，只在屋内大喊了几声，人便跑了。

这次？他拿不定主意喽！没有擅作主张。有秦深有感触，自言：真是有德有胆有义的小伙子呀！明天去了再说吧！

第二天太阳快到头顶，有秦、致杲、罗八斤三人骑马赶到罗山寺村。

三人跨进罗八斤家的院门，罗八斤的媳妇正坐在院子里和大儿子猪娃围着大箩筐剥玉米棒子。她见进来的是他们三位，先一怔，随后惊喜地咧着嘴笑呵呵爽朗地说：

"哟哟哟！我说一大早喜鹊在厦坡里'喳喳喳'直叫，厅堂里一只大蜘蛛吊着，我想今天定有亲人登门，原来是你们三位神仙到了。"

慌忙起身两手在前襟扑打了两下，说："快快快！厅里坐，我烧水给你们泡茶去！"转脸又对着发愣的儿子喊叫："猪娃，愣啥？快去呀！把我前儿个①温的柿子捡大的，再把新打的鲜核桃拾一盘子端进厅里去，让你叔叔们吃。"说着拧着小脚进了立炉。

八斤媳妇的热情，使有秦、致杲手足无措，罗八斤连忙说："大掌柜，怎么站住了，我们山里人就喜欢有客人来！"

八斤把有秦和致杲让进北房的堂厅。他们坐定，才寒暄了几句，八斤媳妇右手提只大铜壶，左手端了一摞儿大黑瓷碗，斜膀子顶拱着帘子进了堂厅，还

---

① 前儿个：方言，前天。

是笑呵呵地说:"来来来,尝尝我们山里的红果茶①,开胃健脾,酸甜酸甜,可好哩!都是新鲜红果。"她把碗往桌子上一放,提起壶,滚烫的红褐色茶水注入大瓷碗,茶水冒着热气在碗里打着旋儿,还没等茶水安静下来,她就端起一碗送到有秦面前,又端起一碗送给致杲。她又对着八斤微微一笑,亲昵地一瞟,那是只有他们夫妻才能领略的娇嗔的眼神,随即把碗一推:"呃!你的,喝!"

有秦和致杲都笑了。这俩公子哥哪里见过农家夫妻感情如此质朴的表露。真是让人心动,羡慕,嫉妒。他们端起大黑瓷碗,"噗噗噗"吹了几下,小小啜了几口。有秦连连说:"大嫂,好茶!好茶!真是酸甜。"放下碗又说:"大嫂……"刚想开口,只听八斤媳妇对着外面大声嚷:"猪娃!猪娃!怎么还没把柿子端来呀?你说这娃娃做什么事都木木讷讷。"

正说着,一个小人头拱着帘子,两手端了一大木盘柿子、核桃进来,不小心被帘子挂掉了两三个柿子。

"呀呀呀!我的儿,慌啥哩,赶快把柿子捡起来。"她顺手从盘子里挑了两个大个儿红彤彤的柿子分别送到有秦和致杲面前:"吃!这柿子甜得很,今年山里雨水稠,汁子充足。"她把猪娃捡起的柿子在围裙上擦了擦,一个给了八斤,一个顺手给了猪娃。

她面向八斤,请示说:"他爹,前几天我进山摘拾了些野蘑菇,拾了些地软软,给你们炒了拌面,可香了!行吧?"

有秦这时赶紧把刚才要说的话说出:"大嫂,你不要忙活,我们一会儿要到煤窑洞去看看,在那里吃饭。"

"嗨,你们那里那点儿事,我知道。我说呢,你们这些神仙,无事不会登我这小庙。不能走,吃饭时我再给你们说。"说完急匆匆出去了,但是院子里传来一声:"猪娃,给你叔叔砸核桃!"

透过帘缝,有秦望着这位大嫂的背影,她的那句"你们那里那点儿事儿"一直不停地在脑子里打转转,难道她也知道?心里不由紧了一下。

八斤看着老婆出去的背影,乐滋滋地说:"我这老婆是个实心眼的人,我不在家,也辛苦她了,家里的事操持得服服帖帖。"

---

① 红果茶:山西晋南山里等山楂成熟收下,切片和茶叶煮在一起的茶。

"家有贤妻是个宝呀！"有秦说。他看着砸核桃的猪娃说："猪娃，不要砸了，到叔叔这里来。"

猪娃听话地站起来，怯生生地看着有秦，却缓步到了八斤身边，依偎到了八斤怀里。

"八斤兄，你不是还有个老二吗？"有秦问。

"可能睡了吧，今年实足两岁了，我们说三岁啦！"

正说着，听见里屋有小孩在哼哼，八斤急忙进里屋，抱出了有些瘦弱却白白净净的小男孩，八斤擦去了孩子小脸上挂着的泪水，他睁开惺忪小眼，见一屋子生人，忙转头趴在八斤肩头不动了。

"老二叫什么？"致呆问。

"羊娃"。

"什么猪娃、羊娃，有大名吗？"有秦问。

八斤哈哈一笑："山里娃，要什么大名，他爹不是叫'八斤'吗？"

"好啦，今天我给孩子起个大名。"有秦说着思谋起来。

"嗨呀！大掌柜，太好啦，我替娃谢谢他叔了。"八斤激动地一手端起大瓷碗，见是茶水又放下。

有秦摸捻着下巴上稀疏的黑胡须，笑呵呵地说："八斤兄，有了。你现今在平阳府城，大孩子叫阳文，我看小的身子弱，就叫他阳武，一文一武。"

"好——好——！好好！阳文、阳武。"

八斤的眼睛乐成了一条缝。

"什么'羊'呀'牛'呀的，他爹，快撩开帘子！"

从帘子外传进八斤媳妇的声音。八斤抱着老二起身撩开帘子，见媳妇两手端着四个菜盘子，小拇指挂着一锡壶酒进来。她把菜盘子和锡酒壶往桌上一放："他爹，这四盘菜还行吧，炒花生米、炒香菇条、拌胡萝卜丝儿、咸鸡蛋块。这酒还是你上回带的老汾干，在立炉还给你们烫了一壶，你们喝，喝完了再换一壶热的。你从架板上把酒盅拿下来呀！"

八斤把酒盅摆好，见老婆要出去，忙说："嗯，别走，我们大掌柜给咱娃起了个大名，猪娃唤阳文，羊娃唤阳武。把酒给两位掌柜倒上，我们敬掌柜的。"

"哎呀！猪娃，不不不……阳……阳文，来给叔叔磕头！"说着八斤媳妇拉过猪娃，按着头要他跪下。猪娃跪在有秦面前，硬硬地磕了三个头。然后八斤夫妻为有秦和致呆敬了三杯酒，要吃菜，才发现没筷子。

"哈哈，你看光图高兴哩，没筷子，猪……阳文，跟我来，把筷子送过来。我去给你们擀面，等你们喝好酒，我的面也就擀好啦。阳文就在这里伺候着，酒壶空了到立炉再换一壶……"说完一手拉着猪娃就往外快步而去，刚跨门槛，又折回，从八斤怀里接过羊娃，风风火火去立炉了。

这顿饭吃得真可口、热烈，也很畅快、顺心。吃饭后，八斤媳妇说了这十几天到煤窑口去的几个人——是和八斤原先合挖煤窑的伙伴，他们住在离罗山寺村有五里地的村子，还在山深处。不知怎的，他们又想开洞挖煤，在煤窑洞口去了几次，让李大壮挡住了。到八斤家几次，八斤媳妇本想进城告诉八斤，但两个孩子拖着离不开。八斤媳妇一直说："不打紧，都是自己人，不是不讲理的人，给他们几个钱就成。"

听完，他们三人骑马去了煤窑洞口。又听了李大壮再次的叙说，有秦来回踱了几步，思忖了半天，对八斤说："八斤兄，你先留下，见见你们那些伙伴，告诉他们三天后给他们一句定真的话。哦，对了，我要是没记错的话猪娃应该是属蛇的，今年都十岁了，娃没启蒙吧？随后让猪娃和你掌柜的一块儿进尧城书院去念书。"

有秦、致呆上马和八斤、大壮告别。

两匹快马扬起一阵阵土，沿着官道由南往北飞快奔去。压在山顶的太阳突然变得血红血红，映在兄弟俩绷得紧紧的脸上，亮得出奇。

有秦心里一刻也没安宁下来，八斤媳妇那句"你们那里那些事儿"的话，老是在脑子里转悠，这不等于窑洞的事周围村民都知道了吗？虽不知道里面有什么东西，但周边盖房子打院墙有人看守，这不是向人们宣告里面肯定有贵重的东西吗？看来必须在近期搬家腾出窑洞！

想到这里，他放慢了速度，任马"嘚嗒……嘚嗒……"地走着。他看了一眼田里那些掰去玉米棒子空荡荡败落的秸秆子，那些割去穗子直愣愣茫然矗着的高粱秆子，还有一片片杂草丛生的土地，被夕阳染得通红。远处的村子已被袅袅的炊烟笼罩着，显得朦朦胧胧，几只蓝灰色的鸽子从野地里"啪啪"拍着翅膀腾空而起，向远方的村子飞去。他望着那群归巢的鸽子，自言道："是到回家的时分了!"

"有秦,你说什么呢?"致呆看着有秦发怔的脸问。

"致呆哥,我是说咱们那些'家当'该回家了!"

"是的,早该回家,什么地方能放下呢?"眉头拧得老紧的致呆反问了一句。

"你看娘娘庙地下室怎样?两间大呢。"

致呆沉默了,在思索着,隔了一会儿,他转过脸说:"我看行,大小够了,不知里面清理了吗?"

"昨天,我到庙里看了一圈,晋五说已经收拾干净了,明天咱们俩下去看看。"

"行,看看,要是行,最近干脆拉回来,藏在那里,心里总是放不下。"

"就这样定下来,咱们明天看看,行,你就去告诉八斤,十天后我们交还他煤窑洞,连房子都给他们。东西拉回来放在娘娘庙地下室,庙里盖的三间陪房,让李大壮他们几个人住在里面,可日夜看守,在我们眼皮子底下也好照管。"有秦说。

"好!就定下来。地下室若没收拾,我们收拾一天就可清理干净。我一大就可把'家当'拉回。"致呆坚定地说。

有秦将马的缰绳往致呆这边拽了一下,几乎并贴在一起,凑到致呆耳朵旁说:"你拉'家当'时,还得准备两个空箱子,里面不是有大壮处理的那几个贼人的……你要做好,'无声干净'!"

"有秦,我明白,放心好啦!"

兄弟俩一下子轻松了,两腿一夹,"驾!"了一声,两匹飞快的马仰天嘶叫了一声,又扬起了一阵土。

第三十九章

驿寨村为了庆贺娘娘庙落成,从腊月二十日起在娘娘庙前搭起了戏台,要唱三天大戏。驿寨村的面貌也焕然一新,村东口、村西口,用松柏树枝各扎起了足有二层阁楼高的大彩门;松柏枝上挂满了红黄两色的绸布条,布条在风中飘扬,在几里外都很扎眼;大彩门两边都用宽长红绸子写着对子,一看就上心,让人涌出一股子非进娘娘庙烧香的欲望。

村东口彩门两旁写道:

拜神拜娘娘庙神子孙旺
烧香烧娘娘庙香全家福

村西口彩门两旁写道:

来　跪叩娘娘求佑
回　怀揣满满是祥

村东口的那棵槐树上也挂满了红黄两色的绸布条子,远处看就是开了一树热烈的花朵。娘娘庙庙门装点得更为喜庆,硕大的庙门装饰了一层松柏枝,上面红黄色的绸布条仿佛从黛绿色中盛开的蔷薇花,繁花上悬挂着在红绸布上写的一副对联,十分醒目:

娘娘女神安居驿寨　东西南北来求福
多多烧香叩头吉祥　上下左右泽惠康

整个庙门喜气盎然。村西北角的泉池青石雕栏也系满了红色绸布条，村里近百户的院门前也拴着红绸布条，徐徐飘动……

寒冬腊月，西北风啸鸣，驿寨村里的红黄色绸布条随风飘摇。驿寨村啊！随着娘娘庙的落成，也在红黄彩绸中腾升、张扬，尽享荣耀……

周边村的人们，呼喊着，拉扯着，嬉闹着，结帮拉伴从四面八方沿着官道、乡道、车马人道、田埂野道向驿寨村涌来。

从村东口跨进大彩门，只见街道两旁有卖对联、窗花、门神、爆竹、核桃、柿饼、软枣、红枣、红果、落花生、胡萝卜、白萝卜、大白菜等的各种小摊贩，还有卖羊汤、羊杂、醪糟、豆腐脑、炒凉粉等的各种小吃摊。

摊主们都扯开嗓子，热情洋溢地、此起彼伏地吆喝着，大人们高声地打着招呼，小孩儿们嬉戏，嘈杂喧闹，熙熙攘攘，驿寨村东西街沸腾了。

看来娘娘庙的庙门有些小了，进出的人们相互挤，好事的人嘴里不干净地叫骂几句，可是没有回声。

挤出来的人立刻融入熙熙攘攘的人流，拥进去的人也立时汇入黑压压的人海。

娘娘女神大殿门口的人们结成一团一团，他们多么企望早一刻目睹娘娘女神的真容！

娘娘女神身披闪亮闪亮的凤袍，内套一件红色的绸缎夹袄，头戴金黄的凤冠，六个穿红色肚兜的小娃娃喜笑颜开地依偎在女神怀抱或周围，调皮、可爱。女神面带微笑，慈眉善目，稳坐在祥云簇拥的神坛上，和善地俯视着跪在她面前的善男信女，仿佛静静地听着他们的诉求和心愿。女神两旁的侍女眉清目秀，亭亭玉立，手执拂尘和用器，笑容可人。大殿里女神像前放着一张摆满供品的长长的香桌，中央尊立一座两尺宽口径的铜香炉，里面插满了燃烧着的香，缕缕轻烟升腾、缭绕、弥漫，从门窗飘忽而出，形成巨大的紫色的云伞笼罩在大殿上空。

拥进大殿的人们，仰望着娘娘女神，心中充满敬畏，点燃香炷，举得高高，闭目，口中念念有词，上香后，"扑通扑通"跪倒一片，一个劲儿地叩头，把地碰得"嘭嘭"作响。前面的人刚起身，后面的人又跪了一片，一拨紧赶一拨……香桌下的功德箱、箱上和箱的周边、地上密密麻麻散落着不同年代的铜钱，有顺治通宝新钱，有前明崇祯、天启、万历通宝，不知哪位有钱人还放了银饼、金瓜子和几张银票……

金祥挤出人群，找到了正在女神大殿旁戏台子前看戏的晋五，急匆匆喊道："管家！管家！可找到你啦！香快没了，就半车了，今天能顶下来，明天是庆典，肯定不行！"

晋五二话没说，挤出庙门，直奔有秦的住屋。他见有秦和致祺、致昊、致胤正坐一起谈事，说出来意。有秦愠怒地瞪了他一眼，本想指责几句，但转念一想，这一段日子也够他累的，只冷冰冰撂了一句："没香？我给你拉去！"晋五窘得尴尬一笑，口里迭连说："大掌柜，我知道了，知道了！"快快退出屋。

他明白了，太后悔自己的冒失，一路小跑进庙，见了金祥就说："把大殿里事交给大壮，你快驾车进城，再拉一车香来。赵山呢？怎么不见他？"他像是突然想起什么，问赵山。

"大掌柜叫走了！"金祥答道。

他蓦然想起，刚才不是见赵山在有秦屋里站着嘛！他真是忙昏了头。

"管家，管家，你到大殿后院看去，靠墙那片地叫香客抠了个坑，再不挡，墙怕要被抠塌了。"金转满脸是汗地过来说。他盯了一下金转说："走，过去看看。"

晋五在金转带领下向大殿后院走去。

原来人们在大殿烧香磕头后，不知谁说后院墙根处是娘娘女神的寝宫，在这里烧纸抠一撮土回家冲喝，可心想事成，开怀得子。

晋五来到后院，看见一片女香客，前边儿的已经跪倒在地，烧纸跪拜，抠取一小撮土，小心翼翼包进白净净的麻纸内，揣进怀里起身走了，后面的女人又跪下……人人面孔笃定、虔诚。他站了一会儿，也沉思了一会儿。人啊！只要信，心里是定然的，行为是执着的，力量是无穷的……

他转身看着傻站着的金转缓缓地说："听着，金转，明天是庆典的日子，等庙里人散尽后，你一定要把这里垫平扫干净。现在不要去打扰她们。"

"腊月二十三，灶爷上了天。"小年，也是李有秦母亲李老夫人谢世一周年祭日，娘娘庙落成庆典确定在今日，完全是为了怀念李老夫人。

今天晴空万里，一丝风也没有，红彤彤的太阳悬在天穹，照得驿寨村大地清清亮亮暖暖和和。周边村的人们早就涌进了驿寨村村里，今天比前两天的人还多。摆摊的仍在摆摊，买货的仍在精心挑选，吃小吃的心满意足……大家都知道今天是娘娘庙落成庆典的大好日子。

听说府县的官员要来，还有一位大官呢！

最吸引人们的是娘娘庙里的百席宴，说今日的百席宴来者不问不拒，入席就是客，吃个饱，太有见识！太让人眼馋了！

离巳时还差半个时辰，两个小伙子先开了庙门，但不让人进庙。里面的方桌长条凳子密密麻麻都已摆好，庙门口空场地立起了八面大鼓，每面大鼓旁配了四面铜锣和四副大铜钹；掌鼓、敲锣、拍钹的小伙子已经努足了劲儿，抡起了胳膊"咚咚……""当当……""锵锵……"，节奏铿锵，如雷声响在驿寨村的上空，飘得很远很远……

有秦、致祺、致杲、致胤早就站在庙门口。他们今天穿戴崭新、素净，旁边站的不是晋五，而是年轻颀伟穿戴鲜亮的赵山。赵山嘴角微翘像时刻带着笑。今天他是大司仪，不时地踮起脚往村东口望去……

"赵山，巳时已经过了吧？"有秦问他。

"大掌柜，没呢。"赵山看一眼有秦，恭顺地回答。

突然，街西头的人们在涌动。是柴村的乡绅柴东川老先生。他白色的发辫梳理整齐，神采奕奕，喜洋洋地走来，对着有秦双手一揖："李掌柜，庆贺呀。娘娘庙是我一方乡土的福气呀，我一晚上喜得无眠！"

有秦兄弟忙着拱手深深一揖。"柴老爷子！谢谢您老，谢谢您老！快搀扶老爷子，进庙上坐喝茶。"

"抬过来，抬过来，这是我和我们柴村村民上的礼，不成敬意！呵呵呵……"柴老爷子叫人抬过用红绸布覆盖着的两个大木箱子。领抬的人竟是柴双会。

有秦又是惊又是敬地叫："双会大哥！双会大哥！是您啊！"

双会很窘促低头道："呃呃呃……"指挥着人将箱子慌慌抬进了庙。

赵山对着街上的人们高声喊道："柴村柴东川老爷子恭贺——！"他又搀扶着柴老爷子往庙里走，晋五这时哈腰笑呵呵迎出庙，接柴老爷子进了庙门。

刚送柴老爷子进庙，村东口又人群攒动。金祥风风火火跑来，在赵山耳边嘀咕几句就又跑向村东口，赵山随即转身对有秦说："大掌柜，来了！"

有秦脸紧绷了一下，即刻松弛下来泛出喜色，转脸对致祺、致杲、致胤说："他们来了。"

话音刚落，村东口一阵阵鞭炮响起，两响的爆竹"咚——叭——！"在半空炸开。东街的人群已让开了一条道路，从道中央涌出一大群来人。走在最前面的四人抬着一张金泥大匾，匾上"日月齐光"四个大字闪闪发光。

"咚——叭——！"半空又是一个震天响。

"吏部左侍郎张文章大人贺——！"

"平阳府知府哈图大人贺——！"

"临汾县知县王国良大人贺——！"

…………

赵山洪亮的嗓门在高喊，激昂的锣鼓声喧震四方。

几位大人都身着绸缎便服，喜气盈盈地向有秦走来。有秦兄弟都兴冲冲地迎上，要行大礼。张文章大人忙双手扶住说："今天我们是来庆贺娘娘庙落成开香的，也是来拜娘娘女神的，不要拘礼。我们都是七八年的朋友了，大可不必，大可不必！"

哈图大人在旁附和，新到任的临汾知县也一个劲儿地说："听张大人的，听张大人的。"

有秦兄弟还是双手抱拳深深地向张大人、哈图大人、王大人各深深一揖。有秦含笑恭维道："张大人，您已晋升为天官啦，我们兄弟再要想见您，难啦！哈哈哈……，我们兄弟，还有哈图大人都盼您再高升呢！王大人更是如此了！走走走，进庙里，先喝茶歇歇脚！"

他们一行人笑呵呵地进了庙。

又听赵山高声道：

"南孙村里长孙道生老先生贺——！"

"西贾村大财东贾春生先生贺——！"

不到三刻就是巳时半了——庆典的时分，午时百席宴准时开，可黑二杆子还没到。

黑二杆子其实前两天就到了，和有秦兄弟都已见过面，有事又出去了，说好庆典前肯定回来,并带有惊人的贺礼,但不能提先告知,说要给他们兄弟一个惊喜,但要他们兄弟在那天必须准备几十人,带上镢头和铁锨……

现在该来的都到了,除了府县两衙的大小官员外,平阳陈醋作坊掌柜郭成尚、申家饺子铺申玉成,东山烧酒作坊车志成,鼓楼酒店掌柜何志财,尧城书院院长王如修,周边村的里长甲长,平阳地盘上的乡绅、财主,已经坐在娘娘女神大殿门口临时搭起的戏台子前的三十张方桌前喝茶闲谈。

有秦焦急地到庙门外看了好几次,最后对赵山说:"赵山,庆典准时开始。你告诉金祥,骑快马顺官道向北接一下,鸿兄肯定在路上有什么事。交代完,你马上进庙来,准备开始庆典仪式!"

有秦交代完转身,前脚刚跨进庙门门槛,突然从东村口传来一阵鞭炮声。他收回脚转头往东望去,只见一条长龙似的浅蓝色烟雾往上升腾,"咚——叭——,咚——叭——!"二响雷子炮在天空炸个不停,一团团烟雾像花朵在空中飘浮着。

"哈哈,鸿兄来了!"有秦望着满天的烟雾花朵兴奋地说。

须臾之间,东街一片骚动,一大群小孩跑着、嚷着、跳着、笑着,随人群向娘娘庙潮水般地滚滚而来。从滚滚的人潮中涌出一块写着"娘神祚宇"四个大字、金光炫目的大匾,接着是五辆马车,每辆车上都载着一棵碗口粗的柏树,根部用红布结结实实捆裹着碌碡大的土块,浩浩荡荡向庙门走来。

"咚咚……锵锵……",锣鼓声震天动地,人群中爆出的欢呼声震耳欲聋。

有秦已经看见黑二杆子。他身穿深蓝色的江宁绸面棉袍,外套一件紫色隐花白色狐毛锁边的坎肩,腰束一根酱色腰带,并系着一条挂有汉白玉佩件的浅紫色缨子,脚蹬一双踢死牛的千层底黑面布鞋。人还没到,他就扬起手大声地喊:

"有秦老弟!有秦老弟!"

有秦早就双手抱拳,举高一揖,应声:"鸿兄,鸿兄,就等你啦!"

有秦看着那块儿匾默默念"娘神祚宇",忙说:"这匾好!好!好!"他又不解地指着车上的柏树说:"你这是……?"本想说"你老远拉这五棵柏树干啥?庙里已经栽了柏树",但噎回了后半句话。

黑二杆子浓黑的眉毛一扬,捋了一下扫帚似的乌黑的胡须,眼睛瞪得多大,深情款款地说:"老弟,我说了这五棵柏树的来历,你非给鸿兄我纳拜不可。"我告诉你,这五棵柏树是在梁老将军墓旁挖的!……"

黑二杆子话还没有说完,有秦果真纳头便拜,含泪说:"鸿兄,知我者,鸿兄也!"

黑二杆子把有秦扶住:"这份贺礼重吧!还不快叫人出来接贺礼呀?!"

赵山忙高声吼喊:

"河北沧州布匹大王郭志鸿掌柜贺——!"

又转身对着庙里喊:"大壮哥,大壮哥,上人!"

"呼啦"一下从庙门拥出几十名扛锨拿镢的小伙子。

"快卸车,把这五棵柏树抬进庙去,让晋五兄安排放在什么地方,下午定把柏树栽起来。"赵山吩咐大壮。

"不,庆典前栽好!"有秦不容争辩命令式地说。

今年初夏蒙蒙雨中搬还父亲遗骨的情景即现眼前,鸿兄千里运来的柏树就是父亲与母亲同归庙宇的象征,这不正是我的心愿!?

他心怀感激地拉过黑二杆子的手,一个劲儿地唤:"鸿兄!鸿兄!鸿兄!……"不知如何说才能表达他此时的心情。

巳时半刻,娘娘庙落成庆典在锣鼓声、鞭炮声中开始。

先是悬挂匾牌,张文章送的亲书的颜体"日月齐光"匾,端端正正挂在了娘娘神像的上方;黑二杆子送的"娘神祚宇"大匾挂在进大殿木梁顶部;其他十几张匾悬挂在娘娘神像两旁。

朝廷天官张文章大人烧的是第一炷香,随后是府、县两衙大小官员上香。接着是李有秦、李致祺、李致昊、李致胤兄弟四人上香。他们整整齐齐地将香炷举得高高,三跪九叩,凝视着慈祥微笑的娘娘女神。上香毕,李有秦高声吟诵:

　　娘娘神诞辰于昆仑山,生成于燕山。须臾之间,乾坤浑浊,苍穹纷乱,彤云沉低,魍魉飞舞,民不聊生。荒太行山,风餐露宿,朝斋暮盐,劈贼斩匪,艰辛磨难,终聆佛教,造化成神。本性仁慈厚德,胸襟宽宏载物。安落平阳,幸哉福哉!

集甲里人力修庙驿寨，娘娘神屈尊祥云之中。痛彻世上之害恶，揽绝人间之幽怨，惠泽一方乡土，满足家户百姓求愿。世代敬拜娘娘神，香火不绝！

有秦吟诵着，泪水涟涟，他没有擦，任泪奔流。诵毕，致禛瞟了一眼，见有秦以泪洗面，呆呆地凝神望女神，轻轻地拉了一下他的棉袍，小声说："有秦！有秦！"

听到了致禛兄的声音，有秦真想哭，想酣畅淋漓地大哭一场，大声唤一声："娘——！"特别是自己刚才吟诵到"荒太行山，风餐露宿，朝斋暮盐……"。真快呀！七年了，母亲的音容浮现在眼前。

他回过神来后，揩了一把眼泪。

下来是好友、各村甲里首长、乡绅上香跪拜。

直到午时两刻上，赵山站在娘娘神大殿门口大声吼道：

"百——席——宴——开——席——！"

李老夫人生前住屋堂厅方桌中央，尊放着娘娘女神塑像小样，前面有一双矮脚宣德小铜香炉，内四支香炷冒着袅袅青烟；周边四根蜡烛燃烧的蚕豆大的烛火一漾一漾。有秦兄弟四人坐在方桌前沉默了有一会儿……

今天着实也够他们兄弟累的了。那些府县衙门的官员撤席后，百席宴又翻了两拨，一直到了申时，吃席的烧香者才散尽。

说好的，大家回各自屋里睡一会儿，戌时到原老夫人住的屋议事。

有秦根本没有睡，他一直守在方桌上娘娘女神塑像小样前，烧一炷香，磕一次头，已烧了三四炷香了。他坐在那里，往事一件件、一桩桩涌上心头，随世而移，思绪万千。他总想落泪，但强忍着往心里淌，觉得堵，他清楚这是一种任何东西也理不清、化不开的思念……

不知不觉天已经定黑，他进到里屋，刚刚点燃蜡烛，致禛、致杲、致胤先后进来，默默无声地上香，磕头。

起风了，"咣当"一声，门开了，四支烛火猛地一忽闪，像要灭，致胤急忙起身关住门，上了门闩。烛火在摇曳中挺住了，将兄弟四人的脸映得通红。

"想起来，今年办了几件大事。寻回了父亲的遗骨，见到小舅，修成娘娘庙……"有秦深沉地喃喃自语。

众人还是默默无语。

致祺抬头看大家，最后把目光落在有秦脸上说："有秦，你介绍的那位当年在朝内户部任职的官员找到了，他很认姑父的情义。他现在还在户部任右侍郎，有一定权，又和尚可喜关系较密。他说给我们六十万石军粮任务，送至尚可喜军队。如果咱们接受，过年后找他，签契约，先给十万两定银，三个月交齐军粮，不能耽误。"他没有顺着有秦陷入回忆，而是另辟了话题。

致呆呼地站起，"不行！不行！不行！帮叛逆之军筹粮，不忠、不仁、不义。把我们置于何种境地？不行！不行！……"

致呆脸涨得通红，说得急，气都接不上，迭连咳了几声。

临近致呆而坐的致胤拉了他一把，他坐回了原位。致胤一思量，面对致呆说："致呆哥，姑母早就说过，我们是民，民而生，要的是食，做的是衣、是银子！我觉得只要能赚银子，不抢、不骗、不诈，买卖公平，我看可以做。和官衙做买卖，不强吃我们就可以做！"致胤说得轻松自然。

兄弟几人又陷入深深的沉默，只听得烛灯"噼啪……噼啪……"几声闪响。隔了一小会儿，有秦坚定地说：

"我看行，做！我们都是一介草民，要食、要衣、要钱。价钱合理，能赚银子，就做！"虽然说得坚决，但心里还有一丝愧疚。为了解脱这种不愉，他站了起来，舒展了下身躯，吁了一口气，又说："中间的官员要多少？三个月筹六十万石粮，可以筹齐吗？这是军粮，与性命相关呀！银两够吗？只筹不送，这是要紧的一点！"

致祺郑重地点了点头。"有秦，你说得对，只筹不送，这是要点，要不，宁可不干！"他最后说的四个字调子很重，使劲咽了一口唾沫，"至于六十万石粮，我估摸了一下，临汾粮店和太原粮店各筹十万石，保定、沧州粮店，还有山东的德州粮店各出二十万石，三个月不成问题。不行可以让衙门再宽延一个月，可以办下。按现在的粮价，粗略算了一下，麦收前交给他们，可赚十万两。"说到这里，他那古板的脸上溢出了红润。

致呆接过致祺的话说："临汾粮店三个月筹十万石粮没什么问题，晋南这块土地上，还有东西两山，我手中掌握的囤粮大户，每户一二万石还是有的。

致胤小弟，你们太原粮店筹不齐，我这里可补救！"致杲显得轻松爽气。

致胤还是年轻，见致杲兄如此大气，也说："致禛哥，你知道晋中和晋北加在一起也顶不了一个晋南，我筹不齐致杲哥帮我筹！"

"没问题！"致杲竟有把握地接下致胤的话。

致禛向两位兄弟投去了信任的眼神，满意地说："看来现在还必须先投一些银两。"

说到这里，蜡炷"噼啪"一声，烛光突地暗了下来。有秦拿了一把剪刀，剪去蜡烛燃败的信子，屋又亮堂起来。

有秦说："银子没有问题，不是将罗山寺村藏的那些家当已放在娘娘庙地下室了吗？把那些箱打开先用！"

大家又一次沉默无语了。隔了片刻，致禛说："那些家当暂不能用，姑母临终时让我们一定要盖一座院子，'家当'用在这上面。"

有秦像是早就思量过的，底气十足地说："致禛哥，我看挪用一下不妨。我们刚修过庙，又盖院子太扎眼，两年后盖院子也不迟。这笔粮的生意做成，赚的钱再补上'家当'银子就是了，耽误不了盖院子的事。"他环顾了大家一下，又说："我还有一件事想说，就是将赵山从醋作坊抽回村里来。他年轻，经过这几年醋作坊的历练，沉稳机敏多了。他十二岁就进的府上，我看靠得住，虽有过和郭家喝酒那桩小事，但事后他也后悔得很。这小伙子没有二心，我想让他顶替晋五，让晋五专管账房。"

致胤接着有秦的话就说："这小伙子有人样，也是我们看着长大的，是应该用自己府上的人。我觉得行，致禛、致杲哥呢？"

致禛、致杲看着有秦也都点头同意。

"致禛哥，现在已经子时了，咱们兄弟都在，去庙里地下室看看那些'家当'，打开箱子看看，我们心中有数，我和致杲在家用时也好入账。"有秦环顾了大家一眼，慎重地说。

致禛笑了，说："有秦说得对，我们兄弟也应看看它们的庐山真面目了，为了它们不知费了我们兄弟多少血汗！走！去看看！"

第四十章

顺治十三年八月初的一天,有秦和致杲兄弟俩出了村东口,过官道,上了土坡。有秦手搭凉棚眺望,看到对面高土堆父母的坟墓。碧蓝蓝的晴空,偏西的太阳挂在长空,几丝薄云带着彩红色,浮罩在卧虎山上空,虎的形象就清晰得很,仰得老高,两眼与有秦对视。有秦浅浅地笑了,胸腔里不由得涌上一股气,瞥了一眼致杲,见他痴痴地看着坡下的田野,便也将视线转向田野,只见黄澄澄的谷穗子,红艳艳的稻黍,耷拉下来沉甸甸的玉米棒子,——一片丰收的景象。致杲口里不由自主地吟诵出几句词:"碧云天,黄叶地,秋色连波,波上寒烟翠。山映斜阳天接水,芳草无情,更在斜阳外……"

有秦往村里望去,跃入眼帘的是新盖起的李家院子——青砖青瓦矗立在那里,在夕阳里披着霞彩。他大声吟道:"驿寨村,凝望去,青砖新瓦,起高楼。一片净土,兄弟人家。安居相聚对酒,沁肺入肠。高阳照深院,化作幸福家。"

"哈哈哈……"致杲被感染了,又一次大笑,道:"你这词立意很贴合!但韵律不敢恭维!"

"我是即兴而发,兴落而止,抒发内心的情愫而已!"有秦道。

"所以,我说立意最佳!有秦,我最感动的是'一片净土,兄弟人家,安居相聚对酒,沁肺入肠。高阳照深院,化作幸福家',有情有义,听得我真要掉泪了!呵呵呵!"

"看见这碧蓝的天,父母的坟墓,我们俩劳苦三年盖起的这青砖新瓦的李家院子,我能不动心?这院落就是一片净土,就是父母的夙愿啊,高兴!高兴!!我们兄弟有家了!!!"有秦说到这里激动起来,放开嗓门,对着对面的卧虎山吼起来:"有——家——了——!有——家——了——!在不在韵上无所谓,我们家必定门旺福盛!"

他疯狂后，突然冷静下来，看看致呆。此时他的思绪倒到顺治七年腊月二十三日。他们兄弟四人下娘娘庙地下室，打开那些家当箱子的情景展现在眼前——"潜""浑俗和光"这几个字不停地在脑子里闪烁。

那天是李大壮推开娘娘女神塑像下的砖门，端着两盏油碗灯，领着兄弟四人小心翼翼走下地下室。地下室有两间房子大小。地上堆满了黑红两色一样大小的五十只箱子，黑箱子四十只，红箱子十只。兄弟四人小心翼翼地打开箱子，每只箱子表面都覆盖着一条白绢，绢上工工整整书写着欧体"潜""浑俗和光"字样。这字迹一看就知道是原王府管家李兆明所为，从字义上看肯定是受王爷——有秦父亲所嘱。他们兄弟都怔在那里没动，坐在箱子旁面面相觑，一言不发，只有灯光发出哔哔剥剥的声响。

有秦和致胤在无声中清点箱内的"家当"，黑箱里装的都是金银锭，总计金500两，银10万两。红箱里装的是书籍和字画。清理完毕后，有秦缓缓有所思地说："致禛、致呆哥，致胤小弟，我想'潜''浑俗和光'，是父亲的遗言重嘱，与母亲临终所说同愿，就是让我们丢掉王公贵戚的习性，要'潜'于民，'风清月朗'，低调济世、理事、处人。《老子》中有言曰：'和其光，同其尘，是谓玄同。'一句话'为民'。与世无争，光明磊落，清白做人。"

"有秦，你说得对。白绢上的'潜'和'浑俗和光'，确实是姑父给我们的遗言，和姑母临终之言如一。我们的先人总怕他的后人褪不去王侯贵气，引祸于身，但古人还说过'光贵尘贱，和而同之，则不自贵而人亦不得贱之矣'。我们还是人，是民，做买卖，赚银子，'物无所偏耻'吧！先人留给我们的'家当'，就是要我们盖成院落，有家的归属。这也是先人的最终留言：兄弟要团结如一，定要盖座院子！"

致禛最后的话，一下子触动了有秦对母亲的思念，眼泪在眼窝里打起了转转，脱口叫了声："致禛哥！"泪水似断线的珠子滚下来，哽咽着说："正因为是父辈的遗言和告诫，我想，这些'家当'还是按母亲的遗愿，把一份分给跟随咱们多年的人，剩下的，致禛哥，你拿去收粮吧，赚来银子再补上，盖院落的事，就交给我和致呆哥，保证院落盖得大大方方，气气派派，舒舒服服。就是刚才致禛哥引用古人的话说的，'人不自贵而人亦不得贱之矣'。"

有秦还清楚地记着，他们兄弟从地下室出来，外面一片漆黑，但娘娘女神在供桌上的蜡烛灯火的照耀下，是那样明亮，慈祥，安宁和自信。他们不约而同都去为娘娘女神上香，叩头。烧完香，有秦推开大殿的门，西北风呼啸着迎面而来，但他没有半点的畏缩，反而浑身发热，步履有力，坚定自信地走回自己的院落，自己的住屋，点燃了那盏母亲曾用过的油灯。

从那天后，没有一天清闲过。虽然全村的旮旮旯旯早就印在他的脑子里，但他还是把村里旮旮旯旯转悠了个遍。最后，他和致杲把盖院落的地方定在泉池前，娘娘庙的西侧。用他的话说："我们兄弟依偎在母亲身旁，又稳站在佛意的面前——'遇泉而驻'。"

他永远不忘母亲的话："民要以家为天！"那么民要有家——盖院落就是天大的事。所以，他总是放不下心，由致杲请来了平阳府最有名望的风水先生，结果还是定在了这里。

最后，他写信给致禛，让想办法找到修缮紫禁城皇宫的赵良材老师傅。据说赵家祖辈修缮皇宫，懂建宅风水，是保定府人氏。明厦倾后，流落市井村落。

致禛经过艰难的寻访，在保定府曲阳城村中找到了赵师傅。他随致禛来到驿寨村，住了一个多月，把卧虎山、汾河、平阳府、临汾城蹅摸①了个遍。最后，赵师傅惊异地说："驿寨村泉池前是再好不过的风水吉地：右一条青龙（汾河），左居白虎（卧虎山），背靠坐尧王之椅（传说临汾是尧王都城），眼前川道直通天河（汾河形成的天然川道直流入黄河，李白诗句'黄河之水天上来'，故临汾当地人都称黄河为'天河'）。这里有泉池一眼，并伴有一揽粗冠如伞的槐树一棵，必有朱雀从天河顺川道而来，降栖槐树之上。好！好！好！建宅的风水宝地啊！"随后，赵师傅又按皇宫三宫六院的样式，画了一张"一宫四院"样式李家院落图："一宫"是祭祀王爷王妃之地；"四院"是兄弟四人的院子。用心良苦！让有秦和致禛甚为感动！但他们怎么也接受不了他的"一宫四院"样式，只接受他的青龙、白虎、朱雀之说。

致禛又从京城花重金请来了在清廷看风水的道家师父。这师父来后没有清闲，独自一人拿着罗盘在驿寨村周边巡看了十几天后，来到有秦和致禛面前。

他头戴九阳雷巾，身着天青色二十八宿大袖鹤氅，神采奕奕。他左手端着

---

① 蹅摸：寻找。

罗盘，右手抚着下巴那几根稀疏的花白胡须，眨巴了几下狡黠的眼睛，慢条斯理地说：“无量寿佛！这里真是建宅院的风水宅地！右有汾河这条青龙，左有卧虎山这只白虎，面向黄河，背靠尧王之都，难得！难得！难得呀！想问你们兄弟几人的生辰八字，贫道有心为你们兄弟画出院落的样式来！”有秦和致祺对视了一下，把兄弟们的生辰八字告知。

这位师父把自己关进住屋，整整三天没出来。不吃不喝，敲门不开。晚上从窗户里透射出的光彻夜不息，这烛光映得有秦心里明亮明亮的。

第四天，霞光刚刚抹上厦脊和树梢，有秦的门被师傅叩开，递进了一沓子白生生的麻纸，上面用七横八竖的黑色线条勾画着房屋的图样。

有秦先是一惊，然后忙把麻纸图样摊在桌上。从第一张标写着"李家院落全景分布图"清楚可见：整座院落坐北朝南，由象征着金、木、水、火、土的五座彼此独立又相联系的四合院组成，梅花状，中间一座标记着"土"字，紧围着东西南北四个方位——南是火，北是水，东是木，西是金。这四座四合院又由弧形的长廊衔接，相互贯通，形成了一个大大的圆。整体看上去就像一枚硕大的铜钱镶嵌在驿寨村，在"铜钱"周边还设计有一砖到顶丈五高的围墙，加厚的围墙上宽可行人，显然是用于院落护卫。围墙四角建有塔楼。院落外方内圆，气派、实用、安全，寓意也不错。有秦立马叫来致祺和致杲，三人又埋头认真地翻看了半天，愈看愈觉得除去整个院落的实用、简洁、气势宏阔外，里面总有一种玄秘之感，特别是院落房间位置上那些白圆点和黑圆点，玄奥莫测，使人难以思透。

致祺整理好麻纸图样，抬头看这位虽然留有三绺花白胡须，但还不算太老的道家师傅，恰好师傅也在看他。师傅已从致祺的眼神里看到了满意、惊诧和迷惑，脸上立即挂出了狡狯的笑容，他拉着得意的语调慢悠悠地说：“这些院落图样积聚了贫道来到驿寨村勘察后的心血，我说说，你们兄弟听听。贫道据这里的自然风水，汾河川道直通黄河，想起古人有龙马负'图'出于黄河、神龟负'书'出于洛河的传说，伏羲见'河图'创造八卦，'河图''洛书'显世，从而出现祥瑞太平盛世，看到你们兄弟的五行命相，突发灵感而绘出李家院落图样！”

他眯缝着眼瞄了瞄有秦和致祺思索的神情，显然很满意自己的开场白，顺手抽出那张李家院落全景分布图，铺开在桌子上，轻轻喘了一口气，稍稍平静些，笑着继续往下说："你们兄弟迷惑的可能是图样中这院落房间位置上的白圆点和黑圆点，我讲给你们听。这是'河图'天地之数用木柱的实物在各院房间里的再现。这也是李家宅院的神奇绝妙之处。

"'河图'是用十个黑白圆点表示阴阳、五行、四象的。一、三、五、七、九为阳，二、四、六、八、十为阴，阳数相加为二十五，阴数相加得三十，阴阳相加是五十五数，所以古人说'天地之数五十有五'。'以成变化而行鬼神也'，就是'万物之数，皆由天地之数化生而来'。故而我用五十五根木柱竖立在各院落房间里，再现出'河图'中的五十五天地之数。将木柱分为阳柱和阴柱，袒露在天地间的明柱为阳柱（白圆点），隐藏在房间墙内的暗柱为阴柱（黑圆点）；每根木柱下有石础，使木柱立于金石之上，顶天立地，永固不败。

"'河图'中黑白之点分别在前（北）方：一个白点在外，六个黑点在内，表示玄武星象，五行为水，故建水院。我将一个白点阳柱立在水院内的南房廊檐之下，六个黑点阴柱立在水院内北房的背墙之内。在后（南）方：两个黑点在内，七个白点在外，表示朱雀星象，五行为火，故为火院。我将两个黑点阴柱镶在火院内北房的墙内，白点阳柱立在火院内南房的檐廊。在右（西）方：三个白点在外，八个黑点在内，表示青龙星，五行为木，故是木院。我将三个白点阳柱立在木院内，东方的檐廊之下，八个黑点阴柱镶在木院的西房墙内。在左（东）方：四个黑点在内，九个白点在外，表示白虎星象，五行为金，故为金院。我将四个黑点阴柱镶在金院内西房墙内，九个白点阳柱立在东房的檐廊之下。在中央：五个白点在外，十个黑点在内，表示空奇点，五行为土，故是土院。土院的院子宽大些，白点在院中央建一座五阳柱的五柱翘檐亭，而十个黑点一分为二成两组阴柱，镶在土院内南北房的墙壁内。按古人坐北朝南的习惯，李家院落坐北朝南，前是朱雀，后是玄武，右为青龙，左为白虎。你们兄弟四人的五行命相，按生辰八字推算，恰恰致祺是木命，有秦是火命，致杲是金命，致胤是水命，盖好这座院落，你们兄弟即可按各自的命相，入住对应的院内。这是风水象形啊！福地呀！"

师傅说得激动，缓缓地舒了口气，继续说："李家院内有天地之数，万物之源，古人说：'天地氤氲，万物化醇；男女构精，万物化生。''有天地，然后有万物；有万物，然后有男女；有男女，然后有夫妇；有夫妇，然后有父子……'成其为'家'，有'家'才有朝廷、君臣、上下、礼仪。希冀李家丁旺财达。无量寿佛！"他又长长舒了口气，坐在椅子上，举起右手并指竖在胸前，似闭目养神。

有秦和致祺虽听得云里雾里，但是还是觉得这个院落图样称他们心意。

有秦和致祺又要付其重金，师傅分文不取，拂袖飘然而去，似风似一丝薄云……但道家师傅的"二月二龙抬头"的道情腔调一直在有秦的耳边回荡：

二月二龙抬头，一股股暖风亲脸脸；冰碴子的冻土裂缝缝，钱串子一只只爬出相爱爱；

二月二龙抬头，一阵阵柔雨摸脸脸；浇得地里发痒痒，荠荠菜拱出地皮想看看；

二月二龙抬头，一声声软语细句扇脸脸，桃梨槐木努芽芽，青砖新瓦喜得跳圈圈；

二月二龙抬头，风雨声色节节高，地里村里势气攀旺旺，太阳照得这里闪耀耀。

"哈哈哈哈！有秦啊，这师傅真神人也！他让我们在二月二龙抬头之日开工盖院！你想道情调里'亲脸脸、摸脸脸、扇脸脸'都是春天，而且'青砖新瓦喜得跳圈圈'，这不是明明告诉我们开工的日子吗?！到时也有了银子，我们的军粮生意定能成功！你听：'钱串子一只只爬出相爱爱，太阳还要照得这里'闪耀耀'。你和致杲俩人在家就好好准备吧！"致祺对有秦说。

"今年在家请能人把师傅这些图样画成详细的图纸，来年二月二龙抬头之日开工！"致杲说。

有秦闻之憧憬，一下子从椅子上蹦起来。"哎呀！我怎么这么愚笨！没有想到呢？只觉得这老道怪异，真神人也！"他激动地握住了致祺的手："致祺哥！剩下的事，你和致胤弟就放心好啦！我今年一定请人把老道这图样变成开工详图！"说着他朝外喊道："赵山！赵山！"

进来一个小厮，躬身慌张地问："大掌柜！大掌柜！什么事？"

"你赶快让赵山管家到这里来!"

"大掌柜,你不是上午就吩咐他进城了吗?"

有秦将手搭在后脑揉搓了两下,自己先笑了,向那位年轻人摆了摆手:"好啦!好啦!没事啦,你去吧!"

他看了看致祺哥,不好意思地笑了。

那天,兄弟三人于住屋商讨,到了上灯时分,又到了东方发白……

第二年致祺的军粮生意做得没有什么风险,清廷户部又加了五十万担,麦收后赚了近十五万两银子。

致祺和张文章的关系又进了一步。他们合伙在前门东侧开了一家专门卖东北人参的店铺,火得不得了。不知怎的和清廷内务府六宫副都大太监吴良辅攀上了关系,大太监成了店铺的常客,大府内用的人参都从店铺拿货,时间一长,顺治爷和他的爱妃董贵妃鄂氏点名就要前门东北人参。致祺和黑二杆子又做起了皮货生意,他们从山东、安徽、江西收茶叶、粮食、布匹、丝绸,从西口、张家口运至蒙古,换回皮货和金银,将皮货又贩到京城、河北、山东、山西、陕西、安徽等地,每年的收入很是丰厚。

有秦更是忙得不可开交,请来了十几名能工巧匠,宵衣旰食,夜以继日,一丝不苟,开始把老道画的那些李家院落图样画成泥瓦师傅能看懂能施工操作的图纸。就这图纸他们整整画了一年多,到第三年春节时,终于画好了,连每间房的窑龛和大门口内外照壁花砖镶边的花纹都画得精细神妙。

有秦他们又在洪洞县广胜寺山脚下村落的烧砖瓦窑里,专门订制了盖院落用的砖瓦,还有特制的各院落垂花门,各房间里窑龛和大门照壁镶边花砖,及照壁上镌刻的家训字砖和水磨砖,又在东北订购了椽、檩、梁,制作所有门窗的木材和五十五根六尺长四拃粗的红松柱子。

李家院落于顺治十年二月二龙抬头之日开工。这一天真使人难以寻思。早上春光明媚,晨曦把整个驿寨村照得暖洋洋。但到了半晌,从西山里卷起了一层铅灰色的云团,翻滚变幻着驰骋长空。当开工的炮声一响,从天上也传来了隆隆的雷声,随即柔雨霏霏。有秦把脸上隐隐略带温润的雨水抹了一把,瞥了站在他身旁的致呆一眼,只见他淡定神凝,再瞄瞄苍天,铅灰的云团里突然射出强烈的金黄,大地为之一亮。这种不是一般的金黄,而是黄中带红色,是从铅灰色云中射出的蜂蜜色的金黄,是光,透亮透亮!有秦自叹,从没有见过天空有这种色彩,黄中透着红,红中又透着蜜亮,不由得在心中升起了无限喜悦。这是祥瑞之兆啊!当他把开工祭拜天地的酒高高举起,觉得自己悠然而起,和从乌云中射出的光融为一体了……

　　李家院落整整历经三年才盖好,耗费了兄弟四人二十万两银子。为了存放在娘娘庙地下室的家当,和以后便宜存放兄弟们赚来的家财,有秦在建院落时,在每座四合院的北房背墙都加了一堵内墙,形成夹墙,里面留出了相当的空间,在土院北房紧靠西端的瞭望楼地下也建了地下室。五座院子都留有进入地下室的入口,入口设在了夹墙之内。他还在李家院的后门处圈了有六亩多的打收粮食的场地,场地周边盖了磨面房、碾米房、牲口圈房、牲口储食草房、粮仓房、用人和雇工房。他在瞭望楼宽敞的地下室,开凿了一条地下通道,直通后场院的磨面房和牲口储食草房,以防不测。有秦和致呆为了开凿这条地下通道,煞费了脑筋,既想开凿通道,又不想让更多人知道,难呀!致呆花重金从黄河那边雇来工匠,专门开凿通道和建地下室,修建完后立即辞退,把他们送过黄河。

　　有秦经过一番回忆,定定神扭过头,唤了声:"致呆哥,前面就是父母亲的坟冢,我们一起烧香磕个头?"然后转身对一直跟在身后的赵山说:"去,回家给我们拿香表来!"

　　赵山转身一股风似的往村里跑去。

　　有秦和致呆直着腰跪在土坟堆前,愣愣地仰头望着高坟土堆上有些泛黄的在风中摇曳着的草叶和野酸枣刺。有秦沉沉地道:"父亲!母亲!儿子遵照高堂遗愿,已盖起了李家院落,融于民中,以家为天,以农为本,以商而兴,家昌丁旺,李家定似河水永流不息……"

第四十一章

八月十五夜幕降下，澄澈的长空还透着深蓝，飘着几丝细纱似的云，一轮皎月傍着游云，照得大地明晃晃，透着清凉。

李有秦穿戴崭新从土院北中门里走出。他抬头遥望天空，见圆月挂在厦脊端头高昂起的螭吻上，有几只鸟雀鸣叫着掠过，留下了一片寂静。他默默无语凝视明月，片刻后，回头对身后的赵山说："给我倒杯酒来！"

赵山一怔，快步到五柱翘檐亭里八仙桌上斟满一杯酒端到门口恭敬地递给有秦。有秦接过酒并没有饮，看着映在酒中的月影，高举起酒杯，对着长空中的明月，长吟道："明月几时有？把酒问青天。不知天上宫阙，今夕是何年？我欲乘风归去，又恐琼楼玉宇，高处不胜寒。起舞弄清影，何似在人间……"

吟诵余音还在飘荡，他便尽全身力气将酒洒向明月。"哈哈哈……"对空长笑。他回头又看看赵山："哈哈哈，赵山，快去各院叫各位少爷（他们还是沿用王府习惯的叫法）、夫人和孩子们都来！我们要在这里团聚拜月亮神！"

今年收麦前，兄弟四人已经搬入新院。

他望着赵山的背影，快步走入院子中央的五柱翘檐亭。

宽敞的五柱翘檐亭里，早已摆放了一张红木八仙桌，上面摆满了各类鲜果、月饼、点心，还有八盘精细菜肴素八珍、酒盅、一坛老汾酒，小宣德铜香炉里有两炷香，生出的青烟绕着红色的五根柱子，顺着亭子翘起的檐角向天空飘去，在白色的月光中隐去，无影无踪……

不一会儿，致祺、致杲、致胤带着媳妇、孩子都来了。

"爹爹！"

"大伯！大伯！"

"叔父！叔父！"

……………

孩子们欢快地叫着，从四方垂花门轻盈蹦跳着涌进中央土院，寂静的院子里即刻活跃起来。有秦站在那里一动也没动，看着自己的儿子润润，致禛兄的大儿子文文，致杲兄的大儿子瑜瑜，他们几个已经身高如成人，行为中虽有些浮狂，但也合礼制；泉泉、源源、晋晋几个小家伙天真无邪地欢蹦，像一只只小花鹿，有秦心里不禁升起一股磐石般的安稳，不由自主地挺了挺胸脯。随着孩子们是致禛、致杲、致胤携着嫂子、弟妹喜洋洋地进来了。他刚想上前去说句什么，只见由几个丫头和用人搀扶着何鸿烈老人和老夫人，步履稳健地从东边垂花门笑呵呵地迈进。

有秦急忙把空酒杯递给赵山，紧起步向前行了个单跪礼，满脸堆着笑恭敬地说："哎呀，惊动老伯、伯母了！今天中秋节，月圆雪亮，我们一大家子在新院团聚。在这儿，您的年龄最长，辈分最高，有您在，我们这些小辈就心定了！"

何老爷子听着有秦这些恭敬之语，很是受用，笑呵呵地说："有秦啊！今天圆月清明，一大家子在新落成的院子团聚，可喜！可喜啊！你们兄弟几个都是好样的，经过十几年筚路蓝缕的奋斗，实现了先人的遗愿，有家安居了，值得团聚，值得团聚啊！呵呵呵……"何老爷子爽朗的笑声响彻长空，感染着有秦兄弟。

有秦接过何老爷子的话："老伯，我们兄弟没有筚路，更谈不上蓝缕，就是心力艰辛！心力艰辛呀！"

有秦发自内心的感触，触动了何老爷子，他面容一下子肃穆起来："有秦、致禛、致杲、致胤，别人不知，吾能不知？人啊！心力是最大的付出，这是人一生中最艰辛的劳作呀！"

"何老伯！"致禛向前深深一揖，"只要心力没有白费，值！值！值啊！今天一大家子团聚，我们入座举香拜月吧！"

"好好好！我们先拜月！先拜月！"何老爷子高兴地说。

此时，赵山赶紧把已点燃的香烛，分别递给了何老爷子和何老夫人、李家兄弟和他们的妻子。旋即，香烛冒出的青烟罩着这一大家子大大小小……

在何老爷子率领下，这一大家子朝着生出雪白光辉的月亮行三跪九叩的大礼，他们站起来，手里端着酒杯，只听何老爷子突然高声诵道：

月波疑滴，临天近，了无尘埃。仰目眺，亭院檐间，好个霜天。子孙共感秋色，团聚焚香拜鸿月。流年逝，春秋十几载，立家切。避贼匪，战魑魅。寻遗戚，家园终落。举起杯，饮尽空杯对月。归家酒浓安歇，伴云梦云天阙。请吴刚、嫦娥莲步出，阔无界。

有秦仰望着高悬的明月，随着何老伯的吟诵，举杯一饮而尽，想起自己前几天和致呆在村东口外填的词句，也高声吟道：

"驿寨村，凝望去，青砖青瓦，起高楼。一片净土，兄弟人家。安居相聚对酒，沁肺入肠。高月照深院，顿化作安居泪。"

他在吟时把"高阳"改为"高月"，"化作幸福家"改为"顿化作安居泪"，有秦确实掉泪了。这是喜悦的泪，安定的泪，有家的泪，实现了父母遗愿的泪！

拜毕月亮，全家老少团聚在亭里吃酒，兴致仍浓，月亮已经偏西。

有秦确实醉意朦胧，他躺在自家的炕上，呆呆地看着顶棚，致禛、致胤兄弟头次站在李家院大门口，痴视着"李家院"匾额时的情景不住地展现在他的脑子里：

当时致禛、致胤站在大门楼子前，致禛高声地说："有秦，这大门楼子是从京城搬到驿寨村的吧？呀！一模一样！"

有秦只是满意地笑笑，没有吭声。致胤兴致很高，接着说："有秦哥，这大门楼前就是少了两尊石狮子，大门像是抬高了两个台阶，门口东边多栽了几桩坐猴拴马石柱，好好好！"连连叫好。

有秦还是笑，他何尝没想过放两尊石狮子？但他不想将家门口建得像一座官衙，所以他镌刻了一副青砖楹联，镶在了门楼两边：

门外清泉清槐福贵地，
院内教儿教孙和睦家。

致禛诵起此联，说："有秦，俗了点，有些太土气了！"

有秦不以为然地说："致禛哥，这可是在你的信中得到的灵感，你不是再三叮咛'一定结民气'吗？土气些好啊！我可铭记着先人'浑俗和尘'的教诲呢！致祺哥，请进大门，内照壁墙上的'家训'也俗。但，是返璞归真呀！"

他们兄弟共同踏进大门，展现在眼前的是一座高丈五，宽足有三间房子的内照壁，照壁顶用琉璃瓦封盖，边沿用繁花青砖镶着，整面照壁全是字，一行行，齐整整，顶部中央李家的"字训"字样十分显目。

致祺、致胤站在那里默默地念道：

家为民天，先人之言，永铭心间。立家之本，耕读为骸，立本道来。耕当勤艰，鸡鸣起身，驾犁套耙。适时种收，严遵时节，家裕无难。读书不忘，世代相传，潜读圣贤，修身立仁，绝不自欺。事清及明，事理既明，家不愁建。家睦在德，孝德在先。孝顺长辈，濯足浴身，喂汤端饭，样样务在。敬恭弟兄，谦让在先，相敬友爱。妯娌解惊，相夫教子，三从四德，不言家事，争操家务，妯娌之操，世人称赞。友好四邻，意诚相待，贫则相扶，有难相救，家稳无害。家人首善，宽厚载物，善无薄微，常行有赞。过无大小，省改不惮。家兴操商，有财家旺，见敬见爱，朋布天下。无财家殃，冷孤独丁，没人理睬。生财之道，仁心为尚，以智为基，信字是先。舍小见大，财源滚滚，天明朗朗，切记心怀。家是民天，惟天吾命，家在命在，无家何命!？家训永记，世代相传，家福臻到。

看毕，致祺连连赞赏："好好好！咱李家的家训就是好！"又深沉地说："耕读是农家务本之道呀！家和、家兴、家人修炼之要、妯娌妇德都写进去了，好！写得好！但，就是治家、自修还少一点！"有秦刚想开口问，致祺没停，接着说："就是少了'俭'，这是咱家后人治家、做人不可缺少的品质啊！古人说：'常以俭得之，以奢失之。'孔子也说："礼，与其奢也，宁俭。'俭不仅是治家之道之德，也是人品质中之要！不俭可生奢，奢生惰，惰生侈靡，靡生淫乐。损家丧志之源也！"

有秦也有所感悟，接着说："致祺哥说得对！是缺这一大块内容。我再修改一番，刻印出来，家人人手执一册如何？"

致胤在旁急切地说道:"二位哥哥!何不叫孩子们晨练时,先领他们在照壁前熟读家训,直到背诵,不更好吗?!"

"行!行!行!"有秦非常激动,忘记了自己是沉于回忆之中,身旁的夫人被"行"声惊醒,抬头对着有秦轻声问:"你怎么啦?"

有秦表情尴尬轻声答道:"我刚才想起致祺兄和致胤小弟在门口看家训的事。"

有秦夫人听后,柔声细气地说:"致祺哥说得对,'勤俭'的品性在家训中应有,不能少。也得教育孩子们知勤俭,懂得勤俭。有俭之质才有勤之习;习勤能立志,习勤志坚性也韧。勤俭之质成,自然没有奢之恶习。我想,我们现在有了这么大的家院,不如让何老伯在中央土院办一个私塾,让孩子们精读'四书''五经',深习圣人之学。"

有秦半天没有说话,妻子的话一直在他脑子里转悠。

翌日晨,天刚刚泛白,从李家大院里传出诵读声:"家为民天,先人之言,永铭心间。立家之本,耕读为骸,立本道来。耕当勤艰,鸡鸣起身,架犁套耙。适时种收,严遵时节,家裕无难……"

这是孩子们站在李家院内照壁前,诵读他们家的家训。清脆琅琅的诵读声,随着晨间的秋风,悠悠飘浮在驿寨村的上空。

听到诵读声,李家大门外集聚了一大群男女老少,他们感到很新奇,探头探脑朝里张望。

但见院里一位四十来岁的男人,一句一句领读照壁上的字句,孩子们面目肃然,张合着一张张嘴跟读,多像一窝嗷嗷待哺的鸟雀呀!

门外看稀奇的大人们投去敬仰、羡慕的眼神,孩子们也跟着里面一句一句发出胆小轻微的诵读声,最后也大声读出来,大人们看看门外这群孩子,露出了满意的笑容。

门里门外孩子们银铃般的声音,汇合成一股生动有力的秋风,在驿寨村的上空来回荡漾,当晨曦混进这股秋风时,村民们的脸上流溢出收获的喜悦。

北边四合院,也就是李家院落水院北屋的堂厅里,烟雾腾腾。正中央红木方桌左边坐着的何鸿烈老夫子,他手握白铜水烟袋"呼噜噜……呼噜噜……"不住地抽,在他身旁坐着的何老夫人嘴里却唠叨了一句:"我说小莺他爸,你能不能放下水烟袋，好好听听有秦的话。这厅里的烟呛死人。"说着夸张地咳了几声。何老夫子脸色一下子变了，瞥了老伴儿一眼。

坐在红木方桌右边的有秦，不以为然地笑了笑，接着老夫人的话说："老伯！您是咱家的长辈。这事我是真心给您说，咱家的孩子要读圣贤书，这也只有您教他们我才放心呀！我们这么宽大的院子，怎能没有孩子的读书声呢？今天早上，我在照壁前领孩子们读家训，门外边看热闹的孩子们也跟着读，我心里像灌了蜂蜜一样。"说到这里，大块阳光上了北屋中门前的台阶。有秦想，现在已是半晌午了。

他直直腰继续说："老伯！教书的地方就放在中央土院北屋堂厅里，里面摆设由您老说了算。孔子像、戒尺，我立马去办，要像个教书读书的地方。以咱家孩子为主，村里适龄想读书的孩子也收，按年龄大小教，这也是李家为驿寨村办的一件善事。每日辰时，我领院内孩子到照壁前读家训。巳时正，也就是吃过早饭，孩子们准时到中央院读书，由您教授。对村里孩子收束脩。孔子在几千年前都收十束干肉，何况现在呢？收的束脩由您老支配，别人不得丁涉。"

何老夫子眼睛眨都不眨听有秦说，有秦刚落下话音，他蠕动了一下嘴想说什么，何老夫人瘪陷的嘴颤巍巍地开了腔："有……有秦侄子啊！这事好啊！你可没想你老伯已是过了古稀之年的人啦！头脑昏昧，视听不明，行步艰涩。这关系教育后辈之大事，你老伯能担当得起吗？"

有秦看着何伯母，先是"呵呵"一笑，接着说："伯母，我正想说呢！我和您侄媳想了一晚上，您看，咱家这么宽大的院子，您和我老伯再不要去太原吃那高粱米，受风沙严寒之苦啦！我们心里都过意不去！你们和小莺、源源、晋晋就住在这院子内，享天伦之乐。家里什么都有，想要什么，想吃什么，只管言语一声，有人为您二老办理！呵呵呵！"

何老夫人脸上的皱纹缓缓展开，何老夫子也直点头。

有秦起身转头仰望挂在北墙中堂的画和一副对联发怔。中堂画没有常见的松、鹤、石、梅，而是一轮火红的太阳，照染着白云，下头有一泓清池，清池中一株荷花，一只细腰蜂在花旁振翅腾空恋恋不去，整个画面清雅脱俗，孤傲无际。旁边的一副对联"霞乃云魂魄，蜂是花精神"让有秦心里暗暗一震，喃喃自语："霞若无云空一场，蜂若无花只一飞。"

何老夫子为有秦的诚挚所感动，也被有秦的喃喃自语所刺痛。他也转身愣怔地看中堂画，思量半天无语。何老夫子觉得有秦的话都有道理，自己是这个家的长辈，已是暮年，是到了应享天伦清福的时候。自己又是前明的举子，满肚子的学问，也应倒给后人啊！说实在的，从自己心灵深处，一直觉得满鞑子何能治国？！可以在马上杀戮苍生，夺取山河，但满鞑子何能以文平天下呢？"夷狄之有君，不如诸夏之亡也。"孔子的话浮现在他的脑子里。他不自觉地猛吸了一口水烟，却将烟水吸入气管，咳了起来。何夫人忙拍他的背，小跑着去里屋端盆儿拿布巾。有秦急忙起身，跨步到方桌左侧，扶着何老夫子肩头不好意思地说："老伯！老伯！赔不是了！我的话严重了！我的意思老伯就是霞光，就是那枝出淤泥一尘不染的粉鲜美丽的荷花。"

何老夫子直起身子看中堂画，听着有秦慌不可止又带有奉承的话，忍俊不禁，扭过头看有秦，有秦脸上的不安之色还没有褪。为此他怀着一种知遇的感激笑着说："我说有秦贤侄啊！你的心思我知道，什么也不要说了，我不是什么霞光，更不是你说的那个高不可攀的荷花，就是一个老叟，一前明举子！我虽没读过'三坟''五典''八索''九丘'，但经史子集也还略知一二，我可受此任，为李家尽责，为驿寨村做这善事！有秦贤侄，你放心好啦！我和你伯母不再去太原了，这次就留在李家大院里，把驿寨村第一个塾院办好！"

何老夫子说得激动，还不住擦拭潮湿的眼角。何老夫人瘪陷的嘴不住地翕动唠叨："老头子！老头子！行啦！行啦！有秦侄子明白你的心啦！"

此时，竹门帘子被缓缓揭起，进来的是有秦媳妇，她正好看到了这亲和的一幕，也明白了，满脸喜色松快地说："有秦，晌午饭好啦！"

有秦觉悟过来，歉疚地笑着说："老伯！伯母！只管说话啦，都该吃晌午饭了。你们就过去一块儿吃吧！"

旋即，有秦媳妇热情地搀扶老妇人，有秦搀扶何老伯走出堂厅。

外边秋阳高照，晴空如洗，碧蓝碧蓝，耀晃得人不自觉眯缝起双眼。

有秦媳妇对着西房高声喊道："致胤家里的①，我们把老伯、伯母接到南院啦！"

---

① 致胤家里的：致胤媳妇小莺，当地俗语。

西房中门"吱儿——"开了,闪出笑呵呵的小莺。"哟!嫂子!做什么好吃的?我们饭也好啦!"

有秦媳妇格格地笑:"你们吃吧!今天老爷子、伯母在我们那里吃!"

"行行行!我爹我娘可高兴啦!"小莺说完一连串的笑声。

何老夫子何老夫人看着女儿小莺也满足地直笑。

正笑着,从小莺肩膀底下钻出源源,嚷嚷着:"我也要去!我也要去!"

有秦媳妇赶快一扑抱起源源,拍打着:"走走走,和奶奶、爷爷、伯父、伯母一起,还有润润哥哥呢!"

源源高兴的小脸像绽开的一朵鲜花,在有秦媳妇的怀里伸出小胳膊呼道:"我去南院喽!我去南院喽!和爷爷、奶奶吃饭去喽!和润润哥哥一起吃饭喽!"

院子里一片笑声。他们消失在中央院南边的垂花门里。

已是上灯的酉时,弦月挂在长空,一阵秋风掠过,卷起地上的浮尘和败叶,有了寒意。

只见有秦、致祯、致杲、致胤兄弟四人先后步入中央院的北房。

有秦点灯,和致祯将父亲(王爷朱常泽)、王妃李氏夫人的彩色画像端端正正悬挂在堂厅中央。

他兄弟四人手执点燃的香炷,恭恭敬敬跪下一揖,把香炷插入香炉。

见父亲(姑父)身穿紫色朝服,头戴玄青王冠,宽展的前额,饱满的下巴,眉棱下如漆的眸子,深邃无底。高昂笔直的鼻梁端正立在四方脸盘的中央,显得威严、耿直、深沉。母亲(姑母)头戴凤冠,身着霞光四射的凤袍,蛾眉细长,小巧秀气的鼻子端庄地立在薄薄微微翘起的嘴唇上方,略带笑容,庄重、矜持、慈祥。

他兄弟四人上香磕头后,默默地坐在了方桌前,谁也没有说话。只有那月光走近堂厅的大门,斜照在背墙的彩色画像上。他们心里都在深深地追思着父亲(姑父)、母亲(姑母)的音容和言行。世事的变幻如魔,人生的磨难如梦,在他们兄弟心里汹涌地滚动着!

致祯意味深长地说:"我们来到驿寨村都十三个春秋了,快呀!孔老夫子说：'逝者如斯夫，不舍昼夜。'当年姑父教我们时，读到这里，没有什么感触，现在理解了！时光就像江河之水不分昼夜地流淌啊！眨了一下眼，十三年过去了。回忆过去的事真像一场梦呀！"

兄弟们不约而同地看着致禛的脸，没有说话，但是致禛深沉的话，还是把大家带入有关人生、时空的思索之中。

致胤挪动了一下屁股，鼻翼翕动，木木地说："是呀！时光如水，没有知觉就流过去了。致禛哥说了孔圣人的一句话，使我想起当年姑父教我读《论语》的情景。当时，我的志向就是当一君子——坦荡荡的君子。可是对《论语》中的'君子之于天下也，无适也，无莫也，义之与比'这句如何也理解不了。当时，姑父循循善诱，耐心地说：这是孔子心目中的君子处世之道！适者，厚也；莫者，薄也；比者，和也。凡君子对世存的事都应有一定的好恶之见，这里有一个'与比'之见，那就是'义之与比'。'义'是衡量的标准，讲的是合理，孔子要求君子对天下的事情，不能盲目厚薄，仅凭一己之爱憎好恶去'比'，而应放在世事之中以'义'去衡量。因为世上万物的生存都有其存在的合理性，所以'君子坦荡荡'，就是要君子有胸怀，有肚量。切记！切记！即使它的存在不符合你的口味，但它合'义'而存，君子就应容纳它，这是君子处世之道呀！'逝者如斯夫，不舍昼夜。'江河之水不息，不舍昼夜，而姑父已故，但他老人家的话语早已且永远都溶于我血液！"说着致胤低声啜泣起来。

对致胤的宏论，三位哥哥惊愕感慨。

致杲缓缓端起眼前的茶碗，轻轻抿了一口，只见他喉结上下一滚动，站起慢慢地说："小弟，你的高论，哥哥钦佩！小弟在太原打开局面，开辟出一片新天地，这与小弟的君子处世之道息息相关呀！"说到这儿，他停顿了一下，若有所思，接着声调都变得深沉缓慢，又继续说："小弟说江河之水不息，不舍昼夜，而姑父已故，但他老人家的话永铭心间，也使我想起一件与姑母相关的事。那年我只有十岁，答应给邻居的玩伴一件玩具风车，当年小孩玩风车成风。多日后我实实忘了，因此事我还和玩伴吵了架。当时姑母让用人将我拉回了家，将我搂在怀里，替我抹去泪水。但我委屈的泪又流出，哭着说：'我答应给他风车是真心，实实忘了，他也不应说我骗他！'姑母用热毛巾给我擦净脸，亲昵地说：'杲儿，今天是你的错，答应了人家的事，一定要兑现，一个人要有信。

古人讲：'人而无信，不知其可也。大车无輗，小车无軏，其何以行之哉？'孩子，做人一定要讲诚信。既然答应人家的事儿，就应办到，即使没有办到，也应讲清事由，更不该吵架。你想无论大小车，如果没有木销子能行吗？成其为车吗？肯定不行，没有木销子那就是一堆木头。人也一样，如果不讲诚信，还成其为人吗？"

讲到这里致呆停顿了一下，又说："兄弟们，我的记忆太深了！如今我已经快到不惑之年，特别这十几年和人们相处，我觉得人要说修行，第一品质就是诚信！人与人之间没有诚信，何能相处?！假如一个人，一个朝廷把诚信抛弃，这个人便如牲畜，朝廷便如污泥。我想起前明，君臣相欺，臣欺上，君瞒臣。大臣个个邀功晋爵，皇上昏昏自得，朝中谁相信谁？怎能不改朝换代呢？所以诚信是一个人乃至一个朝代的第一品德和风尚呀！没有诚信何能存活于世呢？"他长长叹了一声，再没有吭声，端起茶碗紧喝了几口。

有秦全神贯注地注视着这位平时有些木讷、不太爱说话的兄长，没想到有这一番宏论，微微点头端起茶碗说："致呆哥说得太对了。诚信是人和朝廷的第一品德。没有了诚信何谈仁义？回想父母的教诲，有两点使我感动。父亲让我们'浑俗和光'，要我们与百姓混同，与世无争；再次，就是母亲一再告诫'民要以家为天'，'我们就是民'。我们兄弟遵循先人教诲，一直为立家、建家栉风沐雨！今天住在宽大的院落里，坐在这个宽大的屋子里，就是我们建立的家！可安居了，安居才能乐业呀！我们真正成了平阳府驿寨村的老百姓了！"父母音容浮于眼前。

有秦有些亢奋，声调都高了。他顿了顿，喝了口茶水，用手用力地揩了一下残留嘴角的茶水，又说："我在这里再告诉大家一件事，我和何洪烈老夫子说好，让他就在我们这中央土院办一私塾，教授我们的孩子读书。不读书决不行，读书才能明事理。所谓明事理，就是要明百姓琐碎之事的是非，这才能安稳一生呀。何老爷子就不去太原了。"

说到这里他看了一眼致胤，致胤点头说："老爷子挺高兴，他对太原的天气也有些不适应了。"

"私塾里的孩子以我们的孩子为主，把死心塌地跟随我们的随从的后代孩子也收进来，再收村里一些农家孩子，当然要收束脩的。这也是咱为村里办的第一所私塾和善事。所以嫂子、弟妹和孩子就不要奔波了，陪孩子们在驿寨村读书，劳兄弟每月回一次家。"

兄弟几个纷纷点头赞许，然后又陷入沉思。

雪亮亮的月光已经移出墙上彩色的画像，照映在画像旁边崭新的墙上，反射出明晃晃的青光。

"喔喔——喔——"一声雄鸡长鸣，打破了这静谧堂厅内兄弟们的遐想。

致禛先端起面前的茶碗"咕嘟——咕嘟——"喝了净光，吐出浸入口中的茶叶，站起来说："有秦，鸡叫头遍了，已经寅时了！"

有秦也站了起来，随后，致昊和致胤对视了一下，又看了看有秦和致禛，眼神里流露出一个感慨：时光呀，都第二天了？

兄弟四人朝父亲（姑父）、母亲（姑母）的画像望去，烛火下，他们的面庞清晰，亲切，就又跪到地上急忙磕头，发出"咚咚"的响声。

当他们站起，相互默默对视，带着喜容同说出一句：

"我们现在才感到有家了！"

两个女人的史诗

下

李浩 著

陕西师范大学出版总社

下 部

第一章

一九一三年的春天来得早,中国似乎突然平静下来了,平阳也迎来平静和顺当。说顺当,是说过年后下了两场透雨,"春雨贵似油呀!"这两场雨一下,麦苗返青就快了。还没有过清明,绿油油的麦苗、长势喜人的苜蓿就撩拨得驿寨村人心里痒痒,忍不住一个劲儿地盘算,再过两个多月,白卷子馍及白干面、白死面葱花软饼等都可以进嘴了。男女老少咂巴着嘴,站在麦地畔,脸上露出甜滋滋的笑容。

李家院后院(原先的水院)住着的李府松、李府芳兄弟俩正忙着从院子里东厦拉耙架子,准备趁着地墒,把卸盔堆旁的十亩地耙两遍,保住墒,在清明季节里点种玉米。

弟弟府芳拉出耙架子,发现架子上铁耙齿没几个了。他把耙架子往地上"啪啦"一放,说:"哥,耙齿在什么地方呢?这少得太多!""我说你把那耙架子拌得啪啪好响,让你干个活就是这个样子。去去去!到北旁懒子家去,那里缺你呢!"哥哥府松没好气地回应。见弟弟没有吭声,府松仰头对着北屋喊:"寿子!寿子!寿子!去东厦南房炉窝里看看,把放杂物的布袋拿出来,里面有耙齿,给你小爹。"

北屋门应声"哗啦"开了,跑出来一个笑脸盈盈的十来岁小男孩,头都没回一闪进入东厦,不一会工夫,呼啦啦拿出一粗布袋子往府芳面前一放,说:"小爹,耙齿就在这里头呢!我拉风箱去了。"又一股风似的跑进屋里去了。

此时一直蹲在院子里的哥哥府松连打了两个哈欠。

弟弟寻思着挖苦哥哥的时候到了,他想起哥哥先前的话,随即说道:"哥,瘾犯了?你去吧,耙我自己修,过瘾要紧。再说,我自己也可以。"

哥哥府松听出了话中话,噎得半天没吭声,但细想没办法,很多事还指望弟弟。所以，无奈地叹口气说："行——！赶后晌，我给你把牲口借来，地里的事你就多干些，唉！谁让哥有这毛病呢！"说着嘴又张得老大，连打哈欠。看哥哥的样子，府芳淡淡一笑，透着一些怜悯，扭过身子，翻侄儿寿子放在他面前的粗布袋子，从中扔出生锈的耙齿，用锤子把耙齿往架子上安。

他们家原先有两头牛，前年收秋后卖了。他们卖掉是有理由的，自己也感觉是高明之举。

那年，听说南方武汉起了战事，全国四处兴兵，眼看天下大乱了。

山西五台山的小伙子，本来叫阎山西，他在日本念了洋学堂，跟随了革命党，誓把山西要倒个过儿，把名字改成阎锡（西）山，响应南方武汉号令在太原起兵。南方的大总统遂给了他一个管山西的大官当，叫什么"山西都督"，"独赌"谁能赢了他？山西归他了。比鞑子的巡抚官大多啦。

兄弟俩认为要打仗了，自古天下的兵哪有讲理的？不是杀就是抢。整天把牛挂在心里，不如卖掉好，抽好！赌好！兄弟俩高明！卖掉没有几天，鞑子皇上也被赶出了金銮宝殿，在人们背上挂了近三百年的辫子剪掉了，还刮来一股风，说要"复明了"，"朱家后人又要'牛'起来了"。兄弟俩着实高兴了老一阵子，连前院（原中央土院）的老太奶瘪陷的嘴说话都不跑风了。但过了两年，想的好事没音儿了，没戏了。

没音儿，没戏，无关紧要，太阳依旧东升西落，咱是农家，要吃饭穿衣，今年这两场透雨真好！

府松倒在榻床上美美地吸了一窝子洋烟，来了精神，把烟枪往旁随手一推，仰起脖子对着院子大声喊道："蛋儿！蛋儿！耙还没收拾好啊？"见最外面没回应，两手撑起腰溜在榻床边沿，伸了伸腰，趿拉鞋，张嘴喊。

里间屋的布帘子揭开了，是府松老婆，只见她头梳得光光亮，白净净的四方脸盘子上，瞪着两盏明灯似的眼睛，个头高壮实，不到四十岁，红润的脸上有几颗黑痣。她撩起围裙擦了把手，带气地说："我说你不会出去看看？快三十岁的人啦，半晌午连个耙都拾掇不好！该叫前边的老太奶吃中午饭啦！"

老婆的话让他把喊的话咽了回去，鞋趿拉了个半截，愣在那里没动。"对呀！快一个晌午连个耙都没拾掇好，真是的！……"府松张开嘴，吐出的话变了。

"蛋儿，蛋儿，去前院叫老太奶吃饭！"府松的声音高得出奇。

谁知嫂子的话让在外边收拾耙的府芳听得清清楚楚，他气得两手发抖，真想把耙架摔个粉碎。"三十岁咋啦！是吃你的还是喝你的了？我怎么也比你们强，整天抽，家业都抽完了，我赌，我还有赢的时候，你抽只出有进吗？"想到这儿，气不打一处来。于是，府芳在外对着屋里大声回话："没好呢！哥！这耙齿不够，你没有卖掉吧？"

府松被弟弟这带刺的答话差点气倒。他一只手往后一撑，恰好按在烟枪上，举起就要往地上扔，却被老婆拽住了，"怎么？怎么？摔了又买新的啊？不要花钱呀？"

老婆的话使他冷静下来，他看了老婆一眼，无奈地嘿嘿一笑，把烟枪往榻床上一扔，瞪起的圆眼缩回来，气呼呼对外嚷道："蛋儿，你问得好！问得好！叫你干个活，也会拿话噎人啦！不想干就放在那，我请人干。"

府芳并不服气，回话道："哥，你不要说这话，我一个响午也没闲一下，怪你把耙齿弄得不见了，不然早就好了。"府芳随即吐了口痰，带气地说："但也轮不上我嫂来挖苦我。快三十岁咋啦！爹娘走了，你们操心了吗？我还是一个人。"说到这里，府芳都有些哽咽了。

说到老人走了，府松动了感情，是啊！不敢想，弟弟今年整二十八岁了，也确实是自己没尽到心，心里不由有些亏，但又一想怪谁呢？所以脱口说道："你不要埋怨，为给你成家，我把周村女子都看遍了，谁不知道你是个赌鬼？让你不要再赌了，我嘴都说破了，怪谁呢？从今天开始你不要再跑了，在家好好待上一年半载……"

府松的话还没说完，老婆在旁耐不住了，府芳刚说的话，让她心里的火一蹿一蹿的，便推开门对府芳嚷开了："你不是快三十岁啦？说错啦？你哥为你操碎了心。你再到街道上去问问，村里有几个快三十岁还没成家的男人？一个赌鬼，有哪家的女子愿意跟你？女人就怕嫁错汉，跟了你喝西北风啊！这时候怪你哥？拉不下屎怪茅池哩！"说完斜了蛋儿一眼，脸上还挂着一丝讥讽，轻蔑地"哼——"了一下，转身把门"咣当"一摔进里屋了。

这下蛋儿真被刺得受不了啦！心痛得发抖，颤抖的双手把耙架子举起，鼓足劲儿往北屋台阶上扔去，"嘎啦"一声，耙架裂开了，刚刚安好的铁耙齿"叮叮当当"散落了一院子，大声喝道："哥！我倒腾不好这耙，让我嫂子这快四十岁的人去倒腾，她躺在床上一冒烟，耙齿和耙就好啦！"

这回轮到府松浑身发抖了。他心里骂道："这驴日的是在怪我哩！我这老婆插的什么嘴呢？碍你什么事呢？"他起身趿拉起鞋，收起按在烟枪上的右手，对里屋喊了一声："饭好啦吗？"

老婆刚掀起布帘子，探出头说出一个"好"字，"啪"一个耳光掴在了她脸上，"去！到前院去叫老太奶吃饭！我告诉你，今后我兄弟俩说话你少插嘴！"

老婆捂着脸刚想哭，看到自己男人那瞪得圆巴巴的小眼睛，又憋回去了，忙着捋了一下前额的头发，低头朝前院跑去。

蛋儿看着被摔裂开的耙架，再见嫂子被打了一个响亮的耳光，这事闹得有些大，转身往东边的垂花门走去。但身后传来哥的吼声："蛋儿！你干什么去？马上吃中午饭啦，下午我就给你说媳妇去！"

府松认为今天的事发之因，都是没有给弟弟成家，男人都快三十啦，没有成家，确实是我当哥的不当，长兄为父呀！太对不起弟弟了，自觉亏理。他稍安静下来想，今天家里闹出的这事，要是蛋儿有媳妇，也不会出；就是出了，蛋儿媳妇出面说几句，也会化了。

快三十的男人没有个女人，心里能不烦？能不躁吗？他突然想起年前腊月里和村东门成锁叔说的事。府松自言自语道："今天借牲口时，必须问问此事。不管怎的，今年一定要为蛋儿娶个媳妇回来！"

此时，蛋儿前脚刚迈出垂花门，听到要给自己说媳妇，收回了脚，怔住了。

他回过头，问道："哥，你说的是谁家？"

府松见弟弟这是软下来了，语气变了，说道："你先给我回来，你嫂子你还不知道？是个有嘴没心的人，说两句就说两句，你反倒脾气大起来了。坐到这里来，我给你说是谁家。"

蛋儿听到哥哥的话，干脆停住了脚步，回来了，自己搬了个板凳坐到哥哥面前。

第二章

还是在腊月里的一天,一大早府松到村东门口村墙根成锁家借驴拉磨,府松无意中看见租住成锁家南房浮山程家进进出出的几个女儿,脑子里蓦地冒出为老二蛋儿说媳妇的念头。于是他套近乎地给蹲在台阶上的成锁叔说:"我说叔!驴我用一天,磨面过年,听说借牲口的饲料涨价了。这样,我磨五大斗麦子,麦麸全归你,行吧?不要说外边那些价,反正我成年借用你家的牲口,不说那些了!"府松有事求成锁,慷慨得要把麦麸都给他。

成锁鼻子眼里都是得便宜的笑容,但心里泛起嘀咕:"这抽洋烟的,今天怎么啦,这么大方?"想到这里,不买账地说:"老大,我要你那么多麸子干啥?还是你留着,该多少就多少。你成年借我的牲口,叔哪次没让你用,还是哪次问你多要啦?老大,不要那样!啊!"

府松太知道成锁的脾性了,他是有光就沾的人。他把成锁的话翻腾了两过想:成锁叔说的话等于又给我扔了回来,是说你府松这两年用我的驴,要你的饲料,咱两家小葱拌豆腐,清清白白,谁也不欠谁的。你给我麸子让我占你那点便宜算什么呢?你肯定有事求我,有什么就说透。说不透什么也不应。老大拐了一个弯说:"叔!你看你,说到哪里啦!这两年常用黑驴,驴都认识我了。叔,就算我们家对驴的一点心意吧!过年啦,算我们给驴的!"

成锁听府松把话说到这种地步,虽然"给驴的"这话不好听,细想也合理,是真心和实心的。

成锁下巴那几根老鼠胡子向上翘了翘,露出了比哭还难看的笑脸,黑瘦多纹的脸聚成了小团,活像墙拐角的一小团蜘蛛网。他不自在地用手在鼻子上抹了一把,拉出一根长长的鼻涕丝,再在自己鞋后跟猛地一擦,仰起如蜘蛛网似的难看的笑脸,说:"好吧!算你小子还说了句人话。我代替驴收下你的好意,驴在圈里，刚上完槽，你就拉去吧。"

府松旋即往起撑了一下身子，却没有去牵驴，而是往成锁近移了两步，带着几分讨好几分巴结地说："叔，我刚让人带来上等的烟叶子，是南方杭州大仓宓大昌的皮丝烟，京城里的官宦大户人家都抽它，咱这小地方见都没见过，香得很，您老尝尝，别人连闻都不让他闻，把烟袋锅子给我，给你装一锅子？"

成锁斜瞟了一下府松的烟袋子，见是鼓鼓的。嗓子眼里让这洋烟鬼说得痒涩痒涩的，下意识把烟锅子递了过去。

府松接过成锁的黄灿灿的铜锅子，插进自己的烟袋子里捏揣起来，捏得结结实实，抽出双手递给了成锁。

成锁看着烟锅子里满满黄黄的烟丝，心想是不一样啊！随即将烟嘴含在嘴里，刺香的烟味迎鼻而来。府松顺势凑到了成锁耳边嘀嘀咕咕老一阵子。

成锁嘴里含着烟袋锅子，一边嘴里来回鼓动着，一边听着府松在耳边嘀咕。他脸上的表情很有意思：先是一怔，再是一笑，接着鼻翼往进一缩，嘴角往下一撇，轻蔑地一笑。他真是没有想到这小子能提出这事，先是感到稀罕，又觉得好笑。深一想，根本没门儿，不可能！他轻蔑地笑了。心里寻思，怪不得今天这烟鬼如此殷勤。

府松离开他的耳朵根子后，成锁略思量一番，惊疑地看府松。成锁冰霜似的表情，等于回答了府松。

成锁还是语重心长地慢慢说："老大！我说你想什么呢！早死了这份心吧！村里哪个不知你家老二是赌鬼?！开始我还想是个喜事。细想，不成，浮山程还希望凭这几个女子过光景呢！再说谁也不想把自己女子往火坑里推吧?！你赶快把驴拉走吧，今天归你用，明天我也要磨过年的面呢！"

成锁的一番话，仿佛一盆冰水，浇得府松透心寒。但他不甘心。他从怀里掏出一个小方盒，抽出一根洋火，在鞋底上一擦，说道："叔，快快快！点烟，点烟呐！"成锁旋即才恍悟，忙把烟袋锅对着府松手里的小团火吸起来。吸得有劲，那团小火全倾在烟窝里。他吐出一股白烟，嘴里"希——啊——"一声，由衷地享受，说："老大，这烟是好啊！"说着他又紧忙把散在空中的白烟吸到嘴里，府松看着成锁吃烟的贪样，笑了。

"我说不一样吧！叔，香吧！"府松得意地说。

"不一样！是不一样！"成锁回答时眼瞟向府松的烟袋子。

府松早就看透了成锁的心思，说："叔，来来来，把您的烟袋子给我，我给您倒一些。"

"算啦！老大，抽一袋就行啦！尝点稀罕行啦！"

"叔，叫您拿过来就拿过来，不要磨蹭啦！叔不是婆婆妈妈的人啊！"半推半就中成锁把烟袋子给了府松。

府松非常大方，把自己烟袋子里的黄澄澄的烟丝抖进成锁的烟袋子里。府松说："叔！您给浮山程叔说，蛋儿是很好的小伙子，心眼很好，我们李家也是平阳府有名望的大家，不穷；他女儿嫁过来也受不了屈；蛋儿娶了媳妇心就收住了，兴许变好了呢！叔，您试着说说，我们家的光景再怎么说也比逃难到这里的他家强多啦！谋事在人，成事在天。叔！成不成都给叔吃烟喝酒！呵呵呵！"

成锁被老大的话说动了，心想这小子说得对，李家是大家，瘦死的骆驼也比马大呢，浮山程再咋说也是一个逃难到这里的外路穷家人，这门婚事若成了，他们家也算攀高枝。于是他下意识地摆了一下烟袋子，心里想试试看吧！说成了也算是修德。但还是感到难，遂嘴里说道："去去去……去……"他的本意想说"去……试试！"但还是没有勇气和自信，就把原先想的"试试"成了"把驴牵走！"

可是，府松却按自己的意愿想，还没等成锁把话说完就说："叔，您答应去说啦？"

成锁再没有言语，欲张嘴纠正，却没说，低下头，光是摇了摇头，又向府松摆了摆手。府松也没有再说什么。他明白了，成锁先摇头是无可奈何之意，算是答应了试着说说看；摆手让他去牵驴，再不要在这里磨蹭啦。

那天，府松牵着大黑驴"踢哒……踢哒……踢哒……"往回走。

太阳升得老高老高，暖暖地照下来，他浑身都感到特别地顺畅。不知怎的，他自信得很，想这事肯定能成！很想唱几句，抒发一下内心的欢快。这时驴突然停住了。他回头，见驴尾巴往两边扫了扫，仰起它那出奇长的头，张开嘴，居然"哇呜——哇呜——"地嘶叫起来。看黑驴叫的样子，他笑了，心想："真是大笨驴，不是直直叫出的，前一半是吼叫，后一半是吸出的声音，那吸出时的难受劲！"但他又想："这畜生通人性啊！知道我今天高兴，它也欢叫！"

他傻看着笨驴叫,顷刻后紧拽了一下缰绳,喝道:"行啦,不叫啦!驾——!"驴真的不叫啦,随他往前走。

到磨面房后老婆已经把麦子摆好了,府松把驴套好,老婆随便问了句:"这么大半天,又和成锁拉呱上了?"

"没有,我……我等这驴吃完槽呀!"他本想告诉老婆给蛋儿说媳妇的经过,可是"我"了半天没有"我"出来。心想:刚提说,要不成说这干啥,多嘴!就改成了"等驴吃完槽"。晚上吃饭时,老太奶、蛋儿都在,他仍憋住了。

今天就不一样了。我必须告诉他。让他知道当哥的苦心、真心。要说他到现在还没有媳妇,怪不得哥呀!是自己不争气,没有改掉瞎毛病的志气。不能像我呀!我这吃洋烟的坏毛病,是咱爹娘、爷奶疼出来的。小时看他们抽,学着抽,当我和他们一块儿抽时,还夸我是个"小人精,这么小抽得人模人样!"没办法,从小惯下的,其实当哥的真想断,断不了呀!想到这里叹了口长长的气。蛋儿呀!你和我不一样!"赌"是长大后跟村里那些闲汉学的,管住腿和手就行啦,身上不难受。不像我,要命呀!

想到这里,他抬头看坐在面前的弟弟。都二十八岁啦?!嘴上一圈黑黑的胡子,剪了辫子的短茬子,半长不长像个黑帽子扣在头上,把耳朵盖得严严的;眉毛淡淡,眼睛不大,还瞪得圆圆,挺有神;鼻子鼓棱棱的;前额不算太宽,但下巴饱满。人长得不错呀!好小伙子!心眼儿也不错啊!

他刚想开口,弟弟先说话了,声音不高,但很冲。那不大的眼睛一瞪,淡淡的眉毛往上一扬,说道:"哥!你说……你说……今天怪谁?你说!"

府松把手往下压压,意思是你先不要说这些,听哥给你吐吐苦水,看看哥是什么心肠。

此时,从东垂花门里传来"呵呵呵"轻快的笑声,一听就是老太奶来了。

"哎哟哟!你们兄弟俩说什么话呢?这么亲的!蛋儿怎么闲着在家?没出去?"老太奶看自己重孙子在,松快地问。

兄弟俩忙站起来,府芳没吭声,府松老老实实地回答:"老太奶,我刚想说给蛋儿说媳妇的事呢!""哦?好啊!我也要听听,说的是谁家的女子?"老太奶一下来了兴趣。

"老太奶,快屋里坐,饭已经好了,我们吃饭的时候慢慢地说,还要听您老的主意呢！"府松顺着老太奶的话说。

老太奶高兴得小脚刚迈进院子，就看见裂开的耙架子和四散的耙齿，马上迟疑地问："这是怎么啦？"便站住不走了。

兄弟俩急忙向前，一边一个扶住老太奶，府松在心里暗暗骂他弟。蛋儿却忙说："是重孙子刚才办持①耙架，太用劲了，把耙架拉散了，重孙子一会儿就办持好！"

老太奶略带教训地对府松说："赶快办持好！把地耙两遍，在清明时种上秋庄稼！"府松连连答应着，又转移话题："对对对！老太奶快进屋，我们吃午饭。我要给你说给蛋儿说媳妇的事！"

老太奶马上脸上全是笑，不再关心那些农具了，关心的是自己重孙子媳妇的事，连连说："快快快！进屋进屋，说的谁家的女子？给我说。"

祖孙仨笑呵呵地进了堂屋，坐在方桌前吃中午饭，府松原原本本说了和成锁说浮山程家女子为蛋儿媳妇的事。虽没有结果，饭吃得很欣慰，最后老太奶说道："我看准行，浮山程一个山里逃过来的人，和我们结亲是福气！但不知是哪个女子，不管是哪个女子都行！老大，你吃完饭，放下碗就到成锁家，问个结果。过了一个年啦！该回话了。去时带几个馍馍和年糕儿，还没出二十，都在年内，我们礼数要到，让人家说媒哩！"

---

① 办持：方言，意谓整理，修理。

第三章

正月二十①这一天大早，府松听了老太奶的话，披了一件宽大的棉衣，内穿着一件黑绸夹袄，套着件酱色的绸坎肩；腰里系着黑粗布腰带，别了他那平常用的发蓝的玉石嘴、铜烟锅子烟袋；脚上蹬了一双黑面圆口白色自纳千针底子的新夹鞋，头戴黑绸瓜皮帽；他右手提了一个竹篦编制的篮子，里面装着四个年糕馍、六只卷卷（馅是油炸豆腐丝和绿豆芽）、一小坛东山出的柿子酒，向村东门口走去。

他刚走近村子东门口，一阵春风从村门洞里吹来，还真有些寒意。他很自然地往身上披了大棉袄，往村墙北边拐去，看见成锁家的大门已经开了。

跨进院子，空荡荡的，几只鸡悠闲地散步。他对着北房高声喊道："成锁叔！成锁叔！成锁叔！"一声比一声高，他还有一个心眼儿，想让南房的浮山程听到。

北房的中门"咣当"一声开了，出来了照样披着件棉衣的成锁，他像是刚醒来的样子，眼睛还有些浮肿，生冷冷地说了一句："老大，大清早，这么高的声，我孙子还睡着呢！"府松不自然地赔笑，立即压低声说："成锁叔！呀呀呀！声音是高了，我今天给您拜晚年啦！"

成锁一眼就见府松手里的竹篮子和腰间那个不住晃荡的装烟叶的黑皮烟袋子，脸上即刻布满笑地说："老大，乡邻的，来就来了，还提什么东西呢！"

"过年哩！还能空着手？人不是活得太寡气啦？"府松热情地回应。

"老大，进屋里坐！"成锁说道。

---

① 正月二十：在山西晋南，过年从正月初一过到正月二十这一天才算结束。正月二十这一天，家家户户吃春卷，叫吃"卷卷"，吃了"卷卷"，卷起神子（祖先的画像），过年结束。

"我不进去啦，就坐院子里，别把您孙子吵着！"

"你看你老大，拜年哪有不进屋的理儿！"说着接过府松手中的篮子，拉着往屋里让。

他们在堂厅坐定后，成锁低声对里屋说："家里的，府松给我们拜年来啦！出来冲茶。"

不一会儿，成锁老伴的右手提着白瓷茶壶，左手端了两个茶碗，笑呵呵地出来，为他们倒了茶水，说了句："我陪孩子再睡会儿，你们说话小点声。"说罢进里屋去了。

府松看着茶碗中的雾气，满身的不自在，有意压低声音说："叔，咱俩到外边台阶说话，别真把孩子吵醒了！"府松站起身要往外走。

"就坐这里！就坐这里！"成锁有些尴尬地谦让道。"不，婶子说得对，别把孩子吵醒了。"说着，府松自己先出去蹲在了台阶上。

成锁端着两碗茶水跟着出来，蹲在府松身边。

府松要过成锁的烟袋锅子，插在自己的黑皮烟叶袋子里，装了一锅子，又为自己装了一锅子，然后取出洋火，先为成锁点着，又为自己点，结果把自己手指烧了一下。他"喔喔喔……"夸张地吹了几下，把被烧的食指和拇指含在嘴里。

成锁笑了，他们俩静静地吐出两股白白的烟雾，府松看到成锁那双似笑非笑诡诡秘秘的眼直瞧着自己。他有些发窘，笑着问："叔！您这是怎么啦？"

成锁忍不住一笑，反而发问："老大！你说怎么啦？我问你！你来真给叔拜年啦？！我心里明得像镜子！"成锁那诡秘的眼神还没落下，但已把话挑明。

此时的府松也好说啦，旋即凑近，兴奋地悄声说："您老就明说吧！浮山程怎么说？"

成锁轻轻地吐了口烟，在白色的烟雾中微笑自得地说："老大，反正你说请我喝酒！我看这酒我是喝定了！呵呵！"

"成啦？！"府松几乎激动且急切地嚷出来。他站起来看着南屋，对着大门美美地吐了口烟，像是负重多年的担子就要卸下了，弟弟的婚事终于有了着落！

"老大！你先不要急呀！还有条件呢！"成锁把烟袋锅子在自己鞋底上紧磕

了几下,一小团还冒着细微青烟的黑疙瘩从烟锅子里滚出,他用脚碾了一下。老大很有眼色,立马把成锁的空烟袋锅子插进自己的黑色皮烟袋子里捏弄着,坚定地说:"叔,不管是什么条件都答应,只要不是上天摘星星搬月亮,什么都答应!"

成锁为府松的这句话而感动。老大双手把烟袋锅子递给成锁,擦着洋火点着烟,成锁旋即吐出浓白的烟,说了一句使老大受惊不小的话。

"老大,你是知道的,浮山程家是六个女子,老大巧灵和老二巧巧都嫁出,老三巧枝和老四巧花已经有了人家,就剩老五巧叶和六女子了。"成锁吸了口烟,斟酌地说:"那天我去浮山程家,提起此事,也只有老五巧叶和六女子在。巧叶听到此事,鼻子翘得老高'哼'了一声去了,别人没吭声,我想这事黄了,谁也没想到坐在炕沿的六女子说了一句:'就是娘娘庙西边李家院落的蛋儿赌鬼?'我点了点头。只听她对她爹娘说了句:'爹、娘,我嫁给他吧!'当时我笑了。她爹呵斥说:'不知丢人的东西!出去!'六女子出去了,大家再没说话,就散了。谁想第二天浮山程找我说:'成锁老哥,要是李家老大不嫌,我家六女子嫁给蛋儿。'老大,你说,你说这事怪吧?但条件吓人!"成锁顿了一下,还是下定决心说:"彩礼是重了。要你们家的西边的空院子,里面也只有东房和西房啦。要是行,就订婚!老大,你说这浮山程敢开口吧!那小六女子又瘦又小,我看都没成人呢!今年刚满十五岁呀!老大!我没有吭声,说了句'知道了'。我一句多余的话都没说。"

成锁叔絮絮叨叨半天,府松总算听清了。

府松想:不怕他浮山程要彩礼,就怕说不行。但这彩礼实实也让他心里紧了一下。这浮山程山里人真敢要。看来人越穷心越贪越毒呀!怪不得人不愿意和穷人来往。他暗暗骂浮山程,你是嫁女子还是卖牲口呢?他的脑子快速地打转转,也不知转了几千几万圈,最后停在自己弟弟两个不可弥补的缺点上:年龄与赌鬼。一面院子和这两个缺点掂量一下,觉得自己还是沾了光。再过几年怕就不是一面院子了!又想到自己是周边有名的驿寨村"李家老大",谁不认识我?光棍[①]!驿寨村的村长!说一不二的人!一个唾沫一个坑的汉子!我刚说过不管什么条件都答应,只要不是上天摘星星搬月亮,怎么听到"一座院子"

[①] 光棍:山西晋南,称一个地方有霸性的人为"光棍"。

就成为一个怂包?！为了弟弟这一根血脉，答应！想到这里，他轻松地笑了，并没正面回答，笑呵呵地说："叔！我老大什么时候放过空炮！给您拜年的篮子里就有一坛子柿子酒，虽不是名酒，可有年代了，我没有舍得喝，敬您老啦！"接着坚定恳切地告诉成锁说："叔！您告诉浮山程，李家答应了！那面院子归他了，小六女子是我们李家的老二媳妇啦，他说日子，我们订婚！"

老大的声音很洪亮、真切、有底气，显得格外阔气，是李家老大的性格！

成锁笑着把他瘪了的烟袋子递给了老大，老大连眼睛都没眨，直接把自己的黑皮烟叶袋子递给了成锁，只是鄙夷地浅浅笑了笑，起身拍了拍自己屁股上的土，撂了一句："叔！我老大办事可是丁是丁卯是卯，明天给您一个新的烟袋子，要一个消息！"

说着昂着头，一摆一摆地踏出了成锁家的大门。

第四章

谁也没想到,府松和成锁的一举一动被住在南厦里东间的浮山程家的老五和小六女子看得一清二楚。

府松一大早进成锁家院子那声高喊,本意是想让浮山程听到,也确实让住在南厦东房间的浮山程家的老五巧叶听到了。

她好奇地透过窗户纸缝隙往外瞧,见是李家老大提着竹篮子,早早进了成锁家北厦大门。不一会儿,见他们俩又出来,蹲在台阶上叽叽咕咕拉呱起来。

她依稀听到什么"彩礼……成啦",似乎和小妹有关。她急忙把正在睡梦中的小六女子喊醒:"女子!女子!女子!醒醒!"

小六女子迷迷糊糊起来,听五姐说北屋台阶上李家老大和成锁说的话与自己的婚姻有关,她立马清醒过来,姐妹俩凑在窗户纸缝向外全神贯注地看着外边的一举一动。

李家老大最后那句要订婚的话清清楚楚地从窗户纸缝隙里钻进,又钻进了小六女子的耳朵。

小六女子心里怦怦直跳,似乎跳得都能把自己带起来。她确实不知是高兴,还是一种哀痛。"这不是我的盼头吗?但就这么简单要成李家老二媳妇啦?!院子、小六女子!小六女子、院子!父亲一答应,我就离开这里,离开五姐、四姐、爹娘、这里的纺线车——这里的针针线线,我将变成成家的一座院子!"两行清泪不由自主流下,此时老五亲切地甚至还带了一丝哭腔朝着小六女子叫了一声:"女子!"

小六女子含泪转过脸,老五说:"你哭啦!"

这一问,小六女子心里像决堤的河坝,眼泪扑簌簌往下掉,一下扑进老五巧叶怀里,一抽一抽唏嘘起来,巧叶怕惊动爹娘,拿过被子把小六女子捂在炕的一角。

老五隔着被子对抽动着的小六女子说:"女子!女子!别哭!别哭!现在不是哭的时候,是自己拿主意的时候。你不像我,我是一开始就不愿意嫁李家老二,你是自愿嫁给他的。"

被子里女子动了动,只听隔着被子发出嗡嗡声:"五姐,我舍不得五姐姐呀!舍不得离开这里,想到回不来了……呜呜……"又是一阵抽泣。

"女子傻哭啥哩,这里有啥离不开的,又不能住一辈子,女人总有这一天。妹子,姐给你说过多少遍:女人真正的家是在嫁给的男子那里。有了男人就等于有家了。那里才是女人真正的家。现在不是傻哭的时候,要想想如何建立自己的家!至于李家老二,虽然赌博,但我看他心地并不懒,他是没人管,管住了说不定还是个好人呢!"

小六女子真的不哭了,老五的话一下子使她潜在的那股倔强的性子起来了。小六女子在被子里揩了一把眼泪,开始想李家那个赌鬼老二,想这个男人心地不赖,渐渐自信起来。

那是前年收麦季的一天晌午,天空晴得出奇,透蓝透蓝的,一丝云一丝风都没有,太阳像个火球悬在空中,将大地烘烤得冒烟。

小六女子与几个小伙伴一起,正在村东门外卸盔堆旁一块地里拾麦穗。她把捆好的背篓往起提了提,心想:这一背篓的麦穗是足足可打十几斤的麦子。今天背回家,娘肯定给我做一碗炒葱段拌干面。她的嘴唇不由得蠕动了一下,用舌头在自己干裂的唇边香香地舔了一圈。

正在津津有味地遐想着,突然天空响起了几声轰隆隆的闷雷。小六女子抬头见东山卧虎山顶一大团乌云翻滚着汹涌而上,太阳和蔚蓝的天空刹那间被这团带雷的乌云捂了个严实;一阵狂风刮来,地里枯黄的麦叶、麦秸秆子、荒草夹带着黄色的浮土打着旋儿,打在小六女子和她的伙伴的脸上,浓浓的雨腥味也随风直扑大地,即刻天昏地暗。小姑娘们慌乱起来,相互吆呼着,急忙捆绑起麦穗,背起来往村里跑。

一道刺眼的闪电从乌云缝隙里划出,猛地天地一闪,随之"咔嚓"一个炸雷在几位小姑娘头顶炸开。天像是被炸开一个大洞,一股股铜钱大的雨点子从洞里噼里啪啦地砸向正在忙碌收麦的人们,他们顷刻间成了落汤鸡;雨柱砸在干燥的田野、地埂、土路上，顷刻又掀起了一片黄尘土；雨柱落地又变成一道道争先恐后的流水，填平了低洼处，形成一个个小水坑；雨柱落在拾麦小姑娘的头上脸上，雨水顺着小姑娘的脸颊、鼻翼、眼窝直往下流，迷住她们的眼睛。

背着背篓的小六女子一脚踏进一个小水坑，平平地趴在水洼里。后面的小姑娘一个跟一个趴上去，立即掀起一片"哇哇哇……"的哭声。

恰巧跑来李家老二——府芳，他拉着侄子寿子的手见状真想笑，但立马从心底升起帮一下的念头。他拉起压在最上面的姑娘，又拉起其他姑娘。当他要拉起垫底的姑娘时，看见满满一背篓麦穗压在她身上，她的整个身子都被水淹了。于是，他二话没说，把背篓往自己赤光的背上一扛，再把小姑娘的手往自己裤带上一塞，喊了声："抓紧！"然后要其他姑娘一个拉一个的衣服，不准放手，背着拾的麦穗往村东门洞里跑去。

当他们到了村东门洞，个个都像刚从河里捞出一样。里面避雨的村民都笑了，有人嚷道："是蛋儿呀！你真是护了一群小母鸡。给你挑一个媳妇！哈哈哈……"

府芳也笑了，把背上的背篓往地上一放，就是一摊水，他对小六女子不自在地温柔一笑说道："这是你的背篓吧？你没事吧？"忽然又叫道："哎呀！我侄子寿子还在那里呢！"说着不顾一切又冲进如注的大雨中。这温柔关切的一笑，自信勇敢的一冲，深刻地留在小六女子的心里。

今天老五所说的女人家的道理，一直在她心里翻滚。她想：我嫁给李家老二，要管住他，让他和我一块儿好好过日子，我想光景一定能过好，他赌博的坏毛病能改掉，我相信他是一个好人！但是，他能听我的话吗？

李家老二那温柔自信的眼神又一次在她眼前闪烁！她猛地揭开被子，盘腿坐起来，愣愣直直地盯着老五，一句话也没说。

隔了一小会儿，老五巧叶关切地问小六女子："女子，你想说什么，给姐说！"

小六女子深情地唤了一声："姐——！你说的话太有理了，我想……我想……我想不知合适不合适！"小六女子支吾着说。

"你说，姐帮你拿主意！"巧叶坚定地说。

"我想……我想在我嫁过去前让他们兄弟俩把家分了。"

又隔了一小会儿。巧叶没有立即回答小六女子的话，目不转睛地看着小六女子，脑子在转动着。她确实没想到小妹能想出这样绝情的条件。天下哪个没嫁的媳妇会提这样的条件，这女子真敢想呀！巧叶心里一紧，然后慢慢地论理："女子，这个要求看起来是过分了些，但也不失为一个要过光景的想法，他伯伯子①抽洋烟，你过去再干，也招不住他抽呀！府芳只要管住就可以不赌。我来回想一下，我们现在要了李家一座院子，再提这个条件确实多了，不过为小妹自己的光景也可以提！可以提！他们家的老二急着哩！"

"姐！我这几天都在想哩！不是今天才想出来的。你说的女人只有嫁出去才算有了家是对的，我不能过去再伺候他伯伯子和侄子，分开家过好过坏都是自己的事。过好是自己本事，过不好不要怪别人！姐你说对吗？"小六女子说。

巧叶觉得小六女子说得有道理，一把抱住她，说："女子，你去找成锁叔说去——分家，分了家再嫁给他！"

小六女子眼前又现浮出李府芳的温柔、自信的神情，她捋捋前额的头发，说："姐！我现在就去找成锁叔，说我的条件，否则，不嫁给他，嫁到别村去！"她一笑，往炕下溜。

巧叶从窗户纸缝隙里见小六女子信心十足地推开成锁的北屋中门。

小六女子进了成锁家，提出先分家再成亲的要求后，引起了阵阵风波。

府松家吃过晚饭，还没有拾掇炕桌上的碗盘，媳妇已经把油灯点着，送走老太奶，撵孩子们到西屋里间睡觉去了。

弟弟府芳放下碗搬了凳子坐在炉窝里，手拿根铁火扶②在砖缝上刺啦……刺啦……划着，不吭声，也不走。

哥哥府松剜了弟弟一眼，接着刚才饭桌上的话，烦躁地说："我说，蛋儿！你再不要刺啦刺啦划火扶啦！这小女子提这条件太不近人情！我看这门亲事算啦！就这么个小女子娃，要了咱们家一座院子，又提出让我们分家，再成亲！这太那个啦……！"哥哥气愤得都没说出后面的词，但话意出来了——算啦。

顿了一小会儿，听到的还是火扶划地砖的声音——"刺啦……刺啦……"

弟弟府芳可不那么想。算啦？说得轻巧！我都快三十啦！让我打一辈子光

---

① 伯伯子：晋南方言，通称男方的哥哥为"伯伯子"。
② 铁火扶：方言，意谓通火条。

棍呀？好容易碰上愿意嫁我的女子，不就是提了个先分家再成婚嘛！分就分，这不是迟早的事！这哪里算条件？想到这里。他动了几次嘴，想说，分就分，过了门，还不得搅在一个锅里吃饭？他一个小女子能干什么？但是他怯哥哥，哥哥那脾气他太清楚了，爹娘死得早，他就是在哥哥的打骂中长大的。他没有勇气说出，这几年不是哥哥照顾着，他都不知被逼赌债的打了多少遍了，哥哥可是这周边出了名的光棍呀！他把要说的话憋了回去。

正在此时，府松媳妇进来了，瞥了兄弟俩一眼，手里提着茶壶，给府松倒了一碗茶，放在炕桌上，转身又给府芳倒了一碗，放在风箱的砖板上，对着府芳说："蛋儿，先喝口水。"

又扭过去，对着自己气呼呼的男人说："依我看，分就分，一个十五岁的女子能过什么日子？过了门，她不得依我们搅在一个锅里？"

"出去！我们兄弟俩来说事，你少插嘴，记不住啊？去！出去！"府松厉声嚷道。府松媳妇立即红了脸。府松生气地把烟袋锅子在炕上一磕，一锅子黑烟灰带着星星烟火散在地上，府松媳妇赶紧用脚一跐，把手里的茶壶"嘭"一放，撂了一句话"要喝自己倒"，剜了府松一眼出去了。

可能是得到了嫂子的支持，府芳停止了手上的动作，抬起头，木木讷讷吞吞吐吐说了一句："哥，要不……要不……分就分了吧！先依了她，过了门再说。"

"怎么？……你再说一遍……没出息的东西！"气得府松两手都在颤抖，把手中的烟袋锅子直接砸向坐在炉窝的弟弟，烟袋锅子"啪啦"一声，从锅盖上跳到风箱的手把上晃荡起来。

浮山程家里从来没有今天下午这样的气氛。

小六女子盘腿靠坐在炕上的被子上，似喜非喜。母亲拉着脸，吊着双腿坐在炕沿，浮山程的脸生冷得都能结出冰来，坐在炉窝里的凳子上半天没有说话。

小六女子提出的"先分家再成亲"的条件，成锁是先告诉府松，再告诉浮山程的。

当他听到小六女子独自向媒人提这样的条件后，脑子里"轰"一声，差点倒下去。他强挺着身子对成锁说了句："老叔！她说了不算。我晚上给你回答，订婚的日子不变！"话说得照样是那样定真。

他想小六女子真是翻了天啦！能提这样的要求，要是李家同意也就罢了，要是不同意，婚事就难了，他的收麦后过事，秋季拾掇院子，过年前搬进院子的计划全部乱了！越想越气愤！想到近一年来，这女子变得越来越倔强，没有了原来那种服帖和顺从；双眼里老透出一副不服气和逆反，但是还没有明显悖逆大人意愿的言行。这次不一样了，她居然独自跟媒人提出自己的条件。

　　细想小六女子提的条件也对。分开过自己的日子，不能过门就去伺候他们伯嫂和三个光猴吧？这真亏了我女子啦！怎么自己没有想到这层呢？只是想那院子啦！但是晚啦，已经答应人家了。"我府松在村里人面前说过空话吗？！传出去如何做人！"想到这里他马上憋足劲，红着脸厉声喝道："不行！你说的那条件不算数，死了那份心，订婚的日子已经说好！"

　　小六女子在炕上靠着被子，盘腿的姿势没有变化，而是缓缓地似乎是咬着牙从牙根子挤出话："我已经跟媒人说得很清楚，我嫁的是李家老二，他们兄弟俩不分家我就是不嫁！爹！你要试就试试吧！不分家硬让我嫁，那天你就给你女子收尸，反正你女儿已经是死过一次的，还怕这一次吗？"说到这里小六女子号啕大哭起来，母亲一下抱住女儿，母女俩哭成一团！浮山程气愤地真想跳上炕扇她几个耳光，但他没动，只是陷入深深的沉思。

第五章

浮山程其实叫程大有，是光绪二十年时随着他老父亲，带着妻子和四个女儿逃出浮山山沟，落脚到驿寨村的。

光绪十六、十七、十八年平阳府地盘三年没有一滴雨滴落地皮，连续三年干旱，颗粒未收。靠天吃饭的人们开始吃野菜、草根、树皮，后吃炭渣子，再后来就是人吃人。听老人们讲，人吃起人来眼睛都是红的，惨啊！饿得呀！

光绪十八年老母亲饿死了，光绪十九年两个叔叔饿死了，还有叔叔们的儿子。光绪二十年开年下了几场雨，他的老父亲看到了希望，狠心卖掉了山里几间破石板房和几亩山坡地，领着他们一家讨饭到驿寨村地界，看中了驿寨村那长势旺盛的麦子和黑油油一马平川的土地。山里人，太看重这"一马平川"啦！他抚摸了一把身旁长势疯狂的麦穗，麦芒扎得他浑身痒痒。

"大有啊！这地方不错！你看这麦子，这黑土地，就住这个村吧？我也走不动了！"程老爷子满脸是尘土，仿佛是在哀求儿子程大有。

大有看看疲惫不堪的老父亲，再看腆着大肚子的妻子，以及四个女儿，无力地点点头，应了声："行！进村吧！"

他们跨过高深的大东门洞子，碰到了从村墙北边走过来的贾成锁。搭上话后，成锁看大有父子老实巴交的，又看见一大家子老的老、小的小，还有个大肚子女子，怜悯心顿起。他恰巧想雇麦客，他们家南厦房也闲着，就留住了这一大家子。

后来大有父子租种了成锁家的三亩地，大有媳妇麦收后又添了五女子——巧叶；大些的女子在村里做起了针线活、洗衣服什么的，大有一家就在驿寨村过起了日子。

一年后的秋天，大有媳妇又有了身孕。他看着有些显了肚子的媳妇，看着眼前晃着的五个女子的身影，不由得担心，担心再生一个女子。

论起捏弄庄稼，他是把好手。他才来村不到两年，就因为捏弄庄稼是老把式，村里人都尊敬地叫他"浮山程"。

但他不敢与他人闲谈说笑，因为他太怕别人说到"绝户头"，即便别人是无意提到，他心里也堵得慌，觉得是在说自己。

地里、家里，家里、地里，是他生活的径道。哎！谁让咱没顶门立户的儿子呢?！抬不起头呀！

这次媳妇怀上后，他怎么想都觉得应该生个带壶嘴的了。

他到村西边党神婆家不知去了多少次。党神婆肯定地说是男娃。初一、十五他都到娘娘庙烧香，求娘娘送他一个儿子。

今天是腊月十五，他起得很早。见老爷子收拾拾粪的背篓，本想劝说爹不要去了。可想老爷子有拾粪的习惯，就随他去吧！

"怎么？你起这么早？"老爷子先问了一声。

"哦？爹！我去娘娘庙，想上头炷香，今天是腊月十五！"大有虔诚地说。

"去吧！里屋架板上还有一匣点心，那是春季邓村家（二女儿婆家）送来的，你再去西边党家去一下，把你媳妇领上，让党家好好算算！"

"知道啦！"

大有太知道老爷子的心思了，快七十岁的人啦！实际比他心里更急着想见孙子！

他进了屋子，出来时领上了媳妇，手里提着那匣点心。媳妇肚子挺得很高，算算生产的日子应是腊月二十五前后。

她腆着大肚，右手扶着后腰，一条蓝色的粗布毛巾把头包了个紧，露着两只有些浮肿的眼睛，脸上有一块块黑斑，走起路来像只鹅。

"今天我们到哪儿？"媳妇没有好气地问。

"我们先去娘娘庙烧香，再去党婶子那里去算算！"大有回应着。

到了娘娘庙，女住持热情地出大殿迎接，手里还拿把扫帚和灰黑色的抹布，笑着说："是浮山程和媳妇呀！你媳妇快生了吧？看这样子，就这几天吧？要烧香呀！来来来！我刚打扫好！"她停顿了一下，热情地说："你今天烧的可是第一炷香。知道今天是什么日子吗？"

"不是腊月十五吗？"浮山程不假思索地冷冷地回了一句。

"你只说对一半，今天还是娘娘神一年来的最后一天。明天娘娘神也过年，歇着啦！你想娘娘神能让她一年的最后第一炷香失灵吗？"说到这里，女住持脸都喜得成了一朵花。此时，后面又一位男人领着一位腆着肚子的女人进了庙门。

浮山程和他媳妇心里不由有一股欣喜升起！

"浮山程，我不是夸，去年孙村南边的一媳妇生了七个女子啦，烧了这炷香，开春生了一个带把的。你看看，这就是他们送的布幡和匾。听说，这家还要给娘娘上彩礼！"女住持说着笑颜顿开，连刚进门的香客也按捺不住笑起来。

浮山程和媳妇当然欣喜难捺，接过女住持手中早已点燃的粗壮的香炷，带着生男娃的自信把香插进了香炉，接着不住地磕头。

浮山程和媳妇大清早在娘娘庙烧罢这一炷香，灌了一耳朵的吉祥话儿，满怀喜气地走进西边党神婆家的院子。

寒冬腊月的阳光是橘色的，是暖暖的，浮山程和媳妇都感觉到了全身有从上天传来的温暖。

"党婶子！党婶子！"浮山程的嗓门有股子暖气。

"谁——呀——？"从屋里传出尖细的应声。

里屋的党婶子已经在炕上用嘴哈了一下窗上的玻璃霜花，再用手擦擦，眼睛对了上去。"哎呀！浮山程啊！快快进屋来，站在院子里冷哇哇的！"党婶子说着溜下炕，推开中门，让浮山程和他媳妇进来。

因今天早上在娘娘庙得了吉祥话儿，浮山程活泛多了，一改平日的木讷，喜笑着说："党婶子，今天又来麻烦您了！"随后把点心放在风箱上的砖板上又说："婶子，没什么，您拿着吧！"

"呀呀！你这大侄儿见外了，看看看！媳妇快了吧？一切还好吧？"党婶子瞟了一眼砖板上的点心，更热情了，说："快炕上坐，我给你们倒热水去。"

浮山程上前央求说："婶子，您别忙活了。我带媳妇来，就想求您请神给看看，求生一个男娃！"

"大侄子，这就对啦！不求神求谁呀！今天是腊月十五，正好是神出关的日子，你们来对了！"她格外地上劲，挪动着身子，将浮山程拉到身边，凑近浮山程耳旁神秘兮兮地说："你知道吧？我敬的是王母身边的上天真人神，知天知地，知古知今知未来，求什么有什么。我是整个平阳府真人神的替身。在平阳只有我可以请动他老人家，你今天来对啦！"一连串的吹嘘，看上去是悄悄给浮山程说，实际上浮山程媳妇听得清清楚楚。

党婶子把浮山程和浮山程媳妇领到客堂，安顿好，自己收起客堂背墙正中央的深蓝色的布帘子，后面立刻显露出一窑：里面黑乎乎的；但有一尊木人很显眼，彩色、白发白须、手拿一支马尾刷子，身着土黄色八卦象的长袍，神态轩昂莫测；木人的背墙上贴有鲜黄的纸，上面竖写着一些小字，浮山程一个也不认识；木人前放置一个小香炉，确实让人有一种敬畏之感。

浮山程和媳妇依党婶子的叮嘱规规矩矩地站在旁边。

党婶子已经进里间换了装束，上衣披了件绿不绿黑不黑的粗布斗篷，头戴了一顶说是僧又像是道冠的黑色帽子，下身套了一件纯黑的绸裙子；她点燃窑龛中的两支红色的蜡烛；端出两个空盘子，将浮山程拿的匣里的点心放入其中，拜了两下，放在木人面前；又点着两炷香，插入香炉之中，香的烟雾即刻缭绕在客堂；顷刻党婶子直直地跪在彩色木人前，闭着双眼，两片发紫的薄薄的嘴唇上下不停地拍打起来，发出吟吟自语。有半炷香的时辰，党婶子夸张地周身上下抖动了一下，仿佛打了一个寒战。

"我——来——了——！"突然有一个男人粗壮的声音，拉着很长的声调在客堂里回荡，还是京腔。浮山程站在那里真正打了一个激灵，他定了一下神，发现这声音是从党婶子嘴里发出的。他发起抖来，斜眼瞟了一下媳妇，她也在发抖，便轻轻移步扶住了媳妇。

"不要怕！你们过来，求什么给我说吧！"这男人的声音里透着一种神秘。旋即，党婶子转过脸，慢慢地站起，改了原来可亲的面孔，变得神经兮兮的，使人不知所措。浮山程和媳妇"扑通"跪了下来，定了一下神，浮山程放开胆，头不停地叩地乞求起来："天神呀！我们是驿寨村的村民，我已经三十八岁的人啦！连生了五个女子，天神！求您送给我们家一个顶门立户的男娃吧！"

"求您啦！求您啦！"浮山程媳妇似乎才醒悟过来，立即头"嘭嘭"叩着地求告起来。

"我知道啦！你们站起来往前走一步。"男人声音告诉他们。他们敬畏虔诚地照着做。党婶子将双手先在浮山程脸上、胸部、腿上摸了一遍,然后又在浮山程媳妇挺着的肚子上不停地画起圈圈……然后说:"回去吧!在你们住的南房离东山墙三步处挖一坑,埋一块大方石头,烧两炷香,在石头上栽一根木柱顶住东山墙,保证送你们一个男娃。起来——回去吧!这是天机——"后面声音拉得更长,颤抖得更厉害。

说完这些话,党婶子又回到了彩色木人前,直直跪在那里一会儿,恢复了婶子面相。接着双手从面前伸展开来,深深打了一个大大的哈欠,"哈——!"一声。

党婶子揉揉眼睛像是醒了,站起来,对着毕恭毕敬的浮山程和浮山程媳妇茫然不知地问:"见到神没有?"

浮山程一五一十地告诉她刚才发生的一切。

党婶子一脸的惊讶和喜悦,说道:"浮山程,向你道喜啦!回去吧,照着神教的法子去做!"他又看了浮山程媳妇一眼,端详着那挺着的肚子说:"看你媳妇怀的样子,再加有神的保佑,浮山程,保你得个男娃!"

浮山程领着媳妇走出神婆党婶子的家,踩着轻快的步伐往前走,没有了原先的拘谨、胆怯。

"哥!你回来啦?我领媳妇去西头啦!"

"叔!您转哪?我领媳妇去西头啦!"

…………

其实,他是想说:"我老婆肚子里怀的是一个男娃!"

"我说娃他娘!"浮山程突然对媳妇说道。"娃他娘"声调高出一节子,他媳妇吓了一跳,扭过头看憨憨的浮山程。

"我说娃他娘!今儿个回去给咱擀碗干面吃吧?"浮山程媳妇这才醒过神来,明白自己男人叫的"娃他妈"的"他"是指肚子里的儿子,不由自主地把手轻轻放在肚子上,高兴地说:"行!看你那憨样!"

"娃他娘!包顿煮饺!献献祖先!把这好信也告诉祖先!还要先告诉咱爹!你没看今天咱爹那样!把春天的点心都放到今天啦!"浮山程笑嘻嘻地说着,把手伸到媳妇肚子这边来。

浮山程媳妇深深地回答了声"行——!"随即把浮山程的手打向一边,笑了。

她心里也高兴了一个上午。今天听到的全是如心愿的话儿。可是心里却产生了一种底气不足的惶恐。连生了五个丫头，谁保这次就能生出来一个男娃子？不过从怀上这娃后，感觉是不一样！下坠得很，爱吃酸，开始吐了！或许党神婆婶子说得对。

她又想起刚才在党婶子家的情景，不由瘆了一下，那神答应让我生男娃哩。于是，她也来了精神，旋即底气十足地对着浮山程说："行——！我们包煮饺。你也把这信给咱爹说说，让他老人家也高兴高兴！全家提前过年！包煮饺吃！不过没肉，只有萝卜粉条。"浮山程媳妇多少有些心亏地说。

"没肉也行。"浮山程高兴地说。

下午，他就在住屋东山墙边挖坑，埋石，栽木柱。

都腊月二十五了，浮山程媳妇的肚子没有一点儿动静。

老人们说："浮山程！男娃迟落地！"他信以为真，内心喜悦关不住地往外奔，放个屁都要抬一下腿，"咚"一声，然后加句："男人放屁震四方！哈哈哈！"

借了两吊钱，置了丰盛的年货，特意为他没出世的儿子买了老虎帽子和老虎头鞋，割了十斤羊肉，多买了两鞭爆竹，窗花全部是娃娃抱鱼、娃娃灯笼，门上的对子专门请人编写：五谷丰登迎新春，吉来猴跳送子年。

浮山程已经给家里说好，大年初一要吃红萝卜羊肉煮饺，红加羊是吉祥加吉祥啊！

"巧枝、巧花，帮你娘剁羊肉馅，再擦些红萝卜丝，剁碎，初一吃红萝卜羊肉煮饺！吉祥！"浮山程在院子里响亮地对着屋里的女子们喊。

浮山程媳妇的肚子还是没有一点动静，但他的自信心却更强了。

大年初一，浮山程起得很早，天还黑着，他就是睡不着，兴奋！兴奋得很啊！

他一人在院子里，转了一圈，寂静得很，他抬头，看着满天的星星一闪一闪，悄悄没有一点声音，偶尔有惊觉的什么鸟尖叫一声划过。

他心里嘟囔起村里人，大年初一，怎么能在炕上躺着呢?！他抬头又念了一遍红色的对子：五谷丰登迎新春，吉来猴跳送子年。

他背着手，嘴里说了句："这读过书的人，就是会往人心里写！'鸡年'写成'吉来'！送子年！"推门又进了堂屋。

他真不知干什么，可能天还是早。

摸出堂屋桌子上的香，点着，看着火红的星点点，他在黑暗的虚空中大大地画了个圈圈。开始火红的星点点产生的红光线连接不成圈圈，他心里有些躁，加快了画圈的速度，……终于结在了一起，满意地将香插进祖先牌位前的香炉，磕了头。在桌子旁袋里抽出一串鞭炮，见短了一节，又抽出一串，是五百头的，满意了，点燃一根香，笑着迈出了房门。

天还是那样漆黑，空中的星星还是不停闪烁，周边还是一片寂静。他心里却是明亮的，满意的，激动的。他对着手中香火发出的红光吹了两下，又对准五百头鞭炮捻子一点，只听"喇……喇……噼里啪啦"开始了，响得很，一下子打破了村里的寂静。

成锁从北屋出来，浮山程高兴地大声喊："成锁叔！给您拜年啦！"

"拜年！拜年啦！保证你是咱村第一响，放，放！你浮山程高兴啊！"成锁看着浮山程一只手提着闪光连响的鞭炮，一只手挥动着香火像个大男孩，喜庆地回应道，转身回屋也取炮去了。

浮山程浑身自在，他把手中的鞭炮甩得高高。随即，村子里鞭炮"噼里啪啦"声连成一片，"嘭……咚……""嘭……咚……""喇……"一道亮光，空中"啪"一声炸开，一浪高过一浪，汹涌澎湃。

浮山程扔掉手中剩余的还在闪光炸响的鞭炮。他太自豪啦！全村喜迎新年的炮声是他引领起的呀！年关娘娘庙第一炷香也是他烧的，甜，美，喜，舒坦，畅快，欢乐，喜庆。

我还要放！我还要放！他跳着跑进屋内，又抽出一串鞭炮，点燃，鞭炮噼里啪啦响起来，他觉得自家的炮就是比别人家响！

天开始有些冒亮，村里的炮声没有断过。

鞭炮声唤醒了他的几个女儿，她们跑出来给他拜年。

"爹！给你拜年！"

"爹！给你拜年！"

他显得比往年慈祥、随和、活泛、喜庆！接受着女儿们的拜年祝福，和她们一起放起鞭炮！

院子里满地都是炸开的红色的小爆竹。看着看着，不知怎的，那无数个被炸开的红色小爆竹仿佛就是一张张红润的小男孩的小嘴巴，咧着嘴冲他笑哩！他大声对着女儿们喊："孩子们！下红萝卜煮饺，吃吉祥煮饺喽！"他像个男孩跳跑进屋里。正在放炮的成锁笑了。

他将第一锅煮饺盛出两碗，亲自敬献在祖先桌前。

随后，领着女儿给老爷子磕头拜年。

热酒，摆桌上菜，上煮饺。全家在满是羊肉香味的屋里吃新年的第一顿饭。浮山程和老爹多喝了几盅，趁着酒兴话多得不得了。

女儿们围着娘，要娘生个小弟弟，又祝爹爹早得贵子。

老爷子接受了孙女们、儿子、儿媳妇的吉祥话儿后，笑嘻嘻地端起酒盅，"吱儿——"一声下肚，瓮声瓮气地说了一句："我说，生儿生女可不由人啊——！"像自言自语，也像对儿子和儿媳妇的忠告，放下酒盅出去了。

浮山程觉得老爹的话很不对路，他也放下了筷子，随老爹出去了。他看见老爹又去背背篓，深深叫了声"爹——！"老爹扭过头看了他一眼。"今天您能不去拾粪吗？今天是大年初一呀！"老爷子笑了，固执地背起了背篓，把拾粪小锨往背篓里一放，再没有回应儿子的话，低头"噗哒……噗哒……"出了院门。浮山程站在南厦中门里像个木头，眼睛里滚下一滴圆圆的泪，无奈、愧疚，更是自责，家里还不富裕呀！他长长叹了口气，转身回到屋里，没了任何兴趣！

他再没有回到新年的饭桌边，而是一头拱进炕上的被子里睡起觉来。

"咚——咚——咚咚依咚，锵——锵——锵依锵，咚咚——锵锵——咚咚——锵锵，咚锵——咚锵，咚咚——锵锵……"

突然，一阵阵节奏感很强的喧嚣的锣鼓声响直直灌入拱在被子里的浮山程耳朵里。

他太爱这喧闹热烈的喜庆场面了。十字路口鼓楼下只有过年时才敲锣鼓。那伙年龄相仿的壮年人肯定都在那里热闹呢！我应该加入这热闹，我是被神送了儿子的男人呀！想到这里，他用头把被子顶起，手一扬，翻身跳下炕，就往外跑。

"爹、爹，您去哪里？我也去！"背后传来五女子巧叶稚嫩的央求声。

"爹去十字路口敲锣鼓去，你和姐姐们出门拜年去！"浮山程根本没有安抚孩子的心，应付着答了一句，已经到院子门口。

"爹，慢些！给你棉衣。"巧叶拿过新棉衣，跑着给了浮山程。

浮山程接过棉衣直奔十字路口的鼓楼下。

浮山程敲了一个上午的锣鼓，确实累了。回到家把棉衣往炕上一扔，倒在炕上的被子上，想美美睡一会儿。

媳妇腆着大肚子为他端来一碗热腾腾的羊肉菜汤。他欠起身子闻闻洋溢着吉祥的热气，让这有香味的热气在自己脸上任性地来回蒸腾，热热的、湿湿的、香香的，舒服极了。他美美地喝了一口，又看媳妇这大肚子，感觉大得可怕。他伸手摸着媳妇的肚子说："儿子，你何时见见爹呀?！"

媳妇笑了，把他的手拨开，说："你真憨，该见的时候，他肯定见他爹！你要累就先睡会儿吧！把被子盖上，看你身上的汗，不要凉着！"媳妇关切心疼地说。

浮山程嘻嘻一笑，拉开被子，往身上一盖，甜蜜地闭上了双眼，很快进入梦乡。

恍恍惚惚仿佛是在浮山程老家的深山里，他沉一脚轻一脚地在山路上往上爬；莫名其妙心里有些焦虑，猛然发现在一块巨大石头旁有一小男孩，说是自己的娃；他二话没说紧紧地把男孩抱在怀里，有着说不出的激动，他那颗担心老婆生不出男孩的心一下放下了；他想看这男孩面目像谁，就是看不清；揉了揉眼睛，再看，啊！怀里抱的是一条花蛇！再看，又不是蛇，从怀里飞跳出一条蝎虎子①！随即闪出一道光亮！"哇"大喊一声！他清醒了，原来是一梦。这才发现媳妇挺着肚子，手里带着点燃的蜡烛来叫他吃饭。

此时，天全黑了，已是点灯时分。他摸了一把额上的汗珠，知道是被刚才的梦惊的。梦中的情景在脑子里翻腾，浮山程焦虑不安，胡乱吃了两口，直奔党神婆婶子家。

浮山程详详细细讲述了下午的梦境，求党婶子解梦。

党婶子眯了一会儿眼睛，猛然带笑睁大双眼，惊讶神秘地说："男娃就要降生了。不是今个儿，就是明日。"党婶子从内心感到稀奇，又说："浮山程啊！蝎

---

① 蝎虎子：临汾人称地里跑的一种小型蜥蜴为蝎虎子。

虎子小龙！了不得，小龙要降你家了，保证是男娃，向你道喜了！"

党婶子很觉得罕见，这浮山程山里人，怎能做出这梦来？不是祸就是吉，肯定是大吉，是男是女都是他家的福星！想到这里，就说："浮山的！"党婶子心里都有些激动，连姓都不加，亲切地说："浮山的，今年是鸡年，吉年，你是年里生子，这娃命大得很！你想想！年前宰鸡，年里的鸡命大不大？剩下的鸡命大不大？"党婶子又加重语气问了一句，最后说："回去，把媳妇伺候好！让给你生个命大的胖小子！"

随后浮山程脚生了风地飘回家，推开门看到媳妇，没头没脑地问："娃他妈！没事吧！？"

媳妇张着大嘴诧异地笑说："没事呀！有啥事呢？"

浮山程将自己到党神婆婶子家解梦的经过原原本本告诉了媳妇，媳妇高兴得在他脸颊上亲了一下。浮山程又翻出了他在腊月里为儿子买的老虎帽和老虎鞋，他脸上每一道皱纹里都藏着希望。

浮山程媳妇是在正月初二鸡叫过三遍后开始肚子疼的。浮山程兴奋得浑身的细胞迅速膨胀起来，他飞快地请来了接生婆，一个人蹲在院子里紧张地抽烟袋锅子。

他美美地想：党婶子算得真准呀！要真是小龙，再迟生又有什么关系呢？！谁家的男娃是小龙呀！我程家的是！他也常听老人们说，有大本事的人出生前都要托梦的！程家要翻身了！他不敢往下想！但还是忍不住地幻想将来。

烟袋锅子里的烟是什么时候灭的，他一概不知。

等清醒过来后，他在鞋底上磕烟袋锅子，心里又莫名地升起一丝忐忑不安。他又装了一锅子烟，点燃后美美地吸了一口，吐出一股长长的烟道，摇了摇头，觉得自己真可笑，不由自主地笑了。

老爷子掀起门帘子出来了，看了他一眼，没有表情地背起屋檐下的背篓，抄起小铁锨放入背篓，冷冷地撂了一句："都快四十岁的人啦！要沉住气，就是生个娃嘛！顺应天意，只要是人，我们程家都养！"后面六个字的语气很重。然后背着背篓出了院子门。

鸡又叫了一遍。

屋子里没有什么大的动静——没有听到歇斯底里的喊叫声，只听到接生婆吩咐的话。

生产得很顺利，有一个多时辰，接生婆掀开挂在门上的棉布帘子叫："浮山程！道喜啦！鸡年又得了一个小六子，生得很利索，一切平安啊！"

浮山程直愣愣地站在原地还等接生婆往下说。

接生婆觉得怪怪的，她还等赏钱呢，又加重语气说："浮山程，怎么啦？！过新年，大年初二添了一喜！老天爷给你一个千金！"

浮山程的头"轰"一声，"怎么？不可能！"他闷闷地吼了一声！随即，像一头发疯的野猪，拨开接生婆，接生婆打了一个趔趄，他冲进里屋，因冲劲过猛，把棉布帘子都掀掉了。

他把带着血丝的婴儿的腿扒开，看了一会儿，冲到院里，好一阵子没有声音，又冲进里屋，再扒开孩子的腿看，又冲出来，还是不吭声。

突然，从院里发出像是饿狼撕碎猎物前的那种低沉的吼叫声，使人听起来心生畏惧。

"老天爷——！你不公呀——！""我养不活！不能要！是蝎虎子托生的！不能要！养不活！养——不——活——啊！"

情绪激动的浮山程第三次冲进里屋，硬是从媳妇怀里夺过刚刚出生的女婴，说死也要送人！

媳妇自觉没有生出男孩理亏，只是苦苦地哀求："娃他爸！求求你啦！至少把你给娃买的那双老虎鞋和帽子给娃穿上吧？！"浮山程答应了。

媳妇又拿了一条花褥子裹好孩子，眼里满含泪水，万分不舍地把孩子递给了浮山程。

浮山程转身出了屋门，媳妇突然想起什么！撕心裂肺地哭喊起来："娃他爸！你回来！你回来啊！让小六吃我一口奶！让小六吃我一口奶！让可怜的娃吃我一口奶！"可是回应她的只是从外边冲进来的一股寒风，浮山程早已没了影子。

五个女子和她们的娘在炕上一起哭。

天已麻麻亮，浮山程抱着刚出生的小六在村里转了几圈，不知道送谁家。

正过大年送给谁家呢？谁家又肯收这个小蝎虎子呢？又有谁在过大年时把孩子送人呢？！

对！党婶子不是说她"命大"吗？那就由她去吧！最后浮山程狠心地把他的亲骨肉放在了村墙底下的防护沟里。

他太相信党神婆婶子说的"命大"这句话了。

他放下小六时，把防护沟旁边的草往小褥子上盖了盖。他又扒开虎头帽子看了一眼。小六女子睡得很香，小小红润的嘴儿微微翕动了一下，使他想起他和媳妇有第一个娃巧灵时的情景。小六女子的小嘴太像大女儿巧灵的嘴啦！他心软了，把小六女子赶紧抱起往回走。走了几步，他又想，不行！六个女子我如何养啊！这小六女子是蝎虎子托生，命大！由她去吧！他又返回原地，把孩子放下，盖了些软草，狠了狠心头也不回地匆匆走开了。

像党神婆婶子说的，"这娃命大得很！"

浮山程刚离开防护沟，恰巧小六女子的爷爷拾粪路过，忽然听到有月娃子①啼哭。

"哇啊……哇啊……哇啊……"这是人生最初的啼哭声——很亮、很哀、很瘆人！仿佛一把拾粪的小铁锨直搅他的胸膛！他的心微微作痛，是谁家的"死娃子"②，大年初二就扔掉了?！他拾起已经干瘪的不知什么粪，往背篓里一摔，继续往前走。

"哇啊……哇啊……哇啊……"这月娃子求命的啼哭声很响，很凄惨，仿佛一只幼小的手在撕裂他的心肺！哭声直冲上天，又像就在跟前，对！就在村墙防护沟里！

救人一命胜造七级浮屠，他没有再犹豫，快步朝哭声走去。

拨开荒草，是一个褓褓。他缓缓地掀开盖孩子脸的小褥子一角，一顶虎头小帽子展现在面前！他心里"咯噔"一抖，不由得"啊"了一声！

血缘相通，就这一声"啊"，月娃子的哭声戛然而止了。他战战兢兢地把褥子打开，是个女娃，还穿了一双虎头鞋，老人又发现褥子也是自家的，身上立刻哆嗦起来！

他想到早上出门时，儿媳妇肚子疼要生了。他"哎呀"一声，眼前一片黑，片刻，身子挺了挺，明白了一切！赶紧抱起了这月娃子搂在怀里，狠狠地

---

① 月娃子：方言，意谓没出月的婴儿。
② 死娃子：方言，意谓扔在野地里的私生婴儿。

骂了一句:"心让狼吃啦!"

进了院子,爷爷老泪横流地喊骂道:"造孽啊!造孽啊!天要报应啊!"

浮山程媳妇见公公抱回了小六女子,像疯子似的夺过孩子,紧紧搂在怀里,怕再次让人夺走。她见小六女子的皮肤呈紫色,完全是一个冰疙瘩,慌忙解开衣襟将小六女子的皮肤贴在自己肚皮上,然后裹抱起来,死死地盯着小六女子的脸。只见小六女子的脸由紫色缓缓地变成红色,又由红色变成粉色,变成了白里透粉……突然"哇"一声哭了起来。"活啦!活啦!……"浮山程媳妇大声地叫起来,赶紧把自己奶头往小六女子嘴里塞。小六女子就是不往嘴里噙,只是一个劲儿地哭——委屈、凄惨、悲痛都放肆地随着小身体的抽动倾泻出来,又抓挖着她娘的心窝。

她娘把小六女子抱得更紧了,脸紧紧贴在小六女子小脸上,哭着苦苦哀求:"女子啊!娘求你别哭啦!是娘亏你!娘求你吃口娘的奶,吃一口就可以活下来了!女子!别哭啦!求你吃一口,求你啦!"说着把奶头使劲往小六女子嘴里塞。小六女子像是明白似的,猛地像一头小野兽,两只小手抓住她娘的乳房不放,含住了奶头,拼命地嘬吸起来。

嘬吸使她娘感到有些痛,但娘心里是安慰的,她的心放下了!"咕咚……咕咚……"那轻柔细微中透着痛快的咽奶声,比过年的鞭炮声,比过年唱大戏的声音,不知强哪里去了!这是小女子报平安的声音,是娘一辈子听到的最好听的天乐!"吸吧!吸吧!女子!再用点劲!娘舒服极了!"她眼角的鱼尾纹平展开来,不由得流下两行泪。

第六章

"浮山程！浮山程！！"

窗外的呼喊声一声比一声高，高昂、轻快，带着喜气，使浮山程从沉思中回过神来。

他怔了一下。

"浮山程！没听见喊你呀！浮山程！"

"听到啦！听到啦！"他已听出是北屋成锁的喊声，忽地站起答道："叔，我就出来！"他三步并作两步地跨出了门。

不一会儿工夫，浮山程局促地笑着掀起了自家的门帘子，一只脚才进门槛就扬起几张写满黑字的麻纸说："女子！女子！你看我手里拿的啥！你看！你看！你的想法做到啦！"

"爹！我和我娘又不识字。"小六女子笑着回答，她马上就猜出是李家兄弟俩分家签的字。

"狗狗！巧叶！你们过来，过来！"浮山程又回过头对西房间喊。

"来了！来了！"

伴随着清脆响亮的声音，一个小男孩与后面跟着的笑嘻嘻的巧叶进来了。

"什么事呀！爹！"巧叶随即问。

"你们看这个！李府芳和他家老大分家的字据！"浮山程把手中的带黑字的两张麻纸抖得乱响，对着巧叶又说："你们几个都没有你六妹子的主意定真！"说完，又讨好地看了坐在炕上的小六女子一眼。

当父女的就是这样，有时在败理面前要拐着弯向自己的女儿道歉讨好呀！

坐在炕上的小六女子，听出了父亲话里有话，赶快嗔怪地说："爹，不是爹在村里的为人，这纸也难拿到呢！"

这是一句贴切的话，浮山程无声地受用了。他想：这女子说得真对，没有我的为人，再有她十个女子也休想拿到这份分家字据。想到这里，他有意大声说："狗狗，给你小姐念！"

"好好好！我念！"

"分家……分家……什么约。"小男孩被麻纸上的第三个字卡住了。

"呀呀呀！肯定是'分家契约'，"浮山程呵斥道，"念了几年的书了，连'契约'都念不下来。"

其实浮山程也不认识"契"字，大人见事多，全是猜出的。

他见小男孩有些不耐烦，想把麻纸放下，忙拍拍狗狗的小肩膀好言说："念念念！爹不说你了！快念！"

狗狗又把麻纸拿正，像读书似的念道：

李家兄弟：兄李府松，弟李府芳。经过中间人贾成锁和商分家。

李家祖传地产：村东门外卸盔堆西侧二十亩旱地，村西汾河河东水地六亩，村南官道西旱地十亩。

李家祖传房产：驿寨村村泉北侧，娘娘庙西侧，有院落三座，占地二十亩。靠西一座院落，为弟李府芳成婚，作为女方彩礼送于驿寨村村民程大有。紧靠东侧院落由李家赵氏太奶居住，靠北侧院落由兄弟俩共同居住。三座院落西北侧有六亩场院，内有磨面房两间、碾米房两间、雇工和用人房各三间、牲口圈两间、牲口储草棚两间、粮仓房两间。剩余两座院落总共有砖瓦房三十四间、三层阁楼一座。大门口倒塌照壁砖瓦两堆、石猴拴马桩两根。

牲畜：老黄牛三头、犍牛一头、母牛两头。

狗狗念到此处停了！愣愣地看小六女子，兴奋地说："六姐，他们兄弟俩有这么多地和房子？分开后，你家的地和房子不少哩！比咱家都多！"

小六女子被小弟说得脸腾地红了。心里想真是的：地起码有十几亩，房子也有十几间呢！五姐巧叶的话又在她耳边响起："女人真正的家是在嫁给的男子那里。"不由得感觉自己"先分家后成婚"的主意是对的！

"快往下念，不要多嘴，小孩家知道什么！"浮山程呵斥道，他心里急着要知道分家的下文。

狗狗拿起麻纸继续念。

李家祖传物件：

农具：犁两把、耙两架、耧播两把、木风车一座、石碌碡四个、木权和木锨各十把，牲口套和麻绳牛用三套、大牲口十套。铁锨、镢头、耙子各九把，三尺面口宽簸箕四个、尺半面口宽簸箕五个，毛褡①十一条，捆麦个麻绳五十条。

家具：大型衣物漆画门面柜子五个，炕上矮小两节衣物漆画门面柜二十四个；檀木雕花边方桌四张、花梨木雕花边八仙圆桌两张、松木方桌四张，檀木明式圈椅四把、花梨木明式圈椅四把、一般木制靠背椅子五把，杌子若干，花梨木绿呢绒制榻床一座，花梨木炕矮方桌四张。

食具、器皿：铁蒸笼箅子三层三套，铁锅三只；两尺宽口熬醋铜锅一只；铜马勺三只，铜勺四只；松木柱四层粮仓两座；三尺口瓮八口，一尺半口小瓮十口，一尺口小瓮五口；家用碗筷碟子若干。

家有老太奶一人，居住老中央院北厦内，故北屋和屋内一切财物归老太奶；土地分给老太奶卸盔堆西侧旱地一亩，村西汾河东水地一亩，村南官道两侧旱地一亩，谁管老太奶平日吃喝、用品，管送终，老太奶的财产归谁。

兄弟俩经中间人和商达成分家契约如下（老太奶的家财不在其内）。

当狗狗念到"分家契约"后，屋内气氛一下子静得可怕。小六女子的脸都成了石头一块，浮山程照样没有一点喜色，仿佛就是一个木头桩子，小六女子娘坐在炕沿上一动也不动。

狗狗环顾了在场的人一下，换了一张麻纸，还有意抖动了一下，"哗啦啦"一响，他清了清嗓子：

1. 土地：兄李府松分得村南官道西旱地五亩，村西汾河东水地三亩；弟李府芳分得村东卸盔堆西侧旱地五亩，村西河东水地一亩；分得村西汾河东水地三亩的是李府松，管老太奶吃喝到老（三亩水地含太奶一亩）；

---

① 毛褡：临汾地区农家装粮食的一种粗布口袋。

    2. 房产……

"不行！不行！我管老太奶吃喝日用，水地归我。"小六女子说道。

狗狗停了下来。

"女子先不要说，等狗狗念完再说，狗狗念！"浮生程制止了小六女子的不平，狗狗仰起头看老爹一眼又往下念。

　　兄李府松的院内房财、房基地、院子地归兄；弟李府芳成婚后，居住老中央院西屋，其院内房财、房基地、院子地归弟（除去归老太奶的财物）。

小六女子又变了脸，想说什么，浮山程摆了摆手势，小六女子又安静了下来。狗狗继续念：

　　牲畜、农具、家具、食具、器皿、粮盐油一律平均分拿。
    3. 场院：雇工和用人住房、牲口圈房、粮仓房兄弟俩按兄东弟西顺序平均分得。磨面房、碾米房兄弟俩暂伙用，由兄管理。若干年后平均分得：兄磨弟碾。场院地以东西平均画线，一家一半，地上树木归所得土地者。

　　分家人：兄李府松（画押、按手印）

　　弟李府芳（画押、按手印）

　　分家中间人：贾成锁（画押、按手印）

　　民国三年正月二十四日

"爹、小六姐，念完了。"狗狗如释重负地出了口气，把最后一张麻纸递给爹，转身就要往外跑。

浮山程一把拽住他的后衣襟说："别跑，别跑，再等等，不清楚的地方你还要念。"

狗狗满脸的不乐意，噘嘴回来紧靠娘坐在炕沿上。

自狗狗坐回炕沿后，屋里又是一片静寂，谁也没说一句话。唯有小六女子想得最多。这份分家的"字"关系到她的切身利益。但是她先想到的是，这份分家"字"是她长到十五岁以来，自己想到，又由自己提出"先分家后成婚"主见后，得到的第一次满足的见证！更是自己为人的宣言见证啊！

她看了一眼爹娘，他们的脸还阴着。

"说良心话，这份'分家字'还真公平，先把面上的财产写清楚了；就是那水地和房子分得不平，凭什么他老大要一个独院，而老二只分得半个院？以后我们居住的（老中央院）院内有老太奶独居着北房，只有为老太奶送终才可得到，成婚后我可以去伺候老太奶；那些农具、家具、食具……谁主持平均分得呢？没有说清，到时我们能得到吗？老大又是有名的霸道的人！对！我要再坚持一条，等他们兄弟彻底分开再成婚过事！"小六女子说。

当小六女子表达了自己的看法后，父母的脸阴得更重了。

隔了老半天，父亲说了一句使她无法反驳的话。

"女子，这就是你的不对啦。你让人家分家，人家分了，'字'都拿过来了，这份'字'就是给你的，够诚心诚意喽！你又提出先分家再成婚，这个话我说不出口。"父亲说到这里稍稍一停顿，又说，"女子！爹对你也没有办法，实话说，你要是觉得嫁给李家老二亏了，后悔了，我们可以不嫁给他，再过上两三年遇个好人家再嫁。你说，有'字'在怎能说没分家呢？爹说不出口呀！再提条件，就叫胡说了！"

浮山程在女子面前像是央求，说的是实话，语气也很中肯和沉重。

小六女子老半天没有说话，她也想到了爹的为难，嚅动了几次嘴，还是说了出来："爹！女子嫁过去就是成家。家，除了人外，不就是地和房子吗？没有地和房子是家吗？我感到他们在这上面分得不平。你不要去说了，我嫁，就是嫁过去，我也要和他们争争！"

浮山程也没想到这女子变得这样犟、倔。但他又想，嫁了再说吧！她争不得了的事我再出面吧！要是过去，我又要上手撸她巴掌了，现在只能这样了！他又叹了口气！

这时，不懂事的狗狗似乎明白了爹爹和小六女子说的话。他拉起小六女子的手摇着说："六姐，我不想让你走！不让你走！"说着说着两行晶亮的泪直线流下。小六女子深情地看着弟弟，用手擦了一把他脸上的泪，她自己也泪水涟涟，安慰地说："姐不走，走哪里去？不是还在这里嘛！"

弟弟不哭了，爹爹却呵斥了一句："狗狗！胡闹！这是你姐的大事！"

小六女子看着弟弟圆圆稚嫩的脸被泪水淹湿一片，像是被浇了水的水地，马鬃似的一小片头发盖在头顶，不由得想起自己辛酸苦难的十五年的经历。

第七章

浮生程的儿子狗狗是有了小六女子三年后的秋天出生的。

此时的小六女子已满三岁，也是刚刚有了人生记忆的年龄。

她弟弟的降生，为浮山程全家带来了传宗接代的希望，带来了扬眉吐气的喜悦。

小六女子记得，有了弟弟全家吃的是热气腾腾的羊肉煮饺，香得很！香味和香气伴随了她一生。直到小六女子八十多岁了，只要提起吃煮饺，她还是会说："一辈子最香的煮饺，就是有了弟弟后家里吃的那顿胡萝卜羊肉煮饺，再没有那么香喽！"说完还要咂巴一下瘪陷的嘴，看上去美滋滋的。但接着还要说一句："世上没有哪个娃能受我那样的苦啊！"浑浊的老泪珠子就从她眼角滚出，越过高高的颧骨，蚯蚓似的爬过脸颊流进皱巴巴的脖颈。

正值秋收，姐姐们都下田了，本应是姐姐们干的家务自然要小六女子当帮手。

一天早上，睡梦中的小六女子被娘在屁股上拍了一巴掌说："小死猪，还睡呢？起来！"小六女子迷迷糊糊翻了一个身又睡去了。

"啪"一声，一个大巴掌结实地又打在她屁股上，"你个小蝎虎子，要睡到啥时候？起来！"这是爹的巴掌和吼喊，她的屁股仿佛被热水烫了一下，她一骨碌爬了起来，胆怯地穿好衣服站在炕下。

妈妈把炕上炕下弟弟换下来的尿屎布拾了一瓦盆子，对呆站着的小六女子说："跟我走，学洗尿布去。"

小六女子怔怔地跟随着娘来到院里。

从那以后，小六女子结束了她在娘怀中张口要吃、伸手要穿可撒娇耍赖的孩童时代，开始了她人生道路上认识世间的第一件事：洗弟弟的尿屎布。

娘传授了一遍，聪明的小六女子就掌握了洗尿屎布的要领，独立操作起来。

她这个仅三岁的小人忙活了整整一个上午把那些尿屎布全洗完了。看着在阳光下晾晒的一块块布条条，她想起过年时家家门楣上装贴的彩色纸符子，很自得，像是为娘干了一件天大的事。

"娘，娘，娘！"她一声比一声高地喊："我洗完啦！"清脆稚嫩报功的声音响满了院子每个角落。

娘被这脆亮的喊叫声引出，也是一个惊喜，说："哎哟！我的小女子，真能干，可帮上忙啦！有用场了！"

娘高兴，小六女子也高兴，心里甜滋滋的，因为得到了娘的赞赏！

娘高兴小六女子"能帮上忙了"，感到了她"有用场"。从此，洗弟弟的尿屎布成了小六女子分内必须干的活儿。

要说小六女子刚开始洗尿屎布还是稀罕，或许有小孩家玩的成分在内，当真成了自己不可推辞的活儿后，时间一长，娘的脸都起了变化。笑脸变成了冷脸，冷脸又变成了怒脸，怒脸再也忍受不了了，就要出手了。

"女子！快来！拿出去洗吧。"

"女子！你在干什么呢？把外边晒干的尿布收进来，怎么这么慢？磨蹭啥哩？"

"死女子，你知道不知道干湿？这么湿就收进来啦？"

"你眼睛瞎啦！看看看！这上面是什么？重洗！重洗！"娘把那块尿布砸在了小六女子脸上。

"死女子！说了还是这样，我让你偷懒！我让你偷懒！"娘那只大手直伸进小六女子大腿根内侧狠狠地乱扭。

"哎哟！娘——！哇哇——！"小六女子疼得直哭。

"哭！哭！我让你哭！"又是一阵乱拧。

"看看看！把狗狗吵醒了吧！快滚出去！快给我滚出去！"

小六女子慌忙端出满满一盆子尿屎布含泪跑出。

出来低头一看，这瓦盆里不仅仅是弟弟的尿屎布，还有弟弟的衣服。

冬天来了，小六女子因洗弟弟的尿屎布，两只手的手背冻得像是半个溃烂的洋柿子，而她那像溃烂的洋柿子的手，伸进冰冷水里的那一刻，难受极了，心都能疼透，她怕！怕得要命！

但她更怕娘生气和动手拧她的大腿内侧，那也是钻心的疼啊！

她去了茅子①，低头看腿根内侧，她知道那发青白有些肿的是娘刚刚拧的，那发红还有些肿的是半天前拧的，发紫的是一天前拧的，发紫边沿有些黄的是两天以前拧的，发黄中间的皮肤和周边皮肤一样了，那是拧了三天以上快好了的。她看着这层层叠叠的伤痕，眼泪不由得点点滴滴落在眼前的地上，砸出一个小铜钱大小的湿块……她想，自己难道是从外边拾的？不是亲的？

怪得很，她不恨娘，她亲眼见娘做饭，织布，纺线，喂弟弟奶，哄弟弟睡觉，给全家大小缝补衣物，打扫屋里，只要每天睁开眼，娘两只手就一刻不停地干，她爱娘！爹爹动不动就喊她"小蝎虎子""多余的货""咋不去死呢"，为一点小事，没头没脸地用大巴掌扇她，用脚踢她，每次都是娘抱住她护着。有一次为挡爹爹的打，实实挨了一脚，娘拐瘸了一个多月。

小六女子怎么也不明白为什么爹总骂她"小蝎虎子"。一天她替娘哄睡弟弟，趁娘高兴，问了原因。才知道生她时前前后后的事，才知是爷爷捡回了她的命。当时娘讲哭了，她也哭了。从那之后她特别想念爷爷，可她死活记不起爷爷的模样。娘说爷爷是两年前死于咳嗽喘不上气，她也常为爷爷没看到弟弟出生而惋惜。小六女子只影影绰绰记得爷爷埋在南门外的地里，那还是清明扫坟时爹娘说的。她多少次想去地里看看爷爷，可那永远洗不完的尿屎布使她不能如愿。

她还站在满盆要洗的尿屎布前发愣，眼泪像断了线的珠子滚了下来。突然她想见爷爷的心思涌上来，不由自主地挪动了脚步，独自出了院子，朝南门外走去。

南门外地里萧瑟一片，没有拔完的玉米棒子枯干黑灰的秸秆凌乱高低不齐地荒落在地里；黛绿的麦苗懒懒地趴在地皮上，被残雪压盖着；一大群麻雀"忽"飞了起来，落在了那些零乱黄枯荒败的秸秆上，活像一只只灰色的小老鼠。小六女子被荒凉的奇景所吸引，她张开双臂拼命地追起那些麻雀，麻雀像是专门逗乐这无知的小姑娘，忽起忽落，不知多少次，出了一身汗的小六女子

---

① 茅子：方言，意谓厕所。

傻眼了，她不知道这是什么地方了。清明是跟爹娘姐姐们一块儿上的坟呀！她见眼前一条路，踏了上去，依稀记得就是这条路，一直顺路朝南走去。

"女子，你进来一下。"娘在屋向院子里的小六女子喊，想让她把弟弟屁股底下刚换出的尿布洗掉，可没听见回音。

"女子！你耳朵塞驴毛啦？没听见喊你？进来一下。"娘声音高了。但小六女子还是没有应声。

娘干脆拿着两块尿布从屋里出来，见没有小六女子的身影，满满一盆的尿屎布静静地放在大瓦盆里，大瓦盆里一滴水也没有，娘感到奇怪。

"女子！女子！"娘仰起头高声向四周喊，没有回声。

她到茅子里去找，见茅坑里好像是小六女子拉的屎，但已经冷哇哇的了。

她心里有些毛，从茅子出来高声喊："女——子——！女——子——！"回应她的是院子边树上几片焦黄的落叶。

娘这时有些急，对着正在屋里织布的三女子说道："巧枝，你出来一下。"巧枝掀开布帘子，看着娘。

"去，你到街道上找一下女子，看她死到哪里了。"巧枝出了院门。

娘又对着正在炕上纺线的四女子喊："巧花、巧花，出来。"巧花才掀起布帘，娘就指着院里大瓦盆说："小六女子不知死到什么地方去了，到时狗狗又没换的尿布了，你去把这盆尿布洗了，我和巧叶做饭去，不然，你爹和你二姐从地里回来喝西北风呀？"说着就往屋里走，巧花嘴噘得老高，满脸不情愿地走到大瓦盆前。

中午吃饭了，还不见小六女子的面，巧枝在街道转了一大圈也不见小六女子的影子。浮山程回到家知道后骂了一句："行啦！吃饭！别管这小蝎虎子！不回来拉倒！看她回来不揭了她的皮！"

吃下午饭，仍不见小六女子的面，这急坏了浮山程一家子。

"女——子——！"

"女——子——！"

"女——子——！"

呼唤"女子"的声音在驿寨村的上空飘荡，村里人都知道浮山程家小六女子不见了，也都帮着找，但仍不见小六女子的身影。

娘急哭了，浮山程却在院子里来回走动，不住地骂道：

"这小蝎虎子，害人精啊！"

"咋不早死，全家跟着不得安宁……"

几个女子围着娘，一个劲儿地说："小六女子没事，会回来的，不要想得太多。二姐巧巧已经去了大姐家奕村，可能就在那里呢！"

上灯了！小六女子没有露面，全家人心揪得紧紧的。

"你们不知道啊！最近泛狼了！我的小女子啊！"娘突然号啕大哭起来，全家人的心一下子揪得更紧了，不知所措，也无语安慰这位绝望中的母亲。黄暗的灯头忽闪了一下，全家人的心随灯光忽闪，灯在黑暗中挺住了，又平稳地发出幽幽的黄光。

不安的心绪布满了屋里旮旯拐角。

"浮山程！浮山程！开门！开门！"一声声急切的喊叫一下子打破了屋里的寂静，是神婆党婶子！

"来了！婶子！来了！"浮山程应声急忙出来。

浮山程提着心趿拉着一双旧布鞋，手里提着永不离手的烟袋锅子，"啪哒，啪哒"地向院门走去，嘴里还不住嘀咕："婶子这么晚有什么事？我心里还急着呢！"

只听门外神婆党婶子接话骂道："有什么事？你个造孽的东西！看上去老实巴交，怎么心比狼心还狠啊！"浮生程听后一惊。

当把院门打开后，浮山程惊讶得差点喊出声！见神婆婶子手里牵的是小六女子。他一股怒气涌上头来，抬手就要撸小六女子。

"你这个黑了心的东西，先把你的爪子放下！"神婆婶子喊道，一把将小六女子护到身后，小六女子像只受惊的小猫，两只亮亮的小眼睛胆怯地瞅着爹爹，浑身在抖动着！

"浮山程，你只要敢打女子，我就让你没一天日子好过！你信吗?!"党婶子真有些生气了，指着浮山程气呼呼地说。

这一招真震住了正在发怒的浮山程，他的手在空中画了个弧，"唉"一声放在腰间！

"去！进你屋里去！"党婶子指示着浮山程。

娘听到院里吵嚷声跑了出来，一见小六女子在神婆党婶子身后，过去将小六女子一把搂在怀里，小六女子"哇——"哭了起来，仰着头哀求着说："我想爷爷了，去地里找爷爷回不来了，呜呜！不要打我……娘……！"

娘听着女子的哀求！心仿佛被揉好的面团砸了一下，又痛又堵，真后悔前几天告诉生她的一些陈芝麻烂谷子的事，急忙把小六女子抱了起来，嘴里不停地叨叨"不打！不打！不打！不——打——！""不打"的音拉得很长，像是娘在乞求女儿，把满是泪水的脸紧紧贴在女儿的脸上。

浮山程赶紧把党婶子让进屋里，娘还紧紧抱着小六女子，爹爹急忙为党婶子冲了一碗热腾腾的红糖甜水。党婶子喝了一口，舌头卷舔了一下她紫色的薄嘴唇，慢慢说起和小六女子在南孙村相遇的经过。

原来党婶子到南孙村为亲戚家孩子看病，出院看风水，忽见街道有一群人围看哭着的小孩，她拨开人群一瞧，发现是自家村浮山程的小六女子，急忙上去问，小六女子哭着告诉她："我到地里找爷爷，找不到回家的门啦！呜呜呜！"再问也是七颠八倒说不清，只是哭。

党婶子琢磨是娃迷了路，误到了距驿寨村六七里的南孙村。将小六女子领回亲戚家。吃了点饭，等她为亲戚家孩子看完病，已经到了黄昏，干脆吃了饭，又怕小六女子家里人急，党婶子改变了原来在亲戚家住下的主意，赶回来了。

浮山程两口子再三感谢！

这时，神婆婶子端起红糖甜水的碗，"咕嘟咕嘟"喝了个干净，将碗"嘭"往风箱盖砖上一放，用手背抹了抹嘴，脸立刻板起，冷冷地说："我要说你浮山程和你媳妇子①几句，看上去都是个老实人，可不能这样耗怜②小六女子，看看看！"说着拉过小六女子的双手，"这两只手红肿成啥样子啦？娃吃饭时端不起碗，我们才发现！再这样，娃的手非废了不可呀！这小六女子不是亲的？没见过这样耗怜自己娃的爹娘！"

神婆党婶子狠狠地咽了一口唾沫继续说："三年前，我是给你们算过，小女子是个男娃，可你们不听神的话，让你们把一根木头柱子顶在东山墙上，你把柱子往那里靠，怪谁呢?！"

浮山程瞪大眼睛争辩说："我听神说是'靠'，不是'顶'啊！"

---

① 媳妇子：方言，意谓年轻男人的妻子。
② 耗怜：方言，意谓虐待。

"放你的狗臭屁！我……我……我当时就在神的身边，还不知道？！我后来看你埋的柱子，那是天机，又不能给你说破，就只得随天意了。但我再告诉你们，不要再耗怜这女子，她可是神知道的人，你们将来还要靠这女子呢！不信咱们走着瞧！"气呼呼说完起身要走，却停下继续叨叨，"我再告诉你们，不能再打娃！今天就是神让我在那里等娃哩！我已算过啦。天不早了，该说的也说了，我要回去了。"说着就跨出门槛。

"婶子！你等等！"浮山程急忙去搀扶党婶子，又对身边的媳妇子说："去，先放下女子，从咱瓦罐给婶舀两碗白面。"娘二话没说，忙把小六女子放到炕上，取出口袋，给党婶子舀了白面，使劲塞进婶子怀里。他们相互推让了几下，党婶子还是拿着面一扭一扭地迈出了院门。

小六女子第一次出走，或者根本不算出走，而是因发怵那些要洗的一大盆尿屎布，加之想爷爷找爷爷引出的举动，无意中和神婆奶奶相遇，神婆奶奶一簸箕的说辞，使她逃脱了浮山程想"揭小蝎虎子一层皮"的灾难。不过从此后，小六女子在家里的处境得以改善了。不洗尿屎布了，专哄看她的小弟弟狗狗。一个冬季没怎么挨爹的巴掌和脚踢，也没太遭到娘的拧；手痊愈了，腿内侧也再没了色彩。谁知快过年了，出了祸，小六女子又"官复原职"了。

"腊月二十三，灶爷上了天。"晚上村里已经响起鞭炮，祭灶王爷爷回天宫的时分到了。小六女子的爹在院子里对屋里的娘喊："娃他妈，把煮饺端过来，先把取灯①拿来。"娘对着院子外"哦——！"了一声，扭过头对小六女子说："我刚把煮饺下到锅里，你把狗狗放到炕上，去立炉把取灯送给你爹，回来端煮饺。"

当她把取灯递到爹爹手里，只听里屋正下煮饺的娘"唉——呀——！"一声凄厉的尖叫，接着是弟弟狗狗"叽里哇呀"的惨号。

"快来人——！"娘又是一声尖叫！

爹爹放下取灯一个箭步往屋里蹿。

呀！见炕的边沿和炕下都是煮饺，破碎的碗片散落在地上；娘抱着弟弟大声地惨叫着，弟弟两只手红得像红萝卜在空中乱抓。

"怎么啦？怎么啦？"爹爹急切地问。

---

① 取灯：方言，意谓火柴，当时人们也叫洋火，农村人叫"取灯"。

"问这死女子，放下狗狗就走了，狗狗爬到刚煮出的煮饺碗边了，手伸进去烫着了。他爹，咋办啊？"娘急切地回答，又惨号起来。

爹爹身后的小六女子眼睛一下子瞪大了，还没来得及反应，浮山程的巴掌便恨恨地落在她的脸上，小六女子"咔咚"一下，像一袋面倒在墙角，昏了过去。

"回来才给你算账！"浮山程甩了一句小六女子根本没有听到的狠话，和他媳妇抱着狗狗匆匆去了村里十字路口张先生家。

小六女子蜷缩在墙角，额头上碰出了鸽子蛋大小的一个包。她却没哭一声，无论姐姐们过来如何劝，她只是呆滞地咬着下嘴唇，一声不吭。他如何也想不明白，今天弟弟烫手的事和她有什么相干？

她清晰记得，娘让她把狗狗放在炕上，到立炉拿取灯；狗狗烫手是娘叫小六女子出去后发生的，和我小六女子有什么相干？爹就一巴掌落在我脸上。我就是出气筒、受气包吗？我才三岁多就洗尿屎布，又哄不到一岁的弟弟。我不像大姐已经出嫁；二姐那样灵巧，什么时候都讨爹娘欢喜；三姐巧枝什么时候都那样轻俏，轻松逃避爹娘的责难；四姐巧花圆脸好看，什么时候都像一朵花，敢和爹娘顶撞；五姐巧叶顺口顺应，什么时候都受到爹娘的袒护，还说"最乖的就是我们五女子巧叶"。我不眼红，我也想得到爹娘的欢心。该我做的事，努力做好，却都无济于事，还是受骂、挨打。

说自己不是亲生的？不对呀！娘说了我出生的前前后后，哦！终于明白了，就是因为是蝎虎子托生的吗？

大约有一顿饭的工夫，爹娘抱着弟弟回来了。她胆怯地战战兢兢地躲在墙角。准备应付那突如其来的巴掌和脚。

低眼瞅见弟弟在娘怀里嚼着奶头子睡着了，两只手又油又黑，可怕地爹在娘胸前，像两根木炭。

浮山程没有找小六女子"算账"，而是厉声却有几分温和地说："狗狗会爬了，你看不好，还是洗你的尿屎布去！"

小六女子"官复原职"，又干起了原来的活。但她满肚子的狐疑。

弟弟狗狗的手背烫得不算太重，张先生抹了些黑酱和獾油后没一个月就好了。浮山程爹爹也没有算小六女子的"账"。

后来知道是娘说了实话。那天，当小六女子听娘的话把狗狗放在炕上，就转身到立炉为爹爹去拿取灯了；是娘把煮好的煮饺盛到碗里放在炕沿，回过身又取碗准备再盛煮饺时，狗狗爬到炕沿，将手伸进煮饺碗里。和小六女子没有任何关系。

小六女子对娘说实话大为感动。她恨爹爹，恨爹爹用巴掌撸她；平日里也是这样，不问青红皂白就是撸和踢。这次不是狗狗手烫得急，她少不了一顿暴打。想起来真有些胆战心惊！

每次撸，她总感到头里嗡嗡作响，每次挨踢，她身上一疼就是一个月，比娘拧一把疼多了。娘拧一把最多三四天就好了，疼也是一阵子。

她常常想，为什么自己不是男娃呢？要是像神婆说的是男娃，那多好呢！也怪爹没把那根木头放好，要是"顶"住，不是"靠"在东墙上，自己不是就成了男娃啦！她绝不会天天洗尿屎布，也不会天天挨撸、挨踢、挨拧，而是和弟弟一样守着无穷的福、无尽的宠爱！这怕就是命吧！

她也常想，自己真是蝎虎子托生的吗？要真是，就应该像神婆奶奶说的命大。你看那蝎虎子跑得多快，即使抓住了它，也会断尾跑掉，大人说断尾还会长全，命就是大。想到这里她也觉得自己命大。小时被扔掉爷爷不是捡回来了？那天走迷了路，神婆奶奶不是说是神让她在那里等我的吗？这次弟弟烫伤又逃脱了爹的撸和踢。"我是神知道的人。"她突然开始自信起来，我就是什么神保佑着由蝎虎子托生的命大的女娃子！

她在痛苦的刺激下，迅速地膨胀，不！生长出一种早熟的力量、决心和希望——命大、长大。命大可以一次次在神的保佑下脱避开灾祸；长大可以和大姐那样在乐响中风光地离开耗怜她的地方！命大、长大一直在她脑子里萦绕着。给予了她力量、决心和希望。

过了年，在桃花盛开的季节，二姐巧巧出嫁到邓村家境不错的人家，二姐每次回来都带些好东西。对她也很亲，摸着她的头说："长高了！"她最爱听这句话。再过两年三姐巧枝也出嫁了，小六女子充满着希望！

弟弟也长大了，满院子跑。小六女子不用洗尿屎布了。她长高了，开始帮娘做饭，踩上小板凳揉面、擀面、切菜、炒菜，什么都干。虽然腿内侧还有娘的大手拧出的"彩色"、脸上常常挂着爹爹撸的五条手印子，但她心里是畅快的、明亮的,她想开了,有盼头了。

"小六姐姐!小六姐姐!小六姐姐!"狗狗稚嫩的叫唤声,打断了小六女子的回忆。

她看着弟弟明亮可爱的脸庞,忽然发现从弟弟嘴角渗出一溜血水,不由惊声尖叫:"血——!"

爹娘一下子慌乱了,"快端一盆水来!再端一碗凉水来!快!快呀!"娘急切地嚷,爹慌不迭地出去了。

"狗狗!你张开嘴让娘看看!"娘转过身来急切地说。

"啊——啊啊啊!"狗狗听话地张开了嘴,还呜哩哇啦地说,"刚才我咬了一下牙,只听见里面'嘣'的一声。"

"呀!不要紧!我娃换牙了,是上边前方的一颗牙掉啦!不要紧!不要紧!"娘放下心高兴地说。

爹一边端进来一盆清水,一边说:"狗狗!吐吐吐!往盆里吐!"

只听到"噗"一下,"当啷"一声,一颗雪白的牙齿从狗狗嘴里吐到盆中,牙齿随血丝在盆底滚了几滚,血像一条鲜红的丝带在盆里绕了一圈,又散开,盆里水成了红色。

"哈哈哈!"爹娘都笑了。

娘迎上去,抱住狗狗兴奋地说:"狗狗,狗狗你漱一下口,没事!没事!换牙哩!"

爹也在旁安慰弟弟说:"我娃没事,长大了,换牙哩!"

全家都为弟弟的长大、换牙而喜悦!

谁也没有想到小六女子的思绪已经回到了她六岁换牙的时候。

那天,她们一家人正在吃中午饭,她咬了一口玉米面窝窝。听见嘴里"嘣"一声,前上方一颗牙歪到了一边,她用舌头舔了一下,掉了。她斜眼偷偷瞅了爹爹一下,见他正就着白萝卜丝吃窝窝,一大口一大口香得很。她不敢吭声,说出来怕爹爹吃不下饭打她。

那一口玉米窝窝粗渣渣,拌着掉了的牙在嘴里来回滚动,不小心牙和这玉米粗渣渣滚进了嗓子眼里,她害怕了,眼泪汪汪。

娘看见了,问:"六女子,吃饭哩,你哭啥?"

"娘……娘……娘……我……我……我掉牙啦！不敢……不敢吐！"小六女子还是斜瞅着爹爹害怕地回答。

娘赶紧起身拉着小六女子往外走。"来，让娘看看！"娘还是关切地说。

"嘿！你娘俩还让人吃饭吗？掉个牙有什么！人长大了就要换牙，吐了就算了，干什么，让人都知道。吃饭好好的，这还让人吃饭吗？"爹冰冷冷地铁青着脸大声呵斥道，随后"啪"一声，是撂筷子的声音，小六女子浑身打了个哆嗦。

娘端着一碗清水，拉着小六女子在院墙根说："女子，吐吐吐，没事！换牙哩，人长到这年岁要换牙！吐出血和牙，漱漱口就没事了。"

"我怕爹！不小心把牙咽到了肚子里！"小六女子哭着说。

"哎呀！我的女子！你呀，你呀！不过没事女子！"娘无可奈何地安慰着女子说。

谁都没有想到，爹爹怒气冲冲到了院子，二话没说噼里啪啦就打小六女子耳光，抬起脚连连踹。小六女子张起血嘴哇哇直哭，爹爹却大声骂道："你个蝎虎子，让你哭！让你哭！换个牙还有功啦！让全家都吃不好饭。血弄得到处都是，你这个死蝎虎子，你再哭！你再哭！"又是几个巴掌，又是几脚。

娘死死地抱着女子，只听娘"哎哟——！"一声，然后歇斯底里喊道："她爹！别打了！你打她为啥呢？娃怕你都把牙咽到肚子里啦！"说着也"呜呜"地哭了起来。

爹爹这才住了手，进屋把烟袋拿到手里，气呼呼出了院门。

娘一扑抱住了女子，哭喊了一句："我女子命好苦啊！"

小六女子蓦然回过神来，看着爹娘心疼宠爱弟弟的样子，眼泪扑簌簌流下。

"命好苦啊！"这句苦语深深留在她的脑际，但眼睛落在了风箱砖板上两张麻纸分家的"字"上。

她想，我命不苦，只要嫁给蛋儿，不就成了有房子有地的人了吗？！这也意味着有房子有地的家立起来了！她立刻充满了劲头，这劲头是无限的！

她自信地参与到安慰弟弟的行列中。

弟弟安静了许多，不哭了，转过脸时对着小六女子叫了一声："小六姐姐！小六姐姐！"

小六女子笑着应了一声。

"姐姐，你不走对吧！"弟弟在央求。

姐姐应了："姐姐不走，哪里也不走，陪着弟弟，我弟弟换牙哩，没事！没事！"

小六女子说着眼泪又扑扑落下。

谁也没想到，没几天的工夫，浮山程家里又发生了一件惊动全村的事，和小六女子又有直接的关系。

第八章

一大早，浮山程在自家麦地塄坎上走着。夏日里的露水使他脚面湿漉漉的，凉丝丝的，他感到很舒服。

沉甸甸的麦穗子随着风整整齐齐地摆动，仿佛汾河的水波，一波翻过一波，让人心里美滋滋的。

他抚摸了一下麦穗，麦芒扎扎的，顺手拔了一个穗子，在手心捻了捻，轻轻一吹，留在手心的是胖乎乎的麦粒，数了数，控制不住喜悦地"呦"了一声，脸立刻笑得成了这一片麦浪，头一仰把麦粒全部倒进嘴里，嚼出满嘴的香甜，不由得自语："是个好年景，好年景啊！"忽地一道霞光一闪，太阳从卧虎山顶露出了红红的一小块。

他晃头摆腰起来，吼出了一段《徐策跑城》，恰巧一个土坷垃绊了一下，打了一个大大的趔趄，他就势唱道："哈哈哈！……老了……老了……"

此时，他蓦然想起了老爹。十几年前，老爹带着全家讨饭到这里。正是麦季，老爹也是这样的"一抚一拔一搓一吹一数一嚼"，最终他们看中了这片长势喜人的一马平川的麦地留了下来！近几年，几个女子出嫁，他的日子过得节节往高拔。自己置了三亩地，还租着成锁的三亩地。今年除去租粮，起码也可留近两千斤麦子。

"老爹要在世该多好啊！"他感慨地冒了一句。随之眼里流出了浑浊的泪水。

他又猛然拍了一下自己的头，今日不就是老人家的生日吗？祭祭！祭祭他老人家！

他扭过身子，快步往家走去。

"狗狗他娘！狗狗他娘！"人还未进门，喊声已经灌进院子。

浮山程媳妇从西面茅子里弓着身子探出头应声道："喂喂喂！我在这儿呢，

什么事?"

"快出来,我有事商量!"

"知道了,稍等一下,马上就完。"他媳妇说后,头和身子又埋进了茅子。

浮山程独自坐在堂厅里,听见两个房间里没出嫁的女子"吱儿……吱儿……当……,吱儿……吱儿……当……"在纺线,顿觉这声音顺耳得很,像是拉胡琴儿,又像是戏台子上很美的青衣在演唱。

他顺手拿起桌子上前几天在城里买的白铜水烟袋,握在左手心中,右手摩挲了几下,点着麻纸搓成的捻子,夹在左手的小拇指和无名指间,右手打开烟盖子,捏拽出一撮黄灿灿的烟丝,装进烟杆;对着纸捻子"噗噗"吹了两下,纸捻子闪出鲜红的红光;对准烟丝"咕噜噜……咕噜噜……"抽起来。白白的弥漫着烟草香气的烟雾,立刻把他的脸笼罩得朦朦胧胧。

他想,这几年真不错,既有了自己的地,还有了两头老黄牛,这都是庄户人的命根子呀!小六女子这马上就要出嫁,李家的院子就可归我,多好啊!家有了样子!狗狗过了"十二"再过五六年娶个媳妇,生个小孙孙,真是儿孙满堂,圆满了!

到那时也就是个花甲之年,可以了!也不枉在这世上走一遭。

他又"咕噜噜"一阵自言道:"有地、有房、有子、有女、有孙,这才是家呀!"

浮山程正自得地憧憬自己圆满的家,猛地想到,这个家还真让神婆党姊子算准啦,若没有小六女子,就没有院子和房子,这还成家吗?还是得指望小六女子呀!

不知怎地,自己就是见不得小六女子。可能是那蝎虎子的梦引的,或许是那时太想要个男娃啦,反正对这女子没有好过,想骂就骂,想打就打,直到现在都没有个正名!出嫁前是应有个大名了。想到这里,他在堂厅来回踱起步子来,嘴里念叨:"巧……巧……巧……"

"呀——!狗狗他爹!你怎么啦?巧巧巧……什么哩!看你那额头上的皱纹,还嫌皱纹少啊?什么事把你愁得?"媳妇猛然进了门,看见浮山程关切地问。

他根本没在意媳妇进门,更没关心她的问话。深深吸了一口烟,直直吐出,形成一条烟带,喷了媳妇一脸的烟雾,媳妇呛得咳了几声,嗔怪地骂道:

"你这个鬼，什么事把你愁成这样子啊！"

"哈哈哈！"浮山程看见媳妇的样子，爽朗地笑了，说道："我正想着为小六女子起名呢！都要嫁人了，不能去了婆家还叫'女子'，应有个大名，名字要随姐姐，真难，不知'巧'什么，'巧'不下去。"

他媳妇先"嘿"一声说："你给女子起名了，这真是太阳从西山出来了。巧枝巧花巧叶都有了，就是没巧蝎虎子呢！呵呵呵！"说出来她也笑了。

"说正经的，你又胡来了，敢叫蝎虎子村里人不骂死我！"浮山程也笑呵呵地说。

媳妇略思考后正儿八经地说："我说这样，她爹，现在麦子快熟了，就叫巧麦吧！"

"嘿！巧麦！太好啦！巧麦，就是巧麦了！"浮山程兴奋得不得了，这名字应了他早上站在麦地塄坎上看麦子长势的情景。他又说："巧麦，巧麦，好！叫巧麦，女子哪儿去了呢？告她大名就叫巧麦，也告她几个姐姐。"

浮山程媳妇冲着院子立炉大声喊"巧麦、巧麦"，忽觉得不对，就改口"六女子、女子、女子"。

立炉里清脆地回应："哎！娘——！"

"你来，你来，进屋来有事和你说。"

"来了，来了！"小六女子随声轻快地跳进堂厅，狐疑地站在那里看着爹娘喜悦的脸。

还是娘笑着先说："女子，给你起了个大名，随你几个姐姐，叫巧麦。"

小六女子一听顷刻洋溢出一脸的欢乐和兴奋，但听到"巧麦"这名字，她略略寻思，接着说："爹、娘，姐姐的名都与季节生辰有关，'巧麦'这个名字好是好，我可是正月初二生的，和麦子没有一点关系呀！"说完她凝视着爹爹和娘。

浮山程这时脸一下阴沉下来，觉得这女子越来越有自己的主意了。"连起个名字都这样不听大人的。"浮山程有些生气地说。

"嫁到人家都得有个大名吧？"浮山程说。小六女子思量了一番，接过爹的话头细声慢气地说："爹、娘，我不是说巧麦不好，我是说我生在正月初二，开春的头，随姐姐的枝花叶，树上的花开始往外努花骨朵了，我觉得叫巧朵合适。"

爹爹顺应地说:"巧朵……巧朵……巧多……巧多……"浮山程已经把"巧朵"在心里改成了"巧多",觉得"多"合适,就是"多"了这个女子。

这也正是小六女子哀伤之处,她给自己起了这样一个名字——巧朵(多),自己若不是"多",能在程家受苦难吗?

爹爹还在思索这名字,暗思,这女子真会给自己起,接着勉强地笑着说:"行行行!这次还依了你,反正你现在的主意多,就叫巧朵。"

此时小六女子已泪流满面。

爹爹看见小六女子的泪脸,觉得气起。他拔出烟杆噗地一吹,啪地一插,又把水烟袋往桌子上嘭一放,正想发作。

但他忽然想起今日是老爹的生日,要献献、祭祭的。略顿了顿,强把气压下去,对他妻子说:"狗狗他娘,小女子今天有大名了,她高兴也动了心,你领她到里间去,让巧叶陪陪她,你出来,我还有话说呢!"

娘领小六女子到了里间,巧叶忙把小六女子拉上炕。

娘转身刚掀起布帘子露出头,浮山程用手实实指点里间,想问问,娘立刻明白,忙使劲眨巴眼睛,意思让他别说啦。

娘坐在爹的对面说:"你刚才想说什么?"

浮山程垂下头,心有所思地说:"今天早上我在咱麦地塄坎上看庄稼,想爹啦!猛地想起今天是咱爹的生日,没有爹将我们留在这里,哪有我们今天的好日子呀!"他停顿了一下,"狗狗娘,炒上四盘菜,烫一壶酒,给咱爹过生日。今天不是什么节气,就不去坟上了。把爹的牌位①打开,献上菜和酒,烧香、烧纸、磕头,是咱爹子孙都要磕头,叫巧灵和巧巧从她们婆家回来,巧灵把她小女子带上。"浮山程很正式地布置着。

"好好好!今天全家为咱爹过生日!"浮山程妻子回应了一句,扭头就对着东间屋喊:"巧枝、巧枝、巧枝!"

巧枝答应后,娘又说:"去,去邓村把你二姐巧巧叫回,就说今日必须回来,为你爷爷过生日!"

---

① 牌位:是临汾人的风俗。人去世后都立牌位,是指一只立着的长方形的木盒,里面有木牌,上书写离世人的姓名、号、年龄、去世的日月。平时外面用盒子罩着,逢节祭祀先祖时,才打开外盒,露出里面的木牌。

说完后，又朝西房间里正在纺线的四女子喊："巧花，巧花！放下纺线车，到河西奕村去一趟，把你大姐巧灵叫回来，带上她那小女子回家给你爷爷过生日！"

转过身又对着西间喊："小六女子、小六女子，哦！巧朵、巧朵，还有巧叶，你们也出来和我到立炉做饭炒菜！"

"娘！不要叫巧叶姐了，让她纺线，我和你给爷爷炒菜做饭，今天为爷爷过生日我多出些力！"巧朵劲头十足地说。

她随娘进了立炉，娘说："巧朵，今天是你爷爷的生日，你爹想爷爷啦，要在家里祭献。爷爷对你最亲，我们一起做几个菜尽尽孝心。"

她没有言语，眼睛湿了。

听娘的吩咐，巧朵打了四个鸡蛋，从小罐子里抓了几把花生米，洗了几个白萝卜和红萝卜，泡了一大把黄豆。娘还说要烙几张烫面饼，她又把白面烫好，揉好，切了好些葱丝。巧朵默默地干着，她想让爷爷这顿饭吃好，吃香。

"狗狗他爸，你到杀猪的刘六指那里割半斤肉来！"娘走出立炉门，对着堂厅里的浮山程喊。

"知道啦！"浮山程应声出去了。

"巧朵！这名字怎么这么别扭，还是叫你'女子'顺口。女子，你先烙饼，多放些葱花、油；烙完饼炒鸡蛋，炒完鸡蛋剩下的油炸花生米；最后炒萝卜丁和黄豆，我回来炒肉。现在我到铺子里买香和黄表纸去。"娘吩咐完匆匆出去了。

谁也没想到小六女子巧朵满怀着对爷爷的崇敬和思念之情，按照娘的吩咐把一切事几乎要做完时出事了。

小六女子巧朵今天心情格外好，因为她想爷爷。

虽然不曾记得爷爷的模样，她多次想象爷爷像画上的一样，是一位白胡子老头子，长袍，手拄着一根龙头拐杖，很慈祥、和蔼、亲切，脸上常常挂着笑容，不发脾气，不骂人，更不会抬手就打人，拧人。她太想为爷爷做点事了，娘给了这机会，她要使出自己浑身的劲儿做好这顿饭。

她搬了一只小板凳，踩上去。

烙饼的面烫得软，她想爷爷上年纪了，肯定没有牙，面软烙出的饼也软，爷爷吃时咬得动。她把面揉了一遍又一遍，揉好后用擀面杖擀成了长条片状，在上面淋油。娘走时还讲要省油，给爷爷做哩，省什么呢？爷爷一年能吃几顿呢？油多自然香，爷爷吃着也香。她拿着油瓶子淋了一道，又淋了一道。再将盐和调料面均匀地散在油上，用手来回抹了两遍，又多散了些葱花，这是娘吩咐过的。然后横着卷了起来，用刀切成几小段。看着从刀切面流出的油，她笑了。娘在时肯定要说她，但为了爷爷吃得香，值！她拿起切的面段两头拧了几下，往案板上"啪"一放，用劲按下去，再用擀面杖擀成鏊子一样大小的圆形，"啪"往炉灶上加热擦过油的鏊子上一扣，"嗞嗞"一阵响，她双手按住饼子在鏊子上转几圈，再翻个面，几个回合后，饼子边沿处白色的面发青就好了。她一连烙了几张，把所有烙成的饼子都摞在挪出炉灶的鏊子上，用粗布毛巾盖好，保证一会儿献给爷爷时饼还是热腾腾的。

　　随后，巧朵在打好的鸡蛋汁里稍稍加了一点水，她听说加一点点水炒出的鸡蛋香嫩可口，她想，爷爷吃时用没牙的嘴一抿就可香到心里，她的脸上展现出笑容；她又往鸡蛋汁里放了点盐和葱花，用筷子一个劲儿往同一方向打旋，使蛋黄和蛋清融合；放锅加火，上油，油热，将融合好的鸡蛋汁往锅里一倒，"嗞——嗞——"，油在鸡蛋汁的边沿乱炸；巧朵用小铁铲子翻了几下，炒成鸡蛋，盛在碗里，金黄的鸡蛋嫩得发颤，镶嵌在黄灿灿炒鸡蛋中的碎葱花，真像和润的翡翠，她尝了一口，"哎哟！好嫩好香呀！"

　　炸花生米啦。她将花生米倒入炒鸡蛋的剩油里，在锅里用铁铲子不停地翻炒，见花生米颜色变了，捞出盛入盘子里。她想，这么硬，爷爷肯定吃不成，爹爹拿这四样菜，终了还是爹爹下酒吃。把炸成的花生米盘子"嘭"往案板上一放，开始切萝卜丁丁，准备炒萝卜丁黄豆。

　　一切准备停当后，巧朵往锅里放了一点油，油热后，放了花椒和葱花。"巧朵……巧朵……"是巧叶姐的叫声，巧朵探出头应道：

　　"姐，啥事？"

　　"你帮我把院子台阶上晾的鞋拿进来。"

　　"好喽！"

　　等她再回到立炉，锅底已烧成了红色，有了烟火，她又急又慌，立即从水罐里舀了一勺水往锅里一倒，只听"嗞—啦——"声顿起，"铮铮"两声，锅底被冷水激开了两条缝，白色雾气腾起，巧朵傻了，头"轰"一下蒙在那里不动了。

先跳入她脑子里的念头是给爷爷过生日的事因自己而砸了，爹爹两只带风的巴掌和脚会不停地落在她的身上，能活得下去吗?!

她越想越害怕，身体空得像被掏取了五脏六腑，不由自主地发起抖来。忽然觉得自己胯骨一阵麻酥，体内一松，一股热流从腿间而下，她尿了。

"叽喳"一声，是立炉房山墙上透风方孔处，落了一只麻雀在叫，只见它歪着小脑袋看了看，忽地飞走了。

她看了一眼鏊子上摞的在粗布毛巾下盖的饼，又看了看案板上的炒鸡蛋和炸花生米，缓缓从炉灶上端起被冷水激裂的锅，放在风箱旁。站了片刻，她挪动脚步，茫然、呆滞，仿佛踩在棉花套子上，飘飘忽忽走出立炉，走进堂屋，想给巧叶姐姐说说。唤了两声，不见回应。却见堂屋方桌上放着李家兄弟分家的字，她伸手一抓，又飘忽出屋子、院门，往南门外走去。

身后飘出巧叶姐的叫声："巧朵……巧朵……"

不知什么时候巧朵脑子里发生了变化——什么都不怕了！

她只是觉得对不住爷爷，今天是她长这么大第一次真心真意、精心尽力为爷爷做饭，可是做砸了，没有如愿。现在她知道爷爷在什么地方，要在爷爷面前，让爷爷骂自己、打自己；命是爷爷给的，自己笨、无能；应该骂，应该打！

巧朵木木地顺着麦地的田塄直直往南走去。走了有两里地，在一块麦地边有一个孤单的坟堆，坟堆上是郁葱的野草，有几棵酸枣树长得茂盛，小小的圆形叶子油亮油亮很有生气。小巧朵见坟堆就"扑通"跪下，满腹的委屈铺天盖地压在心头，"哇哇哇——"一声一个"爷爷啊"地放声大哭起来。她哭诉自己愚笨得像猪，没有让爷爷吃上自己做的饭；哭诉爷爷拾回她，给了她命，可是爷爷不知道自己的苦和难；哭诉自己已经订婚，本可熬出头了，今天闯下这样的大祸，还不知死活！此时，她渴望爷爷醒来，愿意扑进爷爷的怀里，受到爷爷的责怪，得到爷爷的慰藉！她哭啊哭！不停地哭！

太阳火辣辣地直射下来，燥热的气浪随着夏风熏得痛哭的巧朵头发沉、发晕。她在坟头上那几棵茂盛的酸枣树树荫下仰面躺下。巧朵看见酸枣树树干上有很多大个头的黑色蚂蚁匆匆地爬上爬下，它们相互碰面都是抬抬头，两只前腿捋捋头顶上的两根长须，然后很快让开，自个又匆匆爬走。

巧朵羡慕极了，这些小东西如此和善相处，礼待如宾，它们相遇，像是问好，又像是礼貌谦让。它们之间没有一点过节吗？她很想看见这些小东西相互间发生点恶打，可是看了半天，都是相互谦让。突然，一只小的像细线头的蚂蚁爬了上去，见它慌慌张张往上爬，巧朵正为它的撞入而担心。只见大蚂蚁遇见后先是突然停下，然后前须晃扬两下，谦和地让小蚂蚁爬过，之后恢复了它们平淡的行走，非常从容，没有一点恶举。小蚂蚁像是知道自己走错了路，急匆匆返回，惶恐地往下爬到了酸枣树的根部，急匆匆钻入青草中再无踪迹。巧朵想，人为什么不能这样呢？大人们非要用巴掌撸、用脚踢、用手拧有错的小娃娃吗？此时的巧朵很想变成一只蚂蚁，到它们的世界中去。眼泪又不自觉地从眼角处似小溪静静通过鬓角流到耳后，从耳后坠入土坟堆里。

不知怎地，她又渴望听到娘和姐姐们呼唤她的声音。她抬起了头，耸起了耳朵，听到不知什么鸟在远处隐隐约约地叫了几下，周围寂静得什么都没有。

她顿时感到无比孤独、可怜。

她想着、想着……昏昏欲睡，最后还是睡着了，她睡得沉、死、香，连梦都没有做。

后来，一只野狗把她弄醒了——开始她感到有一种腥臭气味向她脸冲来，后来又感到有软而湿的东西在舔自己的脸，睁开眼睛影影绰绰跳入的是一张长长的毛茸茸的脸，她的第一反应是狼！"哎——呀——！"她失声地使尽平生力量一声尖叫，反而把那只野狗吓得夹着尾巴钻进了麦田。

巧朵才发现天色已经发黑，她立马翻身拼命地往村里跑，一口气跑进了南门。从一个胡同里传来她既心悸又渴盼的娘和姐姐呼唤的声音，巧朵麻利地就势躲进一所茅子。

这个茅子是"凹"形，她蜷缩在茅子里内拐角处一动不动，外边人们的脚步纷沓而至，能清晰地听到邻居们在责怪或劝说爹娘，娘反复诉说她跑出的事因。

"我不是说你们夫妻俩哩，平日里太耗怜娃啦！这谁不知道呀！出事了吧?!"这是本家小奶奶的责怪声。

"这次我和她爹都没回来。"是娘的辩解。

"都怪我，当时我在茅子里，听她叫我，没吱声。我出茅子就不见她了，到立炉上看见锅裂了两条长缝子，心想她跑了，我出来就叫她。不见了，都怪我在茅子里没应她，呜呜……"是巧叶胆怯的哭诉声。

"不怪巧叶女子，你们当大人的，把娃打怕啦。狗狗爸！你就是见不得这女子，女子这娃可怜呀！"是邻家赵婶子的声音。

"别急，想想她平时爱到谁家？去你们大女子家、二女子家找了吗？"邻家李伯伯在问。

"找啦，没有！"巧朵娘回答。

"快到地里去找找。天黑了，现在狼多得很，女子真有个什么，你们两口子在村里怎么活人呢?! 女子都是有人家的人了，真出了事怎么向李家交代呢？你们呀！"李伯伯说道。

"浮山程、浮山程，你这个没良心的东西！"一个细而沙哑的声音，"不让你耗怜女子，你就是不听！出事了吧?!"是党神婆犀利地谴责爹爹的声音。

"婶子、好婶子！这次真冤枉我啦！"是爹爹在哀求和辩解。

"行啦，一点都不冤枉你！你平日里对女子怎样我还不清楚？赶快到村子外边去找呀！死在这里干什么呢?! 找不回来你一天好日子别想过！"党神婆发怒地嚷道。

"女——子——！""巧——朵——！"娘呼唤着。

"巧朵——，巧朵——！"是爹呼唤着。

"巧朵妹——，巧朵妹——！"姐姐们呼唤着。

巧朵真想出来，但她却蜷缩得更紧，浑身哆嗦得更厉害了，没有动一点。

呼喊声渐渐地远去，村里到处都是"女——子——"的喊声，悠悠地在上空飘浮，是急切的呼唤，更像是急切的阴阴的招魂。

天黑得伸手不见五指，长空中星星不停地眨巴眼睛，忽地一颗流星划去。"女——子——"的叫声渐渐隐去，万籁俱寂。凉飕飕的夏风不住地向蜷缩在茅子拐角里的巧朵身上侵来。她感到周身发冷，不住地哆嗦，不一会儿就昏睡了过去。

发现巧朵的是村里有点名声的二赖子黑狗。

天刚麻亮，黑狗趿拉着一双露大拇指的单鞋，刚从赌场上下来，迷迷糊糊走进巧朵躲藏的茅子里。

当他蹲在茅坑拉屎时,抬头看见拐角有一堆黑黑的东西,以为是一只卧着的狗,便随口骂道:"狗东西,饿急了!老子还没拉完。真是拉屎的不急吃屎的急!等等啊!"

但拐角没有动静,二赖子觉得不对,狠狠地揉了一下眼窝,发现是一个娃!他"啊——!"了一声,提裤子跳起瞪大牛眼!"这不是浮山程家的女子吗?昨儿黑夜还找呢!怎么在这里?"见这女子没有吭声,摸了一下女子的额头,"呀!"烫得像一块火炭,脸赤红赤红。他提着裤子跑到街道上惊慌地大喊:"快来人哪!浮山程家的女子找到啦!快来人哪!快来人哪!"

黑狗惊慌的喊声划破了驿寨村清晨的宁静。

先出来的是赵婶子和李伯伯,还有茅子的主家赵爷爷,西头的神婆党婶子也闻声摆着小脚跑来,大家都很惊喜,党婶子对着黑狗嚷道:"黑狗!快去叫浮山程那一家人呀!"

正急得嚷着,巧朵娘和她的五女子巧叶急火火跑来了,后面跟着的是浮山程。巧朵娘哭着钻进茅子,一把抱起浑身发烫蜷成一团的巧朵,把脸紧贴巧朵,"呦"地吓了一跳,疯也似的往十字口赵先生家跑去。

到了赵先生家,只见巧朵蜷曲的胳膊手中死死攥着两张麻纸,是李家老大和老二的"分家字",巧朵娘的心里"咯噔"了一下。她瞪了一眼身旁的狗狗爹,伤痛和凄凉感油然而生,对着昏迷不醒的巧朵说:"女子,娘和爹对不住你呀!"老泪潸然而下,浮山程也滴下了浑浊的泪水。

第九章

巧朵是惊吓、着风引起的高烧。让十字路口张先生看了看，开了几服草药，发了发汗，养了几日后好了。

爹娘没有怪罪、责难，更没有打骂她，甚至连一句难听的话也没说。不过却加快了巧朵和李家老二完婚的进程。

用巧朵娘的话说："狗狗他爹，女子心已经飞了，她病成那样子，手里还攥着那两张分家字不放。"

娘还说："心不在了，不知道还会出什么事，我看早些把事办了吧！"

娘又说："什么风俗不风俗，四女子和五女子不嫁不要紧。就说李家催得急，他们老二年龄不小啦！毛三十的人了，也不能再等啦。"

浮山程松口说："既然这样，也在理儿，那就收麦后办吧！这还要和成锁说一声。"

夏至粮入仓，农家人人喜洋洋。

巧朵的婚事是在夏至这一吉祥之日举办的。

一大早，太阳红白红白的，天上一丝云也没有，蓝得深透深透。

其实，巧朵醒得很早，鸡叫了两遍她就辗转反侧睡不踏实了。她想，娘对她真不错，特意进城为她扯了有暗牡丹花的绸棉袄，又做了一件红绸子衫，这是过事就要穿的；最让她没有想到，也让她万分感动的是——娘竟然将自己戴了几十年的金戒指戴到了她的无名指上，她抱着娘哭了好一阵子；鞋是她自己做的，特意在鞋面上绣了粉红色的莲花、翠绿的荷叶、倒圆锥形绿黄色的莲蓬、象牙白的莲藕。她早常听人说：脚踩莲和莲花，家旺子多福气大。

是的，现在她彻底明白，出嫁是她的渴望。

出嫁，出嫁，实际是女人进了自己的家，到了男人的家，才是自己的家。

娘家，娘家，很清楚，那是女人娘的家。

天亮后，她就要离开不是自己家的娘家，进到自己的家了。

她期待着。从李家老大和老二"分家字"里，她清楚地知道，自己的家有十几亩地、一面院子十几间房，院子里那高高的五间北房属于住在其内的老太奶奶。"字"上说得清楚，谁为老太奶奶养老送终，此老北屋就归谁。巧朵暗暗想，既然住在一个院子里，就应照料老人，一口饭的事，没有什么，是做孙子辈天经地义的事，一定要为她老人家养老送终，之后这面院子和老五间北屋不就是自己的吗？这可比爹娘当初来驿寨村强多了。自己再好好干点挣钱的事，再置上几亩地，生上一窝儿女。她的脸和全身都在发热，将被单子往上拉了一下，蒙住了头，心里的欢喜像湖中涟漪一圈一圈展开。

鸡又叫了，天有些发亮，燥热得很！她把被单从头上揭开，看见两个姐姐睡得很沉，轻微均匀的鼻息声"吱儿……吱儿……"像纺线车纺线时发出的声响。那三辆纺线车，此时，两辆挂在炕下的墙壁上，一辆放在炕上小矮柜子上，旁边堆放着一捆还没有纺完的棉花穗子。小矮柜子里存放的是她们姐妹的衣物和一些小物件，有大姐巧灵送她的一个小香包，二姐巧巧送她的小绣球、小珠子和铜线，还有一枚铜纽扣。今天就要离开这里了！可这旮旯拐角里都存着她们姐妹的烦闷和快乐，真舍不得啊！

她猛然又发现窗子的角角放着一只小黑碗，那是好多天前，被人发现她病在南门口茅子里，抬回家发汗喝草药汤用的碗，泪珠刹那间簌簌地流下，她想起了自己十几年来的件件事。

过了一会儿，听到外边有人在扫院子，这肯定是爹爹；立炉里有了洗刷锅碗瓢盆的响声，那肯定是娘或者是来帮忙的邻居。她真想起来，又怕姐姐笑她。

正在犹豫的时候，娘敲了几下窗子说："女子，你还不起来收拾，亲戚来就忙了，还有空吗？"听到娘的话，心里不由得紧了起来。

她换上了里外全新的衣服，外边穿的是那件有暗牡丹花图案的红绸衫，觉得自己脸映得有些发热；娘又为她梳头，不知从什么地方寻来了三朵绒红花，别在了鬓角；娘还借来了一顶凤冠。

院子里已经人声嘈杂了，从远处也隐隐约约听到了《百鸟朝凤》的唢呐声，肯定是从李家院里传出的。巧朵心一阵阵发慌。

成锁的老伴掀开门帘进来了，巧朵亲切地叫了声："成锁奶奶！"奶奶眯起眼睛看了看巧朵，猛地睁大了眼，嘴张得多大说："哎哟哟！你看我们女子真俊呀！红衣、红花把脸照得多好看。圆圆的脸蛋像一颗桃子，粉红娇嫩的，眼睛亮得像天上的星星，那蛋儿真有福气！"巧朵听到奶奶的话，泪水从眼角溢出。成锁奶奶赶快劝说："女子呀！今天是你的大喜日子！不能哭啊！"

"婶子，您来啦？等着您呢！快里屋坐，先吃面。"外边传来了爹爹高昂的招呼声。

"我吃了，女子呢？我进屋看看！"一听那沙哑的嗓音就知是西头神婆党奶奶。

党奶奶迈着小脚一步跨进了里屋。"呦、呦、呦！女子，哭啥呢？谁惹你啦？是你那爹还是你娘？给我说，今天是喜日子，不要哭啊！"说着向前帮巧朵擦了脸上的泪珠，嘴里还不停唠叨，"今天要高兴，我听见李家那边的锣鼓响声啦！去去去！给女子下荷包蛋面去！"

乡里的规矩，嫁女方只要听到男方唢呐锣鼓的吹打声，要嫁的姑娘不能下炕，再沾娘家的地气，要等新女婿登门把姑娘背到花轿上，表示姑娘一心一意向着女婿；要在娘家炕上吃最后一碗荷包蛋面条，寓意姑娘愿意嫁给新女婿，合美如一，福气永长。

巧朵刚吃了荷包蛋面放下碗，就真切地听到从李家院方向传来的唢呐吹出的《乘龙快婿》的调子，知道李家娶亲的人马已经出发了。

院子里猛然喧闹起来，爹进屋把祖先的牌位和神子轴图[1]展开，摆上供品，烧了香炷。娘进屋把堂厅的方桌擦了一遍，摆放了一壶茶水和两把靠背座椅；巧朵的两位姐姐进里屋陪妹妹了，还有大姐和二姐，她们也从婆家回来参加妹妹的婚事。

娘把外边的事打理顺当也挑帘进到里屋看巧朵。她呆呆地看着巧朵，想说什么又说不出来，只是一个劲儿地抹擦泪水，巧朵懂事地向前倾身抱住娘。

"咚——叭——"一声双响炮在空中响起，接着是锣鼓声、唢呐声喧天。

"新女婿来啦！新女婿来啦！"先跑进了一群喧闹的小孩，随之由大人们簇拥着进来一位中等身材壮实的青年，头戴一顶有红花翎的瓜皮单帽，身着一

---

[1] 神子轴图：临汾地区民众将去世的先人按辈分排列写在纸轴上，叫神子轴图。每逢大的节日、红白事，展开挂起供献，以示不忘祖先。

件黑色绸长袍，前胸有一朵大得几乎把前胸脯子盖住的用红绸子布编织成的大红花，两肩交叉披着红绸，目光炯炯有神，却透露着腼腆和羞涩，满脸堆着笑，却显得生分和不自然。其后紧紧跟着媒人成锁，到了南屋门前，媒人高声喊："姑爷到！"

党神婆走出屋站定，满脸是笑地说："来来来！进屋！进屋！"

院子里锣鼓唢呐喧天，鞭炮声震耳欲聋。

巧朵爹娘面带笑容，正襟危坐。

成锁立即大声道：

"李府芳新婿，拜见岳丈岳母大人！"

府芳先是怔了一下，马上整理衣帽，恭恭敬敬，撩起长袍前襟片，向前一步，低头就拜，起身后字正腔圆地恭维道："岳父母大人安好！"

巧朵爹娘颔首示意接受，微微欠欠身子。然后浮山程说了句："拜神子吧！"

府芳在党神婆子的引导下，恭敬局促地向浮山程祖先牌位上香，行三叩首大礼，按当地风俗，程家算是接纳了这位新女婿。

这时的岳丈岳母要吩咐几句话，如：我女子就托付给你啦，你们要互敬互爱，相敬如宾，早生贵子，白头偕老。可是当蛋儿刚刚恭敬地立于巧朵爹娘面前时，里间房的门"叭啦"关了，旋即传来巧朵的啜泣声，而且一声比一声大。

堂厅的人齐刷刷地扭头往里间看，又互相看了看，再都看浮山程。

浮山程丝毫没有动，脸拉得多长，扭头对着里屋呵斥道："女子，哭啥哩！不要哭了，今天是什么日子?！别哭了，哪一点做的对你不好啦？"

浮山程本想依仗平日在家的威力，一句话平息屋里的动静，谁知这一呵斥，不但没有平息，巧朵的哭声反而变大了。

巧朵在屋里仔细听着屋外堂厅的动静，当听到爹爹说"拜神子吧"时，她猛然觉得自己成了李家的人了，顿时委屈和忧痛涌上心头——自己用婚姻为程家换了一面院子，嫁给李家的赌鬼老二。

想到这里，她下炕把房门扇用力"叭啦"一关，啜泣起来，而且越哭越伤心，越哭声音越大。

她爹在堂厅那句"哪一点做的对你不好啦"像一根长长的针猛刺到她心里。她明白爹说的"哪一点做的对你不好啦"是指自己的嫁妆，不但满足了自己的要求，而且还特意陪嫁了一排炕上的漆画小矮柜，这是当时有钱人家才能做得到的。但是巧朵不这么想，她觉得这些嫁妆，或者比这些再多百倍的嫁妆，都不能和她往后活着的日子在一个秤杆上称。

"哪一点做的对你不好？"她心里暗暗想："哪一点做的对我好呢？！"她的心就像外边的鞭炮一样不住在心里炸开，一下子想起十五年来在程家的日子：被扔进壕沟、被嫌弃、被耗怜……那一盆盆尿屎布和那一双溃烂的手；那一捆捆纺不完的棉花穗子；那锄不完的地和脸上被大巴掌撸的印子；那血淋淋的牙齿囫囵吞进肚里和被踢得一拐一拐的样子……一幕幕在脑子里翻腾！这是煎熬。一天天的煎熬啊！委屈和伤痛变成了汹涌澎湃的巨浪，撞击着她的胸膛，再不是哭，是大声地号！后就是"爷爷啊！爷爷啊！"地呼叫……再往后是"我的命怎么这样苦啊！……我是蝎虎子托生的，为何要托生到人世间呀！受人世间的苦难啊！我的蝎虎子亲爹亲娘呀！你们怎么不管你们这命苦的女儿，好狠心的爹娘呀……老天爷！我前世欠了多少账？还清了没有呀？老天爷！您告诉我呀——！"

巧朵就是要号啕大哭，要哭个够，这一肚子的苦水不能带进自己的家门！要哭得全村人都知道！方圆五村，天下人都知道自己十五年来的苦难！……

在"哪一点做的对你不好"这句话的刺激下，巧朵的性格瞬间发生了根本的变化，或者说巧朵原本的性格被"哪一点做的对你不好"这句话激发了，那些苦难塑造出的她的性格是：倔强、刚强、不服，而软柔、顺从、犹豫、懦弱被永久地剔弃了。

她响亮、悲怆、凄凉的哭声很像十五年前她被遗弃时的哭声，村里人无不为之掉泪，窃窃私语着巧朵的苦难，同情地说："哭吧！哭吧！让孩子哭个够……"

那凄凉的带有数落的号啕大哭，一声高过一声，好似给李程两家的婚嫁事蒙上了一层暗暗的阴影……

浮山程原以为哭两声，数落几句就过去了，谁知这哭声没有尾，浮山程脸拉得阴长阴长，焦急地不住叨叨："狗狗娘！进屋去，劝一下你那没完没了的女子。"他再不敢呵斥，像是央求，坐下起来，起来坐下，在堂厅不住转悠。

狗狗娘一边擦泪，一边看丈夫，又看成锁叔，再看党神婆婶子，就是不敢看呆滞的女婿，不知所措。

新女婿两手在胯腰间一个劲儿上下搓动，胸前的红绸花都斜到一边了，更不知所措。

堂厅进来的人也多起来。

这时党神婆子大声呵道："浮山程，你瞎转悠什么呢？进屋去劝你女子呀！听到了吗？"她又对呆滞在那里的新女婿喊："蛋儿、蛋儿，跟你丈人去劝说你媳妇去！我也去劝！"

人们立马为三人闪开一条路，党神婆上了炕，从后面搂住了巧朵，温情地说："女子！我的好女子！你听奶奶几句话。我们不是还要把日子过下去是吗？要是今天就不过了，奶奶今天什么都不说了，要过就得往后想，日子长着哩！像我们女子这样的脾性和苦性，女子，我敢说，你今后的日子要强得多。"

"我们把话撂在这里，咱奶孙俩走着瞧。"党神婆把话说到这儿，略停顿了一下，继续说："女子，今天你该说的话也说了，该哭的也哭了，你爹娘心里也清楚，他们也后悔！日子不能倒流，怎么办？日子不是要往前走嘛！往前过嘛！今天把婚事办了，这不是蛋儿也在这里，这小伙子也是个老实人，厚实的小伙子。就是有个坏毛病——爱赌。说也难怪他，爹娘走得早，他哥又不管他。这过事后，你把蛋儿管住，改了这坏毛病，肯定是个好小伙子。你们又分了家，各过各的日子，看这蛋儿壮实劲，是个过光景的好手。"

说到这里，党神婆用手捅了一下蛋儿，努了努嘴，让蛋儿说话。

蛋儿的手搓了搓自己的袍子，支支吾吾地说："奶奶……奶奶……奶奶说得对！我……我今后一定改掉……改掉这坏毛病……坏毛病……好好……过日子。"

里屋人都笑了，党神婆又接过蛋儿的话说："女子，你在娘家受的苦，我们全村人都知道了！"说到这里巧朵又放声大哭。

神婆奶奶马上换了话题，说："行啦！行啦！我们不说这个啦。女子，刚才蛋儿的话听到了吧？我说呀，日子还得你们两口子过，家也分了，和别人无相干。也不能老想着过去的苦，要想办法过好现在的日子才对！想今后才对！是吧？女子！"说到这里，巧朵不哭了，转过身一扑搂住了党神婆奶奶。

浮山程见状带有浓浓悔恨的语调说了一句："女子，爹平日做过啦！"不知巧朵是否听到，只听她哭诉道："我的命好苦啊！"

浮山程随后长长地"唉——"了一声，一巴掌拍在自己大腿上。

巧朵娘过去一扑将巧朵搂在怀里，母女俩痛哭起来。

巧朵娘哭道："女子啊！爹娘实在对不住你啊！那时，我们家穷呀，实在是没办法，养不了你呀！事后我们后悔一辈子啊！你爹的脾气不好。女子呀！不要记恨你爹了，他一辈子太不容易了，从山里到这里，养一大家子能过来也不容易啊！我也知道，现在享了我女子的福啦！"说着娘也"呜呜"哭了起来。

党神婆赶紧凑上去说："你们母女俩不要哭啦，行啦，这事还要往前走呢！"说着又把嘴撮成一个小圆筒，两手捂住，单凑在巧朵的耳朵边悄悄地说："没生下你的时候，你爹娘去我那里跑了多少次，知道吗？你是天神身边的人，命大着哩，不一般，好日子等着你呢！你的光景肯定是咱村数一数二的人家，不信等着瞧！女子，听奶奶的话，不哭啦！我们今天把婚事办好！哦！"

巧朵哭着微微点点头，把娘搂得更紧了。

娘趁势捧起女儿巧朵的小圆脸，心疼地擦拭了一下，忙往脸上扑了一些粉，梳理了一下零乱的头发，整整头顶上的凤冠，将一块红色的绸布缓缓地盖到女儿巧朵头上。

党神婆赶紧溜下炕，到院子里仰起脖子高喊："起——乐——！"

马上锣鼓唢呐齐鸣，鞭炮声冲天，程家院内热闹起来。

党神婆回到屋里用手猛捅了一下蛋儿。"愣站着干啥！背你的媳妇上轿啊！"

蛋儿忽地醒悟，到炕上抱起巧朵，跨出程家南屋中门，跑步又跨出院子大门，像是抱着红红的花朵向大门外的大花轿跑去。

成锁大叔扯开嗓子高喊："起——轿——"

"咚——叭——"一个两响炮冲天炸开，锣鼓唢呐喧天，人潮涌动，朝李家大院欢快热闹地奔去。

第十章

闹新媳妇的人们已散去。巧朵坐在炕的边沿低头不言语，蛋儿坐在炕下一条板凳上，更像是一只呆鹅。

门帘子忽地被掀开，是嫂子，只见她笑呵呵地说："哟哟哟！你们小两口坐在这儿干啥？蛋儿快到立炉端荷包蛋去，吃了歇息吧！已经累了一天啦！"

女子巧朵忙起身说："嫂嫂，我去端。"

嫂子笑着说了句："知道心疼男人啦！"

巧朵只是微微一笑，跟着嫂子去了立炉。

蛋儿和巧朵吃完荷包蛋，又陷入不知所措之中，谁也没有说话。

蛋儿大胆地瞅巧朵一眼，见她圆圆的脸庞透着稚气和粉红，像是熟透的桃子。

在她那桃形脸庞上有似有若无的绒绒毛，在红色蜡烛灯光映耀下闪烁着无数的光影子。

他的心在发热，在膨胀，真想伸手摸摸，但退却了。突然，感到口渴得很，咽了一下口水，想喝水，看碗是空的，见炕沿角边炉灶上有一只水壶，起身拿到了手中摇了摇，对着壶嘴咕嘟、咕嘟、咕嘟，响亮地喝了个够。

巧朵默默地看着，她不禁笑了，笑得单纯、清澈、真切，似泉水一眼见底，似晨雾中的花，鲜艳中带着含蓄和羞涩。

蛋儿憨憨地用手背抹掉嘴边水问："你笑啥哩！"

巧朵被突如其来的问话逗得咯咯地笑了，心想这么憨气的快三十岁的小伙子，就势笑着说："我笑你喝水像饮牛，慢点喝，别呛着！"

蛋儿对巧朵关心的话感到亲切、享受，不知说什么好，又是憨憨地一笑："我口干渴得很，喝得猛了。"

"我再给你倒些水去。"巧朵说着起身拿壶。

蛋儿慌不迭地一把抓住了巧朵的胳膊说:"不不不!我不渴了。"然后羞涩地又像乞求地说:"女子……不不不……巧朵,鸡都叫啦!睡……睡吧!"

巧朵深情地瞅了他一眼,夹带着撒娇的口吻说:"我不,我不,我不嘛!"接着又肃然地说:"我还有话给你说呢!"

"你有什么话?你说我听着。"蛋儿老实巴交地站在了巧朵面前。

"你必须给我说心里话,不能哄我!"巧朵嗔了蛋儿一眼,娇气地说。

"哦!我知道。"蛋儿憨憨地答。

"今天,你在我们家说的改掉坏毛病是真的吗?"巧朵温存地问。

"真的,绝对是真的,这是我的心里话,要过日子就必须改掉这坏毛病!"蛋儿急了,只怕巧朵不信,坚定地说。

巧朵看蛋儿急得那样,笑了一下,感觉他说的是真心话。

"我再问你,分家是真的吗?"

"真的啊,我不是把分家的字都交给你了吗?"

"那么,为什么我们的新房不在我们自己的西房里,而在你哥的院子西房里呢?"

"这……这……这是临时的,过事后,我们就搬过去,你说什么时候搬,我们就什么时候搬。"蛋儿慌了神,话接不上来。

"行吗?"巧朵认真地问。

"保证!我发誓!"蛋儿急切地答。

巧朵这时微微抬起头,深情地看了一直站在自己面前且比自己高出一大截的男人。四方脸盘子,鼻梁挺直;眼睛虽小,还是双眼皮,蛮顺眼的,亮亮的透着几分精明;嘴唇厚厚实实,周边是青色的;说话时总是带着憨憨的劲儿,老实里有些笑人,让她无法把这个男人和赌鬼联系在一起。巧朵觉得自己有些分神,满脸飞起了一层红晕。

她在心里想,我必须在今天晚上把过日子的事说清楚,否则心里不踏实。为此,她又来了精神,挺起胸正经起来说:"蛋儿!"

蛋儿不知所措地应道:"哦!"

"从今天起你我就是一家人了,要在一起过一辈子。有些事我要说开,不愿意掖着藏着，你知道吧？在一起一辈子就是过一辈子的日子，有三件事你要在今天答应我，你也能做到。"巧朵直直盯着站在她面前的蛋儿，满眼都是期待。

"巧朵，你说吧！我们是一家人啦，要在一起过一辈子日子，只要是过日子的事，我都答应。"蛋儿根本没想到，这十五岁的小媳妇在新婚的头天晚上，能提出三件事，心里真有些忐忑起来。

"第一件：你必须改掉赌博的坏毛病，这你已经答应过了，但我还是要说。人常说家有万贯，养不了一个赌博汉。如果你不改这坏毛病，这日子就没法过，你必须保证。第二件：必须和老大按分家的'字'分清楚，各过各，决不混在一起，我们家不养活一个抽洋烟的。明天就搬进老太奶院子西房里去，过好过赖是自己的日子，你必须答应。第三件：这个家我当，你现在要听我的，家里的钱我管，家里活儿我安排，等你改掉了赌博的坏毛病，我把家交给你。但从现在起我当这个家。你要答应我。三件事全是过日子的事。你答应，咱们就好好过，不答应，或者答应了做不到，我有我的想法。"

"反正是嫁出的女子，泼出去的水，我什么也不怕。今天你都看到了，我爹耗怜了我十五年，我就是要在他嫁女时哭号，让他嫁女也不得安生！让方圆五村人知道他是怎样耗怜亲生女子的。我说完了，你说吧！"

巧朵将这番真情实义又有要挟的话扔给了蛋儿后，努起嘴生着脸，眼巴巴盯着自己这位近三十岁的男人，等待着，期盼着。

蛋儿认认真真地听完自己新媳妇一口气说完的话，也倒吸了一口气。但是句句有道理！全部是掏心窝过日子的话！一个男人，一个近三十岁的男人能说什么呢？答应！全部答应！一切都由老婆当家，按老婆的想法过日子，这又有什么不适合呢？这小媳妇真行！感慨在心里激烈地翻滚！是过日子的女人！我听她的话！

马上他又想到，自己肯定是要得一个怕老婆的名声。怕老婆又有什么不好呢？省心！只要能过好日子，能把日子过到别人前头，老婆当家也好！唉！他在心里又叹了口气，谁让咱身上有毛病呢?！

想到这里，他反倒松了口气，挺了挺胸，向前一步，把两只宽大的手搭在巧朵瘦弱的肩头，坚定地说："媳妇！你的话我懂，都是为了过日子，为了咱们这个家，从今天开始，家你当，都按照你说的办。你刚才说的三件事，我全部答应，发誓答应，如做不到让五雷劈……"蛋儿"劈死"的"死"还没出口，就让巧朵双手捂住了嘴，随即说："行啦！谁让你发这样的毒誓啦?！"

蛋儿接着说："我从今天开始不赌了，在家守着我媳妇，听我媳妇的话，好好过日子。明天我们回门回来，下午就搬家，把牛也牵过来，安顿秋天庄稼地里的活路。"

巧朵深为感动，她深情地瞅了蛋儿一眼，莞尔一笑说："看把你急得，明天回门我不去，你一个人去，我不把自己的家过个样子出来，绝对不会登娘家的门，这是我答应娘嫁给你们李家时就想出来的志气。你去就说我累啦，不打紧，你去就是了。我在家把西屋打扫好，顺当的话，明天我们就可以住进自己的房子里。"

巧朵停顿了片刻又说："蛋儿，牛等后天牵，要牵就牵两头。你哥要问，你就讲我们喂不用他们的饲料，而且他们想什么时候用就什么时候牵，用一次牛出一次饲料，不能耽误我们的农活。你哥如果不愿意，让他给牛估价，让给我们一半牛价，我们买个老驴用，反正不能混在一起。你不好意思说，后天我跟你哥说。后天我们犁麦地，先把玉米种上。我这里还有姐姐平日给我的一些零钱，等种完玉米，上集买个半壳郎子猪娃，先喂着，到年底卖掉，我们俩就可过个好年！"

干巴脆的一清二楚的有谋略的话，让蛋儿这近三十岁的男人惊讶和兴奋！

他突然把左手一下伸向自己媳妇双腿下，右手搂住了媳妇臂膀，压着嗓子从喉腔里亲昵温厚地喊了一声："我的亲媳妇，我听你的，全听你的！"一下把巧朵抱了起来。

巧朵吓了一跳，"哎哟"一声，随后用她那小拳头使劲地砸在蛋儿宽厚的胸上，她即刻感受到这个男人的厚实、坚硬和温暖。她又深深地一笑说："你干什么呀！放下！放下！"却双手温存地勾住了蛋儿的脖子，投入了蛋儿的怀抱。

蛋儿把巧朵放到炕上，嘴里不断喃喃地说："好媳妇，天不早啦！有话明天再说，睡觉吧！睡觉吧！"他温暖的双手轻轻脱掉巧朵鲜红的衣服，又脱光自己，将他那宽厚的胸脯，像一张厚实、燥热的被子盖住了瘦小圆圆的巧朵。她轻轻"哎呀"了一声，任蛋儿摆布，喃喃呻吟起来，从来没有过的甜蜜、欢快、幸福踏实地流遍她的全身。

第十一章

事情并没有按照她的意想进行，第二天没有搬进自己的西房，分家还经过了一番争执才按照分家字彻底分开。

蛋儿第二天独自回门去了，巧朵整整一个上午把原中央院的西屋打扫得干干净净。

西屋南、北、中三间，和老北屋住的老太奶奶在一个院子里。

她站在西屋中间堂厅里计划着，把北间作为自己的居住间，南间暂可作为立炉和堆放杂物的地方。

她笑了笑，走出屋子，在院子里收拾杂乱的物品，清理了一番后直起腰看着属于自己的院子，心头一阵发热。

"小媳妇，小媳妇。"有一个颤巍巍的声音灌入她的耳朵，她随着"小媳妇"的声音追去。只见从高大连排五间的北屋中间门中走出一位白发苍苍却梳理整齐穿戴周正瘦小的老奶奶。

巧朵先是一愣，随即就灵醒过来——这肯定是老北屋的老太奶，昨天在婚事上依稀记得跪拜过的就是她老人家。

"太奶奶！"巧朵亲切地唤了一声，赶快跑了过去。跑得急，没有在意脚下台阶，绊住打了一个趔趄。

"哎呀！慢些，慢些！"老人家紧上了两步，迈出了门槛，扶住了巧朵。

巧朵赶紧笑着说："太奶奶，您门阶高，小孙子媳妇真不好攀呀！您看，我进门就要先给老太奶磕头哩，不磕头台阶都不答应！"说完"咯咯"笑个不停。

"哈哈哈！小媳妇，你说话真好听，今儿个我就把这台阶垫平，让我这小孙子媳妇进出顺当，行吧？小媳妇，进老太奶屋里坐。"说着老太奶将巧朵往屋内领。

巧朵"哦"了一声，亲切地握住老太奶的手，顿感老人家的手骨冰冷，还有些发颤，怜惜地搀扶着老太奶一同迈进高伟的老北屋，啊！这么豁亮！马上感到自己矮了一截子。宽敞的堂厅靠背墙有一张边沿满是雕花的方桌，方桌擦拭得油光锃亮，弯弯曲曲的木纹在黑红色中清晰可见，非常结实稳当沉重；桌子上左边有一只很高的蓝花瓷瓶，瓶上周围都是花鸟，很好看，喜庆；方桌上正中央放有一座尺八见方、边沿全是木雕花的镜子，明镜见光；两边是两把高靠背圈椅；在方桌的背墙上悬挂了一幅松鹤图，图中黑白鲜明红顶的两只鹤一只仰天伸颈长鸣，一只静卧安详，松树苍劲挺拔，画轴两边还悬着青色缎面裱的对子，她不识对子中的字，只觉得像画，清雅工整；仰头看房子顶部，是几根木檩子，檩子上是木板铺设，自然地将房子分成上下两层；中间檩上有窝家燕，当婆孙二人进入屋堂内，两只小燕子在堂厅里"叽叽、叽叽"飞转了几圈，仿佛热情欢迎巧朵，又落回它们巢窝内，还是不停地"叽叽"着。

巧朵顿感到这老北屋堂厅有干净、明亮、贵雅之气，又有殷富之家的舒服、温馨、敞亮之感，这让她很羡慕和向往。

"小媳妇，走走走，走啊！里屋里坐。"老太奶拉着巧朵的手不放，往屋里去。

巧朵扯了一下，亲切地说："不不不，太奶奶，不啦！你看你小媳妇身上全是尘土，刚打扫完西屋。"

"哦——"老太奶扭过头看了巧朵一眼，顺手拨去了挂在她头发上的蜘蛛网丝，说："唉！那西屋已经很多年没人住了，说起来光绪十九年到如今了。当年是你小爷住在这里，那年闹饥荒，他带着家人闯宁夏，听说没过黄河就被饥民害了，可怜呀！"老太奶好像是流泪了，用手掌使劲地擦了几下。

"小媳妇，不进里屋就坐在堂厅，你坐，我给你说。"一把将巧朵按在方桌右边的圈椅内。

老太奶继续说："那西屋里很多红木家具，都被你家老大……"老太奶仰了仰头，示意指后院，"蛋儿他哥卖光抽了洋烟啦！败家的货！我老了，没办法呀！我要在人家锅里吃饭哩！好好的光景被他们父子几辈人败光了。我老喽！有今日没明日，不愿再生气。这不，前几天看上我这里挂的松鹤图，让我骂走了。我说：'我不死休想拿！'"老太奶下陷很深的嘴不停地蠕动着，看上去生气了。她又用手掌揉了揉浑浊的右眼，像是又有泪水。

"你来西屋，往后我就有伴了，你要常到我屋里来坐坐，说说话，不要嫌弃我老啊！"太奶奶亲切热情的话里，流露出凄凉和孤独感。

"太奶奶，看您把话儿说到哪儿了，我做小辈的，常来照顾您老人家是一百个应该的，哪能嫌弃呢？太奶奶，您的尿盆子从今天起我给您倒！"巧朵甜甜地回答老太奶奶。

"那太好啦！我老啦，每天早上后面老大媳妇给我倒尿盆子时嘴里总是嘟嘟囔囔，唉！没有办法呀！"她又开始揉起右眼。

巧朵看在眼里，关切地问："太奶奶，您的右眼怎么啦？"

"呀！小媳妇，你真细心，好几天了，老觉得里面有什么东西。"

"太奶奶，让您小孙子媳妇看看？"说着起身走到老太奶面前，老太奶仰起头，等待着。

巧朵将手在自己衣服前襟内侧擦了擦，把老太奶那只布满皱纹褶子的眼皮往外翻，湿滑湿滑怎么也翻不开，她急忙说："太奶奶，太奶奶，您的眼皮不要用劲！"

"哦哦哦！"太奶听话地回答。可是刚翻开，老太奶一眨眼又闭住了。

急得巧朵实在没办法。她干脆把老太奶的下眼皮往下拉，凑近一看，才发现在那发黄的眼珠边处，有一个小黑点点，比半颗小米粒还要小得多。先对着眼睛吹了一下，眼睛又闭住了。急得小巧朵说："太奶，你撑住，有个小黑点点，别动别动别动！哦！"

她再次拉开眼皮，看准那个小黑点，踮起脚尖，用自己衣服的前襟角，轻轻一擦，下来了。她小心地捻在自己的食指上，用大拇指肚感受了一下，硬硬的，说："太奶奶！你眨一下眼，看好受了吗？"

老太奶眨了两下眼，挤出了几滴泪水，小巧朵赶紧向前帮着用袖子擦干，急切地问："太奶奶，再眨一下，怎么样？"

老太奶又眨了几下眼睛，连连笑着说："嗯！好啦！好啦！"

"您看，"巧朵伸出食指肚儿，说，"您看，就是这个小黑点，像是煤渣子。"

"哎呀！前天上午我砸煤啦，就是那时溅上的，这几天真把我难受坏啦！

小媳妇，你一定过来住，住过来，我就有指望啦！"老太奶笑着满怀期待地说。

"女子，女子。"从院里传来一阵蛋儿的叫声。

"我在这里呢，老太奶屋里呢。"巧朵应声走出老北屋。

"怎么回门这么早就回来了，没让你吃饭？"巧朵又问。

"府芳，过来，什么事？到我屋里来说。"老太奶跟在巧朵后面说。

"也没什么事。"

随后三人一齐进了老北屋的堂厅坐定。

蛋儿顺手搬了一个小板凳坐下对着巧朵说："回门的事让你爹娘把我骂了几句，嫌我一个人去，说你是蝎虎子，哈哈哈，心硬！我看那架势，放下礼就回来了。"说完自己也笑了。

老太奶刚刚醒过神儿来，恍悟地说："呀！我的小媳妇，今天是你回门的日子，怎么能让府芳一个人去呢？这可是你的不在礼了。赶快去去去，和府芳再去一趟。"老太奶奶起身往外推这两口子。

巧朵笑着把老太奶搀扶到圈椅里说："老太奶，不打紧！他们知道我不会回门的，耗怜了我十五年，我才给他们一次难看，蛋儿去回门这是说人家李家是讲礼节的，我从出嫁那天就立了志气，光景不过出个样儿，不会登娘家门。要他们看看这蝎虎子托生的女子是怎样把光景过起来的！"

"嗯！你说，还有什么事？"巧朵扭头直直地问蛋儿。

"我回门回来，就和我哥说要搬回西房住的事，我哥就火啦！说'头天过事，第二天就分开过，我这脸往哪放？说好听点是分家，说不好听点是我把你们撵出去了，不行！'你看咋办？"蛋儿一脸的无奈，等着巧朵拿主意。

巧朵顿了一下说："这样，大哥说的有些道理，但是不能超过十天，我们必须搬出后院自己过！太奶奶，您说对吧？"说着扭过头对着老太奶奶。

"府芳！"老太奶很严肃地叫自己的重孙子，说，"你媳妇说得对，既然家已经分了，就应该分开过。我看小媳妇的主意定真。"老太奶赞许着巧朵。

"嗯！我说，"巧朵又对着蛋儿说，"我们听太奶奶的，再难也要分开过，搬过来住，明天我们俩光把自己那几亩地收拾一下。东门外卸盔堆旁那块地犁耙后点种棒子[①]；村南官道西边那两块地，再合计一下，也要犁耙出来，种些

---

① 棒子：方言，意谓玉米。

谷、䅚黍①和糜子。"巧朵又是安排又是计划的。

老太奶听着很感动,她叫自己重孙子说:"府芳!你媳妇是个好媳妇,别看年纪小,是个过光景的主儿。你一定要改掉赌博的坏毛病,听你媳妇的话,这没有错。"老太奶从感动变成了教育自己的重孙子。

"老太奶,我知道啦!"蛋儿看了巧朵一眼,巧朵得意地冲蛋儿一笑!

---

① 䅚黍:方言,意谓高粱。

第十二章

　　中午饭是巧朵从地里干活回来一个人做的。嫂子不知什么原因没露面。

　　这三四天的抢耕抢种确实累人。她和蛋儿一个晌午没闲着。把自己分得的卸盔堆几亩地犁耙后点种上棒子，还想把南门外的地收拾好再种点杂粮。

　　她计划，若是近期分家，可以从大哥那里分得两石麦子，要能接上明年收麦，必须在秋收时有好的收成，杂粮收成可做牲口饲料，也可补充些口粮。黍稷收后，它的秸秆箅子还可做几把笤帚使用，就省下买笤帚的钱；把省的钱和自己攒的那些小钱合在一起，再买一头半壳郎子猪喂上，不但地里的肥料有了，过年的钱也有了，肯定能过一个安安生生的好年！所以，现在紧点累点没什么！这时候就是一个抢耕抢种的季节嘛！

　　但是，她心里心疼蛋儿，没过门前，时常听家人说，蛋儿谁也管不住，是赌博场一颗不落的星星。这不，成家后，根本不是那样。跟上自己前后不离，地里的活全部他干；从不离家，干起活来那猛劲儿，不让休息，会一个劲儿干。让人又喜爱，又心疼，觉得这两天他都瘦了，想到这里脸有些发热，红了。

　　干得猛就应吃得好，吃得好才能干得猛，她相信这个理儿。

　　今天嫂子没有参与做饭，巧朵就拿了主意，和了面，擀了面条，炒了鸡蛋倭瓜臊子，烙了几个油馍片。

　　他要让自己男人吃好，吃得饱饱的，把这几天累亏了的身子补过来。

　　巧朵是满怀着热情做的这顿饭。她炒好拌面的鸡蛋倭瓜臊子后，还特意做了一小碗油泼辣子面，精心地切了一盘细细的萝卜咸菜丝和一小碟葱段，还剥了一小盘白生生的蒜瓣。当她把臊子、小菜、油辣子、盐、醋、油馍片摆上桌子，看着这满桌子红红、绿绿、白白、黄黄的饭食，心里升起了无限的得意和满足。她喜悦地对里屋说话的蛋儿和大哥喊道："哥，你们不要在屋里说话了，出来吃饭,我到立炉下面去了。"她又对另一间房子喊:"寿子、碾子、长根出来准备吃饭,再到前院叫太奶奶去!"

当她端着里面放着四碗面的木盘,从立炉迈进屋里时,饭桌旁已坐满全家大小,嫂子不知什么时候来的,也在桌旁。她立刻满脑子的狐疑和不平。一个明闪闪的大问号立马展现在眼前:我真成了李家的小媳妇啦?!

正在疑虑时,嫂子却先说话了,说话的声调很像家里的老太奶:"巧朵,不是说好馏馍、熬米汤、炒倭瓜,怎么是拌面?还烙起馍片了?"

巧朵对嫂子这番问话充满反感,但她压压心中的不平,勉强撑起笑容,温和的口气里带刺地说:"嫂子,说好咱俩一起做饭,你到时不见了。我想这两天抢耕抢种,地里干活的人累了,为了使他们吃得可口,就改做拌干面,多烙了几片油馍片,怎么,不对吗?"

嫂子怪气地说:"真是不当家不知道呀!家哪经得起这样吃呀!"

巧朵做饭的热情劲儿,被嫂子不紧不慢、不冷不热的话浇得浑身发冷,两手端着装面条碗的木盘了,呆滞在桌前,眼睛一眨不眨地冷冷地盯着嫂子。

老大府松看见这种情景,马上起身说:"好啦!好啦!吃面好。巧朵放下盘子,大家就吃面!"又扭过头对着身旁的寿子说:"你不是叫老太奶了吗?怎么还没来?"

寿子梗歪着脖子,眨了一眼扔了一句:"我再去叫!"一溜烟冲出屋门,向前院跑去。

老大的话使她们妯娌间的不快缓减了。

但巧朵心里就是不平,她把木盘往桌子上"叭"一放,碗里的面汤四溅,两眼中委屈的泪水在眼眶里打了几个滚,低头转身出去了。

她在立炉里下面,心里翻江倒海起来。她想,这是什么事呢?不就是改成吃拌面,烙了几个油馍片吗?值得当着全家人的面那样说话吗?!难道今后事事都得听哥嫂的话,否则就要受到责怪?真成了李家的小媳妇?这不是又回到娘家的那种受气窝里了吗?不行!绝对不行!她越想越来气!不能在一个锅里搅!分开!再难也要分开过!坚决按我原先的主意走。对!今天要把这事说清楚——分开过日子。想到这里,她平静了许多。她把下好的面捞到碗里,往木盘里放好,端进屋里。

正好老大正铁青着脸质问蛋儿："谁让你把卸盔堆旁那块地点种棒子？你知道我如何计划的吗？原计划种稻黍的，点种前也不知和我照个面。"

没等蛋儿回答，巧朵把面条放在桌子上，坐下，拿起筷子对老大开了腔："哥不要问了，种棒子是我的主意。就凭您分给我们家那两石麦子，怎么能吃到第二年新麦下来呢？我想分给我们家的那几亩地，只有卸盔堆旁那块地整齐，种棒子合适，我还要在另外的地里种谷子和其他秋粮。算下来，秋天收成好，我们吃到明年新麦下来不成什么问题。哥，您说呢？"

老大根本没理会巧朵的话，带有责怪的口吻说："巧朵，我和蛋儿说话，你媳妇子不要掺和。去吧，你和你嫂子到立炉吃饭去。"老大是想以长兄身份将巧朵支在一边。但巧朵可不这样想，她非要参与。不但要参与，而且要在今天通过这顿饭把家分得清清楚楚，照分家字的内容把家分开，不分开决不罢休，想到这里她直接说：

"哥，您说的不对，做媳妇子的为何不能参与？你们家不能参与，可蛋儿家不一样，我当家，还当蛋儿的家，不信你问你弟。"说到这里巧朵扭头问："嗯！蛋儿，你说是这样吧？"

巧朵针锋相对，一板一眼将"你们家""蛋儿家"分得非常清楚，还没等蛋儿回答继续说："种地的事，哥您就不要操我们家的心，我已经安排过了！"巧朵的话说得很坚定。

"府芳——！你是死人呀！这个家是谁当？"老大把手中的筷子在桌子上"叭"一声放下，吼叫了一声，震得满屋子作响。

几个孩子和他们娘见这势，吓得立即离开桌子，端着碗不声不哈跑进里屋；正在自顾自低头"呼呼呼"吃面的蛋儿，听到哥的吼喊，打了一个激灵，堵了一口的面，赶忙颤巍巍、吞吞吐吐地回答："哥……哥……你……你当家。"

老大何许人，蛋儿的亲哥，李家第八代嫡孙，驿寨村里的村长，常领着村民和邻村为些纠纷争执打群架的头领。自老北屋老太奶大儿子在光绪十九年闹饥荒被饿死，二儿子被饥民所害，家里一直是这位老大当着。别说在家里，在村里人面前说话也是当当响，一个唾沫一个坑，从来是说一不二，是有名气的光棍，今天他怎么也无法忍受这位刚过门仅十五岁的弟媳妇柔中带刺地顶嘴，觉得自己的脸面受到极大的伤害。现在不打掉这小媳妇的气焰，自己今后的日子没法过。

对蛋儿质问的大声吼叫喊法，是他和邻村村民打群架才使用的，这一声吼，可振奋自己村民打架的气势，而且使对方村民丧胆退却。

今天的吼叫，是再无法忍受这小媳妇的顶嘴情不自禁发出的。他在自己家里从没受过如此的窝囊气，今天不让她认识认识这个"大哥"是不行的……

可是，老大这次想法错了，巧朵确实被老大的吼声吓了一跳，心里还着实哆嗦了一下，差点把拿着的筷子落在地上。不过她很快镇定下来。老大的吼声落下不久，巧朵不紧不慢地说话了："大哥，您这声音不要那么大，有话慢慢说，这是在家里，不是在野地里你们打群架。你弟也不是死人，死人你们家也不会舍一面院子去换一个大活人做媳妇。"

"哥，现在没有'这个家'，'分家字'上白纸黑字红手印说得非常清楚，是两个家——前院一个家，后院一个家。这是和你弟商量定的。我们现在不是一个家。哥，后院你可当家，前院是我当家，你当不了我们的家。现在一个锅里搅着，是哥嫂对我们的好处，我们俩都很感激！今天要把话说开，既然已经分开了，再不要在一起搅了，不要动不动就说不当家不知当家难。哥，我和蛋儿现在告诉您，我已经把前院西屋打扫干净，今天就搬到前院去，自己过！"

巧朵不紧不慢的语气像一根划着的洋火，点燃了老大这堆蘸了油的干柴，火嗖嗖地往上冒，烧得他心里闹得很，脑袋在一圈圈地变大。他忽地站起，把手中的面碗往桌子上"叭"一摔，溅得四周都是面条、倭瓜臊子汁；接着一个巴掌打在蛋儿脸上，对着蛋儿吼喊："滚！滚！你个死人！滚滚滚——！"

饭桌上突发的事变，巧朵始料未及。没想到老大会有这么大火，打了自己的男人，这明明是打给她看。看着蛋儿捂着脸，一言不发的样子，巧朵不由得浑身发抖。她死死盯着桌子上的大碗小盘，真想和老大对着摔，把桌子上的东西摔个干干净净，然后把桌子掀个底朝天。但她强压了心中愤怒，用语言向老大挑战："哥，这不是在野地里打群架，是在说家里的事，我说的哪一句不合适、无理，你可以更正，可以骂我，你怎么能摔盘子摔碗，打你的弟弟呢？你让我们滚，可以，但滚要有个滚法！今天你要说清楚我们怎么个滚法？我今天也不吃这个饭啦！哥！你说我们怎么个滚法吧？"

巧朵噔地往板凳上一坐，筷子也"叭"一声往桌子上使劲一放，"哥！你今天不说个怎么滚法,我还不依呢!不信,你看我是如何摔盘子摔碗的,我可要从桌子上一直摔到立炉,连锅都可砸掉——!"巧朵越说越快,越说越怒。

老大直愣愣地看着这瘦小的比自己矮一截子的弟媳妇,几乎是一个女娃娃,如何能说出如此明朗朗硬当当、有棱有角有尖有刺的话?!弟媳妇的每句话都抽打在他的心窝子上,他真想拿出七节鞭将她打成一堆肉泥。但是不能啊!这是自己的弟媳,而且是刚刚过门的新媳妇。她怎么是这样一个硬货呢?此时他想起村里人传言,这女子是蝎虎子托生!真是这样?难道我们李家娶回了一位蝎虎子的姑奶奶?他不信,绝不信,要制服她的锐气!于是,他的头即刻变得很大很大!并嗡嗡作响,大声地吼叫起来:"蛋儿,你把这个蝎虎子媳妇子给我打出去,家里的事还轮不到她说三道四,弟娃子①,家里还有规矩吗?"他把手里的筷子在桌子上掸得叭叭响。

要说前面巧朵还在扼制自己,那么老大这句只有村里地痞才用的骂人的口头语,彻底地把她激怒了!她忽地站起来,直呼老大的小名:"牛娃子,你有本事把刚才的话再说一遍。我今天是给你脸,你是哥,你不要脸,你才是真正的弟娃子。你凭什么在新过门的弟媳妇面前说如此下作的话?在作贱人!"她把手在桌子上"啪"一声狠拍了一下,桌子上的碗和碟子乱颤。"牛娃子,来来来!你不是要把我打出去吗?你要是不打你就从你弟媳妇胯下爬过去。你怎么不吭声了?"

巧朵这两句话,气得老大脸上的肌肉乱颤,两个拳头握得紧紧。但这时的巧朵丝毫不让步,大声嚷道:"牛娃子,你要说清,我今天哪点错了,值得你拿脏话作贱人、打人、摔盘子摔碗?这个家你敢摔给人看,你看我敢不敢摔?"

说完,巧朵立马抄起一小碗油辣子"啪"摔在地上,溅得四周红红一片,又抄起一小碟咸菜丝和一碗面条直接扣在桌面上,咸菜丝和面条满桌子都是,嘴里不住地说:"看我今天给你们摔个干干净净!"然后,疯狂地把桌子一掀,桌子上的碗盘泼了站在桌子对面的老大一身;随后,更加疯狂地冲出门,在院抄起一把铁锨往立炉冲去。

蛋儿见大事不好,从后面一扑拦腰抱住巧朵,不断央求地说:"媳妇,媳妇,媳妇!你静静!你静静!"

---

① 弟娃子:方言,常用于骂人。

"静个屁,他牛娃子把你和媳妇当人了吗?"巧朵哭着,怒火根本下不来。她今天就是要闹,要把李家闹个翻,闹得把家彻底分开;她不相信驿寨村的什么光棍,他都拿那样的脏话作践刚过门的弟媳妇,不把人放在眼里,谁还把他当人。今天就是让他这个光棍在村里把人丢尽!旋即她在院里大声哭起来,并嚷嚷道:"四邻五舍的大婶!大伯们!你们来评评理啊!他牛娃子为什么要作贱人。大婶!大伯们!快来啊!看看他做大伯子的如何用最下作的话作贱他刚过门的弟媳妇,快来看看啊!"

巧朵的撒泼劲,让李家老大束手无策,他呆呆地站在屋里,满身是饭菜的污垢,看见院里弟弟拦腰抱着哭号嚷嚷的弟媳和央求弟媳的样子,长叹了一下。弟弟怕媳妇的样子,使他不忍目睹,又叹息自己太冒失,说出那样的脏话,真不知该如何收拾这个场面。

他缓缓走出屋子,想让蛋儿先将自己媳妇弄进屋里来,不要再嚷嚷。

可看见院里已经围了很多看热闹的邻居,人群中看见了成锁。赶紧招呼,成锁叼着烟袋背手进了屋子。他们刚坐定,听见从院里传来颤颤巍巍的声音:

"牛娃儿,牛娃儿,你这是怎么搞的?让刚过门的新媳妇在院子里不停嚷嚷?你给我出来,你给我出来!"

巧朵看见老北屋老太奶迈着小脚拄着拐杖出现在院子里,她一下子来劲了,挣脱蛋儿的拦抱,一屁股偎坐在地上,两手高高举起,拍打在自己大腿上,长调短喊地嚷道:"老太奶呀——!我没法在这个家待下去了——!我从地里回来,不顾劳累一个人为他们全家做饭,却受到嫂子这不行那不好的冷言数落,我提了一句分家的事,你大孙子摔盘子、摔碗,还用最下作的话作贱人、骂人!我有什么错这么欺负我!老太奶奶,你要给我做主呀!"

老太奶看见小重孙媳妇这副样子,又看见满院子看热闹的邻居,觉得李家丢透人了,气油然而生,手中的拐杖把地面砖敲得"咚咚咚"直响,瘪陷着嘴直嚷:"牛儿娃!你给我出来!给我出来!"

老大听到院子里老太奶奶的声音,再没敢怠慢,三步两步来到老太奶面前,搀扶着老太奶窘迫地说:"哎哟哟!我的老太奶,没啥事!没啥事!您老先进屋,我给您慢慢说。"

"你说什么呢?你看这家成什么样子了!"老太奶气呼呼地质问。

成锁急忙凑上前，说："牛娃儿，你先把老太奶领进屋，我和巧朵说几句话。"他随后对着院子里看热闹的人们大声说："散去吧！散去吧！这有什么好看的。"人们便纷纷离去了。

老太奶没有听成锁的话进屋去，而是颤悠悠地走到巧朵面前，用拐杖在巧朵背上轻轻拨了拨说："我说小媳妇，给我起来，这成什么样子，有什么委屈起来给我说，老太奶给你做主，不能这样撒野，新媳妇，快快快！起来，起来！"

蛋儿在旁听到奶奶的话，一扑把巧朵从地上抱起来，给她打土整理衣服。巧朵擦了一下满是泪水的脸，开始向老太奶哭诉今天发生的事情。老太奶听懂了小重孙媳妇的话，气一下上来，把拐杖恨恨地往院子地砖上一戳说："牛娃子！"老太奶对着屋里嚷道："你这个二流子，咋能这样主事，作贱人算什么本事。"又对着巧朵说："走！我给你做主！你跟我进屋去，和他说个一二三。"

在老太奶的庇护下，在成锁的见证下，李家老大和弟弟蛋儿按照原先的分家字把家分开了。

这次分家，巧朵没给老大留任何情面。她有她的道理，既然分家，就应清楚。她争来了赡养北老屋老太奶奶直到送终的义务，为此，老太奶居住的老北屋实质上归她了。于是，又多分得属于老太奶的地和房、牛、粮。终了，李家老大没拗过这位不起眼、看起来瘦弱、年仅十五岁的弟媳妇。

这天，巧朵起了个大早，一阵早秋的凉风吹过，她深深吸了一口气，顿觉得周身无比地清爽、畅快。她环顾了这座院落，笑着说了一句："这座院子是我们的了！"

她先进了老太奶的屋里，为老人家倒了尿盆，她又想到分家时得亏老人家非要和我们过，使属于老人家的那一份房和财产归到了我们的名下。所以，今后可要伺候好老太奶，不让她受一点委屈。

她拿起扫把扫了一遍院子，听见东边利用原房四堵墙搭起的临时牛棚里传来牛"呼哧……呼哧……"舔槽板的声音，是该给牛添草了。

她走进牛棚，揽了几扑昨天晚上蛋儿铡的麦秸草段，倒了两瓢水，散了些麦麸，再用饲料棒搅匀，两头牛开始吃草。她爱抚地摸了摸牛的脸，拍了拍牛的头，一股有家的满足感直涌心头。

她心想：牛、房、田，还有现在躺在西屋炕上的那个男人，都是我巧朵的了。有了这些就是一个家了，再有几个儿女就是一个完整的家。十天前，自己还是在娘家受难的小女子，可现在老太奶叫我小媳妇，我现在就是这个家当家的小媳妇。

还想起上半年提亲时自己提出的先分家再成亲的主意，现在看来这个主意是对的，否则的话，还是一个小小的"小媳妇"，还有昨天在老大院里要求分家的撒野都是对的。

她猛然悟出：自己的事一定要自己做主，拿主意的必须自己拿，拿定了主意，只要自己有心劲儿，没有实现不了的。一句话：一切都要靠自己！

她想到这里心里一下子轻松了，把手上的草料渣子在自己衣服前襟擦拭了几下，又回到院子里。

东山的晨光已经铺在老北屋的厦坡里，散在院里坍塌的原南屋留下的南背墙上，泛出一片片的光亮。她愉悦地看了一眼，在心里想出一个念头，若是在那堵南屋背墙处盖上一个担门①，不是可以顺顺当当进门？出门是街道，进门是老北屋，村里人讲究的不就是一个顺当吗？进出院子再不用绕走已经塌损的垂花门了。对，现在离秋收还有一段日子，让蛋儿今天起来盖院担门。于是她扯着嗓子对着西屋喊："蛋儿！蛋儿！太阳晒到厦坡了。"她听到西屋里回应了一声，又听到窸窸窣窣的声音，再没有叫，又继续想她的。西南茅子旁垒了一个猪圈，买猪的钱还差一点，不要紧，自己可帮邻居纺上十斤棉花挣点钱就可买猪了；钱要有富余，再买几只母鸡。就一个月的光景，要叫院子活泛起来，有牛哞哞、猪哼哼、鸡嘎嘎、狗狺狺。嗬！那时候院子多热闹。巧朵的眉眼展开了！

她轻盈盈地奔向立炉，带着无限的笑容，又仰起脖子对西屋喊："蛋儿！蛋儿！"

她在立炉为自己的男人、老太奶做早饭。

---

① 担门：方言，临汾人都将院门叫担门，意谓能担着担子进出的门。

第十三章

已经睡过一觉了，巧朵摸了一下自己身边的被子还是空的！蛋儿还没回来？

已经三天了，蛋儿给他连手①来顺家盖房子帮忙去了。他走的那天说好的，初六一块儿上河西刘村集买猪娃，初六就是明天，现在也应该回来了。

近些日子，她为邻居家没黑没白地纺棉花，挣了一吊多的工钱，加上平日里自己攒的钱，足够买一头半壳郎子猪了，弄不好还可买几只母鸡，余的钱再扯上几尺黑布为老太奶做件夹袄，她想着想着又睡着了。

巧朵醒来天已经大亮。见蛋儿还没回来，以为他连手来顺家的活太忙，自己简单地整理了一下，做早饭。把早饭端进老北屋和老太奶一块儿吃了，并告诉老太奶今天和蛋儿上刘村集买猪娃子，让看好门。

巧朵回到西屋，拿钱准备叫蛋儿一块儿上集。

她掀起炕席发现纺线挣来的工钱不见了，心里有些发慌！赶忙又去炕上小矮柜里翻平日攒的钱，也不见了。她的头"嗡"一下蒙了，浑身有些发颤，出了一身的汗。她坐在炕的边沿一声不发，好像掉了魂。钱到哪里去了呢？钱？钱？一直在脑子闪烁！她的直觉肯定和蛋儿有关，但又不敢往那里想！

是他！他已经有三天没有回家了，是他！

巧朵鬼使神差地出了院门，只听老太奶在背后颤巍巍地喊了一声："小媳妇，把院门关了！"

她没有反应，老奶奶又跟着说了一句："小媳妇怎么啦？把门关住！"

巧朵没理会老太奶关不关门的话，这会儿她关心的是她的钱。

她直奔来顺家院门口，隔着来顺家院墙，看见已经立起的房子骨架上已经

---

① 连手：临汾地区男人成婚时的伴郎，叫连手。

有许多人在干活。她对着那些人大声喊叫:"来——顺——!来——顺——!"

听见房子骨架上有人接着喊:"来顺,来顺,蛋儿的媳妇喊你呢!在门口呢!"

"知道了!"只听来顺回应道。

来顺赤着背膀,满身的灰泥,急火火出现在门口,看见巧朵,惊讶地说:"呦!嫂子,你怎么有空闲到这里来呀?"

巧朵问:"蛋儿呢?"

来顺又惊讶地问:"怎么蛋儿没回家?昨天晚上他还说,今儿个要和你上集的呀!"

"对呀!我们是商量好的,今天上刘村集有事的。现在还不见他的人影!"

来顺猛然拍了一下头"呀"的一声说:"嫂子,你赶快到南门的二赖子黑狗家,我想起来了,蛋儿是昨天回家时被黑狗拦截走的!"

巧朵只觉得头"轰"一声,立即膨胀得像来顺家门口堆放的一个石碌碡。她甩起小脚怒气冲冲地往黑狗家跑去。

到了黑狗家门口,见院子的大门紧闭着。她在路边拾起一块半截砖,使劲地砸门,"开门!开门!开门!"

急切的喊声和砸门声使院里的人也急切地回应:"来了!来了!来了……谁呀,这么急!"

门刚一开,巧朵直冲了进去,差一点把开门的人撞倒。那开门的人大声说:"蛋儿媳妇!蛋儿媳妇!你找谁呀!你找谁呀!"

巧朵立即明白,这是给里面的人递话,她的内心一下子充满怒火!

她直冲进了里屋,只见房内烟雾腾腾,呛得人透不过气来;炕的中间放着一个小方桌,桌中间有一个大黑碗,大黑碗中白色的色子在跳动着;方桌边沿散落着许多铜钱和几块银圆;五个男人瞪着血红血红的眼睛直直地盯着大黑碗中的白色子……房顶棚上悬挂着三捻灯头的大油碗,豆大的灯头在已经发白的晨屋里闪着无力的昏光,照耀得小桌旁的男人们的脸张张青灰青灰。这伙男人没有注意到巧朵的降临。巧朵却一眼瞅见了蛋儿正半跪在炕里靠窗子处,和其他男人一样关注着大黑碗内跳动的白色子。胸中的怒气忽地被点燃,抄起手中的半截砖头猛地砸了过去。跟在巧朵身后的人大喝一声:"蛋儿!"蛋儿抬头就看见半截砖头朝脸面飞来,他将头即刻往左边一躲,只听那砖头在耳边

"嗖——咣当"一声重重地砸在了窗框子上,因用力过重又弹了回来,正好落在炕上小桌上的大黑碗里,那只黑碗被砸得"哗啦啦"粉碎,色子和碎碗片飞得满炕都是。

蛋儿看见自己媳妇怒不可遏的样子,先是一惊,心里怯了几分,碍于面子,强直起腰瞋目呵斥:"嗯!你干什么呢?你给我回去,我玩一会儿就回!"

"回你娘个脚,你爱回不回,与我没有关系!你要到这儿不碍我的事,把钱给我,一个子儿也不能少!"巧朵泼劲又上来了,放肆地答话。一想到要她丢失的钱,她就继续大声嚷嚷:"拿我的钱来,拿来!拿来!拿来!"整个身子没有顾忌地扑向赌场的小桌子。

蛋儿见自己小媳妇不相让的样子,也来了火,大声地回应道:"输啦!全输啦!你能把我怎样?"

巧朵一听急火上头,把炕上的小方桌掀了个底朝天,桌子上的水杯、钱、破黑碗、色子滚了一炕一地。

蛋儿也不顾及什么面子,立马从炕上扑向巧朵,将巧朵摁倒在炕上,抡起拳头就打,旁边的人急忙向前拉架,整个赌博屋子乱作一团。

巧朵的泼劲彻底被激起了,她扭过头在蛋儿摁她头的胳膊上狠狠地咬了一口,只听蛋儿"哎呦"一声松开了手,鲜血直流。巧朵疯了似的翻身顺手在炕上针线小笸箩里抄起一把剪刀直直地对着自己的脖子高声嚷道:

"蛋儿!还有你们几个赌鬼!你们谁敢再上来一步,我今天就把这咕嘟血倒给你们!"

巧朵右手拿着的剪刀直刺着自己的脖子,鲜红的血从脖颈处渗出。屋子里所有人的行动戛然而止,瞠目而住,惊惶木讷了,谁也不动不言语了!

半晌才反应过来,黑狗小心翼翼地向前央求地说:"弟……弟妹,不要玩命,我……我服啦!你……你……你把剪刀放下,我……我们这个摊子马上就散,蛋儿马上回家,他的钱一个不少地给他,行吧?你现在把剪刀放下,老……老哥求你啦!"黑狗又对屋里其他人说:"今天不要啦!从今以后也不要啦!人散去,散去吧!"他的嗓音一声比一声高。

黑狗又从散落在炕上的钱中拾起一把铜钱和两块银圆,慢慢地走到巧朵面前,双手捧着钱,继续央求说:"弟……弟妹……弟妹,你看,这……这些钱够了吧？把剪刀给我！"

巧朵双眼扑扑落下泪水，心里想，黑狗哥呀，你哪里知道，我痛心的不是钱，而是蛋儿又进了你们的赌博窝！

她想说，但蠕动了一下嘴没有发出声，脸面带泪只浅浅冷笑了一下。

黑狗已经看见巧朵脸上的表情变化，他慢慢向前又说："弟妹，你……你看我那天早上从茅子救起你的面子，摊子也砸了，人也散了，不要再弄出人命来。今天就算了。给你黑狗哥面子，听老哥一句话，把剪刀收起来。我在这里给弟妹宣个誓：我们今后再耍，也绝不会叫蛋儿，就是驿寨村哪家耍也不会再叫蛋儿，这我向弟妹保证，如果你再看见蛋儿进驿寨村哪个赌场子，就让五雷轰顶，灭我后辈，你看如何？"

巧朵猛地将黑狗双手捧的铜钱和银圆一拿，生硬地朝黑狗说："黑狗哥，我听你的，要是再有这事，我就拿着菜刀进你们赌博大庙，把我这咕嘟血倒给你们！"

说完，把剪刀往翻过来的小方桌背面一扎，迈开她的小脚"噔噔噔"走出黑狗家的院子担门。

她确实没有想到，才过婚事多长日子呀！蛋儿的赌博坏习气又冒出。她还清楚记得他信誓旦旦向她保证不再赌博的情景。人常说：赌博赌博，一次染上，十年难移。难道真是这样吗？她又不敢相信，要真是这样，今后的日子如何过呢？

顿觉得自己的命就是苦啊！眼泪不由得往下流，迷了眼睛，路周围的一切都模模糊糊。像是有人在问她，又像有人投来了同情的言语，她都没有理会，只是埋头往家里跑。

快到家门口，看见刚刚盖起的担门，虽然不高，但宽、新、齐。可是她不知道从哪里来的想法，不能立刻回家，今天的事不能这样就算了，非要治治蛋儿，不相信治不了蛋儿赌博的坏毛病！

她想回娘家。娘家就在用他换的院子里，只有一墙之隔，但她立刻打消了念头。"回门"都没有回，而且自己是立过志的，才几天就往娘家躲？

此时，她又恨娘家，为了院子让我嫁给赌博鬼，太恨死他们了！眼泪又扑扑涌出！

对！进城！到城东我二姐巧巧家邓村住几天，让蛋儿到邓村来请，再让他在我和二姐面前发誓——永不赌博。

想到这里，她没有拐进自家的院子担门，而是一直出了东门口，顺着官道，向北走去，直奔临汾县城。

第十四章

进了临汾城南门，已经是太阳偏西了。余晖红红黄黄地洒在她的背上，影子真切地拓印在路上。

她没有犹豫一直往前走，恍恍惚惚地走了一阵，眼前出现了一个十字路口。

她突然失去方向感，迷茫了一下，拐进了车水马龙、人来人往、热闹非凡的大街。两边店铺鳞次栉比。她一家店一家店地逛，店内货物琳琅满目，看得她眼花缭乱。她摸摸口袋里刚才从黑狗手里夺过的钱，想给老太奶和蛋儿买点什么东西，但又打消了这种想法，只给老太奶买了一顶黑毡呢老婆帽，把钱掖进裤带内。

突然香味扑面而来，她顿觉自己饿了，抬头看正好是一家小吃铺，便进门坐在空桌一条长板凳上。一位上了年纪的店员马上过来殷勤地问她吃点什么。巧朵摸了一下内衣口袋。老店员继续说："客主，这里吃的不贵，一碗素面两个子，一碗荤面三个子，一碗羊杂汤五个子，一个火烧一个子。"

巧朵想了片刻，扭过头看老店员那张可亲和善的脸说："师傅，我可以喝一碗面汤吗？"

"可以，可以。"老店员爽快地回答。

她又想了半天，对老店员说："给我一个火烧、一碗面汤要多少钱？"

老店员热情地说："就给一个子，面汤不收钱。"

"那就给我两碗面汤、一个火烧吧！"巧朵改口了。

老店员浅浅一笑，摇了摇头，抽下搭在肩上的黑乎乎的毛巾，将巧朵面前的桌子抹了几下，看了一眼巧朵，抬头对着后面里屋高声喊道："两碗面汤，一个火烧！"

"来——了——!"后里屋也高声回应。

即刻,一位年轻店员笑眯眯地端着一个黑红色长方形木盘,里面有热腾腾的两碗面汤、一个火烧,麻利地摆在她面前。她局促地站起,年轻店员很礼貌地说了声:"客主,请您慢用。"

巧朵慌忙转过身,掀起外衣,把内衣从裤腰带里抽了出来,在内衣口袋里摸出一枚"光绪通宝",新新的,看了看又放进了口袋。她又摸出一枚康熙钱,见磨得很亮,字码都不清了,想就是它了。她又把内衣掖进裤腰带里,按了按,拉平外衣,转过身来小心翼翼地把钱递给站在身旁的老店员:"师傅,给您钱。"

老店员把那枚铜钱看了看,浅浅地笑了,投入自己胸前的口袋里,微微摇了摇头,招呼其他客人去了。

老店员微微摇头,是对这位乡下女子贫穷的一种同情和无奈,或者是对吝啬的一种鄙视,或者是对勤俭的一种理解和敬佩。巧朵全然不知,她想的是:进我口袋里的每一个子儿都不能乱花,只能用在过日子上,等日子过到人前面,再把这里的东西吃个遍!

她自顾自先喝了一碗面汤。热热的面汤麦面香甜味从嗓子眼顺着食管流进肚里,再弥漫全身,浑身热了起来,不由得打了一个嗝,那麦面香甜味又反了上来,很舒坦。她笑了:怎么和牛一样反刍了。

接着咬了一口火烧,火烧皮黄黄的,硬脆硬脆,香酥香酥;里面是软软的,香香的,特别是火烧那一层一层透着葱和茴香的香味,使她的口里充实得很,心想足了,足了。

开始她大口大口地吃,后来又小口小口地品,舍不得马上吃完,剩最后一口塞进嘴里,嚼了半天,实在不想咽下,她很留恋火烧里的麦香、葱香、茴香、盐香。她最后一口气喝光了面汤,本想拍拍肚子,那太轻浮,止住了,忙用手背擦了擦嘴,打了两个饱嗝,非常满足。

不过此时,她想起老太奶和蛋儿的中午饭,早上她在锅里热着馍和鸡蛋,她又放心了。

她站起来要走时,从门外走进一位五十多岁、慈眉善目的老者,坐在了她的对面,她顺便很礼貌地问了一句:"老伯,想问一下,到城东邓村该怎么走呢?"

老伯抬起头打量了一下巧朵,也很认真地说:"哦?问邓村!你顺着这条街向东一直走,出东门,再直走二里来路,不要拐弯,往北一看,就见一个村子,那就是邓村。"说完,他又好奇地看了一眼巧朵。

"多谢老伯!"巧朵点了一下头,准备起身走时,老伯又叫住了她说:"小媳妇,闲问一句,不知你到邓村找的是谁家,我就是邓村人。"

巧朵觉得这老伯有些多嘴,问的话也怪怪的。她才细细打量起这位老伯。见他胖胖圆圆的脸显得有些臃肿,但很富态;因为胖眼拥挤成一条长长的缝,鼻头有些扁平;灰白的胡子梳理得很整齐,黑色的单长袍平平展展,没戴帽子;厚厚的嘴唇说出的话嗡嗡作响,让人不由有一种信任感,是那种讨人喜欢的老者。所以她缓缓地说:"我去看我二姐,就是你们村的驿寨的①,是你们村自强家。"

"哦?自强家在我们村西边。"老伯再看巧朵,说道。小小年纪,已扎起后髻,使圆圆的脸更加圆润,那眉间的秀气劲儿,真像我家的侄媳妇。是我家侄媳妇妹子?他浅浅地笑了。但见这小媳妇发式有些零乱,说是看二姐,却独自一人,也没带任何东西,神色还有些慌促,便有些疑惑。这小媳妇肯定遇到什么难处了!今天无论如何也不能让她一个人乱跑!他心里琢磨着,于是便换了口气问:"小媳妇,看二姐怎么一个人?看你的神气,像是遇到难事了,有什么事给老伯说!"

老伯关切的问话,使巧朵的眼泪差点流出,在眼眶里打了一个转,憋回去了。

她不想在生人面前表露自己,不过她不自然地笑了一下,结巴地说:"没……没什么,想我……我二姐了,想看看她。"

巧朵苦涩的表情全被这位老伯看在眼里,他感觉就是像侄儿媳妇,不能让这女子乱跑了。听了片刻又说:"我进城办点事,已办完,也来这里吃点东西,我也是邓村的,等一下,我们一起回邓村。"老伯说完又细细端详这小媳妇,他独自"嘻"了一声,肯定地想,这就是侄儿媳妇的妹子,再不能让她独自走啦。

---

① 驿寨的:是临汾地区对嫁出女人的称呼,一般不叫女人的名字,就叫这个女人出嫁前地方的名字。巧朵的二姐巧巧是驿寨村的,就叫驿寨的。

"不啦,老伯!谢您啦!"巧朵答话,起身就要往外走。

"小媳妇,你不要走,你是邓村驿寨的小妹子吧?我看了一会子了,你们俩长得好像呀!"老伯突然这么一叫一说,巧朵停住脚步回过头来,惊讶地问了一句:"您是?"

"来来来!你先坐下,太阳马上要落山了,你一个人也不好走,城东门外要过两条深沟,才能到邓村。我是张自强的哥,驿寨的是我侄儿媳妇,咱们还是拐弯亲戚呢!陪老伯吃碗面,咱们一块儿回邓村。"

巧朵迟疑地看了老伯一眼,缓缓坐回原位,慎重地问老伯:"你知道我二姐是驿寨村谁家的?"

"哈哈哈!谁不知是你们村浮山程大有的二闺女巧巧,他家六个闺女,你是老六吧?刚刚成婚没几个月,嫁给你们村有名的李家院的老二,对吧?陪老伯吃个饭,一块儿回邓村。"

巧朵怔住了,老伯又和善地笑了,扭过头去对站在一旁的老店员说:"你给我两碗荤面、两个火烧、一碗羊杂。"

只听那老店员又拉长声调高声对后里屋喊道:"两碗荤面,两个火烧,一碗羊——杂——"

只听后里屋回应声更高,眨眼工夫,全都摆在了桌子上。

老伯将一碗荤面、一碗羊杂和一个火烧往巧朵面前一推说:"再吃点,算是陪老伯的。"老伯又看了巧朵一眼,越发猜疑她是和家人闹别扭出来的,家里肯定急,不应让她乱走,把她稳住,带她回邓村。于是又说:"小媳妇,老伯今天进城办事顺利,又碰到亲戚,高兴!你陪我吃完,老伯会算卦,给你推个八卦。呵呵呵。"

巧朵一听,也真想算一卦。于是,从盘子里捡起一个火烧,把羊杂推到老伯面前说:"好!面和火烧我吃,我已经吃过羊杂了,老伯您就着火烧吃吧!"

老伯笑着站起来,端起羊杂碗给巧朵面碗里拨,说:"吃吃吃,年轻人再吃些。"

他们吃完,老店员擦了桌子。老伯从口袋里掏出三枚摸得锃亮的"康熙通宝"钱,摆在巧朵面前说:"她妹子,你把这三枚钱捂在手中,放自己额前,许了你要算卦的念想,然后摇摇撒在桌面上,连撒六次后,我再给你解卦。"

巧朵依照老伯教授的方法想个念想，在桌面上撒了六次铜钱。

老伯全神贯注地看巧朵撒的铜钱的跳动。

等撒过六次铜钱后，他脸上浮现出微笑，然后笑着说："把你的右手伸过来看看你的手纹。"他看了片刻，又说："伸过你的左手。"又看了片刻，不由得"啊"一声，抬头端详巧朵的面容。

最后顿了一下，捻着他整齐的胡须，很真诚地说："她妹子，我给你说，你的手不大，但方正厚实，双手通手纹，这在一个女子里很少见，也是我刚才'啊'的原因；而且钱财通达，儿女线密集，寿命线通底；眉间宽平清楚，双眉淡淡细长。你是一个性格刚强、主见定真、劳心吃苦、通情达理、钱财不断、儿女双全的有福气的人！从你的大拇指与手掌相结的大肚处繁密纹路看，你是一个能吃苦、必操心的人。看来你小小年纪在家中已经做主，这是自找的。我敢说，在你主操下的家务光景，不到三年会有一个大的变化。"

巧朵静静倾听老伯说话，心里的不快已经去了大半，又问："谢老伯啦！我刚才撒了半天麻钱，那怎么样呢？"

老伯立马慎重起来，说："你别着急，下来我给你说。"他捋了一下胡须，继续说："老伯在外边看风水推八卦，是收好处的，今天遇见你，看你眉间平展、额阔光洁、眼眸如漆，是有福的人，才想给你推八卦。"

老伯停顿了一下，说："我先说，你刚才捂着麻钱的念想，是你日后的光景。"巧朵心里紧了一下。是的，她捂着麻钱，本想算算蛋儿能不能改掉赌博的毛病，又觉得这个念想太小气了。最后还是定在今后的日子光景上。不是蛋儿赌博不重要，是她有信心有能耐将蛋儿赌博的坏习气扳扭过来。这次闹了赌博场子的事，肯定很快会传遍全村，估计赌博场没人敢要他。如果他再敢进赌博场，她将拿着菜刀砸他的赌博场，看他们赌博鬼能把一个女人咋样。她再想到蛋儿还是听她话的，她直觉是这样，又后悔狠狠地咬了蛋儿一口，也不知咬得如何。她相信，把钱管紧，把家里、地里的活计划紧，蛋儿慢慢会改掉坏毛病，光景一定能过到别人前头。

"她妹子！"老伯打断了巧朵的沉思，她收回思路，回应一声："老伯！您说。"

"她妹子，你刚才撒的铜钱是：连三个数码，再一个子一个数码一个子，在卦上是三阴一阳、一阴一阳，是'晋卦'。三阴为大地，叫坤，你不懂。知道是大地就行；一阳一阴一阳是离，是太阳；大地在下，太阳在上；太阳照着大地，大地上的万物有太阳照，生长不生长？所以，晋卦是上升的卦，在官场要升官，在卖场上要挣钱，在过日子光景上，也要上升，你说好吗？是好卦！好卦！吉祥卦啊！"

说到这里，老伯叫老店员："酒家，给我来壶茶！"

老店员上了茶，老伯喝了一口说："她妹子，李家院的老二，方圆四村都知道是个赌鬼，要他改掉坏毛病，万万不可硬碰硬，但要硬，要他知道你的刚强，你的心。但也要柔，也要他操理家事，遇事和他商量，拉他一块儿干，让他脑子闲不住，手上闲不住，但绝不能管钱，慢慢他的坏毛病就能改掉，一定能改掉。"

老伯又喝了一口茶水，接着说："她妹子，你现在遇到一点难处，对吧？"

巧朵微微点头说："老伯，我要上集买猪娃的钱都让蛋儿赌了！"说着委屈的眼泪就流出来了。

老伯微微一笑，口气很定真地说："这不算啥！她妹子，卦里说'受兹介福，于其王母'。就是说遇到难处，能得到福助，这个福助来自家里一位王母，会帮你，放心吧！就是一个猪娃么，会使你如愿以偿！"

巧朵脸上露出了笑容。

老伯又语重心长地说："她妹子，卦上还有一句：'晋如鼫鼠'，贞厉。意思是说，在过光景的路上，还会遇到难处，只要不怕吃苦，坚守你持家的念想，挺一下就会过去。你的命很强也很硬，有福，日子会越过越兴旺。她妹子，我还算到，不过三年你的日子会有一个翻身的，你现在家底子也不薄呀！"

巧朵笑了，心里爽快，舒畅。早上那些不高兴的事被老伯这些话吹得烟消云散。他挺了挺胸，举了下手，算是舒展了一下身子，端起面前的茶碗，一口气喝了个精光。

她向老伯绘声绘色地说了早上大闹赌场的经过，说了不想回家到二姐家住几天的心思。老伯呵呵笑了起来，他喜欢小媳妇敢想敢干、光明直爽的脾性，即刻从怀里掏出两块银圆。"她妹子，拿上这钱，救救你的急，去集上买猪娃去，呵呵呵。"

巧朵极为感动，死活不要，老伯急了，说："她妹子，老伯借给你行吧？

到时你还给老伯。"

巧朵更不借了,她有她的想法,借人的东西是负担,是人情。她下意识摸了下腰间,我这不是有赌场黑狗手里的钱吗?她想想也够了。于是她说:"老伯多谢了,收起来。我再苦也不借别人的钱过日子。走,咱们回邓村吧。"

老伯收起了手,说:"好!有志气!我佩服!但你现在不能走,再过一会儿,有人来接你。若半个时辰没有人来,咱们走。"

话音刚落,小吃铺门口闪出两个男人的身影。

巧朵一看,是蛋儿和老大,一股暖流涌上心头,她忽地站了起来。

"呃!可把你找到了!"老大惊讶地高声说。

巧朵拘谨地叫了声:"哥——!"委屈的泪水哗哗地流下。

蛋儿赶紧站在巧朵面前,像做错事的孩子,一只脚尖蹭着地,窘迫得一句话也说不出来。

老大对着老伯问巧朵:"这位老哥是……?"

巧朵抹了把眼泪,急忙说:"哥,这是我二姐巧巧公公的哥哥,今天真巧,多亏碰到他。"

老大牛娃和蛋儿急忙握住老伯的手,改口"老叔、老叔……"一个劲儿地叫。

蛋儿这时高声叫:"店员,店员,给我们上一壶酒,再来四盘菜!荤素各半!"

第十五章

八月的一天，刚吃过中午饭，巧朵提着桶里的刷锅水往猪圈走去，突然呕了一声，接着一下接一下地吐，慌得蛋儿把媳妇扶进屋里，还是吐。

他到老北屋叫来老太奶，要去十字路口请张先生。

老太奶眯起小眼睛细细地瞧巧朵，看她两腮绯红，不像有病的样子，便凑在巧朵面前，两人叽叽咕咕半天。

老太奶欣喜地抬起头，巧朵瞥了蛋儿一眼，脸上顿生起一片红晕。

此时，老太奶转过身子，对蛋儿高兴地说："憨憨娃，你媳妇有喜了！"

蛋儿怔了片刻，猛地拍了一下自己的头，傻傻兴奋地叫喊起来："我的亲奶奶，我媳妇有喜啦！"

他又激动地拉住巧朵的手，央求地嚷嚷："给我生个男娃，男娃！"真像个大男孩。

嚷着跑进里屋，只听风箱"啪啪"地响，隔不了一会，蛋儿笑嘻嘻端出一碗热腾腾的蛋花汤来，对着巧朵说："快喝！快喝！我冲了两个鸡蛋！"

"哟哟哟——！我的憨小祖宗，这汤腥得很，她能喝吗？怕汤没到嘴边就又要吐了。"

刚说，汤的腥味已到了巧朵鼻子，又是一阵干呕，她抬头看到自己丈夫那憨样直想笑。

"去去去，你喝了去，把汤赶快端走！"老太奶呵斥道。

"去，把猪喂了去。"巧朵艰难地从嘴里吐出对蛋儿的吩咐。

第二年的麦季里，巧朵真给蛋儿生了一个胖小子。

蛋儿慌慌忙忙、兴冲冲地从外边进屋，见巧朵坐在堂屋给孩子喂奶，巧朵和孩子周边毛褥里、盆里、瓮里全是麦子，兴奋地说："媳妇，今年好收成呀！

你看！你和孩子是坐在麦子堆里呀！"

巧朵看了一下四周，也露出了喜悦的笑。

"媳妇！我们的娃就叫满仓！"蛋儿无法抑制自己内心的兴奋。

巧朵笑着，歪了丈夫一眼，觉得这名字真不错，立即也兴奋地说："好好好！就叫满仓，这个名字好！再给起个大名，一块儿告诉老太奶。"

蛋儿想了想说："大名好起，我们李家的家谱是府、政、保、海……，我们这辈是府字，下来是政字辈，我哥家那三个猴是政仁、政义、政礼，我们满仓的大名就叫政智，我们再有一个就叫政信！"蛋儿轻松地大笑起来，巧朵跟着笑，笑得欢快，幸福。

他们俩的笑声引来了老北屋的老太奶，她掀开帘子，迈进了西屋，人刚进了中间堂屋就对着里间说："你们小两口遇到什么事了，笑得这么响亮呀！给我老太婆说说，也让我高兴高兴！"

蛋儿立马开了里间门，探出头亲切地唤了一声："太奶奶！我刚要告诉你呢！给孩子起了个名字，我们高兴。小名叫满仓，大名叫政智。"

老太奶高兴地说："好好好！这名字起得好！满仓，满仓！"老太奶还在不断回味着。接着老太奶又若有所思地说："高兴！高兴！是应高兴！你们看这两年多顺！我们蛋儿虽少了一个指头，可是现在听媳妇的话，不再赌博了。这日子还要往上走呢！"

老太奶说的话却勾起了巧朵的回忆，去年那天小吃铺喝完酒的情景又浮现在她的眼前。

老大牛娃和蛋儿要领巧朵回家，巧朵死活不回，非要回邓村二姐家，只要蛋儿不赌博了才回家，急得蛋儿眼泪直往外流，赌咒发誓，巧朵不信，说蛋儿曾发过誓，不是还赌吗？

蛋儿急了，看见小吃铺木柜上有一把菜刀，他抢过菜刀，当着媳妇、老伯、哥哥的面，举刀"咔"一声砍断了自己的食指，说自己再赌就是这个断指。鲜血顷刻染红了桌面，吓得巧朵哇哇直哭，老伯急从后屋里抓了一把炉灰捂在断指上，又扎住了手腕，才把血止住。

她相信了，随老大和蛋儿回到村里。

是的，这一年多来，蛋儿再没有赌过，什么事都勤勤恳恳，随巧朵干活过日子，就是天阴下雨手指疼痛。

此时，巧朵关切地看蛋儿的断指，心痛地问了一句："你今天指头疼吗？"

"不疼！不疼！高兴还来不及呢！"蛋儿兴奋地回答。

巧朵又陷入了沉思。

现在的家，在别人眼里，这么小的年龄，有这样一个家，有自己的人（老太奶、男人、儿子），自己的院子，自己的田，自己的牛，自己的猪，自己的鸡，自己的看门的狗，应该满足了。可是在巧朵心里，总觉得这个家还不够，缺些什么！

她常常在脑子里想起，去年一人进城，看见店铺里那琳琅满目的花色鲜艳的绫罗绸缎、机器洋布；精致夺目的明晃晃的瓷盘瓷碗；新颖古朴的桌椅板凳。怎么不能随心所欲为老太奶和蛋儿置件合身可心适时的衣裳和称心的物件？还是在紧巴巴地过活。说到底还是自己家自己手里缺银钱！

突然，她悟到要想办法挣银钱，就凭喂一头壳郎子猪、掏母鸡的蛋，这点钱只够过日子吃喝用，何年才能将日子过上去呢？我们家地还少得多，院子里东厦房、西厦房、南厦房都没有，牲口圈里没骡马，没单纯的场院，没有……

她想得心里一阵阵地烦躁，进屋把孩子往炕上一放，满仓哇哇哭了，她却跑到院子里叹息。蛋儿抱着满仓出来，孩子的哭声惊动了老太奶，一顿嚷嚷，巧朵才回过神儿，忙哄起满仓来。

第十六章

不过从此后，巧朵每逢庙会和集市都去逛。她不是为了买东西，就是逛。从庙会集市的这头逛到那头，来回逛，一逛就是一天。想从逛中找出挣钱的门道。

三头两头进城进店铺，一家一家地进，一家一家地蹓，想从逛中找到挣钱的机会。

腊月的一天，巧朵和蛋儿在尧庙集市上卖掉猪后，拿上钱进城想给老太奶、满仓、蛋儿和自己扯些布，为家里人添件过年的新衣服，再置点年货。

当走到衙门（民国时叫政府，可老百姓仍喜欢叫衙门）青石牌楼前时，见有许多人围着仰头指指点点看一张白纸"布告"。

巧朵好奇地问蛋儿："满仓爹，那儿贴的什么呀？我不识字，你去看看。"

"你等一下，我去看看。"蛋儿围了上去。

不一会儿蛋儿回来说："嘻！是阎督军让乡民明年开春养蚕的事。"

"养蚕？他在纸上是怎样说的，你给我细说！"巧朵马上惊觉急切地问。

"那纸上说，阎锡山督军让山西乡民明年开春养蚕，有意养蚕的乡民到各县政府管养蚕的部门登记，免费领取蚕子，蚕成茧后，政府按市价收购，养蚕的乡民可得到政府养蚕部门的技术指导……"

"什么？这就是说养蚕可挣钱？政府还免费给蚕子？"巧朵一下子来了精神，拉着蛋儿就往衙门里跑。

他们来到政府负责养蚕的部门，一位穿蓝制服的年轻人招呼他们。

年轻人热情地问他们是哪个村的，住什么地方，家有多少地，几口人和有没有空闲的房子，很细很细。

最后说："这是阎锡山督军提倡乡民养蚕的，政府收购蚕茧。养一万头蚕虫可产十五斤蚕茧，每斤蚕茧可卖出小洋四角。一人养一万头蚕虫没问题，三十余天完事，耽误不了耕作。时间短，来钱快。但是，俗话说：懒不养蚕，就是要吃苦，勤快、苦性好的人才能养好蚕呀！每头蚕虫从小到成茧要吃七八十片桑叶。自己可以栽桑树，每亩地可栽二百四十株，养蚕一万头足够了；也可以采野外的桑叶，那可苦啦！你们行吗？"

这位蓝制服年轻人说得巧朵心里乐开了花，她沉沉地思量了半天没有吭声。她感到这是无本的买卖，就是出些苦性，一个多月的日子，就可以挣到近六七元洋钱。干，干……坚决地干！她抑制住自己心里的兴奋说："老……老……老爷！"

年轻人马上笑呵呵地说："这里不叫老爷，已经民国了，就叫我办事，我姓段，叫我段办事就可以。"

"哦哦哦！段……段办事，我们养成蚕茧后，你们收购时不会降价吧？"巧朵开口问了一个低能的问题，也是最关键的问题。

年轻人仰脸呵呵地大笑，说："乡亲！你大胆地养吧！收购的价不会变，这是阎锡山督军要山西乡民手里有钱的一条谋略！不会变，绝不会变！"

"那我还要问，我们城南汾河东有多少家登记养蚕啦？"巧朵很有心眼地问了一句。

年轻人认真地看了看眼前这位留着发髻的娃娃脸的小媳妇，笑了笑，什么也没说，拿起桌子上一个长本子翻了起来，最后说："小嫂子，哎呀！还没有一家，你们要登记是第一家。"

"现在就登记，我们先养一万头，成功的话，我们再养夏蚕。"巧朵激动地说。

"小嫂子，你们是哪个村子？姓啥名啥？这些都要记在上边。"年轻人问。

"我们是城南驿寨村的，我叫程巧朵，他叫李府芳，就登记一个名李府芳，进村好找。"

年轻人拿出长方形本本登记，写了两下停住了，蛋儿忙向前，将中指在嘴里一嘬，在桌子上写了大大湿湿的六个字：李府芳、程巧朵。

巧朵和蛋儿两口子在正月二十日和老太奶吃了卷卷，收起神子，于二十一日起了大早，太阳还没爬出卧虎山顶，他们把满仓往老太奶炕上一放，就往临汾城里赶。

他们赶到临汾衙门门前,才是太阳照在门口的时分。

政府各个部门刚刚开始办事。

当他们来到养蚕办事的房门前,门关得死死的。一位年纪大些的办事帮他们找来那位年轻的段办事。

段办事像是刚起来,他认出了巧朵和蛋儿,忙着揉眼睛,满脸堆着笑地问:"大哥、嫂子,你们过年好啊!今天你们来有什么事?"

蛋儿急忙回应说:"段办事过年好!我……我们今天来是想领蚕子!"

段办事马上醒悟过来,被蛋儿和巧朵养蚕的热忱惊讶和感动,转身往后院跑去,并扔下一句:"大哥、嫂子你们稍等一下。"

蛋儿和巧朵都很纳闷,年纪大些的办事说:"别急,别急,你们稍稍等等,他怕是到后院库房为你们取蚕子去了。"

不大一会儿,段办事手里拿着一沓子黑乎乎的麻纸跑来,热情地说:"来来来!快进房子里坐,外边还是有些寒气。"

他们进了房子,段办事热情并带歉意地说:"大哥、嫂子,让你们等啦!开年刚办事,以为没人,贪睡了一会儿,没想到你们来了。"说着翻开桌子上登记的本子,又说:"你们就是城南驿寨村的李府芳和程巧朵夫妇俩,去年年底登记的对吧?"

"对对对!"蛋儿和巧朵连忙点头称是。

"给你们两张麻纸的蚕子。"蛋儿刚要去拿,段办事继续说:"你先别忙着拿,等我给你们说。这两张麻纸估计能出一万到两万头蚕虫,看你们这么热心,多给你们些,回去一定要放在阴冷处,避免它们提前出壳,现在没桑叶,出来全饿死了。桑叶发出二、三片叶子时,可放在炕头,让它们早些出壳。不过一般蚕子在惊蛰日前后都自然出壳了。小蚕虫很娇气,最难养,容易冻死、饿死、被干桑叶卷死、吃带露水的桑叶拉稀病死。"

"所以,回去要买四张席,钉个蚕床;要准备一间暖和的蚕房;还要准备一些鸡的长羽毛或者几支齐头毛笔。小蚕虫出来后,要小心轻轻地把它们扫在嫩桑叶上,一天后要换新的嫩桑叶,再从一片一片桑叶上扫到新的嫩桑叶上;桑叶一定是中午采,那时桑叶上没了露水,小蚕虫吃了带露水的桑叶会拉肚子病死。今天是农历二月十一日，离惊蛰还有些日子。记住！拿回去蚕子，一定放在冷处，桑树现在才努芽子呢。"

巧朵在旁也很慎重地回应："段办事，我们记住了，全记住了。我还想问，我们城南汾河东登记了几家养蚕的？帮我查查，到时我们可以互相问问不懂的事。"

段办事翻了半天桌子上的本子说："没几家，汾河西的山里人养蚕的多，你们城南汾河东，连你们才两家，那一家就在你驿寨村临旁的南孙村，名叫孙生财，到时你可联系。"

"知道啦！"巧朵笑了笑，"段办事，谢你啦！到时一定派人到我家来啊！"

"放心吧！我们一定帮你们把蚕养成！"

他们走出政府的大门，蛋儿不解地问巧朵："满仓娘，你怎么老问城南有几家养蚕？怎么，你真想认识他们？"

巧朵诡秘地浅浅笑了一下，带有点轻讥的口气说："你真憨呀！养蚕的人多了，采桑叶的人也多，野地里就那几棵桑树，我们村东门外两棵，南孙村北地里一棵，东山根儿的东元村西地有两棵，靠东元村东山的半坡上有几棵。我去年在城里登记养蚕后，就跑四村找桑树，已经很清楚了。养蚕的人多了，蚕能养吗？栽桑养蚕，占了地，粮食从哪里来呢？你呀！"

"哎呀！我咋没想到啊，还是我媳妇的心眼多，你真行啊！"蛋儿向前想拉一下巧朵的手，巧朵甩开了，怪嗔地看了他一眼，莞尔一笑，加快了步子。

"他爹，快走，到前边的杂货铺子买上五张席子。到时县里养蚕的人都来买席，席就涨价了。我们现在买，省下的就是挣下的！"巧朵在前边大声地说着。

蛋儿紧跑了几步赶上巧朵，在耳边说："我真想亲你一口！"

在回驿寨村的路上，蛋儿背了一卷席子，紧紧跟着巧朵轻快地往家赶去。

回到家，蛋儿用木头钉了两个架子，可放四张席。有了蚕床，又把他们住的西屋南耳间房打扫干净，炉子收拾停当，生起了蓝炭[①]火，里面成了暖暖和和的蚕房。巧朵又让蛋儿在东门外两棵桑树间搭了一个人字形草棚子，桑树要发芽长叶子了，他们要看护住这两棵桑树，这是蚕的粮库。

---

① 蓝炭：临汾人称焦炭为蓝炭。

第十七章

这几天都是晴天,睁开眼,就能看见东边卧虎山是那样地雄伟、清晰,它背后总是红红的一片,染得天穹一半红彤彤,像一整块红蓝相间的宝石装饰在天空,红得热烈亮光,蓝得透深神秘。

李大伯院里的杏树奔放地开着,纯洁晃眼,暖和了,春天来了。

巧朵早早来到东门外两棵粗壮的桑树下边,她手扶草棚的一根柱子一直往上看,一层笑意油然而生,"发芽啦!出叶了!"她差点喊出来,"有桑叶了,我的小蚕虫也该出壳了!"她激动地往家里跑,还没有进院门就一声比一声高地喊:"满仓爹!满仓爹!满仓爹……快快快……"

蛋儿吓了一跳,一骨碌爬起来,赤着背提着半截裤子跑出西屋,直愣愣地看巧朵。"怎么啦?怎么啦?"蛋儿急切地问。

巧朵看见蛋儿那邋遢样儿,忍不住"咯咯咯"地笑弯了腰。

惹得老北屋老太奶醒来了,一个劲儿地敲窗子,问:"咋啦?咋啦?咋啦?"

巧朵急忙跑到老北屋窗子下说:"太奶奶!太奶奶!没事,没事,你睡吧!你睡吧!"

突然听见满仓在屋里"哇哇哇"地哭,巧朵冲进屋里抱起孩子,把奶头塞进满仓嘴里,"哦——哦——哦"了几声,孩子安静了。

蛋儿一边系裤带一边来到巧朵跟前问:"你慌慌惊惊地快快快什么呢?"

巧朵又笑了,她拍着孩子说:"我让你快起来,到西房间把蓝炭炉子生旺,把蚕子放在炕头,让它们出壳,东门外的桑树吐叶子了!"

"呀呀!我还以为出什么事了,把我吓了一大跳,我现在就去生火,让蚕子出壳!""出壳"说得很响亮。

蚕房里暖和得很,小蚕虫咬破小小的硬皮壳,蠕动着爬了出来,他们比黑色小蚂蚁还要小，躯体也是黑黑的，巧朵和蛋儿脸上挂满了喜悦。

今天巧朵早早地采来了一口袋娇黄的嫩桑叶子，一片一片擦干净，铺在蚕床的底层。

夫妻俩手里拿着长鸡羽毛，一人手里拿支小号毛笔，从麻纸上往蚕床上桑叶里扫剔蚕虫。

"我说他爹，你能不能换根鸡翅膀毛往下扫蚕虫，用毛笔往下扫，把小蚕虫都卷死了。"巧朵剔扫着自己麻纸上的蚕虫，看着蛋儿往下剔扫蚕虫的动作，心疼地说。

"这些小蚕虫扒得紧。好，我换鸡毛轻轻往下剔扫。"蛋儿听话地放下了毛笔，换了一根长长的鸡羽毛。

"满仓爹，你说这些小蚕虫，能长多长才成茧呀。"巧朵问。

"没见过，估计能长成像小拇指这么大吧。"

巧朵看了看自己的小拇指笑了，"呦！这么大呀！"她有些不信，惊奇地笑答。

"我说的是咱满仓娃的小拇指。"

巧朵笑得更厉害了。

"你说我们一个月后真能挣近六七块大洋？"巧朵怀疑地问。

"能能能！听说这个阎督军提倡养蚕、种花、禁烟、女人放足，叫什么'六政三事'。"

"我不懂什么'政不政'的，只要能挣钱。"她停了一下，又说："我说他爹，这次挣下钱都买地，有地咱什么也不怕。满仓还小，等满仓大了盖房子，咱们又有钱了。"巧朵美滋滋地憧憬着。

蛋儿没有答话，默默专注地剔扫麻纸上的蚕虫。他其实静静地听着巧朵美妙的唠叨。心想：这蝎虎子托生的女人真能想啊！

"咚咚咚，咚咚咚……"

"他爹，像是有人敲担门，你听。"巧朵提醒说。

"咚咚咚，咚咚咚……"

"真的，我去看看。这张麻纸的蚕虫扫完了，你再看看还有没有。"蛋儿撂下蚕子麻纸出了房门。

开了担门，进来的是慌张的李大伯。

"蛋儿，你快去东门外看看去，桑树上像是有人在采桑叶！"李大伯喘着气说。

巧朵一听桑树上有人，急得鞋都没穿上就出了屋门，嚷道："什么?! 树上有人？他爹！快去！有人偷桑叶。那可是咱们蚕的饭粮呀！"

蛋儿一听也来了火，进门抄起一把长把铁锨就往东门外跑去，巧朵、李大伯也跟着。

还没到桑树下，见树上有三个人。急得巧朵大喊："打偷桑叶的人！"

只见桑树上的人急忙往下乱扔桑叶包袱，是一个男人和两个女人。

三人急忙往下爬，有一人摔在地上。

等蛋儿和巧朵、李大伯到树底下，只拾到一个包袱，三人都往东跑了。

蛋儿气喘吁吁埋怨巧朵："还没有到跟前，你喊什么呢？"

巧朵却说了一句意想不到宽容的话："他爹，吓跑就成了，都是养蚕人，何必要逼人到墙根呢？'得理时且饶人'是老人的话儿。他爹，从现在起，我们住在草棚子里，要看护住这两棵桑树！"

从此以后，他们夫妻分了工，巧朵专门管养蚕，蛋儿管家里的农活和看护两棵桑树，有时蛋儿就干脆住在草棚里，再没有发生过桑叶被偷的事。

小蚕虫出壳后，政府说话算数，派来了指导的人，他们赞许了巧朵的蚕房，并说一定不要让小蚕吃上带露水的桑叶；每天要换桑叶，不能断小蚕晚上的食粮，俗话说：马不吃夜草不肥，蚕不食夜桑不长。再就是，要防老鼠。蚕一天天长大，老鼠最爱偷吃，要把蚕房的老鼠洞堵死。

最后指导的人又语重心长地说："看你们这小蚕虫的密度，起码有两万头左右，一张席适养三千头到五千头，这些蚕要四张到五张席，看你们这两架子四张席够了。蚕蜕两次皮就该分席，再蜕两次皮就可收集蚕米，就是蚕屎，这也可卖钱。蚕米是凉性的，专门有卖蚕米枕头的。"

指导的人说的话让巧朵和蛋儿两口子长了不少见识，养蚕的信心更足了。

每天，巧朵早上给满仓喂完奶，吃过早饭，把满仓往老太奶炕上一放，就往东门外跑。这时的太阳把桑叶上的露水晒干了，巧朵上树采桑叶，采回桑叶，把桑叶往空席上铺好，开始从旧桑叶上一片一片往铺好的新桑叶上剔扫小蚕虫，两万头蚕虫剔扫一个上午都难扫完，有时顾不上吃中午饭，一直剔扫到半下午；胡乱吃一点点又到树上采桑叶，准备蚕虫晚上吃的桑叶。

晚上，她钻进被窝里腿疼腰酸，连喂孩子吃奶的精神都没有，往往孩子还没吃够奶，她就睡着了。

有一天吃中午饭前，喂满仓吃奶，孩子不好好吃直哭。巧朵急着要去剔扫蚕虫，打了满仓的屁股。老太奶不高兴了，急得嚷道："你打孩子干什么？你看孩子光哭不吃奶，是病啦？孩子一上午和我在炕上好好的，抱过来我看！"

老太奶抱过满仓，满仓还是张着嘴哭，她看见满仓粉色的嘴里一点奶水也没有，马上急切地嚷："我的小媳妇，你光顾蚕了，你挤挤你的奶，没奶啦！孩子饿得哭！"

她挤了半天就是挤不出来。

"我欠孩子的呀！"巧朵哭了。

老太奶着急地说："哭什么呀？越哭越没奶。你抱着孩子，我去给你和孩子熬小米汤去。你和孩子都喝些。今后你白天到草棚里，让蛋儿扫蚕、采桑叶。这挨刀子的蛋儿就不知道心疼媳妇，蛋儿！蛋儿！你听到了吗？"

蛋儿听到老太奶声声地叫，急忙跨出蚕房，来到老太奶跟前。听老太奶一说，他心里也一阵阵难过。从那以后，只要农活不忙，他就承担扫蚕换桑叶的事，上树采桑叶全部由蛋儿干。

蚕虫已经换了四次皮，长得像一节节煮熟的会动的白粉条。

晚上，巧朵和蛋儿把桑叶散上去，四张席上的蚕虫，在桑叶中欢快地时隐时现地蠕动，同时发出"沙沙沙……沙沙沙"食桑叶的声音。

油灯发出昏昏的黄光，白色躯体的蚕虫在翠绿的桑叶中隐现，闪着星星点点的银光。

巧朵刚刚给蚕虫撒上桑叶，她靠在蛋儿怀里，坐在一张椅子里，静静地看这翠绿中星点银光构成的美丽图画，倾听这"沙沙沙"无与伦比的美妙的声音。

"满仓娘，你在想什么呢？"蛋儿轻轻地问。

"不要动，静静些，你看！你听！"巧朵答。

"看什么？听什么？"

"你真憨！看我们的蚕儿，听蚕儿吃食的声音呀！"

"哦！我看，我听！你太累啦！满仓娘！你闭上眼，光听，歇一会儿！"

巧朵刚闭上眼真想歇一会儿，一个念头搅乱了她的想法，她忽地转过身子对着蛋儿，说："他爹，你明天到南孙村走一趟，找一下孙生财，他家地里栽着桑树苗，他家养蚕不用他们村北地里那棵桑树，别让桑叶糟践了。现在，咱的蚕吃桑叶一天比一天多了，我们每天要在那棵树采一次桑叶，告诉他一声，我们采桑叶时，他不要挡。"

"行，我明天一早就去，地里刚好没了活。"

"把咱那独轮车修修，我缝了四个包袱，东元村东山坡上有几棵桑树，还没有人采过。我们每天在那里推着车子采四大包袱桑叶，就够蚕吃两天了。"

"行，我明天从南孙村回来就修车。"

第十八章

这天晚上，巧朵和蛋儿将从南孙村采回的桑叶往蚕床上一撒，再吃完饭，把孩子往老太奶炕上一放，蛋儿推着独轮车，巧朵夹着四个包袱皮出发了，到东元村东山坡上去采桑叶。

还没来到桑树底下，天已经全黑，他们放下车子上树，采起桑叶来。不一会儿，四大包袱采集得满满实实。他们把四大包袱桑叶捆绑在车子上准备回家时，巧朵又提出："蛋儿，把你的裤子和上衣脱下来，用裤腿和袖子当口袋，再采些，明后天都不用来。这次回去我再缝两个包袱，我们每次采六包袱，够蚕虫吃三四天。"

因为巧朵贪桑叶，他们夫妻俩遭遇了一场灾难。又是巧朵蝎虎子托生命大，躲过了能影响他们夫妻俩生命的这场灾难！

蛋儿脱了裤子和上衣，刚刚爬上树采桑叶，巧朵突然发现东边山沟那儿有两个一对、两个一对的小灯笼晃悠着往这里靠近。

她惊奇地说："他爹！你看！你看！那是人吗？"

蛋儿顺着巧朵说的地方望去，立马打了一个大大的寒战，心想：坏啦！是狼！

他马上心慌地说："他……他娘，媳……媳妇，不……不……不要下去！千……千万不要下去！你快过来，到我这……这里来！"

巧朵从上边的树枝移到蛋儿跟前，蛋儿一扑搂住她。他们挪到一个树杈里，蛋儿凑近巧朵的耳朵说："他娘，那不是人，是狼群，千万不能下去，下去就没命啦！"

蛋儿感觉到巧朵打了一个大大的激灵，接着就瑟瑟发抖起来。

蛋儿搂着巧朵，安抚她说："不要怕，有我呢！我们在树上不要动，狼不会上树，它们对我们没办法。"

巧朵吓得已经缩成一小团，紧紧依偎在蛋儿怀里。

"来，你搂住这个树杈，我搂住你，我们坐在这个树杈上稳着哩！没事！等天亮，就有救啦！"蛋儿安慰着一直发抖的巧朵。

狼群很快围住了桑树，总共有七八匹狼。腥臭味直冲树杈上的巧朵和蛋儿。

匹匹狼仰着脖子，闪动着幽幽发绿的凶恶的眼睛，龇咧着长嘴，不住发出"嗷嗷嗷"急躁的低沉的吼叫，直直盯着树杈上的巧朵和蛋儿。

有的狼急了在刨树根，有的狼躁躁地咬啃树皮，有的狼一蹿一跃地往上爬，有的狼哼哼着不停地转圈圈。

折腾了有一两个时辰，狼群终于安静了。但它们丝毫没有要离开的征兆，而是三三两两卧在了桑树周围，张着血嘴望树上，像是在等待，等待将要到口的活猎物。

蛋儿稳稳地骑在粗壮的树杈上，紧紧搂抱着瑟瑟发抖的巧朵，镇静地说："媳妇，不怕，不怕！有我呢！狼上不来，狼上不来！天亮就好啦！不要怕！天亮我们就有救了！"他们夫妻俩在树杈上，紧紧抱着等待，等待着天亮有人来。

东方终于呈鱼肚白了，他们隐约地看见狼的面目。匹匹狼的嘴都能咧到耳朵根部，上下四根长长的獠牙白森森地龇着，眼睛里闪动着寒冷的残暴的凶光，看上去令人毛骨悚然。

蛋儿将巧朵搂得更紧了，挡住她的眼睛不让她看下边。

远处影影绰绰可看见错落不齐的农户房屋。

突然，从村里传来"哞——，哞——"的牛叫声和"汪汪……汪汪……"几声狗叫声。

蛋儿一下子兴奋起来，来了精神，激动地对怀里的巧朵说："他娘，听牛和狗的叫声，还有鸡的打鸣声，我们有救了，天马上就亮了！"

巧朵在他怀里点了一下头，让蛋儿搂得更紧了。

蓦然，从天空中洒下一片亮光，太阳的红光从山顶射出，大部分的农家房屋、树木都清晰可见了，从那里传出的零零散散的狗叫声连成了一片。

狼群突然骚动起来，变得急躁不安。一匹身躯高大的狼带头一蹿一跳地往树上蹦，其他狼一样怪叫着朝树上蹿跳，它们一拨一拨轮番着蹿跳，桑树在不停地晃动。

蛋儿看到这情景，紧紧搂住巧朵和树杈，朝着村里大声地呼喊起来："来人呀——！来人呀——！打狼——打狼——！救命——啊！救命——啊！打狼——打狼——！"

狼群好像听懂了蛋儿的喊声，往树上蹿跳得更猛了。桑树在剧烈地晃动。

蛋儿拼命地呼喊："来——人——呀！打——狼——！打——狼——！救——命——啊！……"

他的嗓子嘶哑了，喊破了！

突然从远处传来了"打狼啦，打狼啦"的喊声，众多人呼喊着，随即是狗的狂吠声；接着远方涌出三四十号人，人人手里拿着锹锨棍棒，"打狼"声不断逼近。

狼群朝人群处望望，又朝树上望望，依依不舍地一颠一颠离去，消失在山沟中。

狼群被赶走了，人们团团围在桑树下。其中有一位老者，长形的脸，短粗的身材，穿着粗布的白上衣黑下裤，扎着裤脚，腰间系条黑的宽腰带，脚蹬一双黑面千层底鞋，右手紧握一根光滑的黑褐色木棍，浓浓粗眉下一双有神的眼睛，通身显出山里人的爽气和胆量。他张开被短而稠密的花白胡子围着的方嘴，仰头发出铜钟似的声音，朝树上高喊："树上的小伙子下来吧！狼已经被打跑了，下来吧！"

蛋儿看了看树下，看看怀里的巧朵，哭了。是激动！是感恩！是大难后的兴奋！他"呜呜呜"哭出声，啜泣着说："乡亲们！感谢你们救了我们的命，呜呜呜！"

"小伙子！快下来吧，下来再说！"老者又高声说道。

蛋儿摇怀里的巧朵，说："媳妇，媳妇，我们得救了，狼被乡亲们打跑啦！"

巧朵睁开迷蒙的眼睛，无力喃喃地说："真的吗？……真……"昏了过去。

"你！你！还有你！快上去！把他们从树杈上救下来。"老者指派三个年轻人上树把蛋儿和巧朵接了下来。

蛋儿腿根本直不起来，瘫成一团，巧朵还昏迷不醒。

蛋儿顾不来自己的腿，双膝跪地一个劲儿向乡亲们叩头，嘴里不停地叨叨着说："大爷！大伯！大叔！兄弟们！感谢你们的救命之恩！感谢你们的救命之恩！"

老者见蛋儿和巧朵的样子，赶忙说："大伙儿，抬着这媳妇，扶着这位小伙儿，让他学着走，到我家去，暖暖就会好的。"

到了老者家中，蛋儿的腿脚已经恢复正常，昏迷的巧朵盖着被子躺在老者的炕上。

老者的老伴忙着熬了一锅红糖姜汤。先给巧朵喂了，巧朵慢慢地苏醒过来，大喊："打狼！打狼！"

蛋儿忙向前扶按住巧朵的身子，安慰说："媳妇！媳妇！狼早就让乡亲们打跑了。我们被老伯救了，在他家里的炕上哩！"

"我们的包袱，里面的桑叶呢？"巧朵半迷半醒地急切地问。

蛋儿忍不住眼泪扑扑地流下，哭着慢慢安抚着说："媳妇，你安静些，歇一会儿，包袱、车了、桑叶都在老伯院了里！"

巧朵平静地闭上眼睛，圆圆的苍白的脸上透出淡淡的喜色，又睡着了。

"小伙子，别动她，那是吓得累得，让她多睡一会儿就好啦！"老者安慰蛋儿，接着又问："小伙子，你们是哪个村的？"

"老伯，我们是驿寨村的，家里今年养了些蚕。"

蛋儿慢慢讲述了来这里采桑叶遇到狼的经过。老伯惊讶地说："你们命真大！这里几群狼呢！要碰到有十几匹狼的狼群，就没命了，他们非用爪子把桑树挖倒不可！"

蛋儿倒吸了口冷气，心里暗暗后怕。

老者隔了一会儿，又问："你们是驿寨村的，可认识驿寨村李家院的牛娃老大吗？"

"怎么？您老认识他？"蛋儿激动地反问。

"认识，认识，还有情分呢！"

"哦？牛娃老大是我亲哥！我是李家院老二府芳。"蛋儿热情地答。

"哎呀呀！你是牛娃老大的弟弟！你哥还解过我一次难。我们真有缘分呀！"老者惊喜地说。

"你说什么？我哥还解过您老一难？"蛋儿也很惊喜，感到这真是缘分。

"你回去说东元有个罗振山就行，"老者稍停顿了一下又高兴地说，"小伙子，说起来，我们两家的先人就有缘分。"老者一高兴，兴奋得一股脑儿讲述了一大堆陈年老事。

原来罗振山不是本地人，是襄汾东山里罗山寺村的。他先人就是罗财主八斤。

八斤为李家先人解了为难之事后，跟着李家发了财，把家从襄汾东山搬进临汾地盘。在选新驻地时，八斤一眼看准东元村，认为这村在山根底下，应了他的心愿。住惯了山的人，觉得离山近心里牢靠，就在村里买了地，盖了两院房，一直繁衍至今。

罗振山个头不高，一身的力气，家里过得殷实；性情耿直，为人豪爽，受人看重，人缘颇好。今天就是他先听到蛋儿喊"打狼、救命"的声音，召唤人们上山救出的蛋儿和巧朵。

老者还讲，去年腊月里，他拉着自己养的两头猪，去河西刘村集市上卖掉准备过年用。谁知碰到集市上几个无赖泼皮，听出他的口音是河东乡民，要耍赖强买，罗振山当然不让，后来就拉扯打斗起来，恰好被上集市的牛娃遇上。牛娃老大本是个好打抱不平之人，问清来龙去脉，将随身带的七节鞭拿出耍了个呼风唤雨，吓得那几个无赖望风而逃。罗振山感谢不止，拉着牛娃喝酒。俩人在饮酒畅谈中，知道了罗李两家有先辈之好，随后二人在酒铺拜了把子。

蛋儿听了罗振山的讲述，兴奋不已，忙改口叫起大哥，低头就拜谢罗大哥的救命之恩，被罗振山挡住，让老伴准备早饭。这时巧朵醒来，听说后，倍感亲切，忙给罗振山磕了头，又给老嫂子磕头，说："大哥！我们命真大，碰上了亲上加亲的大哥，那时不是蛋儿搂住我，早就掉在狼堆里没命啦！大哥！这不是磕头之恩，这是救命之恩呀！"

罗振山急忙说："小弟、弟妹，大恩不谈谢，何况我们两家还有先辈的情分呢！今后你们千万不要晚上来采桑叶，这里狼凶得很，常常伤人。你们尽管白天来采，保管没有人挡你们。那坡上还有几棵桑树，你们那万把蚕儿保证够啦。你们尽管来采吧！"

巧朵高兴极了，他们吃过早饭，再不敢多留，一直担心老太奶和孩子，和罗大哥在村口告别。

有了桑叶，蚕长得壮实可爱。

一天下午，巧朵和蛋儿从东元村东山坡采回六大包袱桑叶，巧朵发现蚕儿又白又亮，像是活动着的条状羊脂玉，又仰着黑褐色的头不食桑叶，寻觅着什么，爬得满席的边沿都是，有的已经爬到蚕床架子上。

巧朵忽然醒悟过来，兴奋地大声喊蛋儿："他爹，他爹，快来，快来呀！"

蛋儿急匆匆跑进蚕房。

"我们的蚕结茧了，要结茧了！"她又将蛋儿往外推着说："出去，快抱些长麦秸秆来，快去，蚕要结茧啦，抱些长麦秸秆来！"

蛋儿也兴奋了，他抱进了几扑秸秆，巧朵将麦秸秆竖在蚕床架子周边，看着蚕儿听话地往上爬，巧朵很感触地说了一句："这下我们就不要采桑叶啦！"又低声说了两句："不要再采桑叶了，不要再采桑叶了！"

说完她眼睛里充满了泪水。

他们俩看着蚕儿往竖着的麦秸秆上爬，蛋儿看了一眼巧朵，猛地拉住巧朵的手，感慨地说："媳妇！我们熬过来了！熬过来了！"他也流出了泪水。

老太奶抱着满仓过来了，见他俩都在流泪便慌着问："怎么啦？又出什么事啦？"

巧朵急着轻快地解释说："没什么事！我们高兴！蚕儿要结茧了，再不要去采桑叶了！我们熬出来高兴的！"

老太奶一下子咧着瘪着的嘴高兴地说："我孙子熬出来了，不去采桑叶啦！"

巧朵接过满仓高兴地说："满仓！满仓！娘过几天进城给你买个拨浪鼓，哦！"

满仓拳着小手，鼓起小嘴，"咿咿呀呀"一个劲儿地扭动。逗得巧朵笑了，老太奶笑了，蛋儿在旁看着也笑了，一家子都笑了！

夕阳透过西屋窗子，将蚕床照得红亮红亮。

蚕茧是七天后开始收集的，巧朵和蛋儿收集了满满四大包袱，他们按照政府人员说的办法，对蚕茧进行了干蒸，连同蚕旵粪米分两批送进县政府。

收购他们蚕茧和蚕粪米的还是那位年轻的段办事，在结账时，笑眯眯地说："程巧朵，李府芳，你们的茧圆，个头大，按一等货收购，猜猜，一个月有余的日子，能挣多少钱？"

巧朵脸红了，腼腆地说："就是十来块吧！"

"可比十来块多！"段办事笑呵呵地说，"算下来共二十一块洋元零八小洋角。你们养蚕出色，再奖你们一吊铜板。"

段办事为巧朵和蛋儿数点了现洋和铜板，蛋儿签字按了手印。

当钱装进他们的褡裢，巧朵才感到这一切都是真的。她激动地捧着褡裢，这一个多月来养蚕的经过历历在目：没白没黑地剔扫那些小蚕虫，满仓没奶喝时可怜的号哭，月夜中采桑叶被狼困在桑树上的惊恐，看到白色发亮的成蚕四处乱爬的喜悦，在麦秸秆上采蚕茧愉悦的笑脸，一幕幕又出现在她的眼前。她眼眶里转着泪水，"扑通"跪在段办事面前，慌得段办事不知所措，慌忙扶起说："不兴这个，不兴这个。这些钱都是你们应得的。再告诉你们一个消息，下个月是发领夏蚕子的日子，具体日子在这门外的东边贴着，出门时看看，记住日子，别忘了！"

夫妻俩推着车子高高兴兴出了县政府的大门。

巧朵扭过脸对蛋儿说："他爹，我们上街到店铺为儿子买一个拨浪鼓，再给老太奶扯一身衣服，也给我们俩扯身衣服。"

"行，行，行！"蛋儿毫不犹豫地回答。

他们办完事，又来到一年前巧朵一人跑到城里时吃饭的那个小吃铺门前。巧朵站住了，蛋儿看巧朵。

"进，我们去吃中午饭！"巧朵说。

蛋儿随巧朵进了店坐下。迎他们夫妻的还是那位年纪大些的店员，他来到蛋儿和巧朵面前桌子边，照常抹了抹桌子，笑脸和气地问："客主，要吃点什么？"

巧朵底气十足地说："一盘羊杂，一盘花生米，一壶烫酒，两碗荤面，四个火烧。荤面和四个火烧迟些，我们喝完酒再上。"

店员这次没有摇头，而是可亲地笑着，热情殷勤地又抹了抹桌子，高声往后屋喊道："两碗茶！"

"两碗茶！"里屋也高声回应。

茶水即刻端上来，巧朵抬头看了店员一眼，店员笑了笑，仰起脖子对后屋喊："一盘羊杂，一盘花生米，一壶烫酒，"停顿一下，又喊："两碗肉臊子面、四个火烧后些上。"后音拉得很长，声音很亮。

片刻羊杂、花生米和烫酒就摆到了桌子上。

巧朵拿过酒壶先给蛋儿斟了一盅，又给自己斟上，端起酒盅说："来来来！他爹，端起酒盅。去年是这家店，也是这张桌子，邓村的赵大伯给我算了一卦，说今年要有一笔小财，三年后翻身，应了。今天我们挣了养蚕的钱，来，我们俩干一盅！"说完夫妻俩干了酒。

巧朵赶忙又把酒斟满，从盘子里夹了一块羊肝递给蛋儿，说："羊肝补人，你吃掉！"

蛋儿看了一眼巧朵，说："你吃，你要补呢！满仓娘你吃！"

"让你吃你就吃！快拿上。"巧朵嗔怪地说。

蛋儿接过巧朵筷子夹的羊肝塞在嘴里嚼动着。巧朵又端起酒盅压低了声音说："嗯！他爹！你辛苦了！我也辛苦了！咱婆夫①俩干一盅！"她眼睛一直冲着蛋儿笑，俩人酒盅碰到一起，又都放在了各自的嘴边，头都微微往上一仰，看着对方，"吱儿"一声喝了，他俩那股甜蜜幸福感随着酒的热劲儿暖遍全身。

蛋儿放下酒盅，抢过酒壶，给巧朵和自己都斟满酒，端起酒盅，凑到巧朵耳边悄悄嘻嘻地说："媳妇！不，满仓娘！来，为了我们发家！为我们再生一个儿子干了这盅酒！"

巧朵脸唰地红了，没有说别的，干脆地端起酒盅和蛋儿的酒盅"咣"一碰，喝得干干净净，放下酒盅，娇嗔地回了自己男人一个笑，蛋儿也看着巧朵戏谑地笑，说："媳妇！你太辛苦了，今天你就多喝几盅，没关系，回去时，你坐在车子上，我推着你。现在不用我们再采那些桑叶了！"

蛋儿说的话在巧朵心里打了无数个来回，暗暗地想，蛋儿这一个月对自己的照顾让她感到自从上次她砸了赌场后，蛋儿变了，不去赌场了；地里活干得也细。蛋儿憨得不会表达，但他的心是深厚、质朴、炽热的。想到这儿，她也从内心发出一股热，要给他生儿子，还要生女儿，要给他生一大堆儿女。

巧朵浑身都在发热，这不是酒的热劲儿，而是爱的热劲儿。

---

① 婆夫（音fei）：方言，意谓夫妻。

第十九章

老北屋的老太奶走了,走得很突然,但很自然,也很安详,那是巧朵和蛋儿卖蚕茧结账回来的第五天。

他们结账回来那天,老太奶夸了巧朵一箩筐的话。

巧朵拿出给她扯的酱色印花布和黑色的机织洋布时,老太奶爱不释手地摸来摸去,小孩子似的非要巧朵给她缝衣服,说她要穿新衣服。

巧朵扭不过老人,连夜为她缝制。

第四天,老太奶穿上巧朵给她缝好的衣服,上衣酱色,下身黑色,非常合身。老人上下往周正里拉抻,左右看看,笑呵呵地说:"好多年没有这样高兴啦!还是好多年前,绫罗绸缎我穿遍了,都是新的,这些年不行了。这不又回来了!这洋布比绸缎好,平滑,又细又展正,我孙子小媳妇就是好!"

巧朵也笑呵呵地说:"太奶奶,我们卖蚕茧有钱了,您要什么,说一声,您孙子媳妇给你办!"

老太奶连声说:"好好好!我老了老了,碰见我孙子小媳妇,福又回来喽!"说罢,她穿上新衣服迈着小脚独自走到院子里,转了一大圈,回到西屋,抱起满仓回到老北屋,衣服一直没脱。

吃过晚饭,老太奶要让巧朵和蛋儿到老北屋说话。

巧朵和蛋儿到了老北屋,老太奶围着被子搂着满仓盘腿坐在炕上。他们拉了长板凳并排坐在炕下,老太奶神肃言正地说:"小媳妇、府芳呀!你们辛苦养蚕挣了点钱,不要胡花,要办点正事,就是买地!有了地人不慌,地里什么都有。地才是我们百姓一辈子的福,没了地一辈子受穷受苦,哪来的福呀?"

"太奶奶,我们知道了,我和府芳正准备买几亩地呢!"巧朵赶紧答话。

"我再给你说,这老北屋一直是咱先人放牌位的地方,有福寿的仙气。你们将来住过来一定收拾好!"她指着背墙说:"这墙是空的,外边还有一层墙,进口就在西耳房靠背墙的一个大衣柜里,揭开大衣柜底层,再揭开靠墙的木板就是入口。从那里进去就有一个空间。这个我谁也没说,只告诉你俩。将来遇到什么难处可藏身,有了什么值钱的物件,也可放入,没人知道。"

巧朵和蛋儿都很惊奇地"哦"了一声。

巧朵觉得老太奶今天很怪,便说:"太奶奶,这房子我们会守好的,您老觉得有什么不合适就说,明天就收拾。"

"这厦坡里有瓦可能裂了,下雨都渗进水了;后檐有几片瓦当破了,下雨把椽头都淹湿了。闲了把那些瓦换了,要把老北屋保护好!"

巧朵忙欠了身子说:"太奶奶,您放宽心,我们明天就让人上厦坡里看,瓦该换就换。"

老太奶又说:"我就爱听小媳妇说话,干脆、算数。府芳呀!你这辈子命好,娶了一个好媳妇,听媳妇的话没错,不赌了吧?"

蛋儿点了点头说:"老太奶,我听巧朵的话,不赌啦!这辈子再不会赌了!"

巧朵看了蛋儿一眼,笑笑没有吭声,老太奶又说:"小媳妇,今天你和满仓就不要走,陪老太奶睡到北屋,这房子冬暖夏凉,比别的房多一层后墙。府芳,你一个人到西屋去睡吧!"老人说着把满仓抱起来,说:"我们睡觉喽!"

巧朵像平日里一样搀扶着老太奶擦脸,洗脚,脱衣服,但老人怎么也不让脱掉这身新衣服,说她要和衣睡。巧朵笑着依了老太奶,心想真是"老来小"呀!替老太奶掖好被子,自己搂着满仓睡了。

老太奶又叨叨了一大阵子陈芝麻烂谷子的事,才安静下来。

第二天一大早,巧朵照常为老太奶倒了尿盆,她见老太奶睡得还很安稳,以为昨天晚上老人家说话累了,就没有打搅,抱起满仓到了西屋。把满仓往蛋儿被窝一塞,自己去做早饭了。

她熬好米汤,馏好馍,特意又煮了几个鸡蛋。

她把一碗热腾腾的米汤、一小盘白馍、一小碟韭花小菜、一颗鸡蛋摆放在老北屋方桌上,到里屋准备叫老太奶起床。

她掀开门帘子,见老太奶仍睡着没动,觉得有些蹊跷,平日里老人家早就笑呵呵坐起来,等待巧朵为她穿衣服了。

巧朵向前亲切地叫了声："太奶奶！"

老人家没有答应，再叫还是没有答应，感觉不对劲！她赶快伸手摸了一下老太奶的被子，里面冰凉，巧朵脑子"嗡"一下，血直往上涌，头发根子都竖了起来，顿感整个屋子都是阴幽幽的冰冷，一个寒战打得她不由自主往后退了一步，高声尖叫着："满仓爹！满仓爹！满仓爹！快来呀！快来呀！"

蛋儿听到巧朵的惊叫，立马捂好满仓跑了过来。

他看老太奶虽然安详地睡着，嘴角微微向上翘，有一点喜悦，但是脸皮完全松弛地塌陷了下来，皮肤颜色苍白青暗。他的第一感觉就是：老太奶奶殁了！他又拉起老太奶僵硬冰凉的手，转过身沉痛地说："媳妇，老太奶殁了！"

巧朵长一声短一声地哭了起来："我的太奶奶呀……我的太奶呀！……"

蛋儿拿了一块白布盖住了老太奶的脸，在她的头顶点燃了一大碗菜油长明灯。

巧朵哭着哭着，想起昨天晚上还在一起说话哩，今天没了。从今后再也听不到老太奶絮絮叨叨的话音，看不到老太奶颤颤巍巍的身影了；又想起平日里老太奶对自己的呵护和偏爱，顿时悲痛欲绝，哭得满脸鼻涕和泪。

蛋儿急了，说："现在还不是哭的时候，去西屋先把满仓照顾好，千万不要抱娃过来，娃的魂儿弱，小心娃的魂儿丢了，我去叫大哥和大嫂，商量丧事。"

巧朵刚起身，见大哥和大嫂就站在门前，他们见屋内的情景，一下就明白了，大嫂跪在长明灯前长一声短一声地哭了起来。兄弟俩也跪下大哭。

牛娃哭着说："我吃早饭时听到巧朵的哭声，就知道老太奶不好了。"蛋儿说："我们先不要哭啦，到西屋商量丧事吧！"

牛娃说："行，哭声不能断，让你嫂子在这里哭，我们到西屋去。"

牛娃老大、蛋儿、巧朵抱着满仓都坐在西屋的堂厅里。

牛娃老大说："老太奶的丧事先要报丧，我想咱村好说，一个上午我和蛋儿戴孝就报完了，就是老人的亲戚难了。老人年事高，辈数又高，好多已过了两辈的亲戚都不来往了，真是难报丧了。巧朵，这两年你和老太奶住，知道老人有哪些亲戚吗？"

巧朵略思索了一下，说："大哥说的是，这两年我知道老人只和她娘家的侄孙子来往，就是赵城西边赵沟村的赵财主家过年时来过咱家看老人，比咱们还高一辈。其他亲戚我就不知道了。"

"那就让府芳去赵城一趟吧。"牛娃老大说。

顿了片刻，巧朵缓缓地说："哥，我想让府芳在家搭灵堂，找人挖墓道。这些活太重，也太麻烦，哥你身子骨没有府芳结实，干脆你借谁家的骡子去赵城走一趟吧。"

说罢巧朵把满仓递给蛋儿，进里屋从炕上小矮衣柜子里拿出几串子铜钱往桌子上"哗啦"一放，接着说："哥，您从赵城报完丧回来经过临汾城，在城里一定要买些金银箔纸、彩纸、黄表纸和香炷等丧礼上所用的东西，您看还要买些啥，您就看着买。然后我们女人连夜糊制金山银山、童男童女、房子院落、四季衣服。给你两串钱够吧？"说着把钱往牛娃面前一推，眼睛瞪起来说了一句："哥，这是埋老太奶的钱，要花到地方上。"

牛娃老大也瞪起了眼睛，刚想说，巧朵那瞪圆的眼睛却拉成了一条线笑了说："哥，你要饿了在城里买碗肉面喝壶酒，别累了身子，回来要给我报账。"

她又扭过头对蛋儿说："吃过早饭，满仓爹就跟我，戴着孝在村里报丧请人办事。你再多找几个人给老太奶搭灵堂，灵堂就搭在老北屋，祭奠的通道要宽要长，里面接棺放三张方桌，祭奠的人可在里面来回走动，全部用柏树枝和白布围着，看上去大气。让人看去，李家院办事就是气派。"说到这里她流出了眼泪，"我和老太奶相处近两年，老奶奶事事都心疼我，想起来就要哭。"她想到这里，眼里噙满眼泪，说："老人家走得这样顺当，没病没灾走了，这真是老人家修来的福，没给小辈们一点点劳累，也是我们小辈们的福分，像太奶奶这样高寿的谢世，在方圆五村也是头家。所以，丧事一定要办得热热闹闹、红红火火，和尚、道士、鼓手三班子响器全部请，吹打三天，灵堂搭得大大气气，多买几卷子白布，让老太奶体面地走，钱我出。"她又接着说："现在我要到南头找赵婶子，赶快入殓。太奶的寿板是现成的，寿衣就穿她身上那套新衣服吧，老人家很喜欢，昨晚睡觉都不脱，就满足她老人家的心愿吧！"

大家刚想散去，巧朵又说："哥，三天封口，当天入土为安，行吧！"

牛娃庄重地点点说："行，三天入土。"

巧朵说："你给老太奶侄孙子报丧时，一定告诉他第三天午时前赶见他老姑奶一面。我现在就去南头请赵婶；满仓爹，你赶快去请和尚、道士、鼓手，上午院子里一定要吹打起来，下午和尚道士为老太奶做第一场法事。"

老太奶的丧事摆得红火，惊动了驿寨村的男女老少，仿佛驿寨村在办一件大事。村长李进才主持着老太奶的丧礼，不停地说："我要沾老奶奶高寿的福气呢！"

封口这一天，已到巳时两刻了，仍不见老太奶娘家侄孙儿的影子，主持丧礼的李进才有些急，他跑过来问蛋儿："已经巳时两刻了，开棺封口吗？"

蛋儿瞟了一眼跪在灵前的巧朵，问："怎么办？"

巧朵站起来，看跪在灵棺左边的牛娃老大问："哥，你到赵城见到人了吗？"

牛娃老大肯定地说："人我见到了，我肯定说了就是今天午时封口。"

巧朵回头对进才说："进才哥，那就再等等，我们等到封口最后一刻，这是老人的唯一亲人。要等，通知到了就要等。"

李进才对灵堂通道棚外边大喊："鼓手们，再来一段《哭灵》，吹打起来！"

唢呐声悲凉、凄哀地吹起，笙笛胡琴锣鼓响起，看热闹的村民又沉醉在响器声中。

直到午时差一刻的时分，蛋儿听到院门外一声马的嘶叫，慌张地喊道："哥，哥！来了！来了！"

蛋儿和牛娃赶快出了担门，见在门的东边停了一辆三套马的轿车。

三匹大牲口胸前和腰间都是汗渍渍湿漉漉，从张开的鼻孔里喷着粗气，打着响鼻；轿体高大宽阔，整体花梨木本色，顶为弧形，是牛皮包制，与轿体一色；轿体前门悬挂有细竹帘子。

头扎一块白毛巾呼气声声的赶车小伙子，掀起竹帘子，走出的是一位英俊的青年，接着是一位身材颇伟五十多岁的男子，目光炯炯，显得精气神十足，两人头上都扎着孝布，一身素白。牛娃跪着追了上去说："赵叔，赵叔！我们一直在等您呢！"他又指着蛋儿说："这是我弟府芳，拜啦！"

兄弟俩说着已拜倒在地。赵叔知道这是丧事的礼节，赶紧下车搀扶起说："府松，我们来迟了，我们来迟了！在过临汾城时耽搁了一阵子！"说罢对身边的青年说："这是你太姑奶奶家的两位哥哥，这是你大哥府松二哥府芳。"

然后，指着青年人说："这是我儿子继文，今天我也把他带来了。让他认认门，你们兄弟也认识认识，我们是老亲戚啦！我们要走动，不能没了亲人断了亲。人们都说'好亲不如近邻'，这都是从眼前的一事一时说的，真正从长远点说，还是近邻不如老亲呀！"

说得爽朗、畅快，继文和牛娃、蛋儿拱手相识。

赵叔随后对继文说："去，把咱们祭奠太奶奶的箱子抬下来。"接着继文和赶车人从轿车内抬下一只方方正正的红色箱子。

这时，巧朵穿戴着重孝走在赵叔的面前，沉痛地叫了声："赵叔！"就跪拜在地。

牛娃马上说："赵叔，这是府芳的媳妇，老太奶的丧事是她操办的。"

赵叔看了一下这小个头、娃娃脸、披麻戴孝的小媳妇，惊讶地"哦！"了一声，忙搀扶巧朵，巧朵说："赵叔！我们一直在等您，来，为您戴孝，祭奠老太奶！"她当场从后边人拿着的尺五宽幅面的白布卷上为赵叔和他儿子扯上两片五尺长的布，披到他们身上，用麻绳系在腰间说：

"叔！进院祭奠老太奶吧！"

赵叔及他儿子和赶车人拉着祭奠太奶的箱子跨入了担门。

院里挤得满满实实，看热闹的村民给他们让出了一条道。

里面人喊了声："起乐！"

顿时响器齐鸣，守灵的男女哭丧起来，一片悲哀腾起。

赵叔看到老北屋中门前搭建着一条由柏枝和白布扎成的祭奠廊道，廊道横眉上四个大字是：仙容懿德，两旁悬挂着两条白布，写着：

先祖仪容犹在与日月同存

高堂懿德传世如松柏常青

在廊道中间纵向连放着三张方桌，上面摆放了应有尽有的祭品；方桌上的两边沿点燃有两排粗粗的白色蜡烛；方桌的两旁地上摆放着糊制的金山银山、童男童女、仙鹤劲松、房屋车马、四季衣裳；方桌的端头宽大漆黑的寿棺顶头贴有一张方方正正的黄表纸，上写着"寿"字，整个灵堂庄重肃穆大气。

他看了一下巧朵，又看牛娃和蛋儿，微微颔首表示了自己内心的感激，待儿子把祭品一一摆开，他鼻子一酸喊了一声：

"姑奶，姑——奶——！我们来迟了，你的侄孙带你的侄重孙继文，在灵堂给您老磕头啦！"他拉着儿子，捧着哭丧棒，在器乐声响中，前三后三跪拜祭奠起来。

祭奠刚刚结束，李进才在灵棚口高声喊："开——棺——！"

响器又一次鸣起，四个壮小伙子把沉重的棺盖打开，牛娃和蛋儿搀扶着赵叔到棺口和他姑奶奶见最后一面。

赵叔扒在棺口，看见棺内用杏黄色绫子裱糊，姑奶奶躺在大红色绸面被窝中，红色的绸被子将姑奶奶的脸映得红润润，就是一个安详入睡的老人。赵叔啜泣着低声地呼唤："姑奶……姑奶……，您……您……您好好睡吧……睡吧！"

牛娃和蛋儿把赵叔扶下，接着是本家的孙子辈们喊道："太奶奶……太奶奶……"

李进才又在灵棚口对苍天扯高嗓子喊道："封——口——！"一片哭喊声又起。

那振悸人心的"嘭……嘭……嘭……"封口的钉木楔声，无情地冲击着院子里每一个人的心窝，一位德高寿高的老人和他的后辈们永远分开了。

哭声响起！

鞭炮、器乐声响起！

…………

丧事办得庄重、热闹、顺当，赵叔从心底感到争脸、光彩、宽心。

太阳就要咬西山山顶了，一道道火红色的霞光刺刺烈烈洒下，照得从老太奶墓地往回走的赵叔、牛娃、蛋儿、巧朵一干人的脸都是红彤彤的。

赵叔有些激动，他一手拉牛娃一手拉着蛋儿，眼睛却看着巧朵说："府松、府芳兄弟，侄儿媳妇，太好了，这丧事办得太风光了，我姑奶走得体面，值了！值了！我回去一定告诉赵家的人，让他们放心！"

巧朵慌忙打住了赵叔的话，和谦地说："赵叔您不要再说啦，一来是老太奶的修行和造化；二来是我们做后辈理应办的，是我们小辈的孝敬之心，就这样，还感到对不住她老人家在世时对我们后辈的恩情呢！您可不要再说了，只要赵叔觉得行，我也就把心放下了！"

巧朵继续说："您看，让赵叔在老太奶屋里宿一晚，您要赶回；让您任意拿老太奶遗留的物件作为念想，您客气，只拿了老太奶的一把骨梳。"

"行啦，侄儿媳妇，不说啦！我这一趟来得非常满意！高兴！我也没带什么，只带了些祭品。箱子留下，箱子底层压了十块大洋，是赵家的丧礼！你不要再说了，要收下，这钱不一样，'逢七'我们就不来了，你替我在姑奶奶墓上烧炷香，烧些纸！我就不留了，太阳马上就要下山了，你看轿车已到了东门口。"

巧朵抬头，高大的轿车一下就跳入她的眼帘，她扭头对身边的小伙子说："去，回去赶快把回礼的箱盒拿到东门口。"只见小伙子应声加劲往回跑。

不一会儿，到了东门口，小伙子也扛了一个四方箱盒来，巧朵笑着对赵叔说："这是礼数，赵叔一定要带回！"

赵叔也笑了，说："好！我收下！"转身又对继文说："你看到了吧？为人处事就是要这样！"他又对巧朵说："侄儿媳妇，你行！小小年纪你真行！你们李家一定能起来！我们这门亲戚不能断呀！继文，你听到了吗？"

继文忙点头说："我知道了。巧朵嫂子，我今后要来跟你学呢！"巧朵忙谦和地笑了。

"去，把牲口的笼套换上，辕骡的脖铃带上，天黑了不干净。"赵叔又吩咐道。

赶车子的小伙子拿出了带红缨头的笼套和一圈小铜铃铛的脖套，替换上了。

辕里黑色的马骡一下子精神起来，耳朵竖得老直，头顶的红缨、脖子上的铜铃在晚霞里闪着光亮。

赵叔坐在了辕头轻声说："府松、府芳留步吧！侄儿媳妇！好好干！有什么难事找我！"然后对赶车人说："赶车吧！"

赶车人"叭"一声甩起了鞭子、辕里的马骡起蹄小跑，轿车飞快地走了。铜铃声有节奏地响起，随着的是一团扬起的尘土。

晚霞给了轿车一道闪光。牛娃和蛋儿转身回了院子，巧朵扬起告别的手没有落下，一直探望着那团尘土中轿车泛出的亮点。亮点在拐弯处消失。

但那辕骡的铃铛声还在巧朵的耳边萦绕，由轿车泛出的亮点还在巧朵的脑子里闪耀。

巧朵往后拢了拢飘散在额前的头发，长长吁了一口气，不自觉坚定而自信地从嘴里冒出一句："我一定要拥有一辆，肯定会有这样一辆轿车！"

第二十章

秋季的焦黄蔓延着，树上的黄叶子在风中东转一下，西转一下，很快变成焦黄卷边的烂叶子，人们踩上去"渣渣"地作响；地里撂倒的棒子秸秆也一片焦黄，在风中发出干燥的"哗哗"声，使人老觉得里面有人作乱；不知一大群什么鸟，"忽"一下落下，又"忽"一下飞走，留下了许多残落的羽毛；刚刚飘过一场细雨，地湿了，天凉了，远处传来了耕牛"哞哞"的叫声。

蛋儿从地里回来，卸下牛车上的一捆棒子秸秆，砌在牲口圈边。

听到院子里的声响，巧朵走出屋子，站在门口说："地犁完了吧？快！洗一下吃饭。"

蛋儿没有说话，拍打了一下身上的土，走进屋子里，打了一个大大的喷嚏。巧朵关切地问："怎么，凉着啦？"便递给蛋儿一条热腾腾的毛巾。

蛋儿接过热毛巾一边擦脸一边说："一场秋雨一场凉呀！今天地里西北风刮得还真是有些凉，不过不打紧，没那么娇气。两边的地已经犁完，就剩下西边的那块地了。"

"要不先给你熬一碗姜汤？"巧朵还是关切地说。

"算啦，热热地吃碗饭就好啦！"

"嗯！我说，天气一天天凉了，今年我们住进老北屋吧，肯定比西屋暖和，我老觉得这西屋有些阴。"巧朵一边往桌子上摆放菜，一边和蛋儿商量着说。

蛋儿端起一碗热腾腾的面，往嘴里撸了一口说："行啊！我也想这事呢。等我把西边这块地犁完，就收拾北屋。"

巧朵坐在蛋儿的对面，也端起碗，看着蛋儿说："要收拾北屋，地可放一下，又不赶种，早搬进北屋早安心。你还记得老太奶那天晚上把咱俩叫进北屋说的话吗？她说北屋厦坡里有些瓦不行了要换，后檐有几片瓦当破了，泅椽头也要抽掉换了。明天不去地里啦,你叫点下手帮忙换了。要是秋雨下起来,没完没了,别把小毛病酿成大毛病,事情赶前不赶后。把老太奶生前吩咐的事办完。"

蛋儿加快了撸面的节奏,又把碗底的汤仰头喝了,将空碗递给巧朵,嘴在手中的筷子上嘚了两下,说了声:"真香啊!热热地再来一碗。"

巧朵又盛了满满一碗面递给他,蛋儿端着碗挑起一筷子面吹了两口,"呼"地又往嘴里撸,巧朵看着蛋儿的吃相满足地笑了,随口嗔怪地说了声:"慢点,别烫着!"

蛋儿咽下面说:"明天我不去地里了,上北屋二层阁楼上从里面记下渗水的地方,两天内肯定把瓦换完,后檐瓦当破的瓦好换。你就收拾屋内吧。"

老北屋收拾得很顺当,厦坡里的裂瓦和后檐破了的瓦当都换了。屋内巧朵归整了一下,擦拭了一番,整个窗子都换上了雪白的新麻纸,屋内亮堂堂,巧朵把西屋的铺盖和锅碗瓢盆搬了进来。

巧朵和蛋儿搬进了老北屋,成了老北屋的主人。

这一天是:一九一六年八月二十日,这一天巧朵十八周岁多,她要把光景过上去的念想更强烈了!

第一晚上,蛋儿搂着满仓早早睡去,巧朵辗转反侧怎么也睡不着。

她推了一下酣睡的蛋儿,说:"哎哎哎!我问你话。"

蛋儿迷迷糊糊地说:"怎么啦?你还没睡呀?"

"我睡不着,在想老太奶!你说老太奶对我们如何?"

"还用说吗,老太奶对你确实好!"

"我想,老太奶留给我们的都是福,没给我们一点为难的地方,我们现在成了这个老北屋的主人!老人家对我们的恩德不能忘呀!"说着巧朵嘴唇都有些发抖了。

"我们这辈子不能忘,下辈子也不能忘!辈辈都不能忘!"巧朵哽咽道。

蛋儿把睡着的满仓用被子捂好,赶紧钻进巧朵的被子里,搂住巧朵说:"媳妇,你说得对!我们辈辈都不能忘,逢节要给老人家烧香、烧纸、烧钱、烧衣服!"

巧朵打了蛋儿一下,挣脱开他的搂抱,说:"你说的那些,我们必须做他爹，真正做的是不辜负她老人家的心愿：要我们把光景过上去！""哦——！知道！"蛋儿又加重语气说："我听你的话，好好过光景！"

巧朵笑了，又说："不是光这些，你还记得几个月前，在老太奶丧事上赵城那位赵叔吗？记得他赶的那辆三套马的轿车吗？他爹！我想，我们光景过上去，到那个年岁，房子盖起，儿孙满堂，家里也要有那样一辆三套马的轿车，我们逢集赶集，逢会上会，逢戏看戏。现在年轻，就像今年养蚕，肯下苦，什么难都难不住我们，只要有心劲儿，就能挣到钱，就能把光景过上去，就能有那样一辆轿车，什么不是干起来的呢？！"

蛋儿听得认真、激动，把巧朵猛地搂抱一下，从心底温情地慢慢地说："媳妇！你说得对。我这一辈子都听你的，我们也要有一辆轿车！"巧朵在蛋儿怀里静静地回味着他的话，觉得蛋儿说的是心里话，心里宽慰又甜蜜。但在心里又加了一句："只要不赌就好！"

蛋儿搂抱着她发出轻微的鼾声，可她还是睡不着。

她在想，自己刚满十八岁，就有了自己单独的院落、自己的土地、自己的耕牛。感觉真像她爹说的，是蝎虎子托生命大，也像西头神婆党奶奶说的，是天上王母娘娘身边的人，有福！她有些信，但又不信。像养蚕，不是自己苦干，蚕自己能长成茧吗？能挣到那些钱吗？她怎么也不会忘记，从衙门段办事手中接过现洋那一刻的满足感和发家的亢奋劲儿！那是平生第一次拿了那么多属于自己的钱！因为她从中看到了希望和未来！这和蝎虎子、神有什么关系呢？！蝎虎子、神能帮我吃苦？采桑叶？人还是要吃苦、实干！这才踏实！不怕发不了家，像赵叔有辆三套马的轿车！她信自己一定会有！会有！

她又盘算自己手中的钱，扣去丧事上用的钱，加上收的丧礼钱，还有老太奶留给她的钱，现有几十块现洋，干什么呢？不能老放在小矮衣柜里。老太奶的话突然在她耳边响起："你们辛苦养蚕挣了点钱，不要胡花，要办点正事，就是买地！有了地人不慌，地里什么都有，地才是我们百姓一辈子的福，没有地一辈子受苦受穷……"

老太奶说得对！买地！巧朵坚定地想。买地是正事，地是咱庄户人的聚宝盆，有地可多打粮，粮可卖钱；有地还可收租钱，有钱就可置家里需要的物件，买大牲口，买轿车。手中没一寸土地，哪能说光景过上去了呢？对！买地！有地就会有轿车!

想得她头痛。

想着想着,她眼前出现了一辆三套马的大轿车,这轿车比赵叔的轿车大多啦!

轿车体像是老北屋,两层,不是圆顶,是厦坡;厦坡里的瓦片是无数个小翅膀参开扇动着,轿体离开地面飘浮着,轿车的大车轮子飞速地转动;轿车辕里的黑色马骡脖子上套了一圈小铜铃铛,脖子底下悬在雄健宽阔胸脯前的铃铛,大得像寺庙里的晨钟,这些小铃铛都在骡骡抖动中"丁零零……当当……"地响着;两匹稍马,一匹青骢,一匹枣红,它们健壮秀美,修理完美的蹄子,像坚硬的墨玉不停地刨着地面,扬起一股股尘土。

这辆轿车就停在担门口。她正在惊讶!突然似老北屋的轿体中央的两扇门打开了,从里面走出笑呵呵的老太奶。她是那样精神!那样慈祥!稀疏的白发在秋风中飘展,瘪陷的嘴咧得老开。巧朵刚想张口叫,老太奶笑着开了口:"小媳妇,还愣着干啥?你咪呀!看老太奶给你带什么来啦?"

巧朵像是站在棉花上,软软地往老太奶那里跑,兴奋地说:"太奶奶,您怎么坐人家的轿车?"

老太奶笑着说:"什么人家的轿车,这是我给你的轿车!你不是日夜想有辆轿车吗?我按老北屋的样式专门为你制作了一辆!"

巧朵恍然,泪差点涌出,赶紧感激地说:"太奶奶,您对我的恩德,我报不完,您老留着用吧!我今后挣钱置办一辆!"

老太奶马上把脸沉了下来,怒气十足,这可是老太奶从来没有过的表情,巧朵刚想解释,老太奶拿出手里的拐杖在辕骡屁股上猛戳了几下,那辕骡一跃,长出了两只巨大的翅膀,两匹稍马也同样长出翅膀,随后六只翅膀猛烈地扇动,骡骡脖子上的铜铃"叮叮……当当……"响起,似老北屋的轿车飞了起来,向东方,向卧虎山,向远方跑去。她后悔极了,便高声地喊:"太奶奶!太奶奶!"然后就醒了。

清晨,蛋儿做好了早饭,用勺子"当当当"敲空碗,嘴里不住嚷嚷:"吃饭啦!吃饭啦!你喊啥太奶奶!"

巧朵完全醒了,但心里堵得慌,心还怦怦地跳。后悔自己没能把话向老太奶奶说清。

太阳光已从新糊的白生生麻纸的窗格子照进来，刺得她眼睛睁不开，揉了揉，埋怨起蛋儿来，嗔怪地说："做好饭就做好了，敲什么空碗，让人家没有去给太奶奶说清就醒了。"

蛋儿笑着说："想老太奶啦？把你的好梦给搅啦？"

巧朵把刚才的梦向蛋儿学了一遍，蛋儿笑得更欢了，说："媳妇！你是想轿车想病啦！钱我们慢慢地挣，光景得一天一天过，轿车我们一定会有的。"

"他爹！你今天的话我爱听，这是一个念想，这一辈子就这个念想！我们两口子使劲把日子过上去，到时候买辆好轿车，咱俩坐在轿车里，再领上几个孙子，逢集赶集，逢会上会，逢戏看戏。你想，咱俩坐在轿车里，是啥滋味！辕马脖子上套的铃让它响亮些，让人们都知道咱俩坐上轿车赶集、上会、看戏去啦！"巧朵高兴地说着。

第二十一章

巧朵买轿车的念想感染了蛋儿,他兴奋地说:"媳妇,你快起来,吃饭,我给你说这几天买地的事。"

"哦?!"巧朵一下来了精神,她三下五除二穿上衣服,洗了把脸,坐在堂厅,看着蛋儿摆在桌子上的米汤、馍馍、萝卜丝、咸菜和腌韭菜花。她端起米汤碗"吸溜"了一口,夹了几根咸菜说:"嗯,他爹,买地的事是怎么回事?"

蛋儿坐在巧朵的对面,拿起一个馍在韭菜花盘子里蘸了一下,咬了一口,听巧朵问他,"哦哦哦,"他喝了口米汤,喉结上卜鼓动了一下说,"你真把人赶得要命,听我给你说。"他又喝了口米汤,说:"南旁黑狗那两亩水地,就是和我们那亩地相连的地,说好了,他欠别人的赌债,急着哩,钱给他,地就盘过来;咱哥的那亩地也说好啦,就是多了一吊钱,也可盘过来,这样咱家的水地就是一大整块。秋冬两季撒上底肥,开春犁耙、放水,就可插秧。"

"咱本家政学的那十亩说得如何呢?"巧朵问。

蛋儿慢慢地说:"说是说好了,就是有点麻烦,政学的地和村里泼皮党青山的地接壤,政学老实,青山这家伙每年耕地都往政学这边赶,政学的地已不够十亩啦!"

"有地契吗?"

"有,我看了政学的地契。"

"青山有地契吗?"

"也有,我没有见,听说还有地界桩眼[①]呢!"

"这就好办,先找桩眼,再找青山,两家重新垒起地垄。不行就经公,村

[①] 地界桩眼:旧时代,按照双方土地地契,经村公所丈量双方认定后,在地界点上,砸下三尺深的楔,拔出楔,往楔洞里灌上炭,这个炭点叫地界桩眼。

公所不行经官,人常说赖民怕官。咱把桩眼找到,丈量土地,重垒地垄。把政学的地买过来,少给他几吊钱,说清楚就是找桩眼、垒地垄的工夫钱,政学不行就不要他的地啦。你放你的一百个心,政学想卖得很,他受不了青山的气。"说着巧朵自己笑了笑。

买政学的地很顺利,还少给了两块现洋。政学自以为青山侵占了他有一亩以上的地,他实在不想和青山搭邻了,每年都要为地垄的事吵架,又惹不过青山。

这是块闲歇的地,蛋儿犁耙整理,准备撒了底肥种麦子。"方方正正的一块地,无论如何犁耙不成一块,南宽北窄,这青山真利用每次垒地垄往过赶啦?"蛋儿想。

蛋儿拿上地契把大哥牛娃叫来丈量,十亩地竟差了近四分地。他们哥俩又拉了青山的地,确实多出近六分地。

蛋儿气呼呼地说:"这东西!不但侵占了政学的地,还侵占了左边的地!"

牛娃也很生气,却冷静地说:"先不要太急,我们先找地界桩眼再说。"

兄弟俩在青山地里找到了桩眼,蛋儿把镢头往地里一撂,气喘吁吁地说:"哥,不行,非找这驴日的!"

牛娃镇静了一下说:"不要急,你们是邻地,常常在地里干活,抬头不见低头见,弄僵了不好,那又是个村里的泼皮!不如,先把桩眼填了,到他家找他,就说刚买来土地,需重新整理地垄,看他如何?再说下一步。"

蛋儿觉得哥说的有道理,把地界桩眼做了记号埋了起来。

吃过中午饭,蛋儿将烟袋往腰里一别,直奔青山家,敲了他家的担门。

开门的正是党青山,又高又胖的身子将门堵得严严实实的。头顶扎了一块黑乎乎的粗布手巾,斜披了件粗布夹袄,高眉骨下深陷在眼窝里的一双黑眼珠子投出疑问的光,张开龇出两颗大门牙的嘴,大声地问:"呦?是你呀?!有事吗?"

随着他的高声而来的,是一个很响的饱嗝,臭韭菜味熏得蛋儿往后退了半步。蛋儿没有答话,顺着青山的眼光往后看。

"问你呢,往后看什么呢?"青山又一高声。

蛋儿这才恍悟,青山是斜眼,当看你时,总觉得他的眼神投向别处。蛋儿暗暗浅笑了一下，赶紧把头扭回，温和地说："青山哥，我找您有事，我们进屋说吧？"

"毬！啥事？有事就在这里说，我刚想出去呢！"青山大大咧咧、根本不在乎地说。

蛋儿看着青山的神气，心里很不舒服，单刀直入地说："那好，我把政学的地买啦，咱俩成了邻居，想和你拿上地契，在一起丈量一下各自的地，把地垄子重新垒。"

青山的脸立马冷下来，略加思索，说："哦，你把政学的地买了，要重垒地垄子？已经多年了，有啥重新垒的？各种各的地行啦！"说着就往外走。

蛋儿挡住青山的去路，继续温和地说："青山哥，正因为多年，我犁地时发现，不是偏到你们那边，就是偏到我们这边，重新垒地垄子，咱们两家都好。"

青山不耐烦了，带有骂人的口头语说："背他妈[①]！一个乱地垄子，你愿意重新垒，你就自己去垒吧，我现在没那闲工夫！"

蛋儿还想说服青山："我说青山哥！话可不能那么说，我们是地邻，地垄是两家的事，要垒也必须两家在一块。"

"毬哩！就是个地垄子，我现在忙着哩！等闲了吧！"青山没等蛋儿说完，打断了他的话，说完又想走。

蛋儿死死挡住青山出门，带气又有几分央求地说："青山哥，你别一句一个'毬'。现在整地要种麦子，现在不垒什么时候垒呢？你给个日子，我看咱们下午垒，完后我请您喝酒！"

"你这人，我说忙着哩，一个乱地垄子，还把人给箍住啦，背他妈的！"青山这回转身把门"哐当"关住，推开蛋儿，把披在肩上的夹袄往上抖了抖，狠狠斜了一眼蛋儿，扬长而去。

蛋儿生气地看着比他高出一头的青山，只是大声地对着青山的背影大声警告地说："你没有工夫，我找村公所！"

青山没有搭理，但哼出几声冷笑在空气中飘荡。

蛋儿一肚子气，回到家，把烟袋往炕上一扔，对着巧朵说："这个赖子，

[①] 背他妈：方言，口头语，相当于"他妈的"。

心里有鬼，不接我的话，不和咱们垒地垄，耍赖皮，看来必须经公了。"

两口子没有停，提了一坛酒直接到了村长李进才的家。

李进才四十几岁，是蛋儿出了五服的本家子，接了李家牛娃老大当了村长，处事还公道，老太奶的丧礼就是他主持的。蛋儿将要和党青山重新垒地垄的事详细说了一遍，进才也非常生气地说："你们先回去，不要紧，先整大片的地，我会让他和你们把地垄重新垒好的，不会耽误种麦。"

第二天早上，巧朵和蛋儿正在吃饭，突然，听到担门外一片喧闹和叫骂声。

他们仔细听，才听清楚是党青山在叫骂："驴日的蛋儿，你出来，就是个乱屁地垄子，你把老子告到村公所，老子就是不和你垒，你把老子的毯咬了……，你驴日的有本事出来！"

蛋儿气愤地把筷子"啪"一声往桌子上一放，忽地站起，嘴里骂道："这个泼赖，撒野到门上来了，我看他想干什么？"就往外走。

巧朵一把拉住蛋儿说："你坐下，我出去，看这个泼皮要干什么！"

"不行，那是个赖皮！你会吃亏！"

"不要紧，别看他五尺高的汉子，在村里到处撒泼，他还没长敢动我一指头的胆！你给我坐下，你出去反而容易出事。"巧朵再次把蛋儿按在杌子上。

巧朵随手拿了件夹袄穿好，迈着小脚"噔噔"地出了屋子。把担门开开，见门外围了一大群男男女女老老少少的街坊四邻，中间有两条狗在人们的腿间"汪汪"地叫，党青山不停地喊骂着。

当担门中央闪出比青山矮半截的巧朵时，青山愣住了，叫骂声戛然而止。

巧朵不慌不忙地说："哎哟！是青山哥呀！大早的一句一个'驴日的'在我们家门口嚷嚷。说实在的青山哥，开始我还真没听出来是人声，以为是谁家的驴脱了缰绳呢！没理事。细细一听，才知是青山哥。你说吧，蛋儿还没吃完饭呢，他让我出来见你一下。哥，什么事？不要嚷嚷，让五邻四舍的笑，你寻思过来啦？要和蛋儿一块丈量地垄地垄啦？"

巧朵不紧不慢的话戗得党青山脸紫一阵白一阵红一阵，半天没说出话来。然后支吾着说："我……我不跟你这媳妇子说话。自古都知道骡……骡马不上阵，你……你回去……你回去，让蛋儿出来！"

巧朵一听怒火突起，踮起脚尖，嗓门一下提高，直呼其名："党青山，把你的屁再放一遍,你这个泼皮!你可以在别人面前撒野,你在老娘这里撒泼,先撒泡你那驴尿照照自己。"

她又提高嗓音:"你先回去,在你祖先的牌位面前磕头拜求一下,让你先人造出个像样的人来,不要造出个斜眼驴大早到我家门前'啊儿,啊儿,啊儿'地乱叫,你这个脱了缰绳的斜眼驴,快滚回去,不要挨别人的鞭子,快滚回去!"

巧朵的骂声引起了看热闹的村民哄然大笑,让青山的嘴巴结巴起来:"你——你——你!"

他气得挥动了一下双手,无奈地在自己爹着的胡子上狠狠抹了一把,又攥成了拳头,跺跺双脚,浑身发起抖来,憋得脸通红,真想冲上去。

巧朵没有丝毫畏惧,挺起胸膛大声嚷道:"党青山,侵占了别人的地,还撒泼,想打人!有种你动老娘一指头!"

党青山这个村里的泼皮,还从来没有被人笑骂到如此地步,感到脸皮没有地方搁,恨不得找个地洞钻进去。

此时,他硬着头皮抡起双拳向巧朵走过来。

一直怕老婆吃亏,早就在院门背后看着的蛋儿,抄起一把铁锨横在了党青山面前。

党青山一怔,憋了很长时间的火一下子找到了撒气筒,直接向蛋儿扑了过来,抓住铁锨把,凭着个高力大,夺过了铁锨就照着蛋儿的身上拍去,蛋儿往后闪了一步,铁锨梢子把蛋儿膀子衣服划开,伤了里面的皮,鲜血流了出来;巧朵见自己男人吃了亏,拣起了一块半截砖头,在党青山的身后,鼓足劲猛地照他头上砸去,青山被这一砖击得身体晃了晃,手一松,铁锨到了蛋儿手中;蛋儿拿起铁锨照直往青山的头上抡去,青山见大事不好,把头偏了偏,铁锨的面子正好拍在青山的脸上,"啪"一声,青山栽趴在地上,脸上火辣辣地疼。

自认天不怕地不怕的乡村泼皮党青山,怎受得这份窝囊气,气急败坏地大喝一声,从地上爬起,抓起两块半拉砖,要往蛋儿和巧朵身上砸去。

突然,从人群中冲出一个三四岁的小女孩,扑倒在党青山面前,一下子抱住了他的一条腿,哭喊道:"爹!爹!爹!不要打啦!不要打啦!"

党青山一看是自己的宝贝女儿玉珍，慌忙扔掉手中的砖头，一扑揽起女儿，说："珍珍！珍珍！谁让你来的？"

女儿揩了一把脸上的泪水，啜泣着说："是娘，娘告诉我你在这里打架，爹！咱们回！"

党青山虽然泼野，但最疼爱他的女儿玉珍，他还有个儿子。近四十几岁才得了这个女儿，视女儿为自己的命根子，对女儿百依百顺。

他抱着女儿，见女儿哭得跟泪人似的，心疼地给女儿擦着泪水说："珍珍，珍珍……爹听你的，咱们回，咱们回。"又扭过头朝蛋儿说了句狠话："蛋儿，你狗日的等着，我不砸断你的一条腿，'党'字倒着写！"骂骂咧咧地摸了一下肿着的半拉脸抱着女儿就要离开。

此时，村长李进才带着四个小伙子急匆匆拨开人群，走到党青山面前大声呵道："青山，你搞的什么事，说好的今天和蛋儿一块到地里去，你怎么跑到人家门口撒野来了？！"

党青山摸着头顶上的一个包，又摸了摸自己的肿脸，丧气地说："进才哥，你看！你看！我的头！我的脸！被他们婆夫俩打成啥啦？！"他指着自己的脸，把身子伸到村长眼前。

村长看着党青山的脸，确实红肿着，头顶上还有血，又扭过身子看蛋儿，见他膀子处衣服有一个口子，血已渗红，说："去，把膀子上的血擦擦，换件衣服到村公所来！"又转过身子没好气地对党青山说："还有你，走，到村公所，处理你们的事！"

村公所在村子西边土地庙旁的戏台子广场对面的三开间北房里，房里没有隔墙，很敞亮。

村长李进才拉着脸坐在房子里大方桌东边的大圈椅里，党青山一直用手捂着火辣辣的半拉肿脸，另一只手抱着自己心爱的女儿玉珍坐在靠窗子长条板凳上；蛋儿换了衣服，巧朵右臂搭着蛋儿换下的那件破损的带血的衫子，他们的脸绷得很紧，坐在方桌的两边长条板凳上。

谁都没有说话。村长先问了话："青山，你今天早早地跑到人家担门前骂什么哩？不是说好上午地里见面吗？"

"我没有骂他们，我是叫他们到地里去的。"党青山接过村长的话胡说起来,蛋儿有些急,要说话,被巧朵拉了一把,示意不要吭声。

"青山,不对吧?"村长说,"我听村里人都说是你早早就在人家门前骂。人家蛋儿媳妇子出来和你说理,你骂人家'骡子',对么?蛋儿媳妇子回了几句难听的话,你就要打人,对么?你真是个混球儿。真认为人惹不了你啦!都是乡里乡亲的,不愿意和你一般见识,不要给了根麦秸秆当椽子就往上爬,有你摔的时候呢!"

党青山没有吭声,用手摸自己头上的包和红肿的脸,委屈地瞪大眼,说:"我不管,蛋儿他们要赔我的头和脸!"刚要站起来,被女儿玉珍拉住,"爹!爹!爹!"叫了几声,党青山又坐下了。

村长没有理会党青山,将头扭向蛋儿和巧朵,说:"蛋儿媳妇子,我也说你几句,今天是青山不对,不应到你门前骂吵,但你的话也太损人了。人常说:说话不揭短,打人不打脸,你们婆夫俩今天吵架的话揭人家的短,也打人家的脸。"

巧朵站起来要说话,李进才村长用手往下压了压,示意她不要说话,村长接着说:"今天打架的事就是这样,你们两家都挂了花,谁也没沾光,谁也没吃亏。但是过错在于青山。青山,给人家蛋儿婆夫俩赔个不是,拉倒。蛋儿你们婆夫俩也不要得理不让人,常说'有理让三分',都是一个村的,又是邻地,常见面,该让就要让哩!蛋儿伤的是个皮,不要紧,衣服拿回去洗洗,缝缝还可穿。"

他顿了顿,又接着说:"今天我主要是想解决你们地垄的事!"

话音刚落,房门被"哗"地推开了,进来的是贾春生,他五十来岁,驼着背,趿拉着一双鞋,嘴里叼着一杆烟袋,脸色生生地说:"村长,说地垄的事,把我的事也在这里说说吧?"

李进才忙说:"春生,先出去!出去!你没看这里有事哩吗?"

贾春生没有理村长的话,看了一下党青山,又看村长,继续说:"村长,青山欺负了我多年了,他每年犁地都往我地里赶,现在怕都赶了两尺。村长要解决地垄的事,一块儿解决,我把地契拿来了,给你看看。"说着把地契给李进才,蹲在门槛上默默地抽起了烟。

党青山怔了一下,没有言语。

村长拿过贾春生的地契，看了看青山，又看了蹲在门槛上的春生，再看看蛋儿婆夫俩，气愤地对党青山说："青山，还有什么可说的，你咋都欺负老实人？政学……春生……，哎呀呀！都是些老实人呀！"

党青山见这种情景，自知理亏，又耍起赖皮劲，突然捂着头："哎哟哟！哎哟哟！我头痛得厉害！我要去看病，量地垒地垄，你们几个去吧！"说着起身，拉起玉珍就要往外走。

村长见状，站起来马上说："青山，你先别急着走，你惹的事必须陪到底，等我把话说清楚，你愿意干什么都行。你们三家因地界已经都告到村公所，今天就是经公了。我要管，你们哪家觉得不公还可向上面告。村公所管的办法是：你们三家都拿上自己的地契，到有争的地里挖开旧的地界桩眼，共同丈量，重新打地界桩眼，垒地垄。让你青山去，你不去，地照丈量，桩眼照打，地垄照垒，村公所出四人，算你家雇佣的，因为你家没去人，这四人的工费你家出，你家有人去，三家平均分摊。我说完了，你青山愿意干什么都行，听清了吧？"

党青山听到这里，捂了捂自己的头，支吾着说："那……那……那我一块儿去吧。"

巧朵一直没吭声，静听村长处理事，但心里一直在想，既然和这泼皮撕开了脸面，也没什么顾虑的了，要治就治到底，让他丢尽人。所以，她瞅了李进才一眼，说："进才哥，我还想说几句。"

村长李进才同意后，她不紧不慢地说："哥，今天早上青山到我家担门口骂街的事，我同意您的说法，是青山的不对，也真是他的不对。如果青山不骂街，不先要打人，不拿锨伤人，也不会发生两家人身上挂花的事。让青山向我们赔不是，怎么赔法？我觉得这样：两家人都挂了花，我们家先挂花，他后挂，算啦，平了。可是，我家一件衫子被青山划破了。人肿、破，都会长好，衫子再缝都是破的。我要青山赔我五尺白布，送到我们家担门口，我再缝件衫子，就算青山赔了不是。"巧朵吁了口气，接着说，"哥，五尺白布不值几个钱，但是个公道。对今后村里无事生非的人，也是一个好的治理。要是我们家被无理的人骂了，打伤，划烂了衣服，就这样拉倒，我不答应！还有平摊丈地垒地垄工费的事。是青山赶占人家的地，欺负了人，如果被欺负的人要讨回自己的土地，重新垒地垄，还要和霸占自己土地的人平摊重新垒地垄的人工费用，这不公平。进才叔，平摊费用可以，丈量土地后，青山霸占了我们多少土地，赔给我们多少粮，至少按三年算，一年两季粮，算到什么地方，赔到什么地方。不然我和春生一起往上告，一直告到县里、府里，总有说理的地方。我不信，私自改地垄，霸占别人土地，还在别人门口骂人、打人、伤人，能有理？听律条上说得明白，多年霸人土地，要查清，就要罚钱、赔粮、坐牢。进才哥，五尺布我要，给了就算赔不是啦；丈量土地，重新垒地垄，村长说什么日子，我和春生什么日子到，可是不能耽误种麦子，工钱我和春生不出，应青山一家出，这样才公道！"

村长李进才被巧朵有板有眼的话噎得一句也说不出，他怔了怔，用眼狠狠地刮了青山一下，青山低着头一言不发，巧朵的话，却句句砸在他的心窝里，暗自憋了一句没说出口的话，蛋儿这小媳妇子真是个不好惹的茬儿！嘴蠕动了半天，没有说出来。只听村长李进才叫他：

"青山，听到蛋儿媳妇的话了吗？说句话，如果不同意，我们现在就散伙，各回各家。"他又朝着巧朵和春生说："蛋儿媳妇子、春生，你们要上告，村里陪着，做个证，你青山一个人做的事，一个人承担；如果同意，明天早上给蛋儿家送五尺白布来，担门口就不去啦，送到村公所来，给你青山留个脸面。今天吃过晌午饭，你、蛋儿、春生、村公所四个人加上我，挖桩眼，丈量土地，垒地垄子，咋样？"

村长的话刚落下，党青山猛地站起来，愣了片刻又坐下，再把手缓缓地伸向春生，春生把烟袋递了过去，他猛地抽了几口烟，呛得一个劲儿地咳，一口痰使劲吐到了脚下。村长李进才的问话，他欲张口，没张开。足足一袋烟的工夫，他又站了起来，把烟袋锅子放在自己鞋上猛磕几下，吸败的残烟灰正好落在他吐的痰上，"吱儿——"冒出一丝丝青雾，他又猛地踩上去，拧了一下，干瘪瘪带有几分不服气又带有几分泄气地说了句："进才哥，我……我听您的！"

"好！今天晌午饭后，你三家到地里垒地垄子，明天上午你给蛋儿家送五尺白布到村公所，再送两吊钱做垒地垄的人工费！"

巧朵和蛋儿的晚饭吃得很晚，等蛋儿从地里回到家已经上了灯。

是心里畅快，还是把油灯捻子拨得大了些，油灯显得格外地亮，映照得背墙上的那幅中堂画——松鹤图闪亮闪亮。

蛋儿端起烫米汤碗，顺着碗沿吸溜了一口。抬头看中堂画，又看看巧朵，笑了，说："媳妇，我看你就是老太奶留给我们这幅中堂画中的鹤，要叫就惊天。你看这画两边对子上就写着：劲松青满山，仙鹤鸣破天。不是你的嘴利，进才叔也没办法。你说要到县里府里去告，真把青山给吓住了，我看青山的脸都在抖素。你不知道，今天到地里挖开旧地界桩眼，把地一丈量，青山赶地垄进我们地近三尺，赶进春生地二尺多，两家加在一起快一亩地啦！当时政学和春生都不敢吭声，这龟孙子真坏！"

巧朵笑着说："也不是我嘴利，是他青山作恶到那里啦。他今天要是不答应，我真拉着进才叔和春生大哥进城到县衙了，不信治不了这个泼皮。世上的事就是这样，你软一步，他能进你一丈，人常说得寸进尺就是这个道理。但也是对老实人的一句提醒。青山这号人就不能怕他，得理就是不让！今天我在村公所说：律条上明白说霸占别人土地要罚钱、赔钱、坐牢，全是从理上说，我哪里见过律条，就是见过也不识字呀，所以'赖人怕官'，把他给蒙吓住啦！"

说着两人都笑了，巧朵说："你明天到村公所拿着青山赔的五尺白布，我给你缝件新衫子！"

蛋儿又吸溜了一口，"哎哟"一声说："媳妇，明天是初六，你说的要上刘村的集的呀？"

巧朵顿了一下，说："哟！还真忘了！明天我们一块儿上集，在集上给进才哥买一匣点心，晚上你到进才哥家拿青山赔你的五尺白布！"

第二十二章

巧朵和蛋儿两口子在刘村的集市上，从南转到北，再从北转到南，从锅碗瓢盆摊转到布匹棉花成衣摊，又从梨、柿饼、红果摊转到醪糟、火烧、羊杂、羊汤、削面摊，再从犁、耙、锨、镢农具摊转到骡、马、牛、羊、鸡、鸭市场。一直转到散集，给满仓扯了几尺要做棉衣的方格格布和两尺黑麻麻布，他们才想离开。

巧朵和蛋儿拖着两条疲惫的腿往回迈。

眼前就是汾河，浑黄的水里漂浮着枯败的树叶子哗哗地流淌着。太阳已经落山，血红的余晖铺满了半边天。

"扑咚"，蛋儿坐在河滩的畔坎上，苦笑了下说："满仓娘，歇会吧？我腿实在酸，走了一天啦！"

"歇吧！"巧朵紧挨着蛋儿坐下。

"我肚子咕咕噜噜直叫，给我个窝窝。"蛋儿手插在夹袄里摸着肚子说。

巧朵从褡裢里取出一个棒子面窝窝和一块黑乎乎的萝卜咸菜疙瘩说："给，晌午削面摊上让你再要一碗面汤泡个窝窝①，你就是不好意思要那碗面汤，饿了吧？"

"哎呀！两个人就要了一碗素面，已经喝了人家四碗面汤了！"蛋儿特意把后面"人家四碗面汤"说得很重。

"那有啥？死爱面子活受罪，现在不是饿啦？……嗯……慢点吃，别噎着……"巧朵看蛋儿大口的吃相，提醒着。

随后，她拣起脚下一块小卵石扔进流淌着的河中，河水溅起一个小水花，卵石刹那间被湍急的河水淹没，河水哗哗地向南流去。她发呆地看着河面，把

---

① 窝窝：方言，用玉米面或高粱面做成的小塔形面食。

头扭向蛋儿问:"满仓爹,咱养猪吧?"

"怎么说呢?"蛋儿有点不明所以地问。

巧朵又从脚下捡起一块小卵石,在手里玩弄着说:"你没有看今天集上?猪娃卖得最快。我看了,卖猪娃的前后换了三拨人,就是说三拨人带的猪娃都卖掉了;再是卖棉布的摊上的人最多,那里什么时候都围着一堆人,都散集了人还是很多。特别是那方格格布,就是咱给满仓扯的那种样式的布,和那黑麻麻布卖得最快,我早上都数啦。方格格布十卷子,黑麻麻布十卷子,散集时方格格布都卖啦,黑麻麻布还剩少半卷。"

说到这里她停住片刻后,看着蛋儿说:"他爹,所以,我在集上买了方格格布和黑麻麻布,回家拆散它,数数它的经纬线根,就知道是如何编织的,将来我也织这种布。我一直寻思,我们明年腾出十亩地种棉花,种棉花也能挣大钱。听说一亩地产棉花五六十斤,可赚三十多吊钱,要是纺线织成布赚的还要多。养猪,一头猪一年两窝半,一窝少则七八头,一年可卖上二十多头小猪,小猪价我看啦,在二吊钱上下,一年可挣几十吊钱。你种棉花和庄稼,我养猪、纺线织布,也可照顾上满仓,不再受养蚕那惊怕,钱也不少挣,他爹,你说呢?"

蛋儿咬了几口窝窝不解地问:"蚕不养啦?"

"蚕不养啦。开始养,人不多,好养能挣钱,往后就难了。都看到能挣钱,养蚕的人就多了,桑叶难了,腾出地栽桑,占了地划不来,我们抓住时机挣一下行了,往后不养蚕了。"巧朵说。

蛋儿大口大口啃着棒子面窝窝,从嘴里挤出一句:"媳妇,我听你的!"

巧朵一笑,把手中的小卵石扔在河里,又捡起一颗扔去,溅起几个小小的水花。

巧朵站起叫蛋儿:"他爹,你看,有只渡船,我们回,初九再来,买头母猪娃子,开春就可跑圈①,收麦季节可见小猪。这窝猪值钱,都是过年的猪,到秋分寒露还可见窝猪娃。"

蛋儿也看见了渡船,他又看了心气十足的媳妇一眼,咽下最后一口棒子面窝窝,跟在巧朵后头,往渡船走去。

---

① 跑圈:方言,意谓动物发情期。

又是一年的霜降到了，黑黄色的椿树叶在一阵阵秋风刮过后，片片飘落。太阳暖暖地从广阔的天空照下，几片云在透蓝的空中松软地懒洋洋地飘动。

温暖和煦的阳光照着正在院子里办持拔花钳子的蛋儿，他准备晌午把那两亩地的棉花秆子拔掉好腾出地种麦子。

巧朵系着蓝粗布围裙笑盈盈从北屋出来，一手提着煮好的猪食桶，一手拿着舀食瓢，看见蹲在院子里办持拔花钳子的蛋儿，欢喜地说："满仓爹！黑炭怕就这两天要下了，它的肚子已蹭着地往前移了，看样子比麦收前那窝下的要多，肚子都要撑开了，这畜生真成了咱家的宝贝疙瘩了！"

蛋儿听到巧朵的话，正准备说，突然从北屋里传出满仓哼哼唧唧的哭声。

"快去！看一下满仓，醒啦！"巧朵朝站起的蛋儿说。

蛋儿忙放下手中的活儿，往屋里跑去，却撂了一句风凉话："我看你呀！对黑炭的操心胜过咱家的满仓了。你可要注意一下自己的身子啊！"

是的，她对黑炭的照料确实精心。

自去年深秋再次上集，巧朵在卖猪娃了市上看了整半天。当第二拨人拉着一车猪娃来时，她一眼就看上了这头猪，她伸手拉了过来，往肚子底下一摸，呀！九对奶，人常说"一猪十八奶，走一步甩三甩"，十八奶的猪太少啦。再看，这小猪娃后臀宽，身条长，肯定能下猪娃，就是它了。

回到家，在猪圈放开这头小猪，它瞪着两只惊慌、陌生、茫然的眼睛，四处打看。蛋儿抱来一扑干燥的麦秸秆放进窝棚，它一头钻了进去再没出来。一直到了下午，巧朵给它煮了三大碗棒子面加红薯块糊糊，它钻出了窝棚，头顶着几根麦秸杆子开始"吱儿——吱儿——吧嗒——吧嗒"吃。

巧朵看小猪吃食，非常喜爱，说："他爹，你看它黑得，一根杂毛都没有，就像一块黑油油的乡宁黑炭！"

从此，"黑炭"成了这头小猪的名字。

开春跑圈配种后，快到春季黑炭下了九头小猪。头头油油光、圆嘟嘟、胖乎乎、长条条，撒起欢来，满院子都是它们的身影，也使巧朵挣了十几吊钱。

巧朵想，这次黑炭肯定要下十头以上，她高兴。对蛋儿的风凉话只是浅浅一笑，看着他进了北屋，自己转身到了猪圈前，黑炭还卧在它的杂草窝棚里。

"啰啰啰啰啰……啰啰啰啰啰，黑炭……黑炭……起来……起来，看今天给你什么食？你最爱吃的红薯块棒子面糊糊。"

黑炭慵懒地抬头，大铜钱的鼻头动了动，仿佛闻到了红薯的香味。它艰难地翻身，抬起短粗的前腿，支撑起笨重的身子，拖着膨胀的圆嘟嘟的奶头，擦着地来到食盆前。巧朵跳进猪圈，把煮好的红薯块棒子面糊糊舀了两瓢倒在食盆里，黑炭"吧嗒……吧嗒……吧嗒……"地吃，巧朵在旁不停地爱惜地挠摸着黑炭的头和耳根，黑炭感受到了主人对它的慰藉和爱怜，抬头看了巧朵一眼，又专心地吃食。

但今天黑炭进食不多，就抬头慢慢悠悠地走向它的乱草窝棚，长长地躺下不动了。

巧朵有些蹊跷。

她"啰啰啰"地叫，黑炭只是抬了抬头，眼睛里却充满了可怜的乞求！嘴里哼哼了几声，从扁平的鼻孔里喘出粗气，吹得窝里尘土四起。

巧朵好像一下恍悟了。

"哎呀！黑炭要下了！"立即惊喜地朝着北屋高声地喊："满仓爹！满仓爹！黑炭要下啦！快来！快来呀！"

蛋儿抱着满仓跑出去，站在猪圈外边，见巧朵已经钻进猪的窝棚里，坐在了黑炭身旁。

"他爹，快给我拿些烂布头来！"巧朵急切地吩咐。

黑炭像懂事的孕妇，只是哼哼着用劲。

蛋儿跳进猪圈，扔给巧朵许多烂布头和棉絮套子。

"出来了！出来了！"巧朵兴奋地嚷着，接着传来"吱吱——吱吱——"小猪的叫声，巧朵忙乱得给小猪用烂布头烂棉絮擦拭后，抱着送到黑炭乳头边，那些小东西乱拱着"咕嘟……咕嘟……"地嘬吸起母亲的乳汁。一连下了六头，隔了片刻，又下了五头。

巧朵心里无比喜悦地看着这十一头乱拱的胖乎乎的小猪，她动了一下腰背，觉得有些酸痛，又看了一眼蛋儿。

"嗯！你看满仓都趴在你肩上睡了，去，放下娃，不要去挖地了，帮我把猪食从食盆里舀在桶里，热一下，这家伙一会儿要饿哩，黑炭刚才吃得不多，再加些麦麸，弄稠些。"

蛋儿抱着睡熟的满仓进了北屋，然后去热猪食。

巧朵看看安静的黑炭，起身钻出猪窝棚，伸展了一下快散架的腰。

黑炭又在窝棚里哼哼起来，她急忙钻进窝棚，坐在黑炭身边，黑炭又产下两头，刚擦清小猪，放在黑炭肚子下边，黑炭又产出三头，巧朵慌忙收拾停当，黑炭又连下了四头。巧朵忙乱得头都有些眩晕，看见黑炭昏迷的眼神和颤抖的身子，急着喊起来："他爹！他爹！快来帮我的忙！黑炭又下了九头！"

蛋儿听到巧朵急切的喊声，跑过来问："我来啦！帮啥忙？"

"去，把炕上咱睡觉铺的被子抽出来，给黑炭盖上，它浑身在打战哩！肯定冷，怕它虚脱了！快去！"巧朵急切地喊。"嗯！食热好了吗？稍稀一点，和被子一块拿来，快去拿呀！"巧朵还是急着喊。

"知道了！"蛋儿二话没说，跨步往北屋跑。

蛋儿抽来了被子，到猪圈递给巧朵，巧朵赶快将被子严严实实盖在黑炭身上，心疼地为它挠起脖颈。

黑炭自然地伸长脖子，享受着主人对它的安抚。

小猪在黑炭的肚子底下胡乱地拱顶着，时而发出"吱儿吱儿"争奶的叫唤声。

"快拿热食来呀！"巧朵又喊。

"来啦！来啦！"蛋儿连连回应。

蛋儿提着猪食桶跳进猪圈，将热气腾腾的猪食放在了猪窝棚口。

黑炭已闻到热食的香味，伸长脖子，用长嘴试探着，没有起来。

巧朵赶紧拿起舀瓢在桶里搅了几下，舀出一瓢放在了黑炭的嘴边。它仿佛很理解主人的好意，抬起了笨重的脑袋，对着舀瓢里的热食，伸出舌头先舔了两下，然后"吧嗒吧嗒"吃了个精光，巧朵又连舀了几瓢。

黑炭将一桶煮红薯棒子面糊糊吃了个干净，闭上眼睛安静地睡了，一旁的小猪乱拱乱叫着。

巧朵轻轻掀开被子的一角，发现有两三头小猪拱着找不到奶头，而几头先生出来的大家伙睡去了小嘴还噙着奶头，后生出来的小家伙无论怎么拱顶，都没奶可吃，不住地乱叫乱拱。

巧朵才想起黑炭有十八只奶头，现在是二十头小猪。她赶忙硬硬地抱起噙着奶头不放的两头小猪，搂在怀里抚摸着。渐渐地，巧朵靠在猪窝棚的墙壁上和小猪一块儿睡去了。

她实在太累了，整整一个上午都没有离开窝棚。

她在梦中看到的还是黑炭下猪娃的情景，一会儿黑炭要下了，一会儿没食了，一会儿小猪压着了，一会儿黑炭又要下了，突然黑炭肚子瘪瘪地站在她面前，一直拱着她哼哼。她急了，黑炭现在怎么饿成这样呢？没奶了，那二十头小猪如何能活？好像二十头小猪齐排排地在她面前朝她吱儿吱儿叫唤，要奶吃。她急了，使劲地喊："满仓爹！满仓爹！"

"他娘！他娘！喊什么呢？什么事？我就在这儿呢！"蛋儿赶紧回应。

巧朵醒了，看黑炭和小猪都很安静，怀里的小猪睡得很香，松了口气，缓缓地说："他爹，你进来，扶我起来！"

蛋儿跳进猪圈，弯腰进了猪窝棚。见巧朵满身的乱草叶子和尘土，乱蓬蓬的头发散落在额前，遮盖了双眼。蛋儿心疼地从巧朵怀里接过睡熟的两头小猪，塞进被子，又双手架起巧朵的胳膊，但巧朵怎么也站不起来。

"他娘，你看你成什么样子啦！真是的！"蛋儿心疼地说。

巧朵轻轻笑了一下，说："为了我们的光景，没事儿！"

蛋儿眼里满是泪水，他把手伸到巧朵的双腿下，一把抱起巧朵，一直抱进北屋的炕上。

满仓见了巧朵，两手参开要娘抱，巧朵赶紧说："呀呀呀！我的儿，等一下，娘身上全是土！"

蛋儿急忙帮巧朵脱掉上衣罩衫和裤子，关切地说："他娘！你抱着满仓平躺一会儿，我给咱们做饭去！"

"你……你把刚才我怀里那两头大一点的小猪抱回来，不然，黑炭的奶头不够那伙儿小家伙吃。"巧朵疲惫不堪地说道。

"我知道了，媳妇，你快歇会儿吧！睡平！"蛋儿十分关切地说。

巧朵腰酸疼，睡了几次才躺平，满仓爬在她怀里"娘……娘……"地叫着。

正午的阳光射进屋里，亮亮堂堂的，巧朵心里满是畅快和愉悦。

夜晚，月亮拂去了面纱，清晰地露出明亮羞涩的脸，把水银般的清光洒向田间、村庄、院落，又透过房屋的窗格，照在正入睡的人们的脸上。

巧朵、蛋儿一家吹了灯，刚刚入睡。巧朵忽地坐了起来，静了片刻，推了一把蛋儿说："他爹，你听，小猪在'吱吱'地叫呢！"

蛋儿埋怨道："我怎么没听到。媳妇，你的耳朵让小猪喜得弄神了，现在静静的，哪里有猪的叫声？快睡吧！你累了一天啦！"说着，蛋儿拉巧朵躺下。

巧朵还是执拗地穿衣服，点着了油灯，端着油灯到了猪窝棚里，就是有小猪在吱吱地哼哼。她急忙掀开被子，看见一头小猪被另一头小猪仰面压着，上面还压着黑炭的一条后腿；她连忙拨开黑炭的大腿，抱起小猪揉揉，见没什么不好，又将它塞进小猪堆里。她又抱四头小猪回到了屋里炕上，炕上热热的，四头小猪长长地躺在她铺的褥子上，和她同盖一床被子睡着。她一只手不停轮换摩挲着四头小猪圆滚滚的肚子，每头小猪都热乎乎的，她的被子都热得难以盖住。

她怎么也没想到黑炭能下二十头小猪，不敢相信这是真的。刚才她又暗暗地数了一下，真真切切二十头。小时候常听老人们讲，猪要下二十四头，其中必然有一头长鼻子大象，这是发家的大吉，这二十头呢？也应是发家的小吉！想到这里，她爱惜地把手放在小猪顺溜溜的脊背上，心里暗暗使了劲：拼命也要把这二十头小猪养活，让它们头头长得结实，欢蹦乱跳，成为我们发家的小吉！……

就这样，每天都有三四头小猪在炕上和巧朵同盖一床被子睡觉，小猪也习惯了，到了炕上就和满仓撒起欢来，不是顶拱被子，就是卷起小蛇似的尾巴挠满仓的小脚，满仓痒痒地咯咯欢笑。巧朵每天要给黑炭加一顿红薯棒子面糊糊。

"要出窝，四十五。"小猪已经一个月了，离出窝还有半个月。

小猪开始学着吃食了。巧朵让蛋儿搬来一块饮大牲口的石槽子。她喂黑炭，到石槽里舀两瓢稀糊糊，小猪们胡乱争抢，"吱吱……吧吧……"学着黑炭吃，巧朵心里喜得要命，小猪能吃食了，能活了！

这一个月的日子里，巧朵真是操碎了心，精细到旁人无法想象的地步。无论白天黑夜，她都守在黑炭身边，亲眼看着每头小猪吃饱，才抱着四头小猪离开，回到自己的屋子；黑炭的每顿食都是她亲自煮熬，黑炭的奶一直很充足，膘也没有落下；猪圈里被打扫得干干净净，且窝棚里干燥舒适。二十头小猪圆圆胖胖，但巧朵瘦了一圈。

一天，巧朵刚刚从猪圈出来，坐在炕上纺线，蛋儿看见消瘦的巧朵，疼爱地说："满仓娘，你看你操心得都瘦啦！要注意你的身子，你可是有喜的人呀！你要倒下，咱要那些猪娃子做啥呢？"

巧朵听着蛋儿疼爱自己的贴心话儿，下意识摸了摸自己微微鼓起的小肚子，心里热乎乎的！但怎么能不要那些猪娃子呢？黑炭尽了力，老天爷给了我们机会，绝不能负了黑炭和老天爷，不能让小猪，哪怕一头呢，出一点点差池，一定要把它们变成我过光景的钱！自己不是还有一个置办三套马轿车的念想嘛！

想到这里，她停下纺线车，转过头去，对着蛋儿莞尔一笑，意味深长地说："放——心——吧——！我的身子骨没事！你只管把地里活办持好，千万不要想其他的事情！就……"

巧朵本想说："就行啦！就烧高香了！"话没说出，被蛋儿接了过去，举起断指，严肃地说："媳妇，看我这断指，放心吧！这辈子不会再进赌场啦！光景过上去，我们买最好的轿车！"

巧朵立即笑了，她信蛋儿的话。近三年来蛋儿确实没有再赌过，所以她乐呵呵地说："地里活做好了，快把花①压出来弹好，腾出时间，我准备刷叠子②，到年底要织出几卷子布，今年挣的钱要超过往年！我们挣下钱，再买地，咱们庄户人，有地就有脸，心里踏实，要啥有啥，轿车不成问题，呵呵！"巧朵笑起来。

说的人乐呵呵，听的人也高兴，蛋儿对巧朵关心地说："他娘，你不要纺啦，歇会吧？地里活你别操心，麦子全种上了，都冒芽啦。今天天气好，我去镇上轧花弹花。"

刚迈出屋门，李大伯的儿子府奎手拿着一张纸跑进担门，兴冲冲地嚷："府芳哥，你快看！我嫂子养猪上报啦！"

原来巧朵养的猪下了二十头小猪的事，村里人一传十十传百，很快传得四

---

① 花：意谓棉花。
② 刷叠子：织布前，先编织好的纬线架子，称叠子。刷叠子，是将纬线架子支撑在太阳下，往纬线架上刷一层稀面糨糊的工艺过程。

邻五村都知道了，三三两两来看稀罕，很快传到城里的平阳府官员的耳朵里。他们来了一伙人，见满院子撒欢的小猪娃，很是羡慕，说了一大堆的好话。

此时正值阎锡山督军大力提倡发展山西经济运动，鼓励农村村民养蚕、种花、养猪。为显示平阳府工作成就，所以，编写了一篇文章刊登在了平阳府的小报上。

蛋儿拿过府奎手里的纸看了一下，喜欣欣返回屋里，高兴地给巧朵说："媳妇，你上报了，我给你念！"

"临汾城南驿寨村，有一农妇程巧朵饲养的猪，于今年霜降之日，一窝下了二十头小猪。据史料记载，明朝天启年间，山东德州有一农妇养的猪，下过二十头却夭折了四头，此后再无此类事发生。现在，这二十头小猪欢实喜人，真是奇闻！也是阎督军提倡经济运动之显就。庆哉！特奖此农妇山西省大洋五块。"

登报不要紧，前来巧朵家看小猪的人天天都有，驿寨村也热闹了一阵子，小猪刚出窝，就卖得精光，都没来得及上集市。

平阳府给了五块大洋，小猪卖得六七十吊钱，两口子感到这是上天的恩赏，抚钱相庆，计划再买些地，还等着黑炭再下窝猪娃子。

谁知老天一冬没飘一片雪花；开春后，没有一滴雨水；太阳却早早入夏，火辣辣地照射着大地，官道上的浮土足有半尺厚，风一刮昏天暗地，眯得人眼睛不开，草长不起，地里的麦苗早早衰老，稀稀拉拉像一根根烧败的香炷插在空旷的田地里。农户叹息着：麦季无收啦！老天爷啊！

猪是养不起了，巧朵挺着大肚子和蛋儿赶着他们心爱的黑炭，并在黑炭背上披了一张写着"一次下二十头小猪的奇猪"的麻纸，上了河西刘村集。

一会儿围了一群人，看稀罕的人多，要买的人少。人的肚子眼看着都难填满，谁还养一头会下崽的母猪呢！

最后巧朵将黑炭卖给一位西山的山里人——黑黝黝的脸膛，光头，只穿一件黑粗单衫，不停擦着额头汗的汉子。巧朵看此人厚诚，不是掌刀人，七块大洋让山里人赶走了。巧朵含泪看着黑炭，黑炭也回头看着她。

巧朵和蛋儿在猪羊集市的一角大树根下点数卖了黑炭的钱，一位老者和一位十六七的小伙子走到他们跟前，老者开口："唉，乡亲，这里有一头草驴你们要吗？"

"不要……不要……，你们离远一点！"蛋儿头都没抬回绝道。

老者站着没动，继续唠叨："乡亲，我们家遇到难处了，急需要钱，就是这头驴你们看着给。我们在这里转了一天啦，这年景没有人问，这是一头好驴呀！"

蛋儿有点厌烦，抬起头，见驴昂着头，个头不低，白色的厚嘴唇嚼动着，长长的眼睫毛抖落了几下，后臀膘还算结实，四蹄整齐地站着，长尾巴在肚皮上来回扫动，架子看上去还精神。老者看上去不到六十岁，瘦高，驼背，松弛的眼皮耷拉下来，眼里透着忧虑；穿着酱色绸褂子，开叉绸裤裙；圆口黑面手工布鞋，露出白色粗布袜子，却满身的尘土渣渣，胡子碴上挂着细细的草叶子，看上去就是一副疲惫败落让人同情的样子；小伙子有些局促，蹙额愁容，穿戴也很整端，很像老者，一看就是一家子。

蛋儿站起审视了半天，恻隐之心顿起，问道："老叔，看你们这样子，不像卖驴的人呀？！"

老者抬头揉了一下眼窝，说道："唉！到这一步也不怕你们笑话！我们是河西金殿村金国栋家。"

蛋儿不禁"哦"了一声，巧朵也站了起来，金家是出了名的财主呀！

"我那大儿子不争气，是个大败家子！"老者不由得从心底发出怒气，"抽上了洋烟，还赌博，因赌债太多，要债的天天拿着棍棒上门吵嚷，我老伴要脸面，咽不下这口气，在上半年得急病去世了！"老者说到这里已是泪流满面，小伙子替老者擦泪劝说："爹，不说这些。乡亲！我爹已经有病了，见人就是这些，你们不要见怪！"小伙子扭过身子对蛋儿说。

"家是无法过下去了，我准备和小儿子金书成拿上卖家当的钱西渡黄河闯宁夏，再度日月……"老者还是说。

蛋儿和巧朵听了老者凄凉的诉说，再看这头驴，什么也没说，巧朵向蛋儿点了点头，心想家里也缺牲口。

蛋儿从老者手中接过驴的缰绳，溜达了一圈，回来掰开驴的嘴看牙口，齿白紧直，年岁不算太大；又抬起驴蹄子看看，整端形齐；用手在驴的眼前晃晃，见睫毛不动。

老者急忙说:"乡亲,这驴从小里眼看不见,胎里带的,不过人常说'里瞎外不瞎,犁耙地都不怕',这驴刚把牙口长满,做庄稼拉犁拉耙拉耧都没问题,耽误不了事。"说到这里停了一下,又说:"我再告诉你们,这驴十天前配过,配上配不上不知道。不是要去宁夏,我真舍不得卖!唉,你们就给个价,牵走,给这驴留个活路。我看你们也是老实的庄稼人,这驴年轻着哩,不会耽误农活的。"老者再三央求。

巧朵见老者是个明事理的人,只好说:"老叔!您把话都说尽了,我们也不会趁人的危难压您的价,驴还年轻精神,都能看到,但瞎了一只眼,人常说再乱的货要完整。又遇上这年景,连人怕都过不下去,还买张嘴干什么呢?这样,叔,给您一个价,您觉得公平,我们把驴带走,您要是有半点不顺畅,您再开个口。肚子里的小骡驹,有没有是两可之中,您留个地址和姓名,我也给您留个地址姓名,如果下了骡驹,我会送您骡驹价的两成钱。老叔您看如何?"

老者听巧朵说的在理,点头答应。巧朵和蛋儿转过身叽里咕噜半天,蛋儿又转过身和老者握住手,在双方握的手上搭上衣衫,捏弄了半天,成交了。蛋儿和老者互通了地址和姓名,蛋儿说:"老叔,'卖梨不卖筐,卖马不卖缰',这驴的皮笼套和缰绳,我再给你一吊钱,您不用卸了,我牵走了啊!"

老者千谢万谢,拉着小伙子走了。

赶着母猪上集,牵着草驴回家。正是这场驴的交易,事隔几十年后,那位跟随金叔卖驴的小伙子救了巧朵一命。巧朵真是蝎虎子托生的,命大。这是后话。

第二十三章

运气是什么？有人说是机会，还有人说是偶然，甚至有人说是命！其实就是机会。

人一生有无数的机会，有的人放弃了，有的人视而不见，有的人得到了又放弃了，有的人擦肩而过。成功者大多数都是碰到机会，有一双慧眼，有一种锲而不舍的精神，使人生中的机会绽放出它应有的光芒！

巧朵就是那种有机会就抓住并锲而不舍的人。

养蚕成功了——运气，养猪成功了——运气，养驴肯定能成功——更高的运气！

巧朵、蛋儿两口子，每日把草驴当成姑奶奶伺候着，先是和牛分圈分槽。专门在牛圈旁为驴搭建了圈棚，又请木匠为驴打了一个木板槽；每日驴的食草是铡成半寸长的麦秸，或者地里割的青草，还有拌着麦麸的精细料，有时干脆把地里那香炷一样高的麦子割下来铡成半寸长带着狗尾巴草似的穗子，一块儿喂了驴；地里活从来不干，两头牛全包了，只在家拉拉磨子、碾子。谁家借驴，巧朵总是笑呵呵地说："呀呀呀！这驴怀骡驹子啦，我们都不用，怕出事呀！"

没几个月的日子，驴喂得屁股圆圆，胸脯挺挺，肚子鼓鼓，毛势顺顺当当，毛色油油光光，人猛地一看，还以为是一匹骡子。

不多日子，巧朵顺利生下一个白白胖胖的女婴，蛋儿高兴地叫女儿"香香"。快秋天了，婆夫俩就给女儿起了个大名叫"米香"。

没隔上几天，买来的草驴依照金叔说的日子，产下一匹小骡驹子，灰褐色，前腿膀上有一条明显的毛印子，嘴巴灰白色，头大而长。时而扬起尾巴，在院子里尥蹄子踢蹦撒欢，老母驴只要嘴里稍哼哼，小骡驹立马收起它的张狂听话地依偎在老母驴肚皮底下吮吸充足的奶水。巧朵、蛋儿满脸笑容，站在北屋门口看到这种情景，喜悦就流入他们的心田。

老天爷还算恩顾天下百姓，收罢干草似的麦子，连着下了几场透雨，旱天解除了，百姓欢欢喜喜种上了秋庄稼，长势不错。秋收时节，家家收得满仓满篾。

有了粮的巧朵，也真把那头母驴供起来了。地里活没干一天，喝的是新收的谷子碾下的小米稀米汤，食料是带籽的青草，还拌着稻黍米粒，长得膘肥体壮，奶充实得像两把瓷茶壶，那匹小骡驹长得更是喜人。

到了秋耕秋种完结后，再看那小骡驹，个头长得快和它母亲一般高了；胸脯宽阔，屁股滚圆；四个蹄子就是四块雕刻出的整整齐齐的墨玉，透润坚硬；两只耳朵机警地直直竖立在昂起的头颅上，眼睛就是镶嵌上的两颗亮晶晶的夜明珠，长长的睫毛一眨一眨，谁要靠近都会蹦得多高躲开，机灵劲儿很像一个调皮捣蛋的小男孩，人见人爱。

一天早上，蛋儿放下饭碗，在院子里收拾背篓和镰刀，准备出门到地里为母驴割青草，突然在身边蹭来蹭去的大黄狗对着担门叫，原来是李大伯的儿子府奎兴致勃勃地冲进担门。

"府芳哥，府芳哥，先别去哩，我给你领进一个人。"府奎急切地指着他身后的男人说。

黄狗追着那男人叫，蛋儿赶紧向前嚷："黄儿，黄儿，别叫，别叫！"

大黄狗顺从机警地站在蛋儿身边。

府奎身后的男人也就四十出头，长细条鼻子立在长瘦脸的中央，短嘴唇上长满密密麻麻的黑胡子，眼睛弯得像一对黑月牙，透着卑屈献媚的眼神。那男人欠了一下身子，点头一笑，那对黑月牙纠在一起，立即变成了两根长冒了的豆芽菜。

蛋儿抬头瞥了一眼，问了句："干啥？"

那男人的眼睛立马又变成黑月牙，急忙笑着说："老……老弟，我是来村里买牲口的，我是……"

没等那男人说出口，府奎接话说："哥，这人是贩牲口的，他在街道上转悠，碰到我，我把他领来了，咱家的骡驹子？"

巧朵听到院子里的说话声，手牵着满仓走出屋门，看见他们说话的情景，高声插话说:"府奎,不卖,想自己用呢。没见家里连像样的大牲口都没有?再说还没有上笼头,小呢!"

那男人黑月牙的眼睛立马皱在了一起,变成了两根豆芽菜,瞬间又眨巴成了黑月亮,巴结似的笑道:"妹子,不打紧,不打紧,我先看看,干我们这一行的就爱看好的骡驹子,肯定给你们个好价!"

男人的话终于撬动了巧朵和蛋儿的心,真想知道小骡驹的价位,蛋儿便说:"进来吧!进来吧!黄儿……黄儿……回去……回去!"巧朵没有说话,心想看看也无妨。

蛋儿进圈拉开驴的围栏,牵出老母驴,小骡驹子紧贴着母驴身子一起出来了。它们看见院里站这么多人,机警的双眼瞪得老圆,两只耳朵直立在昂起的头顶。

那男人的眼睛此时也不是黑月牙,也不是豆芽菜,而是变成了两盏红灯笼,"呀"的一声,就转身往外走。

府奎用手挡住了那个男人,迟疑地问:"嗯?你怎么就走啊?"

"这么好的骡驹子,你看它那双眼睛,那个头,那胸,那蹄子,那腿上的筋肉,是我也舍不得卖呀!"他说着又长长叹了口气,"唉——!这小东西太惹人喜爱了!我不能再看啦!"说完扬长而出,连头都没回。

"你不是说定个价吗?"府奎朝那男人喊。

"少也得三十块大洋!"这声音像是从遥远的村外传出。

第二天上午又来了两个男人看小骡驹子。

第三天上午又来了两个贩牲口的。

第四天大黄狗不见了,下午在东门外官道上发现了它的尸体。

第十天夜里,圆盘子似的月亮挂在树梢上,映得村里一片雪白,仿佛降了一层薄薄的秋霜,一股秋风飒飒刮过,枯了的树叶静静飘落了一地。有三四个人影在树荫、墙根、房暗处偷偷地晃闪。

他们闪在蛋儿担门口,抬头看院墙,一人跃上,没攀住墙上的砖头檐,连同活动的砖头砸下,三人急闪入对面的墙根底下;见没有动静,有一人从腰间拔出尖刀,跳在担门前,将尖刀插入门缝,"咯吱……咯吱……"抖动门闩,"哐当",门闩掉下,他向墙根的两人招手,并解下裤带,往门扇两端门轴处

"籁籁"尿尿;轻轻推门,还是发出微微的"吱——儿——"声,但他们万万没想到,被推动的门扇碰到了上方悬挂的铜铃,"当……当……"几声,三人忽地又蹲在了墙根,像三块石头。

"当……当……"声惊醒了睡觉轻灵的巧朵,她一把推醒了蛋儿,惊悸地说:"他爹,门铃响了,有贼!快起来!"

蛋儿忽地爬起,穿衣服,抄起了一直放在身边的七节软鞭,借着月光从窗缝往外看,他的血"嗡"地往头上涌,担门已开。暗自"呀"了一声。忙叮咛巧朵说:"他娘,把满仓护好,别出来,有贼!"

自那位牲口贩子走后,近日发生的事,特别是大黄狗不明不白丧命,蛋儿和巧朵夫妻警惕起来。蛋儿把七节软鞭时常放在身边,在担门的门扇上方悬挂了铜铃,院墙用虚砖垒高,使人难以攀住翻登。

蛋儿"哗啦"打开屋门,一步跳入院里,"忽……忽"展开软鞭挥舞了几下,见无人,便前去关担门。

突然跃入一贼人,接着又是两贼人,仔里都持有短刀,蛋儿大声喊:"打贼……打贼……!"挥动软鞭直向三贼人挥去,三贼人闪开。

在屋内的巧朵听到蛋儿的"打贼"声,立马在炉窝①里拿了根铁火钳跨出屋门,站在门口扯开嗓子尖叫"打贼……打贼……!"满仓在屋里号哭。

蛋儿粗壮的"打贼"声,巧朵尖亮的"打贼"声和孩子的哭声,划破了冷清寂静的月夜,静睡的人们惊悸恐慌。

最先听到喊"打贼"声的是后院的牛娃老大,他急匆匆起身,抄了把镬头跑到前院,堵住了担门。

三贼人见势不妙,猛向牛娃老大冲去,蛋儿见状挥舞软鞭,"嗖"来了个扫地旋子,只听"嘭"一声,随即"哎哟"一叫,一贼人踉跄着倒了下去,其他两贼人忙搀扶起中鞭贼人往南门逃去。

蛋儿正要追去,牛娃老大向前拦住了蛋儿,说:"行啦!打贼跑了为止,不要追啦!跑了就跑了,再追怕还有后事!"

蛋儿明白了大哥的意思。

---

① 炉窝:烧灶火的地方。

四邻五舍听到"打贼"的声音，都起来围了一大群，大家见贼已经逃窜，没有发生大事，便回家歇息了。

月夜担门前，蛋儿和牛娃老大兄弟俩对视着，牛娃见弟弟脸色煞白，气喘吁吁，意味深长地说："弟，我看有好的价，把那骡驹子卖了吧！"

"哥，没事儿！今晚他们不会再来了，你回家歇着吧！"蛋儿没有答哥的话。

巧朵头发蓬松地盖在头上，叉着双腿，手里提着那根铁火钳，站在担门的中央，听着兄弟俩的对话，接过蛋儿的话说：

"大哥！我们听您的话，把骡驹卖掉，太好的东西不应该是我们的。"

蛋儿和巧朵怀揣着十块大洋，走了半天的路，来到一条山路的尽头——碾麦场大小的坪场上。

坪场靠山体的边沿有一棵五揽粗的老椿树，因是腊月，树上没有一片叶子，在干枯的树杈中有三四个堆起的干柴棒子鸦窝；黑乎乎的几只乌鸦在树梢上"哇——哇——哇"地聒叫飞舞，显现出老树的沧桑；树下一群孩子在嬉闹；两条不大的黑狗摇着尾巴茫然地跟在它的小主人身后转圈圈；一只肥大的花公鸡带领着四五只母鸡在坪场周边的杂草里闲散地刨食。

定眼看去，与坪场老椿树相结，有上下两条浅浅的山沟向南山深处伸去。两条沟的山坡被人们劈平，顺势集聚盖了几十家院落。有的是在坡的剖直面上掏挖了窑洞，再用青砖箍住；有的在铲平的地面上起了砖瓦房院落；浅的沟底被人们长年累月地踩踏，已成了山村平坦的街路；从街路的两边挖出土台阶，或用青砖，或用石板、石头砌夯实，连通着各家的院落。

这可不是巧朵心目中的金殿村。她一直按平川的村子和驿寨村的样子想象着，谁知是这样子呢！

相传在古时候，有位射神叫后羿，他遵玉帝之命射天上的九个太阳，以解除天下百姓火烤之苦，谁知误射死了给百姓降雨的一条龙，玉帝为纪念这条龙，在此地盖了一座金光灿灿的金殿。天久日长，金殿没了，名字永久地留下了。

每年十月十五日金殿村都要举办盛大的庙会集市，以纪念龙王。以后就成了每月十五日金殿集市，方圆百里有名。谁知只是一块坪场、一棵老树、两条沟、十几户人家的山村！巧朵确实感到失望。

已经是正午了，晴空红日高照，村里的窑洞院落、砖瓦房院落升起了袅袅炊烟，不时传来几声鸡鸣、狗吠、人的吆喝，几只乌鸦从上空飞过，透出一种安详、平和的气息。

蛋儿和巧朵刚想向孩子们打听金叔住的院落，孩子们见有两位生人，停住了嬉闹，都怔住了，好奇地观望。

"孩子们，我们是河东川里的，来你们金殿找金国栋家。"巧朵很温和地说。

一位稍大一点的男孩子认真地说："唔！金爷爷家呀！我知道，就在上沟街的顶头院子里，我带你们去。前两天，他们家死人啦！"

蛋儿和巧朵不禁一怔，心里紧了一下。巧朵随后说："走，你们带我们去吧。"

孩子们应声向上沟街跑去。

快到上沟街的顶头，孩子们嚷嚷着："到啦！到啦！就是这院子里，这个院子还住着人！"

随着孩子们的嚷嚷，蛋儿和巧朵看见小坡上有连排三面砖瓦房院子，第一面院的担门上挂着一大团的岁寿纸，在不时刮来的西北风中"哗哗"作响，告诉人们这家在办丧事。

蛋儿和巧朵没有犹豫，拾步上了用石头砌的整齐的台阶，轻轻推开两扇黑色的担门，院里静悄悄，没有人哭，更没有和尚、道士的鼓鸣。他们正在纳闷时，孩子们对着正屋窑洞开始嚷嚷："老大！老大！有人找！有人找！"

还是没有声音。

蛋儿缓缓走过狭窄的院子，来到窑洞门前，见门虚掩着，推门进去，屋内十分昏暗，一股浓郁的草腥味夹着香的烟雾味冲鼻而来。

在黑黢黢的窑洞里方桌旁蜷坐着一个人，他一只手抱着一个有三四岁大的小男孩，桌子上有一只盛着土的碗，里面插有两炷泛着红点光的香，青烟无声缭绕腾空。

有人推门，随即射进一缕亮光，那人用手挡住，木木地站起，算是对来客的答礼。

蛋儿很有礼貌地问："这是金国栋家吗？"

那人蠕动了一下嘴，刚想说，围上来的孩子们就抢着答："就是，就是！这是金爷爷的大儿子！金书志，抽洋烟的！抽洋烟的！"

孩子们的话，使他很没有面子，他像是生气，又像是无所谓，朝孩子们有气无力地轰去："去去去，回你们家去，到村口老树下耍去！"

孩子们哄笑着跑出了担门，他"咣当"把担门关了。

此时，蛋儿和巧朵才看清这人的面目。其实，年龄并不大，也就是三十多岁，长相酷似金叔；趿拉一双露大脚趾的棉鞋，一身脏兮兮的黑色棉衣棉裤，腰里系一条白布；头发已有几个月没剃过，蓬散在头顶，用一条白布扎着；脸上的黑垢分布在耳根和鼻翼两旁，不细看还以为是黑斑块。

他孤零零地站在院子里，"扑通"朝蛋儿和巧朵跪下，边哭边说："这位大哥！你们是哪来的贵客！呜呜！"

蛋儿忙扶起，小心翼翼地问："你们家这是？"

他哭丧着说："大哥！今年开春，我爹和我弟去闯宁夏，都没回来啊！前两天和他们一块儿去的人回来，说在吉县过黄河时，遭遇到冰凌子洪水，翻船了，连尸体都没了，呜呜呜！"

蛋儿和巧朵都傻了眼，看着他哭，愣了半天不知说什么好。

这时，那个小男孩从窑洞里跑出，哭着叫了声："爹——"，便扑进那个人的怀里。

寒冬腊月小孩光脚，头发乱蓬蓬有两寸多长，穿着胳膊、腿都短了一截的黑棉衣裳，红鼻头上的清鼻涕弄得满脸都是。

巧朵赶紧说："金大哥，我们进窑洞说吧，别把孩子冻着。"

他们坐定在窑洞的方桌旁，蛋儿和巧朵说明来意。

巧朵对着金老大说："这是我们去年在刘村集上和你父亲约定好的，驴真下了骡驹子。前几天把骡驹子四十五块大洋给卖了，今天来兑现诺言，二成价，二四得八，二五得十，刚好九块大洋，你父亲不在了，这钱可以归你了。"

说着蛋儿从褡子里掏出九块大洋，整齐的一摞白花花地放在桌子上。

在穷愁之际，有人送钱到门上，这是金老大万万没有想到的，他忧郁的眉棱倏地一跳，眼里即刻闪出贪婪，脸上露出微笑，仰头打了一个大大的哈欠，用手捏了一把流出的清鼻涕，往后一甩。

巧朵在旁不禁打了一个寒战，顿时一阵惶恐和厌恶，脑子里闪现多年前的一个场景。

那是前几年的一天晌午,她和北屋的老太奶正吃中饭,后院的牛娃老大突然来到北屋,跌跌撞撞进来跪爬在老太奶脚下,仰起满是鼻涕泪水的脸,一句一句地哀求老太奶:"老太奶!老太奶!救救您的重孙子吧!我的烟瘾犯了,过不去,要死了!救救我吧?"他头叩在地上"咚咚咚!"地响。老太奶实在不忍,扔给他一块银圆。牛娃老大,立刻揩了一把脸,瞪起了血红、贪婪的眼,那眼神与现在金老大的眼神一模一样。

巧朵坐在那里藐视了金老大一眼说:"金大哥,但这个钱暂时还不能全给你!"

金老大听了巧朵的话,哆哆嗦嗦地站起来,像是架上霜打了在风中摇摆的丝瓜,半天才问了一句:"为……为……为什么?"

巧朵没有一点怜悯地说道:"因为你抽洋烟!"

金老大明显地抖了一下,支吾了半天:"我……我……不……"

"爹——!我饿!我……我想吃饭!"小男孩可怜巴巴的乞求声打断了他们的对话。金老大用黑乎乎的手揩了一把小男孩满是清泪和鼻涕的脸,又在自己黑棉衣前襟上擦了擦,没有回答孩子。

巧朵此时才发现,晌午了,谁家都冒起了烟火,唯独他家还冷着,便问:"金大哥,你们的炉窝在哪间房,我帮你做饭去!"

金老大尴尬地站起来,哭丧着脸,含含糊糊地说:"妹……妹子,不……不怕你……你们笑,早……早上……都……没……没吃呢!"

巧朵看着这对父子的恓惶相,真不知说什么好。孩子又叫了声"饿",她心里隐隐作痛,转过头,对着蛋儿说:"他爹,把褡子里的馍给孩子一个!"

蛋儿立即从褡子里掏出一个压卷馍给了孩子。小男孩像小猫扑食般一下抓了过去,拼命地往嘴里塞,金老大赶紧双手捧住孩子的手,接住从孩子嘴边掉出的渣渣,又倒进自己的嘴里。

巧朵看到这种情景,心里酸楚,眼里发涩,提醒孩子:"孩子,慢慢吃!别噎着!"

又对金老大说:"金大哥,你的灶窝在哪儿?我给你们烧点水去!"

"妹子,没柴!还是昨天上午进山拾的柴,晚上烧完了。"金老大丧气地说。

巧朵"哦"了一声,生硬地又问了一句:"你的炉窝在哪儿?"

金老大抬手指了一下说:"在里间窑里。"

巧朵二话没说进了里间窑，窑里一股尿臊味冲鼻，炕上铺着一张烧焦发黑的高粱杆皮破席，炕的一角团着袒露棉絮的被窝，炉窝里干净得像是清扫过，掀开锅盖，里面是一锅散发着青草味的乱菜汤。

巧朵愁郁地"唉"了声，无奈地从缸里舀了两瓢水放进锅里，在院里找了两把笤帚，烧开水，为金老大父子端了两碗带菜叶子的开水，放在桌子上。

蛋儿看到这个样子，把褡子里的压卷馍都掏了出来放在桌子上。

巧朵拿起一个送到孩子面前，亲昵地说："孩子，再给你一个，吃了就饱了，喝点水！"

孩子慢慢接过巧朵递过的馍，嗫嚅腼腆地唤了声："娘！"

巧朵心里一震，从金老大手里抱起孩子，搂在怀里。

"哇——！"孩子大哭起来，巧朵不禁扑扑掉下泪水，心里怦怦地跳，脑子里跳出一个使人无法理解的念头：把这孩子带走。

金家父子吃完压卷馍后，巧朵平和郑重地说出自己的想法。蛋儿先是一愣，金家老大更是一惊，大家都没有说话。

巧朵不紧不慢地继续说："金大哥，看你们冰锅冷灶的光景，能把孩子养成人吗？我看不能！"这一问一答，金老大明显地抖了一下。巧朵又说："金老叔卖给我们一头驴，使我们的光景往上坡走，我忘不了他老，你让我们把孩子带走，算是我对他老的报答。我们不改孩子的名和姓，还叫金立才，大了他愿意回来，他仍回金殿，他想留驿寨村，我们给他盖房子娶媳妇，您不用操心。"

巧朵说着说着，金老大哭了起来，他边哭边说："妹……妹子，我……我知道……知道你的真……真心……真意，是……是一片菩……菩萨心……！我……我……我老婆前几天，听……听到我爹……和我弟回不来，就……就带着我小儿子离……离家出走了，立……立才再……走了，我……我咋办呀！呜……哇……呜……哇……！"

金老大悲凄的哀哭，使巧朵一惊，巧朵犹豫了，他哭得对呀！没几天家里走了四个人，现在又带走他的大儿子，他真的如何办呢？把他们父子全部带走？不行！绝对不行！他是一个吃洋烟的，更何况我们李家也有一个吃洋烟的，两个凑在一起，我的光景就没法过了。算啦，但不能呀！看这个孩子那白菜叶子色的脸、细长的脖子、鸡爪子似的手、干柴棒的腿，留在这里孩子能成人？

她又思想起金老叔那很老实真诚的脸,"为他们家留一个苗!在这里这棵苗肯定要早枯萎!"想到这里,她又恳切地说:"大哥,我是帮你养孩子,不是要你的孩子,你愿意什么日子看孩子就什么日子。但说好,你一天也不能住!等你改了抽洋烟的毛病,光景好了,你随时可接回孩子。看你现在的样子,能保住金家的这棵独苗吗?大哥,你再好好想想!"

说到这里,金老大捂着脸,"呜哇!呜哇"放声大哭,片刻后,他扬起了手,声调变得很低:"带走吧!带走吧!我的立才儿啊!我对不起你呀!对不起金家的祖宗呀!"

立才听到父亲的话,挣脱了巧朵的搂抱,扑进父亲的怀里,父子俩紧紧地搂在一起!

第二十四章

天太清了，一丝云一丝风都没有，太阳已经到了头顶，虽是三月的太阳，却照得人头发晕。孩子们怎么还不来叫我们呢？蛋儿想。

他抬头看看走在自己前面的巧朵，又看看地头，还有那么远！他满脸的疲惫，直起发酸发痛的腰，搓搓湿黏黏发黑的双手，见巧朵在他前面撅着屁股，两手不停地给棉花苗上下抹脚叶子。他想叫，可又弯下腰抹了两下，还是没憋住，直起腰板，对着前面喊：

"嘻！嘻！嘻！他娘！你看太阳到什么地方了？娃们不来叫，我们也该回家做饭啦！"

巧朵头都没有抬就回答道："不管娃们叫不叫，我们抹到了地头回家！"

蛋儿见巧朵回答得干脆，却还要抹脚叶子到地头，嘴里无奈地嘟囔了一句："我真是你的长工啦，抽袋烟歇会儿的工夫都没有，一个上午了！"

此时，巧朵直起腰，用手背捶了一下自己的腰，笑着说："我给谁当长工哩？你抽你的烟谁挡你啦！到地头就回家！"

巧朵像是反驳蛋儿的话，又像是宣泄自己辛劳的苦闷，说完后又弯下腰抹脚叶子。

蛋儿一屁股坐在地里，从腰里抽出腰袋，装了一锅子烟抽起来，青烟从嘴和鼻孔里喷出，很快地消散在天空中。只见巧朵始终没停下，她抹到地头，又顺着蛋儿这一行抹了过来，到了蛋儿跟前才直起腰，用小脚踢了蛋儿的屁股一下，说："起来，回家，一个大男人，干活像小孩子一样！"

蛋儿嗔怪地一笑，说："他娘，我真的腰酸痛得没办法，干不动啦！"说着把烟袋锅子在鞋底子上猛磕了几下，用力吹烟嘴，然后把烟袋往腰里一别，双手拄地站起，顺势两手拍屁股上的土，长长地说了声："回——！"

"爹——娘——!"

"爹——娘——!"

只见两个小黑影,在阳光下高声喊着直向他们跑来,定眼看看,是孩子们——满仓和立才。

巧朵立即高兴地应答:

"哎——,我们在这里呢! 慢点跑——!"

孩子们跑到跟前,满仓上气不接下气地说:"爹,娘,站在担门口,有两个人,说找你们,不走,我们把担门销了,就跑过来了。"

"女子呢?"巧朵关切地问。

"她还在炕上呢,没下来。"立才回答。

"那两个人没说干什么?"蛋儿在旁急问。

"他们两人说要看棉花地,我们听不懂,手里推着有两个铁轱辘的车子。"立才抢着说。

"噢? 我们赶快回家看看!"蛋儿说,又疑惑地看了巧朵一眼。

他们一人牵着一个孩子往家里赶,快到家担门口,见两辆铁轱辘车子在阳光下闪光,一旁站着两位穿灰蓝制服的男人。

两位男人见到蛋儿和巧朵领着两个男孩,心里全明白了,立即迎了上去,其中一位稍矮些的男人热情地说:"大哥、大嫂,回来啦! 我们是县政府管种棉花的,刚从你们村公所来,见到你们村长啦,说你们种的棉花最多,我们想去看看!"

巧朵听是县衙来的人,马上也热情地说:"快进家里喝水。这不,晌午啦。我给咱们做饭。"

蛋儿向前拉着两位往担门里让。

还是那位稍矮的男人介绍说:"大哥,我们就不进去了,这位是县里棉花科的张科长,"他指着身边那位站着很矜持的男人说,"今天先到地里看看你们种的棉花,下次来再进家里。"

巧朵瞅了一眼那位矜持的有三十几岁的男人:脸盘方方正正,不胖也不瘦,骨骼棱角分明,眼睛晶亮,灰蓝色制服没扣敞开着,里边一件蓝色小方格格衬衣显得很耀眼,清爽——有拒人之外的雅气和踌躇满志的傲气。"科长! 是什么官呢？"

她正想着，突然从院里传出小女孩的哭声："哇——！哇——！哇——！"

蛋儿知道是女儿米香的哭声，忙回过头对巧朵说："你快去看女子，我领张科长到地里去。"

巧朵极快地进了担门，蛋儿领着张科长往村门外地里走去。

出了村东门，到了地的头埂前。绿绿的一片，刚刚抹过脚叶子的棉花苗，棵棵长势旺盛，叶子在太阳的照射下油光发亮。

两位县政府的人不禁感叹说："好花！"

蛋儿在他们身旁拘谨又有些得意地说："张科长，我们种这棉花可是下了功夫啦！去年收了棒子，撒了一次肥，犁耙；开春又撒了一次肥，犁耙后，才种的花。"

张科长笑笑说："你们的底肥足，棉花苗长得就好，看你这棉花苗长得多喜人。但老乡呀！有一点必须跟你说，就是苗太密啦！你们这苗和苗之间有多远？"

"半尺。"蛋儿应声答道。

"密啦！太密啦！到棉花长到要扯枝子、结棉桃的时候，相互长不开，密不透风，到时枝子扯不开，棉桃就少结。枝子多棉桃少、瘦，长不大，就影响棉花的产量啦！"张科长说。

那位矮个子马上接着说："大哥，张科长说得非常对，张科长是北京一所学堂专门学植物的，听张科长的没错！"

蛋儿不懂"植物"是什么，只听是北京来的，立即肃然起敬起来，忙问："张科长，你说多远合适呢？"

张科长再没有说什么，他下到地里，隔一棵苗拔了一棵，连拔了几棵直起腰，扔掉手中的苗，拍了拍手中的土，非常自信地说："就这样刚合适，不要心疼，要折苗，听我的话没有错。你们上那么好的底肥，是一棵苗吃了好还是几棵苗吃了好？不要笑，就是这个道理。这样太阳能晒进来，通风好，肥又施得足，到时候，棉花苗肯定长得壮实，棉桃结得多、肥，棉花还不丰产？"

张科长简单的问话，蛋儿张着嘴信服地直笑。随后，张科长又回过头对着那位矮个子男人说："小刘，我让你带的种棉花的小册子还有吧？给老乡一本，让他们好好看看。"他像是想起什么，又回过头问蛋儿："你识字吧？"

蛋儿忙点点头说："认一些，认一些！"

"好！太好啦！照着上面说的办法种棉花！听我的话没有错！"

蛋儿从小刘手中赶紧接过小册子，受宠若惊地翻看着。

小刘立即接着张科长的话说："大哥，这是我们张科长亲自编写的，里面种棉花的办法，是张科长多年研究种棉花的经验！"

蛋儿听得懵懵懂懂，什么"研究""经验"？但他相信了，激动地说："我回去一定好好看，照着张科长说的办法种棉花！"

张科长看着这位朴实憨厚的庄稼汉子，笑着又说："我再告诉你们一个消息，阎督军亲口讲的，今年凡种棉花十亩以上的农户，每亩棉花要补半吊钱，你这五十亩要补两吊半钱呢！到时我们通知你们村公所，你们到县政府去领。"说到这里他望望棉花地片刻，说："老乡，看你们这不够五十亩呀？"

"我们在南门外还有十亩地呢，不信随我到南门外看！"蛋儿急忙回答。

"不啦，今天我们还要到别的村去看，小刘，你拿出登记本子，让老乡签字。"他叫住那位矮个子小刘。随后他又郑重地对蛋儿说：

"老乡，记住我的话，你的苗太密啦，一定要折苗，一尺上下是最合适的。听我的话没错！"

"张科长，我记下了，听你的话没错！"蛋儿憨厚地笑了。

他们正说着，巧朵甩着小脚跑来了，老远就喊："他爹——，他爹——，村长的女子香玉来叫张科长吃——饭——！"

张科长回过头看了一眼蛋儿。

蛋儿憨厚地说："张科长，就到我们家吃中午饭吧？"

"不啦，我们下次来一定去。"

张科长和小刘刚上了地间小路，回过头来又郑重地说："对啦，老乡，忘了一件事，今年省里要进行棉桃大比赛，获得第一名的，要得三百块大洋，我们希望你们参加！"

蛋儿很憨厚地摸摸头，迟疑惊喜地反问了一句："有这好事？"

张科长很坚定地说："是的！"

"怎样的棉桃算是好棉桃？"蛋儿又问了一句。

"我还要常来的，到时候告诉你。"

"得了第一，获得大洋，二百块就是张科长的！"蛋儿说得很诚恳，全是心里话。

张科长、小刘都爽朗地笑了。

蛋儿和巧朵在担门口看着张科长和小刘骑上他们的铁轱辘车子带着村长的女子走了。

回到家，两口子都很兴奋，感觉自家种的棉花县里都知道了，给了小册子，签了字，满心的欢喜。

"他娘，吃什么饭？"蛋儿心中满是喜悦地问。

巧朵心里顿了一下，慢吞吞地显得疲惫地说："哎呀！他爹，我实在累了，张科长他们走了，咱们就不炒菜擀面了，就简单吃些吧？"

"行，你做什么都成！"

说着巧朵淘了一碗小米，搭上铁笼箅子馏了几个棒子面窝窝，又捞了萝卜咸菜，切了一盘咸菜丝，剥了几棵葱。

当窝窝、米汤、咸菜、葱上桌后，满仓噘起了嘴，喊着要吃面，蛋儿哄着说："娘今天累了，明天咱们吃面。"

满仓一手拿了个窝窝，一手拿了一根葱，吃得"吧唧……吧唧"响。

巧朵看了一眼满仓，说："满仓，吃饭要有规矩，不能嘴里'吧唧、吧唧'地乱响。"

蛋儿也立即说："满仓，你娘说得对，吃饭有吃饭的规矩，先是吃饭嘴不能出声，吃盘子里的菜，要看大人拿筷子，你才拿筷子，大人放下你也放下；吃馍要小口小口，不要将嘴里塞得鼓鼓，两腮都是馍，这样的吃相贫气；吃盘子里的菜，要吃靠自己这边的菜，不能拿筷子满盘子地吃，更不能拿筷子满盘子地翻菜挑着吃。吃饭嘴'吧唧、吧唧'响，满盘子翻菜吃，嘴里塞得鼓鼓，人家就要说你没有家教，没规矩，贫气。你看，猪吃食时，才'吧唧吧唧'响。"

满仓、立才都笑了，嘴里没有了声音。

蛋儿喝完碗里最后一口米汤，靠在椅背上，从怀里拿出张科长给他的小册子看。

看着看着蹙起了眉头，自言自语地说："他娘，真烦呀！"

"怎么啦？"巧朵往嘴里吃了一口咸菜，抬起头问他。

"立夏后就要到棉花地里捉虫子，这是棉花的一大灾害，虫害轻的使棉花的叶子卷起，重的时候能把棉桃都吃掉。"

巧朵没有吭声，只顾吃饭。

蛋儿又说了一句："去年咱们种棉花，也没有这么多的事呀！"

巧朵抬起头，不屑地看了蛋儿一眼说："去年咱种多少棉花，今年种多少，去年五亩棉花，我一人忙活办持，没让你插手，你当然不知道种棉花的难处呀！这虫子可厉害啦！特别是那些小米粒粒虫子，看上去不起眼，害处很大，它使叶子卷起、棉桃枯掉，到时要一片叶子一片叶子地找哩！"

说着她把碗里最后一口米汤仰头喝了，又夹起几丝咸菜送到嘴里，狠狠地嚼着，像是对虫子痛心疾首。她咽下后又说："今年五十亩，出了东门往卸盔堆那里望去，一片的棉花地，我们抹脚叶子几天啦？还没完，南门外的棉花地还没动。到捉虫子的时候，全家都得上手，不行的话还得请人手帮忙呢！"

蛋儿又说："张科长刚才在地里说我们的苗太稠啦，我看这册子，是稠啦。我们还得重新折苗，隔一棵苗拔一棵，要知道这么麻烦就不应种这么多的棉花！"

巧朵则不以为然，她笑了笑说："他爹，干吧！挣钱的活哪有那么容易的！我们养蚕，养猪，喂驴，哪一样不是干出来的，不干能挣到钱吗?！"

"你说得对，这几年，只有喂驴清闲些，三年下了三个骡驹子，挣了一百多块大洋！"

巧朵笑道："喂驴看起来没那么繁杂和琐碎，但心里从没有清闲过，劳的是心劲！你看那伙牲口贩子，为我们的骡驹子下的那功夫，差点把我们的骡驹给害了。也多亏了你的七节软鞭呀！"她说到这里深深地看了自己丈夫一眼，流露出对丈夫的敬佩之情。

"其实那天晚上，我心里真有些害怕，见他们是三个人也就豁出去了。想起来也多亏我大哥赶来得快，帮了大忙啦！"蛋儿真诚地说。

"要不人家常说'打虎还要亲兄弟'呀！"巧朵感慨地说。

蛋儿好像突然想起什么，小心翼翼地说："满仓娘，夜儿个①在道里②碰到嫂子啦。"

"怎么啦？"

"嫂子哭丧着脸，说寿子病得厉害，是绝症，肚胀病，家里又要断粮啦！再借给她些粮吧？"

巧朵脸上即刻掠过一阵忧虑和悲愁，没有思量脱口说："借吧！借吧！像你哥那样子咋办呢？！听说西厦又拆卖啦，就剩北厦了，借我们快一石粮了吧？你可要说好，亲兄弟明算账，还不起就拿他那地顶，反正是咱先人的家业，不要让你哥卖给别人，哪怕咱多给他一吊钱呢。不要让他把地卖给别人。"稍顿了一下，又说："不知寿子娃病咋样，你再拿上一吊钱给你嫂子，给孩子抓紧看，孩子可怜呀！听说碾子也病了。"说着，巧朵无奈地一阵长叹，悲愁更重了。

巧朵接着又语气沉重地说："不要让满仓和立才到后院去。不知你听说没有？道里人说他家犯阴③了，还是西头党家说的。"

蛋儿即刻急切地问："怎么说？"

"你可知道？咱村的神又传到青山媳妇身上了。她说，那年埋老太奶要和老太爷合葬，挖开老太爷的墓室，老太爷的墓室和棺材好好的，咱家老大想发财，下到墓室，一拳砸开太爷棺材的堵头，老太爷的头骷髅都滚出来了，造孽呀！他把手伸进棺材乱摸一通，听说摸了几件值钱的东西，还有一杆洋烟枪，面上镶有金银和宝石，就是那杆烟枪卖了上百块大洋，但都被你大哥抽掉啦，他犯阴，摊到孩子们身上了，真是造孽！"巧朵又是一声长叹。

"我咋不知道呢？"蛋儿惊愕地瞪大眼高声地问。

"你咋能知道？谁给你说？还是我们几个女人在一起纺线，说闲话时我知道的，"她停顿了片刻又说，"你过去，私下里和你嫂子说话，让他们到坟上给老太爷老太奶烧烧香，再到东庙娘娘女神跟前求求保佑，那里是咱先人，看能不能阴变阳！"

---

① 夜儿个：方言，意谓昨天。
② 道里：方言，意谓街道里。
③ 犯阴：风俗之言，意谓冒犯了阴魂，破坏了阴间的道德。

他们正说着，嫂子愁容满面地敲门进来了，开口就哭着说："妹子啊！我咋办呀？呜呜……"巧朵赶忙扶住嫂子，同情地说，"嫂子，别哭！别哭！我正和他爹说你家的事呢！"接着对蛋儿说："他爹，给嫂子装三斗棒子，再装半斗谷。"她又转过头对嫂子说："装些谷碾小米，小米养人。他爹，你装粮去，我和嫂子说说话。"仰头又吩咐蛋儿。

蛋儿出去后，巧朵向前亲近地替嫂子擦了擦眼泪，从锅里舀了一碗米汤，递给她一个窝窝一根葱。

嫂子端起米汤碗慢慢地喝，接着咬了一口窝窝和葱，巧朵倾身凑到嫂子耳边低声地说："嫂子，我是听西头党家说的，咱们要到坟上、庙里烧烧香。"

嫂子一直点头，愁眉还是未展，叹着气，拉着巧朵的手伤心地说："妹子，我过的这是啥日子呀！"

第二十五章

四月初的天是清朗的，太阳已落山，但一道道红里带着紫的晚霞把大地照得红亮红亮的。渐渐地红色褪去，变成紫色，又变成黑色，暮色开始笼罩。

驿塞村卸盔堆那片棉苗地里，还有四个黑影在不停地晃动忙活着，他们是蛋儿、巧朵和他们的两个孩子，在给棉苗抹脚叶子和折苗。

巧朵最先到了地头，她直起腰拍了一下腰间，捋了一下前额的头发，转过身向后看，看到蛋儿和两个孩子在地的中央，她微微笑了一下，弯下腰朝着两个孩子的方向抹起脚叶子和折苗。

这时，满仓一屁股坐在棉花地里哭起来，巧朵急忙跑过去，喊道："怎么啦？怎么啦？"

"娘，我的手！我的手痛！"满仓把手伸过来哭着说。

巧朵忙拉过满仓的手，看到湿漉漉的小手虎口处有两个小血泡，她心疼地把满仓的手放在自己嘴上舔了舔，嘴里有一股浓浓的棉苗叶子的苦涩怪味，她"噗，噗"吐了两口，把满仓的手在自己前襟上擦了一下，抬头喊："立才！立才！你过来。"

立才跑过来，巧朵立马拿起立才的手翻过来看，看娃的手没事，马上说："立才，不干啦！和你满仓哥回家。"

接着对身边的蛋儿说："他爹，我和娃们先回家，给孩子们洗洗手，做晚饭，你把剩下的这点干完，明天我们到南门外干。"

蛋儿直起身，累得直捶腰，看了一下剩下的活儿，蹙了一下眉头，笑着应声："行行行！我把剩下的都干完，你回家做饭。"他又弯下腰，将一棵折下的棉苗扔得老高。

巧朵看在眼里却什么也没说，笑着领着满仓和立才走了。

第二天，蛋儿睁开眼，看见窗格子泛白，仰脸躺着瞪着黑黝黝的木制天花板，过了一会儿，他说："他娘，卸盔堆那片棉花地办持完了，今天咱们到南门外棉花地，三天能办持完吧。"

他见巧朵没有应声，便扭过头去，见枕头是空的，只露着女儿米香的乱蓬蓬的头发。自己笑着嘟囔："这么早就去做早饭啦？"

他披上衣服，从枕头下边抽出烟袋，正准备抽袋烟，米香哼唧起来，他赶紧放下烟袋，给米香穿上衣服，抱起放在尿盆子上，并对外喊叫："她娘！她娘！快过来，收拾你女子，她醒了！"

没有回音，又喊了两声，仍没有回音。

他突然感到没有做早饭拉风箱的声音，屋里都静悄悄的，人呢？

蓦然明白了什么，自叹了一声："哎！这人呀！不要命啦！"

急火火给米香收拾好，抱起到了西耳房。满仓和立才还睡着，他大声喊道："满仓、立才，把女子看好，我到地里看你娘去。"

蛋儿先是往东门走去，走了一段路觉得不对，拐了一个大弯，直接出了村南门。

他顺着官道一直往南跑，跑了一阵，爬上官道的土坎，定眼望去，棉花地里一个瘦小的人影进入他的眼帘！

那是巧朵，是巧朵！他怔怔地站在土坎上，一阵阵酸楚涌上心头，泪水即刻充满了眼眶，哽咽着想喊："女子！女子！你这是干什么呢？！是玩命呀？！"

但没有喊出，他两行泪水像开闸的水，一下子冲出眼眶，哗哗地落下。他急步钻进棉花地，跟在巧朵的身后干了起来！

巧朵觉得身后有动静，站起身子往后一看，心中一股暖流涌上，惊讶地说："呦！你怎么来啦！娃们呢？把折掉的苗扔那么高干啥？"

蛋儿直起腰，说："女子醒了，我收拾好放在满仓那边，就跑来了。"

他停了片刻，没有叫"巧朵"，而是深情疼爱地唤了巧朵的小名："小六女子！你不能这样干呀！实在不行我们请人！"

"想过请人，又想算啦，多干几个早上就完了，到掰芽子、捉虫子时，干不过来时，再请人。"巧朵说。

"你这样干，身子哪能撑下来呀！小六女子，把这行干到地头我们就回家！"

巧朵没有说什么，含笑愣愣地看着蛋儿。眼前这个憨憨的男人说出这样贴心的话，使她心里热乎乎的，有一种莫名的冲动升起。她向蛋儿跟前走了几步，停住了。她心里的热情和冲动化成一句："没事儿！听你的，干到地头，咱们回家做早饭！"

蛋儿第一次听到自己媳妇这样说，满足地回了一个深情憨憨的笑，低头弯腰快速地干起了活。

一眨眼，棉苗已经长到快半人高了，这一天，巧朵和蛋儿正在地里锄草。从田间小路过来了推着大铁轱辘车子的张科长和小刘。

"大哥、大嫂，你们锄地啦？"小刘还没有到地头就大声热情地喊。

蛋儿和巧朵应声看去，见是张科长和小刘，忙放下锄头走到地头。

张科长笑呵呵地说："老乡，你们的棉花长得不错呀！我们刚从柴村过来，也到你们这里看看。"

得到县里人的赞赏，蛋儿兴奋地说："这不都是张科长指导得好么！我们就按张科长给的小本本上说的办持的，折苗后就是长得旺势。"他抚摸一下眼前的棉苗，继续说道："你看这枝条子长得多开，都有四层枝子，枝条上的棉桃也结得繁，至少有五颗。呵呵呵……"

张科长和小刘撑起车子，进入棉花地拨开棉苗一株一株地看，小刘笑着说："这苗折得好，棉苗长开了，看这枝条扯得多长，枝条上的棉桃结得就是繁，我看这花比柴村那家的花长得强，亩产下不了六十斤。"他看了一眼张科长。

这时，张科长拽着一株棉苗，对着蛋儿很认真地说："你过来！你过来！"

蛋儿顺从地走到张科长面前，张科长说："看看看！这样子，长得多旺。老乡，该掰芽子啦！再不掰芽子，棉苗就长疯啦！废啦！棉桃都得落掉。"

"掰芽子不但要把这儿的芽子掰掉，"说着张科长把棉苗主干和枝条接合处的芽子掰掉，又把枝条上棉桃旁边的芽子也掰掉了，继续说，"也要把这个芽子掰掉，不掰芽子，地里的肥都让这些芽子吸走了。到时候，芽子长得旺，没用，棉桃吸不上肥。"

说着他把掰掉的芽子扔掉，一把掐掉棉苗的顶，又拽过一枝条子翻过来看棉桃，说："这棉桃长得真好，又肥又大，掰了芽子掐了顶还能长呀！"他放下枝条子，又慎重地说："老乡，锄完地，掰掉芽子掐了顶，然后赶快上一次骡马牛的粪，这是长棉桃的肥，上上棉桃会长得结实，不会落，还会长大，不要上人粪猪粪，记住啦？"

蛋儿很认真地点了点头，说："记住啦，马上掰芽子、掐顶，上一次骡马牛粪。"

张科长转过身子笑着对小刘说："小刘，你给老乡说说，让他们家给县里缴上半吊钱，参加县里组织的棉桃大比赛，这半吊钱是参赛的费用。"

巧朵站在旁边一直没言语，听说要给县里缴钱就开了腔："张科长，让我们参加比赛，还让我们缴钱？我们可没有钱！不参加可以吗？"

小刘急忙解释："大嫂，比赛是县上组织的，为提高大家种棉花的积极性。凡参赛的农户都要缴钱，不光是咱们家缴，有的想缴还缴不上呢！一等奖获一百块大洋，二等奖获五十块大洋，三等奖获二十五块大洋。咱们家参加棉桃比赛，肯定能拿奖，张科长很重视咱们家的棉花，还推荐咱们家去参加省城比赛呢！"

巧朵犹豫了一下，一点也高兴不起来，说："这么说，我们家不但要向县里缴钱，还要往省里缴钱，省里可能缴得更多吧？刘办事，行啦，我们好好种棉花，我们不参加比赛了，也不要那些获奖的钱。谁敢保证我们家一定获奖呢？或者谁先给我们垫缴上参赛的费用，获奖后，连本带息一块儿还，还分给他一半奖钱，获不了奖，钱就算白缴，我们也不管。我们家连买盐的钱都没有！"

张科长和小刘听完巧朵的话，愣在那里一句话也不说，脸沉下了。

蛋儿感到尴尬，马上打圆场说："张科长，张科长，我们回去再想办法，不行就借！"

张科长刚想说点什么，巧朵干脆地说："他爹，和县衙的人说话，不要说活话儿。我们没有钱，不参加什么比赛，不要耽误了衙门的事。咱们好好务持棉花就是了。"

张科长的脸拉得更长了，有些带气地说："那么你们种棉花的补助钱还要吗？"

蛋儿愣住了，巧朵却很淡定，笑着说："那些钱本来就不是我们的，不要，不要啦！张科长，我们只管种好自家的棉花，干出来了，挣的钱才是我们的！"

张科长阴着脸转过身子去推车子，并对小刘说："小刘，咱们走，到东边的贾舍村去看看，不和他们磨嘴了。"

当他们推着车子时，张科长嘴里低声自言道："农民就是农民，偏私，狭隘，一毛不拔！"

蛋儿和巧朵没有完全听清张科长的话，但"一毛不拔"听得清楚，只见张科长和小刘冷冷地也没打招呼就走了。

夫妻俩怅怅地看着走远的两个身影。巧朵浅浅地冷笑道："他爹，'一毛不拔'就是'一毛不拔'，不参加那掏钱的比赛，咱们赶快锄地，锄完地掰芽子，掐顶上肥！"

翌日，早上起来，巧朵觉得天气闷热，她做好早饭，叫醒蛋儿，又叫满仓和立才，让女子米香再多睡一会儿。

她推门探出头仰脸看了一下天，阴得很重。乌灰色的云层，一团团积聚得很厚，压得很低很低。

她缩回头，对里屋还在抽烟的蛋儿嚷："他爹，你把南门外棉花地里的肥上得怎样啦？"

蛋儿把烟袋锅子往炕沿上磕了几下，应声道："南门外的肥都上完了，堆在棉花地的地头。"

"看今天云阴的，肯定有雨，卸盎堆棉花地的肥已经上完了，我现在就去南门外的地里去，看在下雨前把肥能上完不？饭在锅里，你赶快起来和娃们先吃，不要等我。"说完，巧朵拿了一顶草帽，往怀里揣了一个馍馍，提起一个柳条筐子，抄一张铲煤的小锨就要走。

"他娘，不急，雨后上也一样，不用这么急！"蛋儿正往身上蹬裤子。

巧朵想，雨前上和雨后上咋能一样呢？她根本没听蛋儿的话，挎着柳条筐子，从怀里掏出馍馍，咬了一口，急匆匆出了担门，直奔南门外的棉花地。

到了南门外的棉花地头，看见两堆骡马牛粪。她急火火放下筐子往里装，装满后提起筐子，在花地里用小锨一锨一锨往棉苗根部培肥。一筐又一筐，两袋烟的工夫，培上了两行的棉苗粪，她也汗流满面。

突然，一阵狂风卷起地里的黄土，夹着一股股的雨腥味刮来。

雨来了，风刮得猛，把棉苗摇得哗哗乱响。巧朵的心更急了，提筐子的速度加快，而且改变了上粪的方法，不再是一锨一锨地往棉苗根部培，这样太慢，而是直接用筐子往棉苗根部倒。

突然，一道明晃晃的闪电，撕扯着厚重的乌云；一声轰隆隆的闷雷，震撼得乌云汹涌翻滚；一阵白雨点子砸下，噼里啪啦砸在棉苗叶子上，叶子一个劲儿地抖动，砸在培散的骡马牛粪上，一个个小坑连成一片，即刻化开，往地里渗透；砸在巧朵提的装满粪的筐子里，筐里的粪成了稀粪，她急切地用手一把一把往棉苗根部抓。

劲风将白雨刮得扫来扫去，肆无忌惮地掠过大地，又将雨水倒在棉花地里，倒在巧朵的身上，倒在巧朵的粪筐里。她已经提不动粪筐，而是双手搂着粪筐往地里移……

当她把最后一筐骡马牛粪用手抓起，培在最后一棵棉苗的根部时，只听轰隆隆的闷雷响起，又是一股子风带着白雨点子扫来，砸落在趴在粪筐子上的巧朵身上，她已成了一个雨人，成了一堆骡马牛粪，仿佛要被雨点子砸化，渗入土地……

蛋儿听到关担门的声音，知道巧朵到地里去了。

他紧磕烟袋锅里的烟灰，听从巧朵的话，翻身起来穿好衣服，一边给女子米香收拾穿衣，整理炕铺，一边叫满仓和立才起来。

当他和娃们一块吃早饭时，听到担门上悬挂的铃"叮……当当……"响起，便急切地放下碗，跨出屋门瞧，一个闪电刺得眼一眨，"轰隆隆"一阵雷声，雨来了！

刹那间，豆大的雨点疯狂砸下，掀起地面一片浑浊的浮土，院子里即刻成了水洼。

"呀！巧朵还在地里！"他火急地从门背后拿起草帽和油布，对吃饭的孩子们说："你们快吃，吃完自己收拾，我到地里看你娘去！"

话音还没落尽，他一头扎进了风雨中。

天空中的雨点伴随着一明一暗的闪电和轰隆隆的雷声肆虐地扫来，蛋儿草帽边沿成了瀑布，油布被雨水浇得发亮。

他没命地跑着，出了南门，朝着自家的棉花地跑。他希望巧朵也朝他跑，可是怎么也看不见。

到了棉花地头，四处张望，雨蒙蒙一片，他急切地喊："巧朵！巧朵！小六女子！小六女子！"喊声被雨声吞噬掉了，没听到回应，也不见巧朵的身影。

蛋儿焦急地往棉花地的另一头跑去，壮实的棉苗将蛋儿绊了一跤，摔得他满身的泥水、粪水，只顾喊着，叫着，跌跌撞撞地跑着。

到了地头，他猛然看见一个瘦小的人头顶着草帽在粪筐子上趴着，雨水无情地浇着，他脑袋"嗡"一下，血向头顶涌来，是巧朵！

"小六女子！小六女子！"见没有回声，他把油布往巧朵身上一披，一把抱起巧朵，没命地往村里跑。

蛋儿抱着巧朵，跑回家，冲进屋内，把湿漉漉的巧朵往炕上一放，脱掉湿衣，扯出被子将巧朵裹起来。

"满仓！满仓！快快快！给你娘烧一锅热水！把火烧旺，炕烧热！"

米香爬上炕，见娘闭着眼，哭喊着："娘娘娘！你怎么啦！"

"米香！听话，不要哭，让你娘睡一会儿！"蛋儿抱起了米香。

满仓把风箱拉得"啪啦……啪啦"直响，灶窝里的炭火烧得很旺，锅里的水"哗啦……哗啦"冒着热气；炕上的热透过被子，暖到巧朵身上，她慢慢睁开眼，看了蛋儿、米香、满仓、立才一眼，才说："我是在家里炕上吗？"

米香靠着巧朵的脸，哭着说："娘，你在咱家的炕上，娘，我满仓哥烧的火。"

蛋儿、满仓、立才忙着点头。

巧朵抬起手抹去米香小脸上的泪水说："娘没事儿！雨淋的。"

她又看着含泪的蛋儿说："他爹，我把肥上完了，是下雨前上完的！"接着又慢慢地合上了眼睛。

蛋儿两眼的泪水夺眶而出，顺着脸颊流下，嘴唇颤抖着："小六女子！小六女子！"

第二十六章

经过折苗、抹脚叶子、掰芽子、掐顶、施肥、锄草，雨水灌溉后的棉花苗长得真喜人，已经半人多高。棉桃在枝条上摇摆，个个绿里透着紫，油光油光，在炽热的阳光下不时闪亮。

刚刚出暑的一天，天气晴朗，阳光透亮炎热，蛋儿和巧朵站在棉花地头看着这片生机勃勃绿油油的棉田，心中无比喜悦。

"小六女子，你别说，还真让张科长说对啦，我看咱们这棉花亩产下不了六十斤！"蛋儿兴奋地对巧朵说。

"要真能亩产六十斤，咱家五十亩要产三千斤籽棉，按一斤籽棉能轧三两净棉花算，可产九百斤净棉花；再按一斤棉花织五尺布算，可织四千五百尺布，这可是二百多卷子布呀，一卷布再按两吊钱算，啊！他爹，我们发财啦！我们就是自留一些棉花用，也要挣不少钱呀！"

蛋儿也为巧朵的谋算而惊讶、兴奋，他激动地说："他娘，这都是你的主意定真，想起来我们还要谢人家张科长为我们操了不少的心，要不按张科长说的折苗，怕就没有这样的好收成了！"转而叹了一口气说："唉，可惜张科长被上面的人抓了，在牢里！说他贪污农户参加棉桃比赛的钱，还有种棉户的补助钱，比赛还作假。也亏得我们没有参加比赛，听说那些缴了钱参加比赛的棉农，三天两头让县里人叫去，配合调查张科长的事，耽误了不少农活。柴村的那家棉农获奖后和张科长分了奖金，也被抓走啦！"

巧朵倒吸了一口凉气说："真是多亏了没有参加，我们当时也说获奖后给张科长分钱呢！看来，我们'一毛不拔'对啦！"巧朵说着笑了，但接着叹息地说："唉！这张科长年轻轻的，真是的！"

巧朵还在为张科长叹息，只听蛋儿一惊，说："呀！小六女子！你看那边，雪白雪白的一朵！是棉花开了！"

"哪里？哪里？嗐！就是，就是，你看那边，也有一朵，那边还有一朵！"巧朵发现了几朵。

"他爹，咱们回！回！准备明天摘棉花。成了！成了！"巧朵兴奋地跳起来，又往回跑，简直是一位活泼的小女孩。

蛋儿跟在巧朵后面，追赶着。

巧朵连夜缝了四个大包袱。第二天，孩子们刚好不上学，他们一家子夹着包袱高高兴兴地来到卸盔堆的棉花地。

才一夜的工夫，棉花地里就白花花一片，就像昨夜里覆盖了厚厚的一层雪。巧朵喜得心都要蹦出来了。

她看着厚厚一层"白雪"，兴奋地大声嚷道："摘花！给，他爹，给，满仓、立才！"她把包袱分给蛋儿和满仓、立才，说，"系好，开始摘棉花，一行一行齐齐往过摘。"

"娘！娘！娘！我的包袱呢？"米香看哥哥们都系了包袱嚷了起来。

"米香，来来来，你和娘用一个包袱，米香努着小嘴到了巧朵身边，巧朵拿起包袱把米香裹了起来，笑着说："你小人能系上包袱吗？"米香也咯咯地笑了。

不一会儿工夫，四人肚前包袱里摘满了棉花，挺着鼓鼓的包袱到了地头。

巧朵看着笑了，说"看！你们多像要生娃的媳妇子。他爹，你回家赶牛车来，往回拉摘下的棉花；再从被子上扯下两条被里子，一条铺在牛车上，一条铺在地头，放摘下的棉花；再把院子扫干净，铺几张席，把拉回的棉花晒在院子里。"

巧朵又想起来一件事，接着说："你回去找来顺媳妇，让她再叫几个女人，帮我们摘棉花，带上摘棉花的包袱，不然下一场雨，就把棉花糟蹋了。你说摘五十斤棉花得一升麦子，肯定有人来！"

真让巧朵说对了，下午，来顺媳妇香玉带来了六个媳妇子，巧朵赶紧带她们到了南门外的花地，还拿了一杆秤。

这些媳妇子嬉闹着进入这块白色湖岛，没有多大工夫，她们挺着摘满棉花的鼓鼓的包袱到了地头，巧朵嬉笑着为她们称花，一座"小雪山"顿时耸立起来。巧朵看着这小山似的花，乐得合不上嘴。蛋儿赶着老黄牛车，一车一车往家里拉。

太阳已咬住西山，它的炽热不知不觉退去，在暮霭沉沉的雾气中，像一个刚刚破壳倒出的鸡蛋黄，鲜明可爱，散发出不太热的红光，把大地映照得通红通红。

巧朵一家子下工回到了自家院子。他们人人脸上都洋溢着愉悦的光彩，咧着嘴站在北屋的台阶上，看着满院子的雪白雪白的棉花，在夕阳红色余晖照染下，仿佛镶着金边的团团彩云在不停地涌动，一家子就是站在云彩上的神仙，都合不拢嘴地笑着，凝视着，他们心里共有一个念头——棉花丰产了！

"他爹，我们的棉花是好收成啊！你把西厦拾掇开了吗？"巧朵兴奋地问蛋儿。

"放心吧！你到西厦去看，南北里间都拾掇得干干净净，够放你的棉花啦！"蛋儿信心十足地说。

"满仓，搬两个杌子，我和你爹在这里坐一会儿。你再去生炉子，把水烧滚了叫我，我给你们做饭。"巧朵说。

满仓赶紧搬出两个杌子。

巧朵又说："立才，你带米香到里屋耍去。"

"我不，我不，我要和娘在这里看花。"米香撒娇地说。

蛋儿坐在杌子上，从腰里抽出烟袋，但让巧朵一把夺过去，嗔怪地说："去！要抽烟，回里屋去，没见到满院子的棉花吗？"

蛋儿马上知理地一笑："嘿嘿嘿，不抽啦！不抽啦！"把烟袋又别进腰里。

"他爹，这棉花你翻过吗？"巧朵指着院子里的棉花问。

"翻过，都翻过两三遍了，晒透了，就是靠担门的那一片儿，刚拉进来的，没翻过，还要再晒晒。"

"一会儿，把翻几遍的棉花收回西厦北间里房。看这天儿明天还是晴天，那六七个媳妇手快，估计明天能把第一茬棉花收完，"巧朵顿了一下又说，"明天你把这棉花再晒晒，拉到镇上轧了，就势弹了；我们不要花籽，他们轧弹都不要钱，还会给你几十斤油。所以，再带上桶装油，你轧、弹花回来，晚上我们炸油卷①吃。"

---

① 油卷：方言，意谓油饼。

她接着说："收二茬棉花时，我就找人把弹好的棉花搓成股卷①；收三茬棉花时要把这些股卷纺成线；到了拔花秆子季节，也就是八月十五日前我想把叠子刷出，上机子织布，赶刘村逢集时，我们俩要赶车拉布上集市卖布！"巧朵满怀激情地计划着。说得蛋儿兴奋不已，仿佛眼前白晃晃的棉花，恍恍惚惚即刻变成了一卷卷布伴随银圆向他飞来，有股热血向头上涌，不由"咚"放了一个响屁，"哈哈哈哈"蛋儿爽朗地笑起来，说道："小六女子，我听你的！哈哈哈！"他笑着从机子上往后滑去！

"他爹！他爹！他爹！你怎么啦？满仓！满仓！"巧朵慌不迭声地惊叫起来。

满仓、立才、米香听到娘的惊叫都跑了出来，见爹闭着眼睛，脸色苍白，蜷缩在台阶上，一只手还扒着机子，娘架着爹的两只胳膊。孩子们急切地哭喊道："爹……爹……爹……！"

蛋儿微微睁开眼，看着巧朵喃喃地说："小……小六女子……，我……我有些……有些晕……晕……！没事儿了！"

巧朵和孩子们将蛋儿搀扶进里屋炕上，巧朵说："娃们！你们出来叫你爹静静躺会儿，满仓和立才去十字路口请张先生来。"

张先生来给蛋儿看后，说："没事儿，是血冲头了，还好，冲得不厉害，吃我几服药就会好，这些日子不要太累着了。"

第二天，蛋儿在炕上躺着。

第三天，巧朵领着香玉六个媳妇子去了东门外的卸盔堆棉花地，请来后院大嫂称秤，又让牛娃大哥赶牛车往院子里拉棉花。自己赶马车拉了一整车的棉花到了镇上轧棉花铺子前。六大包袱，足足的三百斤。

棉花车刚刚到棉花铺子前，贾转子掌柜就迎了上来，说："哎哟！驿寨的嫂子，头茬棉花下来了？怎么你赶车来了，我蛋儿哥呢？"

巧朵收住车，笑着回应："贾掌柜的，他身子不贴稳②，我急着搓股卷，自己赶车就来了，轧、弹一起进行吧。"

贾掌柜手插进棉花，抓了一把，然后在手里来回揪着，说："嫂子，你这花晒得透，棉绒长，白得透亮，好啊！今年轧、弹棉花规矩是：你如果不要花

---

① 股卷：方言，把弹好的棉花人工搓成一尺左右的条形，这是棉花纺线前必须做的工序。
② 贴稳：方言，意谓身体不舒服，有小病。

籽，我就不收轧弹花的钱。"

"呦！贾掌柜，去年可不是这样呀！收一半籽，给一半籽的油，不收轧弹棉花的钱，怎么变啦？"巧朵不解地问。

"不是我要变，现在人工费太贵啦！"贾掌柜无奈地摊开手，说道。

"我也知道，油坊收棉花籽也涨价了，一斤棉花轧多少籽，一斤籽可磨多少油，这可是清楚的。我要轧、弹棉花还是去年的行情，要是让你作难，贾掌柜！反正我套车出来了，拉到城里也就四五里地，这不行，我就进城了。你先不要卸车。"说着巧朵让轧花铺子里伙计先不要解捆花的绳。

贾掌柜见巧朵真要走，赔着笑向前说道："驿寨村的嫂子，别急着走，你是我们今年来的第一个轧新花的人，怎么能走呢？敢问，嫂子今年种了几亩棉花呀？"

"问这干啥？五十亩的花，够你轧弹的了吧？"

贾掌柜马上满脸堆起笑，说："嫂子，咱们都是老熟人啦！还按去年的算，一半花籽，一半油，你带油桶了吗？同意，我让伙计卸车过秤，嘿嘿嘿。"

巧朵见掌柜让步了，便说："那卸车过秤吧，油桶在车辕杠上挂着哩，过秤我要看。两人抬花，我看秤星。"

"行行行，谁不知道你嫂子，精不过你！"

这时巧朵笑了，和铺子里小伙子们卸车和过秤。

那六个女人摘花手真快，五十亩的花，三天就摘完第一茬；蛋儿吃了张先生的药，也能下地走路，和平日没两样，就是感到左腿和左手还麻木，身子乏得很；巧朵让他在家晒花，自己赶车轧、弹了三大车的花，西厦的花塞得满满当当。

今天，晴空无云，太阳早早就探出东山，把巧朵家院子照得亮亮堂堂。

蛋儿把摘下的花晒出，院子西厦里不时传出女人的笑声，是七八个上了岁数的女人正在忙碌地搓股卷。这是巧朵请来的，她们正在絮絮叨叨地说着闲话。

赵家婶子说："我说，这蛋儿媳妇子真能干！今天自己套车拉花又上镇去了，你们有几个能这样干？"

"这蛋儿也真有福气，娶了浮山的女子，也不赌了，毛病也改了！"何家婶子羡慕地说。

"福气是福气，怕老婆也是村里有名的。"不知谁说了一句，引起大家的大笑。

"蛋儿就是有福气，听说病了，福烧的！"赵家婶子阴阳怪气地说了一句。

赵家婶子的话说得大家没话了。停了片刻，何家婶子不服气地回了赵家婶子一句。

"你赵家的，嘴长得很，人吃五谷杂粮，得百样病，病和福咋能说到一起！"

"何家的，我就那么一说，咋嘴就长啦?！"赵家婶子有些上气。

"你说的那些话，怪怪的，就是受不得人家好！"

"谁受不得人好啦？"赵家婶子一下上气了，手上搓股卷的活都停下，眼瞪着何家婶子，问了一句。

何家婶子毫不示弱地浅浅一笑，不屑地哼了一下。

李大伯的老伴见状说："行啦！行啦！干活！说得好好的咋就吵上了！"

屋里陷入安静，只听见"沙沙沙"的搓股卷声。

片刻，党家神婆冷冷撂了一句："早些年就听说，这蛋儿媳妇子是蝎虎子托生，有神护着，命大福大！"

"那些不能定真，你看人家蛋儿媳妇子，干的哪一样不是苦性好！养蚕，为了桑叶和狼转悠了一夜；养猪，在猪圈里一住就是十几天；养驴，又和牲口贩子计心眼；种花，起早贪黑地干。哪一样不是苦换来的，在座的大妹子哪一个能这样呢?！"李大伯的老伴跟着说了一句："蛋儿媳妇，是个有苦性、有心把光景过上去的女人！"

何家婶子听到李大伯老伴的话，应和着说："老嫂子的话太在理啦！蛋儿媳妇子就是苦性好！那钱还不往她家里跑？"

其他女人都表示同意，纷纷说道："真是的，真是的！"

这时候帘子被掀起来了，进来的是巧朵，她一手提着瓷茶壶，一手端了一摞子碗，笑呵呵地说："真是的啥呢？"

李大伯的老伴直起身子，笑着说："大家都夸你能干呢！"

"呵呵呵，夸啥呢？还不是让穷逼出来的！"随后巧朵又对大家说："婶子、嫂子们歇会儿，一个上午啦，喝口茶。我从镇上轧花、弹花都回来了，你们也该回家做饭啦。现搓的股卷，我给你们过秤，拿回去赶快给纺线，抓紧些，我等着用哩。线一定要纺细，我可是要每天看的，粗了我就不让纺了，面子也没了，还要赔棉花，我可把丑话说到前边了，线要纺成和马尾一样粗细。"

"哎呀！蛋儿媳妇，那可难啦！"党家神婆惊讶地说。

"嫂子，你要是纺不了，就光搓股卷，不要纺线啦，我再找人。但纺线可不能有一点马虎！"巧朵坚定地说。

"好好好！我们都纺成和马尾一样粗细！"大家应着。

是的，棉花变成布匹，要经过轧、弹、搓、纺、染、编、浆、织的复杂工序，纺线是其中一道重要的工序。

轧，是指上机器把棉花中的籽压挤出，成为无籽的棉花；弹，是指把无籽的棉花送入机器内，通过振动，打乱棉花在棉桃内天然形成的绒丝网，形成蓬松的棉花；搓，是指将弹好的花人工搓成一尺左右有大拇指粗的条条股卷；纺，是指人们拿上股卷上纺线车，摇动纺线车，拉成棉线；染，是指按照设计的布匹图案，将棉线分别用颜料煮染成各色的线；编，是指按照设计的布匹图，把各色的棉线编出上织布机前的经线架了，当地人把这个架子叫"叠子"，还要留出织布梭子里的纬线的各色棉线；浆，是指将编好的叠子，展开放在太阳底下，用刷子蘸上稀稀的糊状浆子，往经线上均匀地刷，太阳晒干后，卷好；织，是指将浆好的叠子上织布机，开始根据各种设计，完成织布。一叠子就是一卷子布，有十丈长，也有二十丈长，面幅一般有尺二和尺五两种。

巧朵自摘花的那一刻，就开始按织布的程序在心里盘算，她急切地想：一定要赶八月十五日前在刘村集上卖我的布。

她手里提着秤杆，笑盈盈地走出担门，想起胳膊上挎着裹股卷的小包袱的婶子和嫂子的身影，心里喜滋滋的。这些上了岁数的女人真行，三天搓了二百多斤的股卷，这两天看了她们纺的线，还合自己的心意，要按这样的干法，肯定能赶八月十五日前在刘村集市上卖布。

她高兴地把秤往桌子上放好，迈进北屋。见蛋儿在做中午饭，蹙额问："他爹，今天的药喝了吗？"

"我不喝了，苦啊！我觉得身子精神得很，腿手也利索了，好了！"蛋儿一边拉风箱一边说。

"把这几服药喝完，让好利索，那药是钱买的，治病的。"

蛋儿笑了，没有吭声。米香听到娘的声音，从里屋跑出。巧朵抱起米香又问了蛋儿一句："满仓、立才上学还没回来？"

"快啦！你看太阳上了台阶啦！"蛋儿说。

"走，让馍馏着，帮我卸车去。今天又轧、弹了二百三十斤花，还给了六斤油，把油倒在缸里，能装下吗？不行再腾一个缸。"巧朵看起来很兴奋，很精神。

蛋儿看着她那兴奋劲儿，就问："他娘，看你那劲儿，有什么喜事？"

"能有啥喜事，我看那几位婶子和嫂子的手利索，三天就搓了二百多斤的股卷；她们的线纺得也好。你的病也好了，就能给咱们赶车去镇上轧、弹棉花；我可以腾出来，准备刷叠子、织布。八月十五日前上刘村集市卖我们的布就没问题了，我能不喜？不带劲儿？"

蛋儿和巧朵走出担门，解绳卸车，蛋儿背了一大包袱花，说："这花弹得好！"

巧朵也背起一包袱，说："是好！这要在跟前看着他们弹，让他们的人往机子里入花时，不要太多，要均匀，轧、弹出的花就好，你明天赶车去，一定要在跟前看着他们轧、弹，一步也不能离开。"

"爹、娘！"

"爹、娘！"

蛋儿和巧朵把花包袱刚刚放进西厦里，满仓和立才就叫唤着从担门里跑进来。

蛋儿看着娃们说："快放下书，把笼里馏的馍摆在桌子上，车卸完，马上吃饭。"

巧朵发现满仓脸上有泪痕，忙问："满仓，你怎么哭啦？"

满仓噘起了嘴。立才凑到巧朵跟前说："娘，我哥没背出书来，挨了先生的板子。"

巧朵忙拉过满仓的手看，见满仓的手红肿，心想这先生手真重，心疼地问："背什么没背过，给娘说。"

满仓的泪水一下子涌了出来，嘟嘟囔囔地说："弟……《弟子规》，太……太长了，我没有记全。"

巧朵擦了擦满仓的泪水，轻轻抚摸着娃的手心，说："不要摆饭了，和立才进屋背书去，我和你爹卸完花，咱们就吃饭。"随后又摸了摸满仓的头。

饭桌上，巧朵又详细地询问了满仓挨先生板子的事。才知道，他上课打瞌睡，让先生看见，问他课上讲的啥，满仓答不上；又让满仓背《弟子规》，满仓只背了几句，所以挨了板子。巧朵听了，还是爱怜地摸着满仓的头，说："娃！家里掏钱让你们念书识字，就是要你们长大走遍天下都不怕，不像娘睁眼瞎，白天也是黑夜！"

满仓哭丧着脸，埋着脸喝米汤不说话。

立才马上仰脸说："娘，说得对，念书眼睛明、亮，也像先生说的，'要知书内有黄金，就应自小把书念'，我和满仓哥一定好好念书！"

蛋儿和巧朵看着立才，会意地笑了。

巧朵对蛋儿说："他爹，明天你套车去镇上轧、弹花，记着：一定在跟前看着他们往机子里入花，不能多了！我在家往回收纺出的线，缠框子线，煮染色线，准备编叠子、刷叠子！"

蛋儿感到了巧朵的心劲儿！

第二十七章

巧朵的心劲儿变成了乐意。

她乐意大婶大嫂们在家里说说笑笑搓花股卷；她乐意把搓成的花股卷称过后，让大婶大嫂带回去纺线，再把纺成的线称回来；她乐意和她的姐妹们盘腿坐在北屋的炕上缠线；她乐意按照自己设计好的图案制作布，用刺鼻的颜料煮染各色棉线，尽管颜料煮染棉线的辛辣怪味弥漫在厦屋里、院子里，钻进人们的鼻子里，会打一个大大的喷嚏，但她不在乎，反而感到全身畅通舒服；她乐意和姐妹们编排出自己设计的布料的经线叠子。

巧朵每天睁开眼，满脑子都是花、股卷、线、编排、叠子，去东家、串西家，一直忙到天黑上灯。

她乐意这种忙碌，乐意这种琐碎，感到的是充实和满足，丝毫没有苦和累。"过日子，过光景就应是这样，三套马的轿车一定要有！"这是她在心里常对自己说的话。

巧朵已经编排好了几十架叠子放在西厦的堂厅里，她满意地看着，脸上全是笑容。

花还在开着、摘着、轧着、弹着；股卷还在搓着，线在纺着；颜料刺鼻的怪味还在弥漫着；叠子还在编排着。

立秋后的一天，天高云淡，红日高照，大地热乎乎的。

院子里并排放着三架展开的叠子，巧朵和姐妹们在刷浆。

叠子把院子铺得满满的。姐妹们拿着短头刷子，提着小桶浆子，蘸着浆子，两人一张叠子，一遍一遍均匀地给经线刷浆。但这伙女人嘴一刻没停过，说着东家长西家短的闲话，不知怎么说到自家姐妹身上了。

"喂！香玉姐，道里人都吵糊啦！你家来顺，我来顺哥成猫了，偷吃人家的鱼了,是真的吗?"

桃子妹子隔着叠子网,直直问最西边正在刷浆的香玉姐。

桃子是今年春季嫁到村里的新媳妇,长着一对淘气、讨人喜欢的眼睛和粉红色的小嘴;她是在摘花、缠线、编排叠子过程中和村子里的小媳妇、小妹子们混熟的。谁都没有想到桃子能问出这样既逗人又使人难堪的话来。这桃子太没有深浅了,大家都闭嘴不说话了。

香玉可是泼辣又风骚的老媳妇了,她听到桃子的问话,不禁一怔,手中的刷子在叠子经线上稍稍一停,然后不屑一顾地回了桃子那不知深浅的问话:"桃子妹子,你听道里咋说的,我给你说,你来顺哥这只猫偷吃人家鱼让人家光屁股撵出来了。那天早上睡在被子里不起来,我掀起被子,用扫炕的笤帚疙瘩照屁股就是一下,对他喊道:'起来!吃鱼不丢人,是咱们吃她,又不是她吃咱,你还想吃鱼,咱家的鱼,你随便吃!'"

香玉这风骚的话,引得姐妹们哄然大笑。

笑声刚落,香玉又是一句:"桃子妹子,哪有猫不吃鱼的?怕就怕猫偷吃了人家的鱼,自家主人还不知,还以为自家的猫是庙里的和尚,吃素的,对吧?桃子妹子?"

桃子妹子粉白色的脸腾一下红了。她知道香玉话中有话,说的是她男人在没有过事①前,和别人媳妇睡觉的事。她不敢和香玉姐对视,低头一个劲儿地刷浆。又抬起头高声地嚷道:"庆子姐,干啊!往上卷架子,往上卷架子呀!"

庆子姐顺从地往上卷叠子的架子,却看着桃子妹粉色的红脸,痴痴地笑着说:"呦!桃子妹,你怎么脸红啦?你家的猫,吃你这新鲜的鱼,够吃吧?"

庆子姐的调侃,使桃子的脸一下子红到了脖子,也引起一阵哄笑。

桃子后悔自己不该在这些老媳妇面前贫嘴,低头一个劲儿刷浆,就是不吭声。

庆子姐看在眼里,但她逗乐的兴致没有停止,把话头一下子转在巧朵身上。

"巧朵妹子,你家蛋儿这只猫贪吃鱼吗?"

巧朵可不是善茬,她看着绷得很紧的一张张铺满院子的叠子经线网,在阳光下闪烁着斑驳陆离的光芒,心里欢快极了。这些排排闪光的线网,就是她的

---

① 过事:方言,临汾人称办红白事的过程为过事。这里是指结婚。

日子、她的光景啊！此刻她的心在膨胀，便说道：

"庆子姐，我们家可不一样，我不是猫，是虎，你兄弟蛋儿才是鱼呢！我想什么时候吃就什么时候吃，庆子姐你呢？听街里人说，我碌碡哥把你这条老鱼翻来覆去煎着吃哩！"

话音刚落下就是一片哄笑，庆子姐不吭声了。

正说笑着，蛋儿手里握根马鞭子急急跨进担门，庆子姐像看到了救星，一下又来了劲儿，高声说："呀！蛋儿兄弟这条鱼来啦！巧朵妹子这只老虎想吃你呢！"

蛋儿根本摸不着头脑，也不理庆子姐的话，眼睛快速地扫了一下，见巧朵站在北屋的台阶上，仰头隔着排排叠子网线高声说："他娘，轧、弹花回来了，这次是三百一十斤，还给了四十六斤油。"

"那卸车吧。油倒进西厦我腾出的缸里。"巧朵说。

"你过来，到担门外边，我给你说个事。"蛋儿又说。

"哎呀！这条鱼想吃虎啦！"庆子姐仿佛又抓住了笑头来了一句。

院子里的姐妹们都笑了，看巧朵，这次巧朵没吱声，快步随蛋儿出了担门。

蛋儿把马鞭往车辕杠上插住，一边解捆花的绳，一边说："他娘，我刚赶车回来，在街道上碰到碌碡啦，他问纸碾咱们要不要，他真心要卖。"

"要要要！你给他说了吗？"巧朵肯定地说。

"我说要，就是让他把价往下落落，不要咬那么死。"蛋儿说。

"对啦，你先稳住他，我们现在忙着收花织布，等这阵子忙过去，把纸碾买过来，冬季也到了，农活闲下了，我们忙纸碾正是时候。"

巧朵的心膨胀了，继续说："到时候，你挑着担子去周村收麻绳头，我在家弄纸碾，转、蒸、洗、抄、晒，农活闲咱不闲，一刀麻纸也能挣一吊钱，一个冬天，咱还不卖一百刀麻纸吗？"

蛋儿的心可没有那么膨胀，他嗯嗯地说了一句："我听你的！"

巧朵笑了，听出了他的口气，又改口说："他爹，你的心不要那样紧，有我呢！你累了就上炕躺着，你只把碌碡把住。不要把纸碾让给别人，到时你也不要到四周跑着收绳头，咱们雇人。"

蛋儿再没有吭声，默默地解下绳背起一大包袱花往院里走。他清楚巧朵的心太要强呀！挣来的钱到她手里都别在了肋骨上，拔下来太难太难！每次都说雇人，最后还是自己干了。不是花开糊，不是织布要赶八月十五日前，她能雇人吗?!

是的，巧朵那颗要把光景过上去的心，从来都是在激烈地跳动着，脑子一刻不停转悠，手脚忙碌着，实现着心愿。

秋后第一场霜悄悄地飘散下来，打得庄稼叶子、树木叶子、野草叶子一下子蔫蔫地耷拉下来。在太阳光的照射下，开始变黄，变枯。西北风带着一股股寒冷来了。巧朵盼望的这一天来到了——天开始变冷，人们要扯布添衣服了。

她独自待在西厦的北房间，看着炕上摆满的各式各样的布匹，手在布匹上来回抚摸，感受着它们的平光滑腻，心里不由得兴奋、激动！

虽然她把这些布匹已经数过三遍了，但还要数。当她数到五卷时，发现红色小方格格布少了一卷，但她知道有卷红小方格格布在红麻麻布底下压着，她对这种样式的布有一种偏爱。这是她从县里管种棉花的张科长身上穿的蓝色小方格格洋布衫得到的启发设计的。把那些蓝色小方格格改成红色小方格格，小姑娘、小媳妇肯定喜欢。她还特意用这布料给自己做了一件衫子，穿上就是好，准备卖布时自己就穿着。

刹那间，房子里泛出一片清光，她推开西厦的中门，院子里也有光。抬头朝天望去，半圆的月亮已经升起，悬在东方的天空，可以清晰地看见月亮中浅灰色的斑点。她想，那是嫦娥和玉兔居住的宫殿吧，她们现在干什么呢？可能嫦娥抱着玉兔往天下望呢！能看见我吗？

今天她心里高兴啊！后晌她没有停一下，心想：把这些布匹收回家，还有一批呢，算下来可收二百零五卷布，都卖出去，可得三四百吊钱，呀！是不小的收入啊！再把碌碡家的纸碾买过来就更好了！

那个纸碾有三间抄纸房，里边有两个抄纸池，外有两个碾麻绳头的碾盘、一口井、一座蒸绳头的炉子和大铁锅、一个洗纸浆的池子、两辆晒纸的独轮车子。接过来就可抄纸、晒纸、卖纸。买过来一个冬天不停，可挣半个纸碾，明年完全可把纸碾挣回来。

她不停地盘算着，然后高声对着北屋喊："他爹！他爹！他爹！"

蛋儿拾掇完晚饭的碗筷，正在铺炕，听到巧朵的喊声，忙探出身子应道："他娘！什么事？"

"你把车拾掇拾掇！明天初九，我们上集市卖布！"巧朵兴奋地说。

"车是现成的，今天才从镇上轧、弹花回来，车没有什么事，"蛋儿接着道，"初九，河西刘村、城东邓村都逢集，我们上哪个村的集？"

巧朵思忖片刻，说："我们上城东的邓村集，邓村离城近，买布的人肯定多，到时把我二姐叫上，还可以帮忙。刘村在河西，山里人少。我们明天起个早。"

第二天，天刚发白，巧朵做下了早饭，她和蛋儿先吃，孩子们还睡着。

蛋儿吃完饭，来到担门口的槐树下马车前，巧朵端着半碗米汤，坐在担门的门槛上。

只见蛋儿使劲摇了摇车帮子，走到车前方，用双肩架起两根辕杠木上下左右地摆动，觉得没有事，再弯下身子看车的主轴，起身到车的两端，用脚猛踏车的轮子，一切满意后，他放心地从车辕前杠上取下挂着的黑瓷瓶油壶，在地上拣了根树枝，扯掉毛毛枝杈，剩下细细的主干，插进油壶，再拨出油给车轮轴上油。

巧朵一直看蛋儿拾掇车，见蛋儿又用两根棍子顶起辕杠，车轮子腾空，用力转动，车轮上过油后快速地转动。巧朵仰头喝完米汤，笑着说："他爹，真行！"

蛋儿转过头，听着巧朵的话，回了一个温存的笑，表功地说："他娘，车没事了，我们往上搬布吧！"

"搬！再多带两个褡裢，准备装卖布的钱。今天把娃们也带上，满仓和立才今天不去念书啦，你到学堂给先生说一声，中午在我二姐家吃饭。"巧朵说。

第二十八章

巧朵一家子拉着三十卷布坐在马车上行走在官道，北上直走城东邓村集市。

蛋儿"叭——"甩了声鞭子，梢马警觉地炝一下蹶子，绷紧拉绳，"嘚哒、嘚哒、嘚哒"加快了步子；辕骡夌起耳朵，前腿刨地，后腿用力一蹬，车子加快，车上的娃们身子随车猛地一闪，"哇"的一声惊叫，一家子"咯咯咯"都笑了，这笑声撒了一路，又随风飘在空旷的原野、晨曦的长空。

到邓村后，天还早，上集市的人也少。巧朵和蛋儿把娃们放在二姐家，去集市上找位置。

他们在集市进口（西头）的两棵大树间停下车。

"他爹，停在这里吧？是进集的顶头，又是出集的顶头，赶集的人可看两回我们的布，两棵树也顶两个人，替我们看车的两头；牲口刚好拴在树上，也稳当。"巧朵一边四下里观望一边对蛋儿说。

"行。"蛋儿停稳车，把车轮子用砖头垫好。

他们在车上，按红色小方格格、蓝色小方格格、红蓝条条布、红麻麻布、黑麻麻布、白布摆放，再在一棵树上钉一把用绳子拴着的尺子，供人们买布后自量尺寸。

开始并没有人问津，巧朵脑子里浮现着刘村集上人们买布的热烈情景，她真后悔到邓村集。

巧朵和蛋儿站在车上扯着嗓子使劲吆喝：

"卖——布——喽——！新样式布！"

"新样式布！卖——布——喽——！"

快到晌午饭的时候，看布的人猛地多起来，不一会儿人们围了个实。

晴朗朗的天，红彤彤的太阳。巧朵浑身发热，她脱掉夹袄，红小方格格衬衫露出来，在阳光的映照下，格外显眼。

"嗳！她穿的衬衫，不就是她们卖的那红小方格格布吗？"

"就是的，做衬衫穿上挺好看啊！"

"就是好看！"

围在车前的人们议论着。

"来，卖布的，你身上穿的衬衫那样式的红小方格格布，给我扯丈四，我也给我两个女子做衬衫穿！"一位中年妇女嚷道。

"好喽，丈四，我给你量！"蛋儿抓住时机高声喊道，就像饭铺里跑堂的。

"给我也扯七尺。"又有一位女人喊。

"马上就来。嘻！大嫂！你的布，丈四，那边树上有把尺子，你再量一遍，二百二十个铜钱。"蛋儿在车上喊。

一下子开张了，要买布的人喊着往前拥。

"给我扯黑麻麻布五尺！"

"我要白布两丈！"

"给我扯红麻麻布七尺！"

"红小方格格布，给我扯七尺！"

…………

蛋儿看见嘈杂拥挤的势头，急忙护住车帮子，在车上高声喊：

"咱们不要乱嚷乱挤，现在排成队一个一个来，都能买到！"

人们自动排成了长队，巧朵和蛋儿忙活得满脸都是汗。两顿饭的工夫，车上的布卖出一多半了。

二姐巧巧来了，在车下人堆外喊："巧朵妹！巧朵妹！"

巧朵根本没听到二姐的喊声，巧巧干脆挤进人堆，扒着车帮子上车。

蛋儿见有人扒车，马上厉声道："不能上车！不能上车！"便往下推。

巧巧急忙抬头说："我我我！"

巧朵突然惊喜地喊："哎呀！二姐，你来啦！"急忙把巧巧往上拉。

"你看，太阳在头顶啦！该回家吃饭啦！"巧巧责怪地说。

"姐，你看这人，走不了，马上就卖完了！"巧朵兴奋地说。

"好！我帮你们！"

二姐巧巧也加入了热闹的卖布生意中。

"呃呃呃！卖布的，你这布少尺寸啊！"突然，一个小媳妇手里拿着红小方格格布在旁喊叫。

喊声像雷，震得买布的人都停了下来。

巧朵立即从车上跳下，来到小媳妇面前，眉头紧紧拧住，疑惑地说："大姐，不会少的，不要急，我现在给你量，如少一寸，我给你赔一丈！"

她们来到挂尺子的树前，买布的人"哗"地围了上来。巧朵很淡定地展开小媳妇买的布，她看布裁剪头是自己用剪子扯开的，又问了一句："大姐，布少多少？"

"三寸。"小媳妇脸挺平静，回答道。

巧朵心里一下子明白放松了，心想肯定是小媳妇复尺时布拉得太松造成的，她真怕自己少给她量一尺布呢！

所以，她拿起树上挂的尺子，放开胆子说：

"大姐，你看着，我给你复尺，大家也看着！"

她把布和尺子高高举起，说道："一尺、两尺、三尺、四尺……七尺三寸，你看清楚！多了三寸，不行，你自己量，布要拉平。"

小媳妇拿上尺子小心翼翼地量，巧朵又说了一句："布在尺子上拉平，要公平，不能松成这样。"量完后，小媳妇快速地又量了一遍。

"不缺你的吧？"巧朵紧跟着问。

小媳妇没说话，呆呆地站在那里，脸上满是不好意思的笑。

"唉！不少她的，快卖布，我这里等了快一个上午啦！给我扯上七尺红小方格格布。"一位粗壮的中年妇女不耐烦地嚷。

巧朵立马回应道："来喽！给您扯七尺红小方格格布！"说着跳上车。蛋儿也高声喊："大家还是排上队，一个一个来。"

热热闹闹的卖布场面又继续着。不一会儿工夫，拉来的布全部卖光了。蛋儿拿着两褡裢铜钱，沉甸甸抖了两下，巧朵回了他一个喜气洋洋的笑，二姐巧巧说："看把你俩美的！"他们都会意地笑了。

这时，有一位五十几岁的长者笑着走到他们车前，慢声慢气地问："布卖完啦？"

巧朵和蛋儿、二姐巧巧都停住手中的活儿，但见这位长者是精瘦的长方形脸，下巴留有一缕梳理整齐的灰白山羊胡子，鼻子两侧有一双透亮有神的细长三角眼睛，两条很深的法令纹沉稳地从鼻子两翼一直伸到嘴边，显得脸更加瘦长；上身穿着丝绸带内衬的酱色马褂，下身是开衩的跨马裙，盖住了他的鞋面；头戴着黑绸瓜皮帽，眉清目朗、干净利索，人很精神。一看就是那种有派头有教养有钱人家的长者。

蛋儿慌忙站起，跳下车礼貌地问道："大伯，你也想买布？"

长者微微点了一下头，接着说："我在这里站了一会儿啦，也看了你们卖的布，细、薄，布也织得紧，我想买多一些，不知有没有？"

巧朵在车上听了眼睛一亮，忙接过话问："老伯，不知您要多少？"

长者脸色微微紧了一下，仰脸看车上，见是一个矮小圆脸的小媳妇，对女人的问话，有些不舒服，淡淡地回了一句："一百卷！"

巧朵心里"嚯"了一声，压住心头的兴奋，很和气地说："老伯，我们的布有六七种样式。不知老伯是一种样式要一百卷呢？还是不管什么样式，总共要一百卷？"

长者被巧朵问得结舌，心想，这小媳妇真会问话，问得清楚，略思忖说："我不管你什么样式，只要像你们今天卖的布，要一百卷。"

稍停顿，巧朵在车上又问了一句："敢问老伯的大名？"

"哦？"长者怔了一下，真有些不舒畅，生生地反问了一句："我买你们的布，还要问姓名吗？"

巧朵立即觉得自己问得唐突，忙赔着笑说："大伯，您老想多啦，我们小户农家，见开口要这么多布，心里稀罕，也是随便问问，"又说，"老伯，我们家没有那么多布啦，只剩六十多卷，您老要是等得不急，过十天半月，可从织布机子上下够一百多卷。"

长者脸上掠过一丝不经意的浅笑，但觉得这小媳妇的话也很实在，抬起头，对着巧朵说："这样，明天上午你们把家里剩余的布全部拉到城里鼓楼南亭子胡同老芦家院门前。"

巧朵跳下车，来到比自己高出一头多的长者面前，仰着脸很亲切地叫了声："老伯！"然后笑着说："不管大小这都是买卖，我想问您给布的价钱？还有，老伯，您不要嫌我说话直！我们明天把布拉去了，您老有了别的想法，不要啦！我们不是还得拉回来吗？这一趟的车马费您老应先给吧？如你要布，这车马费全打进布价里。"

长者立刻眼睛一亮，佩服地看了巧朵一眼，笑着说："价钱，就按你们在集上的价，你卖什么价，我就买什么价。我先给你们两块大洋——按你说的车马费。我在这里说好，要不是集上这样的布，我可一尺也不要！"

巧朵见老伯说得如此认真，从车上取出一块布头，给老伯看："老伯，您看就是这样的布。"

长者拿着布头反复看，点头说："对！就要这样的布！"

巧朵二话没说，用剪子一剪，"哧"一声扯开，将布分成两半，一半递给长者，一半交给了蛋儿。

巧朵没想到会有这样的机会，十分激动，但又按捺住情绪，沉稳地说："老伯，一言为定，明天上午，我们把布送到城里鼓楼南亭子胡同老芦家院门前，以刚扯好的布头样子验布！"

长者笑着点了点头，从腰间掏出两块大洋，蛋儿接了，他们相互告别。

第二天一早，吃过早饭，巧朵给满仓和立才交代，下学后到大爹家吃饭，又把米香放在大哥家，说了进城的事。他们回到家，往车上搬剩余的布，急火火地往城里赶。

太阳刚刚包住鼓楼的顶子，他们的车就到了约好的地点。

早就听说过鼓楼的芦家院，但没来过。这是前清山西巡抚三姨太娘家的大院，当年也是车水马龙、人丁兴旺之处。后听说败了，院子卖给北县的一个财主，改换了门庭。

蛋儿"吁——"一声，刹住了车，看了一眼车上的巧朵。

巧朵在车上干脆地说："去，敲他家的门。"

蛋儿站在那里，只见院门有一间房子大，挑檐，三层石阶；两扇漆黑的大门紧闭，两个碗口大的铁环悬挂在门扇的半腰，门框两侧下各一个石墩；院门的挑檐下悬有一块"满院辉"的木制金字黑匾，虽匾和门扇斑驳陈旧，但仍隐隐溢出威严和富贵感。

他拾步上了台阶，伸手想叩响铁环，犹豫了，手停在铁环上没动。

坐在车上的巧朵看着急了，说："敲门呀！敲呀！他让我们来的，不行咱们回！"

蛋儿踌躇了一下，轻轻地扣铁环。

"吱儿——"门开了一条缝，一个小伙子探出半截身子，生硬地问："找谁！"

蛋儿愣住了，在车上的巧朵听到问话，大声嚷道："昨天在邓村集上，一个老伯让我们今天到这里的！"

"哈哈哈，来了！来了！"一个爽朗的声音从门缝里传出。

随即，一位穿白布衬衫、灯笼黑色丝绸裤的长者笑呵呵走出来，站在门檐的平台上，说："两位年轻人，你们守信，布拉来了？"

巧朵见是昨天邓村集上的长者，忙跳下车，兴冲冲地说："老伯，人讲的就是守信，我们把家里剩的六十七卷布全拉来了。"说着把昨天在集市上剪扯的布头，从车里拿出抖了一下。

长者看得清楚，转身对开门的小伙子嘀咕了一句，小伙子回头跑进院子，片刻，拿出一块白布头。

长者要过巧朵手中的布头对了一下，抬头笑着说："我验布啦！"他和小伙子来到车前，让小伙子扶着上了车。拿着白布头，一卷一卷地翻，一卷一卷对着白布头看，把有的布卷拉得很长，对着太阳看着，足足一顿饭的工夫。小伙子搀扶着长者下了车，长者抬起脸，鼻翼两侧的法令纹向脸颊两边收去，露出疲惫的笑容，那双明亮的眼睛弯成了一条缝，山羊胡子抖动着，说："年轻人，好布！好布！六十七卷，我服了。小谷子，再叫两个人，把车上的布搬回前院的东厦厅里。"顿了一下，又对蛋儿和巧朵说："年轻人，咱们进院子，我有话和你们说。"

巧朵和蛋儿满心欢喜地随长者迈进大门，看到宽敞的门庭和迎面一人高的由青砖镌刻拼成的"福"字，镶在内照壁内，"福"字被花瓣突显的牡丹花青砖簇拥，给人一种喜悦跳跃的感觉；从内照壁左侧入院，又从院子的北厦东侧边拐进，到了中院北厦的堂厅。

堂厅里敞亮，长者很自然地坐在擦拭得黑亮及沉稳、厚重的方桌右侧，笑呵呵地说："你们坐坐坐，想你们已经吃过饭了吧？来人，上茶。"

巧朵、蛋儿一边嘴里说着"是是是"，一边局促地坐在长者前方靠右手的椅子内，巧朵没客气，端起茶碗"咕嘟咕嘟"喝了个干净，长者看着笑了。

"年轻人，你们的布是好布，里外一致。但不知怎的，有七卷布少些。"长者说。

"对对对，我们的布每卷二十丈，而那七卷布是十丈。因为当时对这种样式的布心里没准，织得少了些。"巧朵忙解释说，她又端起蛋儿面前的茶碗"咕嘟咕嘟"喝，放下空碗后，不好意思地笑着对长者说："嘿嘿嘿，早上多吃了几口咸菜。"

长者看着巧朵的举动，没有半点讨厌，反而觉得眼前的小媳妇大方实诚，所以直奔主题："那我们就算账吧？按你们说的，拉来的布是六十卷二十丈，七卷十丈，共计一千二百七十丈布。"他把算盘拿到面前，"我给你们的价是每尺九文五，这样算下来共计十二万零六百五十个铜板，呀！不少啊！"他的山羊胡子翘得老高，满脸堆着笑，睨视巧朵。

巧朵听了长者算的账，没有一点惊喜，脸反而紧了起来。她仰头看了长者一眼，回了一个紧巴巴的干笑。

她心想：这不是我集上的价呀！这老伯真是买卖场上的老人了，布拉到他家，他变卦了。反正卖不到集上的价，我就拉着布往回走。

想到这里她长长吁了口气，端起眼前已倒满茶水的碗，慢慢地喝，慢慢地想，慢慢地抬起头，还是紧巴巴的干笑；片刻又收起干笑，说："老伯，你给的价不对吧？你夜儿个在集上也见啦，我的白布卖九文五，红小方格格布卖十八文，其他花样的布最低也在九文五，今天拉的白布只有十卷，其他都是花样布。不行，我们分开算，不要拉平算。"巧朵说完，"咕嘟"两声把碗里的茶水喝了个干净。

长者说了声"倒茶"，又轻松地说："我是按白布价拉平算的，看是低了一两文钱，但你们卖得快，不劳累了呀！在家还能干别的。呵呵呵。"

虽然长者说得有道理，但巧朵不这么想。她最不怕的就是累，想的是能多挣钱。她轻轻笑了一下说："老伯，我们是小户农家，干了多半年的活，就收了些布。累不怕，每月三、六、九、十五都是集，多上几次有啥累的？我看布还是按我们说好的按集市价算。您老伯让我们今天上午把布送到门前，我们守信，布价也应按说好的集市价算，不拉平算，分开算，是多少价就是多少，算到哪里就是哪里，这也是守信。"

长者听巧朵说得实实在在，话中还有话，心想：难道我不守信了吗？这小媳妇真……他笑了，端起茶碗，抿了一口，缓缓地说："图个好算，我一律按十文算，不按九文五了。"说着又噼里啪啦拨起算盘珠子。

巧朵却很固执，她说："老伯，我们还是按夜儿个集上说的价算，都守信。白布九文五、红小方格格布十八文、蓝小方格格布也是十八文、黑麻麻布十三文，红麻麻布十五文，红条条布十一文。这次拉的布是白布十卷，红小方格格布二十卷，蓝小方格格布七卷，黑麻麻布十五卷，红麻麻布十卷，红条条布五卷，一共一千二百七十丈是对的。"

巧朵一口气报了布价，长者愣了，半天没有言语。心想：这小媳妇真较劲儿，能多几个钱？我后面要订她的货，那才挣得多呢！

巧朵没那么想，想的是要多挣几个钱，哪怕多一个子呢！到手才是自己的钱。一来这是说好的，按集上卖的价，公道！守信！二来过光景，不就是一个子一个子地省着过的吗？他要是不按集市上的价买，布拉回，过两三天又是集，人都知道我的布好，往后布肯定卖得快！

想到这里，她心放下了，端起眼前的碗，想一口气喝个干净，但又放下了，干脆地看着长者说："老伯，我不会做买卖，只会在集上吃喝着卖东西，就这还是第一次。碰到您，说按集上的价把我的布全买了，高兴啊！不用我往集上跑，我就按您说的意思把布拉来了，但您说按低价拉平算布价。老伯，不是那么回事！什么价就是什么价。实在让您为难，我们就把布拉回。您给的车马费我们不要，还给您，这您放心，我们说是什么就是什么。今天只当进城逛了一圈。"说到这里，她停顿了一下，端起碗一口气把碗里茶水喝了个干净。

"马上就是'十五'了，又逢集，我们拉上布集上卖，好布肯定不愁卖！加上后面织布机子下来的布，也就是上几次集的事！"巧朵很坚定地把茶碗放下，看着长者干干地笑。

巧朵这一席带有抱怨又是真实表白的诉说，实实把长者将住了。

长者缓缓端起茶碗，揭开盖碗，轻轻吹了吹漂浮在水面上细细的茶叶，抿了一口，稳了稳心神。

说真的，他真喜欢这小户农家小媳妇的率直性子。她家的布是好，要是她家还有，或者有更多，把这些布拉到口外，价钱肯定是成倍往上翻。做生意咋能由着脾性来呢?！退一步海阔天空嘛！想到这里，他波动的心绪稍稍平稳了，放下茶碗"哈哈"干笑着说："年轻人，就按你说的，不不不！就按我们昨天在集市上说好的价算，你把刚才说的价再说一遍，我在这里算。"

他举起算盘往下一摆，"啪啦"一声，凌乱的算盘珠子整齐地归位。

巧朵因刚才布价的争执，脸色还有些紧，听让她报价，马上心里涌出一丝松快，说："我已在家算好啦，我说您再用算盘打一遍。"

长者被巧朵毫不遮掩的话惹笑了，算盘开始噼里啪啦作响。

巧朵最后脱口而出一个数字。

"对，是这个数字，"长者拨动了算盘，说，"年轻人，可挣九十七块大洋，还得给你五吊钱。"

巧朵并没有太高兴，因为这数字是她在家不知算了多少遍的结果，此时她缓缓地说："老伯，您扣过两块大洋的车马费，给我九十五块大洋，另五吊钱就算了！"

正说着，开门的小伙子像有事似的站在门口，长者问："什么事？"

"老爷，他们车的牲口啃咱们门口的树皮呢！"小伙小心地说。

蛋儿忙起身，说道："我去看看。"说罢跨出了堂厅门。

长者也站起，看巧朵，摆手示意让她坐下，他进了里屋提出一黑漆小木箱。他缓缓打开木箱盖子，从中哗啦啦拿出大洋往桌子上摆，白花花地摆了五摞。他抬起头和善地看巧朵，说："小妹子！"他突然改变对巧朵的称呼，"这些大洋归你了，五摞，每摞十九块，有一摞多两块，共 97 块，布归我了。"

巧朵硬是按捺住心里的喜悦，矜持地站起，从一摞中拿出两块，轻轻地放在长者面前，说："老伯，说好的，车马费从中扣除。"

长者看着巧朵放在面前的两块大洋，直笑道："好好好！收了，等一会儿，我让刚才那个小伙子在前院给你再数五吊钱。"

巧朵瞧着长者的笑脸，刚想说几句客套话，但又空咽了一下唾沫，没有张嘴。

长者舒了口气说："小妹子，我们今天做成了一桩生意，你不高兴？怎么也不问我的名字啦？"

巧朵不好意思地笑了，很亲切地叫了声："呦！老伯！"接着说："我夜儿个在集上要问，您不是说，卖布还要问姓名吗？"

"哈哈哈，"长者仰头爽朗地笑了，端起茶碗痛快地喝了一大口茶水，说，"那是集上，刚相识，现在不一样啦，买卖也做得畅快，我也很看好你小妹子的直性子，是位靠得住的人，就是要和你这种人做买卖打交道！"

说得巧朵自己都觉得脸有些发热，忙说："老伯，我不会做买卖，是碰到您这好人啦。不过我想，干什么都要下苦，对人实实在在，说什么就是什么。"

"好——！好——！好一个'说什么就是什么'！"长者在桌子面上轻轻拍了一下，"做买卖就是要这样，要这样的人！"

蛋儿跨进了厅堂，高喉咙大嗓门地说："老伯！真不知说啥好！"他直摸头，"我那梢马把你门前的槐树啃了两口，我给那挨刀的戴上笼头啦。"

"你坐！你坐！看把你急得，啃两口就啃两口吧，不要紧的！"长者显得很精神，接着说："年轻人，做买卖还怕牲口啃两口树呀！我再告诉你们，这院子不是我的，我也是为我家主人办事！"

巧朵、蛋儿都愣在座椅上没有说话。

"你们听说过太谷县的曹家曹儒德吗？"长者问。

"知道！知道！曹儒德！大财主！有名的大财主！前年在临汾城还开了家钱庄！"蛋儿快速回答完，纳闷地望着长者。

"那是我主家，在全省各府城都有他的钱庄，在太原城也有。这院子就是他在临汾城开钱庄前两年买下的，我是他没出五服一家子的哥，叫曹儒敬，管临汾以南这一片买卖。"

长者很自然地说了自己的身份，将一直端在手里的茶碗缓缓放下，倨傲地看着蛋儿、巧朵。

蛋儿确实感到惊诧，巧朵只是浅浅地笑。

巧朵说："曹伯！"她也改了口，惊讶地说："你是大财主了呀！你夜儿个在集上说要一百卷布，今天没给够，还要吗？"

曹伯看着巧朵，心想这小媳妇就是简单得很，只想着卖她的布。他抿了口茶，说："你问得好！下来咱们就说这事。布肯定要，你家有多少，我要多少。只要是这样的布，不能比这布差。你说什么？布价？你不要再说了，就是昨天集上那个价。"

曹伯说得铿然有声，巧朵眉头一提，说："曹伯，我家的布还有十天半月就下织布机了，估摸有一百多卷，都是您的。下月今天的日子——初十，我们把布送来。"

说到这里，巧朵不由得看了一下蛋儿，蛋儿也瞪了一下眼。

这细微的表情让曹伯看在了眼里，便说："不要怕，都要，全都送过来。可是得说好，要的是这布。"说罢，转身从自己坐的椅子背上抽下验布的布头，拿在手里抖了抖，说："布的样子就是这样子，哦！"

巧朵站起定真地说："曹伯，你把布头留下，布肯定是这样的布。"

这时，曹伯捻着自己的胡须，若有所思地笑着看巧朵和蛋儿，说："我要，再多都要，我年年都要五百卷，你们能有吗？"

曹伯的话说得巧朵和蛋儿惊愕地瞪大了眼睛。

曹伯说过后手还捻着胡梢，呵呵地笑，那笑容神态慈善、平和，片刻后，曹伯变得认真、严肃起来，持着低沉稳重的语气说："你们两口子听我说，我昨天就想这事了。想和你们订一个合约。希望你们每年在这时间，都能卖给我五百卷这样的布。订十年的合约也行，五年也行，一年一订也行。你们要实实在在说，不能有半点假话，我也是看中你们俩的直性、诚实，才向你们提出的。每年能卖给我五百卷布吗？因为我也要和别人订合约，违约要赔给人家钱的！"

曹伯的话，使巧朵和蛋儿心里突突地跳，但都没有说话。

蛋儿看着曹伯，又看着巧朵，再看看前方空空的墙壁。

他哪里知道巧朵的脑子一直在思虑着，盘算着，老天爷给的挣钱机会来了，每年五百卷，可挣几百块大洋呀！她激动的心在极度地膨胀，绝不能失去！但怎么回答曹伯的话呢？

她不让人察觉地睨视了一下曹伯，他还是那样真诚平静地期待着。她心里微微一抖：答应曹伯！怎么不答应呢？但如何实现五百卷布呢？

她静下心想，今年种了五十亩棉花，收得二百多卷布，这还要在风调雨顺的条件下。五百卷布呀！要种一百五十多亩花，家里不要粮啦？吃什么呢？买粮吃，钱呢？种五十亩棉花，把人种的能脱几层皮，一百五十多亩呀！雇人干，钱呢？没挣钱先花钱，笑话！我才不干呢！对对对！让村里人种花，到季节，自己收现成的布。村里人愿意吗？有闲钱收布吗？关键是收的布若达不到曹伯的要求，那不是都压在自己家，咋办？咋办？不行！不行！给曹伯说，不干了！但这么好的机遇不能轻易地放弃！咋能甘心！

她思量了再思量，最后她有了底气！对！就这样，和曹伯商议，他不是也想挣钱吗？

"曹伯！"她的脸活泛起来，说："五百卷布确实是个大数目，不但要有种花的地，还要有办持花的人。今年我种了五十亩花，家里我连七八岁的娃们都顾不上了，还雇了人；老天爷也给了脸，雨水足，阳光足，收成好，才收了二百多卷布。老实说，五百多卷布，让我单独种花织布，我拿不下来。我思量再三，唯一的办法是要和村里几个好伙伴合起来一块儿种花。但这必须给大家提前许愿，到时收人家的布；要是让人家相信，可以提前给他们一些少量的钱。谁得了利不好好种花织布呢？所以，曹伯，要有把握、保险。我想，可以一年一年地订合约，客户开始不要订得太多，先订一年三百卷，再订三百五十卷、四百卷，慢慢地往上涨，如果顺的话，几年后要比五百卷还多呢！

"所以，今年先订三百卷，这样保险，这是个底数，明年到这个季节，卷布多了也收；再下来，我们还要商议，你老要提前给些钱，我好给那些愿意种花的人一些钱，让他们种花心里踏实，我们到时收布卷心里也实在。关于布的好坏，您放心，我肯定心里有把握，村里就那么几户人家，我天天在村里转，督促他们把布织好，他们提前拿了钱也不敢把布织坏，谁不想多挣几个钱呢？织布能挣钱，那时还不争着种花织布？过不了几年，五百卷布不成问题，怕还要多哩！"

巧朵说得很有道理，很实在。曹伯听得认真、仔细，兴致很高。

曹伯平静的脸也活泛起来，双眼闪了一下，一直捻着胡须的手放下，端着茶碗喝了一口，思忖着，接着笑呵呵地说："你说得好，很实际，也有道理。就依着你，我们订三百卷布的合约，样式以白布、红小方格格布、蓝小方格格布、黑麻麻布、红麻麻布为主，到明年这个季节，只能比三百卷多，不能少，价钱以今年的价为准。"说到这里，曹伯又捻起胡须，若有所思地说："可以提前给你些钱，按五卷布一块大洋给，三百卷提前给你六十块大洋。"说着他又打开桌子前的小黑漆箱子，从中一摞一摞往出拿。

"你们听着,听好!到时候你们拿不出三百卷布,不但要退还我六十块大洋,还得赔我六十块,这是真的,丑话说在前,赔不了就得拿你们的地和房子顶!"曹伯郑重其事地说。

"曹伯,你放心,明年这季节肯定给你交三百卷布。"巧朵满怀信心地说。

"小谷子,小谷子,你来,拿笔墨,我们要写合约。"曹伯大声叫着小谷子。

门外边响起一阵急匆匆的跑步声。

第二十九章

签订合约后,巧朵和蛋儿没有在曹伯家吃中午饭,而是在城里每人吃了一碗羊杂和两个火烧,又给孩子们买了十几个火烧,赶车往回走。

两口子今天兴奋极了,在褡裢里有沉甸甸白花花的一百多块大洋,明年挣钱的路子也在了。

他们上了官道,蛋儿甩开鞭子"叭叭"几声,梢马和辕骡撒开了蹄子,飞快往前跑,马车扬起了一团浮土,在偏西阳光的照射下,像是一团镶了金边的云朵,往驿寨村飞驰而去。

蛋儿仰脸向天空望去,红彤彤偏西的太阳也不那么灼热了,蔚蓝蔚蓝的天空剔透,使人向往,东山虎头山中的条条沟坎清晰可见。他猛地激动起来,扯开嗓子唱起乱弹《红鬃烈马》:

"太阳——暖洋洋——,俺好——骑着那青鬃马——上沙场——,马一离了——西凉界——,青是山——绿是水——花花——世界。"

"看把你喜的!"巧朵亲切地拍了一下蛋儿的背,随即靠到了他的背上。蛋儿的唱腔停了,回过手轻轻温柔地在巧朵头上摸了摸,说:"你靠在我背上歇会儿吧!"

"歇不了,我心里反而紧了!"稍停片刻,又缓缓地说:"我说他爹,你回去联系你那几个连手,明年每家必须种十亩花,每家先给一块大洋,挣钱一块儿挣,今年秋收就要把地腾出来。"

"这你放心,我六个连手,每家十亩没问题,六十亩,加上我们家的五十亩,你那三百卷布不成问题。"蛋儿又兴奋地"叭叭"甩起鞭子,"驾……驾……"踩着彩云的马车飞奔而去。刚拐进东门洞子,车被碌碡挡住了。

"吁——!"蛋儿忙拉住车闸,跳下车,厉声道:"怎么啦?碌碡哥,挡我的车?"

"好我的蛋儿弟,我都找了你一天,现在才碰到你,纸碾的事遇到麻烦啦!"碌碡焦急地说。

蛋儿回头看巧朵一眼,巧朵在车上微微点了一下头。

"碌碡哥上车。我们回家说去。"

他们到了家,蛋儿忙卸车,拉牲口上槽,巧朵烧水做饭,没有到后院领娃们。随后,蛋儿和碌碡就坐在北厦堂厅说话。

蛋儿把烟袋锅子递给碌碡说:"碌碡哥,你说,遇到什么麻烦事啦?"

碌碡吸了口烟,吐出浓浓的烟雾,连咳几声,吐出一口痰,用脚在痰上蹭了几个来回,说:"老弟,是这样,咱那纸碾靠东边的碾盘套上头牯①就转不开,当年打好碾盘了,没办法,就占用了赵家文华的两尺宽的墙基地,说好每年给他十刀麻纸。都这么多年啦,他不知怎么听说我要卖纸碾,说要收回墙基地,这样东边的碾盘就转不开了,一下子少了一个碾盘,两个抄纸池子吃不满啦,我咋卖给你们呢?你看!你看!这咋办呢?"

蛋儿马上问:"你没问,文华他想干什么?"

"他说他想买纸碾。"

"那你就卖给他,我们不要啦!"

"老弟,你可不敢这样说,我们两家什么都说好啦,我还用了你们家十块大洋,我不能做这样的事呀!"

"那你今天说这事是啥意思?"

"我是说,你们两家是老关系啦,你和他说说,还按每年十刀纸的样子借他家的墙基地。"

"老关系?那是先人辈儿的事,他先人确实是我家老先人的管家,要不他家咋能起来?那是多少辈子的事,现在不行啦!他也想买你的碾,我也想买你的碾,你想想能说成吗?我觉得文华想要,你给他个价,他能出起钱,卖给谁不一样?你到时候还我十块大洋就行,这样不也没麻烦了?"蛋儿的话,令碌碡愣了半天。

"我不是没说,他给的钱太少,才给我一百块大洋,还要分三年给清,这

---

① 头牯:方言,意谓牲口。

就不知何年何月了！我是急着用钱呢！不然我卖家产做啥哩?！我的老弟！"说到这里，碌碡上了火，烟袋锅子往椅子上猛磕了几下，接着说："他文华把我纸碾当成破铜烂铁啦！趁我急着用钱，打家劫舍呀！呸！"

碌碡拧紧眉头，苦涩、愁闷、愤怒，他看起来长得老实，其实，他有他的打算，今天找蛋儿就是想把事挑明，想让蛋儿家出些墙基钱，纸碾还是给蛋儿。他清楚文华脑子精明，但他家没有钱，村里谁不知道蛋儿这几年光景上去了，肯定有钱。事情已经挑明了，就看蛋儿家怎么说！

巧朵在里屋烧水做饭，但一直听厅堂里蛋儿和碌碡说话。她烧开水，和好面，放在瓷盔子里饧着，灌了一壶水，拿了两个碗出了里屋，来到厅堂，把碗往蛋儿和碌碡面前放好，倒上水说："碌碡哥，一会儿在这里吃饭，我给咱们擀面。我刚才听你们俩说话儿，我想问一句，你们家碾占了文华家有多长的墙基地？"

碌碡想了一下说："也就是两丈长、两尺宽吧。"

"他没说要多少钱？"

"没有。"

巧朵听了，鄙夷地瞥了他一眼，慢条斯理地说："碌碡哥，这卖东西、买东西都要说得清清楚楚，不能藏着埋着，你都和文华说到买纸碾的价了，我咋也不相信他没说那墙地基的钱的事。哦！……碌碡哥……你不要急，……行啦，我想再问你一句，你这纸碾还有啥事？不要到时候又出一档事！"

巧朵这一问，碌碡真的急了，他知道蛋儿家是巧朵当家，也知道这小媳妇的厉害，他忽地站起，厉声说："弟妹，我这纸碾清清白白，就是和文华家有这点挂连。你们不想要，就说不要，不能说这么多闲话！"

巧朵见她只这么一问碌碡就急成这样，思忖片刻，马上回了一句："碌碡哥，既然你把话说到这里，我们不要啦！你随便卖给谁，我们那十块大洋，你卖了纸碾还给我！"巧朵说得嘁里咔嚓，一下把碌碡逼到南墙。

屋里一片寂静，偶然听到院子里鸡"叽叽咕咕"细碎的叫声，谁也没有说话。

到这种地步，碌碡也不知如何收场，他站在那里，先"呵呵……"干笑了几声，把烟袋锅子还回蛋儿，说了一句："我先走了，以后再说吧！"怏怏不悦地一步一步出了担门。

蛋儿埋怨起巧朵："你咋能把话说成这样呢？可以再商议商议！"

"商议什么？他已经把话说到这里啦，让咱说什么？他爹，你真看不出来？碌碡看起来瓷瓷实实，里面纹路多着哩！他是卖了碾，还想用文华的墙基地压我们。你放心，别看文华在那里搅和要买碾，他是有名的赖猪，哪来钱买呢！只是咋呼，想趁机多要几个墙地基钱。你放心，我们晾晾他碌碡，隔不了几天，他还得找我们，村里没有人要他的碾。"

说到这里她往后拢了拢前额的头发，说："你给咱烧火，我到后院领娃们去，回来擀面。"

碌碡急着卖纸碾用钱，是因为他有一场官司输得冤输得惨。

那是三年前，太原的一家货栈——他家的老买户。货栈掌柜和管账的上门又来订麻纸，验货要五百刀，并支付了五十块大洋的订金，说好半月来拿货。半月后来的只有管账的和一个小伙子，说先拿三百刀，剩余二百刀五天后来拿，然后一起算账，这也是他们两家多年的老规矩。谁知管账的拿走三百刀纸后再没消息了。等碌碡前往太原要账时，掌柜的根本不承认拿纸，因为管账的早就不在此货栈了，人也不知去向。碌碡一气之下告上法庭，半年的法庭调查，结果是：碌碡诬告，违约败诉；被罚八十块大洋，再供货五百刀麻纸。碌碡一气病了半年，太原方隔两三天逼货，要钱。碌碡借钱还了罚钱，借了其他纸碾坊的纸，打扫了家底，清了太原坊五百刀的纸，算是了了太原的官司，但是欠了一屁股的债。

他决心卖掉纸碾，还债，要今后家里安宁。要不，天天都有登门讨债的，吵吵嚷嚷何日才能平静。

卖纸碾了，才显出占文华墙基地这档子事。那还是几十年前，建纸碾用了文华家的几尺地基。找买纸碾的主儿也难呀！村里有几家能买得起纸碾？就那么三四家，只有蛋儿家真心要，让墙基地给挡住啦。和文华私下里说了几次，没说拢，真想把这事压给蛋儿，谁知蛋儿媳妇精明，给挡住了。碌碡回到家，左思右想，觉得还得登蛋儿家的门商议。

为此，也让巧朵说准了，到了第三天中午，碌碡先后送走讨债的人和文华后，再也憋不住了，披了件宽大的黑夹袄，趿拉一双皱巴巴、脏兮兮的黑布鞋，朝蛋儿家走去。

和蛋儿家只隔了一条小胡同，碌碡走得痛苦，走得艰难，走得心痛，像是走了十几年。

开了十几年的纸碾，在他手中没了！当年他数一刀刀雪白的麻纸，在雪白麻纸侧面拓上血红的"驿寨麻纸"印章时的喜悦心境，现在换成了钻心的疼痛。为了家人，为了自己的安宁，决心把惹出祸端的纸碾卖掉。他恨死文华了！就那么窄窄一块地问他要四十块大洋，真是吃人呀！今天又提出了收地的要求，明天要债的人还要再来！今天无论如何要和蛋儿家商议，让他们和文华商谈，给上十块、二十块算啦！他懊丧地思索着，还是一团乱麻！

碌碡这石头脑子还是没有头绪，只能迈步向前走。

一条狗挡住了他的去路，只听狗发出"呜……"不友好的哼哼声，他猛地醒过神儿，抬头看是蛋儿家的担门口，他拨开黑狗，再没有多想，径直"咣当"一声推开担门，悬铃"当当当"几声，他走了进去。

正在吃中午饭的蛋儿和巧朵，听到了担门悬铃的声音。蛋儿走出北厦门，看到径直走进的碌碡哥，不禁一怔，急忙热情地叫："碌碡哥，快进来。"回头又对着在桌子上吃饭的巧朵说："去，给碌碡哥捞面。"

碌碡耷拉的头没有抬起，摆了摆手算是对蛋儿的答话，迈进了北厦的厅堂。

自己在旁拉了一个小凳子坐下，宽大的黑夹袄从他的肩上落在地上，头扎在双膝之间，仿佛是一个碌碡披盖了一块黑色雨油布。从"黑雨油布"里不时传出的长吁短叹声，才知道那是一个活人坐在那里。

"碌碡哥，你怎么啦？"蛋儿纳闷地问。

"碌碡哥，吃面。"巧朵端出一碗热腾腾的面放在桌子上招呼。

碌碡头只是抬了抬，又低下了。

巧朵和蛋儿对视了一下，都很纳闷。

"碌碡哥，怎么啦？你说呀！"蛋儿又问。

"老弟！文华真不是人呀！他今天到我家说，他要盖房子，要收回他的墙基地。这一用，靠东边的碾盘就废了，你说还成碾吗？我的碾还值钱吗？债能还吗？家里人还有安宁吗？"碌碡几乎是哭诉，说完沮丧地又把头埋进黑夹袄里，长吁短叹起来。

巧朵和蛋儿又对视了一下。

巧朵在想，这次碌碡说实话了。人啊！不到绝望处，总是要藏着埋着，早说不是早想办法了吗？不过也不迟。所以，她又想起先前的问题，问："碌碡哥，你先别叹气，来，上桌子把这碗倭瓜干面吃了。我问你，文华先前要你多少钱？"

碌碡没有动，从双膝间发出无力的声音："面不吃，也吃不下，要债的人天天上门，我受不了啊！文华现在不要钱，他就要地！"

碌碡答非所问的话，使巧朵有些急，她在自己腿上轻轻拍了一下，但她听出了文华的狠毒，在这节骨眼上要地，等于在碌碡腰里给了一刀。明知碌碡要卖碾还债，你要地，谁要他那缺胳膊少腿的碾？碾卖不了，如何还债？这不是把人往绝路上逼吗？又想，如果文华真要地盖房子，要地也是正当，可是文华真能盖得起房子吗？他是村里有名的赖货，盖房子简直是笑话！巧朵疑虑起来。他文华想便宜买碌碡的碾？这碾再咋也要百十块大洋呢！他买不起呀！就是能买起，文华是干活的人吗？纸碾麻烦着哩！对！文华就是想趁机以盖房为名，拿碌碡一把，讹些钱出来。文华要多少钱呢？碌碡始终没交个底，这个石头脑子！为此，她没好气地问：

"碌碡哥，文华就那窄溜溜一块地，他要多少钱呢？你说呀！不行我找他吧，我们之间总还有老先人的那层关系呢！"

碌碡总算是抬起了头，那颓丧苍白的脸，布满忧愁，眼睛暗淡无光，浓浓的黑眉拧成八字，嘴角沉重地下垂着，无奈的表情显而易见，呆呆地望着巧朵，无力地叨叨起来："先前他要四十块大洋，我的碾能卖多少钱？他太狠啦！他知道要账的人天天都上门要，现在又不要钱了，要地盖房子。我真连死的心都有，想一把火把那碾点了。"

"点了就不欠人家的钱了？你死了松活了，家里人呢？"蛋儿在旁插了一句砸他心窝的话。

碌碡又无力地把头耷拉在双膝之间，沮丧地叹气。

巧朵这时心里总算有数了。她想，文华要四十块，碌碡欠账八十块，碌碡卖给我的碾一百五十块不算太贵。现在文华要地，实际想多要钱，最要紧的还是碌碡的那外账八十块大洋，这才是碌碡的心头苦难！要是我替他出钱还了那八十块大洋的外债,让碌碡先把纸碾让给我,碌碡肯定答应;然后让碌碡不要管文华墙基地的钱的事,由我来管,让文华向我要墙基地的钱,与碌碡无关;就凭我家先人与文华家先人那层关系,文华也不会胡闹,说不定钱可落到二十块大洋。碾到了我手,一冬安心抄纸,咋也能挣三十块大洋。一百五十块减八十块,再减四十块,我欠碌碡三十块大洋。我给碌碡解了大难,告诉他三十块大洋过年开春后还他,碌碡肯定会答应;我名义上一百五十块买碌碡的碾,实际上掏了八十块,要是减出一冬开碾挣的三十块,等于五十块买了一座有两个碾盘、三间房子、两个抄纸池子、一口井、一个洗浆池的纸碾。就是加文华的墙基地钱,也就是不到一百块大洋呀!

巧朵在脑子里盘算再盘算,拿定主意后,她起身收拾桌子上的碗筷,和气地对碌碡说:

"碌碡哥,看面都放凉啦!我给你烩一下,热热吃一点,别自己给自己找烦气,做啥事要往宽处想,路子终会有的,不信活人能让尿憋死。你吃了我热的面,我给你说个办法!"

碌碡只听到巧朵的"我给你说个办法!"他"激灵"抖了一下,抬起忧伤沉重的脸,只看见巧朵进了里屋轻快的背影,随即,传出"啪嗒……啪嗒……"拉风箱的声音。

碌碡依了巧朵的"办法",当天从巧朵家里数了八十块大洋,还了欠账,家里松活安宁了,他家的纸碾成了巧朵家的。

秋庄稼收尽了,麦子种上了,种棉花的地也留了出来。巧朵家留了五十亩,蛋儿六个连手家各留了十亩,共种一百一十亩棉花,明年产的棉花足够太谷曹家的三百卷布了。

这天,天空中有几丝灰色的云层,将太阳的光遮蔽了。西北风悄悄地刮来,寒意袭来,凋败枯黄的树叶四处飘荡,光秃秃的树枝傻愣愣地在西北风中摇曳,一群乌鸦聒噪着飞过,一片萧条冷落,今年冬天来得这么早!

蛋儿自秋收后,就忙得鬼吹火,收麻绳、买麻秆、泡麻秆、剥麻皮、剁麻段、蒸麻段、碾麻浆、洗麻浆,忙得连放屁的空都占住了。

昨天,蛋儿把新碾的麻浆洗好投放进抄纸池子。今天再把眼前这些粗麻浆碾上一个上午，收进柳条筐子。抄纸的人就停不下来，一个冬天这样的劳作，抄上三百刀纸应该不成啥事。

今天一早起来，蛋儿胡乱吃了口饭，就来到碾上，把洗好的四筐子粗麻浆倒入两个碾盘槽子，又倒上水，套上老白马和黑骡子，两个圆大的石盘碾子在牲口的拉动下，在碾槽子里"咕噜噜"地转了半个晌午。

蛋儿拿根木棍在碾槽子里搅了半天，又捋了一把，掏了一手的麻浆，仔细地看白白的漂浮在手心的密密麻麻细微糊状的麻浆，觉得可以了，但不放心。

他又从槽子里捋了一把，掏了一手麻浆进了抄纸房，朝西边抄纸水池站在抄纸坑边的猪娃走去。

这是一座有两个抄纸水池的北房，两个丈五见方的抄纸水池设在房间的东西两侧；各抄纸水池南北向两端中央都设有一个三尺方半人深的青砖砌边的土坑，这是专为抄纸人设计的抄纸坑；在抄纸坑靠墙边有一块很宽很平滑的石板，那是专供抄纸人将抄出的湿麻纸积摞的地方；在抄纸坑左手处有一个小炭火的炉子，上放着一个装满水的铁盆，冬季寒气逼人，这炭火炉子什么时候都烧得很旺，盆里水热腾腾冒气，房间里热乎乎暖和；抄纸人每次拿着抄纸架入冰冷的水里抄纸时，都要先将手在盆的热水里洗一下，使自己手发热，才拿起抄纸架入水抄纸。

猪娃刚刚把细竹篦帘从湿纸摞上轻缓缓地掀起，把细竹篦帘放进抄纸水池中漂浮的抄纸架子上，手在坑旁正在烧着的热水盆里洗了一下，准备拿起抄纸架子入水抄纸。

蛋儿手掏着麻浆叫了声："猪哥、猪哥，慢着、慢着，你看这浆好了吗？"

在东边抄纸水池单人坑里正在抄纸的春胜听到了，咯咯地直笑道："猪哥、猪哥？蛋儿，你咋和猪说起话啦？"

"放你娘的狗臭屁。"猪娃笑着回骂，从池子里撩起一把水，向春胜撒去。春胜刚刚抄起的纸帘上落了几个水点，废了，春胜把纸帘子重新放入水中化掉。忙眯起笑眼，双手拱起，求饶道：

"猪哥、猪哥！饶我，你快看蛋儿手中的浆，你快看蛋儿手中的浆！"求饶后，还是咯咯地笑。

猪娃罢手，将蛋儿手中掏的浆拨开看，说："不行，不行，再碾，再碾，还得一个上午。"

他们正说着，突然听到抄纸房外"呼嗵"一声，像墙倒塌了。

蛋儿慌忙把手中的麻浆一甩，跨步跑出抄纸房的门槛。

他大吃一惊，见东边的墙已倒塌，文华家的院一眼就见。

倒塌的墙砸得碾槽子里都是砖土，白马也停在那里一动不动，几个小伙子还抡着镢头在挖墙基，文华理直气壮地站在旁边。

蛋儿一看就明白了一切，愤怒的火焰呼呼直冒，破口大骂道："文华，我日你先人的，你欺负到老子头上了，我让你认识老子是谁。"

骂着的蛋儿，像只发疯的豹子，"忽"地跃到倒塌的墙上，夺过一个小伙子手中的镢头，抡起照文华头上砸去。文华见蛋儿的气势，拔腿就往自家院里跑，钻进了房门，把门关了个死。

挖墙基的小伙们见状都跑了。

蛋儿没有罢休，拿着镢头猛地"咣……咣……咣……"砸文华的房门，里面一点声响也没有。

抄纸房的猪娃和春胜听到外边的响声，急忙放下抄纸架子，跳出抄纸坑，来到房外。见东边的墙已经倒塌，蛋儿抡起镢头正砸文华家的门。

他们赶紧跑过去，猪娃拦腰抱住蛋儿，春胜双手夺过镢头。

"蛋儿弟，蛋儿弟，他文华弟不是东西，不能砸啦！他已经害怕啦！你砸门能咋？把他灭了？你不活啦？走，我们回碾。"猪娃急切地劝说。

"我非把他家砸了不可！"蛋儿还是气愤地嚷。

"文华把墙推了，他不占理，你把他家砸了咱们就不占理了，赶快回碾，把那些弄脏的麻浆舀出，清理一下头牯道，转碾要紧。"春胜手里拿着镢头，说道。

蛋儿像是才缓过神来，忙随着猪娃和春胜回到碾上，把槽子里的脏浆往外舀。

"猪哥、春胜哥，我和他文华没有个完，今天我就搬个凳子坐在塌了的墙根等他文华，墙怎么塌的，他怎么给我垒起来。"蛋儿边往外舀脏浆边气冲冲地说。

"呦！这墙真让文华推倒了，我还当是村里人瞎说呢！好呀！文华呢？"一个女人高声问话。

大家顺着话音望去，是巧朵。

巧朵腰里系着围裙，生着脸却透露着轻蔑不在乎的神态，站在白马旁，眯着眼睛又说："这文华越长越有胆子啦！有什么话不能好好说，非要把墙弄倒，砸乱我们一槽子麻浆呀！"她的声音又尖又亮，仿佛有意让躲在房子里的文华听。

蛋儿的气并没有消，他舀完弄脏的麻浆，从抄纸房搬了一个机子坐在倒塌的墙旁，高声嚷道："老子就坐在这里，等他乌龟王八蛋出来，不砸断他腿问我来！"

"猪娃哥、春胜哥，你们俩抄纸去，我们婆夫俩在这等他，我不信他不出来！"

猪娃看着气呼呼的蛋儿，又叮嘱了一句："蛋儿哥，千万不要打了，有什么话和他好好说，打能解决啥？我们还要赶碾呢！咱拾柴的不能和他放羊的攀道，划不来！把墙垒好，墙基地卖给咱们算啦！"春胜哥也说："猪哥说得对，把事情说好，咱们要赶碾呢！不要把时光放在磨嘴干仪上。"

蛋儿和巧朵只管点头。此时，太阳已经压在了碾旁老枣树的顶子上，巧朵抬头望望，想想猪娃和春胜的话，便说："猪娃哥，春胜哥，你们说的都对。这事宜小不宜大，宜解不宜结。行，我们先回。你们把文华叫出来，问他今天唱的是哪场戏？想干什么？是想要钱还是想要地，要他心里话，我在这里等他呢！倒墙不能收拾，这些废了的浆也不要动，他今天不说个一二三，你看我会咋办，非打官司不可。我不相信他文华也学会欺负人啦！"

"巧朵妹子，你放心好啦，我知道该怎么说，今天不管咋说，都是他文华不对，做事不能这么绝！"春胜说。

蛋儿和巧朵两口子刚离开纸碾，文华的家门就开了。他站在房的台阶上，手叉在腰间往倒塌的墙这边看。

春胜听到文华家的开门声，见文华朝这边观望，脸带冷色地向他招手，文华摇摇头，春胜又招招手，说："走啦！"

文华才慢悠悠地走过来，站在倒墙上没说话。

春胜劈头盖脸就是一句："文华呀！文华呀！你今天疯啦！干的是什么事啊！有什么事不能说，就要弄这么绝呀？"

"好我的春胜哥,不是我要这样,是挖墙根那几个小伙子不小心把墙弄倒到碾这边啦,我是要墙倒到我院里呢!"

听着文华真诚有些委屈的话,春胜又说:"今天够幸运的,是把槽子里的麻浆废了,要是把马压了,把人压了,那事情不就大得不可收拾了?你文华呀!"

让春胜这么一说,文华头发根子都起来了,没有说话,怔站在那里,停了好一会儿,才木木讷讷地说:"春胜哥,那咋办呢?"

"咋办?你惹的事,你说咋办?登门赔不是呀!你没看过《将相和》的戏?负荆请罪!你就是赵国的大将廉颇,拿三块大洋赔不是,带钱请罪,把挖墙的本意说清楚,不是要墙倒这边,三块大洋是赔麻浆的钱。记住,找蛋儿媳妇子,不要找蛋儿,你知道蛋儿那个乱乱脾气。我敢说,蛋儿媳妇子并不会要你的钱,她要的是面子。"说到这里,春胜顿了一下,眨了眨眼问文华:"文华,你今天挖墙想干什么?"

"我想盖西厦。"文华答。

"你盖西厦?"

"哦!"

"你盖?"春子疑惑地又问了句。

"哦!"文华肯定地答。

"钱呢?"春胜又迟疑地追问。

文华不说话,眼睛瞟到一边。

"文华,你小子,别人不知道,我还不知道你那点鬼,你根本不是盖房子。你要是盖个够尺寸的西厦,把院子占得窄得不能看,入深肯定不够;再说,你这个赖蛋,哪来的钱呢?我给挑明吧!你今天倒墙是想给蛋儿些颜色,多要些钱,你是故意的,你没想到蛋儿这么厉害是真的。我说你赶快拿上钱去找蛋儿媳妇子,人家蛋儿媳妇子不让动倒墙,我是怕经官,要是经了官你就麻烦啦!"

春胜说得文华心里七上八下,惶恐起来,用脚踢了倒墙一块砖头,喃喃地说:"春胜哥,我真的没想到墙倒了会惹出这厉害的事!"

"行啦,别光在我跟前说,找蛋儿媳妇子去呀!"春胜不耐烦地说。

"就那么一溜溜的地方,你又不用,一年十刀纸,十年一百刀纸可以了,送个人情都值,你又没有用。"猪娃在旁边说,"春胜哥已经说得很清楚了,你有北厦和东厦也够了；盖西厦不够地方，少尺寸，顾了西厦顾不了院子，顾了院子顾不了西厦。再说你要回这一窄溜溜地方，蛋儿家就少一盘碾槽，这纸碾也缺了一条腿。这地方你用不上，蛋儿家少不了，我想你干脆大气点给了蛋儿家，要点钱，还结了好邻居，关键这碾在碌碡手里你就让用了，现在不让用了，这不是明显地和蛋儿家过不去吗？其实你和蛋儿家，不是为这窄溜溜地方，要跟碌碡家走得近得多。"

听猪娃和春胜这么一说，文华没了主意。他其实什么都知道，根本不想盖什么西厦，哪有那么多的钱呢？就是想趁碌碡卖碾多要些钱。谁知这碌碡这么快就把碾让给了蛋儿家，把这地方要钱的事也让了出去，真让他为难了些时候。今天的事是无意中发生的，他并不想把墙倒到碾这边，既然倒了，事情明了，就是想多要钱，四十块大洋少不了，倒墙按倒墙的来吧！没有什么面子了，自己的地方！

文华突然感到自己腰板硬了起来，真是的，我自己家的地方，还不能自己做主了？怪事！

是，天下的事就这么怪！有时自己的东西就是自己做不了主，谁让你先前把使用的权力一点点利益就让给别人呢？文华根本无法想到这一层，他再不说要盖房子了，一心就是去找蛋儿的媳妇子多要钱。

巧朵从碾房回到家赶紧和面做中午饭，但心里极为不顺——文华确实一点面子都不给，居然把墙推倒，干出这样的缺德事。自己八十块大洋把碌碡的碾接过来后，跟文华说过几次，就那一溜溜地方，值不了多少钱，但对碾有用；他坚持要盖房子，要用这一溜溜地方。不要院子了？他又坚持四十块大洋，公卖公买也不值呀！说给他二十块大洋，他坚持不让，加五块，还不让。今天竟然推倒墙，砸碾槽子，来硬的，太欺负人啦！

巧朵想到这里，将和好的面团，在瓷盆子里使劲摔了一下。人心不足蛇吞象呀！这次我让这条蛇吞不下象，噎住他，吞不上，吐不出。

正想着，"嘭嘭嘭……嘭嘭嘭……"有人敲担门。

"满仓，满仓，去看看谁敲门？快开门去。"巧朵在里屋唤儿子。

"我去，我去，我去。"立才听到娘的唤声，先跑了出去。

不一会儿，文华进来了。"嫂子，嫂子，是我，文华！做啥饭啦？"文华讨好地问。

"哟！是大文华呀，你别把我吓着，没带镢头吧？"巧朵根本没带好气地说，也没想到他来得这么快。

文华让巧朵连讽带刺的几句话说得不自然地站在堂厅，坐也不是站也不是，立才有眼色，搬了一个杌子，"叔，坐下，坐下。"

文华还是挤出了笑说："嫂子，你不要生气，今天我就是上门赔不是来了，墙不小心倒到碾这边来，把碾槽子的浆都弄废了，都是那几个毛小伙子挖墙根基没小心，我不是有意的，这不，我拿了三块大洋，赔麻浆的钱！"

"哟！文华，我可不敢让你赔不是，钱你赶快拿回去。你家的地方，你家的墙，愿意怎么挖是你的事。但墙不能倒在我的地方，砸我的浆吧？你什么时候变得会欺负人啦？你的先人也没有干过这样的事呀！留下你这孙子后辈敢这样？"巧朵根本没客气，几句话呛得文华脸都没地儿放，有个洞都能钻进去。

文华虽然听着话心里不是滋味，但得受着，谁让咱干下这"倒墙"的事呢？他记着春胜的话，今天是"带钱请罪"的！还得说好话，所以说："嫂子别说那些话啦，今天反正是我的不对，看在老先人的面子上，该打该罚，由你的便，钱不够，我再给你赔。"

巧朵可没有理解文华的话意，反而觉得好大的口气呀！"由你的便，钱不够，我再给你赔。"一个老先人的管家后人，敢这样欺人，这是来赔话吗？是踹了你一脚，还要打你一拳。行啊！既然你把大话吹到天上，今天非让你赔得服帖不可。

于是，巧朵便说："文华，真是做大事的人，敢推墙，敢赔钱，欺负了人，还得说你好。真是劫道的抢人给你钱，好人呀！行啊！文华，既然你都把话说到这里啦，我就放开说了！"

巧朵的话使文华云里雾里，心想这小媳妇子不知要说什么话，硬着头皮听吧。

巧朵继续说："文华你听好喽，我给你说这麻浆的来头。先要收麻秆，买来麻秆要用水泡闷，然后再剥麻皮，还要用刀斧剁成半寸长的麻段，再掺石灰蒸，蒸好后要碾，碾完了要洗，再碾，再洗，一直反复碾成能抄纸的浆。你想想这一槽子浆要费多少钱，多少工。我粗略算了一下，咋也得五十块上下，我们两家这关系，叫我怎么说呢？既然你那么真诚实意，浆不用赔啦，你那地方就顶了算啦!"

文华坐在杌子上,目瞪口呆,浑身颤抖,半天没有说出话来。

"怎么样?文华?"巧朵问。

文华像没有听到一样。巧朵抿着嘴唇浅浅一笑,又追问:"文华,怎么不说话,我说的你听清了吗?"

文华抬起头,看着巧朵也浅浅一笑,还是没有说话。

巧朵两手相互搓擦了一下,转身进了里屋,文华看着巧朵的发髻,稍稍有些零乱,发髻黑又圆,不由引起心里一阵阵尖锐的憎恨,人们都说蛋儿媳妇厉害,这次算是碰上了,真不知咋说呢!一槽子麻浆要顶我墙的地基,她真能说出口,要真顶了,村里人还不把我笑话死,说不行,不是又僵到这里了吗?她又不想给四十块钱。正在想着,巧朵从里屋提着壶拿着碗出来笑呵呵地说:"还没想好?不要紧,慢慢想,先喝口水,再算算账,不能只算钱的账,还要算人情的账,这人活人,不是活钱,文华,我们两家可是世交了,就一个墙的地基,不要想得太多了,那地方对你没有用,对我的碾可是有用,你愿意留着没用的地方难为咱世家交好吗?"

文华端起巧朵为他倒的水喝了一口,再三掂量巧朵的话,说的是那个理儿,不但要算大洋的账,也要算人情世交的账,但是也不能麻浆和墙基地顶了呀!这有些太把地方不当地方了,我那地方再没有用处,也不能白给你吧!现在既然谈到上边了,那就往上说吧。想到这里,文华放下了水碗,笑着真诚地说:"巧朵妹子!你说的是那个理儿,咱们是世交,按说呢,是应把那点地方让给你们碾算啦,可是你也知道我家的光景,整日缺钱呀!你这几年顺当,谁不知呢?今天倒墙确实是个意外,我退一步不要四十块大洋了。"

刚说到这里,担门"咣当""咣当"开了,蛋儿气冲冲进来了,嘴里骂嚷嚷:"这文华驴日的,欺负到我头上了,他娘!饭做好了吗?吃完饭,我和那文华算账,叫我的碾停啦!这停工的钱都让他赔!"

一头撞进堂厅,抬头见文华正在自家,"噌"火冒三丈,淡淡的眉毛"忽"地立起,在眉毛上聚成一道纹,张口大骂文华:"我日你先人,你欺负人,欺负到家里来了!"一脚朝文华腰间踢去,文华躲开,急忙连叫:"蛋儿哥!蛋儿哥!"蛋儿根本不听,巧朵也上去挡,蛋儿抽掉文华坐的杌子照文华砸去,文华迅速地一闪身,杌子"哗啦"砸在堂厅的墙壁上,文华转身一溜烟窜出担门,立住高声对里喊:"蛋儿,我日你先人,不打上门客,我是真心来,你们把我打出来,我就是把那地方闲着也不让你们用,我不要钱了,给多少钱也不卖,叫你们的碾盘转不了!"

蛋儿提着散了架的杌子追出担门,但文华早就跑得不见影了。

第三十章

铅灰色的天空还笼罩着一层灰蒙蒙的薄雾，把太阳遮蔽得昏黄昏黄，一点暖乎气都没有。

一阵寒风袭来，坐在马车前帮上边的蛋儿把毡帽往下拉拉，挡住了耳朵，手对着口哈了口气，轻轻挥动了一下鞭子，"驾"一声，马车加快了。他把手揣在袖子里，缩了缩脖子，头都没回地问："到曹伯那里咋说呢？"

坐在车里布上的巧朵，在寒风侵袭下，把棉袄紧裹了一下，也揣起手放在胸前，蜷曲起身子，漫不经心地说："实话告诉他，让他帮帮忙，曹伯这人会帮的，文华太猖狂，也学会欺负人了，先对着碌碡，现在又用倒墙对我们。"顿了一下又说："今天把这些麻纸给曹伯，让他去卖，要是能卖了，今后我们碾上的麻纸都给他，省得我上集卖了。"

又一阵寒风，卷着荒草和浮土扑向马车，蛋儿和巧朵吐了几口吹进嘴里的土渣，不说话了，"驾——驾——！"马车更快了。

到了亭子胡同芦家院门前，蛋儿给马戴上笼头，拴在槐树上，踏上石阶直接叩响门的大铁环，出来开门的还是那个叫谷子的小伙子，他探出头一看，马上热情地说：

"哈！是你呀！老爷正好在呢，你等一下，有客人。"

"这些布，你让人推进去，我们等。"蛋儿说。

"这么冷，你们先进来屋里坐，有炉子，暖和。我让人搬布。"

"谁呀？"一听是曹伯的问话。

"驿寨村送布的。"小谷子答话。

"快让进来，快让进来，外边冷得很。"

蛋儿夫妇被领进前院客厅，见客厅正坐着一位戴眼镜、穿着周正时尚的三十岁左右的年轻人,便局促地站在门口。

曹伯见状,笑呵呵地说:"快进来,快进来,坐下,坐下,小谷子给他们上茶!"扭头对着年轻人说:"这是我村里的两位朋友,他们今天给我送村里织的土布,你一会儿看看,布好得很,比那些机器洋布好得多!"

年轻人笑笑,矜持地向蛋儿和巧朵欠了欠身子。曹伯又把头转向蛋儿和巧朵,说:"他是县里的人,专管打官司,是我的年轻朋友,哈哈哈!"

巧朵听曹伯说这位年轻人是专管打官司的,又是曹伯的朋友,立即眼里生光,来了精神,随即兴奋地追问了一句:"你是专管打官司的老爷?"

年轻人脸上露出一种难为情的笑:"噢!"

"我要打官司,你能帮忙吗?"巧朵又直率地问。

"哦?你要打官司?"曹伯也迟疑关切地问。

巧朵被曹伯这么一问,好像有满腹的委屈,文华"倒墙"、倒墙砸乱的"麻浆",文华在担门口外恶狠狠地叫嚷等一幕幕浮现在眼前,她眼里湿湿的,坚定地说:"噢!我要打官司!"

稍顿了片刻,又亲切地叫了声"曹伯",接着说:"我最近在村里买了一座麻纸碾,今天我还给你带来一百刀麻纸,但村里有一个赖子,说占了他家的墙基地,非要四十块大洋,还正在说话的时候,昨天,我们的碾正转着,他竟然把墙推倒,砸了我们的麻浆,使碾停了,还到家耍赖!"巧朵原原本本讲了一番和文华发生的事情。最后巧朵哽咽地说:"曹伯!我们遭欺负了!"

曹伯听完巧朵的诉说,看着她那亮晶晶水汪汪的泪眼,怜惜这小媳妇的能干和委屈,愤愤地说:"这官司要打,对村里这号赖汉就不能留情!"他又转向年轻人问:

"怎么样?这官司能打吧?"

年轻人好奇地审视了一下巧朵和曹伯那愤然的面孔,眼睛炯炯有神地看着巧朵,问:"倒的墙还在吗?"

"在!在!在!我没让收拾,碾都停了!"巧朵忙答。

"弄废的麻浆呢?有人见到了吗?"年轻人又问。

"都在,都在,从石槽子里舀在柳条筐里了。我们抄纸的那两个人都看到了,挖墙的那几个小伙子也见到了。"巧朵说。

"好！你们现在写个状子，我拿回去，明天就带人进你们村处理这事。"年轻人显得很有信心。他对曹伯说："村里这类案子太多了，为一点墙基地惹出人命的也有。这还好，只倒了一堵墙，好办！"

他又谨慎地对巧朵说："这位老乡，我不知道你们心里是怎么想的，能告诉我吗？"

巧朵直直地说："有啥想法，就是想把他那溜溜地买过来，公卖公买，也就值二十块，他非要四十块大洋，还要把墙推倒，欺负人！就是不让你碾转，你看……你看……"

"行啦！我知道啦！不过要收一点费用。"

"哦？"巧朵诧异，瞪着眼问，"收多少钱？"

年轻人迟疑了一下说："要五块银圆。这是最低的费用，你们是曹兄的朋友，按最低的费用收，不要紧，你先给，最后谁输官司谁给，到时退还给你，收了费用先立案。"

曹伯立即插话说："这不要紧，现在就给你拿，只要把事办好。"

"你放心好喽！老兄！"年轻人很有把握地说，并笑了笑。巧朵透过他的眼镜看到了闪光的力量。

"小谷子，拿纸、笔、墨，再从账上拿五块银圆。"曹伯说。

今日天空碧蓝碧蓝的，太阳高照，一丝风也没有，冬里难得的好天啊！

早上巧朵就让蛋儿到村里杀猪六指家买来半斤猪肉，还要了一斤散柿子酒。

今天怎么也要让曹伯的那位戴眼镜的朋友吃顿有肉有酒的饭，人家给咱办事来了，她还在架子上拿了一个老倭瓜，切成小方块，准备炖肉。

已经快中午了，一点动静都没有，蛋儿和巧朵心里一直忐忑不安，他们看蓝莹莹的天，红彤彤的太阳，再看一动不动的椿树干枯的枝子，觉得村里寂静得要命。

巧朵想，曹伯的朋友应该来了呀！不来啦？不可能！他戴个眼镜，文文雅雅，能有那大的本事吗？二十块大洋能把那块地方买过来，也算是在村里争回我的面子啦！值！我花的五块钱值！要是争不回来呢？五块钱的官司钱不是白白扔了吗？但转念细想，就是官司赢了，二十块大洋把那地方买过来，看着公价，但实际花的钱也不少呀！二十块的地钱、五块的官司钱、半斤肉钱、一斤酒钱、一百刀纸钱，加到一起，差不多也快四十元大洋啦！还欠了一个大大的人情。早知道这样，还不胜四十元大洋把地买过来呢！哪有现在的邻里邻居的翻脸倒墙，鸡飞狗跳，村里人人知晓，丢人败兴，真是划不来呀！弄得人心七上八下，不得安宁，怪不得老太奶在世时曾说过多次，百姓不要打官司，人活的是人，拿钱打官司，不胜拿钱买人情，怎么给忘了呢？"划不来……划不来……"这句话一直在她脑子里翻腾！

"他娘！他娘！"声音很大，把正在思索着的巧朵惊了一大跳，原来是蛋儿的声音。

她失态生硬地大声回应："怎么啦？一惊一乍的？把人吓一跳。"

"怎么还没有来呢？你把菜准备好了吗？"蛋儿问。

"肉和倭瓜都切好啦，面和好饧在盔子里，就等他们来哩。"

"咱们到碾上看看？两天没去了。"蛋儿又问。

"行！到碾上去。"

正商量着，满仓和立才从学堂放学进了担门。"爹、娘！我们回来了。"满仓欢快地嚷。

"快在家待着，看好妹妹，我和你爹到碾上去看看，马上就回来。"巧朵摸着满仓和立才的头说。

"爹、娘，"立才仰脸看巧朵，说，"我们从西庙学堂出来，走过戏台那里，看见很多人围着一个大铁箱子，说是汽车，村长都出来了！"

"什么？"巧朵惊讶地问。

"我们看到一个铁箱子，在戏台子前停着，不信问满仓哥！"立才认真地说。他又看了看满仓。

满仓说："娘，就是，就是。"

"他爹，我们快到碾上去看看，可能是县里人来了。"巧朵紧张地说。

他们才出现在抄纸房门口，猪娃在抄纸坑里说："蛋儿，你们两口子可来啦，今天怎么也要把那个碾盘转起来，池子里麻浆稀得快抄不成纸了。"说着把抄纸架子卡在水池沿，拿起搅浆棍在池子里"哗哗"地搅，泛起的水花是清清的。

蛋儿看着水池子说:"猪娃哥,下午一定套碾,晚上那槽子的浆就好啦,我连夜洗出来,把浆放进池子,耽误不了抄纸。"

春胜在东边的抄纸坑里插话说:"你们两口子都在,我说句不该说的话,你们把那倒墙拾掇了,和文华坐在一起好好商议商议,他那溜溜地方也没用,买过来,打起墙,各在一方,你干你的碾,他种他的庄稼,相互谁也犯不着谁,闹来闹去有啥意思呢!"

"好春胜哥,我能闹得起吗?早就说给他钱算啦,文华不干!好像那溜溜地方是金子,非四十块大洋不可,我给二十块都不行。这不,也不提前说一声,硬把墙推到这边,欺负人!"巧朵诉苦,"我想拾掇这倒墙,但墙是文华的,我一动,他又来闹,我咋办呢?"

"这文华的心也狠,凭啥要那么多的钱啊!"春胜无奈地拿起搅浆棍在水池里来回猛搅一阵子,说了一声,"该放麻浆了!"随后把搅浆棍往墙根一放,将手在热水盆里洗了一下,拿起了抄纸架子入水抄纸,他的双眼专注地左右看抄纸架子细竹帘子上挂的麻浆均匀与否和薄厚,不满意,入水又抄了一下,还不满意,又入水抄,直到满意后,他才提起细竹帘子,转身缓缓把帘子规规矩矩放在墙边那块宽大光滑石板上的湿纸摞上,又轻轻地掀起帘子,把帘子的湿纸贴在湿纸摞上,把空帘子放回抄纸架子。

春胜在热水盆子洗手,准备再拿抄纸架子时,蛋儿说:"春胜哥、猪娃哥,歇会儿吧?抽袋烟?"

春胜将手从抄纸架上放开,松快应声:"行!歇会儿,猪娃,放下架子,抽袋烟,也该吃饭啦。蛋儿,下午一定套碾,要不明天停抄啦!"

春胜跳出抄纸坑,猪娃也跳出;蛋儿把他的烟袋递给春胜,猪娃在炭火地炉旁拿上自己的烟锅子,接过春胜递过的烟袋装了一锅子烟,然后把烟袋锅子塞入地炉,伏下身子在长长的烟杆嘴头猛吸了几口,浓烟喷出,他呛得咳了几下,却吸哩哈呀地舒畅地过起烟瘾;春胜把烟杆伸到猪娃面前,猪娃会意,把烟袋锅子对了上去,一吹一吸,春胜也痛快地喷出了浓浓的烟雾;蛋儿将自己的烟袋锅子又凑到春胜烟锅子上燃起烟雾,抄纸房间立即被烟雾弥漫得朦朦胧胧,只听见三个男人惬意的吸烟声。

"蛋儿老弟、巧朵小妹子,要依我看呀,文华这个赖货!"春胜轻轻吸了口烟说，"你们就给他四十块大洋算啦！四十块大洋，他文华也发不了财，你蛋儿家也倒不了灶。但我们能安安生生地干碾啦！不生那闲气啦！等于多掏了二十块，我们干一个冬季不是就能挣出来吗？拿钱买了地方，又买了安生，这不挺好吗？"他长长吐了一口烟。

巧朵在朦胧的烟雾中回味着春胜这句话，像是太阳照进了抄纸房内，心想：对呀！争什么面子呢？安安生生的多好。

"哎呀！我的天呀——！你们不能把他——带——走——啊——！我怎么活——呀——！"

突然，一个女人声嘶力竭地号啕起来，似六月的炸雷，砸入抄纸房，砸断了巧朵的寻思，砸断了三个男人惬意的烟火，他们惊愕对视——这声音是从文华家院里传出的！

巧朵、蛋儿、春胜、猪娃急切地拔腿跨出抄纸房门槛。

朝哭号声起处看去，越过倒塌的墙，看见院子里，文华媳妇子死死抱住文华的腿号啕大哭，两位穿灰制服、腰扎皮带、蹬齐膝黑色皮靴的年轻人，一手拿短把火枪，一手往外拉文华，老村长进才在旁呆滞地站着。

他们四人准备去问个究竟，迎面来了两位同样穿戴的高个子年轻人。领头的高个子手拿着一张纸，铁青着脸面问："站住！这里是李府芳的纸碾吗？"

蛋儿站住，立即答："是！是！是！"

"谁叫李府芳？"

蛋儿哆嗦起来，说："我……我……我叫李府芳。"

他把手中的那张纸递给蛋儿说："给，传票！你把赵文华告到县法院啦，今天下午开庭，审你们的案子，你必须随我们进城。"他又把手指向东边院内，说："必须带赵文华到城里去！"

蛋儿双手颤抖着接过纸，眼睛一片模糊，紧张得根本看不清上面写的是什么，他看巧朵。

巧朵猛然想起什么似的，赶快走上前说："老爷大人……我……我们去！那位戴眼镜的老爷大人没来呀？"

高个子年轻人让巧朵问得一怔，巧朵接着又说："快中午了，我在家已经准备了饭菜。我家就在后面，到家里吃了饭再进城。"

稍稍停顿了一下，年轻人温和了许多，说："你说的戴眼镜的是我们刘铭利法官。他今天没来，派我们来叫你们两家人到法院，审理你们的案子。你们一定得去！"

"法官，是什么官？"巧朵还问。

"现在是民国了，没有老爷大人，法官是专门办官司的人。"他接着又问了一句："赵文华推倒的墙就是这里吧？"

猪娃和春胜抢着回答："就是！就是！"

"你们俩叫什么名字？"年轻人转向猪娃和春胜问。

"我叫猪娃。"

"我叫春胜。"

"你们真看见是赵文华推倒的？"年轻人又问了一句。

"看见了！倒的时候声音响得很，我们从房子里听到跑出来看。"猪娃说。

"你们听到倒的声音出来看，墙已经倒了，怎么看见是赵文华推的呢？"年轻人又问。

猪娃和春胜都被问哑了，他们俩相互看看，真不知如何答了。春胜想了想说："当时我们听到墙倒的声儿，跑出来，文华就在跟前站着，还让几个挖墙的小伙子用䦆头挖墙根呢！"

问话的年轻人转身向记录的年轻人要过记录的夹本，看了看又问："那几个小伙子叫什么呢？"

春胜告诉了他，年轻人又问："被倒墙砸坏的麻浆呢？"

春胜和猪娃让他们看碾盘石槽子里的浆，又看舀在柳条筐子里的浆，最后他们让春胜和猪娃签字按了手印，还要带蛋儿进城。

巧朵马上挡住说："已经到吃中午饭的时间啦，他也没有吃饭，你们稍等一下，我给他拿几个馍馍来，你们也没吃饭，也给你们带些饭钱，不能饿着肚子为我们办事！"

"快些，去吧！"那位年轻人冷冷地说。

巧朵转身颠颠往家里跑。

估摸就半袋烟的工夫，巧朵背了个褡裢，牵着满仓和立才，抱着米香来了。

满仓和立才哭着叫"爹"，米香哭着要爹抱。

站在那里的高个子年轻人，不耐烦地说："这是干什么呀！又不是上刑场，是打官司，你们是主告，去一趟今天就回来了。"

巧朵走向前，把褡裢交给蛋儿说："这里有一吊钱，还有四个馍馍，有空叫上文华吃碗羊肉面，文华肯定没人管，不要饿着你们。"转过身把手向年轻人伸过去，年轻人瞪着眼往后退，说："干什么？干什么？"

巧朵不好意思地把手缩回，笑了笑，把东西给了蛋儿，轻声说："这是一块大洋，你给了这位老爷大人，不要让他们饿着办事。"

蛋儿接过大洋转身塞给了年轻人："拿上，一点心意！进城你们也吃碗面。"

高个子年轻人浅笑了，接过大洋没吭声。

东边院子里还在哭喊，文华媳妇子抱住文华的腿就是不放；赵婶在旁站着，不断抹眼泪；老村长进才茫然地立在那里不吭声；两位穿灰制服的年轻人无奈呵斥："放开！放开！打官司，又不是抓他，快放开！"

巧朵跨过倒墙，走进文华的院子，小心翼翼地对着抹眼泪的赵婶说："赵婶！"

赵婶睥睨了巧朵一眼，把身子转了过去，给了个背。

巧朵没有在意，追着又叫："赵婶！赵婶！我们不说以前的事了，先把眼前的事应付了。蛋儿也要被带进城里，我刚才给了蛋儿一吊钱，让他进城把文华招呼住，一块儿吃个饭，不要饿肚子；我还给了县里的老爷大人银圆，让他们对蛋儿和文华好些，不要挨打，来的人也说，今天出庭就回来了，不要紧，今天肯定能回来，赵婶！"

赵婶还是面带怒色没理会。

巧朵又走到穿灰色制服的年轻人面前，恭敬地问："老爷大人，我们的人今天肯定能回来吗？"

"你是什么人？"年轻人很反感地厉声问。

"我是李府芳的老婆，还给了你们午饭钱，在碾坊那边的高个子拿着哩，就是要问这句话。"巧朵不卑不亢地说。

"回不来，留你们干什么？还要管你们饭！这是民事纠纷，又没死人、伤人，赢输人都回来！不会留你们的！"年轻人算是耐心地多说了几句。

老村长进才叔也向前拉文华的媳妇子，说："起来！起来！放开，让文华去，你没听吗？今天肯定回来。"

年轻人又说:"早去早回,在这里耽误了,迟回来,法院留你们也没地方,没吃的,案子审不完,明天还得去。"

文华媳妇子红肿着眼狠狠瞪了巧朵一眼,放开了文华的腿,捏了一下鼻涕,甩到地上,成了一个小堆泡泡。

两个年轻人赶紧连推带揉地把文华带走了。

巧朵急忙回到家,给孩子们吃了顿带肉的拌干面,满仓和立才去了学堂,她把米香往后院老大牛娃家一放,骑着老白马往城里赶。

太阳稍稍偏西一点点,她就敲开了曹伯的大门。开门的还是小谷子,他说曹伯在睡午觉,让巧朵在前院客厅等一会儿。

巧朵坐在客厅的圆椅中,端起茶几上的杯子,掀开杯盖,她没有喝,而是凝视着杯子里茶叶在开水里慢慢向开伸展的变化。有一片茶叶,在水中轻盈地翻滚飘荡,它伸得很开,娇小、灵巧,缓缓沉浮在满是重重叠叠茶叶的根底,它没有平躺,而是直直地立在其他茶叶之上,在杯底随杯中水在慢慢悠闲地摆动,显得矫情和傲慢;她还看到杯中的倒影中,有黑黝黝的棚板和檩梁,严密、坚固;那片娇小、傲慢的菱形窄细的茶叶,突然从杯底向上漂起,升到水面上。

"哎呀!驿寨的小妹子,是你呀?"一个洪亮的嗓音打断了巧朵的遐思,巧朵定眼看见曹伯,穿着深蓝色的棉袍子,惺忪的睡眼里闪动着喜悦的光芒。

巧朵赶忙放下手中的茶杯,站起来亲切地叫了声:"曹伯!"

"你坐,喝茶,等了有一会儿了吧?外边冷吗?"曹伯亲切道。

"今天晴明得很,不算太冷,刘法官上午已经派人到村里啦。"巧朵把那几个年轻人到村里的事说了一遍。

曹伯听得仔细,他捋捋自己的山羊胡子,眨眨细眯的长眼,缓缓地说:"你不要担心,在我这里坐一会儿,我出去一趟,今天晚上和刘法官在我这里吃饭!"

巧朵惊讶脱口道:"合适吗?"

曹伯看着这位纯真的乡村小媳妇笑了几声,说:"这些断官司的人啊——!"他意味深长地把"啊"拉得很长,然后语气坚定地说:"现在我就出去,到他那里等着,他出来就把他领过来!"

"曹伯,我这里还给刘法官带了十块大洋,怎么办呢?"巧朵为难地说。

"我领来,你给他!这些人没有不要的钱,你给一文钱他都要,别人不知道,我还不知道?所以,老百姓千万不要打官司,这是打钱,不是打理,他叫铭利,一点都不明理,没有理,有钱,呵呵!"曹伯笑得意味深长。

巧朵坐在圆椅里不禁打了一个寒战,再没有说什么,茫然地看着客厅的黑黝黝的光墙。

已经是上灯时分了,家家户户都点起了昏黄的油灯,黄光无力地从麻纸糊封的窗里照射出来。城里有几家点得起电灯呢?

从老衙门里出来,曹伯和刘法官各坐了一辆人力车,在昏暗的路灯下,快速向鼓楼南的亭子胡同驶去。

他们到了亭子胡同家门口下了车,曹伯笑呵呵调侃地说:"刘老弟,驿寨村的小媳妇在我家一直等你呢!呵呵!"

"曹兄,这可是你的面子,我才接的案子,哦!像这样的案子,乡村里多得是,不是打伤、打残、打出人命,我都不会理他们,这案子可是为你老兄才断的!"刘法官回应着曹伯的调侃。

曹伯走上台阶敲门环,开门的小谷子一见曹伯就说:"老爷,驿寨村那位媳妇子骑马走啦!"

"什么?啥时候走的?"曹伯问。

"您走了有一会儿,也就是天刚冒黑,我让她再等一会儿,她说家里有娃们呢,留了十块银圆骑马走了。"小谷子说着从怀里掏出十块银圆,交给曹伯。

"行啦,走就走啦。小谷子,快去把饭菜弄上来,再把我藏的汾酒拿一坛,今天要和刘法官老弟喝个美!"曹伯兴致极高地说。

他们到了客厅,相对坐在八仙方桌边,面对满桌鲜美的佳肴,曹伯把十块银圆分成两摞放在桌上,打开瓷坛的汾酒泥盖子,醇厚的酒香味立马溢满客厅。刘法官蹙蹙鼻子,笑着先端起了酒盅,说:"曹先生,好酒!好酒呀!来让小弟先为您老兄斟酒!"

"我这里还能有孬酒嘛!今天本来美酒佳人都有,哎!可惜呀!"曹伯惋惜地说。

刘法官诙谐地笑笑,斟满酒盅后,端起盅子说:"来,老兄,我们两个男人喝一盅！"

两个小酒盅"当"清脆地一碰，"吱儿——"干了。

放下酒盅后，曹伯把桌子上的两摞银圆，往刘法官面前一推，说："刘老弟，这十块银圆，你收下，这是驿寨村小媳妇给你的，在这里她亲自掏出的，我没有接，这不又留下了。这个女人别看年轻，有主意、爽快。你收了，不要嫌少。"

刘法官看了半天，并没有动手，却卖关子地说："因为是曹老兄托的官司，我断了一个下午，问得也细，错——确实是推倒墙那一家——赵文华。这小媳妇家买的纸碾，占了赵文华的一溜溜墙基地，但是建纸碾十几年前就占了，本来给些钱就解决了，这溜儿地对赵文华没用，对纸碾有用，赵文华想趁机多要些钱。两家也谈了几次，谈不到一起；赵文华要四十块大洋，小媳妇给二十块大洋；应该说公道，可以了；这赵文华以前在村里有懒混混的名声，推倒墙让小媳妇家开不了纸碾。这案子我已经有数了！那地我也问了县里管土地的人，村里墙基地也便宜得很，赵文华那两尺宽两丈长的地，也就是十块大洋到顶。赵文华推倒墙把人家一石槽的麻浆给废了，那一石槽子麻浆也就是七八块大洋，连误工也就是十块大洋的样子。呵呵。"

曹伯听着刘法官的话，看着刘法官诡秘的笑脸，细长的三角眼聚成了一个小圆眼，两条沉稳长长的法令纹弯成了弓形，山羊胡子抖了几下，端起酒盅说："来，小老弟，碰一下，你的官司断得细，公正！"

刘法官还笑着，保持着他诡秘的神态，讨好地说："曹老兄托付的案子，我会公正判的！"说着也端起了酒盅，和曹伯的酒盅碰了一下，发出清脆的声响。

三天后，蛋儿和文华两家被叫到村公社，是接到了县里的判决，来的还是那四名年轻人。他们四人脸色阴冷，口气严厉地读了判决书，蛋儿、文华各家一份。

李府芳家赢了，赵文华家输了。

判决书里说，为缓解乡村邻里之间矛盾，李府芳家纸碾因墙倒砸废的麻浆，停工停产全部损失，由赵文华赔偿。赵文华家无赔偿能力，其家愿意以纸碾占用的墙基地相抵。此墙基地永久归李府芳家所有，李府芳持判决书前往县里土地管理部门办理地契证。赵文华挖倒墙壁之行为威胁他人，影响甚坏，破坏了乡村公约，罚五块银圆，以惩其顽劣恶习，使其为鉴，悔改趋正。另外，赵文华再向县法院交五块银圆诉讼费用。

赵文华灰着脸回到家，受到母亲赵婶和老婆的一阵数落，什么懒猪呀！没本事呀！没出息呀！让一个女人拿住啦！自家的地方白白给了别人啦！……接着是老婆的号啕哭骂，她不骂蛋儿，而是指名道姓骂巧朵，骂得粗鲁、低俗、不堪入耳！

蛋儿回到家，巧朵没有那么高兴，因为她心里积满了难以诉说的烦闷。她暗暗思索和盘算着：五块银圆的官司钱；给了刘法官十块银圆；上次给了县里法院那些年轻人一块银圆的饭钱，这次又给了三块。然而最让她头痛的是，文华家输了，但能白要人家的地方吗？这不结下世仇了？还是得给文华家二十块银圆！这乱七八糟都四十块银圆啦！何苦呀！老百姓打什么官司呀！可，文华呀！文华呀！你为什么把事做那么绝呢？要用倒墙欺负人？没有这档子事哪有官司呢？但，干什么事都不能往绝路上做呀！要留人以缝隙，哪怕一窄溜溜呢！想到这里，她狠了狠心，心疼地打开小矮柜子上的锁子，数出二十块银圆，又从被子里抱起米香，盘腿坐在炕上，看着白花花银圆发呆，心里不是滋味地唤蛋儿：

"他爹！你爹！你过来一下。"

蛋儿应声掀帘进了里屋，见巧朵盘腿怀里抱着米香，几缕头发挂在额前，满脸都是忧愁，忙问："怎么啦？"

巧朵抬起头，捋了一下前额的头发，声音低沉地说："他爹，拿上这二十块银圆，给文华家送去。你就说，不管官司如何判，这钱是他的地钱，碾上的损失也在内了，不要多说，给了就回来，让他们家的人想去。"

赵婶、文华看着炕沿上蛋儿送来的二十块白花花的银圆，文华媳妇子还在哭骂。

"行啦！别号啦！死人啦？还不嫌丢人呀！"文华突然朝媳妇子吼道。

文华媳妇子不禁一惊，哭骂声停止了，她抬头看了一眼文华那微胖有些浮肿的方脸，眼袋鼓圆圆，两蛋子赘肉把眼睛挤成了一条细缝，人们猛一见他，总会感到他刚哭过，哭相，苦命啊！文华媳妇子看着文华，又大哭道："我的命好苦啊！没吃没穿没钱，受人欺呀！"

文华看着老婆哭喊，开始烦闷、苦恼，心也乱起来。他四处张望，黑黝黝的墙壁上挂着乱绳、乱布条、烂簸箕，墙脚放着一个破了边的小瓮和瓦盆，缺了一条腿的木机子斜放在另一边；母亲赵婶瘦窄的条条脸上布满了七横八竖的褶皱，枯树枝般的黑手不住地揉搓着干树皮般的眼窝。炕沿上白花花的二十块银圆刺着文华那双被眼袋赘肉挤成的细缝眼，他的心里猛然升起一股怒火，想着刚才为什么不把这银圆砸在蛋儿的脸上呢？但他没有这样的气量，毕竟蛋儿家没有白拿那块地方！但他确确实实倒在了巧朵这个女人的手里了！这桩事，总有一天……！

第三十一章

几十年过去了，蛋儿炫耀地拿出前两天进城给曹伯送布和麻纸时，巧朵为他买的苏州制的白铜水烟袋，满脸喜气地说：

"哥，这新买的，还没用过，你抽头杆子，烟盒里也有苏州制的烟丝，都说好，你先抽！"

蛋儿把锃光瓦亮的白铜水烟袋递给牛娃。

巧朵在桌子旁含笑瞥了蛋儿一眼，说："看把你烧包的！"

蛋儿今天很兴奋，巧朵为他张罗着过生日。这日月像是变戏法儿，眨眼都五十岁啦！蛋儿想起真有些惆怅！今天没有请别人，只是一大家子过，哥、大嫂、小侄儿长根都来了。

牛娃从蛋儿手中接过水烟袋，握在手中，又举起左右看，从长长的弓形烟杆，一直抚摸到烟肚，仔细看了烟肚上的铭文和镌刻秀美的一束兰草花，羡慕道："好东西！好东西！形也好看。我抽，我抽！"说着打开了烟盒，先嗅了嗅烟丝，蹙蹙鼻翼，又连说了几个"好"，捏出一小撮金黄色烟丝，左看右看，笑着把烟丝安在烟杆里。

巧朵忙对着里屋喊："给你大爸把烟捻子点着，送出来。"米香又"嗯"了一声。

不大一会儿，出来的是满仓媳妇玉珍，她手拿麻纸火捻子，亲切地叫了声："大爹，侄媳妇给你点烟！"

牛娃赶紧高兴地嘴对着长长的水烟袋杆"呼噜噜噜……"吸，玉珍小心翼翼地点，牛娃随后接过火纸捻子，抬头充满谢意地看了玉珍一眼。

玉珍脸腾地红了，转身回里屋了。

牛娃看着侄媳玉珍苗条的身架和乌黑油亮的发髻，由衷感慨地说了一句：

"府芳、府芳家里的！好媳妇啊！"

这句话勾起了巧朵的回忆，那是前年，也是这时候，也是这样的天气，不过雨后的太阳特别地清亮。

巧朵忙着要刷叠子，请来了好几个年轻媳妇子，其中一个女子，只有十五六岁，长得水灵、秀气，也精明；干起活来干脆利索、轻快准确。巧朵一见特别喜欢。问这是谁家的女子，说是党青山家的，又问了岁数，她喜上眉梢，在心里定成了满仓的媳妇！

回到家和蛋儿商谈，蛋儿坚决不同意，说结亲不只是儿女的事，还是结亲家，看小的，也要看大的。因为那年侵地界、担门口撒野，她爹是个不讲理的人。巧朵犹豫了，一个情景在脑中闪过！党青山在担门口撒野，党青山抡起锨砸向蛋儿那一刻，是三四岁的玉珍从人堆里跑出抱住了党青山的腿，才阻止了一切。党青山确确实实是个不明事理的混混儿，党青山的老婆现在又干起了弄鬼要神的行当，这家亲结不得！蛋儿说得对，结亲要看小的，也要看大的！她也决心放弃。但一件小事，又使她改变了主意。

记得刷叠子那天，她忙着给地里干活的蛋儿送麦种子，又帮蛋儿种了会儿麦，家里刷叠子的糨糊没了。

玉珍像在自己家里，赶紧生起火，往锅里舀了水，"呱嗒……呱嗒……呱嗒……"拉风箱，找到了白面，很快打了一锅糨糊。

等巧朵回来，糨糊已经打好。玉珍高兴地说："婶子，我给咱把糨糊打好啦！你看一下稠稀。"

巧朵听得既体贴又亲切，特别是"咱"！她搅了一下锅里的糨糊，稀稠很合适，心里很满足。心里说："玉珍就是自家人！"

此时，她主意又变了，满仓的媳妇就是她了！

她再三和蛋儿商谈，最后托人提说这门婚事，青山家一万个同意，过年后就为满仓和玉珍办了婚事。

"娘、娘、娘，炒菜吗？我嫂让问呢。"米香揪巧朵的衣服。

巧朵这时才回过神，看了一下米香，又看看牛娃，说："好媳妇！是好媳妇！现在成了我的一个帮手啦！我轻快多了！哥、嫂，你们什么时候给长根娃成亲呀？"

米香又揪了一下巧朵的衣服。

巧朵笑了，说："你们还没有给爹磕头呢！"

米香高兴地看了爹一眼，跑到里屋去了。

"嫂，长根比满仓大两岁吧？"巧朵又接着前面的话问。

"是，大两岁，该提亲了，寿子和碾子在的话，我们都该抱上孙子啦！"大嫂说着，伤感得眼圈儿红了。

"爹！"

"爹！"

"爹！"

"我们给您拜寿啦！"

满仓、玉珍、立才、米香在屋门前站了一排排，喜笑颜开，惹得在桌子边的蛋儿、牛娃、大嫂、巧朵都笑了。

巧朵说："先是满仓婆夫俩磕头，后面是立才、米香。"

娃们磕完头，巧朵说："玉珍炒菜，把酒也温上。炒好菜就端上来，凉菜先上。"

巧朵吩咐完，玉珍和米香进了里屋，满仓和立才坐在了桌子边。

只听到"嗞啦啦……"炒菜声，"呱嗒、呱嗒、呱嗒……"拉风箱声，不一会儿的工夫，菜摆了一桌子。

玉珍把酒盅摆在桌子上每个人面前，手提了一小壶热酒，不慌不忙满脸敬重地微笑着，看着满桌的菜说："这些菜我说一遍啊，这一大盘的炒纯瘦肉，是专给我爹祝寿的菜；这大瓷盆炖整鸡，是专祝我爹寿年吉祥；这萝卜炖大肉块子、人参炖肉，是祝我爹身强力壮的；这盘金黄金黄的炒鸡蛋，是祝我爹这一家子日子越过越金光闪亮；这一盘……"

巧朵插话说："你看我们玉珍的嘴多巧。玉珍，先把酒斟上，给你爹先斟，斟好把米香也叫出来，你们俩也坐上来！"

玉珍赶紧把每个酒盅斟满酒，说："娘，我和米香还要和面擀面呢！一会儿，让你们吃好菜，喝好酒！给你们吃羊肉长寿面，吉祥长寿！爹！"

玉珍亲切地叫了声"爹"后转身进了里屋。

满仓站起身端起酒盅，敬重地对蛋儿说："爹！今天是您的生日，第一盅酒是敬您的，儿愿爹寿比南山、福如东海！大爹、大娘、娘，我爹的生日，立才、长根，我们大家共干了这一盅酒！"

满桌子人都高兴地把酒盅碰在了一起，仰头干了这一盅酒，每个人的脸上都露出喜悦的笑容，蛋儿乐得合不拢嘴，满仓赶快站起给每人又斟满酒。

巧朵欣喜地说："他爹！你的生日，也说几句！"

"我说什么呢？"蛋儿低下了头，老半天才抬起，憨笑着把酒盅举起："哥、嫂，我非常感谢你们给我娶了一个好老婆！"他又对着巧朵叫了一声："他娘！有了你，我们的日子才过成现在这样子，哥、嫂，我敬你俩酒！"

牛娃、大嫂、巧朵举起酒盅，"咣"一碰喝了。

放下酒盅，牛娃看看蛋儿，又看看巧朵，满怀感慨，笑呵呵地说："这都是命啊！弟！你们快二十几年了吧？干什么成什么！你看这院子，西厦、北厦都翻修啦，东厦也盖了起来，孩子也成了家，地有二百多亩吧。村里人谁不说你们光景过得好！"

蛋儿点点头。

"又买了一座麻纸碾，和城里的财主做买卖快十年了吧？"牛娃继续说。

"哥！是啥命好！都是运气好！是不停地想，不停地干出来的！哥！我一天出的啥力呀！"牛娃说的话引起巧朵无限的心事，她感慨地说。

这时蛋儿站起，端了面前的酒盅，眼里含着深情看着巧朵，说："他娘，这盅酒是敬你的，满仓、立才端起酒，敬你娘！你娘才是咱家的梁柱子，你爹顶多是根檩子、橼子，没有梁柱子哪能撑起这厦呢！这盅酒敬你娘！"

蛋儿几句掏心窝的话，勾起巧朵二十几年来过光景的日日夜夜，泪水扑簌簌地掉下！确实有命啊！但不干有命又能有啥用？她想买三套马车的大轿车，还是要纳下头地干，多挣钱！

想到这里，她右手举起酒盅，左手在眼睛上抹了一把，说："你们看，你们看，我这点出息！"她又抹了一下眼睛，对着满仓和立才说："你爹，才是咱家的梁柱子，今天是你爹的生日，要敬你爹，孩子们把酒让你爹喝！"

巧朵、蛋儿、满仓、立才四人一碰酒盅，喝了，脸上的笑容没有散。

牛娃看着大家喜气洋洋的样子，不由得伤感起来，想起他早早夭折的两个儿子——寿子和碾子。兄弟俩差两岁，都比满仓大，多好的孩子呀！要现在在世,早就成婚了,我也抱上孙子啦!都怪我,鬼迷心窍,要砸开老太爷的棺堵头,掏棺材里的玩意,犯了阴世,害了孩子啊!他想着想着,眼泪落下,偷偷看了蛋儿欢喜的一家子,赶紧揉了揉眼睛,但被巧朵看在了眼里,巧朵关切地问:

"哥,你怎么啦?什么事让你哭啦?"

这么一问,牛娃的嘴唇颤抖起来,啜嚅地说:"没……没怎么!我眼……眼……有……有眵……眵……"话没说完,"呜呜呜……"大哭起来,哭得稀里哗啦的。

这一下使在座的人都惊呆了,蛋儿忙叫:"哥!哥!哥!怎么啦?"

长根离座走到牛娃跟前直喊:"爹!爹!爹!"

满仓也喊:"大爹!大爹!大爹!"

大嫂在旁却说:"算啦,让他哭哭吧!这样心里好受,我知道他的心事!让他哭!哭!"

牛娃反倒不哭啦,抬起头,擦了一把泪,在棉袄的前襟上抹了一下,说:"弟,巧朵妹子,我喝多啦!高兴,看见你们一家子高高兴兴,我高兴!"说着眼泪又流下来了。

巧朵好像明白了牛娃的心事,关切地问:"哥,遇到什么难处啦?说出来,你弟家解不了大难,小难还是解得!"

"你哥有什么难处呀,难的就是抽洋烟没钱了,分的那些家业也快卖光了,难呀!"大嫂不留情面地挖苦牛娃,但最后感叹的"难呀"不知是说牛娃"难"还是说自己"难",嗓子有些沙哑。

牛娃端起酒盅,没有在乎老婆的挖苦,只瞟了一眼酒杯,仰脖子把酒灌下,冷冷笑着说:"你嫂子说得对,呜呜呜。"

"让哥说说,说出来心里痛快!"巧朵说。

"巧朵妹子,你们家把咱李家门户顶起来啦!"

牛娃又对着自己老婆说:"我卖家业咋啦,我又没有把家业卖给别人,都卖给巧朵家了,还姓李。地,没卖给外姓一分地,东边的麦场,不是都卖给巧朵家了吗?就是留给我们长根娃的家业少得可怜喽!呜呜呜。"牛娃又放声大哭。

大嫂狠狠地剜了他一眼,嘴里嘟哝了一句:"还有脸说呢?当时拆西厦,要你给娃留下,你就是要拆,你说自己实在受不了啦,拆了!卖了!抽光了!"大嫂哽咽起来。

"什么?说什么!哪来那么多的话?"牛娃突然脸涨得通红,雷声似的吼斥,把酒盅往案上猛地一放,酒盅断成了两截。

蛋儿立马起来,拉住了牛娃:"哥!哥!哥!你歇歇,坐下,坐下!"

"你不要拉我,这条母狗蹬鼻子上脸哩!"

吓得娃们都离座站在一旁傻愣着,他们感到大爹又要打大娘了。

巧朵在旁没有说话,生着脸,她对牛娃这副嘴脸反感厌恶极了,想起多年前,刚进李家门受的气,便忽地站了起来,厉声说道:"哥!今天是府芳的生日,您和我嫂子怎么啦?"

突然,"嘭嘭嘭……嘭嘭嘭……"有人使劲儿地敲担门。

牛娃气呼呼地坐下,蛋儿赶快把底断了的酒盅收起,说:"满仓,去开门去,看是谁?"

进来的是城里曹伯家的小谷子,巧朵看见小谷了尴尬、紧张的神态,忙和蛋儿迎上去,把小谷子领进西厦。小谷子从怀里掏出一封信递给蛋儿,说:"今天早上曹老爷写的,让无论如何送到你们手里,所以我赶紧骑骡子送来了。"

蛋儿拆开看,心里发抖,他战战兢兢地看着巧朵说:"曹伯让我们暂时不要送布和麻纸了,现在要打仗了,日本人都打进山西关内来了,布和纸都出不了口外。"

巧朵一下子坐在椅子里,直愣愣不知干什么好!

第三十二章

巧朵和蛋儿接到曹伯的信，紧张了！他们再没有在村里收布，家里还放有二百多卷布，还有自家晒收的五百刀麻纸，都放在新盖的东厦里，要不是为蛋儿过五十岁的生日，那天也就把布和麻纸送到城里了，这可好，都积压在家里了！

连着几个晚上，巧朵两只眼睁得圆圆的，盯着黑黝黝的木板顶棚，怎么也睡不着，默默苦苦地想。

早就听村里人说日本人打过来了，在京城一带，见曹家的买卖没停，就没往深处想。今天曹家买卖都不做了，是真的打来了！日本人！古人叫倭寇，像倭瓜一样的妖怪，坏得很！人人手中有火枪，烧、杀、抢、掠、奸，无恶不作。难道真要打仗了？突然，窗子上的纸"呼扇、呼扇"作响，外边起风了。她在被子里不禁打了一个寒战，把被子往紧掖了掖，还想，刚刚过上安宁日子，她的念想——三套马车的轿车眼看就要成真了！现在怎么办呢？东厦里积放的布卷和麻纸，那值二百多块银圆呢！翻来翻去睡不着，转到蛋儿那边，面对着他，想和他说说话，但他眼睛紧闭，微微张嘴，宽平的眉间随着呼吸颤抖了一下，鼻翼松快地张合，发出震天的鼾声。

早上起来，她的头涨痛涨痛的。推开门，一股子寒风冲面扑来，她不由得往后退了一步，见院子里白茫茫一片，灰蒙蒙的天空中雪花乱舞，变天了，记得夜儿个还是晴天呀！

她倒了尿盔子，"呱嗒……呱嗒……"拉风箱做早饭，满脑子还是布和麻纸的事。在切咸菜丝时，不小心把手切了一道口子。她把手指在嘴里一嘬，在上面按了些柴灰，用布缠住了。

吃早饭时，巧朵对蛋儿说："他爹，我一晚上都没睡好觉，曹家不让我们送东西了，东厦里那些东西得藏起来，不能被那些日本人抢走啊！"

"藏到什么地方呢？"蛋儿反问。

巧朵抬手敲敲背墙，说："我想了半天，只能这样。"

蛋儿莫名地傻愣着看巧朵，巧朵又抬手敲敲背墙，蛋儿没有再问，似乎明白了。

吃过早饭，巧朵和蛋儿让立才和米香在担门外扫雪，交代不让人进来。

他们和满仓、玉珍将布卷和麻纸搬进北厦西房间，蛋儿又将房间靠在背墙西角镶嵌进墙中的漆画大立柜上端镂雕花纹围板往外一扳，"咔吧"一声，整体大立柜子抖动，他和满仓把大立柜往外挪开；即刻在背墙上露出一道黑洞洞的门，从里面冲出一股浓浓的陈旧泥砖的怪味；巧朵点燃了一盏油碗灯，他们进去，四周黑暗压得灯光只能照到咫尺。

这是堵夹墙，空间有二尺来宽，紧紧巴巴可两个人错开行走。蛋儿往里放了两条长板凳，斜斜摆好，又往上铺了木板，急忙往里放布卷和麻纸。

突然，从外边道里传来敲打铜锣的声音："当——当——当当，当——当——！"接着有人喊："全村的男女老少到西庙戏台子前集合喽！"

"当当——，当——当——当——！"

"全村的男女老少听着，全都到西庙戏台子前集合喽！有大事宣告！"

巧朵和蛋儿惊愕起来，没有大事，村里绝不敲打铜锣呀！巧朵赶紧说："算啦！算啦！剩几卷布算啦！快把柜子扣上，把门堵住！"

蛋儿和满仓刚抬起柜子，立才将门帘子猛地掀起进来，慌得气都接不上地说：

"娘，爹，不……不……不好啦！村里人吵糊啦！日本人进村啦，都穿的是黄衣服，背着闪亮的大火枪哩！"

"快！先把门封上，柜子放好！"巧朵惊恐地说，随后又对立才说："立才！你赶快到门口把米香叫回来，把院门闩上！"

蛋儿和满仓把大立柜扣在墙的卡缝里，抬手把柜子上端的围板猛推了一把，"咔吧"一声，柜子安安稳稳被镶入墙里，和墙成为一体。

巧朵见娃们都在场，她把脸拉得很长，说："你们都看见了，这是我们家的夹墙，你们不能把这事说给任何人！这里面藏的都是养活我们全家命的东西，你们听到了吗？"满仓、玉珍、立才、米香都不住地点头。

巧朵又说:"都到客堂里去,我对你们还有话说!"

大家在客堂里坐着,巧朵显然很紧张,脸绷得紧紧的,她没有想到日本人来得这么快!更不知道日本人来要干什么!又会带来什么样的后果!她想了想对蛋儿说:"我说他爹,你和满仓、立才到戏台子去,我和玉珍、米香留在家里。你们到了戏台子前,一定带娃们站在人群的中间偏后,什么话也不要说,眼睛只看着自己的脚;村里人要问我们呢,就说给亲戚过生日,一大早出门了,再不要多说。"

蛋儿他们出了担门,把北厦的门和担门锁了,去了戏台。

巧朵带着玉珍和米香又进了西房间,打开了镶在墙里的大立柜门扇,掀开柜子底层的箱子盖,钻了进去,又打开背盖,进了夹墙。

巧朵顺着夹墙里的梯子,爬到北厦二层,在二层有一个瞭望口。

北厦的地势是村里的最高处,通过瞭望口可看到村里的每一个地方。

巧朵在瞭望口向外张望,村里大大小小的房屋白茫茫一片,西北风呼呼猛烈地刮着,她缩了一下脖子后,又张望起来:戏台子像一位吊丧的老人,白白地高高地向前倾斜立着;它的前面站着黑压压的人群;在人群旁边稀拉拉站着穿黄衣服、头顶顶着一块黄布的日本兵,在雪地里特别显眼,就像雪地里立着的一只只大黄蚂蚱,他们手里都端着一杆火枪,火枪上插着闪着寒光的长刀;有一个日本兵火枪上挂了一块白布,在白布的中央有一坨血红,火烧那么大;隐隐约约听见有人在说话,看不见是谁,戏台子遮住了。

巧朵只注意到那些日本兵手中的火枪和火枪上放光的长刀,不由心里发慌,两条腿发软颤抖起来。

她不想让娃们看到这种景象,对着下面的玉珍和米香说:"你们不用上来了,在下面坐着,不要出声,一点声音也不要出。"

大约是吃中午饭了,外边传来了一阵没喧闹的纷沓声,一种在寂静中人群散开的杂乱脚步沙沙声,有几只狗在吠。

巧朵听到杂乱脚步沙沙声朝自家方向走来,越来越近,接着是开担门锁的声音。"吱儿——当当当——"担门上的悬铃声,门开了,杂乱脚步沙沙声到了院里,巧朵的心"怦怦怦"直跳。

"府芳,把北厦的门打开!"呵斥声很粗壮,很强硬,很陌生,不容辩解和迟缓。

院子里的脚步已经是杂乱的"踢踏、踢踏"的皮靴声，有很多人。

北厦的门锁"咔吧"打开，"踢踏踢踏"声传进北厦。

巧朵在夹墙里紧紧地抓住娃们的手，感觉娃们的手在颤抖出汗，她又将玉珍和米香揽往怀里，娃们身子像筛子在抖，不知是谁的牙"咯咯咯"地打架。

她们听到外边有很多人在"噼里啪啦"地翻东西，到了西房间，很真切！"啪嗒"一声，大立柜的门打开了，这声音就在她们面前，她们相互紧紧搂抱着，心突突得就快跳出。又听到"啪嗒"一声，像是大立柜的门被关住了。

"踢踏踢踏"的皮靴声随后出了西房间，巧朵长长出了口气。

"把东厦门打开！"是那陌生人的呵斥声，仍然粗鲁，生硬，不容争辩。

"长官，娃他妈拿着钥匙，我……我没有带！"是蛋儿的软弱胆怯的声音。

"不行，打开门！"又是一句更高声的呵斥。

"我……我……真……真没带钥匙，你……你们先去看西……西厦吧！"蛋儿颤巍巍地答。

"不看西厦，就看东厦，没有钥匙就砸开！"那陌生人不耐烦地高声道。

接着是"嘭嘭嘭"砸门声。

"不要砸！不要砸！可以把门卸下来！"是蛋儿慌不迭的求情声。

一阵子的杂乱。

"求求长官！给我们留一些！这是我们全家今年的饭钱呀！"是蛋儿的央求。

"行啦！算你们对大日本皇军在你们村边修飞机场的贡献！"还是那陌生人说话。

"求求你们啦，给我们留一些吧！"蛋儿苦苦央求着。

"去！去！去！别给脸不要脸！"陌生人呵斥道。随后又是"哗啦、哗啦"的金属撞击声。

又是一阵杂乱后，那些皮靴的"踢踏"声随着担门里悬挂的铃铛的"当当"声，出了院门，马车的"吱儿……吱儿"声渐渐远去。

院子在经历了约有一个时辰的粗暴打砸后，只留下一片狼藉。

…………

在真真切切看见日本人的队伍离开了村子后，蛋儿才将巧朵、玉珍、米香从夹墙里唤出来。

全家人坐在客堂里，都没有从惊恐中缓过劲来，喘着粗气，没有一个人说话。日本人的黄衣服、顶在头上的那块黄布、火枪、明晃晃的长刀、粗野的呵斥、狰狞面孔等不停地在蛋儿和巧朵脑子里闪动。

"他爹，他们把我们剩的那些布和纸都拿走啦？"巧朵终于开腔问蛋儿。

"全抢走了，连东厦里那半瓮玉米也抢走啦！我求他们留些，两个日本人要打我，旁边的中国兵不让我再求了！"蛋儿接着说，"今天日本人在戏台子前面说，要在咱村边修飞机场，这样一来更没有好日子过了！"

"什么飞鸡走鸡的，鸡场修到咱村边上臭死人呀！"巧朵担心地问。

"飞机！不是咱家那些下蛋的鸡，是能飞起来的铁箱子鸟，它们飞起来轰隆隆像响雷一样响，可以从上面往下扔炮弹，厉害得很！要真的在咱村这里修飞机场，我们能有安宁日子吗？"蛋儿担忧地说。

巧朵沉思了半天说："看来日子不太平了，今后玉珍、米香就不要下地了，没事也不要往外去，千万不能单独出院子门，就在家里干活，地里的活就让你爹、满仓、立才干吧！"

后来才知道，日本人在村里抢了九家，巧朵家是其中一家，损失的只是玉米和布卷。其他几家把粮食财物抢了个精光；村北旁何姊子家，不但粮食被抢光了，还要拉牲口，何姊子拉着缰绳不放手，日本人朝她开了枪，现在腿断了，还躺在炕上，万幸没丢了命！

听说蒋介石要全国不分党派、不分男女老少抗击日本人，山西是抗击日本人的第二战区，阎锡山是第二战区的最大的官，可是太原城被日本人占领了，阎锡山带着他的队伍和军政大员逃到吕梁山里靠黄河边的吉县，吕梁山里都是阎锡山的队伍，老百姓把这些兵称为"二战区"；共产党的红军被改编为国民革命军第八路军，离开延安东渡黄河进入山西东边的太行山抗击日本人，山里到处都是穿着老百姓衣服的第八路军，不过老百姓仍称他们为"朱毛红军"；日本人占领了太原城挥军南下，霸占了山西汾河川的平原地带。

日本人的飞机场最后没有选中驿寨村，而是选在驿寨村西北方向五里地远的柴村旁边。

"修飞机场,把柴村多半个村的房子都拆掉了,贡献了木料和砖瓦,你们村只出劳力,还不便宜?"

这是一个穿着日本人的黄衣服的中国人说的话。

驿寨村躲过一灾,幸亏飞机场没有选中这里!柴村的房子快被拆光了,村民跑啦,村子也快没了。

驿寨村每天要出二十个民工,都是日本宪兵来村里抓人。

抓去的人回来背上都是血淋淋的鞭伤,吃不饱、干活重、挨鞭抽,不到一个月没有人敢去了,宪兵就到村里抓人。

有一次,抓去二十个人,晚上大伙儿抬回一个,是碌碡哥,被日本人把腰踢坏了。这一下村里人炸了,碌碡媳妇哭得天昏地暗,骂村长,骂日本人,骂老天爷。第二天,日本宪兵又来抓人,全村的女人都聚在碌碡家门口,没有男人,一片哭天喊地声,宪兵看这种情景走了,从这一天起村门关了,几十年没关过村门了!一直到中午吃过饭才开,吃晚饭时又关,几个月了,还算安宁。

腊月初五,天气说晴,但灰蒙蒙的,没一点亮色和暖气,西北风呼呼刮着;说阴,天空中没有一块儿像样的云层,死气沉沉的。今天是逢集的日子,村门早早开了。谁知进来的是一队日本宪兵,不知谁敲响了十字路口鼓楼上的鼓,只三下,不重,轻轻地,像是不在意。

宪兵队在村里转了半晌午,没抓到一个男人。

他们到村公所把村长堵在屋里要人,老村长进才哭丧着脸说:"没办法,自从这里的碌碡被飞机场的人打坏后,男人们都怕!跑啦!村里的庄稼活儿都没人干,这可咋办啊!"村长愁眉苦脸,眼泪都出来了。

宪兵队的一个中国人不知和日本人叽里咕噜说了些什么,像是收兵回城的样子。

出了村公所,朝西门口走去,刚巧碰上了从张先生家里看病出来的赵文华。

他被母亲赵婶搀扶着一瘸一拐艰难走着,见宪兵队的日本人马上让路,站在路边弯腰低眉讨好地问了一句:"太君好!"

"干什么的?"宪兵队里那位中国人问。

赵婶慌慌张张,恐惧地说:"这……这……这是我……我儿子,他……他……他前些日子去……去飞机场干干干……干活,脚给……给砸骨……骨裂了!"

那几个日本宪兵笑了,还竖起了大拇指。他们又叽咕了一阵,然后那位中国人又问:"你知道谁家的房子好?"

赵文华看着日本人,眼珠子转了几转,他这次没让母亲赵婶说,自己笑着说:"你们站在这里朝东南上看,谁家房子高,谁家的房子就好。"

谁知这句话被隔墙蹲在茅厕里的党青山老婆党神婆听到了。她心里嘟哝了一句:"这赵文华咋能这样说呢?这是要害谁家?"她想了半天,心想:不好啦!我亲家蛋儿家北厦在东南方,是最好的房子!便提起裤子往蛋儿家跑去。

宪兵队的日本人真的站成一排朝东南观望。

赵婶、文华母子俩一瘸一拐往回走,文华转过脸,阴阴地对赵婶低声说:"日本人这些害人的东西,不知是要房子住人还是拆房子要木料要砖?修飞机场都需要。没听说柴村的房子都快拆光了嘛!不管怎样,先让日本人到蛋儿家去!让他占我们的墙基地!"

蛋儿家的老北厦本身就高大,地势又高,是几百年的老北厦了,很快就入了日本宪兵的眼。

"咚咚咚……咚咚咚……",日本宪兵用枪把子猛砸蛋儿家的担门。

巧朵正在家里和面,准备中午饭。

她听敲门的声音不对劲,心里发慌,马上让满仓、立才、玉珍和米香上了北厦的二层,蛋儿披挎着件黑棉袄,蜷曲着身子,"哎哟……哎哟……"不住呻吟着开了担门。

"呼啦"冲进一队日本宪兵,蛋儿被冲倒在地,半天起不来。

他们根本没理睬蛋儿,站在担门里,指着北厦叽里咕噜一顿。那个中国人朝趴在地上的蛋儿猛踢了一脚,呵斥道:"起来!起来!给皇军端壶水去。"

蛋儿"哎哟!哎哟!"从地上爬起来,口水拉得很长,断断续续地说:"我……我……我有传染病,疟疾,又……又……又说……说是……痨病,咯……咯……咯!"在地上吐了一口黄黄的浓痰。

那几个日本宪兵见状慌得出了担门,在门外又是一阵子咕噜,那个中国人从外往里喊:"老乡,你出来一下。"

那个中国人捂着嘴和鼻子说:"给你说,这几天把北厦的东西搬出来,皇军要拆你的北厦，修飞机场要用木料和砖，我看你是个病秧子，才给你说，要不谁告诉你！"

蛋儿头"嗡"一声，"扑通"跪在了那个中国人面前，哭着说："行行好！你是大好人，给日本大老爷说说，这是十几辈的老房子，里面的木料和砖都化了，拆下来也用不成了，行行好！大恩人！给日本老爷说说，你在这里等等，我回去凑些银圆，请日本老爷吃顿饭，你等等！"说着蛋儿哭着往家里走去，留给日本宪兵一连串的咳嗽声。

不一会儿，蛋儿拿了十块银圆，"哗哗"给了那个中国人，日本人都凑上来看，他们又叽里咕噜，"哈哈"一阵狂笑，开心地走啦！

党神婆来迟了，她一直在蛋儿家担门外对面老槐树背后躲着，看见日本宪兵走了，马上溜进了蛋儿家。

之后的一天、两天、三天……腊月初十一，都过去了，无事，日本人没来。村里的村门照常紧紧关闭着。

天一直没晴朗过，今天是真的阴重了，灰色的云团不住地翻滚。

人们刚吃完早饭，"沙沙沙"落下米粒大小的雪粒，西北风带着哨子刮起，庄户人都坐在热炕上拉着闲话吃着早饭，村门不开，也不想出去，安生得很。

半晌午，雪粒稀拉拉下起来，地皮一层白，风不紧不慢地刮着。

突然，村西门口外来了一队日本宪兵，押着十几名民工，都带着木杠子、铁锹、铁钎、镢头。他们是从西边的正建着的飞机场来的，正拼命地在西门口喊，见没人理睬急了，朝天上"嘭嘭嘭"开了三枪。

老村长进才叔急匆匆上了村门楼，才探头想看个究竟，"嘭"一枪，子弹擦着进才叔肩头掠过，进才叔"咚"倒在地上，冒了一身的冷汗。

"开门！开门！开门！"外边又是一阵叫喊。

进才叔见势头不对，只得叫来几个小伙子把门打开。

日本宪兵忽地一窝蜂冲进村子，把开门的小伙子打翻在地，直奔蛋儿的家。

蛋儿家的担门关着，宪兵们气急败坏地砸塌了担门门扇。蛋儿在担门里直直跪着，急切求情，嘴里高声喊着："日本大老爷！行行好！饶过我们家这一回吧！饶过这一回吧！这是敬我们祖先的房子，不能拆呀！不能拆呀！"

日本宪兵队的那个中国翻译向日本军官叽里咕噜说了一顿，转过身喊："听着，就是前面这座北房，皇军说，拆！"

"呼啦！"日本宪兵、民工即刻向北厦老屋冲去。

蛋儿急了，爬起来，双手展开，只觉得心里一阵恶心，脖子伸得很长，喉结上下猛烈地滚动，"扑哧"一声，喷出一口鲜血。

这一下日本人和民工都愣怔在原地不动了。

巧朵冲出北厦的中门，一把扶住蛋儿，蛋儿又吐了一口血，"哇——哇——哇——"巧朵放声地哭号起来。

日本宪兵见状，都不动了。那个中国人过去朝巧朵踢了一脚，大声呵斥道："让开！"

"这房子拆不得！里面敬的是我们几百年前的老先人的牌位，拆不得哇！你们要钱，给你们凑去！"巧朵哭着塞给那个中国人一把银圆。

他拿着凉飕飕的银圆，回头走到日本军官面前，展开手里白花花的银圆，日本军官斜眼轻瞟了一下，没有吭声，翻译官又叽里咕噜一阵，向北厦老屋冲去的日本人和民工暂停下了。

突然，一阵刺骨的北风刮起，米粒雪哗哗紧了起来，一直落在蛋儿家担门外老槐树上的一群乌鸦顶着北风，"砉"一声乱叫着飞起，在北厦老屋上空飞了一圈，"噼噼啪啪"拉下一片黑白相间的稀粪便，"呱……呱……呱……"乱叫着飞得不知去向。

落下的乌鸦粪便，砸了日本宪兵黄色军服一身，一坨乌鸦屎恰巧砸在日本军官握着银圆的手上，他憋红着脸使劲甩了一下手，咕噜咕噜乱叫，但紧握银圆的手没松开，嘴咧得像恶狼一样大，"八嘎、八嘎、八嘎……"地喊着。

那个中国人凑到日本军官面前叽里咕噜了一阵，大意说拆这老房不吉利，对军官不好！

日本军官狠狠瞪了他一眼，一挥手狂叫："开路！开路！"

日本军官转身迈脚，踏在了一坨乌粪便上，打了一个趔趄，他感到了不吉利，急踩着砸倒的担门门扇往外走去。

他猛然看见担门外黑压压站着一片老女人，她们的面部苍白、冷漠，无任何表情，呆滞的眼睛目视前方，发出像雪一样冰冷，像北风一样无情的目光……

日本军官不禁一惊，"哗"抽出战刀，"八嘎、八嘎、八嘎……"一阵叫喊。

日本宪兵走了，北厦老屋保住了。

进才叔沉重地迈进担门，走到北厦老屋前，上了台阶，手扶着灰色的砖墙，上下抚摸那粗涩古老的门框，老泪慢慢地溢出，说道："巧朵妹子！巧朵妹子！"

巧朵赶紧从里屋出来，见是进才叔，便深深地喊了声"进才叔！"就跪在了他面前。

"这女子！起来！快起来！我要看看蛋儿，他怎么样？"进才叔忙往起扶巧朵，脸上每一处皱褶里都透闪着真诚的关切和同情。

巧朵搀扶着步履有些颤的进才叔进了里屋，躺在炕上的蛋儿见是进才叔，激动地叫："进才叔！"

进才摆摆手让蛋儿躺下，向前拉住蛋儿的手说："怎么样？好一些了吧！"

"进才叔！心里憋得很！像堵了一块石头！难受！"蛋儿说着哽咽了，"拆北厦就是要我的命啊！"他的眼泪流了出来。

"是我把村里留下的女人叫到你家担门口的，今天大家都知道，拆了你家房子，明天就拆我们大家的房子，咱们村就是第二个柴村。所以今天只要叫到的都来了，有成百号人呢！这些害人的，老天爷都不答应，又是下雪，又是老乌鸦给他们拉屎！"

"进才叔！您救了我们全家！"巧朵说着跪在了炕上。

从北厦老屋二层下来的娃们：满仓、米香、玉珍、立才，也都跪在炕上。

第三十三章

大清早，太阳刚冒出个尖，村北旁驴犍的母亲何婶，在戏台子前，村公所门口，长一声短一声，哭得死去活来，看热闹的人围得里三层外三层。何婶细软灰白稀疏的头发披着，鼻涕泪水一脸，跪在戏台子村公所门口，一句一个"挨刀子、挨枪子、挨炮弹的，偷了我家的麦子，这让我咋活呀——！"

村长进才来了，问了缘故，才知道昨夜里她家北门外地里的麦子被人偷割了麦穗。

进才脸上的皱褶又聚积起来，那愁劲儿让谁见了都以为他家出事了。

他让人叫来驴犍，说："驴犍啊！去，把你娘领回去，大早的，你娘不可怜呀，真哭出病来咋办？"

驴犍哭丧着脸，说："没办法，我不让她来，她非来，村里有什么办法呢？"

"不说这些，把你娘领回去，从今天起不关村门了，按家巡夜，两家一夜轮，从东门口开始，一直到收完麦子。先领回你娘，你家的事，村里知道了，收完麦子，咱村想办法救济，不能让人饿着！"

"我们家感激村长了！"驴犍又是作揖又是磕头。

是该收麦了，离芒种节气还有七八天的日子，在火一样的太阳照射下，一阵阵干风席卷着炙热的阳光，形成一波一波的热风，在麦田掀起一层层金色的麦浪，要把麦刮熟，要把麦刮得更黄、更干。好收成呀！农户人家人人喜洋洋！就要端起一碗白生生筋道的炒倭瓜新麦面干面条喽！拌上红鲜鲜的油辣子、香醋，"呼呼呼"往嘴里撸，啧啧啧！香啊！人们每天都要站在麦地的坎上，咧着嘴，迎着热风，望不够！看不烦！想不完！一个晚上麦穗被人偷割了，何婶能不哭不骂？就那么一点点念想都被偷了！

但是更使村民焦虑的是城里的日本兵、西山里的"二战区"等都来要麦子，催着村长进才登记村里每家种麦的亩数，订每家要缴军粮的斤数。

进才熬煎得要死！谁来都得见，都得说，都得答应。眼前是安生了再说，过去一天是一天，小小的老百姓，庄户人，有什么办法呢？

巧朵听说驴狲家的事后，没去看热闹，在家呆呆坐在客堂的方桌旁，脑子没闲下，一直在转悠，猛然想到自家的麦子，说："对！在芒种前把自己家种的麦子偷割回家埋起来，就这样！自己偷自己的东西！"说着脸上露出自讽的浅笑。

主意拿定后，她要和蛋儿商议。

初八的月亮半个盘子大，银色光亮透过窗户纸，泻在北厦老屋炕上刚刚躺下的蛋儿和巧朵夫妇俩的脸上。巧朵没有睡，瞪着眼呆呆地看木板顶棚，隔了一会儿，她唐突地问了一句：

"他爹，咱们家巡夜的日子是哪一天？"

"明天，和李伯家，你问这咋啦？"蛋儿疑惑地问。

"我说他爹，咱们趁夜偷着把咱家地里的麦穗割回来吧？"

"什么？"胆小的蛋儿心里一惊，转过身惊讶地问。

"趁夜把我们地里的麦穗割回来！"巧朵又坚定地说。

"偷？抓住怎么办？"

"不偷，能收几粒粮是我们的？全缴给那些当兵的啦！收麦后怕就没粮了，我们家都去要饭呀！"巧朵满肚子怨气地说，"我们种粮，办持麦苗，没了！心痛啊！他爹，没有一点办法，偷下的才是自己的！他爹！世道逼的呀！"

蛋儿不吭声，但巧朵能听到他急促的粗粗的喘气声。蛋儿翻几次身子，停了下来，说："明天我们家巡夜，不敢出去。"

"我们家巡夜才敢出去，你不用去地里偷，给我们看着人，我和满仓、立才去偷，带着摘花的大包袱，一晚上怎么也割两亩地。"巧朵精神起来，坐在被窝上说。

蛋儿半天才说："你躺下，我们慢慢地说。"蛋儿把手伸到巧朵鼓鼓圆圆的肚子上，担忧地说："他娘，你这身子！"

"正因为这样，村里人才不疑咱自家偷自家的麦子，到时我们可以少缴粮、不缴粮，自家也有粮吃。"巧朵也摸摸自己鼓鼓的肚子，心想可能真的快生了，自己也担忧起来，偷！偷！不偷生下也得饿死！

蛋儿又不说话了，有一袋烟的工夫，还不见蛋儿说话。

"怎么啦？你咋不说话？"巧朵把蛋儿的手从自己肚子上拿开，有些生气地问。

"我……我心里怕，怕……怕你出事！"蛋儿的声音都有些颤抖。

"你放心好啦，偷几个晚上，可割回一半的麦子。先割卸盔堆那几十亩地，再割南门外的，汾河滩里的和北门外那些地放着，瞅机会。到时我也在村公所戏台前哭闹，让村长进才到地里看去，到时就可不缴粮！"巧朵满怀信心地说。

蛋儿再没有说话，月光还是那样清白，夜里还是那样安静、安宁。

吃过下午饭，巧朵带着满仓和立才，每人手里攥一个布包袱皮，说是去邓村她二姨家装棉花，要帮她二姨织布。

家家屋里已经点起了灯，半圆的月亮高悬天空，照得大地刷白刷白，麦地里仿佛下了一片白霜，闷热退了，静！寂静得使人心虚，偶尔从远方村里传来几声犬吠，又恢复了刷白刷白的寂静。

这时，从驿寨村卸盔堆柏树丛里猫腰探出三个人影，他们敏捷快速地钻进麦地。平静了片刻，但见三个人用镰刀沙沙沙又急又快地割起麦穗来，一把一把把麦穗往自己腰里围着的包袱里塞。

"娘，我包袱满啦，咱们回吧？"

被叫娘的那女人挺着大肚子也低声地说："再割几把，捻实些，立才咋个样啦？"

立才说："好啦！"

三个人装满了包袱。

原来，下午吃过饭，娘儿仨攥着布包袱皮，出东村门顺着官道北上，向邓村走去。看到临汾城墙后，娘儿仨爬上官道的东坎到我舍村，绕道贾得村，进入驿寨村东门外的地界，躲进了卸盔堆的柏树丛，直到月亮高悬天空，才从柏树丛猫腰探出，钻进麦田，拼劲地割起麦穗。

现在娘儿仨已经把腰里围的包袱割满，捻了又捻，沉得腰都能扯断。

娘儿仨扛起包袱，猫着腰往村东门洞快步跑去，刚进了村门洞，心里松下，突然听到蛋儿高声说："府奎，我们回吧？"

这么高的声音，是在给巧朵送信息。娘仨匆忙躲进了村门洞宽、厚、高的门扇后头。

府奎说:"蛋儿哥,你说呢?我刚才好像看见有人影闪过。"

"府奎,你别吓我,啊!大月亮的,见鬼了吧?我们再到南门外看看,大月亮照得雪亮雪亮,哪里有人呢?"

蛋儿和府奎的脚步声渐渐远去。

娘仨旋即从村门后边闪出,扛起扎好的包袱,迅速地拐进村街胡同,直奔自家的担门。

到了担门口,没想到蛋儿早就在担门口等着,他赶紧接过巧朵身上的包袱,说:"哎哟!这么沉!"

蛋儿扶住巧朵,进了担门。

玉珍和米香从东厦里出来。

"进东厦,进东厦。"巧朵说。

三个包袱放在了东厦的客堂地上,倒出,嘿!这么一大堆。

巧朵拉了一个蒲墩坐下说:"米,娃们,坐下开始搓揉麦穗。"

蛋儿立即向前一扑拦着她的两只胳膊,说:"赶快回北厦炕上歇息,这里不要你!"

娃们都劝娘去歇着,巧朵看蛋儿架着自己的样子,看娃们张张孝敬真诚的脸,说:"好好好!听你们的话。今天这麦穗要都揉出来,把麦子倒在瓮里,麦壳皮散进头牯圈,在上面盖上土,让头牯踩、拉、尿、沤肥。一点麦壳皮都不能留,收拾干干净净,满仓你看着,脱完皮再歇着,睡上一觉,今晚我们再割。"

满仓点点头,巧朵回了北厦。

第二天的下午,炙热的太阳烤得麦子都能起火。巧朵挺着大肚子坐在自己麦地塄坎上大哭大号,蛋儿搀扶着来到村公所,村长还没来,何婶、党嫂子、香玉妹子等一大伙人围着巧朵一圈。

"哎呀!这还让人活吗?这些挨刀子的,这麦还没收就被人偷光了!"香玉脸带怒气地嚷嚷。

"这都是'二战区'那些挨刀子的搞的,糟蹋粮食呀!"党嫂子说。

赵婶在旁插话说:"党嫂说得对。"然后,她斜着眼,挂着讥笑的笑容,说:"还可能是自己偷自己,党嫂子你回去让神算算。"

香玉打了一下赵婶揣着的手筒,说:"哪有自己偷自己的?你咋就想得怪怪,和别人不一样呢?不怕有人打你的嘴!"

"赵婶的心眼像针尖,她的心比鸡心还小,咋能和人一样呢!"何婶子狠狠剜了赵婶一眼走了。

"你看我这张臭嘴!"赵婶像醒悟过来,因为何婶家也被人偷割了麦子,她朝自己嘴上打了几下。

围观的人轻蔑地看着她,离她远远的。

在蛋儿引领下,进才到了蛋儿家的麦地,只见一片狼藉,被割麦穗的秸秆直愣愣一片片竖在地里,很像一根根掐去火头的香烛,可怜怜巴巴一片;没割的麦子像被群马踩踏过一样,东倒西折得无法收拾。

"好好的麦子糟蹋了,这不是一个人干的!造孽呀!一看就是兵遭的祸!"进才看着被糟蹋的麦田,愤愤不平又叹息着说。

蛋儿陪进才骑上骡子天黑前赶到县里,给政府官员诉说了村里这几天发生的偷割麦穗的事,官员也感到惊讶,肯定地说:"这是西山'二战区'干的,但是小股兵干的,要是大部队,割得比这多,日本人不会干,他们是明着抢。"

县里官员一点办法也没有,只是做了登记,安慰了蛋儿和进才几句。

驿寨村偷割麦穗的行为没有被止住,巡夜的人反而被打,割麦穗的行为更加猖狂,很快蔓延到邻村。

西山的"二战区"急了,到每个村派驻了十个左右的兵娃子,扬言要为抗日保粮食,保住粮食就是抗击日本人;日本宪兵不答应,派兵到各村又登记一圈种麦的家户,圈定每家缴粮的数额。

巧朵和蛋儿趁乱,几乎把自己家的大半麦子偷割回家,在东厦、西厦客堂里埋了四个大瓮,装了两石麦子,担门外空地上垒起了个大肥堆。

派驻驿寨村的"二战区"是八名看上去都不满二十岁还带孩子气的小伙子,他们每天带枪巡夜,白天在戏台子前场地边村公所房子里睡觉,吃饭分派到各家各户,偷割麦穗的风止住了,可地里带穗子的麦也没多少了。

今天派到巧朵家吃中午饭的兵小伙子,一个高点,一个稍矮些;高点的兵小伙子,四方脸盘,眼睛瞪瞪,下巴厚厚,嘴唇薄薄,白白净净,说话总带着笑，善眉善眼，进门就不停地喊巧朵婶婶；稍矮些的兵小伙子，显得小得多，皮肤黑，孩子气的脸上老是透着几分忧虑，内敛少言，只是干干地笑。

巧朵今天做的是葱花炒鸡蛋拌面条，还炒了两个菜，巧朵、玉珍端上面，拌上葱花炒鸡蛋，两个小伙子端起碗，看桌子上一圈人都没有端碗，拘谨得又把碗放下了。

"端上吃、吃！别作歉！锅里下着哩，他们吃下一锅，别凉了，端起来，这是油辣子，这小碟子里是剥好的蒜瓣，还有葱。到咱家就是自己的家，你们这些兵娃们，当兵离开爹娘在外，就要管自己吃饱，长身体哩，爹娘就放心啦！"巧朵见他们把端起的碗又放下，关切地说。

"婶婶、叔叔先吃！叔叔先吃！"高点的兵小伙子腼腆地说，稍矮点的兵小伙子附和着，干干地笑。

"你们先吃！你们先吃！"满仓和立才也推让起来。

"面来啦！面来啦！"玉珍和米香又端来四碗面。

这一下，桌子上热闹起来，巧朵一边给这两个兵小伙儿碗里调油辣子和醋，拨菜，一边说："现在新麦子没下来，听说你们来，我们磨了两升麦子，你们这一来，没人敢偷麦穗，这下好啦！"

"偷了好！要不收下的麦子都缴给他们啦，又不打日本，整天躲在山里！"高点的小伙子说。

蛋儿接着高点的小伙子的话说："小伙子说得对！西山的兵，还有日本人，到我们这里都订缴粮的数了。老百姓算了一下，收下麦子还不够缴的粮，百姓不偷能行吗！收了麦都给人家了，自己没吃的呀！"

顿时，大家让蛋儿说的话愣住了，都没有说话。

稍矮点的兵小伙子碰了高点的兵小伙子一下。

巧朵和蛋儿笑了，巧朵说："这儿没有外人！"

"我说啥啦？我说啥啦？"高点的兵小伙子笑着说，"这面真香啊！"说着，"呼"往嘴里撸了一大口面。

"杜哥，你说我们来了就好了，没有人偷麦穗了！"稍矮点的兵小伙子打了个圆场。

在桌子上吃饭的人都笑了笑，再没说什么，只听见"呼……呼"的吃面声。

"听你们说话的口音不远,是浮山的吧?"巧朵转开了话题问。

"是是是!我是浮山城东山里二道沟村的,婶婶,您去过浮山?"高点兵小伙子兴奋地问。

"二道沟的?我也是浮山的,是程家崖的!离你二道沟不远,你们多大啦?出来多少年了?叫什么名字?"巧朵觉得是自己家乡的就格外亲近。

"婶婶,知道!知道!离我们村只有五里地,就是我们沟的崖上,我叫杜生喜,今年刚满十九岁。他叫刘顺全,是灵石的,十七岁。我出来都两年啦,他今年才出来。"杜生喜顿时热情满怀,是乡土把他和巧朵拉近了许多。他又接着说:"婶婶,我和顺全都是因为家里揭不开锅,我爹娘怕我饿死,顶替别人当兵了。我是家里老大,我还有三个弟弟、一个妹子。"说着杜生喜泪水流出来了。

"怎么想家啦?到我们家就是你们的家!吃饱,不要饿着肚子,这样爹娘才放心,在外多长几个心眼儿,现在不太平!"巧朵语重心长地说。

杜生喜擦着泪,说:"婶婶,你说的话和我娘说的一样,那年我从山里出来时,我娘也是这样说的!"

巧朵把粗布白毛巾递给了杜生喜,说:"孩子,别哭啦,吃饭,听话!一会儿凉啦。吃饱肚子就是听娘的话。我们都是一个县的乡亲,在这里碰到一个县的也不容易。听着!你们俩有什么要洗的、要缝的,就拿到这里来。"

巧朵又抬起头,朝里屋喊:"玉珍、米香下面。"只听里面回应:"知道啦!"

出事的那天晚上,天晴得透亮,漆黑干净的夜空,镶满了闪晶晶的星星,不大圆的月亮悬在半空,透着冰凉。

巧朵一家子在院子吃了晚饭,收拾起碗筷,准备歇息。

在北厦里,巧朵点起油灯,在炕上铺被褥,她展开褥子,看见褥子里夹的两个大包袱皮,突然有个想法冒出,停在那里思索起来。蛋儿坐在灶窝里的杌子上抽烟,看见巧朵发呆,便问:"怎么啦?"

巧朵没有动,也没有应。

"怎么啦?停在那里不动?"蛋儿又追问了一句。

巧朵抬起头,温柔地看了蛋儿一眼,说:"他爹,你看今晚明亮明亮的。"她拿起大包袱皮抖了抖。"我们出去一趟吧?把南门外地里麦穗割一些回来,行吧？"

蛋儿真没有想到，看着巧朵窝着的大肚子，眉头蹙起，心疼地说："你不要命啦！不行！不再出去啦！我们四瓮麦子也够了，吃到明年收麦都够啦！"

蛋儿的坚定反对，反而激起了巧朵出去的决心。在鸡打鸣三遍后，巧朵和蛋儿叫起了满仓和立才，一家四口挟着包袱皮顺着墙根溜出了南门，直奔自家的麦地。在雪亮的麦地沙沙沙地偷起自家的麦穗，不一会儿的工夫，四个包袱鼓鼓胀胀的。

此时，从南门里走出刚换班上岗巡夜的"二战区"士兵——杜生喜和刘顺全。

刘顺全伸起胳膊，展了一下懒腰，就势打了个大大的哈欠，背上的枪滑到了胳膊肘，他往上送了送枪，说："杜哥，后天就芒种了吧？我们巡夜的任务就该结束了，半夜起来真难受，困死人呀！"说着一个劲揉眼睛。

杜生喜看着刘顺全的样子笑了，说："你以为我不想睡！没办法，我们在外转一圈，坐在这门洞里迷糊一会儿，这里还避风，现在村民不会有人偷了，该偷的都偷够了，可怜，就可怜了家里没有人手的家喽！麦子被偷了，还得缴粮。可怜人天下有呀！"他老成地叹息道。

杜生喜的同情心，却引得刘顺全思念起家来。他忧伤地说："杜哥，我们家也不知咋样了，也有几亩麦子，家里没来信，爹娘身体不好，弟妹都小，替我爹娘发愁呀！"说着也深深地叹息起来。

"老弟！先不要熬煎家里的事，家里自有办法，先看眼前吧！你刚来，不知当兵的道道！昨天，咱们班长聚集大家，要大家注意谁家有钱，你却说了一句，这哪能看出来！看人家钱做啥？班长随口骂你蠢驴。话多吧！你刚当兵，只听不说，少做多想！记住！看你平时话少，怎么一出口就跑调！昨天下来，班长给我说，要我拾掇拾掇你，让你懂规矩。你昨天说的话是砸班长的锅！懂吗？"杜生喜诡秘地说。

刘顺全真的不懂，他直眨眼睛，想问为什么，却没有张嘴。杜生喜又说："你没听老兵说'当兵打仗，黄金万两'？咱班长以为要开仗啦，好抢有钱的人家呀！你真是笨驴，不开窍，知道班长的意思了吧？"刘顺全似乎明白了，点点头。

杜生喜还说:"当兵就是为发财,你只当是光吃粮呀!光吃粮谁当兵?仗一打,就乱了,才能抢人!那些掌权的,明着抢老百姓,今天纳粮,明天缴钱,都是以打仗的名义。像咱班长、排长、连长、营长,哪一个不抢!你当兵时间短,这些道道还不知道,时间长就知道了。打起仗来抢财宝是第一。咱们班长以上的头头,每仗下来,只要活着的,哪一个不是往家里寄金银财宝?他不提前知道谁家有钱,打起仗来,如何抢呢?

"那天在婶婶家吃饭,婶婶要我们多长几个心眼儿,她很善心,是让我们长心眼儿保住命。保住命就能抢,能发财,记住!平时多行善,要老天爷保命,打仗时多抢财,要老天爷保财。别听那些当官的说什么'为党国立功',是狗屁话!他们明着在大抢老百姓,让我们卖命!所以,小老弟要记住,要看透。'为党国立功'是骗人的鬼话,是让我们为他们大抢卖命!我们当兵的先保命,抢才是正事!这抢比当权者明着大抢小多啦!抢下寄回去孝顺爹娘。

"村里百姓偷自己种的麦子算啥贼呢?是他们当权者大抢逼的,没办法,只能偷!偷下才是自己的!我们来,这些村民就不偷了,老百姓还是老实呀!我要碰上,睁一个眼,闭一个眼,睁眼让百姓跑,闭眼看不到,绝不逮老百姓!"

顺全默默听着杜生喜讲这些当兵的道道,反复回味着。

"哇儿……哇儿……哇儿……"突然,从南方空旷的麦田里传来了月娃的哭啼声,凄凉、脆亮。

"有月娃子的哭声!杜哥!"顺全警觉地闪在一边趴在地上。杜生喜也听到了月娃哭声,浑身不禁一颤,也趴在了地上。

这月娃哭声似乎还夹杂着一些大人声音。

"顺全趴着不要动!你听!像是有大人的声音,是鬼?我们撞上鬼啦?"杜生喜胆怯地说。

顺全趴在地上,汗毛都奓了起来。

"杜……杜哥,不……不要吓人,是人的声音。"顺全战战兢兢地说。

原来是巧朵一家子,在偷割麦穗,正准备回家时,突然巧朵肚子疼得要命,她抓住蛋儿的胳膊说:"他他他……他爹,不好啦!我想屙屎,肚子疼得要命,怕要生啦!这可咋办呀!哎哟!哎哟!让我坐下,让我睡到这麦子地里!"巧朵哭着,乞求着,呻吟着。

蛋儿出了一身冷汗，大喊道："满仓、立才！满仓、立才！快过来，你娘要生啦！你们拿上这些包袱赶快往回跑，叫玉珍、米香把北厦的炕烧热，快！快！快！我抱上你娘！"

巧朵忍着疼说："快往家跑，把割下的麦穗用包袱拿上，我和你爹在后面跟上！"

满仓和立才扛上包袱飞快往家跑去，恰巧碰上杜生喜正跟刘顺全说话。满仓和立才听到有人说话，快速往东边跑去。顺全悄悄给杜生喜说："杜哥，你看东边，像是两个人影，偷麦子的，还扛着包袱。"杜生喜说："老百姓偷自己种的麦子算什么贼？睁一个眼闭一个眼，没看见。"

他们俩背朝了西，杜生喜继续说他的当兵道道。

地里的蛋儿抱起巧朵说："你一定憋住，回家再生！"

巧朵疼得哭了，说："放心，我知道！哎哟！我受不了啦！你放下我，让我躺在地上，你窝得我受不了了，他爹！"

蛋儿平展展地把巧朵放在麦地里。"他爹，你把我的裤子解开，快把我的裤子解开！别真的生出来，把娃憋着！"巧朵哭着说。

蛋儿刚把巧朵的裤子解开，巧朵觉得自己下身松了一下，只听见"哇儿、哇儿、哇儿"响亮的哭声，这哭声打破了寂静的夜空，一个生灵降生了！

蛋儿忙脱下身上的衫子，从巧朵裤裆处抱起月娃，巧朵慌忙说："别着！别着！慢些！等我把娃的脐带咬断。"

蛋儿把这个小生灵用衫子裹起来，亲亲地揽在怀里，让小生灵紧紧靠着自己热烫的身子，送给他温暖，嘴里高兴地说："他娘！儿子！儿子！"

"不许动！"

"不许动！"

两个高昂严厉的呵斥声，赶跑了夫妻俩静夜中的喜悦，蛋儿、巧朵惊愕地看去。

"你们是人还是鬼？"又是一声严厉的问话。接着是"哗啦、哗啦"拉枪栓子弹上膛的声音。

"我们是村里的老乡！不要开枪！不要开枪！是人！不是鬼！"蛋儿慌忙把月娃放在地下，跪在地下乱喊。

杜生喜趁着月光看了一眼，认出他们是蛋儿、巧朵，惊讶道："大叔！婶婶！怎么是你们呀？你们这是？"

杜生喜和刘顺全忙收起枪，说："大叔！赶快给婶婶穿好，我和顺全帮你把婶婶抬回家。"

蛋儿赶紧帮助巧朵把裤子穿好，对着杜生喜说："小老哥，你帮我抱着这月娃子。你把他的头抬起，月娃子头是软的。"

巧朵看着杜生喜笨拙地抱着她的月娃，感激地哭了，她深深地叫了声："喜子！难为你啦！"

"喜子？"这是娘叫我的名字呀！杜生喜想，他的心里升起一股暖意，回过头说："婶婶！放心！一定把你送回家！"

蛋儿看着巧朵哭的样，关切地说："小六女子，别哭，坐月子不能哭，得下眼疼病咋办？"

巧朵赶紧擦眼睛，感激道："今天多亏了生喜和顺全呀！"

蛋儿抱起巧朵，杜生喜抱着月娃子，顺全挎着两支枪，进了村南门洞。

到了家，玉珍和米香已将北厦东房间炕烧得暖暖和和，巧朵和月娃盖着温暖的被子。

杜生喜和刘顺全看见了客堂放着四大包袱的麦穗，一切都明白了，当即在他们心里生出一阵阵酸楚，感叹老百姓真可怜呀！

他们出来站在院子里，望着满天闪烁的繁星，偏西的亮亮的月亮，想起远方的家和爹娘，流下了清清的泪水。

"喜子！喜子！你们进来。"巧朵在炕上虚弱地叫他们俩。

杜生喜和刘顺全走进了东房间，见巧朵靠在炕角头的被子上，身上还盖着一条被子，怀抱着月娃子；蛋儿光着背坐在灶窝里的杌子上。见他们进来，站起忙拉了一条长板凳说："生喜、顺全你们坐下，喝水。"随即蛋儿给他们倒了两碗热水，放在风箱盖上。

"喜子、顺全，今天多亏了你俩小伙子，婶婶和你大叔很感激你们！请你俩吃顿饭，又不方便。"又朝灶窝坐着的蛋儿说："他爹，我给你钥匙，你在小柜子里拿些银圆给娃们，只当我们请他们吃了一顿饭。"

刘顺全从没有拿过银圆，心里怦怦地跳。"这家是有钱的人家？也偷割麦穗?"他想。

蛋儿接过巧朵手中的钥匙，打开炕上放着的小矮柜的门，从里面摸出六块银圆，两个人各给了三块。杜生喜、刘顺全看着手中白花花闪光的三块蒋大头银圆，血一直往上涌，喜色却渐渐变成生色、凶色。

此时，杜生喜给刘顺全讲的当兵道道，在刘顺全脑子里不断膨胀发酵。

刘顺全大喝一声："慢着！把里面的银圆都拿出来。"

房里人被这一声惊呆了，连杜生喜也吓了一跳，但他立刻明白了，没有吭声，房子里静极了，刘顺全端起枪，对着蛋儿，眼睛里放出了凶光。

片刻，巧朵回过神，把怀中的月娃往紧一抱，还是虚弱地说："他爹，还愣着干啥？把柜门打开，把里面的银圆和铜钱都给娃们，今天没有娃们，怕我的命都没啦！要那些钱有啥用？喜子！顺全！里面的银圆、铜钱都是你们的，拿吧，那是我们的全部家当，都是你们的，拿走吧。"

杜生喜和顺全没想到这么容易，怔了一下，快速地爬上炕，把小柜子里的银圆、铜钱全部撸进自己怀里，又急匆匆地走到院子里，开始分钱，隔了一会儿，杜生喜兜着前襟进了北厦的东房间，说："婶婶、大叔，我们走啦！"

巧朵、蛋儿脸挺得很平，没吭声。

担门"咣当"一声关了，担门上的悬铃余音还在响。

围着被子抱着月娃的巧朵依旧坐着，蛋儿在灶窝里郁闷地抽烟，脸上背上都是汗珠，一句话都不说。

满仓、立才、玉珍、米香推门进来，"怎么啦？听到你们这边大声说话。"满仓问。

巧朵坐在炕上笑笑说："没有啥！狗的眼，兵的脸，翻得快，过去啦，没事了，他们都走啦。你们都赶快回去歇息吧，天快亮啦！"

娃们走后，巧朵看灶窝里的蛋儿，说："他爹，擦擦汗，看把你热的，你也上炕，我们歇着吧。"

巧朵看着躺在身边的蛋儿，喃喃地说："他爹，今天没事，这是最大运气，这俩兵还算有良心，没说我们偷麦，还救我们回家。兵和土匪不抢谁抢呢？我们家这几年挣的钱都藏着哩！抢走的钱只是我平日开销的钱，拿走吧，这俩娃是有良心的娃！"

蛋儿盖着被子像是松了口气，接着说了一句说紧要也不紧要的话："他娘，给咱娃取个名字吧，今天真不容易呀！"

巧朵在炕上想了想说："小名好起，今天的事都是由麦子引起的，就叫他'麦子'！记住这一天！大名你起吧！"

蛋儿想了半天，嘴里说："我们要富，就叫他政富吧？麦子，政富！"

"好！政富好啊！"巧朵高兴得嘴里不住地唤着孩子的小名、大名。

第三十四章

今天是芒种,也是收麦开镰的日子,驿寨村家家早早起来,按老规矩祭拜土地神和灶爷,到东庙娘娘神前烧香,祈求各路神明保佑麦收期间顺顺利利、平平安安,天公作美,不阴不下雨,麦场没贼没火灾,让麦子颗粒归仓。

今天天气真好,蔚蓝的天上没有一丝云。大太阳像一团燃烧着的熊熊烈火,烤得大地炙热炙热的。

村里能干动活的男人、女人都戴着草帽,赶着马车,拿着磨得锃亮飞快的镰刀,挎着篮子,吆喝着,喊叫着,顶着一股股焦热的风,向自家的麦地跑去。

虽然麦地已因偷割麦穗被踩踏得不成样子,但村民们还是开镰了,把这些踩踏败乱的麦子、秃秸秆子,割成一堆一堆、一捆一捆,往自己家的麦场拉、抱。

今年人们就是愉悦不起来。往年收麦的田里,不时可听到爱唱戏的人放开嗓子唱几句蒲剧,迎合者数人,唱罢一片笑声,丰收的喜悦滋润着收麦人的心,今天收麦人割麦时都拉起了长脸,谩骂着。

"日他娘,这哪里是收麦呀!是收拾柴火!"

"今年的麦都糟蹋啦!造孽呀!"

"日他的八辈祖宗,能把人逼成这样,偷割麦穗子,糟蹋粮食!让雷劈了那些逼我们的人!"

"这地都折腾成啥怂样子了!"

…………

突然,从东虎头山背升起一堆一堆的黑云,在空中翻滚着,先是一道从山顶到头顶的蛇似的闪电,接着是一个震天动地的炸雷,把黑云撕裂开来。天暗下来,然后又是一道道闪电、一阵阵雷声,嗡地刮起大风,把人们割好的麦子秸秆、头上的草帽送上了半空中,像妖魔似的在半空中乱舞。顿时,马在嘶叫,男人在吆喝,女人在呼喊,娃们在哭嚷,地里乱成了一片;紧接着铜钱大的雨点噼里啪啦砸下,地面掀起黄土;天像被戳了个大窟窿,铜钱大的雨点连在一起,泼水似的泻下,地里变成了一条条小河流,像一条条蛇四处无目的地乱窜。

"好大的雨呀!好大的雨呀!"村民们喊起来。

"哎哟!头砸得好痛呀!不好啦!下冷子①啦!"不知谁大声喊叫。

只见雨中夹着大拇指头大小的冰雹,从天上戳开的窟窿里和雨一块泻下,这下村民慌了神!

他们丢下镰刀、马车、割好的麦子,拼命地往家里跑。

到家,拿起铜盆、铁锅、瓷碗,"当当"敲了起来,放开嗓喉,对着天大声地喊:"下冷子啦!下冷子啦!老天爷饶了吧!下冷子啦!下冷子啦!老天爷饶了吧!"

驿寨村沸腾起来,雷声、雨声、冰雹声、敲锅碗瓢盆声、人的哭喊声形成一股巨大的声浪,像汹涌澎湃的洪水,又像呼呼燃烧着的火焰,在翻腾着,冲击着。

不一会儿,冰雹停了,但雨仍如注地倾泻着。

下了整整一天,太阳落山时分,乌云才慢慢散去。

西山上空存留的残云像血一样红,让人害怕、心惊,地面上没膝的黄水流向西方,流向汾河;再瞧地里,没割的麦子七零八落浸在泥水中,玉米苗子、棉花苗子、豆子苗子都被打成光秃稚嫩的弱秆秆。

百年不遇呀!村民看着这悲惨的样子,开始抽泣,再后来就是凄凉的号哭声。

驿寨村被冷子砸稀了!麦子让水泡了!秋苗秃棍棍了!遭灾了!饥荒了!要逃难了!驿寨村遭灾的事,方圆五村都知道,连城里和东山西山里都知道,但已经过去三个月了,没有一位有头有脸的人来看过、问过。

村里有的人家已经揭不开锅,准备逃难了。

巧朵家可不一样,她提前领着儿子们偷割的麦穗够全家吃了,有粮心不

---

① 冷子:地方俗语,将冰雹叫"冷子"。

慌呀!

一天中午,饭刚上了桌子,亲家党青山在"叮当"一声担门悬铃声中,跌跌撞撞地走进门来,刚到北厦台阶上,扶住门框就滑坐在门槛上。

蛋儿立马站起,叫了声:"亲家哥!"

党青山坐在门槛上没动,音调低沉漫长地回应了声:"亲家!"

玉珍见爹这副样子,急忙起身离座,喊声"爹!",把党青山从门槛上扶起,关切地问,"你这是咋啦?"

党青山脸色苍白,眼皮耷拉着,穿件白粗布衬衫,敞着怀,裸露出的肋骨嶙峋黝黑,无力叹息道:"你爹……你爹没啥!我……我三天没进一口饭了!"

蛋儿立马离座对米香说:"米香,别吃啦,快到立炉给你伯下面!满仓!扶你丈人上桌!"

满仓和玉珍将党青山搀扶到椅子上。

党青山坐在椅子上,痴呆呆地看着桌子上摆放的面碗、拌面臊子、油辣子以及小碟中的蒜瓣、葱段,咂巴着嘴。

巧朵看着党青山的饿相,对玉珍说:"去,到立炉看米香把面下好了没?"

玉珍从立炉端了一碗面,为爹拌了臊子和各种调料,党青山狼吞虎咽起来。

"慢点!慢点!青山哥别烫着!"蛋儿提醒说。

正说着,就见党青山咧嘴,皱起眉头,伸长脖子,嘴里不住地"哎呀……哎呀",手直在胸前上下不停地推动,满桌子吃饭的人都知道他吃得太快,烫着了。玉珍看爹的样子眼睛湿了,心疼地上前为爹推肚子,说:"爹!你慢慢吃,不够我再给和面,别烫着。"

巧朵似乎想起了什么,说:"玉珍,去,再和面去,给你娘送饭去,你娘在家饿着哩!"她停了一下,又说:"亲家哥,玉珍她弟黄毛在队伍上就不管家里?"

提到黄毛,党青山长叹了口气,说:"别提那狗日的,他只管他一人吃饱,根本不管家里,我这娃算白养了,亲家!"他气愤地狠狠往嘴里撸了一口面,烫得他吸溜了半天。

"亲家哥,看你说话多难听,娃手里能长出粮食来?这过光景一定要时常谋算,要把光景想得远一步。黄毛在队伍上能管住自己就行,不要学队伍上那些瞎瞎毛病就行。他不在不就少了一张嘴吗?想开些,不要怪娃!"

说着话儿，党青山端起了第四碗面，蛋儿挡住了。

"亲家哥，兄弟不是舍不得这一碗面，我实不敢让你再吃了，要歇歇，饿得过了头，不敢这样吃，怕出事。听我的话，喝碗面汤，抽袋烟，再吃。"说着，对满仓说："去，给你丈人舀碗面汤去。"随后进入中堂，取出自己的苏制白铜水烟袋，递给党青山。

"烟袋盒里有烟丝，"转过头又对满仓说，"拿捻子去，给你丈人点烟。"

青山收停了手中的筷子，吸了一下鼻子，抹了一下嘴，鼻翼往进收了收，接过了白铜水烟袋，握在手中，左右看了看，揭开烟盒盖子，捏出一小撮烟丝，死死地按在烟杆里，满仓很有眼色地点上，党青山"咕噜噜……咕噜噜……"享受地抽起来，烟草香味顿时弥漫得满屋都是。

一只老黑狗摇摆着尾巴进了堂屋，钻进桌子底下，巴哧巴哧拣掉在桌下的面条吃。

巧朵从堂屋拿出鸡毛掸子往桌子底下来回抽，无意识地说："出去，出去，这狗东西。"老黑狗夹着尾巴哼哼叽叽出去了。

党青山马上抬起头，看了巧朵一眼，把水烟袋往桌子上放下，站起。蛋儿也看着巧朵。

巧朵立马意识到自己赶狗的话不对劲，忙赔笑说："亲家哥！你坐，你坐，抽好烟，再吃面，玉珍和满仓已经把面给她娘送过去了，你就不用操心啦！"

党青山的斜眼来回绕了一圈，就是不见满仓和玉珍。他"咚"放了个屁，干笑了两声，接了巧朵的话，坐下说："不吃啦，刚喝了一碗面汤，现在感到撑得很。"随即摸了一下裸露的肚皮，觉得有些不雅，赶紧扣住了衬衫。

巧朵为弥补刚才赶狗的不是，忙又问了一句："亲家哥，咱们都是自家人，你今天来有难处只管说，不要张不开嘴，"巧朵说出这样的话，立马又感到后悔，又加一句，"不过现在这年景，谁家没有难处呀！"

党青山略想了想，吁了口气，说："是啊！这年景，逼得偷麦穗，下了猛雨①、冷子，颗粒没收，没人管，谁家不难呀！"他顿了顿，又拿起水烟袋，但没有装烟丝，只是空着"咕噜噜……咕噜噜……"吸了两口，说："亲家妹子，我实在张不开嘴呀！"

---

① 猛雨：方言，意谓暴雨。

话已经说到了这里,巧朵没有开腔。

"我张不开嘴呀!"青山又说了一句。

巧朵还是没有开腔,党青山多么希望这亲家妹子说句话。可巧朵什么也没说,便鼓了鼓气,说:"亲家妹子,我实在张不开嘴呀!揭不开锅有四天了,"说着眼泪流出眼角,说,"我是要借第五回啦!唉!没办法啊!"说完像卸了负重,长长舒了口气。

巧朵很清楚党青山来的用意,常言说"救急不救穷",便说:"亲家哥,我家和村里人家一样,也是没什么收成,救几次可以,没有什么,咱们是儿女亲家,自家人。但谁家没有难处?现在的难处就一个,'粮'!"巧朵想,说得够明了了,不能直接说"不借"吧。这太难看了!

党青山实实听出了巧朵的话音,巧朵也在哭喊没粮,谁相信呢?她精得像猴!肯定家中有粮!他清楚这个家是巧朵当家,本想求蛋儿说几句,又打消了念头,唉!求神还是求真神!他思索了片刻,想出了一个主意。

他又把水烟袋装上烟丝,点着,长长吐了口浓浓的烟雾,罩得他的面貌迷迷离离的,接着慢慢微笑,诡异地说:"亲家妹子,借我一点粮,多少都行,让我渡过这难关。咱不管亲家不亲家,自家人不自家人,借粮还按村里的老规矩,平斗借尖斗还。"

说到这里他又顿了一下,身体隔着桌子前倾,脸上出现一团巴结的笑,压低声音说:"亲家妹子,你放粮吧?你知道,村里几乎有一半人都没粮吃了,今年放借出,明年等于多收差不多两成粮呢!"

巧朵对党青山这巴结的笑很厌恶,但听到"放借"粮,脑子也在转,是可多收几乎两成的粮,但是自己有多少粮呢?四瓮埋在地下的麦子,北厦二层有陈粮,她舍不得!可出口时嘴不是这么说的,回应道:"青山哥,可以是可以,不要太声张,我的粮也不多,要是给走得近的几家还可以,不能太多。"

她说出后,后悔了!又收不回了,口不由心地说:"你像来顺、李伯、何婶都可以,文华家绝对不打交道,放借粮的事,千万不要声张,听说前儿个,城里的宪兵还来村里要粮呢!"

粮是放借了,一点都没有声张,但村里人都知道了,谁不想要粮?先填饱肚子再说,至于明年再说明年的话,活着比什么都强!

巧朵不想往外放借了，她过光景的路子是：凡是要吃的东西，特别是粮、盐，一定要留两年以上的货。人和老天爷比起来，人总是算不过老天爷！像今年，谁也想不到有这样一场冷子，砸得颗粒不收，秋苗也砸得稀里哗啦，又有谁知道秋收是什么样子呢？过光景只顾眼皮底下的事，是要吃亏、挨饿的，咱们庄户人有粮吃就足了，粮绝不能放借了！

那天晚上，黑得早，黑得伸手不见五指。

巧朵安顿好小儿子麦子入睡后，她和女儿米香拉开纺线车，"吱儿……吱儿……"在昏黄的油灯下纺起线来。

蛋儿坐在炕下的杌子上说："他娘，借放粮的事就这样吧？"

"我也这么想，咱也没有粮啦，自家粮要留够，有粮心不慌，谁能看见后头的路呢？"巧朵停了手上的活，和蛋儿拉起了闲话。

"他娘，赵婶托人说了几次，就借十斤粮，麦子也行，棒子也行，你看借不借呀！"

"不借！不借！这人心太坏，日本宪兵要拆咱这北厦，不是她使的坏？"

正说着，突然从外边传来了"咚咚咚"的敲门声和喊声。

巧朵和蛋儿对视了一下，惊愕和疑恐同时袭来。

巧朵和米香收起纺线车子，蛋儿赶快到院子里，叫满仓和立才。

"开门……开门……开门！我们是日本人派来的，开门！"

蛋儿打了一个哆嗦，脑子里"嗡"的一声，步履蹒跚地把门打开。

"哗"一下冲进七个穿黄衣服端着长枪的兵，其中一个中等身材，略有些胖，嘴又扁又宽又突，活像个鸭子，眼睛滴溜溜转，小而圆，就是老鼠眼的再造，手里拿把短枪，走到蛋儿面前，张开鸭子嘴，露出两颗大板牙，说："喂！你们当家的呢？我们清楚，你们家是女的当家，叫她出来，我有话说。"

蛋儿心里不禁一跳，刚想如何回答他的话时，从北厦的门口传出话："老总！我来了！"

只见巧朵身上套了件黑色衫子，扎着裤脚，头发稍有点零乱，还挂了小撮白棉花，迈着小脚，赔着满脸的笑，走到鸭嘴长官面前。其实，她看见满院子端着长枪穿黄衣服的兵，两条腿一直在打战，但还是硬着头皮说："哟！老总！有什么事劳驾老总黑天半夜的上门呢？"

鸭嘴长官看着眼前当家的矮小媳妇，嘻嘻一笑，说："你就是当家的？也不多说废话，今天我们是为日本人收军粮来啦！"他从腰间抽出一个册子，"你是李府芳家？种麦子一百六十二亩，按亩产三百斤算，要缴五千斤军粮，我们收你四千斤，我把车赶来啦，今天要把粮拉走。"

巧朵这时的心比刚才平静了些，不慌不忙地笑着说："哎呀！老总，你们是知道的，今年的麦子被人偷了，也向上报了，收麦又让老天爷下的冷子砸完了，水泡了，没收下麦子，现在连吃饭都是吃了上顿没下顿的。咋缴军粮呀？"说着巧朵擦起眼泪。

巧朵的哭诉，没有引起鸭嘴长官的半点同情，反而大声呵斥道："少给我啰唆，装得还挺像，只当我们什么都不知道？没有粮？没有粮你们家向村里人放粮？村里谁家不知道！说吧！这本本上登记的粮缴多少？秤在门外边的马车上。"说完瞪着巧朵。

巧朵向站在一旁的蛋儿使了个眼色，把手里攥着的两块银圆给了蛋儿。蛋儿紧接着把手伸给鸭嘴长官，他像被马蜂蜇了一下，把两块银圆看都没看就装进裤子口袋。

巧朵赶紧向前，满脸赔笑地说："老总！您和弟兄们黑天夜里地出来，拿着去喝口酒，散散心，是嫂子的一点心意。我哪里是放粮呀！别听那些乱嚼舌头的人胡说，都是邻里邻居相互救济。村里遭了灾，上面又不管，还能让人饿死呀！您没听说，村里出外要饭的可多哩！"

鸭嘴长官把短枪往腰间枪套子里一别，脸色好看了许多，说："人家上面都查清楚了，你今天说能缴多少粮，我们回去好交差呀！"

"老总，确实没有粮了，就那么点粮，我瓮里还有十几斤麦子，您要不嫌少，我收拾去，明天，我们家就得拿打狗棍了！"巧朵央求着说。

鸭嘴长官哼了一声，说："这么说，你家要饭是我逼的了？"紧接着转过脸对那些兵大声呵道："执行上边的命令！没粮就把人带走！"

这些当兵的脸说翻就翻，巧朵此时镇定了许多，她斜眼鄙夷地瞟了鸭嘴长官一眼，横下心不交。

那些当兵的听到鸭嘴长官的呵声，"哗"把巧朵两只胳膊架起往担门外拖。

这下急坏了蛋儿、满仓、立才，蛋儿跪在鸭嘴长官面前作揖，满仓、立才抱住娘的腿不放。

"老总！老总！有事商量，不要带人，你说要多少粮，我们想办法！"蛋儿跪在那里央求。

巧朵听到蛋儿的话，瞪眼大声说："你问要多少粮？你家里有粮呀？"

蛋儿赶紧又补了一句："没有！我去借，我去想办法，不让他们把你带走啊！"

"至少三千斤，少一两都不行！"鸭嘴长官厉声道。

"哎呀！长官！哪里来那么多粮呀！偷都没地方偷，再少些，再宽限些日子吧！"蛋儿还在不停地作揖乞求。

巧朵大声嚷："你们这是要粮还是要人死？"

鸭嘴长官真的发怒了，说："走！把人带走，拿粮换人！"

满仓和立才急了，放开巧朵的腿，一下子抱住了鸭嘴长官的腿，哭着央求："不要带人！不要带人！我们想办法！"

"哇儿……哇儿……"麦子在北厦里大声啼哭。

被当兵架着的巧朵浑身不禁震颤，感觉胸前憋胀了一下，她想，麦子该吃奶了，眼泪不由自主地流下。她使上全身的力气，挣脱当兵的拉扯，朝北厦里跑去，被兵挡住，又被架起胳膊，她像疯子般哭喊着："我的娃，我要喂娃奶，让我喂娃奶！"

鸭嘴长官看着巧朵鼓鼓的前胸，狞笑道："喂奶？"顿了片刻，又说："可以，给多少粮？"

巧朵一下子气怒了，放开嗓子吼："老总！你老婆没有生过娃？你就这样耗怜月子老婆和月娃的？没听老人说，这是作孽呀！"

巧朵又尖又高的问斥，鸭嘴长官没有料到，他瞪起圆圆的老鼠眼，也大声喝道："把人带走！"

蛋儿大声对满仓嚷："快！快去！把你丈人爹叫来商量咋办！"

满仓把立才手一拉，黑天半夜朝党青山家跑去。

第三十五章

蛋儿和党青山到日本宪兵队驻地尧庙，天估计快亮了，但还黑得要命。

党青山找到黄毛，黄毛说他也是刚从别的村里回来，为日本人要军粮去了。

蛋儿和党青山说了来意，并把事情原原本本说了一遍，黄毛唉声叹气道："哎呀！怎么能把婶子抓来呢？现在正是征军粮的节骨眼上，难呀！你说的那鸭子嘴，是我们大队长的侄子，我们是宪兵二小队，鸭嘴是三小队长，我们也叫他鸭嘴小队长。坏透啦！他就是仗着他小爹当大队长的势，一个劲儿地捞钱，前些日子才在城里霸占了人家一座院子！"黄毛又问蛋儿："叔，你带钱了吗？"

蛋儿点点头。

"带钱就好说，这样，你们先在我床上合合眼，歇一会儿，天也快亮了，天一亮，我们一块儿去他的院子找他。"说完，黄毛走了。

蛋儿和党青山打对头躺在黄毛的床上，党青山倒头就呼噜起来，但蛋儿怎么也睡不着。

他怔怔地看着幽黑的窗外，满脑子的事，从宪兵队敲门、开门、进院子、要粮、娃哭、开枪、把巧朵带走到他找党青山，再到尧庙见黄毛，不停反复地想，后悔当初放粮的事，最后，他最恨的是自己这个死斜眼亲家党青山！不是他提出放粮，巧朵不会想到放粮这一招，没有这一招，哪有这些要命的事！

他又埋怨自己老婆巧朵太爱折腾了，光景能过去就行啦，非要买三套马的大轿车，我才不稀罕那玩意呢！现在是什么时局？国不国民不民，不是折腾的好日子呀！

脑子又转了回来，不知巧朵这会儿在什么地方，当时也不知问一下黄毛。现在最担心的是那些当兵的打她。想到这，他猛地坐起来，再也无法躺在这里了。青山还在一声高一声低地打呼噜，真想一脚把他蹬下床去！蛋儿坐在床沿一会儿，悠悠走出了房间。

外边有些凉，一股风从墙根刮来，他把夹袄往紧裹了裹，找到一个土坎坐下，伸手往腰里摸烟袋，什么也没有，想起来了，烟袋在炕上小柜旁搁着，这时实实想抽锅子烟，他没有办法，朝远处吐了口唾沫，又挪动了身子，靠着一棵小树，仰头看天上一闪一闪的星星，渐渐睡去了。

梦里他看见家里来了很多不相识的人，说是贼，可穿的是宪兵队的黄衣服，他们把巧朵抬回来了，打得她满脸是血，巧朵盖的被上渗的也是血。这些贼要搬家里的东西，他拼命地往院子里冲，要看巧朵被打得怎样。贼死活不让，他急了，抄起门背后的镢头就向贼抡去，大喊："满仓！满仓！立才！立才！"

有人在他屁股上踢了一脚，他睁开眼，发现天已经大亮，站在他面前的是青山和黄毛。

"喊啥哩，你怎么在这里呀？把人吓了一跳，快起来，我们现在进城到鸭嘴小队长家去！"

蛋儿如何也站不起来，黄毛赶紧扶起蛋儿，在原地走了几圈，发麻的腿才缓过来。

他们三人在外边一家小吃铺热腾腾地喝了碗羊汤，吃了火烧，直奔鸭嘴小队长家。

鸭嘴小队长住在靠西边南城墙根一家四合院里，门楼很普通，有挑檐的小厦坡，下面两扇漆黑的木门紧闭。黄毛向前叩门，大声喊："尚队长！尚队长！我是黄毛，有事找您！"

隔了好一会儿，听到里面传出了脚步声，门"吱呀"打开了，跳入蛋儿眼的还是那副鸭子嘴脸，觉得嘴更扁更宽了，眯着慵懒又小又圆的老鼠眼，只见那扁宽的嘴，上下懒洋洋拍出一句："黄毛啊！什么事这么早？你昨天回来得也晚，不和兄弟们睡个懒觉？"

黄毛赶紧低头哈腰地说："尚队长！尚队长！打搅您啦！我爹我叔看您来了，有事求您哩！"

又凑到鸭嘴小队长的耳朵上，声音很低，神神秘秘一个字一个字地说："尚队长，有——人——求——您——呢——！"

鸭嘴小队长即刻深知了其中的含义，眯着的老鼠眼，在扁宽嘴的上方瞪得圆又圆,鸭嘴小队长问:"什么?求什么事?"

"尚队长,我先给你介绍,这是我爹!这是我爹的儿女亲家,我叔!你们认识。"黄毛说。

鸭嘴小队长见眼前是两个农民,松弛的脸绷紧了,连昨天晚上见过面的蛋儿都没认出。蛋儿却随着鸭嘴小队长的眼光,不自觉地往后躲了躲。

黄毛说:"尚队长,进屋说!进屋说吧?"

他们四人坐进鸭嘴小队长的客厅,鸭嘴小队长坐在方桌旁的圈椅里,搭着二郎腿,点燃一支纸烟,长长吐了口烟雾,抖动着腿说:"黄毛啊!说吧,有什么事?"

黄毛恭敬地说:"尚队长,是这么回事……"

鸭嘴小队长似乎明白了过来,眯起眼睛看蛋儿,像是想了起来,说:"你们家那口子,嘴硬得很。"

蛋儿从他的话中,得知了巧朵的消息,心里一下放下了一块石头,赶忙从怀里掏出一摞子银圆,恭恭敬敬放在鸭嘴小队长的方桌上,鸭嘴小队长重重地瞟了一眼,继续说,不过话说得暖和多了。"你想,我是给日本人办事,为什么要和自己的乡亲过不去呢?你们也不能不给一点面子!"

蛋儿想,昨晚怎么没有留面子?给你钱,人跪下,前后作揖要求商量给多少粮,你都不听,非要带人,现在看见银圆了,说便宜话!但是什么也不能说,咽了口唾沫,没有说话。

鸭嘴小队长又说:"粮,多少都要出些,这样我也在日本人面前好交差,咱们在家说,你们家能出多少粮?"真像给自己人在说话,这都是银圆的力量。

蛋儿站起来,弓着身子颤巍巍地说:"队长老爷!"蛋儿也改变了称呼。

"我们家里确实没有粮啦!就那么点粮,几家亲戚实在揭不开锅了,才挤出几十斤。要缴也是百十斤,再多确实没了,总得给我们留些活命吧!"蛋儿又是一副哀求的面容。

鸭嘴小队长根本没有听蛋儿的苦求,一口否定地说:"不行!不行!这没办法谈,我也没办法放人。我给你关着门说话,少不了一千斤,这是底数!"他把烟蒂往烟灰缸里拧了一下不说话了,脸拉得很长,又扁又宽的嘴噘得老高老长,难看得蛋儿站在那里不愿意看,他像是无奈地自言自语地嘟哝:"家里哪来那么多粮呀？"不由自主地看向黄毛和党青山。

青山又给黄毛使眼色，让他说话。黄毛起身掏出自己的纸烟，递给鸭嘴小队长，点上，小心恭敬地说："队长，我也看我叔真是难了，你看，都是乡里乡亲的，你姥姥家还是我们驿寨村的吧？北头何家，也是有钱的人家，听老人们讲，何家的老先人和我们家是要好的呢！外甥子都要常进驿寨村的，总不能让村里人见了您说这就是那年抓谁谁的人吧！"他突然把声音压得很低地说："队长！咱们在家里说话，日本人总是日本人，他们真能在这里待一辈子？但咱们乡亲在一起待的可不只是一辈子呀！是辈辈！谁家不碰着谁家呢？今天抬抬手让我叔过去，怕他这辈子忘不了！下辈子也忘不了！乡亲们也忘不了！这是恩德！您进驿寨村的村门，乡亲们见到您都会说，那就是那年放了谁谁家的人，好人！好人哪！"

鸭嘴小队长听着黄毛的话，长嘴往进一缩说："哈！黄毛这张嘴还真会说！"

"不是我会说，队长！您说是不是这个理儿？"黄毛也赔着笑，继续说："队长！我叔真没有粮啦！要是有粮能让您把人带进宪兵队吗？你硬要，总不能让我叔拿上银圆再到别村里买粮给日本人缴吧？还不胜直接把银圆给您多省事，既放了人，落了人情，还得了银圆，不更好吗？"

黄毛的话一下打动了鸭嘴小队长，黄毛看着鸭嘴小队长脸上的变化，赶紧对蛋儿说："叔！带银圆多吧？把卖粮的银圆都交给队长。"

蛋儿战战兢兢把怀里银圆全部掏了出来，交给了鸭嘴小队长，他把腰带解开扑打了一下，表示再没有银圆了。

鸭嘴小队长又眯起老鼠眼看桌子上，后一摞银圆显然比前一摞高些，脸上的肌肉松泛了，放下了二郎腿，站起来和黄毛说："黄毛，就这样吧！既然是姥姥村的人，下午你负责让你叔给部队送三百斤粮，然后来领人。我上午还要到大队部有事，下午我在尧庙等你，不要误了！送客！"

蛋儿喜得脚下生了风，他没想到这么容易，巧朵就可回家了。

他和党青山、黄毛一股旋风似的赶回驿寨村，在家里称了三百斤麦子，饭都没吃，架着驴车拉了三百斤麦子，急匆匆于后半晌午赶到尧庙——日本宪兵队二大队三小队那儿换回了巧朵。

蛋儿赶着驴车，进到一家饭馆，请黄毛吃饭、喝酒，回到村里已经是黑夜了。

满仓、立才、玉珍、米香一直在等着,听到担门外的驴车响声后,都跑出来,玉珍和米香搀扶巧朵下车,巧朵急得嚷嚷着:"我的麦子!我的麦子娃!"眼泪扑簌簌流下,下车后提起小脚就往北厦跑去。

就在这时,蛋儿"哎哟"一声,倒坐在担门的台阶下,慌得满仓和立才赶紧搀扶蛋儿,巧朵忙收住小脚,转身问:"怎么啦?"

蛋儿说:"他娘!没事!没事!一天啦,就没停一下,累得腿发软,头有些晕。立才,赶快卸车,把驴喂上。"

满仓和米香把蛋儿搀扶到北厦,服侍爹洗脸、洗脚、铺被躺下,米香到了北厦的西间,满仓回到了东厦。

巧朵哄麦子睡着,紧紧靠在蛋儿身旁躺下。

她想,自宪兵们进了院子,到现在才算放心地躺下,蛋儿也整整忙活了一天,没歇一下下。想到这里,她温存地将胳膊搭搂在蛋儿脖子上,蛋儿也自然地把手放在她的胳膊上,都没有说话。

隔了一会儿,巧朵温情地说:"满仓爹,今天多亏了你,要不我现在还在尧庙宪兵队的黑房子里!"

蛋儿没有动,也没有说话,一直仰面躺着,感受着妻子胳膊上的温情。这样真好!真切地体会到了夫妻间一种炙热的心心相印!他也在想,今天一天巧朵不在,真令他慌了神。虽然给那死鬼鸭嘴小队长银圆多,但是找回了巧朵,只要能找回巧朵,一万块、一千万块、万万块我都愿意。他转过身,用同样的方式搂住了巧朵,关切地问:"满仓娘!今天他们打你了吗?听说你嘴硬得很!"

"你想,那些王八羔子能不打吗?就是那扁嘴当官的抽了我一皮带,你摸!你摸!还有印子呢!"她把蛋儿手拉进自己的被子,摸自己胸前。

"哟!肿了一条子呀!"蛋儿惊异,又心疼地问:"疼吗?"蛋儿的手摸到巧朵胸前,感觉到宽宽地肿了一条印子,直到背后。

"现在不疼啦,就是有些烧蜇烧蜇,当时抽我时,只觉得猛地一冷,接着就是烧烧的一条子疼。"巧朵说。

蛋儿听着流出了泪,轻轻地用左手抹了眼睛一把。

"他爹,你哭啦?不要紧,看你都多大啦!不要紧!"

"他娘，苦了你啦！"

"不要紧，回到家，听说家里北厦二层的粮食在，我真高兴！今天那些王八羔子没有进厦里搜，他们只是在院子里咋呼了一阵子，我真担心呢！愿意他们把我赶快带走。"巧朵感到幸运地说。

蛋儿停住了，没有说话，又仰躺着，总感到有满腹的话要说，可不知说什么！但他感到自己肚子憋得难受！突然产生了对巧朵的依赖感，轻轻地说："满仓娘！你摸摸我的肚子，给我揉揉，我感到胀得有些难受。"

当巧朵把手放在蛋儿肚子上时吓了一跳，圆鼓鼓的，就像是吹起的猪尿脬，按都按不下去。

巧朵马上坐起来，急切地问："什么时候成这样的？"

蛋儿仰睡没有动，很享受妻子这样的关心，说："没事儿，你给我揉揉，大概是早上心里急，早上和党青山、黄毛喝了碗羊汤后这样的，可能是食搁住了，你给我揉揉，就好了！"

巧朵没有揉，又问："难受得厉害？"

"胀得我都喘不过气来，还老觉得心里恶心得很！"蛋儿说完伸了一下脖子，想打一个嗝，就是打不出来，急得喘起来。

巧朵真的急了，说："他爹，我看不行，让满仓把张先生请来看看。"

蛋儿说："算啦！天已经这么晚了，明天吧？"

巧朵说："晚也要请，病不能耽误！"说着穿衣服，溜下炕，出门叫醒满仓，让他赶快把张先生请来。

不大一会儿，满仓将张先生领了进来。

张先生很和蔼，做什么事总是不慌不忙、不急不躁、不喜不愁的。他进门和巧朵打了个招呼，就坐在炕沿看躺着的蛋儿。

他不紧不慢地看着蛋儿说："府芳啊！怎么不帖温[①]啦？哦……你就躺着！躺着！不要起来，我问你答就可以了！"

蛋儿皱着眉头说："张先生麻烦你啦！我肚子难受得很，胀得、憋得难受！"

"什么时候感觉到的？"

"是从早上喝了一碗羊汤，吃了两个火烧开始的。"

[①] 帖温：方言，意谓舒服。

"哦，你就躺平，让我看看你的肚子。"

张先生缓缓揭开蛋儿盖的被子，看见蛋儿肚子上像扣了一口小铁锅，胀得发亮。他轻轻拍了拍，又按了按，说："府芳！你把舌头伸出来，好啦！好啦！"他低下头闻闻蛋儿的口气，把蛋儿的眼睑往下拉看，然后说："你把手给我，给你号号脉。"

号过脉后，张先生转过身，和蔼地慢慢地说："府芳家里的，不要紧，就是你们家的事让府芳受惊了，气火攻心，肝火旺盛，在肚子里积气积水啦！我开个方子，让满仓娃现在随我抓几服药，回来就熬上喝，顺顺气、利利尿，就会好。这些日子就躺在炕上歇歇，调养调养，不要干重活，更不能生闷气！"

说到这儿他停了停，还对躺在被子里的蛋儿说："府芳啊！我还要说几句，遇到什么事不要急，你记住，啥事能发生，总会有解决的方子，就像我们看病，有啥病就有对症的方子，病没好，是方子不对路。事也是这样，发生了，没有办法挡，就找路子，找对路子，时间熬到了，自然就解决了，这不是满仓娘回来了！所以，路子、时间一个也少不了，路子找对了，时间不到，也解决不了，得有一定的时间去办呀！光心急不行！心急伤肝伤心伤身子，哪有光心急能把事解决了的？"

"这张先生说得真好，真中肯！"巧朵在旁想。

她见张先生站起要走的意思，赶紧拿出一个银圆给张先生，感激地说："张先生！您刚才说的话真好听，我们都记下了，今天真麻烦您了！天怕都到后半夜了！"

张先生没有一点客气，接过银圆装进口袋，说："府芳家里的，我们当先生的有什么麻烦不麻烦？没那么一说！病人当先，谁家没病人找你？习惯啦！你叫满仓随我抓药去，今晚一夜熬上喝了，他会放屁、尿尿，这是正常。天亮前会见效。"

巧朵高兴得把张先生送到担门外，满仓跟着去了。

喝了张先生的汤药，蛋儿的身体一天天好了起来，肚子不胀了；巧朵精心在饭食上调理，蛋儿也有了精神。

没安宁三天，西山里"二战区"队伍上的人来了。

那时刚放下吃中午饭的碗，有十几名穿戴整齐的国民党的兵冲进巧朵家的院子，人人手握长枪，有村长进才跟着，门外停着一辆装有几袋粮食的马车，像是从村里家户收的粮食。

进门的"二战区"兵把巧朵全家全部攥出屋子，站在院子里。

一位军官模样的兵掏出个小本本，高声念："驿寨村，李府芳家，种麦子一百六十三亩，应收粮四万八千九百斤麦子，缴军粮五千斤，农历四月初三，有李府芳的签名、手印，对吧？李府芳，今天你们家缴多少军粮？"

蛋儿被满仓和立才搀扶着，没有吭声。

巧朵气愤地大声说："我家的粮都被你们队伍上的人抢走了，前几天是穿黄衣服的兵来抢，今天是你们这些穿黑绿衣服的来，你们不是不知道，天灾人祸一直发生，哪儿来的粮呀？"巧朵手里提了半口袋麦子，往地上一放，又说："这就是我们全家人到秋收时的口粮，你们要拿走，明天我们全家就要饭！"

军官不耐烦了，大声吼："你嘴硬！都知道你们有粮，给日本宪兵送粮，让东山八路军拉粮，我们来征粮，没粮了，谁相信？若不给，我们就进屋里搜啦！"

军官的话说得蛋儿浑身打战，巧朵脸色发白，她蹬蹬蹬走到东西北厦门，"哗啦哗啦"把门全部一一推开，硬硬朗朗地嚷：

"军队老爷！你们进厦里搜吧！能搜出半口袋粮，我跟你们上山，由你们枪崩！"

这一招，真把"二战区"的队伍兵将住了，他们面面相觑，最后那位军官怒气冲冲地吼了一声："搜！进厦里给我好好地搜！"

村长进才忙向前，躬身小心地说："长官！我看算啦，不要搜，这一家肯定没粮啦，知道的，被日本宪兵抢过，他们家的麦子也被人偷了，男人也病了，算啦，没有粮，走吧！"

那位军官看了看村长进才，又看站在院子里的巧朵一家子，犹豫了片刻，转过脸对院子里正发愣的士兵大喝一声："搜！进屋搜！"

十几个"二战区"当兵的全部冲进东厦、西厦、北厦，吓得北厦里炕上睡着的麦子"哇哇哇"直哭，巧朵冲进北厦，让当兵的挡住，满仓和立才也冲上去拉开当兵的，巧朵抱出麦子"哦哦哦"地哄着。

翻腾了半天，当兵的都出来了，有两个当兵的手里捧着银圆和铜钱向军官报告:"报告连长!三个屋里上上下下都搜过了,没发现粮食,在北厦东房间的炕上小柜子里发现这银圆和铜钱!"军官想接过银圆和铜钱。

巧朵一看不禁一惊,急了!把麦子娃往米香怀里一放,急扑了上去,大喊:"那是我们全家过日子的钱呀!你们是来要粮的,不是要钱的!""哗!"银圆和铜钱撒落了一地,巧朵趴在地上捡拾撒落的银圆和铜钱。

军官连长恼羞成怒,抬起脚对准趴在地上拾银圆和铜钱的巧朵腰间就是一脚。

巧朵"哎哟"一声,在地上直打滚,军官连长根本不管,一挥手,说:"走!"蛋儿见这样的情景,疯也似的过去挽巧朵,满仓、立才也前去扶娘。

军官连长要走?蛋儿转身一扑抱住军官连长的腿,满仓、立才也抱住了军官连长的两只胳膊,蛋儿高声地喊:"连长老爷!你不能走!你不能走啊!你把人踢成这样子,你不能走啊!"

军官连长动也动不了,急得抽出枪就是两枪,"叭叭",子弹打在院子里地砖上,溅起一股砖渣子和尘土,大声喝:"放开!放开!我对人开枪了!"

村长进才叔见军官开了枪,也慌了神,吓得大声喊:"府芳啊!放开他!放开他!让他走!不要出事!"他的喊声中透着凄厉的央求,真怕村里人被当兵的打坏,这是乱世道,谁敢和当兵的讲理呢?

蛋儿并没有明白村长进才的意思,反而把军官的腿抱得更紧了,"你不能走!"他喊声更高了,满仓和立才扭住军官的胳膊没有放开,军官歇斯底里地喊:"放——开——!"

猛地抬起另一只脚,照着蛋儿的胸口踢去,只听蛋儿"哇"一声松手,一头栽在院子里砖地上。

巧朵见到蛋儿被踢倒,急切地爬过去,抱起蛋儿哭喊:"他爹!他爹!他爹!他——爹——!"仿佛是对着天地呼唤她的丈夫!蛋儿慢慢睁开眼看巧朵,轻弱地吐出:"他——娘——!"话完闭上了眼,嘴角流出一道鲜红的血。

巧朵一下子急了,猛地扑在军官的脚下,抱住他的腿,很死很紧,大声地对天哭喊:

"乡亲们!快来人呀!'二战区'的人打死人啦!乡亲们!快来人呀!'二战区'的人打死人啦!"

驿寨村的人们都知道巧朵家近些日子倒霉的事连连发生，听到了巧朵的呼喊，从四面八方往蛋儿家担门聚集。

开始，只有十几个人，后面来了几百人，男男女女，老老小小都有，一直聚集到担门前的槐树下、干枯的泉池边，黑压压一大片。

"报……报告，连长！外边村子的人聚满啦！"一当兵的手托着长枪，给正在院子里和蛋儿一家人纠缠在一起的军官连长报告。

军官连忙往担门口张望，只见村民一片，他感到引起民恶了，抬脚走不动，被巧朵死死地抱着，他转身狠狠瞪了村长进才一眼。

村长进才急忙向前扳巧朵的手，规劝道："府芳家里的，手松开，手松开，快叫张老先生给蛋儿看看，别把蛋儿耽误了！你松开！让老总们走！"

巧朵一下子明白过来了，松开手朝蛋儿爬去。

军官连长见巧朵松开了手，拔腿往担门外急步走去。他出门先是一愣，哟！这么多人！随即挥挥手："走！"

这十几名"二战区"当兵的迅速地向东门口方向走了。

第三十六章

"二战区"的人走了。

蛋儿被满仓和立才抬到炕上,气喘不上来,肚子疼胀得要命,呻吟不止。

张先生已经到了炕前,他揭开被看看,没有按蛋儿的肚子,而是按蛋儿的前额,拉出他的手号脉。

他紧紧拧着眉头,静静听蛋儿的微弱的脉息有半个时辰。

他把巧朵叫到堂厅里说:"府芳媳妇!这不像上次,病上来得太快!这和你家近些日子发生的事分不开!府芳太上心了!"他顿了一下,"哎!谁家的事谁不上心呢?我再给你开几服药,你赶快熬上给府芳喝了,七天后见效,还算行。如果你看变化不大,就要请城里的先生,不要把府芳的病耽误了!"

巧朵又拿出一枚银圆给张先生,他死活不收。村里人都知道他的脾性,凡是他看不了的病,不收病人家的一个子。

张先生走后,巧朵马上叫满仓和立才连夜进城请先生。

蛋儿已经吃了城里先生开的近三十服药了,肚子仍是圆鼓鼓的,肚皮发亮,憋胀得蛋儿难受,腿开始浮肿,这两天发现脸也在发胖。

巧朵急了,大早让满仓进城请先生,但现在已经吃下午饭了,还是不见人的影子。

有缕偏西的阳光照射在北厦宽阔的窗子上,老椿树的影子随风映在窗户上,蛋儿躺在炕上,睁眼看着斑驳忽闪的影子,心里满是烦躁。

他看着坐在他身边缠线的巧朵,不知咋的眼圈红了,沉思了好一会儿,恓恓地对巧朵说:"满仓娘!满仓娘!"巧朵转身看着他。

"怎么啦?难受得厉害?"巧朵停下手中的活儿问蛋儿。

"满仓娘!我这病怕过不去!"蛋儿凄惨地说。

巧朵看着蛋儿，见蛋儿那样子，心像刀割一样地疼，眼泪不由得流出，她偷偷看了一下，微笑地劝说："他爹！你说到哪里了，就是近些日子家里出事，你受惊啦！先生都说没什么，他爹，你要有心劲儿，我们好好吃药，不要胡思乱想！"

蛋儿无力地张了张嘴，说："小六女子！"他唤着巧朵的小名，巧朵心里酸疼得无法忍受，啜泣起来。

"你不要说宽心话，病在我身上我知道！小六女子！"停了一会儿，蛋儿说，"我现在就是放心不下你呀！"

巧朵再也控制不住了，抽泣起来，她揉了揉自己的眼睛，抹去泪水，擤了一把鼻涕，往地上一甩，前襟上一抹，说："他爹！不要这么说，我和你分不开！就是拆房子、卖地也要给你看好病，你一定要有心劲儿。咱们这几十年挣的钱，我都埋着哩！他们没有搜走，你不要熬煎，钱有！"

蛋儿脸上显露出凄苦的笑，说："小六女子！你真不容易呀！有心眼，埋着的钱千万不要动！这几十年想起来，是我跟着你，不是你跟着我，李家的光景过上去了。那些钱一定留着，你还要买三套马的大轿车呢！"

巧朵听着蛋儿的话，心特别疼，抽泣得更紧了。

"小六女子！不要哭啦！我这辈子跟着你值了！我这几天也想啦，人的生和死都是天生的，说不好听话，就像鸡、狗、猫，老天爷让你走，谁也挡不住，这就是命啊！不要太难受了！你要保住身子，这个家就靠你呀！"

巧朵已经哭成了泪人，蛋儿颤巍巍从被里抽出他那干瘦的手拉住巧朵，说："小六女子！你听我一句话，不要那么拼着干啦！悠着点，我们现在的光景在村里也是数得着的，平平安安是福呀！能雇人就雇人。哎！我这些话只是说说，你不会听的，我知道你的心劲儿！"

没等蛋儿说完，巧朵截住了蛋儿的话，说："他爹！我这辈子欠你的呀！"趴在蛋儿的身边"呜呜呜"哭出了声，"害得你得了这大病，你说的我知道，你放心！平平安安过日子！埋的那些钱花光也要把你的病看好，等你病好了，我和你坐咱的驴车，有集上集，有会赶会，也到临汾以外的地方蹓蹓①！"

蛋儿听着笑了，笑得很难看，浮肿的脸上皱纹深而厚。巧朵看蛋儿的笑，

---

① 蹓蹓：方言，意谓逛逛。

心里像刀子在割，泪又连珠地掉下，她将脸紧紧贴在蛋儿的脸上，任泪珠滋润着他的脸。此时此刻她感到对蛋儿充满了无限的依赖！

二十多年的夫妻生活，她一心为了光景，为了她的三套马的大轿车，没有太多关心过他的温暖、饥寒，只把他当成过光景的一个帮手、一个干手，愧疚！愧疚呀！巧朵看着浮肿虚弱的蛋儿——自己的男人，寻思着，眼泪似泉水般涌出，她的脸贴得更紧了。蛋儿也流出了泪水，他们的泪水交融在一起。蛋儿缓缓抽出右手，轻轻搂住巧朵，说："小六女子，别哭了，我知道你的心！我知道你的心！"

巧朵顺势将手伸在蛋儿的腰间，想紧紧搂住，却浑身一震，"哎哟"出了声。原来蛋儿身上热得像一块烧透的炭，巧朵抽出手惊悸地说："他爹！你发烧啦！"赶忙揩了一下脸上的泪，就朝外走。

刚跨出院门，她碰见满仓提着大包小包的药回来了。

他见到娘，一下子扑到怀里，呜呜地抽泣起来："娘！娘！先生不来了！说爹的病是'鼓胀'①！劝我们不要请先生了，要我们准备后事！呜呜呜！"

巧朵扶着满仓，替他擦了擦泪说："娃！不要哭了，其实我已经想到了，你先回去，看看你爹，说些宽心话，千万不要哭；让玉珍、米香做晚饭；我去请张先生，你爹发烧哩，回来我们再商量！"

他们娘俩正说着，李大伯抽着烟披着一件夹袄从东边走过来。

他看见满仓手里提着大包小包的药，娘儿俩擦眼泪，知道为蛋儿的病，便向前关切地问："蛋儿家里的！蛋儿的病好些了吧？"

巧朵见是李大伯，马上说："伯！这不！满仓刚从城里请先生回来，早上出去一天啦，先生不来，说你侄子得的是鼓胀！"说到这里眼睛模糊了，她抹了一把眼泪又说："刚才心里想，还想找您老呢！让您老带着娃们进城给蛋儿买寿板、寿衣呢！"说完眼泪不住地流。

李大伯说："不要难过！先让蛋儿把药好好吃上，买寿板寿衣行！把蛋儿的病冲一下，看能冲好不。蛋儿家里的！明天我和满仓娃进城去，没问题。我再说一句，蛋儿家里的，人的命天注定，谁也违不了，想开些，你也要注意身子，好媳妇子，听伯的话。唉！"

---

① 鼓胀：方言，当地百姓把肚子腹水发胀叫鼓胀，视为不治之症。

巧朵虔诚地点点头，说："伯！我知道。"转过身子又对满仓说："你记住，明儿个大早和立才请你李爷一起进城，替你爹把寿板和寿衣买回来，冲一下你爹的病！"

他们商定后，李大伯皱着眉离开了。

巧朵看着李大伯的身影，接过满仓手里的药包，想了一下，说："我看还是你请张先生，就说你爹烧得厉害，让他过来看看，我去给你爹熬药。"

满仓递过药，赶紧向张先生家方向跑去。

寿板和寿衣是第二天后晌拉回来的，放在了西厦里。

巧朵看见那白森森的三寸厚的柏木棺材，泪水不由自主"唰"地流了出来，米香不停地啜泣。

她替女儿擦拭了一下眼睛，说："女儿，不要哭啦，小心你爹听见。"米香听话地点点头。

随后，她点寿衣的件数，摸一件就像割她的心，疼得她眼泪扑簌簌流下。她一件一件地抖落，仔细查看，心里很感激李大伯的眼力。她唯一感到不称心的是棉衣裤。最后她对女儿米香说："米香，今晚你为你爹缝一套棉衣棉裤，我们用新布新花缝，买的这使不得，你爹穿上肯定会冷的！"

寿板寿衣没有冲好蛋儿的病，蛋儿下不了床了。

七月初九的大清早，天空像是被谁捂了一块块抹布，灰蒙蒙、阴沉沉。不一会儿，飘起了细细的雨雾，空气中泛起了一股股陈旧的泥土气味，使人莫名地感到压抑和烦躁。

蛋儿的精神却异常地好，连着放了几个屁，又尿了几次，觉得肚子里轻快了起来。早饭出人意料地吃了半个馍馍，喝了半碗小米粥。

米香端着蛋儿喝剩下的半碗米汤出了里屋，高兴地对坐在堂厅方桌边的巧朵说："娘！我爹吃了半个馍，喝了半碗米汤，病好啦！"

巧朵没有言语，面容像阴暗的天，沉沉的，没有表情。

她知道蛋儿的精神今天异常好，早上自己还下了一次炕，说话也异常响亮。她心里却像重重地压了一块石头，冷冷问了米香一句："给你爹缝的棉衣棉裤好了吗？"

米香停在巧朵面前，乖巧地看着娘，说："好啦！在我哥的房子里放着呢，我把碗送到灶窝里，去拿来你看看。"

巧朵愁容满面，沉沉地点头。

米香很快将缝好的棉衣棉裤拿到了巧朵面前，她反反复复地看，细细的针脚很均匀，接口处也很严密。她将棉衣棉裤往怀里一裹，舒了一口气，心想，米香长大了，能干了。

她高兴，甚至于有些兴奋地进了里屋，坐在炕的边沿，对躺在炕上的蛋儿说："他爹！你的米香长大了，看给你做的新棉衣棉裤，这针脚细细的，多好看！"

蛋儿没有看针脚细不细，而是把手伸进棉衣袖子里，来回磨蹭着，满足，享受，还有一种幸福感，嘴里不停地说："米香长大了！米香我娃长大了！"

巧朵将早就在心里准备好的话问了一句："他爹！我们以前说的话还算数吗？"

蛋儿梗着脖子，不解地躺着问："啥事呀？"

巧朵笑了，松了口气，缓缓地说："就是那年办持花苗时，我们说把米香许给立才的事！"

蛋儿一下子醒悟了，笑着说："算数！算数！立才来我们家十几年了，娃很老实稳重，干什么都实实在在的，也是我们自己看着养大的娃，米香许给他我最放心！让米香来，我给她说！"

巧朵对着屋外喊："米香！米香！！"

叫了几声没有回应，巧朵掀门帘出去，见米香在院子里给她爹洗衣服呢。

"米香！米香！放下盆里的衣服进屋里来，你爹有话说。"巧朵站在门框前说。

米香忙放下手中的衣服，在前襟抹了两下手上的水，随娘进了里屋，亲切地唤了声："爹！爹！"站在地上没有动，等爹说话。

"米香！你坐过来，坐到爹身边，爹有话给你说！"蛋儿也很亲切地说。

巧朵赶紧从炕上将麦子娃抱起，站在炕地上。

米香坐在炕沿，觉得爹今天怪怪的，说："爹！有什么事，还不能站着说？我要给你洗衣服呢！"

蛋儿抬起身子怜爱地拉住女儿的手说："女儿！你给我缝的棉衣棉裤真好，长大了！长大了！爹今天精神好，想把娘和爹给你找的一门婚事告诉你，不知你愿意不愿意，爹说出来你一定要给爹娘说实话，爹娘就你一个女儿！呃！"

米香的脸腾地红了，羞涩地低着头说："爹！娘！不要说！不要说！我不嫁人，一辈子跟你们二老！孝顺爹娘！"但其实心怦怦直跳，也不知爹娘会把自己许给谁。

"傻女儿，哪有这样的事，到时村里不笑话你，是要笑话死我们俩的。"蛋儿笑着说，巧朵在旁也笑了起来。

蛋儿吃力地仰起头看了一眼女儿羞涩的样子，喘了口气继续说："我们给你瞅的女婿是立才，你愿意吗？"

米香的脸一下子红到脖子，心怦怦地跳个不停，羞涩地叫了声："爹——！娘——！"

蛋儿又说："立才这娃！我们看着他长大，为人忠厚，也善良、实诚！长得大大方方，人见人爱，就像我们的亲儿子，是个好小伙子！你跟着他我们也放心！"蛋儿咳嗽了一声，又说："等办过事，再给你们盖一面院子，这家业给你们一份，光景肯定会过得不错！"

米香急了，撒娇地说："爹！娘！办过事我也不离开你们，不要把我们撵出去！"

蛋儿看着女儿娇羞的样子说："你同意了！"

米香娇羞地叫了声："爹！娘！"低着头双手不知所措地卷摸着炕沿的席边不说话了。

看着女儿米香的样子，巧朵知道了她的心思，说："米香，你去，把立才从东场院里叫来，他正在那里给头牯拌料呢，我们还有话和他说呢！"

米香迟疑了一下，不好意思，巧朵又催，米香跑了出去。

蛋儿说话多了，闭上了双眼气喘吁吁。

巧朵看蛋儿的样子，紧张地想叫一声，蛋儿又睁开疲惫的双眼，慢慢地说："他娘，你把满仓和玉珍叫来，我想和他们说说话！"

巧朵仿佛明白了什么，立即从东厦里叫来了满仓和玉珍。

他们俩叫了声"爹"，站在炕前没有吭声。

蛋儿气弱地说："你……你们坐……坐在炕上来，我对你们说几句话！"

满仓脱鞋上了炕，盘腿坐在爹面前，玉珍斜着身子坐在炕沿。

蛋儿虚弱地看儿子满仓和儿媳玉珍，没有说话，只见泪水从浮肿的眼角皱褶中缓缓流出，掉落在炕头上。

满仓看见爹的样子，急忙替爹擦了泪水，关切地问："爹！爹！爹！你怎么啦？难受啊！"

蛋儿蠕动了半天嘴唇，说了一句使人钻心的话："爹……爹舍不得你们呀！"蛋儿一下子流泪抽泣起来。

满仓拉住爹的手，哭着说："爹！爹！你不要紧，你的病会好！会好！"

"唉！你们不用劝，爹知道自己的病，我过不了这个坎啦！"他喘息了一下，紧挤了一下眼，让眼里的泪流尽，说："瞅今天精神还好，和你们拉拉话，怕今后有那么一天来不及！"蛋儿流出泪了，满仓赶快替爹擦泪说："爹想说什么就说，我听着。"

蛋儿仰躺着，喉结上下滚动了一下，艰难地咽了一口水，断断续续地说："满……满仓，你……你听着，你……你是家里的长……长子，要……要有长……长子的样子！"

他又咽了一下口水，鼓了鼓气力说："我先说，你要孝顺你妈，你妈不容易呀！咱们这个家都是你妈挣下的！"说到这里哽咽，停了片刻，又说："事事要听你妈的，不能自己做主。百善孝为先，这是做人的根本，不孝的人要被人戳脊梁骨！遭人骂！记下了吗？"

满仓点点头，说："爹！我记住了！"

"玉珍啊！"

玉珍在炕沿听到叫她，急凑上前说："爹！我在这里呢！"

蛋儿慢慢侧过身说："玉珍啊！你是你娘瞅准的媳妇，到我们家也没享福，净是些事，让你也受委屈，受累啦！没办法，这就是过光景、过日子！好媳妇啊！做媳妇的就是要这样。"他喘了口气，又接着说："今天我想说的，做媳妇的，特别是做老大媳妇的，先要关心你婆婆的冷暖，替婆婆操心；你娘干起事来什么都不顾，做媳妇的在后面要关心她，家里的琐碎事要操心，不要再让你娘操心。"

玉珍不住地点头说："爹！我知道了！关心娘的冷暖！替娘操心家里琐碎事！"

巧朵在旁早已泪流满面，她明白丈夫的心思，也明白自己在他心里的分量，心疼地说："满仓爹！你歇会儿，不要再说了，娃们什么都懂！"

这时，米香领着立才无声地进了屋里，悄悄地站在巧朵的身后。

蛋儿闭上了眼，停了片刻，又睁开眼，看着满仓，说："我还想说，满仓啊！你是老大，要关心、护着你弟、妹，做事要让着弟、妹，不能和弟、妹闹仗。凡是兄弟们闹仗，都是为了家业，这主要看老大，老大不把家业看得重，把兄弟情谊看得重，就闹不起来！"

说到这里，蛋儿舒了口气，仿佛放心地说："我们满仓是个厚道的人！不会闹仗！"又闭上了双眼。

巧朵看着蛋儿喘吁吁的样子，心疼地说："满仓爹，你歇会儿再说吧！"

蛋儿没有听巧朵的话，继续说："我还有几件事要说，第一件事是麦子娃。满仓，麦子娃还小，你时时要护着他，长兄为父！到七八岁后，定要让他念书，你和立才都没有把书念出来，你们这辈人里要出个念书的人，记住啦！"

"爹！我记住啦！麦子娃长大要让他念书。"

"再说一件事，你自己要做一个老老实实的庄户人，要勤劳、艰苦、厚道、善良、德正。不要像村里那些二流子，特别是不要像你爹我、你大爹那样子，赌博、吃洋烟，这辈子不能！下一辈也不能！下下辈不能！辈辈都不能！记住！"

"记下啦！辈辈传下去！"满仓急着说。

蛋儿喘着粗气，闭上了眼睛，张着嘴，巧朵急着说："他爹！歇一下！"蛋儿没有吭声，还在急促地喘。巧朵摆手，让大家离开。

满仓刚要溜下炕，手被蛋儿拉住了。他睁开了眼，用尽力气说："满仓啊！别走！我……我还有一件……件事……事说！"

满仓又坐回原处说："爹！你慢点说，我听着，不走。"

"刚才我和你娘给米香说了，把她许给了立才。立才在咱家十几年啦，是个好小伙子！我们把他当成亲儿子看，你要把他当成亲弟弟看！将来家业要有立才一份，你听见了吗？"

"爹！我听到了，我一直把立才当成亲弟弟！"满仓说。

此时，立才在巧朵身后，再也按捺不住自己心情，失声地叫了声"爹！"，扑通跪在了炕前，涕泪俱下，嘴哆嗦着说："我为您老人家磕头！"转过身子又给巧朵磕头。"娘！"

"你和我娘就是我的再生父母，我立才有今天，都是爹娘给的！我是一个知恩图报的人。这里就是我的家，满仓哥就是我的亲哥，我会一辈子孝敬二老的！爹、娘！我会一辈子对米香妹好的！有一点不好，让五黄六月的龙击了我！"巧朵向前捂住了立才的嘴说："这娃！谁让你发誓啦！快起来！"米香过去扶起立才。

蛋儿虚弱地说："立才！立才！你起来，到我身边来，让我看看！"

立才站起来，听话地爬跪在炕上蛋儿身边，蛋儿用带泪的眼睛看立才，又说："米香！你也过来！"

米香听话地也爬跪在立才身边看爹。

蛋儿躺在那里眼睛一会儿移在立才脸上，一会儿移在米香脸上，浮肿的脸露出笑来，他缓缓地把米香和立才的手攥在自己干如柴的手中，艰难地说："立才！我和你娘把米香交给你了，你和米香要白头到老，相敬如宾，将来你愿意回金殿，还是留在驿寨村，都由你了。但是，咱这里的家业有你们一份！"

立才和米香在炕上跪直身子，感激涕零。

再看爹，闭上了眼睛，脸上露着放心的微笑，像是睡去了，喘着粗气。

巧朵拉了拉米香、立才和满仓的衣角，让孩子们出去。

满仓、玉珍、立才、米香，恋恋不舍看着爹睡去的样子，含泪离开。爹睡去的样子永久地刻印在他们的脑子里。

巧朵心中压的那块重石，是更重了还是卸下了？可能都有！反正她一个下午没有安宁过，在万分痛苦中挣扎！煎熬！她心里清楚蛋儿的病已经到了尽头。但她要在这悲痛中守护着，更希望这种悲痛继续下去，永久地定格在这里，永不消失。

蛋儿是第二天天快亮的时候走的，巧朵放声号啕大哭。

蛋儿的丧事办得很体面，该有的都有，没有的也都有，村里有的人很敬仰，有的人很妒忌。

事后娃们围坐在北厦的炕上，围坐在巧朵身边，含泪追思着。

巧朵含泪给娃们说他们爹撒手人间的那一刻。

她说："你们爹走得很烦躁。那天，鸡叫过三遍，外面下起小雨，很冷，有风，刮得窗户纸忽闪忽闪地响，你爹突然伸出双手在空中乱抓，我急忙问，他爹，怎么啦！怎么啦！你爹什么都不说，还是乱抓。我抓住了他的双手说：'他爹，静静！静静！'你爹这时说话啦，他喊我的小名：'小六女子！小六女子！抓住我！不要松！不要松！'仿佛是求我，又喊：'我不走！我不走！他们踩我的肚子，拉我！抓住我的手，小六女子！'外边的雨越下越大，风刮得窗户纸不停作响，真瘆人呀！后来时紧时松，你爹的手慢慢地松弛下来，攥着我的手。我急切地唤：'他爹！他爹！他爹！'见你爹脖子往上微微抬了一下，睁着的眼睛闭上了，永远地闭上了，像是睡了。我知道你爹永远离开了我，再也唤不醒他了，我抱着你爹的身体大哭啊！"

　　蛋儿走得烦躁、恐惧，一点都不安静，但他彻底地告别了这个纷乱的人世，再不用担心自己的亲人被人带走，再不用担心辛勤劳作的粮食被人白白地抢走。他呼吸完人间最后一口气，缓缓闭上双眼，放下了一切事情，该交代的都清清楚楚交代了，他需要安静，永远的安静！

第三十七章

天高气爽，骄阳高照，难得呀！这么好的天气。

巧朵领着全家在卸盔堆地里掰玉米棒子。

掰到祖坟堆跟前时，巧朵站住了。她凝视着这个坟堆，沉思着，才几年的工夫呀，这坟堆上就长满了酸枣刺，翠绿翠绿的小圆叶子中间点缀着鲜红鲜红的酸枣，在阳光的照耀下十分惹人喜爱。人常说："坟里酸枣刺旺，家里人丁强。"这酸枣刺下边是土，土下边是她最亲最亲的人——李府芳。她想着自己丈夫走后，这三年的光景过得还算顺当，日本人败了走了，"二战区"回了城，没有进村来搅和过，天下太平了！安安生生过光景的日子又来啦！家里经了很多事情，她有满腹的话想给丈夫说啊！便转过身子喊了声："满仓啊！你和立才把掰下的玉米棒子往回拉，我在这里坐一会儿，累了！"

满仓非常理解娘，应声道："娘！我把棒子往车里搬，该吃中午饭了，你坐一会儿赶快回来。"

巧朵没有应声，她坐在蛋儿的石碑前，深深地凝视那蓬勃旺盛的酸枣刺，蛋儿的面容立即鲜活地浮现在她的眼前，她的眼睛不由得湿了，沉默了许久后，才慢慢地说：

"满仓爹！满仓爹！你个死鬼，扔下我独身你倒安心？今天我和娃们收棒子，棒子长得不错。我今天要给你说的话很多！很多！"她用双手揩了一把泪，再往前襟一抹，说："这几年的光景还不错，日本人败走后，天下太平了，纸碾开滚了，棉花我又种了，织的布开始卖了，还是和城里姓曹的做。今年我想又能织出二百多卷布，麻纸一年至少能晒出一千来刀，满仓和立才听话，帮大忙啦。纸碾我就没有太操心，凭他们哥俩了。我给立才在北场院盖了五间北厦，把他们的事也办了，但立才娃不想回金殿，就一块儿过也热闹，我再攒些钱就准备买一辆三套马的大轿车了！"

"我再告诉你一个特大的喜事，我们有孙子啦！满仓的，这是第二个，上年第一个可惜没保住，我怕你伤心，没告诉你。"她停顿了一会儿，接着说："明天过百天啦！到时候，我给你烧香，你记着！死鬼！我准备摆几桌席，请客。我还给娃打了一把大银锁，给娃带上，娃长得白胖白胖可好看啦！过上十年，我就坐上大轿车，带上他上集、赶会、看戏，谁叫你这个死鬼走得那么早呢？要不……"她说不下去了，眼泪连珠似的往下掉。

巧朵一个人掉了半天的泪，再没有什么说的了，怀揣着深深的思念，离开了蛋儿的坟堆，往回走去。

她走一路想一路，刚才在坟上，很想把满仓第一个娃没保住的事具体告诉蛋儿，但是话到了嘴边又咽下去了。她不想让蛋儿在那边心烦，他心眼小，有事放不下，要是再得个什么病的，谁侍候他呢？他不像我这人，心里不爱放事。有些事，到哪一步说哪一步，事过去了，就不想它。事发生了，只想有什么法子补救、解决。不想已经发生的事，太苦恼烦心啦。发生了，已经发生了，想它有何用！但万万不能让同样的事发生第二遍。

说是说，想是想，脑子里又出现了去年的事。

是去年刚过了正月十五，正月十六。给满仓的第一个娃，巧朵的第一个大孙子过百天，她高兴，来的人也多，都想抱抱巧朵家长得心疼的大孙子。孙子虎头虎脑，一头油亮的黑发，一双漆黑珠子般的眸子一眨一眨明亮明亮的，肉肉的双下巴，红润的小嘴嘟着，想笑不笑，真是爱死人啦！没想到让娃姥姥抱了抱，在娃囟门上深深摸了三下，把娃的魂儿偷跑了，过了百天的第二天娃就殁了，你想这让人受得了吗？这事让巧朵一家子难受了大半年，直到玉珍再次怀上。

娃的姥姥亲口对村人讲："我亲家那人心可硬啦！那一年，天上倒猛雨，下冷子，麦子颗粒不收，家里揭不开锅，借她些粮，难呀！饿得我家青山得病殁了。她们家放粮。那年要不是我家青山和黄毛，日本宪兵把她抓去，不打死她啦！没良心呀！我敬的是王母娘娘大仙，让这没良心的绝后！把她的孙子抓来侍候王母娘娘大仙，她们家生一个我偷一个。"

想到这里巧朵心里急，得赶回家，提前给玉珍交代，明天娃百天无论如何不能让她娘抱娃。

她进了担门就喊:"玉珍!玉珍!"

玉珍从西厦里出来,满手的面,应声道:"娘!我们还说到地里叫你呢!面已经和好啦,我们下面吧?"

"下面吧,我在北厦里等你们。"巧朵说着跨进北厦客堂。

米香端来洗脸盆说:"娘,你洗脸,马上吃饭。"

米香、满仓、立才把炒菜、醋、盐、辣子、蒜、葱放在方桌上,玉珍已将面下好。

等面条端上桌子,大家拌好面端起碗,巧朵问满仓:"满仓,明天席面上的菜准备好啦?"

"好啦!我们做八八席①,共二十桌,娃的银锁子也拿回来了,玉珍,你拿来给咱娘看!"

玉珍从东厦里拿来银锁,巧朵打开红布,见银锁足足有二两重,银锁肚子的两面镌刻着金黄金黄、明晃明晃耀眼的"长命"二字,满意地笑了。

满仓也兴奋地说:"娘!我让打银锁的师父把'长命'二字镀上了金,明晃明晃耀眼,好看吗?"

巧朵没说什么,怔怔地看"长命"二字,心里却打了个寒战,真怕她那供神的亲家党家嫂子来了抱娃,把娃的魂偷走!所以,很坚定地说了一句:"明儿个我给娃戴'长命锁'!谁也别碰我娃!"

娃们嘴里含了口面,听巧朵这么一说都愣怔住了,按风俗说给娃戴"长命锁"是姥姥的事。巧朵又坚定地说:"玉珍、满仓,你两口子听我说好,明儿个你娘来,不能让她动娃一指头,听到了吗?"玉珍、满仓看娘郑重的样子,只点头,没有吭声。

翌日,太阳老高了,在云中忽隐忽现,照得驿寨村一片明亮。巧朵家来了很多人,都喜着跑进东厦看玉珍的娃,巧朵的大孙子。

这小子今天真装人的脸,就是不让人把他裹在小花被子里睡觉,人来疯,两只白胖白胖像藕节的胳膊在空中不停地比画,小嘴里咿咿呀呀嚷嚷,高兴

---

① 八八席:这是地方请宴席的最高规格,即八个凉菜、八个热菜、一壶酒。此外,还有四六席、六六席,都以凉热菜分类。

极了。

巧朵今天穿了件崭新有暗花的黑绸夹袄,腿脚扎得很紧很整端,两只小脚上穿一双黑绸面的软白底三寸小脚鞋,稀疏的头发梳理得光亮光亮,一根银亮的钗子斜插在后髻上,满脸的喜庆,端端坐在北厦客堂的方桌旁;方桌上靠她这边放一小瓷碗冒着热气的茶水,她时不时端起瓷碗抿上一口,就差手中握一把白铜水烟袋了,那神气,不一般!

今天她太高兴了!听着满院子人夸赞她孙子长得好,接受着亲朋的吉言祝贺,看着满桌子各式各样的红包包——有银锁、银手镯、银项链、银光洋等等。正自得时,无意识瞥了一眼方桌另一边空着的圈椅,想起了蛋儿,那是他的座位呀!顿时眼圈红了!正好满仓高兴地进来。

"娘!开席吧?"

巧朵责怪地说:"你这娃呀!只顾高兴,把你爹的牌位盒打开,给你爹烧炷香,献上献点,让你爹也高兴高兴!"听话的满仓,赶忙拿出爹的牌位盒,打开盒子,露出白煞煞的牌位,烧香磕头,巧朵坐在旁边咽了口唾沫,脑子里浮现出蛋儿坟堆上蓬勃簇拥的酸枣刺、灰冷冷的石碑,哽咽起来,他要在多好啊!满仓看见娘眼里的泪水,知道娘想爹了,便磕了头起来,在娘的身旁唤:"娘!娘!娘!"

巧朵看着儿子满仓,慰藉地揩了一下眼睛,问了一句不远不近的话:"你那丈母娘来了没有?她来了开席!"接着又郑重地问了一句:"满仓!可记住!今天不能让你那丈母娘碰娃一指头!小心把娃的魂儿偷走!"

娘儿俩正说着,只听院子里传进嘈杂的笑闹声:"哎呀呀!我的党家嫂子,太阳照头顶了,就不见你这大神露面,怎么才来呀?和你家里那位王母大仙说不完的话,啊?大伙儿都等你为你那胖外孙子戴'长命锁'呢!你不来,娃戴不成锁子,席也开不了!"院里一阵的哄笑。

"可不是!我给娃打的银锁子在怀里揣着哩,我给我娃戴!我给我娃戴!"伴随着话的是一串尖亮的笑声。

巧朵立马从圈椅里站起,也笑呵呵迎出门,爽朗地说:"哟!亲家嫂子!你来啦!"

"哎呀!亲家妹子!贺喜!贺喜!"党家嫂子热情亲切地说道。她今天穿戴格外周正，一件纯黑色洋布夹袄，不大不小套在上身，右肩处有颗指肚头大小的绣花银纽扣闪亮闪亮；没戴帽子，头发梳得油光油光，乌黑的小碗似的发髻罩着黑纱牢固坚硬地扣在后脑勺，上边插了三根花形珉瑁的银钗；一张似男人的长方形的脸盘黢黑；嘴唇薄薄的，却有些长；鼻子直直，鼻孔张力强，显得鼻子下扁上窄；特别是那双大而圆的眼睛，总是神秘地审视着四周；小时因发烧而残留下的一条腿发育细而短，走起路来颠动很大，腿画圈、撅屁股、前倾身，所以，她总是挂着一根檀木拐杖，人没到，先听到"咚咚咚……"檀木拐杖叩地声。她把拐杖在地上叩得"咚咚咚……"响，撅起长而薄的嘴，带着歉意地说："来迟了！亲家妹子，来迟了！就是那死黄毛缠住说个事！"

"怎么不让他舅也来呢？"巧朵热情地说。

"嗐！我让他来呢！他说近些日子队伍上事太多，宪兵队改什么……什么……保……保安团，对！保安团！他当班长啦！说今日队伍上有要紧的事。这不，我和他舅给娃打了一把'长命锁'，玉珍！玉珍！快把娃抱来，我给娃戴上！"说着，又是喊她闺女玉珍，又是忙着从怀里掏出一个小红包，两只眼睛闪着光亮。

"来来来！拿来我看看，我也给娃打了一把，咱俩比，谁的好给娃戴谁的。"巧朵说着，笑呵呵扶着亲家一同进了北厦客堂，让党家嫂子坐在方桌另一边的圈椅上。

党家嫂子将小红包递给巧朵，打开一看，银锁子打得真美。锁子不大，很灵巧，在小锁子上爬缠着一条逼真的长龙，龙头巧妙地从银锁的顶头攀出，不张扬，还有一种喜色，从缠爬的龙身底下隐现出"长命"两个字，龙翅上穿挂了一条红色的细丝绳，细丝绳两头上结了豌豆大小的两颗透明红色的玉珠，玉珠相互扭结一起，锁子刚好能横在小娃的胸前，龙头在锁子上头，很是精致。巧朵在手里掂了掂，心里想，这么小气，连一两银子都没有，还把"长命"二字压在龙的身子下，这是什么意思？我娃的命还要被压着？想到这里，感到这个姥姥的心真狠毒，这把锁子怎么也不能戴在娃的脖子上。巧朵脸变得生冷起来，把锁子包好，什么也没说，放进了桌子上一堆的红包内，转身从中堂画背后的窑盒里取出自己为孙子打的银锁子，很自得地递给亲家党嫂子。

党嫂子接过银锁子，觉得比自己的锁子沉得多，打开红布，看见一把银白光亮的锁子，从银锁背后伸出一个圆圆的银项圈，在锁子肚子两面都镌刻着镀金的"长命"二字，金黄闪亮醒目，不禁心里揪了一下，复杂多事的眼睛眨巴着，笑呵呵阴冷冷地说："亲家妹子！这项圈太张开了，小心把娃扎了！"

这是什么话？巧朵心里很不是滋味儿。我娃百天的日子，做姥姥的咋能说这样不吉利的话？

巧朵向来瞧不起这位亲家嫂子，一天不好好地实实在在地过光景，就凭着耍大神过日子。就是党青山在世，也不是过光景的人，一身的臭力气没用在过光景上，想着法儿地占便宜，欺负人。今天又来这儿找碴儿，想偷我娃的魂儿！想到这里真想发作。娃的百天，还是求平安！忍吧！想发作的心转了向，接过党嫂子的话头说："亲家嫂子，你不用操心！要想的都想到了，那项圈上有个扣儿，牢着哩！我娃命大，比第一个娃命大，扎不了！他姥姥！放宽你的一万个心！唉！我第一个孙子要在着就满地跑了！"

巧朵心里说不发作，可说着说着，话里不由自主地就带满了刺。

党家嫂子也觉得自己刚才说话不是地方，也不是时候，但泼出的水，收不起来了，只能赔着笑说："亲家妹子，你看我这张嘴，在娃百天，说的啥话！你说得对！你说得对！"她从心里惹不起这个亲家妹子，那年因为地垄子蛋儿和党青山打架，她竟敢在党青山背后拿起砖头向党青山头上拍去，是个厉害货。

这时，玉珍和满仓抱着娃进屋。小家伙在花被子里还不安生，踹腿挥臂，嘴里咿咿呀呀不停。党家嫂子站起身，刚想抱娃。

"玉珍，把娃给我！把娃给我！今天是我孙子的百天，谁都别想抱我娃，我今天要把我娃一直抱在怀里！"

玉珍急忙把娃给了婆婆巧朵。

党家嫂子干笑了两声，坐回了圈椅，讨好地说："亲家妹子！过百天，把'长命锁'给娃戴上，叫玉珍带娃到我那里住些日子，好让娃的魂儿记在王母大仙神之下，娃肯定好管！"

巧朵听这话后，冷冷地盯了党嫂子一眼，轻蔑地浅浅一笑，说："亲家嫂子！好心，好心啊！我可不敢让玉珍带娃到你家住，再惹出事来，村里人又是闲言碎语，你听了受不了，我听了更受不了，就是我们家这老院子，这老北厦，一家子住在一搭里相互照应，看哪路野神野鬼敢进院子来？玉珍和娃哪里也不会去!"

巧朵这一顿戗人的话,让党家嫂子的脸一阵红一阵白,也不说话了,只把放在桌子上自家的那个小红包拿在了手中,打开,她看着精美的龙头小银锁,笑着说:"玉珍!快把娃从你婆子怀里抱过来,你和满仓抱着娃,给你爹烧香磕头,我给娃戴锁子,好开席!"

听党家嫂子的话,巧朵更没好气地说:"玉珍,给你娃,抱好了,和满仓给你爹再烧灶香,磕个头。今天我给我娃戴百天长命锁,戴我打的那副锁子。今天娃的百天'长命锁'他奶戴,规矩改了,谁都别想!"这又硬棒又戗人的话,使坐在圈椅中的党嫂子嘴唇一阵哆嗦。她缓缓站起来,说:"哟哟哟!今天亲家妹子怎么啦!吃什么枪药啦?戴长命锁子的规矩是老人传下来的,怎么能改呢?"翻着白眼说了一句硬话。

巧朵听着就躁气,大声回应说:"为什么不能改?今天我就改啦!虎还不食子呢,可驿寨村有的母虎就食子!今天给百天娃戴'长命锁'的规矩改啦!谁也不要再说!"

戗得党嫂子眼瞪得多圆,一句话也说不上来。她太知道巧朵的犟脾性了,没有再撑下去,笑了笑坐回圈椅。只听巧朵还在说:"我的大孙子,我说我给娃戴锁子,就是我戴!"她又对玉珍说:"玉珍!你抱着娃就在这里待着,哪里也不能去!"嗓音高得不行,玉珍规规矩矩站在巧朵身旁。

巧朵时时刻刻提防着党家嫂子抱娃,害怕她摸娃的囟门,把娃的魂儿偷走,那样的话可怎么和那边的蛋儿交代呢。

院子里的人,不知屋内发生了什么事,说话的声音这么高,便挤到门口朝里瞧。

立才在门外嚷嚷:"别挤到门口,菜摆好啦!快入席!入席啦!"

立才挤进堂屋,对坐在方桌旁的巧朵说:"娘!给娃戴长命银锁子,开席吧。"

"来,立才,和满仓把桌子上的礼物放到里屋,上菜!我现在就给娃戴锁子。"巧朵坚定地说。

巧朵转身又喊:"米香,米香,你在哪里?"

"娘!娘!娘!我在这里。"米香应声跑进来。

"你这死女子，在外边跑，去，看你弟去，麦子像是在里屋哭哩！"米香赶紧跑进里屋。

玉珍抱娃已站在巧朵身旁，把小花被解开。

巧朵拿起自己打的那副明晃晃金黄金黄的锁子，在蛋儿的牌位前献了献，站着默默说了句："府芳！你个死鬼听着！你看这锁子好吧！我现在为你孙子戴'长命锁子'！"她想着今天的事，心想，真难啊！心里酸痛酸痛，眼睛潮湿了。

她缓缓转过身，看孙子白胖粉嫩的小圆脸，眼睛瞪得亮晶晶，红润小嘴微微嚅动了一下，笑了，巧朵心里一下畅快了。她解开项圈小扣，轻轻扶起孙子的头，只听细微的"咔"一声，给娃戴上了长命银锁子，小家伙像是懂事地"哇儿！哇儿"几声，谁也没听懂百天的小婴儿说的什么，但巧朵听懂了，她孙子"长命"啦！她放心啦！

"立才！开席！"巧朵对立才说。

立才赶快在北厦门的台阶上，对着院子里大声地喊："娃的长命锁戴上喽！开席——！"

人们喜笑颜开地涌向桌席，开怀大吃，猜拳畅饮，议论着巧朵孙子的可爱，笑谈着席面菜的大气，低语着刚才北厦内发生的事情。

玉珍抱着戴"长命银锁"的娃，满仓仰着笑脸，一桌一桌斟酒敬酒。

突然，不知是哪个年轻人给满仓和玉珍脸上涂了一把红颜料，又是一把锅底灰，随即引起一阵又一阵的哄笑。

巧朵迈出北厦大门，后跟随着党家嫂子，站在台阶上，她们手中端着酒盅，巧朵气势高昂地说："我给大伙儿敬酒！"

话音刚落，几个小伙子上去在巧朵和党家嫂子脸上一通乱抹，红黑两色在两位亲家脸上显现，两个女人都笑啦，院子里大伙都哈哈大笑起来。

两个大花脸女人在院子里转，全院子的亲朋好友都笑了，纷纷端起手中的酒盅，高声地喊：

"敬巧朵嫂子啦！"

"敬党家嫂子啦！"

李家北厦院内一片欢声笑语，驿寨村压抑了多年的人们，趁着巧朵大孙子过百天，在这里尽情欢快地笑着，闲聊着。

玉珍怀里的小家伙也"哇咿、哇咿、哇咿"笑着，一群小娃们在追逐打闹着。

"小六女子！为你的大孙子百天贺喜啦！"说话的人是老村长进才，他驼着背，手中拿着一个小红包，笑呵呵的。

"哈哈哈！"这洪亮的笑声使巧朵看见了进才，忙迎了上去。

"哟哟哟！这是党家家里的，向你贺喜！贺喜！"

巧朵和党家嫂子急忙将进才请进北厦客堂，让其坐在了方桌的正席。满仓、玉珍抱着娃站到了进才的身旁。

进才高兴地把小红包给了满仓，说："满仓啊！我也给娃打了一把银锁，贺喜你娃百天！"

"哎呀！进才爷爷，让您老破费！我替娃谢爷啦！"

玉珍在旁抱着娃，屈膝说："替娃谢谢爷爷！"

"你看这满仓娃！跟你进才爷也客气！满仓你百天时也给了你一把银锁呢！"说罢，进才爽朗地笑起来。

"是呀！是呀！这日子真快，一晃就二十多年啦！到这辈人啦！"巧朵感慨地说。

这时进才站起说："玉珍！把娃抱近些，让我看看娃像谁？"

玉珍赶紧走得更近些，把怀里的小花被子向进才靠了靠，进才掀开小花被子，看见小家伙胸前闪光金黄的长命银锁子，扭头先看了一下党家嫂子，又看了下巧朵，说："这长命锁子是你打的吧？"

巧朵点了点头。

"好！好！好！"进才连连称赞，"亮堂！金黄！长命！好！"进才叔把"长命"说得很重。

巧朵明白进才的意思，也重重地点了一下头，没有说话。

小家伙在小花被中不安宁起来，蹬了两下腿，一股清亮清亮的尿水扬出，扬了进才一身，引得人们哄堂大笑。

"福气！福气！进才叔福气啊！"巧朵笑着说。

满仓急忙挽起自己的夹袄袖子替进才擦拭。

进才也觉得自己今天真有福气，和大伙一起仰头大笑。

他停下笑，歪头细细看小花被中这调皮的小家伙，只见粉嫩粉嫩小圆胖脸，小嘴不停嚅动，便笑着对巧朵说："小六女子！你这孙子脸盘真像我们满仓，但这小嘴和大眼睛像玉珍女子，这小子真好看！"

这句话一下勾起了党家嫂子抱娃的心思。来了大半天了，连外孙也没抱一下，立马笑呵呵地说："玉珍！玉珍！把娃抱过来，让娘细细看看，哪一点像我们党家人！"

说着站起来伸出手，玉珍真慌了神，看婆子巧朵，又看娘，往后退了几步。

巧朵立刻警觉起来，像护崽的老母豹，"忽"地从桌子的另一边站起，跨一大步，伸出手挡住了党家嫂子伸出的手，大声喝道：

"不能抱我娃，今天你不能碰我娃一指头！"

进才被巧朵的喝声惊了一大跳，慌得身子站在两亲家中间，说："怎么啦？怎么啦？"

这两亲家根本没有理进才的问话，双方都狠狠地瞪着眼睛。

党家嫂子生气地说："咋啦？姥姥抱外孙子咋啦？"

巧朵毫不示弱地说："我说不能，就是不能，除此外，你愿干啥都行！"

"那我要抱呢！"

"你要敢抱，你试试看！"巧朵翻脸了，愤怒地将自己右手掌展开，在党家嫂子面前晃晃，"你今天敢碰我孙子一下，就是我这通手纹的巴掌！"

党家嫂子看着巧朵张开的又宽又厚满是茧的手掌，心里哆嗦了一下，想：今天这么多人，这硬货亲家真敢扇我？便尖声说："哟哟哟！今天我就是要抱抱我的外孙子，咋啦！"

巧朵这时每根汗毛孔里都是火，脑子里出现了去年的情景：树梢还没有挂上嫩的绿芽，早上的风还很冷，一阵急促的敲门声把她从梦中唤醒！

"娘！娘！娘！你快来！看我娃怎么啦？呜呜呜！"玉珍哭喊道。

巧朵翻身披件棉袄下炕，没顾上麦子的哭喊，随玉珍到了东厦，只见她孙子脸煞白煞白的，张着小嘴，只出气不吸气，眼睛瞪得圆圆，她一下子慌了手脚，高声道："满仓咋不去请张先生！"玉珍说满仓已经去请了。

张先生来看了小孙子，说："可能是你们昨儿个给娃过百天让娃吹着，受凉啦！我这里有几粒药丸，擀成粉，给娃冲着喝了，看如何。"可看后，张先生就是不收钱！

巧朵的头一下涨得多大，是后院的大嫂说了一句："是不是娃的魂丢了？"她立马又是烧香又是磕头。晚上夜深了，下半月残留的月牙泛着冷光。她一手提了只大花公鸡，一手提了把菜刀，只听大花公鸡"嘎嘎嘎"惨叫，"唰"一下抹了大花公鸡的脖子，公鸡不叫了，巧朵提着滴血的大花公鸡满院子转，嘴里不停地拉着长调唤："我的孙子庆喜回来吧！我的孙子庆喜回来吧！"

最后还是没有唤到她孙子庆喜的魂儿，大孙子在三天后睁着小圆眼殁了，她捂着被子没吃没喝哭了三天。

后来村子就传出党家嫂子自称偷了她外孙魂儿的话。她也清楚记得党家嫂子抱着庆喜，在娃囟门处深深摸了三下，嘴里还念道："我的庆喜外孙子！我的庆喜外孙子！我的庆喜外孙子！"

这些情景就仿佛发生在昨天，她真后悔自己当时没有挡住，今天再不能后悔了！后悔就来不及啦！她只要敢碰我孙子，就看我如何收拾她。

想到这里，她接过党家嫂子的话，不留情面地说："你说咋啦！我今天给你说，就是不能碰我的孙子，我娃在十二岁前你休想碰他一指头！"巧朵浑身都冒着火，嗓音高得吓人。

党家嫂子没听巧朵的警告，把拐杖靠到方桌沿，不平衡的身躯往前一倾，屁股一撅，右腿原地画了个圈，向前跨了一大截，伸手去玉珍怀里抱娃。此时，去年瞪着可怜圆眼殁了的孙子在巧朵脑子、眼前忽闪！巧朵的巴掌"啪"一声扇在党家嫂子脸上，就像实实拍了一铁锨，党家嫂子顿感脸上烧痛烧痛，头晕恶心，细而短的右腿没有来得及画圈，也因为没有拐杖支撑，身子"扑通"一下结结实实倒在北厦客堂地上。

巧朵发泄着一年来钻心的愤怒，厉声骂道："你这条喂不熟的狗，食子的恶虎，自村里遭灾以来，我借给了你多少斤的粮食？你还过吗？你为什么要偷我第一个孙子庆喜的魂儿？我的庆喜呀！我可怜命苦的庆喜呀！我今天打的就是你！"

巧朵数落着痛哭起来，又抬起手朝地上的党家嫂子打去。

玉珍见状，急扑上去拦住了巧朵的手，喊："娘！娘！娘！不要打啦！不要打啦！"

进才向前也拦住了巧朵，劝说着。

党家嫂子在地上摸了一把火辣辣的右脸，摸了一手从嘴里流出来的血，坐在地上两手拍地号哭起来："快来人呀！快来看呀！我给我外孙戴银锁子来了，反遭人打啦！快来人呀！黄毛你回来呀！我遭人欺负啦！"

进才看这阵势，把巧朵硬硬挡在身后，又去搀扶党家嫂子。

"快起来！别哭嚷啦，让人家笑话！"

听到北厦屋里的哭喊声，满仓、立才跑了进来，见这种情景，问了巧朵娘几句，就明白了事由。

满仓一下火冒三丈，头发根子都夯起了，想起大儿子可怜的样子，今天又来偷我二儿子的魂！二话没说，拉起自己丈母娘的那条好腿就往担门外拖。

玉珍急切地哭喊："满仓！满仓！那是我娘！那是我娘！"

满仓怒气冲天地说："害死我一个娃，又来害我这个娃！今天就往外拉她，要她记住永远不要进我家的门！"

立才见满仓哥怒气冲天，就势架起了党家嫂子的前臂，一下将其扔出了担门，一根檀木拐杖砸在党家嫂子的腿上，"咣当"把担门关了。

院子里席桌上的人都站了起来，不明所以，又纷纷私语。

党家嫂子在担门外站起，看紧闭无情冷酷的两扇黑门，抹了一把嘴上的血，跺了跺小脚，觉得那条好腿的脚脖子崴了，疼得单腿颠了两下，见自己旁边围满了村人，又气恼又羞愧，拍了满屁股的土，拿起拐杖，"咚咚咚"叩了几下地，颠起小脚，大声骂道：

"你个龟孙子小六女子！蝎虎子！蝎虎子！我今天拿着龙头银锁子看我外孙子，你凭啥打我！人在做，天在看啊！王母大仙呀！你要给我出口气呀！你要给我出这口气呀！"嘴里不停地骂嚷着，一颠一拐一"咚"地走开了。

第三十八章

　　一面长方形的镜子里映出一张长方形黑黢黢的脸，头发凌乱，右脸上有明显的五条红肿的印子，像烙出的，一直延在右嘴角，这是一个清清楚楚的手印；一滴豆大的泪水从眼角缓缓流出，一只干瘦的手抹去了眼泪，又轻轻摸那红肿的印子，"吸溜"一声，疼！

　　这是党家嫂子拿着镜子在看自己被亲家巧朵打了的脸。

　　她今天感到丢人，感到沮丧！怎么能让亲家巧朵当那么多人的面给一巴掌呢？她可是诚心诚意去给外孙戴锁子的。那只刻着龙的小锁子真是好看，是她花了一个光洋在城里打下的，为打这把龙锁把她的银镯子都化了，那是她嫁给党青山时从娘家带来的呀！她心疼外孙子，只是想抱一下，怎么就不能抱呢？刚伸手想碰她就给了一巴掌，这硬货的亲家，蝎虎子亲家！心真狠！手真重！脸现在摸起来还火辣辣地疼，她委屈得又流出了泪。

　　想起来，这一巴掌挨得冤呀！但也是自作自受。亲家非要说是我偷了她第一个孙子的魂儿，我哪有那么大的本事！那不真成精了吗？就是有那本事，我也不能偷我亲骨肉外孙子的魂儿呀！想起来，也怪自己，去年蝎虎子亲家殁了孙子，我殁了外孙，自己也心疼难受了些日子，心疼难受过后，想起向蝎虎子亲家借粮时的难肠劲儿，自己又幸灾乐祸了，非说自己敬的神神力大，摸了娃囟门一下，偷了娃的魂儿。

　　她又摸了自己的屁股，觉得也有点疼，就是满仓把她扔出担门时蹾得，脚腕子也在发疼，她感叹这女婿真不是人！咋说也是你的老人，咋能这样呢？

　　此时，她想了过早去世的男人——党青山，他要在世，女婿敢吗？她蝎虎子亲家敢打她一巴掌吗？不由得眼泪泉水似的涌出，抽泣出声，把镜子往炕上一撇，在自己头上捂了一条被子。

她在被子里呜咽了一阵子，想起儿子黄毛在队伍上，是个头头班长，她不知班长官有多大，却有人有枪呀！对！给儿子说自己的委屈，让儿子帮她出这口气，于是她来了精神。

她起身舀了一盆水，用毛巾擦洗自己的脸，水刚挨上脸就是一阵刺疼，轻轻擦了擦，又梳理了一下头发，整理了一下衣服，推门望头顶的太阳，刚刚偏西，还早！进城找儿子黄毛，解这口气！家里有个吃粮当兵的保安团的班长，还怕谁呢？

她精神十足，想起走前一定要敬敬神。

她掀起了客堂窑前的黑布帘子，在幽暗的窑中央立着一尊彩色的木雕像，木雕像背后贴有竖条黄表纸，上面"王母大仙之神位"字样清清楚楚。她站在彩色女人木雕前凝视了许久，往手心吐了口唾沫，往后抿本来就油光的头发，把衣襟搦了搦；从香盒里取出两炷香点燃，敬重地插在彩色女人雕像前的小香炉里，屈膝万福拜拜，跪下，长薄的嘴唇就像小飞蛾的翅膀不停地翻动，足足有抽一袋烟的工夫，才起身拿起那根檀木拐杖，出了自家院子的大门。

中午饭都没吃，党家嫂子拄着拐杖，出现在往城里去的官道上，急促地往城里走去。

就在党家嫂子进城前拜她的王母大仙神像的那抽一袋烟的工夫，巧朵的北厦院里发生了使人难以想到的怪异事。

党家嫂子被满仓和立才骂着扔出担门外后，在众人的劝说下，巧朵大孙子百天宴席逐渐恢复了热闹。进才先端起酒盅，笑呵呵地说："小六女子啊！叔要敬你三喜！"

巧朵莫名地笑着说："进才叔，我哪里来的三喜呀？"

"你们听进才叔说，喜得孙子百天，一喜；选了一个好女婿，二喜；光景现在过得红火，三喜！是不是？你喝！你喝！"

巧朵慌忙端起酒盅，连连说："不敢！不敢！不敢！进才叔，您是我们的长辈，我先敬您！我先敬您！"

"今天是你孙子的百天，当然你为先，别让啦！为你的三喜喝了吧！"

巧朵再没有说啥，由满仓、立才陪着盅杯见底，干脆地喝了。

满仓、立才赶紧斟酒，巧朵喜气洋洋举起酒盅，刚才被党家嫂子惹的不快已扫得干净,恭敬地说:"进才叔!我们村就数您的声望最高,驿寨村家家其乐融融、生牲两旺,也真是您进才叔治理得好,我们一家敬您!满仓、立才端起酒,敬您进才爷爷!"

他们四人的酒盅碰在一起,"咣"一声,仰脖"吱儿"一下,一饮而尽。

满仓、立才两个小辈不住斟酒,大家都欣喜爽气。

突然,"忽"地一下,客堂的东耳房的布门帘被掀起,米香披头散发两手撑住东耳房门框,双眼呆滞地看着客堂满桌子吃喝的人,"哈哈哈"大笑起来。狂野的笑声像刮起一股诡秘的风,使人感到阴森、可怕。

客堂的人都惊愕地站了起来,目瞪口呆、不知所措。

巧朵一下子就想到这是亲家党嫂子神婆搞的鬼,怒不可遏,脸涨得通红,锐利的闪着火光的眼看着米香,炸雷似的大喝:"立才!给我从北场院里桃树上撇枝条子来,我看什么小鬼毛神敢在我家闹事,老娘还真不怕这些东西,待我用桃树枝子往死抽它们!"

立才听到话立马跨出北厦门,往北场院跑去,院里吃席的亲戚村人听到巧朵的喝骂,放下碗筷集聚在北厦客堂门口。

"嘻嘻嘻!让开!让开!"玉珍一脸的傻笑往开拨拥挤的人,见到怒容满面的巧朵只是"嘻嘻嘻"地傻笑,怪模怪样嗓子又尖又沙哑地说:"你不要发脾气,不要发愁,我知道你厉害,是蝎虎子。娃我不要你的啦,我要随王母大仙走啦……嘻嘻嘻……"说得笑得使人瘆得慌。

巧朵一听,双眼像两股火在呼呼地燃烧,直盯着玉珍。

"哈哈哈,乱了!全乱了!哈哈哈……"米香的笑又响起,巧朵旋即转身对着大笑的米香就是两个耳光,米香嘴角立即挂了两道血迹,捂着脸平平地倒在地上。

巧朵又对着发傻的玉珍怒斥道:"我给你说,我什么都不怕,就你这小鬼毛神,早点收了身,免得一会儿挨打!"

"嘻嘻嘻",玉珍又发出傻傻冷冷的笑,声音不高,但是人听了浑身不由得发冷。

此时,立才拿着桃树枝子进来了,巧朵一把拿过桃树枝子,疯狂地往躺在地上的米香身上抽去。

她瞪着血红的眼，脸涨得通红，就是一只发狂的母豹，"嗷嗷嗷"地叫着："你们这些小鬼毛神，敢在老娘眼前闹事，我抽死你！我抽死你！抽死你！抽死你！"

她真的疯啦！拼命地抽着自己的女儿，宣泄着自己内心的怒火，桃树枝子在她手中已经折断了，她还疯狂地抽着，米香身上一条条血迹渗出。满脸傻气的玉珍身子在发抖。

立才、满仓看着急了，立才心疼地扑上去一下握住了巧朵的手，对着巧朵的耳朵喊："娘！娘！娘！这是米香，你的女子！别抽啦！别抽啦！"立才已经跪在巧朵的面前，仰着脸苦苦哀求！

躺在地上的米香嘴张得很大，深深吸了口气，打了一个大大的哈欠，像是刚刚睡醒的样子，眯缝的眼睛一睁，见巧朵手中断折的桃树枝子落在她身上，翻身站起搂住娘的手，哭号着："娘！娘！娘！我浑身疼！我浑身疼啊！"

巧朵见女儿醒了，把女儿米香紧紧搂在怀里低声地呜咽抽泣。女儿米香却"唉哟"了一声！

玉珍在旁眼睛忽闪了一下，满脸的傻气一扫而净，见婆子娘巧朵搂着米香呜咽抽泣，向前扶住急切地问："娘娘娘！这咋啦？"

巧朵见玉珍醒了，立即焦急地说："玉珍！你快去东厦把娃看好，一步也不要离开！快去！不要管这里的事！"

巧朵又转过身四处看，高声地喊："立才！立才！"

"我就在你跟前呢，娘！"立才急切地答。

巧朵两眼泪水亮晶晶，看着立才说："立才啊！你赶紧抱米香回北场院北厦去，照顾好她！"她手指向里屋，"去里屋架板二层上，有一小盒跌打粉，你拿去给米香撒上！"

回过头，看见满仓在客堂呆呆站着，生气地嚷道："你还不去东厦看你媳妇子去，护好她们，憨站在这里干啥？"

满仓皱着眉头，慢声慢气地说道："满仓娘！我给你说过，不要再折腾了，看把你累的！看家成什么样子啦！"

巧朵一听，知道自己的丈夫蛋儿附在了满仓身上，满腔的委屈夹杂着一股烦躁的心绪涌向心头，泪水不由得流出，没好气地说："成啥样子？我们家好好的，前些日子在坟上给你什么都说啦，就是咱孙子今天过百天，有些人见不得别人好，弄了几个小鬼毛神到这里添乱，有啥怕的？你这个死鬼，撒手走了，倒很轻松，把家撂给我一人，不来护着我们，却来这里埋怨我！我给你说，你赶快离开这里！你也看到了，要不，我连你也不饶！"

巧朵说着，那股烦躁的心绪变成火气，伸手拿起了一根桃树枝子。

满仓见巧朵怒气冲天的样子，双手伸出往上一举，张开大嘴长长吸了一口气，醒了。

他看见母亲愤怒的脸上挂着清清的泪水，一把搂住母亲，"娘，娘，娘！"地叫。巧朵再也无法忍受折磨了，挥动着桃树枝子来回抽打着，走出北厦门，来到院子里，对着乡亲，像一只疯狂的母豹，嗷嗷地咆哮起来："小鬼毛神！来吧！我这蝎虎子托生的女子，根本不怕这一套！来吧！来吧！来吧！"

"啪"一声，桃树枝子抽在了院里一张席面桌子上，"哗啦"，桌子上盘子里碗里的菜溅得四周都是，仿佛她也被一种鬼神的力量左右着，疯狂地抽打着，发泄着，"啪……啪……啪……"，"哗啦……哗啦……哗啦……"，院子里乱成了一片，来庆贺她孙子百天的人，惊诧、恐惧地躲着，围观着，有些人不禁流出同情和怜悯的泪水。

血红的太阳咬住了西山山头，放射出红黄的光，罩住了尧庙的五凤楼殿和尧王的坐殿，殿宇巍峨雄伟，金黄色的琉璃瓦光芒四射。

尧庙门楼前一块空地寂静冷清，有一块破砖头孤零零放在那里，一股旋风卷起空旷地上的杂草和浮土往西边的戏台子方向移去，落下，戏台边几棵槐树上乌鸦"呱呱呱"乱叫。

党家嫂子腿画着圈，好不容易到了尧庙空地上，尧庙门楼口那里站着两个手持长枪的兵娃，挡住了她。她不敢往里面走，只看到庙里有当兵的在走动。

人们都知道临汾国民党保安团十三团团部驻扎在庙里。

党家嫂子把檀木拐杖挂稳，收起又细又短的右腿，定了定神，眯起眼睛，仰面看站在庙门楼前的两个兵娃。两个兵娃根本不看她，她觉得稀奇，想想，向前伸手撅了撅一位兵娃的衣角。

"干什么？"

雷一般的呵斥声爆出，党家嫂子吓了一跳，若不是那根拐杖挂得稳，她肯定倒了。

她胆怯了！犹豫了！迷茫了！这咋办？平时没到过儿子队伍上，只知道在尧庙，现在怎么找到他呢？

她调整了一下神态，挂稳拐杖，仰面再看两个兵娃，看他们还没有她儿子黄毛大，胆子又大起来，鼓鼓气，向前小心翼翼地问：

"小老总！小老总！我儿子黄毛也在保安团当兵，是班长，他在什么地方？"

这个兵娃没有吭声，眼睛还是直直地看着前方。

她又大着胆子问："我问老总！知道我儿子在啥地方吗？"

"走——开——！"又是雷一般的喝斥声，带着些凶恶。

不能再在这里了，她转身画起圈来，挂着拐杖站在了大道边，离那两个不知人情的凶恶的兵娃远了。

党家嫂子站在大道边，看静穆的尧庙门楼和那两个可恶的兵娃，看西边冷落的戏台子。她的眼神落在了空地中那块孤零零的破砖头上。这时走过一位手中拿着一卷纸的当兵的，他急匆匆的，被那块砖绊了一个趔趄。当兵的弯腰拾起砖头，往远方扔去，砖头翻了个身滚落在荒草中。她的心随着砖头的滚动不禁一颤，仿佛自己就是那块砖头，扔在荒草中被人嫌弃。好恓惶呀！这可恶的蝎虎子亲家巧朵，你真是条蝎虎子！我恨死你啦！没有你的那一巴掌，我能在这里被冷落吗？又刮起一股旋风，掀起黄色的尘土，她被卷入其中，浓黑的头发随旋风蓬乱得飞起，尘土迷了她的眼窝，一根荒草贴在她的脸上。不过旋风很快过去，她在脸上拂了一把，揉了揉眼睛，捋了捋蓬乱的头发，顿时感到自己无比凄凉！眼里涌出苦泪！苦啊！

突然，从戏台子旁的大道上过来一队扛枪的士兵，她赶紧向后画了一个倒圈，"咚"一声挂住了拐杖，往后退了一大步，没有倒下，队伍向尧庙门口走去。

队伍里传出洪亮的"报告"声。

"什么事？"

"我娘在路边站着呢！"

"出列！"

黄毛手持长枪，穿戴整整齐齐，精精神神地站在了党家嫂子面前。党家嫂子含在眼眶里的苦泪一下子流出，哽咽着沙哑地喊了声："儿啊！"

"娘！娘！娘！您怎么啦？别哭！别哭！别哭！有什么事进庙，到我宿舍里说！"

黄毛安慰着娘，搀扶住娘的左臂，"咚咚咚"一颠一颠往庙门楼口走。

到了庙门楼口，党家嫂子停下，睨了一下站岗的两个兵娃，端直神气地随儿子黄毛进了庙门。

她和儿子黄毛迈进庙内，一种清静、肃穆的味道迎面扑来。

她是尧庙村的人，从小就到庙里玩耍，对庙里的一切太熟悉了。就是尧王坐殿里的彩色泥塑神像，使她有了要嫁到驿寨村的愿望。

那一年正月十五，党家嫂子随母亲进了高大的尧王坐殿，只见尧王稳坐在龙椅上，面带微微笑意，三绺长长的黑胡须中透着威严和仁慈，四名身高两丈有余的大臣威武地站在两旁。母亲说这些泥塑神像彩绘都是驿寨村一位画匠画的，她便觉得这个村的人聪颖，有智慧。后来，当提亲的正好是驿寨村的党青山时，十七岁的她，没有犹豫就嫁给了他。

现在，她站在大块鹅卵石铺成的道路上，前边两旁就是鼓楼和钟楼，鼓楼里那面鼓面有丈五宽，敲鼓发出的浑厚声响，可以传出很远，钟楼里的钟大得怕人，一直扣在楼里，楼有多高那钟就有多高，重得没有挂起它；再往前直通五凤楼殿、尧王坐殿、尧王寝宫殿；三座大殿周边是几人揽粗的柏树，苍老挺拔，巨大的树冠郁郁葱葱笼罩着各个殿宇。有棵柏树最有名，生长在五凤楼殿和尧王坐殿之间，它出名的原因是在粗壮的柏树中长出了一棵槐树，柏槐都长得很茂盛，形成巨大的两层树冠，就像是尧王龙辇上的伞盖。每年四月二十八日尧庙逢会的日子（传说这一天是尧王的生日），人们祭拜尧王，也祭拜这棵千年奇树——神树。人们还传说，谁家在祭拜神树时能得到柏树籽和槐树籽，种在自家地方生长出树苗来，这家人将了不得了，能在官场官运亨通、步步高升，在买卖场随心所愿、日进千金，可现在没听过谁家得到过柏树籽和槐树籽。柏树间立着高伟的石碑，刻记着修建此庙、修葺此庙的年月日，捐赠人的人名，历朝皇帝祭拜尧王的铭文，以及这里发生的奇事逸事。

党家嫂子的眼睛落在庙西边一片黑色的焦土上，那里是一片倒塌的半截子墙壁，烧焦的橡檩七横八竖，瓦砾成堆，在昏黄的暮霭笼罩下，仿佛还发出呻吟声，使她猛然想到那可怕、悲哀、壮烈的日子。

一九三七年十一月二十日，临汾城被日本人占领了，有一队日本人冲进尧庙抢劫，之后又放了一把火，尧庙烧了起来，红光冲天，仿佛半边天都在呼呼燃烧！

在很久很久以前，有居民落脚在临汾地带繁衍生息。其间有一名姓伊祁，名放勋，号陶唐氏，称唐尧的青年，带领着这一地区的居民艰苦奋斗，名声远扬。他颇受民众信任和爱戴，后接替了老王帝喾的位子，治理天下。尧王大公无私，明察善恶，天下人都很信服，形成了中国古老、辉煌的唐尧时代，出现了中国史上第一个都城——尧都。唐尧在位七十年后，把王位禅让给舜帝，被天下民众崇称圣王明君、千古民师帝范。

为纪念这位圣王明君、民师帝范，修建了这座尧王庙，后逐年扩建，到了现代，已成了占地几千亩，殿宇房间不计其数，奇花异草比比皆是，宏伟壮丽、受人敬仰的庙宇。临汾人为此而自豪，称自己是尧的传人，并把尧王四月二十八诞辰日定为尧庙会。到这一天，成千上万的临汾人来到尧王庙，烧香磕头，祭祀尧王，求风调雨顺，五谷丰登，人丁兴旺，福贵安康，家家和睦，然后集聚在尧王庙门楼前的空地上，欢快耍社火，奋起敲锣鼓，激情唱大戏，畅怀吃小吃，尽情热闹。

尧王成了临汾人的魂魄，尧王庙成了临汾人的圣殿。

尧王庙烧起来了！尧王即将在临汾人眼里消失！临汾人的灵魂没了！

临汾人都走出了家门，望着通红的晃动着的半边天，他们的心在颤抖，满是恐慌、迷茫、愤怒。他们跪在了家门前的台阶上、院子里、街道上，哽咽着祷告，抽泣着祈求老天爷！

"老天爷！快下雨吧！灭了这场火吧！救救我们吧！"

突然，临汾人的哽咽、抽泣变成了号啕大哭。这哭声汇集成了惊涛骇浪，在临汾大地上空扩散，震荡着大地，震荡着苍天。

真的！苍天显灵了！十一月二十二日半夜下了一场老人们没见过也没听老人们说过的大猛雨，开始雷电交加，呼闪闪刺眼，明明暗暗，明如白昼，暗如深洞；轰隆隆、嘎炸炸，如万鼓齐鸣，万钹齐拍；接着狂风大作，带着呼啸，卷起砖瓦，碗口粗的树连根拔起，似掀房倒楼；随即雨注如抽鞭，雨点子大得吓人，据说尧庙村的一只羊被活活砸死在雨地里。

雨一直下到天亮，尧庙的大火烧了两天两夜，终于被雨浇灭了。

大庙保住了，传言纷纷而来。

传说一：尧庙内的五凤楼殿、广运大殿、尧王寝宫殿和三座大殿间的千年柏树都安然无恙。说这是尧王在天上用他的大手罩住了。说当时，日本人带着火把烧尧王的坐殿，就是烧不着，最后将火把扔进大殿内跑了，火把在大殿内把油烧干了，灭了，连大殿内的条状布幡都丝毫没损。

传说二：尧庙村被猛雨砸死的白羊身上有四个烧焦的黑字："造孽自毙！"

传说三：在猛雨来之前，雷电交加和临汾天地间传出的民众哭声汇集成的震天动地的惊涛骇浪声，震死了放火烧尧庙举火把的三名日本人。

传说四：惊恐的日本人为尧庙修建烧毁的门楼，可就是修不起来。日本人白天修，晚上被凡人看不见的成百个小瞿神①拆为平地。

传说五：临汾侵华日军的最高长官，前往尧庙祭拜尧王，下尧王坐殿台阶时把脚折断了，回到驻地不多日死亡。

传说六：日本人为烧庙的罪过忏悔，在尧王坐像龙椅背后砌了一堵悔罪墙。盖好悔罪墙后不到一个月塌了，说尧王不认他的账。

…………

党家嫂子站在大块鹅卵石铺成的道路上，默默凝视庙西边那一片焦土，想着过去的一景一幕，思绪万千。日本人走了，"二战区"又占了尧庙！尧庙千万不要再遭殃啊！她不由得担心起来。

"娘！娘！走啊，前边就到啦！"黄毛看着娘的神色，催促娘。

党家嫂子还是惴惴不安地问儿子黄毛："你们住在什么地方？"

"住在五凤楼殿旁的佣工房内。"

党家嫂子好像放心地"哦！"了一声。再没有说啥，随黄毛往前走。

"团部扎在五凤楼殿里，我们警卫连就住在旁边的佣工房内。"黄毛继续说。

"黄毛！反正我给你说，尧庙里的那些神像你千万不要动！"党家嫂子郑重地告诫黄毛。

---

① 瞿神：临汾地方传说中的一种行善嫉恶的神。

母子俩说着绕过五凤殿旁的柏树，来到有挑檐的三间佣工房前，推开小木方格子的两扇门，迎面是一位十五六岁的娃娃兵，他黑黑的脸上全是笑，叫了声："党班长！"

"小三娃子，到炊事班去，给下一碗刀削面，就说我娘来了。"黄毛吩咐说。

小三娃"是"一声飞快地蹿出了房间。

黄毛接过娘的拐杖，搀扶娘坐在自己的床上，房间里几个兵热情地围了上来，问这问那。

党家嫂子笑呵呵应着这些兵的问话，环顾四周，见昏暗的房间里床铺密集，但没有多余的杂物，还算整齐，中央的空地上有一张方桌，上面已点燃了两支蜡烛，昏黄的烛光摇曳着。这时候她才意识到天已经黑了，正经事还没有告诉儿子，上午在李家院里发生的事又浮现在眼前。她一把拉住黄毛的手，让儿子也坐下，说："我来要告诉一件事！"

黄毛看娘神情忧郁的样子，刚想问，门"咣当"推开了，是小三娃子，他急呼呼地说："报告班长！炊事班说马上开饭，叫大娘和大家一块儿吃，另给大娘多炒两个菜！"

"行！行！行！不用再跑了，我和娃们一起吃！"党家嫂子忙着吃饭，又急忙拉黄毛往外走，忘了拿拐杖，一个趔趄差点跌倒，黄毛和小三娃慌忙扶住，她执拗地拉着儿子黄毛的手，当成拐杖，艰难地一颠一跛和儿子走到那棵老柏树下。

抬头透过茂密的柏树枝子，看着面前高大黑黢黢的五凤楼大殿的影子，再往前看，是雄伟的尧王坐殿，她不禁打了个寒战，把衣衫往紧裹了裹。黄毛感觉到娘的颤抖，关切地问了一句："娘！这里有些秋凉，我们吃完饭回屋说吧？"

她犹豫了片刻，想这种事只能让儿子一人知道，便说："就在这里吧！给我拿件衣服披上，秋晚是有点凉。"

"小三娃，小三娃！"黄毛朝着房间大声喊。小三娃跑出，大声殷勤地回应："班长！什么事？"

"把我床上那件外罩拿来！"

小三娃拿来衣服，黄毛把衣服给娘披上。

党家嫂子顿时觉得身上暖和了许多,关键是心里踏实了。

她把今日上午满腹的委屈一五一十倒给儿子黄毛。

黄毛两道浓黑的八字短眉倒了过来,见到娘的那种喜悦立刻化成了满腹的怒火,愤怒在他的小眼睛里燃烧。从他嘴里一字一字挤出半句不完整的话:"娘!你——等——着——!我……非……"

八月十五是乡民们一年中最喜欢最热爱的节日之一。

庄稼熟了,瓜果熟了,五谷丰登了,一切圆满了;一年中最圆最亮的月亮悬在宁静蔚蓝的天空,晶晶亮的星星一闪一闪,一炷香,一壶酒,青烟袅袅缭绕上升,酒香轻轻弥漫。

驿寨村的村民甜在心,喜在心,笑在脸上,丰收年!满足了!

过了八月十五,是老村长进才母亲八十岁大寿,全村都为老太太祝寿,送去了白生生热腾腾的桃形馍馍,一笸筐、一笸筐摆了满满一院子。

老太太坐在院子中央蹾放的圈椅里,笑得合不拢嘴,这些寿礼是对儿子进才为人的认可。

进才高兴,特意请来了戏班子,在村里唱三天戏,以示对母亲的孝敬,对村人的答谢!

今天老太太点了她最爱看的本戏——《穆桂英挂帅》。

太阳刚刚钻进西山,半边天还是一片紫红,村民们正在吃晚饭,戏台上锣鼓点响起,催得人们吃饭都不得安生。

"快快快!锣鼓响了,戏要开演啦,我不吃啦!"娃们一个劲儿地催。

"不行!把这个馍吃完,米汤喝净,不急,锣鼓响三遍才开演呢,急啥?"大人们嚷嚷着自家的小娃。

娃们欢快的心早就像鸟儿飞到戏台上去了,胡乱扒了几口饭,用手背一抹嘴,手里拿着半拉馍馍,急切地说:"吃完啦!我拿板凳占地方去,迟了地方都没了!"

大人们根本没有理,知道娃们的心,就由着他们去了。

听到锣鼓点的声,巧朵家同样一阵骚动,但巧朵并没在意。满仓和立才已按捺不住了,胡乱吃了几口,拉起小弟小麦子的手,扛起两条长板凳,说:

"娘！你和玉珍、米香慢慢吃，我们先去占地方了！"

巧朵笑了一下，松快地说："去吧！去吧！真是个大娃，爱凑热闹！"

等巧朵、玉珍、米香走出担门，唱戏的锣鼓点已经响第二遍了。

她们来到戏台子前，人已经黑压压一片，戏台房檐下挂着两盏大汽灯，白亮白亮的，将戏台前坐的人们的脸映照得十分清晰，一张张的笑脸，活像一盘盘生气勃勃的向日葵，喜气洋洋地向着戏台；人群靠前的中央放置着五张空圈椅，那是八十岁老太太寿星的坐椅，还有进才和他老伴及他们两个孙子的座位；黑红色绒幕布紧紧关闭着，无数只飞蛾像一片片雪花围着大汽灯自由自在欢快地舞来舞去；半拉不大的娃们在戏台子前沿台阶上滚打嬉闹，不时发出尖叫声和嬉笑声，有一光头壮年人呵斥了一声，娃们立马安静下来，但连两口烟的工夫都没有，娃们又恢复了嬉笑和喧闹。

巧朵走到看戏人群的东侧面，看那一张张仰起的似向日葵的喜脸，没有看见满仓和立才，回头对米香说："去，找你哥和立才在什么地方，怎么不见他们呢？"

她又仰头仔细在人群中寻找。

猛然，在看戏人群最后，她看到一张熟悉的阴阳脸——一半脸被站在凳子上的腿阴影遮蔽着，一半脸被汽灯照得雪亮，但那半截浓眉下的小而圆的眼眸发出阴冷的凶光，像是在阴暗处寻找猎物。

当和巧朵的眼光相撞时，他快速避开了，阴冷的阴阳脸不见了。

巧朵脑子里"嗡"一下，不禁打了一个寒战！黄毛！他回来干什么？不看戏鬼鬼祟祟在后面窥探什么？孙子百天发生的场面又在她脑子里翻腾！

巧朵警觉地收回眼神，看了看身边的米香和抱着娃的玉珍。

"娘！那不是我哥他们嘛！"米香惊喜地嚷，手指向稍靠后偏东边的座位，举起手摇晃着高声喊："哥！哥！哥！我和娘、嫂子在这达呢！"

满仓看见妹子米香，随即站起高声招呼："过来！过来！从后头过来，前边不好进！"

巧朵来不及制止米香找座位，只好说了一句："玉珍！把娃抱好！从后面进去。"但心里还是突突地跳。

巧朵和米香、玉珍绕过后边的人群，挤进了站凳子的人墙，找到了满仓和立才、麦子。坐下后，巧朵总是心神不宁。

她独自离开坐凳，悄悄顺着后面站凳子的人腿间看，什么也没有，又走出人群，在后边房墙根黑暗处寻找，猛然看见在西北角的茅厕墙根处有一小堆人，在叽叽咕咕说着什么。

这黑暗中的身影不像是村里的人，只有其中高出其他人半头的瘦身躯，一看就是黄毛，他披着一件宽大的夹袄，躬着腰，手一起一落有力地说着什么。

巧朵顿觉后背有些发凉，头发根子都竖了起来，今天不妙，要出事情！

她立即转身回到座位，神态惶恐地叮嘱立才："立才！你千万不要离开你嫂子和米香、麦子，记住啦！我和你哥有事出去一下！"

立才觉得娘怪异，笑了一下，说："不离开我嫂子、米香、麦子！"

巧朵拉着满仓离开座位，走出站在凳子上的后排人群，巧朵看见西北茅厕墙根底下黄毛几个人还在，立即把满仓拉回后排在板凳的人腿间站定，屏住呼吸，紧张地悄悄给满仓说："满仓！黄毛带了四五个人来了，就在后面茅厕那边，看来是寻事来了，你不要看戏了，先到村里什么地方躲一下。"

满仓眼睛一瞪，不禁心里一紧，却不在乎地说："怎么，你看见黄毛带人来啦？"

巧朵肯定地点点头，把看见的事告诉了满仓。

"不怕！娘！我和立才打他们五六个不算事！"满仓满腔血气地说。

巧朵生气地说："鬼话！好汉不吃眼前亏，他们人多，听话先躲躲！"

娘儿俩的话被站在板凳上的大牛听到了，他"咚"一声跳下板凳。

大牛是满仓的连手，腰粗膀圆头大，胳膊粗壮，他瞪圆眼睛翻动着厚厚的嘴唇问："婶子！你刚才说那当兵的黄毛，真的带人找满仓事啦？"

巧朵看着憨厚又义气的大牛，说："是！就是！"

满仓忙说："大牛！你看你的戏，没关系，就他那骨瘦如柴的身架子，能挨起我这一拳？"说着自信地攥起拳头一晃。

大牛看着满仓说："我在这里，有事叫我一声。"然后跳上了板凳。

这时，戏台子传来了第三遍锣鼓声，人群中一片嘈杂。

大牛在板凳上说："婶子，戏要开演了，寿星老太太和进才进场坐在圈椅上了。"

满仓心神不定,转身对娘说:"娘!我就躲躲!你快进去吧!戏要开演了!"
满仓从后排站凳子的人群中走出,朝戏台场子东侧门口走去。

巧朵看着儿子的身影,放不下心,跟着出去了。

满仓在戏台黑红色幕背后传出的锣鼓点声伴随下,在黑暗中七上八下心情的烦扰下,刚走到戏场子东侧门口,从东墙根黑暗里蹿出黄毛等五六个人,把满仓围起来。

"哟!这是满仓呀!戏就要开演,不看,干什么去?"黄毛就像一片放大的皮影架子高而瘦地挡住了满仓的去路,黑暗中可看见他那浓黑的半截眉一跳一跳,眉下的眼睛闪烁着寒光;再看黄毛身后那四五个人,满仓心里不禁一惊,随口应了一句:

"哎哟!黄毛世哥①呀!你回村看戏来啦!我回家给娃取件衣服,天凉!"他盯着黄毛,暗暗攥起拳头。

黄毛一步一步向满仓逼近,从鼻子里不屑一顾地哼了一声:"哼——!满仓小弟!知道心疼儿子咋不知道孝敬老人?你现在脾气见长了,敢打你丈母娘!老子今天不看戏,就是来教训你这不知孝敬老人的东西!"把手一挥,大声喝道:"上!"

说着黄毛的拳直冲满仓的眉心打来。

早有准备的满仓,头急忙往边一偏,黄毛的拳在满仓的耳边擦过,觉得耳朵像被揪了一下;他没有思考,本能将攥起的拳头照黄毛的眉间砸去,连声音都没有,架子人倒了;上来的人,有一人从背后抱住了满仓的腰,他直起腰,双手往后,一下死死搂住了那人的脖颈,再弯腰,将屁股往上一顶,后腰用力一甩,那人从他后背腾空摔到前面,"哇"一下平平摔在地上;但又有两人扑来,抱住了满仓的两条腿,他又两手紧紧掐住了抱他腿的两人的后脖颈,只听两人"哇哇哇"地乱叫,这两人将他抬起,满仓觉得两脚腾空,失去了着力点,身子向前倒去,重重地摔在地上,下巴着地,上下牙齿磕在一起,震得头剧烈疼痛,觉得背上即刻骑了一个人,其他几个人围上来踢打。

紧跟在儿子后面的巧朵看见了这一幕,惊恐地尖叫了一声:"啊——!"力竭声嘶地喊:"快来人呀!有人打满仓啦!"

---

① 世哥:方言,对自己妻子家哥哥的称呼。

她疯了般喊着，几步跑到了戏台子前面，双手按住戏台子的前沿，双脚猛地蹬地，跃上了戏台子，不管开戏的锣鼓点声响，在两盏白煞煞明晃晃的大汽灯下，对着看戏的人群大声喊："不好啦！近邻乡亲们！黄毛带着队伍上的人打满仓来啦！就在这门口！"她的手指向东边。

看戏的人"哄——"站了起来。

在圈椅里静静坐着等开戏的进才，忽地站起，喊道："这还了得！"

乱了！乱了！惊骇的人们急匆匆往戏台东边涌去。

立才看见娘在戏台子上喊，便两眼生火，对米香说："你看好嫂子、麦子，别动，我出去！"只见他火急地冲出人群，向东跑去。

大牛跳下板凳，带了三个小伙子往东跑去。

黄毛和一块儿来的五个朋友，看见黑压压的人群向他们涌来，立即放开满仓向东侧门外跑。

谁知看戏的人群已将东侧门封得死死的。

立才、大牛和带米的三个小伙子已冲进人群，看见惊慌难逃的黄毛一伙儿人，上去二话没说，几下就放倒在地，一顿暴打。

人群中"打！打！"的声潮已淹没了黄毛和那几个当兵的小伙子的求饶哭喊声。

此时，进才挤进人群，怕真的打出人命，于是，高喊道："住手！立才！大牛！住手！"

大牛和立才住手后，黄毛和那几个小伙子已经个个鼻青脸肿、衣撕裤破，跪在地上作揖磕头求饶。

进才让大牛、立才将黄毛和几个小伙子押到村公所，然后高声对村民喊道："乡亲们！锣鼓已经敲过啦，快去看戏吧！这里已经没有事啦！戏就要开演了！"

说完，进才从戏台后门进了戏台，又走到戏台前两盏大汽灯下，说："乡亲们！事情已经过去啦！大家赶快回到座位，开演啦！锣鼓敲起来！"

他从前台跳下，背后传出开戏的锣鼓声。

人们慢慢坐回自己的座位。

村公所房间大方桌上的两盏煤油灯昏黄地摇曳着；地上跪着的黄毛和这几个小伙子在昏黄摇曳的灯光映照下，脸上阴明不定，又透着胆怯、恐慌、沮丧；一肚子惱气的进才，站在灯前，嘴角下拉，拧着双眉，鼻孔喘着粗气，一脸的愤慨，死死盯着地上这几个人；满仓、立才、大牛站立在门口，眼里都是咄咄逼人的愤怒。

房间里没人吭声，不时传来紧促欢快的要开戏的锣鼓点声，桌子上煤油灯灯花的爆破声，隔了好一会儿，锣鼓声停了，传来小戏锣的声音，戏开演了。

进才从腰里抽出烟袋"啪"往桌子上一放，跪在地上的黄毛和这几个小伙子浑身一颤，腰板都不由自主地挺直了！

"黄毛！"进才一声怒喝。

黄毛慌忙挺直身子，战战兢兢地应答："进才爷！进才爷！"

"你不是在打满仓，是在砸我的摊子来啦！"进才又是一声怒斥，脸都有些苍白，嘴唇在颤抖。

黄毛听到进才的怒斥，马上明白过来，今天这戏是村长进才为母亲大寿而演，真是砸了村长的摊子，不禁心里一个寒战，怎么没有想到这层意思呢？慌得跪在那里磕头，碰着地"咚咚咚"直响，连连赔话道："进才爷……爷……爷！我们绝不是冲着您来的，我就是找满仓算账，没想到砸了爷的摊子！爷……爷……！饶过小的这一回，再也不敢了！"

其实，黄毛今天回村就是想看戏，打着看生病母亲的谎言请了假，又约了五个朋友。开戏的锣鼓响起，村民们陆陆续续进场时，他看到了满仓弟兄扛着板凳进场，就冒出了要揍满仓的念头。当他在西北角茅厕墙根将这个念头告知他几个朋友时，其中一人劝说，今天看戏的人多，怕要吃亏，提议秋收那一天，找机会在野地里揍满仓。但在他们正商量时，黄毛看见巧朵和满仓从后排人墙中闪出，又见满仓一人朝东侧门口走去，觉得机会到了，于是他们几个跑到东侧门口墙根等候，准备打完后从门口跑掉，没想到事情变成这样。

黄毛的头还在地上"咚咚咚"地磕，嘴里不住说道："爷……爷！我们不是对着您老人家的！再也不敢了！今天要是迟回队伍，得挨军棍关禁闭，爷！看在我们年小不懂事，您老看着我长大的面上，饶过这一次吧！"

黄毛拉着他那几个伙伴，一个劲儿在地上磕响头。

满仓刚想说话，立才拉了他一把。

进才看着趴在地上磕头求饶的小伙子，想到满仓家那天发生的事情，再想到今天是老娘八十大寿，不想再有事端发生，想解决完快陪老娘看戏。于是他吁了一口气，脸上即刻变得温和了些，郑重地叫了声："黄毛！"

黄毛慌忙识相地应声："进才爷！进才爷！"

"今天的事就这样，你和满仓有事今天也就结了！我给你小子说，不管在什么地方，只要我听到满仓挨打了，我就和你没完！非以村里的名义找你们队伍上说个一二三不可！我不信治不了你这猴娃，到时别说爷不给你脸面。现在马上离开这里，一口气也不能待！"

"是！是！是！！"黄毛听到进才的话，一下子松快了许多！磕起响头，嘴里连连说"是"。

"满仓、立才、大牛，让开门，让这些龟孙子滚！"进才厉声道。

黄毛几个巴不得听到这个"滚"字，爬起来就往外跑，黄毛因往外跑心切，忘了门槛，被绊了一个狗吃屎，匆忙爬起来跑，头都没敢回。

第三十九章

麦季来了,站在自家成熟的麦地前,看着金黄色的麦浪滚滚,这是多么地畅快,多么地享受!好年景呀!

巧朵和儿子满仓一大清早就来到麦地,脚面被露水打湿了,鞋里的水滑溜溜,仿佛在水上漂。巧朵情不自禁地将手按在齐腰的沉甸甸的麦穗上,麦芒刺扎得她手心痒痒,传到她心里麻酥酥的,舒坦啊!

巧朵顺手揪了一个麦穗子,在手中揉搓,麦粒和麦壳分开了,展开手吹吹,麦壳像受惊的飞蛾四散飞去,留在手心里的是饱满的黄里透白发亮的麦粒。她数了数,满意地把麦粒全部扔在嘴里嚼起来,满嘴的甘香味。她醉了,微闭着双眼,体会着它的甘香。

"好收成啊!"巧朵不由自主地感叹,突然又发愁自言道,"再过两天就要开镰了,怎么还不见麦客①呢?"

"娘!我和立才天天都看,没见到麦客,听说麦客已经到了侯马、襄汾一带,估计这两天就到了。"满仓接过娘的话说。

一阵燥热的风刮起,成熟的麦子又掀起层层波浪,由近至远地翻滚着,麦芒相撞发出"飒飒飒……飒飒飒"的声响。

巧朵穿了件白色的短袖布衫,扎着黑裤腿脚,走到地垄高处,凌乱的头发在她宽亮的前额飘扬,迎风搭起凉棚,踮起脚尖,眯着眼朝南望去。

这条已有几百年的南北官道,依然平平稳稳铺展在大地上,由近及远、由宽及窄,一直伸向南边的天边,连通着南北方民众的生活。周围安安静静,没有人影,却看见一只土黄色的野兔从麦田里钻出,越过官道,向官道的另一边土坎跳,两次都没有成功;突然一只野狗扑了上来,野兔瞬间从狗的爪子底下

---

① 麦客:外地来的帮助割麦子的人,一般指宁夏、甘肃一带的人。

跃起，蹿上了土坎，钻进了麦田，往东一溜烟跑了，急得狗跃上土坎追去，不知谁家的麦地，让狗跑出一条路印子。

这是一场惊险的生与死的搏斗呀！

巧朵为兔子着实捏了一把汗，也为兔子逃生而宽心和轻松。

她把手从额前放下，长长舒了口气，想到：过光景也是这样吧？要活就要拼啊！三套马的大轿车我一定会买到手的！她在心上狠狠使了一把劲！

突然有一坨云影从她头顶掠过，抬头看那火鏊子一样的太阳，旁边有一团乌云刚过，猛地想起那年下冷子的情景，回过身急忙问满仓：

"满仓！收麦的家伙收拾好了吧？"

"娘！好啦！就等开镰啦！镰刀、木杈、木锨、麻绳、长笤帚、杈车、大簸箕、毛褯，反正都好啦，娘！你不用操心，该买的都买了，该拾掇的都拾掇了，车平日里都用着哩，昨天我给立才说了，今天把那两辆车都看看，怕也没有啥毛病！"满仓一下说了一溜溜，巧朵满意地点点头，又问：

"麦场拾掇得咋样？"

"场已经滚过五六遍啦，今天上午立才要散些麦秸再滚，下午晒晒就好了。"

"娘——！哥——！回家吃饭啦！"远处传来米香的声音。

巧朵看看太阳的影子，已到了脚的跟前，是该吃中午饭了，她应了声，和满仓快步回家。

在北厦客堂的饭桌上，巧朵看着围坐的儿女们，心里有一种说不出的舒心。但还是操心着收麦的事，将一筷子面塞在嘴里，咬了一口葱，没嚼几下就咽了下去，喝了口面汤，抬头说："立才，你这两天什么也不要干，就站在东门口外的官道上往南瞅，有麦客就领回来，多些不要紧，龙口夺食！"

立才不住点头。她又对玉珍和米香说："你们俩吃过饭到十字路口的铺子买三十个大簸碗①、三把筷子，再称十斤盐，家里做的醋淋得咋样了？先熬上一铜锅，放在小缸里；肉我已订了一扇子，下午就送来了，肉回来切成大块，用盐腌上；收麦最累人，吃饭要有肉，不要让大家亏了身子。"

接着又对满仓和立才说："我给你们说，我计划四天内把地里的麦子全部割了，最多不能超过五天，就这几天，你们咬咬牙就过去了。立才，到时，你

① 大簸碗：临汾人吃面用的大瓷海碗。

带两名麦客在场里抓紧碾，当天割的麦，要碾一场晒一场，上场碾的麦子，当天要扇出来，装口袋入仓，不管干到多晚！"

她往嘴里撸了口面，狠狠咬了口生葱，嚼了几下咽了，又说："满仓，你带上麦客割麦子，争取四天割完，麦客睡觉，你到麦场帮立才扇麦子！"

她转头对玉珍和米香说："玉珍，娃让麦子看着，他放收麦假了，没事就看娃，你和米香俩人主要是在家里做饭、烧开水，每天三顿饭送去地里，每天两次茶水，半晌午一次，半后晌一次。把饭做好，顿顿有肉，算起来也就是十几顿饭，安排好，不要有重样，割完麦的最后一顿是肉煮饺，饭是大事情！"

巧朵就像要开战前的大将军，详尽布阵点兵，细想起来，在农村，收麦何尝不是一场战役？要不咋叫"龙口夺食"呢！

"咚咚咚、咚咚咚"，有人敲担门，敲门声很生疏，小心翼翼的。

"米香，开门去，看是谁？"巧朵吩咐道。

米香打开门，惊讶地发现地上跪着三个人，从他们口中传出乞求声："大爷！大娘！可怜可怜俺们！给口饭吃吧！"

米香一看，是要饭的，叫花子。

领头的是位四十多岁的中年男子，长得很怪，在头的背后长出了一坨比碗扣在那里还大的肉疙瘩，把脏兮兮的灰布衫子顶得老高，使衫子都无法扣住，袒露出黑黢黢的肋骨，衫子后片高高吊挂在腰间。可能是那坨子肉疙瘩突出的缘故，脖子和头被挤得从两肩间往前伸出，趴在那里真像坟地驮着石碑的乌龟。他抬起头，令米香微微向后退了半步，因为他的腮帮子大得惊人，显得脸方头大，嘴唇厚得似乎有双层舌头伸出，鼻子宽而直，两只漆黑的眼珠子很突出，仿佛随时会掉出。

在米香开担门时，他机敏地把一只有豁口的碗举高，乞求说："可怜俺们这一家子吧！给俺一碗饭吧！"

米香退了半步，看清这人背后有位十七八岁的小伙子，酷似这个人，就是没有驼背，长得端正；还有位满头乱发的四十岁左右的妇女，衣着脏破，但长得还算清秀。

米香急转身回屋说："娘，是要饭的！"说完将桌子上的剩面条、剩菜、剩面汤，拾掇在两大碗里，就往外走。

却被巧朵拦住说："米香，不能这样。要饭的人是可怜的人，也是失了面子的人。要给就给整的，不要给咱吃剩下的。去立炉上箅子里拿三个整馍馍，把下好的面捞两碗送出去，他们也是有面子的人，走到要饭的地步，是没办法啦！"

那个人在担门外隐隐听到巧朵的话，眼泪涌出。这是他出来要饭两个月来，听到的最温暖也是最钻心窝子的话，感叹这家人是大好人，有菩萨心肠，便哭出声来。

听到哭声，巧朵走出担门，觉得一个大男人在自家担门外哭不好看，正巧米香和玉珍端着面，提着馍篮子出担门，就说："叫他们到西厦台阶上吃顿饭吧，那里荫着凉快。"

那一家子窘迫地站在院子里，米香和玉珍将面和馍馍放下说："你们就在这里吃吧！"

一家三口怯生生地吃了起来。

巧朵回到北厦客堂坐在方桌旁，看着这可怜的一家子吃饭。

那男子长得真不顺眼；那小伙子长得倒是顺眼，是个干活的；这媳妇子也不错，就是穿得破些、乱些、脏些，收拾一下是个利索干净的媳妇，能干活。

思想着，她又走到院子里，来到这一家子面前。

那媳妇子局促地站起来，红着脸巴结地叫："大……娘！不……不对，大嫂……！"她端着半碗面条，慌乱得叫错了，改口，又不知说什么好，连脖子都红了。

巧朵想这些都是老实人呀！忙说："我看咱俩也差不多年龄，你属啥？"

"我……我属羊。"那媳妇子小心翼翼地说。

"呀！我属鸡，比你大，你就叫我大姐吧！咋样？吃好了吗？"巧朵说。

那位背上长肉疙瘩的男子赶快站起来，抢先笑里透着讨好地说："这……这面条中！这面条中！"他端着面碗，拿筷子的手里攥个馍馍。

"你们不是本地人吧？"巧朵听着他们的口音问。

男子咬了口馍馍，赶紧答："俺们是河南的！"说着嘴边溢出馍渣子，急忙抬起黑乎乎的手，在嘴边捯一把，将溢出的馍渣子捋到嘴里，又补了一句："是从河南逃出来的，这是俺媳妇，这是俺大儿子。"他指着那女人和小伙子说。

巧朵早就看出他们是一家子,没太理会,却惊奇地问:"你们那里遭灾啦?"

"水——灾——!"他的语音很重、很慢、很悲伤,接着又说:"黄河决口了!恁水可大啦!房子、地全部没了!俺爹、俺娘、俺那小儿子都被冲走了!"说到这里,他那突出的眼珠子边沿渗出伤心的泪。

巧朵觉得问得唐突了,引起这个男人伤心,急忙说:"别伤心!别伤心!这是天灾,谁也挡不住,你们吃饭!吃饭!"停了片刻,巧朵又问了一句:"你们是准备投亲还是靠友呢?"

"唉——!"这男子长长叹了口气,"大姐,俺不怕你笑话,在永济有她娘家的亲戚,俺们在那里住了三天,不行啦!"摇头接着说,"人穷惹人嫌呀!干脆出来要饭,走到哪一步,算哪一步!人的命天注定,只能这样了!"他擦了一下眼里的残泪,狠狠咬了口手里的白馍。

巧朵再次一一打量这一家子人,思忖片刻,又问了一句:"你在家是干什么的?"

"一个庄户人能干什么,种庄稼么!"他爽快地说。

"喂过头牯吗?"

"喂过!喂过!俺家就有驴和牛,是俺喂的!"

这男人机敏地感觉到了什么,从黑眸子里放出光亮,说:"大姐,我家驴和牛喂得膘肥体圆,村里人见了都爱,可惜呀!水冲走啦!"他又抹了抹脸上的泪水。

"唔!"巧朵感叹了一下,又说,"你们先慢慢吃,要吃饱,下一顿还不知在哪里,不够吭声,给你们添!"

巧朵说完转身回到北厦,坐在客堂方桌边静静地看院子里的这一家子人,脑子里的想法一直在转动,好大一会儿,她高喊:

"满仓!立才!满仓!立才!"

哥儿俩坐定北厦客堂后,巧朵看了他们兄弟俩一眼,若有所思地慢慢说:"有件事和你们商量!你们看院子里要饭的那一家子,我想雇他们,你们看咋样?"

满仓、立才听后不禁惊讶,睁大眼睛,疑惑着,但没有说话。

巧朵从兄弟俩的眼神中,看懂了他们的疑惑,接着说:"他们是河南逃水灾过来的一家子，在永济亲戚家住了几天不行，要饭了。他们都是庄户人，雇他们一家人干活，可帮你们俩打个下手，行就留下，不行吃过饭让他们走人。"

兄弟俩相互看看，没说话，巧朵接着又说："我想了，雇这家三口子，那个中年人平时帮立才喂头牯，立才你可腾出身子歇歇，喂完头牯就让他到麦场干活；那个小伙子就让他在麦场干，这样可只雇两个麦客；那媳妇子帮玉珍和米香做饭、送开水。夏天，临时让他们住在麦场的磨面房里，在里面搭上两张木板床，抽出三床被子和褥子，给他们盖，住那里晚上还可看场，省得你们俩晚上看场了。这样救了他们一家子，也解决了我们人手少的问题，先这样试试。我看这一家人还老实，也是可怜人家，试这个麦季，行就留下，帮我们种棉花，秋冬季可让他们搬进西厦；不行，就等于管了他们一家人几顿饭，收完麦子后，让他们走人好了。我想他们都是庄户人，能行。"

满仓和立才互相看看，愣了半天。

满仓说："那就试试吧！"他又看立才说："立才，他们主要是帮你干活，你看呢？"

立才勉强地笑着说："按娘的意思，先试试，喂头牯我还是不放心，就先让他们爷俩在麦场干吧。"

正说着，院子里一家子吃完饭准备离开。巧朵招呼说："米香，让他们三人等一下，我有话要说。"

那位背上有个肉疙瘩的男人像是有所预料，眼里立马闪出惊喜，但他立即又收敛掩饰了，转过身时，眼神变成了不解。他朝北厦门口站着的巧朵看，以亲近询问的口气叫了声："大姐？"

巧朵慢步走下北厦门口的台阶，到他们跟前，亲切地问："哦！我想问问，现在你们到哪里去呢？"

那男子将巧朵的问话在心里翻过来又翻过去掂量了一下，不由浑身激动，喜向全身蔓延，但在脸上显出的却是忧愁和无奈，像问到了他们的难处，"唉"了一声说："大姐！能到哪里！不知道，要饭的人，走到哪里算哪里！"

巧朵随着那男人也叹息了一下，心想真是可怜的一家人呀！她慢慢地说："河南的！我想留你们一家人帮我们收麦子，咋样？"

那男的终于等到了结果，像是一直期待着，更像是被冲进茫茫黄河的大水中,有人给他扔了根木头,有救了!他在颤抖,头发晕,"扑通"跪在了地上,忙不迭连声地答:"中……中……中……!俺什么都能干!割、碾、打、扬都能干!"恨不得马上把自己浑身的本事展示给巧朵,他把自己的驼背挺了挺,想显现自己的健壮,但没有给人多大改观,还是像只乌龟,不过是伸了伸头,肩膀还是斜的;但那双突出的眼睛闪亮闪亮,使人感到他的精明,同时也透溢出一种让人难以捉摸的阴光,巧朵却没有发现,只看到了他的精明。

巧朵见他跪下,忙说:"你看!你看!这是干啥呢?我还有话说呢!快起来!"

那男的把双腿往腚下一收,盘腿坐在了地上,伸着盘子脸殷勤地表示:"大姐!什么都能干!俺家的麦子全是俺收的!别看俺长得不行,俺干起活来可带劲儿啦!"他又朝自己儿子喊叫:"七斤,快给大娘磕头!"又指着那女人,"你不要站着啦!给大姐磕头,收留了俺们全家。"那小伙子、那媳妇子都跪倒在院子里。

巧朵并不喜欢这样的殷勤,略微皱了一下眉头,但觉得这一家子还懂得人情世故。

她静了一下,对围在自己身边的小儿子麦子说:"麦子,去屋里搬个杌子来。"

麦子搬来杌子,巧朵坐下看着这一家子人,说:"你们都起来,我有话说呢!"

那男的还盘腿坐着,小伙子和女人都起来站在那男子身后,都面露喜色,因为他们知道,从今天开始就不用到处要饭了。

巧朵又看了看这河南的一家子三口人,最后把眼睛落在了那男人身上,问:"你唤什么呢?"

那男子毕恭毕敬地说:"大姐!俺姓陈,叫秋贵,俺娃唤志有,是他爷给起的大名,小名唤七斤,俺媳妇唤桃花。"

巧朵"哦"了一声,对麦子说:"叫你哥满仓和立才过来。"

满仓和立才听到叫他们,便从北厦客堂出来站在巧朵背后。

巧朵笑着说:"秋贵!"那男的立即抬起头,眨巴了一下圆眼,看着巧朵。"以后我们叫你河南陈吧?"

还没等巧朵说完,他就急着答:"中,中,中!"

"叫你娃七斤,你媳妇就按这里的习惯叫河南的或直接叫名字?"

"中,中,中!"

"你们先住在麦场的磨面房里,给你们支两张床,还有薄被褥,夏天不冷,晚上睡在那里,留点神,看着场。"巧朵说。

"中,中,中!"

"收麦开始后,你和七斤在场里碾麦子,立才给你安排活路。"巧朵抬头看着立才说。

"你媳妇就帮着我儿媳妇和女儿做饭、烧水。"巧朵说着转过身子看玉珍和米香,但玉珍不在,便朝着东厦房喊:"玉珍!玉珍!"

玉珍从东厦出来。

"玉珍,让河南的收麦时帮你和米香做饭、烧水。"

那河南的媳妇腼腆地说:"中,中,中!"

巧朵对满仓、立才说:"你们俩到磨面房去,帮河南陈支床、铺被褥,先让他们歇歇。晚饭和我们一块儿吃,今后也就搅在一锅里吃,到时到北厦吃饭,他们觉得不自在,可把碗端到磨面房吃;就不用另起灶火啦,那还得置一大堆的家具,麻烦,咱们都是庄户人,你看呢?河南陈?"

河南陈立马笑着回:"中,中,中!"

巧朵也笑了,说:"你咋光会中中中?"

河南陈赶紧改口道:"行……行……中!"最后还是"中"。

满仓、立才和河南一家子起身,小伙子在地上拾那破碗,满仓说:"七斤,不要啦,从今天开始不出去要饭啦!快跟我搬木板垫床!"

大家都笑了。

第二天半晌午,立才领回十几个麦客,说是甘肃人和宁夏人。

巧朵笑呵呵迎出了北厦,看这些被太阳晒得黑黝黝的小伙子。他们穿着脏兮兮的短袖衫子和短裤,敞胸露怀,胳膊上、腿肚子上、胸肌上裸露的肌肉块子一棱子一棱子在太阳光下泛着光亮。他们从头上摘下发黑的烂草帽不停地扇动,喘着粗气,身上散发出一阵阵咸汗味、野草味,真像一群荒田野地的野人。

他们个个手里有一把闪亮的镰刀,把卷起的像一张席子粗细的铺卷往地上一放,上边还别一把镰刀;有的一屁股坐在铺盖卷上,有的站着,有的蹲着抽旱烟;领头的年轻人,个头不高,很敦实,站在那里就像竖着的石碌碡,满脸的黑胡子估计有半个月没刮了,带着沧桑劲先开了腔,声音洪亮如铜钟:"东家！先给我们弄桶水，渴呀！"

巧朵心里很高兴有这样的麦客，她不喜欢那种唯唯诺诺、想要又不说、让人猜的人。她立即应声道："好喽！"对站在那里的立才说："立才！叫你嫂子和米香赶快烧一锅开水，抬出来。茶叶在北厦里屋的架子上，是茉莉花茶，多放些，让客人喝！"

巧朵又往前走了几步，和那黑胡子年轻人说话："嗯！如何称呼你呢？"

"我呀？哈哈！甘肃人，我在家为老大，姓郑，这伙人唤我郑老大！"那小伙子咧着嘴笑着说。

巧朵也笑着说："郑老大！好！就叫你郑老大。郑老大！我问大家早饭吃了吗？没吃，我给大家馏馍馍，压压饥！"

"不啦！不啦！中午一块儿吃，东家想得周到啊！"巧朵感到这小伙子真会说话，一点也不生分，听说话是老麦客。

说着，立才提出一桶茶水，米香端着一摞子大黑瓷碗，立才说："伙计们，喝水！"

麦客都围上来，舀茶水喝。

巧朵走到郑老大面前，严肃地说："郑老大，我跟你商量个事！"

郑老大不在乎地喝了口水，说"哟！还是甜的！东家，你说，啥事？"

巧朵为难地说："老大！我们家就百十亩麦地，用不了这么多人呀！"

"那不要紧，你挑，用几个挑几个，没关系！"没等巧朵把后面话说完，就爽快截住了话。

"我是说，村里还有需要麦客的，我叫我儿子唤人去啦！"巧朵把后面的话说完了，转身往西厦走，随后又说："我给大伙做饭去！"

"东家！中午饭做硬些！都是下苦的人，活重，全凭饭撑着哩！呵呵呵！"郑老大不客气地说道。

"放心，中午吃干的，干面拌炒菜！"从西厦里传出巧朵的声音。

她和玉珍、米香，还有河南的桃花，和面的和面，擀面的擀面，切菜的切菜，剁肉的剁肉，炒菜的炒菜，四个女人一台做饭的戏，叮叮、当当、哐哐，不费多大会儿工夫，面和炒肉臊子就做好啦。

立才、玉珍、米香提了两桶面条，一桶肉臊子，又拿出一摞瓷大簸碗、一把筷子、一坛子醋，还有蒜、葱、油泼辣子、盐，院子里摆了一大片。

"吃饭啦！放开吃，还在擀面呢！"立才高声地说。

麦客们哗啦围了上来，喊道："香！香！香！"

郑老大拿起筷子和勺子为大伙儿捞面，浇臊子。

麦客们端着面调醋、盐、辣子，拿蒜、葱，蹲着大口大口地吃起来，院子里都是"呼呼呼"的吃面声，肉臊子的香味在院子里飘荡。

巧朵满脸是笑地津津有味地看着麦客们吃饭，默默地记住了每位麦客吃多少碗，他要将吃得多的麦客留下。

能吃就能干，能干麦就收得快，麦子早一天收到家才放心！——她信这个道理。

吃完面条后，麦客们咂巴着嘴，哈出一股股蒜葱气味，用手背抹一把嘴，又拍拍撑起的黑黢黢的肚皮，满足感叹地说："吃得好！吃得痛快！"接着坐在铺盖卷上，蹲在地上，拿出旱烟袋锅子抽起来，享受着饭后一袋烟当神仙的时刻。

巧朵挑出能吃四碗面以上的麦客留下，将剩余的麦客让满仓带上，给了李伯家和赵婶家。

巧朵看着留的这十名麦客，和郑老大说："老大！我家就一百多亩地，多不出十亩，全包给你们，你说多少钱？几天割完？痛快些！"

郑老大机敏的胡子乱动，眼睛转了几圈，说："东家！取件衣服来，搭上咱们捏几把，成！我们就包啦！"

立才取出件衫衣搭在巧朵和郑老大手上，他们捏了几个来回。

郑老大抽出手说："行！东家！四天我们保证把麦子全部放倒，其他不管。"

"其他不管！你们只管放倒，四天！说好，五天后我可要罚！四天放倒，我给你们多开半吊钱！"巧朵当真地说。

"东家，你这人痛快！冲你这半吊钱，四天内麦子全部放倒！"郑老大胡子都竖起来了，比巧朵还定真，声音还高。

这一天，巧朵家收麦开镰了。

麦客们是在鸡叫头遍从麦场边的窝棚里起来的。

他们在满仓的带领下到了卸盔堆麦地。天黑得透亮透亮，星星个个像水洗过，月亮白得阴凉；一阵夏风刮来，大家不由得吸了口清气，全是熟麦的香味。满仓从怀里掏出一瓶汾酒，举得很高，张开嗓子喊："开镰了！我们先喝一口酒！郑老大！你先喝！"

麦客们都没有想到，这时候还能喝到酒！

郑老大兴奋得"哈"了一声，接过酒瓶子，拔掉塞子，仰起脖子"咕咚、咕咚"两口，"好——酒——！哈——！"长长吼了声，传给了下一位麦客。

"咕咚""咕咚""咕咚……"，挨个喝下去。

最后到了满仓手里，他一口闷了，将空瓶子抛得老高老高，在空中画了个长长的弧，落在了一块石头上，"叭"一声碎了，清脆的声音划过天空。

满仓、郑老大、麦客们被酒烧得浑身发热。

郑老大高喉咙大嗓子地说："少东家，你开镰，我们跟着！"

空旷的麦地里到处是"唰唰唰……唰唰唰……"的开镰声。

满仓、郑老大、麦客个个像麦田里放出的烈马，争先往前割，麦子割倒了一片，割倒的麦子堆堆随着那"烈马"展开。

太阳突然从老虎头东山放出光亮，给大地涂上一层红里透黄的金光，方的圆的动的静的万物清晰真切刺眼。

巧朵驾着三套马的拉麦大车，载着玉珍、米香、桃花，还有四篮子白馍馍、一大簸箕煮熟的鸡蛋、一盒子萝卜丝咸菜、两桶米汤，迎着红里泛金色的阳光朝东门外卸盔堆麦地赶去。

巧朵"叭"甩了声马鞭，唱了声不着调不知是啥词的乱弹，惹得玉珍、米香、桃花发出一串串铜铃般的欢笑。

到了麦地的边沿，她们卸下馍篮子、装煮熟鸡蛋的簸箕、米汤桶、萝卜丝咸菜盒子，拿出碗筷。

米香双手对嘴捂了个筒筒高声喊：

"哥——！饭来——啦——！吃——饭——喽——！"

满仓听到妹子的喊声，直起腰，看见地头的马车、饭篮子、桶、簸箕，朝撅着屁股埋头割麦的麦客高声喊：

"郑老大！别割啦！吃饭啦——！"

郑老大和麦客撩下镰刀，纷纷涌到地头。

"哟！有鸡蛋！"郑老大惊奇地喊了声。

"老大，让大伙放开吃，出门在外不要饿着肚子，不够回家再取。"巧朵说。

"东家！你这人痛快，我们保证四天把地里的麦子放倒。"郑老大嘴里全是鸡蛋和馍，感激地回答道。

"行啊！我可等着你们哪！"巧朵笑着回应，随后她又对满仓说："叫立才他们捆麦个子的过来，一块儿吃，吃完要赶紧装车呢！"

随即她从篮子里拿了一个馍馍，又在簸箕里拿了一颗鸡蛋，米香端了一碗米汤过来，说："娘！给你喝！"巧朵接过米汤碗，说："你也赶快吃，吃了装车！"

吃过早饭，太阳离开老虎头东山有一竿子高了，不那么红了，变得发白、火热。

巧朵赶着马车进了麦地，顺着麦个子停下。

立才跳上车，喊了一声："装车了！往车上扔麦个子！"

河南陈、七斤、玉珍、米香、桃花扛上麦个子往车上扔，立才在车上接住，将麦个子排成两排，一个交叉着压着一个，不大一会儿工夫，小山似的麦车装了起来。

立才站在小山似的麦车顶喊："七斤！把绳头扔上来！"

七斤"嗯"了一声，将绳头抡圆扔给立才，立才接住绳头，将绳从车前辕挡栏上拉出，用脚蹬住使劲拉紧拴好，把车上的麦个子捆牢。

立才在车上喊："娘！捆好啦！往回赶车！"巧朵听到立才的喊声，将内侧正在啃麦秸草根的梢驴缰绳拽了一把，驴警觉，立即绷紧笼套的拉绳；她拔下插在车辕上的鞭子，扬鞭向外侧的梢马甩去，两匹牲口都拉紧了笼套拉绳；她用鞭杆在辕骡的屁股上猛捅了一下，随即"驾"一声，辕骡两耳抿起，前腿蹄一弓，后腿蹄用力一蹬，巧朵扬起鞭子在空中"叭"一甩，她用力扛住车辕，小山似的麦车"吱叽——"在麦地里启动了，向乡间的道路移动，在松软的麦地里留下了两条深深的车辙，在车辙旁还有巧朵那没有巴掌大的小脚的小三角形坑坑。

巧朵将手中的鞭子搭在辕骡的脖子上，迈着坚定的步子，小山似的麦车在乡间道路上稳稳地前进，向巧朵家的麦场前进。

巧朵那精气神，那赶车的气度，使周边收麦的村民，收起手中的镰刀，停下手中的活路，围观赞叹。

"嗬！你看李家嫂子，真能干呀！"

"嘿！我看比男人都强！人家光景咋能上不去呢！"

"那就是咱村的穆桂英！"

"⋯⋯⋯⋯"

他们看着巧朵娴熟果断地赶三套马车的架势，不由得赞叹、羡慕、佩服。

麦车进了麦场口，河南陈急忙斜肩颠跑着过来喊："大姐！大姐！车不敢进场，进场就把场碾坏了，在场边停车卸麦个子！"

巧朵应了一声，心想，这河南陈还真是个内行。她手攥住缰绳，"嘚嘚嘚⋯⋯吁——！"一声，麦车停在了麦场的西边。

她转身对跟在车后的玉珍、米香、桃花说："你们不用卸车了，快回家烧两担茶水，不要停，给麦地里送去，割麦的人等着喝水哩！喝完水，你们从地里回家，做中午饭。太阳照在头顶，割麦的人要吃中午饭，你们快回去吧！"

玉珍她们蹬蹬地往家赶去。

说话间，立才在车上已经解开绳子，一个劲儿地从车上往下扔麦个子。

巧朵、河南陈、七斤不停地往场里拉，七斤又推来了木杈推车，将车上扔下来的麦个子放在木杈推车上，往场深处推。

刚卸完车，玉珍、米香挑着两担茶水进了场地。巧朵急忙说："你们看太阳像火团。你们快走，我们摊完场赶着车就到。喝完水，你们先别走，等我们一下。等到装完车，你们才回家做中午饭。"

玉珍、米香担着茶水桶走了。

巧朵带着立才、河南陈、七斤摊场晒麦子。河南陈抽出麦个子的麻绳，用木杈将整齐的麦子抖散开来成堆，再用木杈从抖开成堆的麦子中间抆进挑起，就势缓缓地将麦子堆立起，这一抖一抆一立的干活套路，巧朵看在眼里，知道他是种庄稼的内行，也只有这样挨堆立起，太阳光才可晒进麦子中，套架起石碌碡碾，麦粒才能从麦壳里脱出来。巧朵觉得她雇河南这一家子是对的。

摊晒完场后，巧朵赶着车拉着立才和七斤到麦地去了，河南陈行动还是不便，留在了麦场看守。

车到了地里，麦客们已经喝完水继续割麦子了；玉珍、米香、桃花、满仓四人正忙着捆麦个子。

巧朵到地里就高声喊:"玉珍!玉珍!你们三个挑着担子赶快回家做中午饭,中午吃干面拌炒菜,菜里多放肉。我们装完车,回到场里,卸了车要回家吃饭,估计麦客也下工了。快回去做饭,不要耽搁了吃饭!"

玉珍、米香、桃花答应着挑着空桶回家去了。

今天的太阳很毒。

透蓝透蓝的天空,一丝云和风都没有,太阳真是团燃烧着的火悬在天空,烤得大地起皮,人们光着膀子感觉晒得生疼,但对收麦子的庄户人来说这是绝好的天气。

中午吃过饭,麦客没有出工,因为太热了。

他们钻进麦场边在树下搭建的窝棚里睡大觉,郑老大的意思是,早、晚割麦,下午睡觉,一直睡到太阳落山,吃过饭后,天黑有些凉气出工,耽搁不了收麦。

巧朵一家子一刻也没清闲。太阳最毒的时候,是晒麦子的好时分。这一家人和河南陈一家人,将场里的麦子翻了三遍,他们只利用翻场的空闲,在场边沿的树下眯瞪①一会儿。

下午麦客还在睡觉,立才和河南陈套起了两个碌碡开始碾场。

巧朵套上车带着玉珍、米香、七斤、桃花到地里装车,往回拉麦子,拉回麦子再卸完车翻场。

待最后一车,巧朵说:"玉珍、米香、桃花,你们不要卸车,回家赶快做晚饭!"

玉珍累得筋疲力尽,拖着沉重的步子慢慢往前移动。巧朵看了一眼说:"玉珍啊!精神些!才第一天,就成这样还行?吃完晚饭,你们赶紧打个盹,晚上还要收场呢!真有雨,麦子全都泡汤啦!"

玉珍听到婆婆巧朵不紧不慢的话,似乎是关切和劝导,又似乎是埋怨和不满,立马加快了步子,打起了精神。

天不亮就起来,到现在还没有停片刻,做饭、装车、烧送茶水、捆麦个子,又装车、翻场,不敢想,婆婆巧朵不累吗?哪来这么大的精神呢?过光景

---

① 眯瞪:方言,意谓打盹。

就要这样吗?

她的婆婆巧朵何尝不累呢？但她主掌着这个家，谁都可以疲沓，唯独她不能！她要带着全家把这一年的麦子收回自家粮仓，谁能知道老天爷会耍什么样的脾气呢？一旦一场加冷子的雷电交加的猛雨下来，那就迟了，没有办法收拾！哭也来不及！她心里焦急得很呀！嘴唇上舌头里都起的燎泡！恨不得一个晚上把麦子全部装进粮仓！这就是光景，过光景就要这样！一步偷懒，就要十步、百步遭殃呀！

巧朵把最后一车麦子拉到场里，扛着车辕转弯时，差点跌倒。

满仓刚从窝棚里睡起来，看见娘晃了一下赶紧扶住，关切地说："娘！你太累了，回家歇一下吧！地里场里有我和立才可以啦！"

巧朵深深看了儿子一眼，觉得儿子会体贴人了，心里一阵的慰藉，喉咙发涩，眼睛酸湿了。但她却想起自己丈夫——蛋儿，心想：他要在，这些活哪能是我干呢？这死鬼走得太早啦！

她有些哽咽地说："娘不要紧，没站稳，车转弯时让车辕顶了一下。"

巧朵接着又说："这样，你卸车，娘在场边坐一下，卸完车你赶快进棚里歇着，吃过饭天黑你要带麦客下地呢！"

巧朵把卸车的事交给儿子满仓，自己右手捶着后腰，走到一棵树下的石头前，靠树在石头上坐下，夕阳从她背后照射过来，她和树干的影子合二为一，拉得很长，伸到场里。

她看着满仓卸车，一个麦个子一个麦个子往下扔，河南陈和七斤往场边拉，摞起一堵麦个子墙来，眼皮开始慢慢变重了……

突然，下大雨了，水汪汪一片，满仓咋把麦个子往水里扔呢？这是咋搞得？水里漂的都是麦个子，场里碾出的麦子也飘在水里。这下可完了！"我的麦子！"她疯狂地喊，没有人应声。孤单单就她一个人，儿子、女儿、儿媳哪里去了？四边都是水。突然，"二战区"的人从场的四周冲了进来，还赶着几辆马车，当兵的把湿漉漉的麦个子往车上装，她这下急了，拼命扑了上去，拉住车的辕马不放，好多当兵的过来拉她。其中浮山的杜生喜和灵石的刘顺全两个兵娃子，架起了她往外拖，一边叫"婶婶！婶子！"一边拉，越拉离麦场越远，她歇斯底里地哭喊："麦子！麦子！"

"娘！娘！娘！"

"娘！娘！娘！"

她醒了，心还在怦怦地跳，揉揉惺忪的眼睛，看天，已经黑了，清明清明的月亮挂在东方的天空。她站起，见米香和玉珍一人端着一碗米汤，一人端一碗菜，菜上放两个白馍馍，看周边，麦车是空的，不见头牯，麦个子墙屹然没动，更高了。她笑笑，知道自己做了一个怪梦！

"娘！您做梦魇住啦！喊我弟，他在家睡了。您太累了，吃了饭回家歇着！"米香说。

"娘！吃饭吧！您也得歇歇啦！"玉珍也关切地说。

巧朵会意地笑笑说："满仓呢？"

玉珍说："他早就领着麦客下地了，怕现在都割了一畛地了，他不让我们叫醒您，我们怕饭凉了，您赶快吃饭，吃完饭，您歇着吧！"

巧朵笑着说："歇着？下雨咋办？我刚才就是做梦下大雨，魇住了，你和米香赶快回去，给麦客馏馍馍煮鸡蛋，熬米汤，晚上他们得吃顿饭，你们送了饭回来，要收场，早收早睡。"

玉珍和米香听了娘的嘱咐，都不由得心里一紧，默默嘟哝："早收早睡？收完场还不天亮？睡哪门子的觉呢？不是又该做早饭、送饭、烧送茶水、装车了吗？"想起这些，她们浑身发颤，腿都发软了。

玉珍、米香往地里送饭回来已经是半夜了。月亮还是那么清明，静静地挂在偏西空中，将大地照得像白昼。

他们到了场里，巧朵带领他们收场。有立才、河南陈、桃花和七斤，每人执一把木杈，齐齐站着抖被碌碡碾过的麦子，再把碾过的空麦秸秆子堆在麦场边沿，形成一个麦秸秆垛子，剩在场里的是一层厚厚的带些麦壳的麦粒。在场的人们又都拿起了木锨和木推板，把带空麦壳的麦粒推成东西两堆，这是欢乐、愉快、有成就感的劳作过程；他们都脱了鞋，光着脚，踩在麦粒上，脚底板硌得痒痒，收获麦子的喜悦就是通过脚底板硌得痒痒传遍全身，在夏日夜里习习凉风的陪伴下，人们不由得就想撒欢。

玉珍推木推板，米香和桃花在前拉，她们笑着飞奔，将铺散的带空壳皮的麦粒推成堆；突然桃花欢笑地滑倒在厚厚的带空壳皮的麦粒上，绊倒米香，就势在麦粒上打了几个滚，立才在旁用木锨抄了一锨的麦粒向米香和桃花扬去，米香和桃花爬起来，抓起麦粒向立才抛去，立才满场地跑，米香、桃花满场地追，招引得大伙儿哈哈哈大笑。

扬场是在麦场收起的东西两大堆带空壳皮麦粒堆进行的。玉珍、米香、桃花已经回家睡觉了。

东堆是河南陈扬，他真是一把好手，拿起木锨，抄起一木锨带空壳皮的麦粒，逆风向空中扬去，扬在空中的麦粒，像湖面上渔民撒出的网，又像空中升起的一溜溜云彩。他一木锨一木锨向空中扬去，那"网"、那"云"一次一次落下，空麦壳皮随风向西飘去，圆饱饱沉甸甸的麦粒落在地上，不一会工夫，场地上升起月牙似的麦粒堆。七斤拿着扫帚，戴着草帽，随着那"网"、那"云"落下，扫除月牙似的麦粒堆上面的空麦壳，月牙似的麦粒堆越来越高。

西边场那堆带空壳皮的麦粒堆，是巧朵用风车扬场，立才快速地摇动着风车，巧朵装起一大簸箕的带空壳皮的麦粒，放在风车出风口前沿上部，下斜着簸箕，来回推动，使带空壳皮的麦粒落下，在风车送去的风前，空壳皮远远地飘去，麦粒落在了风车前。立才赤臂光膀飞快地摇动风车，巧朵一大簸箕一大簸箕地扇着，风车前亮闪闪的麦粒堆在层层升高，巧朵、立才脸上的汗水淹没了他们的眼睛、鼻子、两颊，顺着立才的光膀往下流，巧朵的衫子已经湿透，但怎么也淹没不了他们脸上洋溢出的收获的喜悦和兴奋。

鸡已叫了头遍，巧朵、立才、河南陈、七斤，站在弥散着麦香味的麦场里，吹拂着夏夜里徐徐的凉风，看着扬出的闪亮的两堆麦粒，都在笑，笑得那么自然！那么开心！那么有成就！巧朵走在麦堆前抓了一把麦粒，将几粒扔在嘴里，"嘎嘣、嘎嘣、嘎嘣"咬了几下，高声地说："太阳太好，干透了，装口袋，送粮仓！"接着又对立才说了一句："该叫你嫂和米香她们了，做早饭！给地里麦客送饭。你再给头牤上一槽，也该套车拉麦子了。"

麦客还是没有在四天内将麦子割完，是在第五天上午割完的。

中午大伙儿还是吃了顿肉煮饺，还有三斤柿子散酒，真是饺子就酒，越喝越有。

巧朵在麦客们喝得面红耳赤时，端着一碗煮饺高声地喊："郑老大！郑老大！你来一下。"

大家都在场里端着碗蹲着,听到巧朵的喊声,仰着脸,紧张地看着东家。

郑老大端着碗,黑密的胡子还是没有刮,略带窘色地到了巧朵面前,谁也没想到东家能那样说话:"郑老大!你可没按说好的天数割完麦子!罚还是要罚!"

"嘿嘿嘿!"郑老大拘谨地抖动着胡子干笑。

"大伙儿尽力啦!大太阳底下,五个白天,五个晚上,辛苦啊!扣除一个铜子,算是罚的!"

话音还没落尽,麦客端着煮饺碗都站起来,几乎是同时说出的:"明年我们还来!"说着把煮饺碗举得老高!

第四十章

雨已经淅淅沥沥下了四天了，还不见有晴的征兆。

巧朵心里急啊！棉花要打顶了，再要这样下，还不长疯了。

她把早饭的碗撂到桌子上，迈出北厦门看天，阴沉沉、灰蒙蒙，雨滴不紧不慢地飘着……

巧朵无奈地擦了脸上的雨水，回头看正在吃饭的儿子满仓，说："快吃！去磨面房叫河南陈一家子起来吃饭，雨小了，我们都到花地里去打顶，咋不见他来吃饭！有两天了吧？"

满仓没有动，想张嘴又闭住了，往嘴里塞了口馍，没有要说的意思。

巧朵纳闷地问："咋啦？不说话？"

这时候，担门传来了"嘭嘭嘭"的敲门声。

满仓跑着去开门，进来的是城里曹伯家的小谷子。

见他神色紧张，满头满脸是水，衣服已经淋得湿漉漉了，还戴着一顶白光光的新草帽，手里牵着一匹有坐鞍的黑骡子。

满仓惊讶道："哟！小谷子叔呀！快进！吃早饭！"

说着接过小谷子手中的缰绳，将骡子牵到东场院的头牯圈。

小谷子跨进担门，直往北厦走去。巧朵迎上去，把他让进客堂，递给毛巾。小谷子擦着脸说："是曹掌柜让来送信的！"

巧朵说："先吃饭再说。"又扭脸对玉珍说："玉珍，进西厦舀一碗米汤，煎一个鸡蛋来。"

米汤和煎鸡蛋端上桌子，小谷子拿了个馍馍，夹起煎鸡蛋急促地吃起来。

巧朵又对满仓说："去叫立才和米香，真是雨天好睡觉，叫起来吃早饭，雨停了就要下地。"

小谷子吃过早饭，玉珍收拾干净，给小谷子上了茶水，客堂剩下巧朵和小谷子两个人。

巧朵给小谷子递过水烟袋，小谷子一口浓浓的白烟雾吐出，脸变得朦朦胧胧的。

"小谷子！曹掌柜捎什么信呢？"巧朵问。

小谷子用手摆了摆面前的烟雾，压低了嗓音说："嫂子，今天曹掌柜专门让我捎话给你，说天下又不太平了，要开仗了，买卖做不成了，布和纸都不敢收，到处都是兵，出不了关口！"他停了一下，嗓音压得更低："听说是朱毛红军和老蒋要争天下！"

巧朵看着小谷子神秘的样子，心不禁"嗵嗵"地跳。

送走了小谷子，她就没挪地方，坐在圈椅里，陷入极度困惑之中。才太平了几年，过了几天正常的日子，又要开仗了！为啥非要打仗？让老百姓整日惶惶不安？真恨死打仗啦！

她不知怎的又盘算自己的念想，现在买一辆像样的阔轿车，钱是够了，但还得有好的骡马呀！虽然现在有骡子和马，但不够，起码得有两匹像样的马，还要一匹像样的骡子。今年的棉花、布、麻纸都卖出了，应该差不多，可偏偏又打仗了！她又细细想想，现在不是好好的吗？太太平平，没有一点要打仗的样子！可又想，这是曹伯让小谷子带来的口信，是真的，假不了！她不知道下一步该怎么办。

忧烦的心情咋也过不去。她高喊道："满仓！立才！"

听到娘的呼喊，兄弟俩急忙来到北厦客堂坐定。

巧朵看着他们俩没说话，满仓小心翼翼地问："娘！小谷子叔带来啥信？现在雨小了，我们可以进花地打顶了吧？曹伯要货紧了吧？"

巧朵说："你们俩都在，曹伯今天捎来信，说又要打仗了！不要货，货卖不出去啦！"

兄弟俩不禁都一惊，张大了嘴。

"听我说，你们俩都要多长心眼，从今后不要出远门，城里没紧要的事不去，我真怕'抓兵'[①]啊！"

[①] 抓兵：当地俗语，意谓抓壮丁。

"娘！我还想给你说件事，你听了不要生气！"满仓说了这么一句话，巧朵心里诧异，没有吭声。

"河南陈一家前两天搬出磨面房，租了进才爷的房子，还租了三亩地。"满仓继续说道。

巧朵"哦？"了一声，停了片刻，才问："我说的事你们记住了吗？"说话嗓音高，像是不满意满仓的插话，或者对河南陈搬走无所谓，但又像是心里有些不平。

兄弟俩忙点头，她看院子外的雨星，说："雨小了，我们收拾一下，趁这时候下地打花顶。换双烂鞋，地里泥。"

雨停了，巧朵一家子戴着草帽走出担门，迎面见河南陈伸着方脸的大头，斜着肩，罗圈腿，"扑哒、扑哒"踩着雨水走来。

"大姐！你们这是做啥呀？"河南陈笑着问。

"下地。"巧朵看了一眼，觉得河南陈咋是一个怪物，便冷冷地说了两个字。

"大姐！俺有事给您说呢！"河南陈的语调像是乞求，就像当年要饭一样。

"回来说。"巧朵还是冷冷说道。

停了有眨眼的工夫，巧朵仰脸走了。

河南陈伸着方脸大头，那双圆眼瞪得快掉出来了，佝偻着背，背上的肉疙瘩仿佛胀得更高了。河南陈看着巧朵腰杆坚挺的背影，可怜地站在原地没动，两只脚踩在水洼里，鞋已经洇透也没察觉，呆呆的，没有发声。

两人的拉话，是巧朵从地里回来，快吃晚饭的时分。

巧朵没有想到，从地里回来，河南陈还在担门前站着，像当年要饭到门上一样。

巧朵将河南陈让进院子，没让他进北厦客堂。河南陈坐在了当年在巧朵家吃第一顿饭西厦的台阶上，巧朵的衫子是湿的，腿上都是泥，坐在一张杌子上，在河南陈的对面。

他们半天都不说话，河南陈在台阶上不自然地挪拧了几次身子，觉得像是回到了两年前第一次见到巧朵的情景。他想：就是她救了俺全家啊！俺搬出她家是应该说一声，住店也应告知一声吧。自己确实缺礼数啦。想到这里，他像背错了书的小学生站在先生面前一般，别别扭扭吞吞吐吐地说："大……大姐，俺……俺和桃……桃花……七斤,搬……搬出……出磨面房了。"

"知道了。"巧朵淡淡地只说了三个字,也没问搬到谁家,也没问住得咋样。

河南陈真不知该咋说了,巧朵不问话反而使他难受。心里暗暗说:大恩人!也应替俺想想,俺老住在你的门下,啥时候是头呢?俺想在村里闯出一条安家的路子呀!您应替俺想呀!饶恕俺吧!不就是少了礼数吗?您只当俺是个混球吧!于是他由衷地说:"大……大姐,你……你对俺家的恩……恩德,不……不会忘!"这是发自内心的话,声音有些生涩。

"别说这些,这是命!"巧朵干脆地回了句。

河南陈听了这话,虽显得冷淡,心里却颤了一下,恩人说得对呀!这是俺河南陈的命,命该恩人救俺一家人,命该在这村安家。想到这里心里轻松了许多,话也不那么结巴了,说:"大姐,被褥俺先用着,以后俺一定给大姐三套新的!"

"不要啦!本来那就是给你们的。"

停了片刻,巧朵又说:"其实,你到哪家,提前说一声!"她终于说出憋在心里的话。她本想多说几句,但想,人都走了,说那么多干啥,人家又没卖给你,无非就是留下人家吃了几顿饭罢,这人看来不那么厚道,走了也好。

听了巧朵的话,河南陈怕的就是巧朵什么都不说,既然吐出怨气,就好说啦!于是,他说:"大……大姐,你就骂俺吧,俺不懂礼数!俺……俺也不想离开这个大院。吃饭、干活,什么心也不操,但您不能管俺们一辈子呀。俺实在不想再给大……大姐添麻烦了,俺们永不会忘记您的恩德!"说着哽咽了起来。

巧朵也被河南陈的话感动,说:"走就走吧!不说那么多啦,到什么地方这里都是你河南陈的家,缺什么就到家里拿!"

听了巧朵的话,河南陈站起来要屈膝,巧朵忙扶住了河南陈,说:"不要这样!不要这样!"

她仰起脸朝东厦里喊:"满仓、满仓!"

满仓推门出来。

"去,北厦炕上小柜子二层有个小白布口袋,你把它拿到这里来。"巧朵说。

满仓提出了一个小布口袋,巧朵接过后问:"河南陈,你来到这算起来有两年九个月了吧?"

河南陈不知问话的因由，但点了点头。

"快呀！眨了一下眼两年多了。"随手把小布口袋抖动了一下，发出金属碰撞的"哗哗"声。

"河南陈，你一家子在我这里没有白干，我这口袋里是你们全家的工钱，按村里人雇'停活'的工钱给的，每个月我都把你们的工钱放到里面，原先我想，等工钱攒到二百块大洋时，给你们家在村里瞅块地方，盖上几间砖瓦房，再置上几亩地，也好安家过日子。现在你已经找到新的住家了，我也不操这份心了，就把这口袋钱给你，共九十八块，我又给你凑了两块，一百块，原先想让满仓给你送去，今天你来了就全带走吧！咱们两家也就两清啦。你知道我这人是不愿意欠别人的！"

这是河南陈万万没有想到的。他离开这里的原因，就是怕还不完人情，一家子一直白干下去，没想到巧朵这样仁义。他感动得眼眶里流出热泪，立马双膝屈下。

"大……大姐！俺……俺不应该走呀！"河南陈由衷地说了一声。

"你这是干啥？快起来！快起来！"巧朵一边说，一边上前扶他。

满仓也向前扶他。

"你拿上，不要让我再给你送去了，到了新家要置备的东西很多！"巧朵语重心长地说。

河南陈咋也不收，在巧朵和满仓娘俩的再三劝说下，收了。

河南陈过意不去地说："大……大姐，头牯我还喂着，立才事多，我给他当个帮手也好，工钱我一个子不要。"

巧朵根本不干这黏牙的事，干脆地说："头牯你不喂了，刚到人家那里，还租了三亩地，要干的事多着哩，你这样利索了好。把头牯圈的钥匙就给满仓吧！别叫人家说三道四。"

刚说到这里，后院老大的儿子长根直接进来，哭丧着脸说："小娘，快到后院看我爹去，他想见你！"

巧朵拔腿就随长根到了后院东厦。

牛娃老大没有在里屋炕上，而是躺在客堂的睡榻上，盖了床薄被子。他惨白瘦削的脸上发白稀疏的眉毛一动不动，眉毛下面是一双细小无神的眼睛。但他那干枯如树枝的手里还握着烟枪。大嫂头发也没梳，愁眉苦脸地坐在一条板凳上直抹眼泪。

巧朵没有叫牛娃老大，只压低声音叫了声："大嫂！"

大嫂立即起来拉着巧朵出厦门来到院里，凄切地说："你哥怕不行啦！已经三天没有进一口饭了！"说着眼泪不住地流。

"请先生看了吗？"巧朵关切地问。

"请城里先生看了，不顶用。开始拉肚子，想能过去，吃了先生几十服药，但不行！你忙没给你说，刚才醒来他想见你！"大嫂悲伤地说。

"娘，娘，娘！我爹睁开眼睛了！"长根跑过来说。

巧朵和大嫂进了屋，巧朵坐在睡榻前的杌子上。

牛娃老大慢慢睁开眼，两片发黑紫的薄薄的嘴唇微微一动，发出声音："你来啦！"

巧朵点了点头，哼了一声，她看着眼前这位当年在村里不可一世的混混，现在却像是盖了床被子的老柳树桩子！这不到六十岁的人，咋就成这样子了呢？当年和她争家财的霸气荡然无存了。人生就是这样吗？看他手中握着的发着幽光的烟枪，心想：和洋烟过了一辈子的人啊，让人厌恶又让人可怜！

"我不行啦！有些事想给你说清！"牛娃老大声音很轻。

巧朵的心紧了一下，心想：兄弟俩早就分清了，还有啥要说清呢？要走的人就由他说吧！

她伤感怜悯地说："你说，慢慢地说，我听着。"

"府……府芳……家里的，有……有几件事要……要给……给你……你说……"，那两片如干枯叶子的嘴在轻微地抖动。

此时，听到他盖的被子里传出"咕噜噜"声，接着是"嘟嘟嘟"一串放屁声。

"她娘……她娘！……快……快……！"牛娃老大喊。

只见大嫂提了个黑瓷盔子过来，忙说："巧朵，你出去一下，你哥要拉了！"

巧朵起来到了院里，只听屋里一阵拉稀屎的声音，她皱起眉头。

当她回到客堂，里面漫留着一股稀屎的臭味，巧朵蹙额，又无奈地坐回那张杌子上，听他说话。

拉过稀屎的牛娃老大，像是有了精神，看了巧朵一眼，想笑，脸上皱起七横八竖的褶纹，令人难受。他还是断断续续地说："府……府芳家……家里的，我……我知……知道我……我没几……几天了！有……有三件事要……要给你说……说清！""说清"两个字咬音很重。

巧朵心里还是有些紧，却宽慰地说："哥！你别那么想，拉肚子会好的！"

"别……别说宽心话，我……我心里清……清楚，"他咽了一下口水，伸了一下脖颈说，"你……你听我说。第一件事，你大嫂和你侄子长根你要关照，想……想办法给长根说个媳妇。"说到这儿他眼角流出泪水，巧朵忙点头。

"第……第……第二件事……第二件事，咱……咱家……家的家谱，让……让我当到鼓楼当铺了，吃……吃了……吃了洋烟！你……你……你把它赎回……回来！"他说得很亏心，也很难，但总算说出口了，巧朵心里着实一震。

巧朵忙站起点头，说："哥！赎单呢？"

"长根娘！把当铺的单子拿来，交给府芳家里的。"牛娃老大有气无力地吩咐着。

大嫂从里屋拿出有半张麻纸大的一张单子交给巧朵。

"第三件事，"他慢慢地说，"我先后借了进才十块银圆将汾河滩里三亩水地抵押给了他，你一定要把那块地赎回来，那是咱祖宗的家产，不能给别人。分给我的地，全都过到你的名下了，你让长根租上三四亩地过日子就行，这院子也就剩这东厦了，南厦西厦北厦都让我拆了卖了，吃了洋烟，长根千万不能染上这，他要是染上，你替我把他撵出李家家门！长根！长根！你听到了吗？"

三十老几的长根是个忠厚老实的小伙子，在旁一个劲儿点头。

"没啦，就……就这……这三……三件事……，"他缓缓闭上眼，嘴一张一张地说，"我……我……我没脸见……见祖宗先人……啊！"说着，身体又抽动起来。

大嫂慌忙从他手中抽出烟枪，点着一盏小灯，往烟枪里塞了一块黑膏，将烟枪塞牛娃嘴里。他贪婪地吮吸起来，不一会儿，身子又活动起来。

巧朵也没有告辞，满是厌恶地转身离开，大嫂追了出来。背后传出大嫂可怜巴巴的求饶声："他就凭这活了这几天了！"

她想回一句，但又没啥可说的，只在心里骂了一句：糊涂的大嫂呀！

巧朵回到家，中午饭已经摆上桌了。

满仓见娘脸色忧愁，手里还拿着一张纸，问："娘！我大爹病得厉害？"

巧朵听到儿子的问话，脑子里浮现出牛娃老大像一条垂死的鱼张口抽洋烟的情景，没好气地说："吃饭，饭后再说！"

饭后巧朵给满仓和立才讲牛娃老大——他大爹的病和"说清"的三件事。

满仓拿过那张单子看，惊讶地说："娘！单子上说的是让民国三十四年三月二十五日前去赎，现在是民国三十六年八月初十一啦！两年多啦！从单子上看，我大爹把家谱当古董当了。我见过家谱，几十本子呢，在一个檀木箱子里装着的，明洪武年间修订，这才当了两块银圆！"

"不管多少钱，要把家谱赎回来！你先拿十块银圆，现在骑白马进城！"巧朵坚定地说。

满仓骑上马刚出村东门口，碰上了七斤。

"满仓哥！这是到哪里去呀？"七斤热情地问。

"进城！"

"带上俺？俺娘发烧几天啦，张先生开了方子，少几味药，俺爹让俺进城抓药去。"

"走，你上来，咱俩骑一匹马。"满仓爽快地应了。

他们后半晌进了城，满仓去了鼓楼典当铺，七斤进药铺，约好办完事在十字路口碰面，不见不散。

满仓到了鼓楼典当铺子，一位五十多岁的堂倌接待了他。堂倌戴着眼镜，镜片后的眼睛里露出冷光。堂倌说道："嘿嘿！客官，你这单子已过期了，等我看货还在吗？"

他拿上单子到了柜台后的房子里，隔了一会儿，笑嘻嘻又带歉意地说："客官，不好意思！您的货因没按时赎，店里处理了！"

"还能赎回吗？"

"难！"

"知道给了谁吗？能给我说吗？"

"店里没这规矩！"

满仓退出典当铺子,牵着马快快地往十字路口走去。

七斤为娘抓好药,已在十字路口等候。

他们骑上马往回走,待走到七里村时,天色渐渐暗下。

突然,从七里村射出两道雪白的光,伴着轰隆隆的声响,还有"嘀嘀……嘀嘀……"脆亮的喇叭声。

马一惊,前蹄跃起,两人差点摔下来。

接着有人嘈杂地喊:"把他们两个抓住!"

一伙带枪的兵随即上来将他们团团围住,从马上拉下,白马脱缰后一溜烟跑了。

七斤给娘买的药散了一地,他急得喊:"我娘的药!我娘的药!"就趴在地上拾。

一个兵上来给七斤一脚,骂道:"起来!起来!走!走!"用枪托在七斤身上猛砸。

满仓和七斤被推搡上了一辆卡车,看到与他们年龄相仿的小伙子有二三十个,右手都被捆连在一起。

此时,只听一个当兵的喊:"排长,今天出来总算抓够数啦!"

忽然,从村里传出女人声嘶力竭的哭喊声:"我的儿啊!不能把我儿抓走呀!"

"快开车!快开车!"有人大喊道。

"轰隆隆",卡车两道雪白的光动起来,一晃当,顺着官道向南驶去,那女人的哭喊声渐渐消失在昏暗中。

这时候,满仓才知道倒霉,碰上"抓兵"的了。

车在昏暗中顺着官道向南飞奔,满仓和七斤眼看着车从驿寨村东门口呼啸着掠过,暗淡中影影绰绰看见东门口外孤单地站着一个人。

他们心中都掠过一个念头:家人在干什么呢?知道我们被抓走了吗?

车无情地向南轰隆隆飞驰,一个村庄一个村庄,一片田地一片田地被抛到后头,他们的心在突突地跳,像是随车在空中飘动,腿在发软。

乌云已经散去,月亮不知什么时候从散去的云层中露出,将空旷的大地照得空明空明,远方出现一点微弱的亮光,刹那间鬼似的消逝得无影无踪,又是一片黑暗中阴冷的寂静的空明;车发出的轰隆隆声加剧了他们的惶恐,他们全身都在冒汗，被飞驰的车带来的风吹得一个劲儿地打着寒战。

老白马回来了，却不见满仓，急得巧朵一家子将原本端起的饭碗又放在了桌子上，再无心思吃饭。

立才说："娘！我哥没事，马身上一点伤都没有。"

"遇到土匪啦？"巧朵自语，但又否定地说，"遇到土匪马回不来呀！"

玉珍苦愁着脸，两眼泪汪汪。

"娘！我出去寻？"立才焦急地说。

"这么晚，咋寻？再等等！"

"我到东门口等，看能等上不？"巧朵没有吭声，立才一个人出去了。

隔了老一会儿，立才回来说："娘！我看见两辆卡车拉着人，朝南去了，一辆车上都是兵，一辆车上都是百姓。"

巧朵听了没言语，心里愁得不得了，心想满仓怕是被"抓兵"啦！他后悔透了！肠子都悔青了，明知世道乱，为啥为家谱让满仓进城呢！不进城哪有这档子事？她焦急得嘴里起了燎泡，在北厦里坐也不是站也不是。

突然有人敲门，进来的是河南陈。他进了院子就高喉咙大嗓门嚷道："大姐，大姐！满仓回来了吗？听人说俺七斤和满仓骑一匹马进城啦！"

"什么？他们俩一起进的城？"巧朵惊讶地问。

"是的，俺让俺孩儿进城为他娘抓药的。"

巧朵马上说："白马回来了，人没有回来！"

河南陈一下急了，问："没有出去找？"

"这么晚了，到哪里找？刚才让立才到东门外看，黑天地里官道上过去两辆卡车，有可能被'抓兵'啦！"巧朵说。

"哎呀！"河南陈惊了一跳，接着跺起脚来，哭喊："俺的孩儿呀！"

车不知往南开了多长时间，在一片房屋的黑影前停下，这是很大的一个院子。从前面车的驾驶室里下来一个当官的，大声喊："你们先下（指装兵的车），新兵后下（指装老百姓的车）。"

只听到踢里咣啷跳车的声音。

"刘顺全！你指挥，新兵五人一组住在西边的五间空房子里，西边房子住不下，东边还有三间；每间房子派两个兵看守，饭送到房间里。"

"刘顺全！"这个名字在满仓的脑子里一闪，心想：是那年看护麦子在我家吃饭的"二战区"的兵——刘顺全？

满仓和七斤被带进东边的房子里，还有两个小伙子，里面什么也没有，只有铺着麦秸秆的土炕，背墙上有一个窗户，也没糊纸，靠前门旁也有一个窗户，窗台上放了一盏小煤油灯，灯头摇曳着，发出昏黄的亮光。

满仓瞟了一眼另外两个忧愁的小伙子，问："你们俩是哪个村的？"

"七里村的，这一车都是在七里村抓的！"一个小伙子愤愤地说。

满仓又上炕，从背墙上的窗子往外看，是空旷的田野，天已经放晴，有几团云的边上镶着月亮的银光，在空中飘动；一阵风刮进，秋寒使他身子颤抖了一下；他双手抓住窗户的格子，暗暗使了一下劲，窗户的格子"咯吱，咯吱"地响，心里即刻升起个念头。

几个兵端进一盆玉米面窝窝头、一桶小米米汤、一小盆咸菜疙瘩。

随即喊道："新兵吃饭啦！快吃！吃了休息。"

满仓拿了两个窝窝头，给七斤一个说："吃！吃了不饿！"

七斤哭丧着脸说："满仓哥！俺娘还等俺的药呢！"说罢哭了。

"不要哭，先吃，吃了再说！"

"最后来的两个，出来，出来！"他们还没来得及吃，一个看守兵向他们喊着。

满仓和七斤被带进一个小房间，里面放着一张长条桌、一张单人床，坐在床上长条桌前的一位清瘦的兵头都不抬，拿过一个本子说："叫什么名字？"

"我叫李满仓，他叫陈七斤。"满仓答道。

"李满仓？"坐在床上桌前的兵反问了一句，抬起头看。片刻，他又挥了一下手，叫站在那儿的看守兵退出去。他站在了满仓面前上下细细地看，最后惊奇地说："满仓哥！你还认识我吗？"

满仓也盯着他看，听到问话既惊喜又惊讶，问："你真是刘顺全？"

刘顺全又责怪地问："你们咋会被抓？"

"我们进城，回家经过七里村时被抓。顺全老弟，这是啥地方呀？"满仓问。

"这是张礼的兵站，旁边就是张礼火车站，天亮就要你们上火车，开到运城，打仗！"刘顺全声音压得很低。

满仓大惊,脸唰地白了,觉得自己的头发都竖了起来,"这可咋办呀!"两手拍在自己腿上,在身上搓动,猛然摸到怀里还有十块银圆,他立即掏出五块,往顺全手里一塞,说,"老弟!今天我拿上这银圆进城赎我们家的家谱,没有赎到,给你。老弟!给我们指条生路吧!"

刘顺全接过银圆,立即警觉起来,出门往外看了一眼,进屋凑在满仓耳边悄声地说:"从后窗……"

刘顺全马上又回到桌子前,正经八百地问:"你们都是七里村的?"

"是!"

"多大?"

"我三十二岁。"

"我二十岁。"

…………

月亮被乌云遮住,外边漆黑漆黑,房间里只有那盏煤油灯在前窗台上昏黄地晃悠。

忽然飒飒起风了,房后的那几棵白杨树发出"哗哗"的声响,房间里四个新兵睡得正香。

满仓其实一点都没有睡,眼睛死死地盯着外面漆黑的夜空,心里一直怦怦地跳,每一根神经都绷得很紧。

一股紧风从后窗刮进,窗台上的那盏灯忽悠了一下灭了,房里陷入漆黑。

门"哗啦"开了,一个看守兵进来喊:"把灯点着!把灯点着!"

炕上睡的四个人打着呼噜没有回声。

"妈的,睡得像死猪!"

看守兵骂了一句,"哐当"把门关上,"啪"地把门锁了。

隔了好一会儿,一个黑影从炕上爬起,站在后窗前,双手抓住窗格子使劲晃了两下,又鼓足劲再一晃,"咔嚓"一声,窗格折了下来,此时,一阵风刮起,外边白杨树的"哗哗"声掩蔽了折断窗格子的"咔嚓"声。

那个黑影迅速地睡倒在炕上。

没隔多长时间,那个黑影又拉起另一个黑影,猫一样纵身一跃,跳出了后窗,顷刻间消失在漆黑的夜里。

第四十一章

一九四七年冬季，回想起来，没有几天晴天，总是阴沉沉、灰蒙蒙、寒冰冰的。

老蒋的队伍和朱毛的队伍激烈交战着。

朱毛的解放军队伍攻打了运城几个月，终于解放军胜了，老蒋的队伍败了。

传言朱毛的解放军又要攻临汾了，听说解放军开始往临汾地区调动。巧朵再没有敢留花地，种花要织布，一打仗还哪来集市？织成的布卖给谁呢？

巧朵心里慌呀！快六个月了，年都过了，还不见满仓的音信！河南陈每天都要到巧朵家一趟，他们的心里也急呀！

一天，从七里村传出"二战区"追拿两名叫李满仓和陈七斤的逃兵的信儿，巧朵和河南陈总算得到了音信，又高兴又忧虑。高兴他们跑了，没有当炮灰，可是，他们现在在什么地方？为何还不回家？还活着吗？忧虑仍然紧紧扣咬着两家人的心！

吃早饭时，立才给巧朵说："娘！地里活松了，我让开纸碾了！"

巧朵无精打采地说："开吧，你哥没回来我也没精神！你就多操心家里的事。"

巧朵喝了半碗米汤，放在了桌子上，米香识相地赶快问："娘！我再给你添些米汤？"

巧朵摆了摆手。

喜祥在玉珍怀里哭嚷了一句："我要爹！"玉珍拍了一下喜祥的屁股，说："别嚷！"也擦着自己流出的眼泪。

喜祥见玉珍擦泪，忙哭着说："娘！娘！不哭！我不要爹啦！"玉珍望着儿子稚嫩的泪汪汪的小脸，眼泪连珠流下，把儿子抱得更紧了。

麦子从里间端着米汤碗出来，坐在巧朵身旁，嘟哝着说："娘！学堂的老师说要打仗啦，走了，学堂停了。今天我和村里的几个同学约好进城，考铁佛寺师范学堂去。"

巧朵心里一震，随口说出："不能去！现在不太平，你哥进城赎家谱没回来，我后悔得像啥一样，你不能去！"

"娘！"麦子心里急，重重地叫了一声，"我和同学都约好啦！不要紧，我们出西门，走田地里的小道，过乔家庄，进城，不走官道。"

"也不行！"巧朵坚定地说。

"没关系！都说好啦！北旁的何家一个亲戚在师范，今天是最后一天考试，他在那里等我们，没关系，娘——！"麦子急得要哭出泪了。

见麦子急的样子，巧朵想为了娃念书，就从口袋里掏出一把铜钱，还给了一块大洋说："去吧！多留点神，不要到人多的地方，考完就往回走，不要在城里趸！见了兵就躲开！"

"知道！知道！"麦子接过娘给的钱，米汤也不喝啦，拿了几本书，一股风似的跑了。

"娘！我到纸碾上去，看春胜和猪娃抄纸了没？"立才说着也出去了。

巧朵仍然愁容满面，玉珍也搂着儿子愁眉不展。

立才牵着黑骡子和老白马来到纸碾，将四筐子干麻浆分别倒进两个碾石槽子里，又倒了几桶水，套上黑骡子和老白马，又给它们戴上暗眼①，"驾"了一声，大石盘碾滚动起来，他进了抄纸房。

春胜和猪娃正在专心地抄纸，见带着愁容的立才进来，春胜随口问了一句："你满仓哥还没有信儿？"

立才忧愁地叹口气说："没有！"

"听说跑了，是真的吧？"

"七里村的人都那么说！"

猪娃又压着嗓子神秘地说："你们知道吗？听说解放军调兵要打临汾啦！"

立才和春胜对视了一下，春胜不以为然地说："那是什么新信儿？看你那

---

① 暗眼：磨面、碾米、拉碾时给牲口戴的一种捂眼的工具，牲口戴上暗眼，可以不停地转圈拉磨、拉碾。

神样儿！"

"呀！你们还不知吧？这次打临汾的是老阎的乡党，姓徐，还是老阎邻村的，都是五台山的人，这人厉害。三打运城，胜了！攻临汾的兵都开始调了！"猪娃卖弄地说。

突然从道里传来"当当……当当……"的敲锣声。

"呀！有些年没有敲锣了，那还是日本人进村敲过。"春胜惊愕地说。他们都瞪起眼，夋起了耳朵。

"欢迎国军进驻我村！村民们不管男女老少都到戏台前喽！"有人随着锣声喊。

"当当……当当……"又是锣声。

一支有五百多号人的装备齐全的国民党队伍，从驿寨村的西门开进来了。他们集合在村西旁的戏台子场地上，旁边还摆放着六七挺机关枪、四门小钢炮，人人背着打理整齐的行李。

村里男女老少无序地站在队伍旁边"嗡嗡嗡……嗡嗡嗡……"地交头接耳。

老村长进才，已是七十开外的人了，在儿子李政跃的搀扶下，在戏台上，驼着背哑着嗓，颤巍巍地说了一通欢迎国军驻扎、保卫驿寨村、保卫临汾的话，还让村民齐心协力辅助。

这支队伍是阎锡山的嫡系六十一军三十一团二营的官兵，一个完整营的兵力。营长就是十几年前"二战区"进驿寨村保护收麦子的杜生喜。

他来到驿寨村，有一种特别的情感，熟悉、亲切、兴奋、自信。

杜生喜穿着一身崭新的戎装，腰间的寸宽的水牛皮武装带扎得很紧，帽正衣整，肩膀上的少校军阶标志很闪耀，武装皮带右腰间一色的皮套里插着一支德制小手枪，裸露在外的小手枪发出金属的亮光。

据说杜生喜腰间的德制手枪，是阎锡山从德国定制的，专门奖励给战场上立过大功的军人。在当年打日本的战场上，他们六十一军三十一团在吕梁山被日本人包围，当时杜生喜只是三十一团二营的一个小小排长，在接受了突围任务后，连续炸了日本人的三个机枪位置，奇迹般冲出一条通道，背着负伤的团长，即现任六十一军副军长的娄福生冲出日本人的重重包围。杜生喜的事迹震动了晋军，立了大功，并获得一枚青天白日军功勋章，也获得了这支小手枪。

今天他来到熟悉的村庄，踌躇满志，三步两步跃上戏台子，站在中央，右手握在小手枪上，深情高声地说：

"乡亲们！我们又见面啦！十几年前为保护咱村的麦子，我进村了！今天为保护咱们的村子，保护咱们的临汾城又进村了！乡亲们！还认识我吧？我是杜生喜，浮山人！"

村民们好奇地仰脸向戏台上看，低声议论着。

戏台后道里突然传来几只狗咬架的声音，很刺耳。村长进才赶紧让儿子政跃领几个小伙子驱散了狗。

杜生喜听到狗的狂吠声，心里出现一团阴影，很不舒服。这是一种什么预兆呢？

杜生喜激昂地讲了一大堆的话。但村民们都没有听懂，只懂从现在开始不太平了！要打仗了！每天吃了晚饭就不能出村了，一直到第二天的早饭后才能出村，四个村门被驻军把守了。

杜生喜一营兵的进驻，使驿寨村的村民陷入恐慌。村民们当天的晚饭是在惶惶不安的心境中吃完的，老觉得饭桌前有一个国民党兵在看守。

全村中最忐忑不安的是巧朵，她没想到打仗来得这么快！又后悔放小儿子麦子进城考什么师范，还有什么比一家子平安重要呢？她没有一丝吃饭的心情，就一直坐在桌旁发呆。

米香知道娘的想法，心疼娘，就独自进里屋为娘擀了一碗旗花面。面里卧了一颗荷包蛋，面上浇了小半勺炒葱花的油，拌了醋和辣子，端到巧朵面前，亲切地唤："娘！给你擀了一碗旗花面，趁热吃了！我弟肯定没事！"

巧朵抬起头，看女儿关切的神态，再看眼前的面，知道女儿的孝心，但她就是不想吃，心里早就堵得满满了。不知是在恨自己，还是恨世道，世道咱一点办法也没有，那是那些有本事的大人物的事，但自己这小小的农户人家，咋能犯两次一样样的错呢！真不该！真不该呀！两个儿子，一个都不在家！明明是小户人家的孩子，乱世道要的是安宁，要的是家的团圆，还去考什么师范呢？后悔呀！

"嘭嘭嘭……嘭嘭嘭……"一阵敲门声，她猛地一惊。

"立才！立才！麦子回来了，快去开门去！"

立才快步出了北厦门，奔向担门。开门后，"哗啦"进来一队兵，整齐地站在院子里。

一位穿戴整齐,右手搭在腰间手枪上,脚蹬一双齐膝的黑皮靴的国民党军官闪在担门中央,口里喊着:"婶子!婶子!"

那松快脆亮亲切的喊声,透着炫耀和自傲。

巧朵跨出北厦门,直愣愣惊疑地看着。

"不认识啦?婶子!我是十几年前在你家吃饭的兵娃,杜生喜呀!"杜生喜向前抓住了巧朵的手。

巧朵哆嗦着不习惯地慌忙把手抽回,竭尽全力地回忆着,像是想起来了。

"哦!想起来了!想起来了!你升官了,长高啦!神气得很!你没有忘了婶子呀!"巧朵又看院子里站着的一排兵。

杜生喜意识到什么,把手一挥说:"你们到门外边去!"那些兵整齐地走到担门外。

巧朵将杜生喜让进了北厦客堂内,倒了茶水,杜生喜环视了一下客堂四周,关切地问:"婶子!你还好吧?"

"好啥呢?刚过了几天平安的日子,这不,你们又来了,让百姓咋能安安宁宁地过日子?"巧朵发愁地说。

"婶子!我们来你们就好啦!不用担心了,没有人敢来祸害你们!"杜生喜自信地说。

巧朵迟疑地没有吭声,叹了口气说:"生喜!你满仓哥已有六个月没有音信,听说被抓兵了!"

"什么?满仓哥已经被抓兵半年没音信?"杜生喜急切地问,接着又问,"一点信都没有吗?"

"还是前几天,从七里村传出,在七里村抓的一名叫李满仓的兵跑了,就听到这点信儿。"巧朵还是叹息。

杜生喜马上警觉起来,停了片刻说:"婶子!你不要急,我打听一下,看能得到信不。"

突然,门外有孩子喊:"娘!娘!娘!我的家为什么不让我进?"

巧朵急匆匆地迈出北厦门对外嚷:"麦子!麦子!娘来了!"

杜生喜跟着巧朵往门外也大声喊:"放进来!放进来!"

麦子冲进自家的院子，看见娘就扑进娘的怀里，委屈地哭喊："进村门不让我进！进自家的家门也不让进！这是咋啦？娘！"

巧朵生着脸看了一眼杜生喜。

"小兄弟！不要哭！不要哭！我去说他们！"杜生喜摸着麦子的头说。

麦子仰起头看了一眼杜生喜，惊得又将头埋在了巧朵的怀里。

"不要怕，这是你生喜哥！"麦子听到巧朵的话，在巧朵的怀里侧目看杜生喜。

巧朵对着杜生喜说："这就是在地里生的那个娃！"

杜生喜惊讶地摸麦子的头，巧朵感谢地说："那年多亏了你们！"巧朵一停，想起什么地问："你们灵石的那小伙子呢？"

"他呀！还在原来的队伍，现在在城东的邓家村。等过些日子，我叫人把他接过来，他也升排长啦！"

"生喜！屋里坐！屋里坐！"巧朵谦让道。

"婶子，天都黑啦，不坐啦，有的是机会。我还有许多事要办。"说着往门外走，巧朵跟上，说了句："生喜呀！你已经升官啦。婶子还想说句话，打仗不是什么好事！可我还是要说老话儿：一定多长点心眼！你娘在家里等你呢！听到了吗？"

听到巧朵体贴关心的话，杜生喜心上涌起一股暖意。他回过头看着巧朵，她凌乱的头发散在已经显现出细细皱纹的前额上，眼睛总是流露出一丝丝的忧愁！

"她真像娘呀！"他想。他当营长后，曾骑马带着警卫回浮山二道沟炫耀了一次。在家只待了一个上午，连饭都没吃，就往队伍上返。娘把他送到沟的尽头。娘拉着他的手，他看着娘，沟里的风吹拂娘的头发，娘的前额显露在他的眼前，条条细细的横纹排列在那里，眼角下沉，泪花闪动，娘也说了那句沉重关切的话："生喜呀！要多长点心眼！"

他都明白，三十老几啦！他紧紧握住了巧朵婶子的手，眼睛湿了，深情叫了声："婶子！放心！我知道！"

第四十二章

　　解放军在一九四七年深冬攻下运城后，解放军的第八纵队、第十三纵队，太岳军区八个团和吕梁部队一部，在徐向前总司令的率领下，挥师北上，蒋介石、阎锡山的国民党队伍望风而逃，山西南边的县城解放了。

　　徐向前部进驻刚刚解放的古城——翼城，司令部就在翼城南的关帝庙春秋楼的大殿内。

　　他已经两天两夜没有合眼了，一直盯着桌案上的军事地图，用铅笔画画点点。当早晨的第一缕阳光射进来时，他一拳按在地图上有"临汾"字样的标志上，移开桌案，两步跨出大殿高高的门槛，在围廊上面向初升的红彤彤的太阳，伸开双臂做了一个扩胸运动，深深吸了口春天的气息，双手拄在勾栏上，凝视着庙内大院。

　　庙门口内外站着警卫战士，青砖铺设的道路直通一楼大殿。那里有关公戎装像，他身着镶龙凤战袍，内有金色的铠甲，怒目远视，左手将着长长美髯，右手垂放在右腿上，气宇轩昂，威风凛凛；身后有手持大刀的周仓和手捧玉玺的关平立像，威严肃穆。

　　他不由瞟了一眼二层大殿，那里有身着青袍"夜观春秋"的关公坐像。只见关公脸庞赤红，长髯在微风中飘动，旁有一盏青灯。他眯缝着丹凤眼，淡定地看着手中一卷《春秋》史册。

　　关公那气贯山河、目空一切的神态，令徐总心里微微一震。

　　他回头眺望，遥远的太岳山峰簇聚。此刻他胸中掀起惊涛骇浪：今年春季的目标，就是攻取临汾城！要把作战计划向全军传达，鼓起作战的斗志！

　　临汾古称平阳，位于晋南的汾河东岸，相传是古帝尧王建都的地方，因此有"尧都"之称。它东扼太岳，西临汾河，北接晋阳，南通豫陕，既是山西南北相通的咽喉，又是太岳和吕梁两大山脉东西联结的枢纽。城池依自然地形建在一个大土丘上，内高外低，墙高壕深，整个城郭状似卧牛，易守难攻，故人称"卧牛城"。

蒋介石为保住临汾城，牵制晋南解放军对西北战场的支援，除令胡宗南的第三十旅留守临汾外，又令阎锡山在晋中的六十六师增援临汾。

阎锡山也视临汾为太原的南部屏障，号召"保卫临汾，就是保卫太原"，要求部下"与城共存亡"。

徐总想到这里，自言道："一场大仗恶仗即将打响！"

他手拉勾栏沉思了片刻，在脑子里简单回顾了作战计划，高声喊道："来人！"

"首长！"警卫员应声。

"你告诉参谋长，到我这里来，我要召开全军营以上、工兵排长以上干部会议！"

"是！"警卫员立正转身向一楼参谋长室跑去。

两天的全军营以上、工兵排长以上的干部会议，是在前一天召开了全军旅长会后召开的。

会议设在翼城总司令部大院——关帝庙的院子里。

徐向前总司令讲述了今年春季的战斗任务：就是攻取晋南重城——临汾古城。他讲述了作战计划与兵力部署；讲述了攻取临汾城的重大意义：取临汾，可使晋冀鲁豫和晋绥、吕梁地区连成一片，可为下一步北上晋中、围攻太原扫清障碍，为解放山西铺平道路；分析了阎锡山的兵力布防；明确了各部的战斗任务和目标。大家进行了热烈的讨论，人人心怀解放山西的光明前景，个个要求投入战斗，热情高涨，纷纷向徐向前总司令表决心。

最为激昂兴奋的是人称"白马将军"的解放军第八纵队二十四旅旅长王墉。他个头不高，看上去有些文弱，前额宽大平展，清秀的脸庞透着谦和。说话不紧不慢，但话音铿锵有力，总给人以力量和勇气。

他原是参加过"一二·九"运动的北大学生，随后跋山涉水来到太行山加入了八路军，在抗战中立下赫赫战功。他带兵严格，作战勇敢，率部攻坚运城，战功卓著。这次在攻取临汾城战术布兵上，徐总点将布兵，让其处于摧毁阎锡山防御临汾城第一道防线上，为攻取临汾城扫清外围一切据点。

他抑制住内心的兴奋，看着自己旅熟悉的营以上的干部，他们脸上绽放着激昂的光彩。他站了起来，那张张熟悉的脸都仰了起来，他们知道，自己的首长有话要说。

"同志们！大家都清楚自己的战斗任务了吧？"

"清楚！"大家异口同声高声地回答。

他浓眉一扬，说："同志们！今年春季攻取临汾城的战役，第一枪将由咱们旅打响！这一枪我们要打得亮！打得准！打得狠！""亮""准""狠"三个字讲得十分有力。又说："按计划、按时间摧毁阎锡山的第一道防线，扫清临汾城外围据点！之后，我再为大家请战——攻打临海城郭的任务，我们旅一定要成为夺取临汾城的一把钢刀！"他把拳在面前挥舞了一下，重重地落在方桌上。

随着拳头落下，大家都站了起来。

他扫视这一张张兴奋的脸，笑了，眼神落在第五张桌子上，郑重地唤道："金书成团长！"

只见一细高精瘦的干部立正高声地回答："到！"

他离开了自己的位子，缓步往答"到"的干部那儿走去。到了跟前，笑呵呵地拍了拍这位细高个子团长的肩，说了声："书成同志，你跟我来！"

金书成跟着旅长，缓步进入关帝坐像的大殿内，站在关帝坐像前的长条香案前，静静地凝视这尊威风凛凛的神像。

"书成同志！攻打驿寨村可是个硬骨头！它是临汾城有名的土围子村，传说在道光年间，农民起义军捻军，攻打驿寨村一月之久，没有攻下，最后摘下头盔弃村而去。今天守卫驿寨村的是阎军当年打日本立过大功，获得青天白日军功勋章的有名之人，他曾在日本战场上，单人飞身炸毁日本人的三个机枪位置，炸死日本兵二十几人，冲出一条突围通道，背着负伤的现在是阎军六十一军副军长的娄福生逃生。由此立了大功，名扬四方，浮山人，名叫杜生喜。现在他带了一个营的兵力进驻驿寨村防守，弹药粮食充足。这是梁培璜防线上的一颗坚硬的棋子，和柴村、七里村形成三角阵形，他作战从来都是以凶猛强悍著称！你要有系统的作战方案！"

王墉旅长说得很认真、很郑重，最后说："书成，我那里有驿寨村的一张地图，吃过饭就到我那里，咱们好好研究一下攻打驿寨村据点的方案。你拿下驿寨村据点，柴村、七里村据点就不攻自破了，等于我们就控制了城南，拿下飞机场据点也不是问题！"

金书成一脸严肃，认真听着首长的话，体会到了攻占驿寨村据点的重要性。

他猛然立正，坚定地说："首长，我保证在七天内完成任务！"洪亮的声音在大殿内回荡。

王墉旅长会意地笑了，他相信眼前这位沉稳、精瘦的高个子部下兼战友！他不会轻易"保证"的。随后他说："赶快去吃饭，你的营长们是看着我把你领进这大殿的，他们请战的心也急着哩！记着！饭后到我那儿去一下！"

公历一九四八年二月二十五日晚，金书成率领的解放军第八纵队三十一团的将士，没放一枪，将驿寨村围了个水泄不通，并切断了驿寨村与七里村、柴村之间的联系。

当初升的太阳从东方的卧虎山头爬出，橘红色的霞光铺在驿寨村黑黄色的村墙上，驿寨村仿佛是一头年迈的老犍牛，孤独地站在广袤的田野里，绝望地环顾四周。

金书成团长的指挥部设在驿寨村南门外三畛地开外的一条土沟里，坎上有棵刚刚努出春芽的老桑村，看上去嫩绿茂盛。他眼前地上铺展着王墉旅长给他的驿寨村地图，他不时举起望远镜观察眼前这头被霞光映红的"老黄牛"。南村门挑檐两层高，村门洞里发黑的木门紧紧关闭，在关闭的木门前有一堆垒土——这里肯定有一个火力点，村门楼两侧有两挺机枪，上下三点形成网式火力。

这时，他想起王墉旅长的话：这个村是临汾有名的土围子村，土墙高而厚重，易守难攻，要组织一支突击队，将村门炸开，或者将村土墙炸开豁口冲进去，拔掉这个据点。

"驿寨村！驿寨村！"从接受任务的那一刻起，他就一直思索着，似乎曾相识。

他放下望远镜，眼睛落在地图上。这是战时啊！他强迫自己停止思索。他认真看地图，这个村地形是东北高西南低，东阔西杂，用军事的眼光看应从北边进攻，可是北面有七里村和柴村据点相呼应，很容易造成被前后夹击的后果；村西边紧靠铁路和飞机场；村南边坑坑洼洼，靠村南门一畛地处有两条东西向的半人深的雨淋沟，很容易隐蔽。为此，他制定了佯攻东门、突攻南门的作战方案。

二十六日，人们正在吃午饭，村东门突然响起轰隆隆的炮弹声，村东门楼子顶被炮弹掀了，一股股炮弹炸起的尘土灰柱，使村东边成了尘土弥漫的天地。进攻的喊声震天，十几名解放军士兵扛着长长的云梯，在强力密集的枪弹火力掩护下，猛冲到村墙根底下，靠村墙竖起云梯，拼命地往上爬。

开始，村墙上一点动静都没有，当云梯上的士兵快要爬到顶时，村墙上突然喷出一道道枪火，云梯被折断翻在壕沟，士兵中弹滚下，其他冲上的士兵见状纷纷后撤，解放军炮火齐发，村墙上的火力被压下去。

连续攻了三天的东门，没有攻下，但把敌人的火力都吸引到了东门，达到了目的。

金书成胸有成竹地组织起了爆破突击队，连夜将炮兵营大部和工兵营调到南门外一畛地开外的两条雨淋沟内。

"二十八日晚上向南门发起总攻，拔掉驿寨村据点！"这是他向各营长下的命令。

正当此时，警卫连抓回两个活口，带进老桑树团指挥部。

金书成团长一见不禁大惊。

这两个人半尺长的黑发成毡蒙面，污垢涂满面容，看不见一星点皮肤颜色，不知是什么颜色的稀烂成缕的布条披挂在身上，只有他们的两双血红的眼睛闪烁着惶恐可怕的光点。这两个人口口声声嚷："我们是驿寨村的村民！"

金书成脑子里猛然闪出一个人的名字，问道："你们说是驿寨村的村民，我问一个人的名字，可知道？"

"你问！"一个看上去年龄大些的说。

"李府芳？"

年龄大些的汉子血红的眼睛瞪得多大，怔住没有说话，直愣愣地看着这位问他的兵，感受出他威严语气中透出的些许和气，缓缓低沉地说："那是我爹！"眼角溢出两滴豆大的眼泪。

"啊！"金书成不禁一震，心想这么巧！但他没有再往下问，他急需知道他们的情况。

经过反复的询问，才知道他们是去年八月进城回来时，在七里村村口，碰上国民党抓壮丁的兵被抓走，当夜从关押的后窗逃出，钻进了太岳大山，一钻就是半年，不敢回村。他们在山里听到朱毛八路军打村子，才偷偷往回跑。一个叫李满仓，一个叫陈七斤。

金书成团长让为他们剃头换衣服，可是他们死活不穿灰色的军装，哭嚷磕头求说："我不当兵！不当兵！我们家里有老娘，有老婆，有娃，当了兵她们就活不成了！"

金书成团长看着他们泪汪汪恓惶的样子，耐心地笑着说："你们身上脱下的衣服穿不成啦，不能光身子吧？穿这衣服不是当兵！我们是毛泽东主席、朱德总司令领导的队伍，不叫红军和八路军啦，叫解放军！专打蒋介石、阎锡山的国民党队伍。我们要解放驿寨村，解放临汾城，还要解放太原城，解放全山西，解放天下的老百姓，让老百姓过上安宁的日子！"

满仓和七斤，对这位年纪大的兵说的话，似懂非懂，就是感觉和气，不懂什么叫解放，但懂"让老百姓过上安宁的日子"。

满仓和七斤顺从地穿上了灰色的军服，觉得身子有些发热，怎么也不习惯，没有那稀烂条条缕缕四面透风的衣服舒适。

满仓往下撅撅衣服，心里总是不踏实，放大胆子小心地问了一句：

"老……老总，……军……爷，打开村子，让我们回家吗？"

"哈哈哈！你们的家，咋能不让回呢？你们又不是我们部队的！"金书成松快地大笑道。

满仓相信了他的话，便大胆地问："老总，您刚才问我爹的名字咋啦？"

"噢？"金书成迟疑了一下，却又问了一句："你娘还好吗？"

满仓顿时觉得亲切，马上说："好！好！好！"

"报告！"一个洪亮的声音打断了他们的对话。

一个长得粗壮的小伙子出现在眼前。

金书成威严地说："你说说看！"

小伙子大声说："报告首长！我们爆破突击队十人已经准备好了！"

"说详细些！"威严里带着命令。

"我们准备了两千斤黄色炸药，打成了十个包，每包二百斤；工兵营已挖成两条地道，一条通往村门洞里，一条通往村门楼东边村墙；村门口地道里放五百斤，炸村门洞里的门扇；靠门楼东边地道里放一千五百斤，计划在那里炸开一个豁口，突击冲进，消灭这股敌人！"

金书成听完他的报告，思忖片刻说："我看炸药包太重，改为一百斤一包，背起来轻便，快！回去把炸药包换成一百斤一包，突击队的人员少了，不能光管炸，也要管冲，回去组织成五十人，十人管爆破，四十人准备冲进去，炸开豁口就必须有人冲进去，打开一条道路！明白了吗？"

"是！"那位壮实的小伙子回答的声音更高。

"首长！不行！"满仓仓促地改了"老总""军爷"的称呼，学着壮实小伙子叫"首长"。

金书成不禁惊了一跳，转过身对着满仓严肃地问："你说啥'不行'？"满仓不慌不忙地说："村墙是清朝初年打成的，两丈厚、三丈高，是用糯米汤调和胶土打成的，难炸！挖都难挖动，像挖石头。靠南村门楼西边二十丈处墙薄！"

"为啥？"金书成很郑重地问。

"那里有一家院子，他们家在村墙上挖了有三间房子宽的洞，放杂物、红薯、冬菜，那个地方薄！"满仓一口气说完。

金书成盯着满仓生硬威严地问："真的？"

"没有错！那家是我丈人家，挖那洞时，我还出力了，土硬得很！"满仓说。

金成书略微思索，说："把这两位老乡带下去，把工兵营长、炮兵营长叫来。突击队长，你不要走！"

一位警卫战士把满仓和七斤带走。金成书又交代，打开驿寨村，放满仓和七斤回家。

不一会儿，工兵营长、炮兵营长都到了，金书成他们几个人在驿寨村地图上指指点点老半天，金书成站起说："就这样定了，你们要保证完成任务！"

工兵营长、炮兵营长、突击队长立正，郑重地向金书成敬礼，齐声说："保证完成任务！"

二十八日没有向驿寨村发起总攻，但村东门外攻势一点也没减弱。

二十九日的白天，攻势照常进行着。

二十九日黄昏，太阳钻进了西山。

暗紫色的余晖没有退尽，安静、平和的暮霭笼罩在空旷的田野上，驿寨村经过几天的炮火，已逐渐破败。

从望远镜里，隐约可见的东门楼顶子已成为空架子，七零八落的椽檩焦黑，冒着青蓝色的烟雾，椽檩上还有破砖乱瓦、布布条条，像牛的头角上缠绕着的无数的绳索。

金书成放下望远镜，抬手看着手表，坚定地自言道："今天一定擒住这头老犍牛！"

"警卫员！"他高声喊。

"到！""到！"

两名警卫员应声站立在他面前。

他摘下手腕上的手表，说："拿去！和炮兵营长、爆破突击队长以及一营、二营、三营的营长对表，七时半向南门猛烈开炮，七时四十五分爆破炸开南门和村墙，突击队和一营冲进炸开的豁口；二营预备梯队，八时进入村内，封锁东门、西门、北门；三营和突击队歼灭村内残余敌人；九时四十五分在村子西边戏台子前集合、休整。不得惊扰村民！"

"是！""是！"警卫战士们高声答。

"把我的命令叙述一遍"！金书成威严地说。

警卫战士准确无误地复述了团长的命令。

金书成满意地将手里的表递给警卫战士，看着他们转身跑出指挥部。

安宁的驿寨村南门突然被连天的炮火攻破。

炮弹带着哨音拖着长长浓浓的烟雾，在天空画出一道道弧线，落在村南门内外，轰隆一声声，火光一团团，尘烟升起一柱柱。烟雾弥漫在暮霭中，暮霭吞没了弥天的炮火烟雾，黄昏更加黑暗，黑暗里掀起的烟雾，像汹涌澎湃的海浪，无情地冲击着村南门楼子、村南土墙；顷刻间，南门挑檐的二层楼"轰隆隆"，"哗啦啦"，塌去一半，大火冲天腾起。

疯狂肆虐的炮火，使驿寨村南边的村民惊愕；震耳欲聋的炮火，使驿寨村南边的村民心悸；他们颤抖着爬到桌子下，还有一些村民在地窖里缩成一团。

守兵营长杜生喜被南门突如其来的密集猛烈的炮火吓了一跳，拔出德制手枪一挥，带了一百多人和两门小炮直奔南门。

到了南门，看见南门楼子一半已倒塌，呼呼冲天着火，他吼了一声："上！"一百多人便向上冲去。

快到门楼的平台，一根着火的木檩从门楼掉下，像一条熊熊燃烧的火带从天而降，朝他头顶砸来，他眼明手快，迎着火檩用尽全身力气推去，只听手心"滋……滋……"两声，火檩从他头顶滚过，却砸倒了紧跟在他身后的勤务兵。勤务兵"哇哇"叫着成了火人，冲上来的士兵都去扑打勤务兵身上的火。

他回头见状急得两眼生出火焰，大吼："往上冲！"

随即，拿起德制手枪，朝勤务兵胸口开了一枪，勤务兵踉跄地转了两圈，倒在了门楼的阶梯上，血从胸冒出，双腿抽搐着，瞪着眼从嘴里凄惨地唤了声："娘！"便停止了呼吸。

杜生喜又大声吼道："散开！"

一百多号人快速地散开在村墙上。

守门楼的连长见营长上了门楼，急切地跑来报告："报告营长！一直没发现共军进攻，只是炮击。"

他的脸绷得很紧，焦黑的脸像被抹了一把墨汁，一双泛着白眼底膜的黑眸子很亮很吓人。他怒视前方，灰蒙蒙的南门外的田野里一片安宁。没有扛着云梯冲进的解放军士兵，不远处的两条雨淋沟里"咚"一声，闪出一团红光，升起带黑烟的弧线，"咚"又一声，火光又一闪；带着哨的黑烟弧线落在南门楼前，冒起和村土墙一样高的尘烟柱，前方还是安宁一片。

他心里纳闷，默默地思虑着。

突然，杜生喜大喝一声："不好！上当了！调虎离山计！"急呼道："三连长！三连长！"

"到！"一位年轻人站在他面前。

"你在这里带炮兵坚守，对准雨淋沟发射炮火的地带猛射，我到东门查看！"他火急火燎地命令道。

随即又喊："勤务兵！勤务兵！"

没有人回应，他想了起来！转头对着三连长喊："给我两个兵，随我到东门，这里交给你指挥！"

他下到门楼阶梯，看见旁边倒地燃烧的勤务兵，站住片刻，脱下了自己的军服,盖在勤务兵身上,火又在军服边沿烧,又脱下衬衫,光着膀子用衬衫将他的勤务兵裹起来,火灭了,他悲伤低沉地说了句:"兄弟!我会照顾你娘!"

他再没有停,十万火急地跑下楼梯。

他刚到东门楼下,突然,从南边传来了爆破声。

接着巨大黑色的烟雾团遮蔽了南门半边天,一阵风裹着浓厚的炸药气味冲鼻而来;随即是排山倒海的喊杀声,杜生喜脑子里也发出"轰"的声响,差点坐在地上,三连的两名士兵搀住了他。

"一连!一连!全部退出东门楼,下来集合!向北门突围!向北门突围!"杜生喜大声吼叫。

他们刚刚在门楼下集合起来,东门村墙上喊出:"活捉杜生喜!活捉杜生喜!"

村墙已被解放军占领,一梭子子弹从村墙上射下,几个士兵倒下,村墙上又喊出:"活捉杜生喜!活捉杜生喜!"

杜生喜大声喊:"一连长,带人往北门突围!快!快!我在前,你在后!快!"

黑暗里,他带着队伍绕胡同、抄近路到了北门正街。

北门洞北门街中央的一堆黑色的障碍中冒出一股火力,"突突突……突突突……"一梭子连一梭子的子弹射出,"嗖嗖嗖"地从耳边擦过,杜生喜身边的士兵脑袋被打成烂西瓜,血箭似的喷出,溅了他一脸一身,顺着他的光膀子流下。杜生喜急忙大喊:"卧倒!卧倒!他妈的,北门也失守了!"

一百多人的队伍全趴在小胡同里。

他又喊:"一连长!一连长!"

一位满脸黑的小伙子爬到他身边,他又吼:"一连长,北门也被共军占领了,你叫机枪手上来!"

"机枪手!机枪手!"满脸黑的小伙子向后喊。

两名士兵猫腰提着机枪上来。

"一连长!你守着机关枪,向街正中的火力点猛烈射击,我迂回到西侧炸毁这个火力点,我们冲出北门,从这里突围!"

说着他从身边趴着的士兵身上拔下四颗手榴弹,掖在腰间的皮带里,光着上身,快速地从小胡同一跃,连串地滚翻,眨眼间,他躲过机枪的射击,跨过北正街,蜷曲在北正街西边墙根底下,他像只野猫,灵敏、轻捷;他顺着墙根似老鼠匍匐前进，神不知鬼不觉地到了北正街中央黑色障碍堆火力点西侧，里面的机枪还在不停地"突突突……突突突……"，发射着红光；"嗖……嗖……"，他将腰间的手榴弹投向那个正在发作的火力点，只听"轰……轰……"几团火光接连闪耀，火力点顿时哑了。

卧在小胡同的士兵看傻了，振奋地举起手中的枪，迅猛地虎扑向北门洞。

几个士兵冲进去就想推动门洞内高厚、沉重、古老的门扇，只听见"吱吱"响，不见动。刚推开一条缝，见里面还有两扇门紧闭着。杜生喜心急火燎地吼叫道："快！快！进入推那两扇门，出去就有救啦！"

几个士兵刚聚上来，"轰……轰……"，几颗手榴弹在他们之间炸响，人肉碎块子四溅。一条残腿砸在了杜生喜的肩上，他的手刚碰到那条断腿黏黏糊糊的血肉处，想推开，一颗子弹"噗"打在这条残断的腿上，他倒吸了一口冷气。

"解放军上来了！"有人喊。

"嗖嗖嗖"，子弹密集地飞来，杜生喜身边的几个士兵倒下了。

黑暗中看见北正街上来了一大队人，喊杀声震天。

他火急地大声喊道："撤！撤！一连长撤！机枪掩护！向东门突围，向东门突围！"

"哒哒哒……哒哒哒……"，他的机枪发作了，冲上来的黑影倒了一片。他放弃了北门突围的想法，带着人又冲进了小胡同。

"一连长！一连长！"他大声喊，没有人应声。

他急了，转身双手紧抓住跟着他的三连士兵的领口摇，声嘶力竭地喊："传我的命令，向东门冲，向东门冲！"

三连士兵大喊："营长命令！向东门冲！向东门冲！"

杜生喜就是一只逃命的恶狼，他已被染成血人，光着膀子嗷嗷叫着往东门奔跑。

但感觉不对，抬头看见他的左边远方有一棵巨大的黑乎乎的树冠在摇摆，那是东门边的槐树。

跑啊！跑啊！跑啊！他被前面一个软绵绵的东西绊倒，三连士兵拦腰去扶他，发现他腰间有一个硬硬的小口袋，刚要一齐扶起时，杜生喜手中的德制小手枪对准了三连士兵的眉间，"噗"一枪，子弹带血从后脑勺蹿出，他仰面倒地腿伸直抽搐了几下死了。死得蹊跷，死得不明，冤枉！

杜生喜紧按住腰间硬邦邦的小口袋，往后看只有十几名士兵，自己身旁像是村东边娘娘庙西墙。前方有队伍跑步声，听着不像是自己的队伍，他急忙蹲在墙根不动，等队伍的脚步声消失，才带士兵拐过墙角。

黑暗里跳入他眼睛的是一家熟悉的院门。

他盯着院门停了片刻，一只手按住腰间口袋，转身抓起身后的一名士兵问："你是？……"

"报告营长！我是一连的兵，叫户之洲。"这个士兵小心地答，死死盯着营长，知道他的凶悍！

"你现在就是我的勤务兵，传我的命令：全体散开！警戒！"

杜生喜说完向前敲门，再敲，又敲。

开门的是巧朵，见一个光膀子血人站在她面前。

巧朵一惊，"哐当"把门关了。

"婶子！婶子！我是喜子，杜生喜！"杜生喜摸着院门哀声呼叫。

门吱儿又开了一条缝，杜生喜急切地挤进了院门。什么也没说，直直地跪在巧朵面前，从腰间取下口袋，"叮当"一声放在巧朵面前。

他流着泪苦苦央求道："婶子！我活不成了！这口袋里有六块金砖，四块给我娘，一块给我的勤务兵小熊他娘，我娘知道小熊的家。一块给您，这是十几年前抢您的钱，赔您的！婶子！我打听到满仓哥的信儿啦，他真的逃走了，肯定活着，这是我在顺全那里得到的，准！保证准！婶子！好婶子！我交代完了！您和我娘都让我多长几个心眼，这世道不是多长心眼的事！婶子！您就是我的娘！我走啦！婶子娘！"

他"嘭"一声，把头重重地磕在地上，起身，冲了出去，被黑暗淹没。

巧朵的心一直在怦怦地跳，她愣愣地看着地上那只带血的口袋和口袋旁杜生喜跪出的血印子，又看着杜生喜的背影在黑暗中消失，"怦怦怦"，心跳得很厉害。

她提起沉甸甸的口袋，转身进了北厦，端出一盆水，还掖了一把扫帚，把水泼在杜生喜跪的印子上和担门台阶的血脚印子上，拿扫帚来回扫。一阵风从担门刮进，冷飕飕的，她打了一个寒战，接着细雨飘起，她哆嗦了一下，急得把担门关紧,回到北厦,坐进圈椅,心还在怦怦地跳。

过了一会儿,"咚咚咚……咚咚咚……!"响起敲门声,她心里又是一阵惊悸,身子没动。

"咚咚咚……咚咚咚……娘",敲门声中夹杂着喊"娘"的声音。

她忽地站起,小脚跨出北厦门,雨已下大,门外喊"娘"的声音非常真切!心急!小脚没有踏住台阶,滑倒在院子里。

她爬着到了担门,好不容易站起打开担门,"啊!"一声,一名穿灰色军服的兵向她扑来,吓得她倒在地上。

"娘!娘!娘!我是满仓呀!"

满仓喊着扑在娘怀里"哇,哇,哇"哭了起来。

这时的巧朵真切地感到是自己的儿子满仓回来了,她紧紧地抱住了满仓,从心底呼出:"儿啊!"

巧朵脸贴在儿子胸前哭得稀里哗啦!她日日盼,夜夜想,每时每刻都在思念。现在儿子满仓活生生地站在她的面前,她颤巍巍的双手摸着儿子的脸、儿子的肩头、儿子的手臂,儿子啥都不缺,她放心了。儿子就是她的精神支柱、她明亮的未来、她的希望,她又一声哭号:"儿——啊——!"

第四十三章

二月二十九日下午七时半，驿寨村南门被炸开，南门靠西二十余丈的村墙被炸塌了。

解放军第八纵队三十一团组织的突击队和一营的战士，冒着敌人的炮火，猛冲进了驿寨村，和守卫的国民党队伍展开了殊死搏斗，一袋烟的工夫，南门就被解放军占领了。

紧随其后的解放军二营快速地冲进村，向东门、北门、西门奔去，也很快占领了。

只是北门遇到了一回合的战斗。解放军二营刚刚占领北门，被一股逃窜的国民党队伍攻破，紧急中解放军三营的战士赶到，夺回阵地，那股国民党敌人被赶进村里的胡同街巷。

金书成团长的指挥所也随攻进驿寨村的部队，来到了驿寨村戏台子内的村公所。

此时，老村长进才和他儿子李政跃被解放军请来，金书成正和进才说话，想打听他心中的一个人。

二营营长进来报告：村子四个村门楼子全部占领封锁，没跑出一个敌人。共俘虏敌人二百一十三名，死去一百零一名；我军伤亡四十一名。

三营营长进来报告：村子里的残余敌人基本消灭，俘虏敌人六十三名，死亡三十名；我军伤亡十一名。

突击队和一营营长报告：俘虏敌人十四名，死亡六十三名；我军伤亡八十四名。

金书成点点头。

他抬手看了一眼表，时针和分针正好指在十时，这是一个圆满的数字，但眉间还是微微蹙了一下，比原作战计划晚了十几分钟。他想从接受战斗任务到现在，差错出在什么地方？他是追求完美者，轻轻叹了口气，唯一不满的就是没有抓到那位手持德制手枪的名人——杜生喜，他很想见识一下。

他抖擞起精神，坚定地命令道：

"给王墉旅长发电报：我部拔下驿寨村据点，时间是二月二十九日晚十时整。八纵队三十一团团长：金书成。"

一名作战参谋重复了一遍电报全文后，转身跑了出去。

金书成又转向三营营长，高声地叫："三营长！"

"到！"三营长肃然立正站起。

他想弄清杜生喜的下落。

警卫连长进来报告："报告首长，我们抓住一名自愿投诚的国民党士兵，叫户之洲，声称他是杜生喜的勤务兵，知道杜生喜的下落！"

金书成沉思了一下，说："你们都退出这个房子，警卫连长留下，我们审问他！"

经过详细审问，金书成立即命令：

"三营长！"

三营长跨进房间答："到！"

"你带上这个户之洲，立即到村南泉池全歼杜生喜这小股敌人，杜生喜，要活的！"

三营长答了声"是！"，就带上户之洲，快速地出了村公所的门。

金书成又转身问警卫连长："那两个老乡呢？"

"报告首长！打开驿寨村后，他俩嚷着要回家看看，我按您的意思让他们回家了。"

金书成带着微笑说："天亮后，你记住一件事，即将李满仓和他娘一块儿带到这里来！"

"是！"警卫连长答。

风刮着没有停，雨不紧不慢地下着，天黑得伸手不见五指。

在户之洲的指引下，三营长带了一个连的兵力，来到驿寨村南边已经干涸的泉池旁。

这里寂静无声，漆黑一片，青石砌成的泉池围栏有半人高，黑乎乎像半截墙壁竖在那里，泉池的东边有座石碑，紧靠石碑有棵槐树。

在黑暗里三营长询问着户之洲，户之洲赶紧向前弯腰，脸上挂满了巴结的笑，虽然黑天三营长看不见，但完全能感觉到。

"长官！长官！就是这里！"户之洲指堵在眼前的半截墙的黑影。

三营长命令部队四面包围了泉池，卧倒隐蔽，命令户之洲说："你向前，对泉池内喊话，说解放军已包围了泉池，他们跑不了啦，让他们投降，解放军优待俘虏。去！你去喊话！"

户之洲哆哆嗦嗦爬到泉池东边槐树背后，探出半个脑袋对着泉池内喊：

"杜营长！杜营长！我是户之洲、户之洲，你们已经被解放军包围啦！驿寨村也是解放军的啦！出来投降吧！他们不杀俘虏，还放俘虏回家，出来投……"后面的话还没说出，只听"叭"一声，一股火光从泉池里射出，户之洲探出的那半个脑袋开了花。

这下气得三营长眼睛冒火，口气硬朗地喊："杜生喜！杜生喜！你逃不掉啦！早点出来投降，可以留你的命，我们从不杀俘虏，送你回浮山，见你娘！"

"叭叭"两枪从泉池里射出，子弹碰到石碑上溅出两朵扎眼的火花。

三营长生气地喊："杜生喜，你要识劝，早点出来投降，你打日本人的名声还在，顽抗到底，就是百姓的反动派！早点出来投降！"

泉池的周边，陷入了黑暗的寂静，静得几乎没有任何物件存在。

静……静……，黑暗中的静，静得漫长，静得空洞，静得恍惚，静得瘆人，静得可怕！

突然，在静的黑暗中，升起一个小白旗。

隐蔽在石碑后的三营长看到了，通讯员小猴子急切地低声喊："营长，营长，你看！"

"我看到了，再等等！"

那片小白旗在雨中缓缓升起，随后出现了一个黑色的柱子，那小片白旗被黑柱子举着，是人！随即，在泉池中升起一根根黑柱子，有十五六根。

"你们听着，放下枪，举起双手，从泉池子的南口走上来！"三营长高声地命令。

雨还在飘着，一股阴风刮起，人们打了一个寒战。

国民党兵拿着小白旗，出了南口，站成了一排。

三营长在石碑后大声命令："你们站好！不许动，举起双手，接受投降！"

随后又喊："八连长！出来，带人接受他们的投降！"

八连长是位高个子，在泉池的西边站起，就像是一棵树影子出现，后面不远处也出现了一堵黑色人墙。在"树"的带领下，黑色的人墙朝南边缓慢、小心、坚定地移动了过来。

"把手举高！不许动！"八连长高喊，"杜生喜出列！"

举着小白旗的一排人丝毫没动。

"杜生喜出列！"

仍然没有动静。

阴风在呼啸，雨在沙沙地落下，天显得更黑了。

谁也没有看见，在泉池内的西岸青石围栏边，有一幽灵般的黑影在悄悄地移动——他就是杜生喜。

他猫着腰，提着机枪靠近了泉池西岸的青石围栏，架起了机枪。

当听到"杜生喜出列"声，他的心在猛烈地颤抖，浑身就是燃烧着的炸药包，他扣动了扳机，朝着黑色的墙射击！

黑色的人墙倒了一片，又"哄"的一声，炸药震得泉池边的槐树枝子摇动，震得泉池边所有人的心仿佛要跳出来。

随即，几颗手榴弹从那棵"树"间扔出，落在了泉池的西岸，火光闪亮，火光里那把射向人墙的机枪飞起，还有一具残断的人影。

机枪声没了，站在泉池南口的那排举着小白旗的人，始终没有动，他们冷冷地站着，接受着雨的拍打。

巧朵一个晚上没有睡，先是村门外的枪炮声，又是天摇地动的轰隆隆声，差点把人从炕上颠下来；人的喊杀声，杜生喜的出现，儿子满仓的归来；后来又是枪声，人的呼喊。

她恐慌、烦躁，不知什么时候是个头！

早晨她懒洋洋起来，看炕上睡觉的两个儿子，心里有了几分安慰，满仓没有回东厦去睡，硬要和娘睡到北厦的炕上，给娘叨叨着逃生的经过。这也是满仓的习惯，出远门回来总是要睡到娘的炕上，给娘絮叨他出门在外的见识和经过。巧朵真为儿子幸庆。

早上玉珍倒了尿盔子，掀帘进来。

"娘！饭已经好了，叫他们起来吃饭吧？"玉珍看了一眼炕上睡着的满仓和麦子。

巧朵问："外面雨还下吗？"

"下着呢！飘着小雨。"

"我去把担门口扫扫。"巧朵又想起杜生喜留下的血迹。

"我去，娘！你先洗脸。"玉珍殷勤地说。

"不用你去，我去，我去。"巧朵说着溜下炕，拿了把笤帚就往外走。

她到了担门，看见担门里一摊血迹，又扫了扫；担门外的血已被雨水冲掉了。

她抬头朝泉池看去，想，昨夜里泉池闹腾了一个晚上！

她手里拿着笤帚缓缓向泉池走去。

在泉池东边的坡上，发现有一股殷红的血水在雨水的掺和下流进泉池石围栏根；顺着殷红色血水往上看，她心里猛一跳，有一个半拉脑袋的死人，巧朵心里一阵恶心，加快了脚步，走到了南口；泉池内乱石一堆堆，其间七零八散着金属块和红殷殷血肉模糊的人体。太吓人啦！她想离开，猛然又扫到石头堆的夹缝里有一个熟悉的人头，她停住了脚步，心突突地乱跳！慌了神！眼前模糊了，那颗人头立了起来！是他！杜生喜！她尖叫起来。

巧朵颤巍巍地把杜生喜的眼睛闭上，从衣服里掏出平日用的粗布洗脸巾，给他盖在脸上。

这娃帮过她，放过她，也抢过她，嘱咐过她，往事一幕一幕地展现。活生生的人咋就成这样了呢？她咋能明白！

"娘——！娘——！娘——！"满仓大声喊着。

巧朵步履缓慢地走出了泉池，朝儿子的呼唤声走去。

儿子看见了娘摇摇摆摆的身影，急忙迎上去。

她无力说什么，眼神呆滞，衣服湿淋淋。

满仓觉得娘有些怪，把娘抱起往家跑，放在北厦炕上。

巧朵躺在炕上，就是挥不去那惨烈的景象。她微微睁开眼，泪水流出来。

"娘！娘！娘！你咋啦？咋啦？"满仓焦急地问。

巧朵微弱地喃喃说："满仓！你还记得十几年前，我们偷南门外的麦穗，你弟麦子生在地里吗？"

满仓点点头，巧朵继续说："那天是两个'二战区'的兵娃，放过我们偷麦穗，并帮着我抱回月娃麦子，那位浮山兵娃——生喜，记得吗？"

满仓点点头，巧朵嘴唇颤抖得厉害，就是发不出声音，半天才带着哭腔说出："他……他他他死在泉池里了！他的人头就……就在泉池里的石头上！"

满仓惊讶地张着嘴，一句话也说不出来。

娘又睁开眼说："满仓！你和立才把生喜娃的尸收了，就埋在南门外我们的地里，趁雨天，早些去啊！"

满仓点点头，溜下炕，出了担门，冒雨去找立才……

第四十四章

第二天，雨停了，太阳从云的缝隙中射出，整个天地一下子变得明亮灿烂。

巧朵和儿子满仓吃过早饭，在解放军警卫战士的引领下，踏着这明亮灿烂的晨光，来到解放军团长金书成的指挥部——驿寨村的村公所。

团长金书成早在这里等候，见巧朵和满仓跨进村公所。他立即热情地迎了上去，先握住了满仓的手，激动地说："满仓同志！我们要向你请功，你为我们攻打驿寨村国民党反动派队伍立了大功！你提供的地方非常重要，一个几百斤的炸药包就炸开了一个豁口，我们的部队冲了进来，胜利了！"

他把眼光移到巧朵身上，怔怔地看。二十年前在刘村集上随父亲卖驴的情景展现在眼前。她和那时变化不大呀！前额还是那么光亮，眼神还是那么精明，就是眉间时时透着忧虑。

他往前跨了一步，亲切地叫了声："大嫂！"

巧朵被眼前这位解放军长官一句"大嫂"叫得不知所措。

"坐坐坐！大嫂！"金团长热情地说道。

"警卫员，倒水！"金团长对外又喊了一声。

巧朵在桌子前，看着碗里打旋的热气腾腾的水面，将手自然地搭在碗边，却又收回，放在膝上，抬头看这位解放军长官。

金书成热情地说："大嫂！满仓！驿寨村现在好啦！解放啦！我们马上就解放临汾，还要解放太原，解放全中国，老百姓能过上平平安安的好日子喽！"

巧朵的忧虑堵在了心口，脱口说了句："是真的吗？"

金书成坚定地说："大嫂，真的！"

巧朵轻松了许多，旋即又问："那么，你们不走啦？"

金书成笑呵呵地说："走走走！我们得马上走，要去解放临汾，要去解放太原，解放全中国，彻底消灭国民党反动派！"

"那我们哪能平安呀?!"巧朵疑惑地问。

金书成感觉大嫂还是原来刘村集上买驴的那位大嫂，心里想什么就说什么，于是慢慢地说："大嫂！放心吧！我们的队伍走啦，我们革命的人还在，要建立百姓的政府，为百姓办事，你就准备过太平日子吧！"

他的声音很洪亮，很有底气，也很有自信。仿佛不是给巧朵一人说，是在戏台子上给全驿寨村的百姓说。

巧朵这下真诚地笑了，想着三套马的大轿车这下就能买了！

停了片刻，这位解放军长官温和亲切地问："大嫂！你真的认不出我了？"

巧朵一下子被问蒙了，她抬起头细细看着。

"报告！"一位解放军参谋急火火拿着一张纸跨进房间。

金书成从参谋的脸色看出有紧急情况，便接过参谋手中的纸，仔细地看，嘴里直喊："警卫员！警卫员！"

警卫员进到房间，金书成说："你们俩把这两位老乡送回家，给留守的部队说，他们家不能出任何问题，这是有功的家！"

"是！"警卫战士回答道，之后敬礼，领着巧朵和满仓往外走。

金书成又转过身，温和地对巧朵说："大嫂！你真认不出我?"巧朵还是不知。他接着说："我们有紧急任务，回头我去看你！几十年前，刘村集，卖驴，你想想！"

巧朵思想着跨出了门，猛地回头，但村公所的门关上了。

金书成转过身严肃地说："王参谋！传我的命令：一营快速进攻七里村，今晚务必拿下，二三营整装，立即随我向飞机场集结，拔掉飞机场这个据点！你带几位战士留守！"

巧朵心事重重地回到家，心想难道真是二十年前卖驴金老汉的儿子金书成？她坐在北厦客堂方桌旁默默地思索着。

"娘！咱们晌午吃啥饭？该做饭啦！"玉珍问。

巧朵抬头怔怔地问："啥？说啥？"

玉珍笑着说:"娘!我说晌午啦,做啥饭?"

巧朵不好意思地笑笑说:"不是馏馍,就是擀面,你看吧!"她像又想起什么,接着说:"对啦,你把立才叫来,我有话说。"

立才急匆匆地进了北厦,看巧朵脸色凝重的样子,说:"娘!你和我哥回来啦?没有事吧?"

巧朵没有动,神态慎重地说:"立才!你坐下,娘有话问你!"

立才听话安静地坐下,脸朝娘,规矩地听着。

"立才!你还记得你小爹的样子吗?"巧朵问。

立才先是一怔,看娘认真的样子,想了想说:"娘!小爹和我爷爷离开我时,我很小。听说他们在黄河翻船淹死了,连尸首都没找到。我恍恍惚惚记得小爹是个细高个子,瘦瘦的。你咋问这?"

巧朵吁了口气说:"我刚刚在解放军那里,看到一个长官,是你小爹!"

立才一下子兴奋起来,热泪盈眶地问:"娘,是真的吗?"略一想,脸又沉了下来,说:"娘!不可能呀!当时都说小爹和爷爷被黄河水淹死了呀!"

巧朵看立才时高兴时阴沉的样子,说:"你快去村公所看看,他说得那么定真,我想是真的!"

立才一股风跑出了担门,向村公所跑去了。

有两袋烟的工夫回来了,一屁股坐在椅子上,神情沮丧地耷拉下头说:"娘!解放军都走了,只留了很少的人!"

巧朵怔在那里,隔了一会儿,说:"立才!不要紧,他说回头来看我。咱们等着!我一直在琢磨,那就是你小爹,不然,他不会'大嫂、大嫂'地叫我,他还说'刘村集,卖驴'!那就是你小爹,我们等着!"

立才看着娘那自信的神态,也定真地抬起了头。

第四十五章

临汾解放了，临汾城内城外欢腾了三天，渐渐地平静下来。

城里店铺开门营业，城门大开，进出自由，百姓有些日子没进城了，人群熙熙攘攘，一番太平盛世景象。

一天，满仓从道里回来，推开担门嘴里还唱着："高伟伟的临汾城，雄纠纠的百姓哟！哗啦啦地唱，解放啦！"

巧朵把北厦门推开，问："满仓，鹅舍村那匹黑骡驹子的事啥样？"

满仓见娘问了，忙表功："说好啦！夜儿个我还去了趟。给钱就可把骡子牵回。"

巧朵舒了口气，慢慢地说："满仓，我琢磨，这世道要变了，我们碰到好年代了，你再给我买两匹好马，要枣红色的，我想坐轿车。"

满仓看着娘脸又活泛起来，也笑着说："娘！放心！我瞅着哩！"

停了一会儿，巧朵的脸上又有一些忧郁，若有所思地说："满仓呀！生喜这娃走了，走得惨呀！今天有三个月了吧？"

满仓说："有啦！给他烧些纸？"

"行，今天下午你到埋他的地方烧些纸，明天大早备上马和骡子，陪娘去浮山一趟，见见他娘，把这娃托付的事办了！"

巧朵和满仓骑上头牯，上午到了浮山县城，随便吃了点，紧赶慢赶，翻过两道山梁，到了沟的尽头，才是二道沟村，太阳已经偏西了。

沟的阳坡面上岙岙里躲藏着几十间石板房、草房和土窑洞，看起来就是二三十户的村子，死气沉沉的没有一丝烟火，冷清清的没有一点鸡犬声，就像一片幽静荒芜的坟地。周边稀稀的几棵高大的老粗树间，不时飞起几只鸦雀，才可见到这里的生机。

五月的天了，山里偏西的太阳也不那么热，只是懒洋洋地照在这片山、地、树木、石板房以及石头块垒起的墙上。

满仓打听生喜家在哪儿,有位脸庞像松树皮似粗糙黑黢的老人回了满仓的问话。

"哦?又是找生喜家的,这娃在外打日本人,立过大功,爹离世了,在家孝顺娘,护着弟妹,好娃啊!可惜跟错了队伍!唉!顺着这条路往前走二三十丈远,就是。"

巧朵和满仓牵上头牯往前走了就三十丈的样子,看到南坡上有一处院落。院子没有门,只有石头块子垒起来的院墙口子,口子间用树枝条编扎起栅栏,院子里一目了然。

这家人在南崖上掏了三孔窑洞,用青砖箍着,木格子窗,稳实的木门,一看就是新的,不超过三年。院子不小,有临汾川道庄户人家的小型碾麦场那么大,宽宽敞敞,几只鸡在院子里悠闲地寻觅着什么;靠窑洞的西边有座碾米的石盘;再西去的南角处,石头又垒出一个空间,那是猪圈和茅厕;院子正东方有三间旧石板房;山墙的石头块呈灰黑色,一看就知道有年代了,石头和石头间插着树杆子,还悬挂着锨、镢、耙等农具,这显然是他家的老房子。

满仓将头牯的缰绳递给了娘,上了院门的石台阶,站在栅栏门前对着新窑洞喊:"生喜家吗?"

没有动静,却惊了卧在窑洞前的一只黑狗,它颠儿颠儿跑过来,龇牙对着满仓狂叫,还不时回头看窑洞。

"生喜家吗?"满仓又高声喊。

片刻,窑洞中门"吱儿——"开了,走出一位近五十岁的妇女,一身干干净净的黑衣黑裤,面带愁容,有位女娃搀扶着。

黑狗颠颠地跑了过去,看着妇女和女娃,但没有忘记朝着栅栏门外的满仓狂叫。

满仓一看站在窑洞门口的妇女,不禁一惊,她的脸盘、眼睛,站在那里的架势,简直就是生喜身影的展现。于是,满仓赶忙高声地问:"你就是生喜的娘?我们是临汾城南驿寨村的,有话和你说!"

妇女听到"驿寨村"这三个字,脸色一下子紧起来,眼睛睁得多大,急切地说:"咋着?咋着?咋着?驿寨村的?进来!进来!"推着搀她的女娃说:

"去！快开门，你哥来信啦！"

巧朵和满仓被领进了旧石板房，里面黑蒙蒙的，烟熏得四周石头块墙呈铁锈色，散发着一种潮湿腐败的怪味，但桌椅擦拭得很干净。

巧朵端起生喜娘倒的一碗茶水，拿出了生喜交给她的那个被血染成黑褐色的口袋，详细讲述了来意和生喜在自家担门嘱托的事，但隐瞒了生喜惨死的真相。

生喜娘直愣愣地看着这散发着血腥气味的口袋，颤巍巍的手摸着，多么想摸到儿子那温暖柔软的脸庞啊！眼泪泉似的涌出，她压着嗓子低沉沙哑地喊："喜子……！我的儿啊……！"

这是母亲从心底对儿子的无限思念！

巧朵放下茶碗，缓缓站起，走到悲痛的生喜娘跟前，也不知说什么好，只是默默地站了一小会儿，说："大姐！生喜是孝顺的好娃！他定会回来！捎来钱，就是要你护好自己的身子，过好日子，等娃回来！""等娃回来！"她知道她在说假话，但没办法。"死"这个字眼实在说不出口啊。

突然院子里传来一阵小黑狗的叫声，女娃赶紧跑出，不一会儿进来说："娘！是杜木匠。"

生喜娘擤了一把鼻涕，拿粗布麻布在自己脸上胡乱抹了一把出去了。

"嫂子！你们屋里来了一女一男，我想找他们说句话。"话音传进了旧石板房，巧朵和满仓相视惊愕，赶紧跨出了门。

"哎呀！就是你！就是你！"那个杜木匠直往栅栏门而来。

黑狗不答应，守住栅栏门口，狂叫不离开。

女娃前去把黑狗拨开，杜木匠进来朝着巧朵说："我紧追你们都没追上，眼瞅着你们进了我们村。你说的那活我可以做！"口气很坚定。

巧朵定眼看，明白是咋回事了。她中午在浮山城里吃饭时，她吃完满仓还在吃，她出来逛，经过一家木匠铺子，看见那里放着一辆做好的轿车，还没有油漆，挺是新奇，她向前询问。

就是这位木匠热情地说他做了半辈子轿车，要想做就说，保管比川道里那些木匠做得好，连太原那些大户都在这里订，这辆车就是太原姓乔的大户定做的，还没上漆，木材是他们在山里采的，干透了。

巧朵想了半天，老太奶在她梦中送她的轿车样子在脑中展现，于是说：

"我要做的轿车身子不是这样子，是我北厦的样子，你能行吗？"

木匠满口答应，此时满仓来了，再没有往下谈，计划回来再说，没想到这位木匠跟上来了。

巧朵很佩服这位木匠，认为他是个有心的人，做事就得这样，有机会绝不轻易放弃。

她看着木匠，他满脸沧桑，头剃得光光，花白头发碴子里藏着细微的木屑，敦实的脸黢黑，厚厚的嘴唇，声音诚恳坚定，是个老老实实下苦的人。

生喜娘先开了口："大妹子，这是我村有名的'杜木匠'，我们还是一家子，手艺好！"

巧朵忙说："呀！难得你这样有心，还追上来了！我真预备制一辆轿车，但是轿车要做成一幢房子，你看如何？"

"能行！能行！你想法奇特！不过时间要长些。"杜木匠说。

"估摸要多长时间？"

"怕至少得半年多，"杜木匠翻动了一下眼睛，说，"你这想法在浮山城里说过，我也一直想哩。"

"我是临汾城南驿寨村的，"巧朵又指满仓说，"这是我儿子李满仓，你到村里就找我儿子，你看了我的北厦，咱们谈价，我给你五十块大洋作为定金行吧？木料要好的，干透的。"

杜木匠说："这你放心！我用我家放了多年的干木料，我家还有两根上好的槐木，一直没有舍得用，这次刚好做辕木杆，给你这奇特的轿车用上。我只要应了人的事，一定做好！"

此时，巧朵看着生喜娘，又看看杜木匠，生喜娘说："妹子！你放心，我这兄弟只要应了的事，一定会上心，是吧？"她又转向杜木匠。

杜木匠重重点头。

巧朵又办成一件大事，这是她一生的愿望！她转身紧紧抓住生喜娘的手，说："大姐！不要伤心啦！世道平稳下来，生喜就回来啦！你现在要过好每一天，照顾好自己的身子，这是娃在外的心呀！"

生喜娘眼噙着泪说："我心里清楚，不由自己，想娃呀！生喜顾家，你看，这三孔新窑洞，这宽敞的院子，都是他几年前弄停①的。"接着转过身摸女娃的头，说："这是他妹子，还有三个弟上山干活去了。我想娃呀！"

巧朵摇着生喜娘的手，说："过些日子我来看你，大姐！要照顾好身子啊！"

巧朵和满仓出了院子，骑上头牯，朝着西边的太阳走去，越走越远，已经到了山梁的尽头，要下梁了，巧朵回头看，生喜娘还在那，巧朵在骡子背上挺直身子高高挥手，生喜娘也在挥手。夕阳将生喜娘挥手的形象映得通红，巧朵却流下了悲伤的眼泪。

再抬头，太阳已经被大山吃得只剩一点红光，黑夜就要来到了，她猛然发现东方升起不圆的月亮，已被太阳的余辉映得通红。

红月亮！红月亮！她心里惊喜，回头想再看一眼生喜娘，却是一道厚厚、高高的山梁，山梁上有许多闪着红光的树。

脑子里又跳出杜木匠，今天真是幸运，能碰上这么一个人，她的念想要成真了！我的轿车身就是要奇特，是北厦的样子！这是老太奶在梦中给我定的。三间屋轿身，前面中间开扇门，挂细竹篾帘，门两边木格子窗户，轿两边也设窗，有后门；轿内要有炕，可以睡觉，有方桌，可以吃饭、喝茶、说话；里面要有灯笼，明亮亮的。

她在骡子背上遐思，兴奋不已地和满仓说："鹅舍村的那匹黑骡驹一定要买回来！满仓听到了吗？再瞅两匹枣红色的马！"

满仓不是很明白娘的话，但也忙回答："娘！大头牯圈还没有盖好，拉回来没地方喂。我先把圈盖起，就是三四天的事，我管保把它牵回！"

"满仓，骡马的事快办，轿车的事我已定啦！我叫浮山这杜木匠做，我也五十多岁了，家里的事你多操心，我想坐轿车，过省心些的日子！"巧朵说。

满仓急了，忙说："娘！你可不能这么说，家里事还是娘操心，我出力。"

巧朵暗笑了一下，说："你把马的后腰拍下，走快点！立才、玉珍、米香在家急着哩！"

满仓两腿用力一夹马的腰，用手拍马的前膀，白马扬起蹄子，巧朵紧跟其后，在小路上扬起一阵尘土，远去……远去……

---

① 弄停：方言，意谓办理。